Priest 著

The light in the night

II

北京联合出版公司
Beijing United Publishing Co.,Ltd.

The light
in
the night

目 录

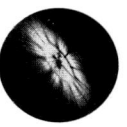

Part 3　**麦克白**
　　　　什么！魔鬼居然会说真话吗？——《麦克白》　　- 001

Part 4　**韦尔霍文斯基**
　　　　"到处都是欢声笑语，再也看不到在笑声掩盖下为世人看不到
　　　　的任何眼泪了。"——《群魔》　　- 171

番外
"喂，你作业写完了吗？期中考试排多少名？"——骆闻舟　　- 373

Part 3

麦 克 白

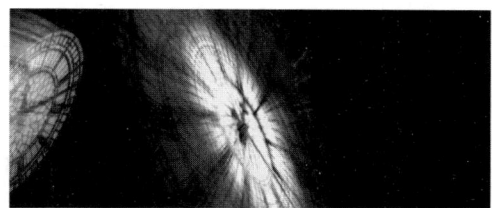

The light in the night

什么!魔鬼居然会说真话吗?——《麦克白》

第一章

骆队晃晃悠悠地拎着一打早饭，踩点进了办公室，刚一推门，就看见几个同事正在挪桌子。

"这是干吗？"

"曾主任刚才过来，说有新同事来报到，"陶然露出头说，"我们先给人家挪出个能坐的地方。"

"哦，对，我想起来了。"骆闻舟把早饭放在桌上，示意众人自取，"忙忘了，调令早接到了——来那人你们都认识，就是原来花市区分局的那个小眼镜，前一阵子查王洪亮，他算立了功，我看他思路挺清楚，干脆打报告给调过来了。"

陶然一愣："肖海洋啊？"

这时，办公室门口就探进一颗脑袋："骆队，曾主任找你过去一趟！"

骆闻舟应了一声，随手抓起一杯便携式的豆腐脑，把拇指粗的吸管插进去搅了两下，一边走一边喝，走到曾主任办公室门口，他也正好把豆腐脑喝了个底朝天。隔着两米远，对准楼道垃圾桶，十分潇洒地来了一记"远射"，一次性塑料杯应声入桶。

旁边办公室门从里面打开，曾广陵一推眼镜，冷冷地看着骆闻舟："你没去NBA真是屈才啊，骆库里。"

曾广陵主任早年是做法医出身的专家，后来因为老张局欣赏他永远专业和精确的态度，强行把他提到了管理岗位，杂七杂八的事轮着抛给他干，今天让他负责主持党员生活会，明天让他出文件，后天又让他插手行政人事，费尽心机地给他安排各种"锻炼",锻炼得技术宅曾主任痛不欲生,天天想辞职,待人越发冷若冰霜。

骆闻舟刚调到市局的时候,经常跟在他身后跑现场,曾广陵生性严谨,很看不惯当年骆闻舟那种小玩闹,三天两头把他数落得落水狗一样,骆闻舟早就在他面前练就了金刚不坏之脸皮,丝毫不在意,嬉皮笑脸地往曾主任办公室里一钻:"可不是吗,就因为我有一颗为人民服务的心,忍痛放弃了两千万美金的年薪,多么值得歌颂的精神——我听说来的是老熟……"

"人"字还没来得及出口,骆闻舟就愣住了。

曾广陵办公室里有两个人,其中一个是他意料之中的肖海洋,肖海洋见他进来,规规矩矩地站起来跟他打招呼:"骆队。"

至于他旁边那位,就显得不那么规矩了。

"确实是老熟人,"费渡的目光愉快地在骆闻舟的胸口以下、膝盖以上扫了一圈,免费欣赏完毕,微笑着说,"上个月我还去骆队家蹭过饭,承蒙款待。"

曾广陵说:"既然都认识,我就不废话了——去年咱们市局和燕公大的研究生院不是打算做个联合调研项目吗?还是老张局牵的头,就是要从实践中摸索理论,再拿理论支持实践,就拿这回这起横跨二十年的少女绑架谋杀案来说,这就很有研究价值,燕公大那边已经成立了专门的研究小组,小费是联系人。"

骆闻舟:什么不靠谱的研究小组找这么个货当联系人!母校研究生院的人都死光了?

曾广陵又说:"小肖刚来,一会儿先去队里认认人,现在不像前几年,咱们市局刑侦队年轻人也多了,好融入。费渡……"

费渡把二郎腿放下来,在骆闻舟牙疼般的表情下,又文静又无害地叫了一声:"曾老师。"

"哎哎,不用那么客气。"曾广陵明显被这个称呼取悦了,冰雕似的脸上不由自主地露出了一点微笑,语气至少柔和了三度,"我其实也就教过两年课,算是你们大师兄吧,你们潘老师给我打过电话了,有什么需要尽管提,随时到我办公室来就行,先去忙吧——骆闻舟留下。"

骆闻舟摸了摸鼻子留下了,先是单独接受了曾主任的一番训话,随后又被拎到陆局办公室，针对那个什么狗屁研究项目开了一场上升到政治觉悟的会，等他拖着心累的脚步回到刑侦队，霍然发现，这里已经不是他认识的办公室了！

骆闻舟看着自己办公室里多出来的桌子，一手撑在门上，沉默地等陶然给他一个解释。

"外边实在腾不出两张桌子的位置，"陶然小心翼翼地跟在骆闻舟身后说，"不过，你放心，我方才问过费渡了，他说他一个礼拜也就过来一两次，不是每天都在。等这个调研项目做完，他们那边就撤了，也不会久留，就是临时在你这儿待几天……"

骆闻舟的目光扫过墙角一台巨大的空气净化器，又落在原本堆杂物的地方，杂物已经清理干净了，换上了一个功能齐全的咖啡机和一个一米来高的小冰箱，冰箱里被写着各国文字包装的冷饮零食塞得满满当当，门上还贴了个字条"自取，不用客气"。

这个阵仗实在不像是"临时待几天"的。

陶副队词穷，干笑一声，伸手把自己的自来卷抓得更加狂野，脑袋摘下来能当刷碗的钢丝球用。他觑着骆闻舟的脸色，心虚地说："再说我昨天看你坐他的车，感觉你俩关系还挺好……"

骆闻舟面无表情地回过头来盯着他。

陶然："……的。"

骆闻舟从鼻子里喷了股气。

陶然憋了一会儿，忍不住地问："那你俩现在什么情况？"

"我哪知道他吃错什么药了？"趁这会儿是午休时间，办公室里没人，骆闻舟叹了口气，"最近倒是不找碴儿了，就是三天两头在我这儿撩闲。"

陶然张了张嘴，又闭上了。

骆闻舟："干吗？有话就说。"

"这个，费渡吧，"陶然努力琢磨了一下措辞，"我总觉得这种在比较复杂的环境里长大的孩子，从小就是人精，分寸感都很强，如果他不想和你有什么牵扯，嘴甜就是场面上的嘴甜，除非……"

骆闻舟听明白了陶然的言外之意——要么是自己少年时期就开始犯的自恋癌已经扩散了，要么是费渡在不动声色地接近他。

他不应声，陶然只好讷讷地闭了嘴，俩人面面相觑片刻，骆闻舟喜怒莫辨，陶然一脸"我也不知道我在说什么"的一言难尽。

骆闻舟对费渡的感情很复杂，一方面是真的给他操过不少心，总是忍不住多照顾他一点；另一方面也是真的时常被他气得肝火旺盛。他们俩认识了七年多，大多数情况下都在针锋相对。不管费渡干什么，骆闻舟心里第一反应永远都是"他又打算作哪门子妖"，陶然的话却在他心里开了一扇从未开过的门。

好一会儿，骆闻舟才问："费渡人呢？"

"请大家出去吃午饭了。"陶然说，"我在这儿等你一起过去，就门口那家酒店。"

大半年来，市局处理的两起大案里，费渡都以不同的身份参与其中，跟燕城市局的刑侦队混了个脸熟，不过脸熟归脸熟，很多人还是不知道他是干什么的，直到他在豪华酒店里订了三个包间，众人才恍然大悟——这个土豪是来和大家做朋友的！

一想到以后只要有费渡在，值班人员就可以拒绝黄、拒绝赌、拒绝方便面，"中国队长"骆闻舟所有的小弟就都叛变了。

骆闻舟隔着一道包间门，就听见郎乔在里面声情并茂地兜售自己："项目结束你就走啊，那以后还来吗？要不然你毕业以后干脆上我们这儿来得了，你跟市局多有缘啊！桌子我们给你留着，骆队肯定不介意！他这人就是嘴损了点，其实脾气特别好，天天早晨给大家带早饭，有时候自己在家炖个'横菜'，还拿到单位来给我们加餐，那手艺可……"

旁边人戳了戳她的肩膀。

郎乔一甩肩膀："干什么？"

骆闻舟靠在包间门口，幽幽地问："朕的手艺可什么？"

郎乔后脊一僵，拧紧了脖子，"嘎吱嘎吱"地一扭头，正看见骆闻舟靠在门口，皮笑肉不笑地看着她，温声说："乔乔公主，你回家收拾收拾，准备和亲吧。"

郎乔大惊失色："父皇，儿臣错了！"

骆闻舟一抬眼，当当正正地撞上了费渡的目光，陶然方才说过的话反复回放，压在骆闻舟心脉上，让他血压顿时飙了几十帕。他慢吞吞地走到费渡身边的空位,挽起衬衫袖子,一开口,少见地先和同事们开了官腔:"我先转达一下陆局刚才的会议精神——和燕公大的这个联合研究项目,很多年以前就曾经启动过,当时叫'画册计划',后来因为一些原因中途夭折,不了了之。去年张局旧事重提,和上面打过几次报告,最近总算是批下来了。如果这件事能有成果,将来对诸位的工作也很有帮助,希望大家能积极配合。"

骆闻舟很少在私下场合这么严肃,众人都没敢吭声。

"管理上也会相对严格。研究组调档的时候,所有程序必须按着我局的内部规定来,要走齐签章流程,同时要备案。一些没有向社会公布过的案情细节材料不能复印、拍照,也不能从市局带走,研究组那边所有人都要签署保密文件,这是纪律。另外——"骆闻舟飞快地扫了费渡一眼,"我希望联络人员能把自由散漫的作风收一收,市局不是学校,也不是你们家族企业,不要想来就来、想走就走。我听曾主任说你打算每周二、周五过来是吧?那这两天出勤时间要按照正常工作作息来,迟到早退,或者想临时换到别的时间,要有正当理由和假条,有困难吗?如果有,我建议你们换个联络员。"

刚开始大家还都严肃地听着,等听骆闻舟说到后半部分,刑侦队一桌的人全用一种难以言喻的目光看着他,都不说话,就静静地看着骆队这个"自由散漫之王"怎么装大尾巴狼。

大尾巴狼无知无觉,意犹未尽,又对费渡说:"另外我们办公条件有限,你也看见了。平时转到市局刑侦队的一般都是大案要案,什么样的现场都可能会碰见,血肉模糊都是小意思,碰上个什么巨人观啊……"

郎乔终于忍无可忍地打断他:"父皇,你还吃饭吗?"

"……也得等闲视之,该吃吃该喝喝。"骆闻舟冷冷地冲她一掀眼皮,"我们这里只有法医,没预备急救队,闻见一点血腥气就容易吐晕过去的同志,建议考虑考虑再来。"

费渡面不改色地回答:"谢谢骆队提醒。"

时隔半年,这两人之间的剑拔弩张已经进化成了暗潮汹涌,越发让人脑仁疼。

陶然只好生硬地打断骆闻舟的饭前"教子",出面调停:"对了,我怎么都没听说过这个'画册计划'?"

"十多年前的事了,你还没上大学呢。"骆闻舟总算给了他这个面子,暂时放过了费渡，取出湿巾擦了擦手，"那会儿国外传得神乎其神的心理画像技术刚进中国，有过好多不成功的尝试。"

一直比较沉默的肖海洋突然开口问："后来为什么叫停了？"

骆闻舟用湿巾擦手的动作一顿，随后他若无其事地说："当时条件不成熟，不少理论也不大经得起考验，没有什么应用价值……行了，都赶紧吃吧，别在这儿乐不思蜀，下午不上班了？"

下午没有会要开，也没什么重要工作，骆闻舟有一搭没一搭地审着一份国庆期间加强全市安保的文件，被迫接受办公室多了一个费渡的事实，并做好了一周两天不得安宁的心理准备。

然而出乎意料地，费渡非常安静，既没有作妖也没有废话，坐下来就在那儿安安静静地翻看材料。一个大活人，还没有旁边空气净化器的声音大。他来之后造成的最大混乱，就是同事们不约而同地抛弃了速溶咖啡，排着队地拿着杯子等着接现磨。

空气净化器"嗡嗡"作响，周遭只有手指偶尔划过纸页的细小动静，此时正是"春困秋乏"时，骆闻舟在办公桌后面窝了一会儿，越发昏昏欲睡，对着平铺直叙的红头文件打了个盹，醒来时，发现费渡还是方才的姿势，自己身上却不知什么时候披上了一件外套，对着他后背吹风的窗户也被人关上了。

骆闻舟接住掉下来的外套，从电脑的缝隙里看了过去——费渡坐在那里，确实是非常赏心悦目的，无论男女，长了眼睛的人就得承认。骆闻舟再次忍不住仔细回忆陶然的话，轻轻地晃了晃鼠标，驱赶了屏幕保护。

他不相信费渡目的单纯——为什么这么一个项目会让费渡这个刚入学的人来做联络员？高年级的学生都死光了？这里面没有某个人的手段，骆闻舟打死也不信。而费渡从去年开始计划进入燕公大，四月份拿到录取通知，之后立刻开始以各种理由提高了往市局跑的频率，提前跟整个刑侦队——甚至于整个市局都混熟了。

现在想起来，研究生院那边让他当联络员，是不是也有这方面的考量？这清晰的脉络，绝佳的行动力，处处透出一股"处心积虑"来。

骆闻舟动了动，略微舒缓了一下自己直得发僵的后脊，又想起费渡曾经透露过的一个信息——他那篇据说被收录进教材的文章，是关于刑事案件中受害人研究的……为什么偏偏是这个方向？

就在骆闻舟从电脑缝里觑着费渡沉思的时候，费渡突然起身朝他走过来。

骆闻舟吓了一跳，却见费渡好似没注意到他的目光，兀自往门口饮水机走去，临走还不忘顺手捎走了骆闻舟的茶杯，替他续满了茶水。

骆闻舟道了声谢，正要伸手接，费渡却捏着他的杯子没松手，指尖刻意往前一送，似有还无地碰了骆闻舟一下。费渡一手撑在他的桌子上，居高临下地看着骆闻舟，一俯身，压低声音说："骆队要看就大大方方地看，我不收钱的。"

骆闻舟同样用耳语似的声音回："你们学校现在流行在实习期间骚扰上司？"

费渡用某种食肉动物的眼神盯着他的眼睛看了一会儿，笑了，转身溜达回自己的临时工位："淫者见淫啊，骆队，你是不是觉得我的存在就是骚扰？"

骆闻舟摸出了烟盒，瞄了一眼旁边的空气净化器，于是揣起烟盒往卫生间走去，很想把姓费的一脚踹出去。

好不容易挨到了下班，骆闻舟却发现费渡没有要走的意思。

骆闻舟拿起车钥匙，有意无意地往他手上的卷宗上看了一眼，发现他在回顾许文超的供述，目光已经停留在某一页很久了。

费渡仿佛后脑勺上长了眼睛，听脚步声就听出了他的疑问："许文超说，他在跟踪吴广川的过程中被郭恒发现，聊过之后，郭恒对吴广川和苏筱岚的关系起了疑心，寻求警方支持未果，郭恒就开始私自调查吴广川，让许文超替他盯梢——这句话看着有点奇怪。"

骆闻舟一手按在他的椅背上，从后面越过费渡的肩头去看他手指尖画出来的那段话："奇怪在哪儿？"

"郭恒在迫不得已的情况下请求许文超的帮助，我们默认当时的郭菲案的细节，是郭恒在这个过程中透露给许文超的。"

骆闻舟点头："郭恒自己也是这么说的。"

"二十多年了，郭恒未必记得清自己都说过些什么，但我总觉得，他不会和许文超说出那些诸如'铅笔盒里的铃铛'之类的细节。

"这个细节在郭恒和当年的警方看来，除了证明那通电话和郭菲失踪有关外，并没有其他的调查价值，而且对郭恒造成了巨大的心理创伤——想象一下他当时的心理，他会在哪种情况下说出这个细节？"

骆闻舟:"比如许文超会问,'你怎么知道电话里的是你女儿'。"

"'你怎么知道电话里的是你女儿',"费渡摇摇头,"这话听起来,像是许文超在核实郭恒的话的真实性。"

骆闻舟倏地反应过来——只有一无所知的人,才会在听到郭恒的话之后,第一时间本能地核实其真实性。而许文超当时其实已经知道吴广川和苏筱岚的畸形关系,也知道苏筱岚就是连环绑架案的罪魁祸首,他心里明镜似的,会把自己的"一无所知"演得那么逼真吗?他当时才十三岁。

"如果是那样,这个许文超未免太可怕了。"费渡说,"可如果不是这样,郭恒为什么会主动说出这个细节?倾诉吗?如果你是郭恒,你已经人近中年,受过巨大创伤,你会和一个跟自己女儿差不多大的小男孩倾诉什么吗?"

骆闻舟皱起眉。

"另外,苏落盏说自己是看了苏筱岚的日记,才萌生了效仿苏筱岚的想法,可是我刚才仔细看了,苏筱岚的日记里,除了描述过自己给受害人家属打电话时的兴奋之外,并没有提到铅笔盒这个细节。"费渡伸手敲了敲桌面,"所以问题来了,苏落盏到底是怎么知道的?"

骆闻舟一愣,还没来得及顺着这个可怕的思路钻进去,突然,桌上的电话响了。

骆闻舟回手接起来。

"你还没走?太好了。"陆局说,"这个事比较棘手啊,闻舟,你看谁还在值班,亲自带人走一趟吧。"

第二章

"车祸?"骆闻舟诧异地问,"车祸找我干什么?让隔壁交警大队处理啊。"

陆有良说:"你听说过周峻茂吗?"

"哪个周峻茂?"骆闻舟一激灵,感觉傍晚明媚的阳光一下动荡了起来,"你说的不会是那个周峻茂吧?"

旁边的费渡无声无息地抬起头来。

周峻茂是个著名华侨，现年七十岁，出生在燕城市近郊东道沟地区，早年旅居海外，从倒腾建筑材料做起，筚路蓝缕，白手起家，后来创立了周氏集团这艘航母级的跨国公司。近几年岁数大了，可能是生出了落叶归根的想法，周氏的投资重心开始不断向国内倾斜。

周峻茂不是一般的社会名流，他为人低调，生活简朴，十分热心公益，尤其为家乡基础设施建设做出了卓著的贡献，整个东道沟地区的繁华有他一半的功劳，还有一条马路叫"峻茂路"，是整个燕城地区唯一一条用活人名字命名的街道。就在半个小时以前，周峻茂乘车从机场返回他在燕城的住所，途中，突然遭遇一辆大货车追尾，车尾整个被挤了进去，后座上的周峻茂老人当场死亡，司机和副驾上的保镖重伤，正在医院抢救。

这是一起非常惨烈的交通事故，可以想象得出，一旦消息走漏，周氏集团的股票肯定会出现剧烈波动。而就在这个节骨眼上，恰好在燕城的周家小儿子赶来，坚持声称他父亲是被人谋害的，执意要刑警来处理。

"曾主任已经带着法医过去了，咱们先去现场看一眼，跟交警队打声招呼，再去周家。"十分钟以后，骆闻舟带着轮值的郎乔、第一天上班没好意思早走的肖海洋和一个添头费渡赶往机场高速，"放心，不会再连续加班一个月了，还说不准怎么回事呢。再说，就算这个车祸真是人为的，估计也得经侦那边主办，咱们最多是协助。"

郎乔好奇地一探头："费总，你认识那么多有钱人，见过这个周峻茂吗？"

"见过一面，不过不太说得上话，"费渡好似成了个标准的好学生，坐在出外勤的车里，也不忘手拿一本教程装模作样，"我跟他小儿子比较熟——就是坚持要报警的那位。"

郎乔开始用手机上网查："周峻茂有两个儿子，长子周怀瑾……哇，青年才俊，一水的名校经历，很早就开始帮着家里打理资产，常年在国外。次子周怀信，是个画家？哎，费总，你说的是他吗？你们俩怎么熟的，因为都喜欢艺术？"

"哦，不是，"费渡回答，"因为我们都是不务正业的败家子。"

郎乔无言以对。

机场高速的出城方向不堵车，天还没来得及完全黑下来，一行人就赶到了案发地。

费渡正要下车,被骆闻舟回手拍在了车门里,他先是愣了愣,随后回过神来,嘴角轻轻一动,像只被鸡大腿熨平了心肝的黄鼠狼,往骆闻舟的背影上张望了一眼,也没露出什么喜色,只是很平静地在车里等。

骆闻舟在现场转了一圈,发现死伤者都被拉走了,现场也基本清理干净了,只要不扒着黄线围起来的地方使劲看,几乎找不到明显的血迹,这才一招手,把那位晕血的从车里放出来。

费渡跟在他身后,轻轻地说:"骆队,我十分受宠若惊啊。"

"这就惊了?"骆闻舟波澜不惊地掀了下眼皮,"你这一惊一乍的精神世界可够波澜起伏的——老邱,往哪儿看?这儿呢!"

负责处理这起事故的交警姓邱,又是骆闻舟的熟人——骆队的熟人满世界都是,遍布三百六十行。费渡冷眼旁观,认为骆闻舟这样的人,一定是从小生长在一个非常宽松且开明的环境里,年幼的时候,享受过毫无保留的宠爱和关注,只有这样,才能在他经历了风霜雨雪、见识过人心险恶,甚至出于职业需要,变得精明又敏锐之后,骨子里依然对整个世界敞开着怀抱。

有时候往大街上一站,看那些经过的男女老少们,感觉每个人都差不多,你穿着衬衫长裤、我也穿着衬衫长裤,路边散步的退休老人和金发碧眼的外国人踩的是同一个牌子的运动鞋,几乎让人有种"这是同一个世界"的幻觉。

可是活在阳光下的人,大概永远也想象不出,旁边磕牙打屁的伙伴正遭受着无法挣脱并习以为常的折磨;抑郁深重的人,也恐怕不能理解,那些呼啸而过的朋友竟真的不是强颜欢笑。

就像此时,他和骆闻舟站在一起,乍一看好像他们来自同一国的。

费渡想,皮囊往往把真相藏得滴水不漏。

"你要说这个事到底有没有什么内情,那就得你们查了,反正如果让我看,我觉得就是一起后车全责的交通事故。"交警老邱招呼他们去看监控,"这辆宾利就是周峻茂的车,从机场出来,一路正常行驶,司机开车挺规矩,这都没问题。肇事的大货从'北元桥'进来,我们从北元桥路口的那个监控开始编号,编成一号。"

老邱把高速上密密麻麻的摄像头按编号排好，挨个放给他们："当时机场高速这个方向的车不多，从第四号监控开始，大货就跟宾利开在同一个车道里，两车中间曾经有过几辆其他的车，先后超车过去了，走到十六号监控这里，这辆大货和前车就什么都没有了，但车间距还是挺安全的。然后你看——"

大货车在通过第十八号监控时，和前车的距离突然明显减小了，再仔细一看，发现它在非常均匀地加速，好像司机踩在油门上的脚忘了拿下来。

通过二十号监控时，测速摄像头显示大货车的速度已经接近每小时一百四十公里，明显超过限速，随后，那货车司机就跟瞎了一样，以这个速度狠狠地追了前车的尾，第二十一号监控完整地拍到了追尾的全过程，当时那一撞的惨烈，即使有心理准备，还是看得人胸口"咯噔"一下。

骆闻舟问："肇事司机人呢？"

"死了，还没送到医院就没气了。"老邱说，"行车记录显示他已经开着这辆车跑了十个小时，妥妥的疲劳驾驶，如果不是死者家属一直闹哄说是谋杀，我个人看完这个监控，感觉这事其实挺简单的，就是这个肇事司机疲劳驾驶，精神恍惚，脚一直踩在油门上没松，让这车一直加速，'咣'一下——都完蛋了。"

骆闻舟问："这司机是什么人？有前科吗？"

"司机叫董乾，四十九周岁，就是个跑运输的大货司机，刚才过来认尸的是他一个车队的同事，说这董乾是个挺老实的人，在这条路上跑了也有小十年了，从来没出过事故，也没惹过麻烦。骆队，哪那么些有前科的违法犯罪分子四处乱窜啊？再说你看他那样，也不像是能跟宾利扯上关系的，夏利还差不多。"老邱接过骆闻舟给的烟，"报警那位靠不靠谱？不会是那些有钱人想博眼球炒作吧？"

骆闻舟没有妄下结论，直到他亲眼见到报案人周怀信——见识了张东来与周怀信等人，骆闻舟不得不承认，在燕城本地生产的败家子们中，费渡恐怕还算是画风比较正常的。

按照成年男子的身量来看，周怀信有点"纤细"过头了，几乎就是一根行走的麻秆，瘦得双颊凹陷，让敏感的刑警们几乎怀疑他吸毒。他身上穿了一件不知道画了些啥玩意儿的T恤，外面套着一件西装式的马甲，马甲有到他膝盖那么长，两边开叉开到了腰部，活像前后挂了两片屁帘子，右耳上自耳郭往下，打了七八个耳洞，挂满了金属环，厚重的眼线盖在眼皮上，这会儿已经哭花了，晕出了一对骇人的黑眼圈。

周家墙上挂着一幅怀信公子的大作，油画，足有三米长，色调非常阴郁。

骆闻舟是个俗人，不懂艺术，对美术作品的欣赏水平还停留在"越像越好"的层次。然而即使这样，他见到这幅画的时候，仍然有种难以忍受的窒息感。

那幅画色泽暗淡，线条狂乱，乍一看，好像是常见的暴风骤雨主题，可再仔细一看，画布的左上角竟然是个太阳，那些铁锈一样的红褐色线条描绘的原来不是风雨，而是光线。血色的光线下面画了大片的芦苇，所有的植物都低垂着头，死气沉沉地东倒西歪着，几具面朝画布之外的人类骸骨若隐若现在其中。

盯着这幅画看久了，简直让人反胃。

"我有点儿跟不上你们这种潮流，"骆闻舟压低声音问费渡，"小周少爷这幅大作表达了什么思想感情？"

费渡看了两眼，大概是线条的颜色太像血了，他有些不舒服地移开了视线："我要是没记错，他这幅画应该是在一处海滩别墅完成的，几个名模趴在沙滩上给他当人体模特……应该就是那几个骨架的原型。"

原来这幅画的主题是"红颜白骨、色即是空"。

"他的风格确实不太讨人喜欢，别人怎么样不太清楚，反正我是看在他爸的分儿上才掏钱买他画的。"费渡小声说完，正好看见周怀信形销骨立地下了楼，一边走一边抹眼泪。

费渡脸上表情一变，幻化出一个完美的忧心忡忡，走上前去关怀道："周兄，没事吧？"

周怀信乍一看见熟人，满心的委屈几乎要从眼眶里钻出来，颤颤巍巍地叫了一声"费爷"，他像个"巨型乳燕"投林似的一头撞进了费渡怀里。

一股闻起来很像痱子粉的香水味扑面而来，浓烈地顺着人鼻腔往上涌，呛得骆闻舟偏头打了个喷嚏。费渡被周怀信扑得往后退了半步，板正了肩给他靠，手却虚虚地落在一边，并不主动和对方有身体接触，绅士出了一点"正人君子"般的风度。他对着周怀信低声劝慰了几句，然后抬起一条胳膊给他扶，缓缓地把周怀信引到一边坐下。

周怀信抽抽噎噎地问："你怎么会来？"

费渡简单地说："我在念书，被导师派到市局实习。"

直到这时，周怀信才留意到旁边有几个陌生人，他弯腰从桌上抽了一沓纸巾，一边打哭嗝一边说："你们是警……警察吗？费爷你……你念了个什么玩意儿？爱……爱好真他妈小众……不行，我心脏好疼，给我靠一靠……"

他像一条没骨头的软体动物，毫不客气地靠进了费渡怀里，骆闻舟莫名看他不顺眼，在旁边公事公办地开了口："据说你执意不相信周先生的车祸是意外事故，请问这件事有什么依据吗？"

周怀信吃力地抬起厚重的眼皮："我爸爸每天坚持健身，春天还去跑过马拉松，他不可能突然就这么没了，肯定是有人想害他！"

跟在旁边做笔录的郎乔忍不住插嘴说："小周先生，我知道你可能一时接受不了现实，但老周先生是死于车祸事故，别说是马拉松，就是铁人三项也没有预防车祸的功能啊。"

周怀信要死似的哽咽了一声，仿佛郎乔是个迫害小公主的大眼巫婆。

费渡轻声说："周兄，这个不能当证据的。"

周怀信"哇"的一声哭了出来："你也不相信我吗？我的直觉是最准的，爸爸平时出门都开那辆有防弹玻璃的大车，就今天坐了这辆，偏偏就出事了，这是巧合吗？他上个礼拜刚过完七十大寿，席间说好了准备退休，想立遗嘱，把手里一部分股票留给我和我哥，这礼拜刚回来就……"

周怀信说到这儿，好像突然意识到自己说漏了什么，陡然闭了嘴，"弱不禁风"似的把头埋在了费渡身上，捂着胸口不吭气了。

"周老先生只有两个儿子，就算不立遗嘱，他的财产将来也是你们兄弟俩，"骆闻舟目光如电似的戳在周怀信身上，"为什么你认为这会成为他被杀的理由？小周先生，我知道你难受，但是既然报了案，就请严肃对待——你能坐起来说话吗？"

"我不知道，我只管画画，不懂家里那些事，你们找我大哥去说，反正我给他打过电话了，他明天一早就赶到。"周怀信抬手捂住脸，避开骆闻舟的目光，"汽车那么大一个凶器，比刀枪的致死率大多了，满大街都是合法拿着凶器的人，沾了人命只靠'不是故意的''事故'就盖过去吗？你们管不管事了？"

这话说者好似无意，听者却都有心，费渡仿佛是想起了自己父亲的那场车祸，脸上的表情顿时淡了几分。

骆闻舟简单粗暴地揪起周怀信，把他从费渡身上扒了下来："肇事司机已经死了，小周先生，你是在暗示我们，有人不惜以命换命，也要谋害你父亲吗？"

周怀信透过浓重的黑眼圈，幽幽地看向他："这位警官，你是不相信钱能买到命吗？"

骆闻舟他们跟周怀信纠缠了将近一个小时，也不知道这个人是真脑残还是装孙子，有时候能明显察觉到他的欲言又止，好似明明知道什么，却不方便对外人说。问了一通一无所获，他们要走的时候，周怀信却拉住了费渡，意味不明地问："你听过那些流言吗？"

费渡递给骆闻舟一个眼神，回手拍了拍周怀信的肩膀："别多想。"

周怀信不肯松手，小声问："你能陪我等我大哥回来吗？"

费渡还没来得及说话，骆闻舟已经代他做出了回答："别磨蹭了，晚上还得打报告——'实习生'！"

费渡对周怀信做了个爱莫能助的手势，随即被骆闻舟揪住肩膀，一把推出了门外："快点儿。"

费渡脚下踉跄了半步，被骆闻舟连催带赶地回到公务车里，并不以为意，嘴角依然挂着笑意。

郎乔睁着大眼睛小声问："费总，那个周什么的蛇精是不是对你有意思？"

"没有，"费渡同样小声说，"就是空虚寂寞冷。"

郎乔恍然大悟，痛心疾首地感慨道："你们这些纨绔，糜烂啊！"

骆闻舟甩上车门，一抬手把他们俩扒拉开，伸手一点郎乔，他说："你要是有人家那么多雌性激素，也不至于嫁不出去——费渡，周怀信遮遮掩掩不肯说的，到底是什么事？"

"江湖谣言，"费渡好整以暇地坐正了，"德高望重的周老先生有个私生子。"

骆闻舟："为什么是江湖谣言？"

"因为我反正不大相信。"费渡伸长了腿，在地方宽敞的副驾驶上伸了个懒腰，这动作让他那"好学生"的伪装微微露出了些破绽，一点很"费渡"的漫不经心冒出头来，"要是真有那么个人，周家早就认回来了，反正……"

　　骆闻舟直觉他后面要说的准不是好话，已经做好了打断他的准备。却见费渡突然想起什么似的，自行把话音打住了。

　　郎乔不明所以地追问："反正什么？"

　　"反正……周老这个人，持身一向比较正，就算早年私德有亏，应该也就那么一次，这几十年他做过不少公益，也算是浪子回头。他夫人已经亡故多年，应该也不会有人再说什么。人无完人，犯过错再回头，不是显得更难能可贵吗？"费渡真事儿似的一本正经，对郎乔说，"我相信以周老的个人修养，没必要对自己的过去藏着掖着。"

　　郎乔听得连连点头，认为费渡三观很正，和小黄书上那些无法无天的"霸道总裁"不一样，完全堪称当代青年的道德文明表率。

　　骆闻舟略带警告地瞪了费渡一眼，听出了他藏在义正词严之外的潜台词——费渡的意思是，他们这帮孙子，普遍认为个把私生子不算事，尤其是混到周峻茂这种程度的，别说他夫人早让位了，就算还活着，在她完全依附于这男人的情况下，也根本管不了他在外面生了几个孩子。

　　"不过空穴来风，也未必完全没影。"费渡话音一转，又说，"周怀信关于'车是明目张胆的凶器'这话说得很有道理，我看，要不还是查一查那个肇事司机吧？"

　　他话音刚落，肖海洋的电话就打了进来。

　　肖海洋被骆闻舟打发去和肇事司机董乾的同事了解他的个人情况。

　　这小眼镜可能不知道什么叫标点符号，骆闻舟觉得手机信号都被他旋风似的语速撞得"突突"作响："骆队，我已经跟董乾的同事聊过了，情况基本和老邱说的差不多，没什么参考价值，所以我又自作主张地查了他的账户、财产、病例和家庭情况，现在跟你报告吗？"

　　"……眼镜儿，人已经死了，咱不着急，来，深吸一口气，咱们慢点儿说。"骆闻舟说，"这么一会儿工夫你查了这么多？连董乾的体检报告都翻了？"

　　肖海洋长篇大论道："董乾现居本市，结过婚，老婆死了，家里没老人，他自己鳏居养个女儿。女儿名叫董晓晴，二十四岁，未婚，已经毕业，在一家百货公司当会计。父女俩的账户和财产情况都没有异常，所有开支基本符合其收入与生活水平。董乾平时没有不良嗜好，生活比较朴素，收入也还可以，家里有六位数的存款，名下还有一套房产，最近一年的体检报告显示他有点'三高'，除此以外指标都正常——哦，对了，骆队，我还找到了他女儿工作单位的人。董晓晴的同事证实，她近期没有大笔开销，没交男朋友，没有大病，情绪也很平稳。"

骆闻舟开了免提，车里的三个人全被肖海洋这一番"吃葡萄不吐葡萄皮"的相声贯口功夫震住了。

郎乔喃喃地说："我的妈，这也太……"

肖海洋茫然地"啊"了一声："不是要先排除买凶杀人吗，我思路没错吧？"

骆闻舟伸手虚虚地一点郎乔，随后又问肖海洋："照你这么说，他上没有老、下没有小，家里没有负担，手头也还算宽裕——那他接这种时间紧、任务重的货运任务，是偶然一次还是经常？"

肖海洋愣了一下："这……"

"海洋，大货司机疲劳驾驶在业内其实很常见，他们这种老司机都会眯着眼迷糊一会儿，脚不会踩在油门上，"骆闻舟十分有耐心地说，"董乾开了这么多年车都没出过事，既然他最近身体、心情都没有什么波动，为什么偏偏今天出了这种事故？要确定这到底是不是买凶杀人，你用'穷举法'挨个排除自己想象得到的情况，这种调查方法是不太严谨的，毕竟世界上还有你想象不到的问题。如果有可能的话，最好还是能找到一个有证据支撑的出事缘由。"

肖海洋急急忙忙地说："好的，骆队，我马上去查！"

"等等，我只是那么一说，现在这个事还没有定性为'谋杀'，你先回……"骆闻舟话没说完，肖海洋那边已经风风火火地挂了电话。

他算是明白为什么肖海洋原来在花市区分局不受待见了，除了这小眼镜特别不会聊天之外，光是这种随时准备篡位夺权一般的工作热情，在王洪亮等人眼里就得是个极大的安全隐患，怪不得他们压根儿没想过把此人纳入自己人范畴。

报案人话也说不清楚，其他相关人士还在往燕城赶，法医也暂时没有结论，除了一身鸡血、狂奔着跑出去寻找真相的肖海洋同志，其他人也没什么事干，骆闻舟就地解散了临时调查小组。没让郎乔再回去值班，把她送到家门口，然后和费渡一起回市局换自己的车回家。

此时再一刷手机，周峻茂的消息已经铺天盖地，费渡随便翻了两条："周家果然没有一个省油的灯——趁美股还没收盘，我现在叫人做空周氏，是不是不太厚道？"

路口掉头的地方略微有点堵车，骆闻舟疑惑地看了他一眼："你是说那个周怀信？"

"不是他还能有谁这么快买到头条？你听这条，'周氏集团董事长周峻茂先生遭遇车祸身亡，事件蹊跷，疑似另有内情，次子已报警'。"费渡带着一点嘲弄念出了新闻标题，"怎么样，唯恐天下不乱吧？周峻茂这种人，就算是正常死亡，大家都要自己想象一出豪门恩怨，何况是真事故。周怀信是周老的遗产继承人之一，现在恰好只有他一个人在国内，如果他不第一时间哭着喊着报警要求彻查，别人会给他安一个什么角色？毕竟，人人都认为马尔康和道纳本杀死了他们仁慈的父亲。①"

前方的车流尾灯像一条长龙，首尾无边，骆闻舟假装没听出费渡这句话在影射他自己，若无其事地问："周怀信和周老的父子关系怎么样？"

"不肖子，边缘人，跟整个周氏格格不入，上面有十项全能的大哥做对比，还能怎么样？"费渡一耸肩，"想想也知道相当紧张。"

"那你呢？"骆闻舟静静地问，"据我所知，你青少年时期没干过什么出格的事，又是独生子一个，为什么也和你父亲关系紧张？"

费渡先是一愣，随后他转向骆闻舟，狡猾地绕了个圈子："嗯？骆队对我兴趣这么大？不过听说按照我国社交潜规则，人们只有在考虑把对方当作潜在配偶时，才会刨根问底地查户口。"

他说着，半侧过身，略微朝骆闻舟靠近了一点："你确定你想知道？那可不行，你得先跟我签一个以身相许的意向书。"

正好前面的车往前蹭了一点，骆闻舟一脚油门把车踩得蹿了出去，随后

---

① 马尔康和道纳本，是《麦克白》中国王邓肯的两个儿子，邓肯被刺后，他们被人怀疑弑父，逃亡国外。

又一脚急刹车，"咣当"一下把费渡震回到副驾的椅背上。

"不想谈就说不想谈，"骆闻舟淡淡地说，"少跟我来这套。"

费渡笑了起来，果然不再说话。

两个人彼此沉默了一会儿，路口的红绿灯转了个轮回，掉头车道里的车流再次停下来，恐怕还要等下一次机会，不耐烦的司机在四周此起彼伏地按着喇叭，偶尔有人拉下车窗张望，透露出车里品位各异的音乐。

费渡脸上的笑容渐渐消散，也许是因为夜色浓郁，也许是因为拥挤的人群中那种特有的孤独感，他忽然脱口说："有时候我发现，一个人是很难挣脱自身血统和成长环境的。"

骆闻舟看了他一眼。

"观念、习惯、性格、气质、道德水平、文化修养……这些可以后天改变的东西，就像是植物的枝叶，只要你愿意，你可以把你自己往任何方向修剪，"费渡靠在椅背上，半眯着眼，望向燕城的夜空，"但是更深层次、更本质的东西却很难改变，就是在你对这个世界还没有什么概念时，最早从成长环境里接触过的东西，因为这些东西会沉淀在你的潜意识里，你心里每一个通过母语获得的抽象概念里，都藏着它们的蛛丝马迹，你自己意识不到，但它会笼罩你一生。"

费渡说到这里，好像已经尽了自己最大的努力，他心里有一扇门，门板厚重逾千钧，门轴已经锈迹斑斑，使出浑身解数，也只能推开这么一条小缝。骆闻舟耐心地等了好一会儿，他却再也没有往下说。

费渡："骆队，手能借我一下吗？"

随着他这句预告，骆闻舟全身的神经元下意识地集体跑到了自己垂在一侧的右手上，而后，费渡十分轻缓地覆上他的手背，那手指修长而冰冷，手心却是热的，并没有用多大力气，随时给他撤退的机会。难以形容的感觉顺着骆闻舟的右手蜿蜒而上，车里温度陡然上升了至少两摄氏度，骆闻舟小臂的肌肉下意识地绷紧了，可他莫名地没有抽回手——费渡低着头，小心翼翼地扣住他的手，那模样让骆闻舟想起半夜被噩梦惊醒，跑来蹭他枕头的骆一锅。

后面的车不耐烦地鸣笛，骆闻舟激灵一下，这才发现已经变灯了。

费渡一瞬间的脆弱像蒸汽一样悄然消失在空中，他桃花眼尾轻轻一翘，飞快地端起骆闻舟的手，在他手背上亲了一下。

骆闻舟猛地抽回手之后："你找抽吧？"

费渡一脸无辜："哎呀，实在不好意思，骆队魅力太强，一不小心就得寸进尺了。"

骆闻舟被他气乐了，费渡这小子真是十八般武艺，七十二番套路。他一边加速开过好不容易才穿过的路口，一边冷冷地说："费渡，我是不是太惯着你了？"

费渡察言观色，感觉自己撩过头了，因此有张有弛地闭了嘴，没有火上浇油，在骆闻舟暴躁地东钻西钻里，拉紧了车门上的门扶，一路腾云驾雾地"贴地飞"回了市局。

"我们可没有朝熟人下手的习惯，"骆闻舟把公车停好，脸色微沉地示意费渡滚下车，"欠干找你那些爱画小骷髅的酒肉朋友去。"

说完，他甩上车门，转身走了。

费渡一个人在公务车里就着难闻的车载香薰，独自品尝了一会儿骆闻舟遗留的气急败坏。

肖海洋一路小跑地赶到医院，远远地看见目标人物，他一边跑一边摸出证件，冲一个失魂落魄的女孩亮出来："董晓晴吗？你好，我是……"

董晓晴冷冰冰的目光打断了他的话。

"警察？"她眼圈通红，声音里带着浓重的鼻音，"我知道，你不是还跑到我们单位去调查了吗？怎么，查不出什么又来审问我？"

肖海洋为人有些木讷，一时不知该怎么接这句话，有些慌张地清了清嗓子，十分讨人嫌地说："我只是稍微了解一些情况……"

董晓晴倔强地瞪着他。

肖海洋不会绕弯，想不出怎么缓和气氛，干脆直抒胸臆地硬问："董乾平时接的都是这种任务重的活吗？据我所知，你们家……"

"我们家没有欠高利贷，家里没有人得绝症，我爸爸也不是还不起钱的滥赌鬼，我们穷归穷，过得挺好的，不需要为了一点臭钱去杀人！"董晓晴一把抓起旁边的手机，热闹的话题在网络上发酵，流言蜚语朝着孤身一人的女孩张开了血盆大口，她猛地把手机砸在肖海洋身上，"我爸爸出事故，是他的错，他的责任，需要赔多少钱，我来承担，不够我可以去借，这辈子就算当牛做马我也能还上,但是你们不能凭空这么污蔑他!他已经死了,没有嘴替自己辩解,你们非得蘸着人血吃馒头吗?"

肖海洋默默捡起了董晓晴的手机:"那个……"

"我妈就是车祸没的,当年他为了这个,整整一年都不敢碰车,好不容易才重新握住方向盘,"董晓晴的眼泪汹涌地滚了下来,仇恨地瞪着肖海洋,"现在你们居然说他为了钱开车撞人?你们怎么能这样,你们这些人怎么能这么坏?"

第三章

"董晓晴说,董乾一直都在跑这种长途,这个活儿不是偶然,因为他觉得董晓晴从小没妈,自己又要养家糊口,没时间照顾孩子,一直对这个姑娘很内疚,想多攒点钱给她当嫁妆。另外,约车的人只要出价高,都会把时间卡得很死,途中上厕所都得跑着去,有的服务站还有偷汽车油的'油耗子',一个人开车根本不敢休息,连续走十个小时以上是常事,至于为什么偏偏这段路出事故,应该是意外,董乾前一阵子因为过敏住了一次院,出来以后就不知道为什么有点失眠,很可能是身体缘故造成的……骆队,董乾的妻子死于车祸,他曾经因为这个很长时间不能开车,这么一个人,会主动撞人吗?"

骆闻舟原原本本地听完了肖海洋的汇报,由于怕鸡血刑警小肖再次发射升空,他管住了自己的嘴,没再好为人师地瞎指点什么,只是在电话里简短地表示知道了,顺便嘱咐那小眼镜早点儿回家。

这样看来,周老的意外,似乎并没有什么豪门恩怨的狗血剧情。

像周家这种显赫人家,有点风吹草动就要上新闻,肯定会是阴谋论者的狂欢,周怀信说不定只是借题发挥,闹一闹,把警察闹上门,制造一点真真假假的新闻,朝警方要个官方说法撇清自己而已——费渡说得有道理。

费渡还说……唉,费渡这个浑蛋,骆闻舟想起他来就胸闷不已。

他一边胸闷,一边打算随便热点剩饭吃,正在洗手,骆一锅扭着胯溜达了进来。猫大爷可能是睡足了觉,弓肩耸背撅屁股,伸了个大懒腰,心情颇为愉悦，黏糊糊地"喵"了一声，在骆闻舟脚底下闻来闻去，眯缝着眼睛往他裤腿上蹭。

除了要饭，骆一锅难得尽到一只猫的本分好好撒娇，骆闻舟受宠若惊，不顾刚洗干净的手，弯下腰打算给猫咪顺毛挠下巴。

骆一锅又大又圆的眼睛里寒光一闪，盯着他裸露在外的手，后爪带着整个猫身猛地一缩，眼见诱敌之计成功，跳起来就露出了尖牙。这猫但凡起腻，必有"猫腻"，骆闻舟作为资深铲屎工，熟悉猫科动物一切攻击前奏，早有准备地一缩手，凭借身高优势，让那死猫扑了个空，然后顺手落下一巴掌，拍在骆一锅脑门上，将它镇压回地板："我就知道你不安好心！"

自从发现铲屎工衣服越穿越厚，咬裤脚咬不动了开始，骆一锅就无师自通地学会了很多捕猎技巧，偏偏敌人狡猾，不按时回家，还不肯乖乖挨咬，骆一锅十分不满，怒气冲冲地甩着尾巴哈他，被骆闻舟一手兜着软肚皮拎到半空。

"你说你们都想干什么？"骆闻舟没好气地揪着猫脸，"爸爸好吃好喝地对你们，下辈子的耐心都提前透支了，你们一个个就知道在我这儿图谋不轨，还有没有良心，啊？不是东西！"

骆一锅发出抗议的嚎叫。

骆闻舟："闭嘴，你叫唤个屁！"

球状骆一锅很快被制伏了，蔫耷耷地垂下尾巴，老实地伸出四爪抱住他的胳膊。

骆闻舟气愤地和它对视了一会儿，还是骂骂咧咧地放猫粮去了。那猫记吃不记打，有吃的就忘却仇恨，从他身上跳下来打了个滚，又欢天喜地地在他手上来回蹭，单方面地与他和好如初。

骆闻舟真是被这些反复无常的东西折腾得心好累。

他在自家地板上坐了一会儿，总觉得被费渡骚扰过的右手仍在隐隐发烫，一闭眼就会想起那张似笑非笑的脸，笑得他心浮气躁，并且有些暴躁。而这一点儿暴躁，在他凌晨时分从乱成一团的梦里挣扎着醒过来时，终于攀升到了顶点。

不到五点，骆闻舟一脑门子官司地在床头坐了一会儿，掀开被子爬起来，到卫生间用凉水洗了一把脸。

他脸色阴晴不定，撑在洗脸池上，忽然，原本趴在他床头的骆一锅"扑通"一下滚了下来，踮着脚跑到卫生间门口。

骆闻舟没好气地问："干什么？"

骆一锅看了一眼，冲他摆了摆尾巴，隐约的《五环之歌》从它身后传来，骆闻舟一愣，彻底清醒过来——这是他卷在被子里的手机响了。

凌晨时分，刑警的电话响，通常没什么好事。

"周怀瑾的飞机凌晨两点多准时落地，当时他还给家人发了短信，说已经打到了出租，嘱咐不用接机，这个点钟路况顺畅，按理说半个小时，最多四十分钟，他就能到周家老宅，但是周家人足足等了两个小时，他也毫无音信，再打电话，那边已经关机了！"

骆闻舟大步穿过一片警车，走向在二十四小时之内第二次光临的周家老宅："周怀瑾不是个出则专车、入则保镖的大少爷吗？怎么还会半夜三更自己从机场打出租？"

他话音刚落，就听见了一个欠揍的声音不慌不忙地插话说："周怀瑾就是这样的人，平时作风很低调，谦和有礼，很会照顾人。虽然一直有人说他太过温和、没什么魄力，但为人处世方面的口碑一向很好。半夜三更赶回来，不打扰工作人员和保镖休息确实是他的风格。"

骆闻舟一抬头，看见费渡穿戴整齐，已经等在了周家老宅门口，说完，还冲骆闻舟一点头："骆队。"

无论是打招呼还是说话，费渡的态度都十分淡定，好像傍晚时和骆闻舟不欢而散的人不是他一样。

周怀信已经哭成了一团烂泥，糊在他家沙发上，打着滚不肯起来。没等骆闻舟走近，就听见他带着哭腔到处埋怨："都说了我爸是被人害的！我都说了，你们不相信，现在我哥也找不着了！我们周家人死绝了，有些人就得意了是吧？警察呢？警察都是废物！"

骆闻舟眉头一皱。

周怀信已经看见了他身边的费渡，"嗷"一嗓子就号了起来："费爷我没说你……我哥……我哥要是没了，我可怎么办啊？那些人不得吃了我啊？哎……不行……我我我心口好疼……给我药……"

保姆连忙迈着小碎步上来，递上了一瓶不知是哪个国家产的维生素，费渡顺手接过来，照顾他吃了，安抚周二少爷脆弱的小心灵。骆闻舟眼角一跳，注意到费渡穿了件比较正式的衬衫，而且重新戴上了眼镜——此时，他身上的衬衫已经略微有些发皱，显然不是凌晨时分被叫醒时才穿上的。

此时，手机上的各种信息仍在疯狂推送，据说所有和周氏沾边的股票都在跌，二十四小时翻滚的海外市场上成了空头们的狂欢，看费渡这身打扮，就知道他离开市局以后干什么去了。

这货身上还带着"既得利益"的香水尾调，此时却又仿佛好人一样，坐在旁边"真心实意"地安慰六神无主的周怀信，实在是个臭不要脸的资本家。

"手机定位到了吗？快点儿！封锁现场，无关人员不要随便进出周家，现在消息不宜泄露——陶然到机场了吗？让他先调出租车揽客点的监控，"骆闻舟来到嗑维生素的周怀信面前，"小周先生，你哥的行程是什么时候决定的，都有什么人知道航班信息？"

周怀信西子捧心地捂着胸口："昨天爸爸出事以后我联系他的……什么人知道？什么人都可能知道吧，我也不清楚，他平时的机票好像都是公司助理订的。"

周怀信话音刚落，一个衣冠楚楚的中年男子就大步闯了进来："怀信！怀信！我刚听说就从外地赶回来了，到底怎么回事？怎么这么多警察？"

周怀信听见来人的声音，维生素也顾不上吃了，挣扎着从费渡怀里爬起来："胡大哥，我大哥失踪了！"

费渡好整以暇地一整领口，远远地冲那焦头烂额的中年男子点了个头，对旁边的骆闻舟小声介绍："这个人叫胡震宇，是周氏在内地总部的实权负责人之一，是周怀瑾的大学同学，立场鲜明的'太子党'。"

骆闻舟的目光不由自主地跟着费渡拉领口的手，落在他的脖颈和若隐若现的两截锁骨上，伸手虚虚一点，示意他把衣服穿好，随后转向旁边的肖海洋说："周家两代人先后出事，不可能是巧合，周峻茂的车祸深挖一点，不要只听那姑娘的一面之词。"

肖海洋应了一声，飞快地跑了。

晨曦已经不甘寂寞地从地平线以下爬了上来，原本还算安静的燕城渐次苏醒，即将陷入一整天的嘈杂中。

陶然的电话很快打过来了："周怀瑾乘坐的出租车找到了，车牌号是燕

B××××××，原来的司机被人打晕后扔在路边，刚才自己醒过来去了医院，五分钟以前，他在医院协助下找辖区派出所报了案。现在这辆车在……"

一个技术人员抬起头："骆队，定位到了周怀瑾的手机！"

骆闻舟一抬眼，电话内外两个人的声音几乎交叠在一起：

"白沙河岸边——"

"白沙水域附近！"

周怀信两眼一翻就栽到了胡震宇身上，被一大帮人七手八脚地抬上沙发才悠悠转醒，"嗷"一嗓子哭了："胡大哥，我哥不会让他们给沉到河里了吧。我要宰了杨波那个杂种！郑凯风死到哪儿去了，为什么爸爸出事他也还不回来……"

胡震宇听到一半，脸色都变了，连连示意周怀信闭嘴，却根本控制不住这个非主流的神经病，顿时冷汗热汗齐下，只好勉强对一干外人挤出一个得体的微笑："怀信还年轻，家里突然出了这么大的事，他太受打击了，情绪有些失控，不要听他胡说八道。"

周怀信闻言，诈尸似的坐了起来，双眼泛红："我没胡说！肯定就是那个杂种，你们别以为能把我蒙在鼓里！那狗娘养的不安好心很久了，害死我爸和我哥，大可以欺负我一个什么都不懂的人是吧？连郑叔叔都站在他那边！"

胡震宇陡然提高了声音："怀信！"

"派一队兄弟去白沙河找。"骆闻舟低声吩咐，随即转向胡震宇，"胡总，既然出了绑架和疑似谋杀，就属于刑事案件了，你们的家务事也好，别的也好，都是重要线索，隐瞒重要线索是要负责任的，希望你明白这个事的性质。"

胡震宇八面玲珑，被骆闻舟这么逼问，脸上也不见愠色，他伸手擦了一把汗："是是，道理我都明白。郑凯风……郑老，诸位警官应该也听说过，年轻时候就一直是我们周老的左膀右臂，虽然年纪不小了，但还是咱们集团的中流砥柱。

"至于杨总……杨波先生，那是周老的董秘，年轻有为，确实很能干，平时太出类拔萃了，所以难免有些不好听的风言风语传到怀信耳朵里，再加上杨总是那种……你们年轻人怎么形容？'别人家的孩子'，周老在世的时候没少拿他教训怀信，关系不太好也正常，但你要说他能干出伤害周老和周总的事，我是绝不相信的。"胡震宇一边说话一边小心翼翼地留神着周怀信，防着他又发疯，"那两位也都不在国内，昨天一出事就通知了，也在往回赶，现在应该都在飞机上，我把航班号发给你们，麻烦还在机场的警官照顾一下，真的不能再有第三个人出事了！"

杨波，比周怀信大不了几岁，已经爬到了周氏的高层，听起来确实很像传说中的"私生子"。

骆闻舟抬头看了费渡一眼，费渡无声地冲他点了一下头，肯定了他这想法。

就在这时，郎乔忽然一路小跑着奔进来："老大，不好了！"

骆闻舟看了一眼被她这一嗓子叫得竖起了耳朵的周家人，冲郎乔打了个手势，带着她来到了门外："怎么？"

"你快看。"郎乔拿出手机。

"周氏继承人周怀瑾遭绑架"的消息短时间之内刷上了各种头条，下面还附带了一个什么链接，已经被删了。

"是我紧急通知网监删的。"郎乔说，"连的是一段视频，在这儿。"

随着她手指一点，屏幕上出现了一段视频，晃动的镜头一亮，对准了一个昏迷在椅子上的男人，镜头不慌不忙地围着他的脸打转，从各个角度清晰地拍了一遍——昏迷的男子约莫三四十岁，保养良好，打扮偏稳重，看不出具体年龄，即使这么个狼狈样子，依然能看出其人相貌堂堂，颇有风度。

费渡只扫了一眼就认了出来："周怀瑾。"

骆闻舟头皮简直有些发麻。

这绑匪不要钱，不害命，第一时间不联系受害人家属，却先把视频发到了网上，到底是要干什么？

英剧看多了吗！①

第四章

拍视频的人非常小心，上镜的除了周怀瑾本人，只有一把破木椅子和一

---

① 绑架后公开发视频，是英剧《黑镜1》中的一个情节。

小截绑着人的绳子，背景是一片纯黑，实在看不出什么。视频非常短，不到一分钟，只对着昏迷不醒的周怀瑾拍了一通。

除此以外，绑匪一声没吭。

"发视频的人用了一堆代理，一时半会儿追踪不到，"郎乔说，"老大，我第一次碰见这么清奇的绑匪，他要干什么，咱们怎么办？"

骆闻舟不吭声，低头刷着手机。

郎乔反应相当快，发现视频以后第一时间做了处理，然而周怀瑾遭不明人士绑架的消息还是仿佛长了翅膀，在好几个关键词的围追堵截之下，竟依然坚挺地流窜在网络上。

骆闻舟问："这是什么时候传到网上的？"

"早上六点。"

六点整，是这个城市开始苏醒的时候。

除了闹钟，还有什么比一个有头有尾有转折的八卦更提神醒脑？

旁边费渡叹了口气，往后退了一步，问："骆队，我现在是不是应该躲远一点儿配合调查？"

郎乔不明所以，冲他发出了一个疑问的单音："啊？"

"啊什么，他也是嫌疑人之一，"骆闻舟把电话抛给郎乔，毫不客气地转向费渡，"我现在需要知道哪些人可能参与了这件事，背后有哪个团队在参与炒作，你给我一份名单。"

周怀瑾十分低调，并不怎么上镜，几乎没几张清晰照片流出来，普通老百姓认识明星认识演员，但谁会知道一个常年在国外的富二代长什么样？

那么这一段不到一分钟的视频，到底是怎么引起这么多关注的？背后是谁在推？

周峻茂车祸死亡事件和周怀瑾被绑架事件，乍一看息息相关，好像是有人先杀了老的又朝小的下手，里头似乎藏着一桩千丝万缕的"豪门恩怨"，可细想起来，却又很奇怪。姑且认为周峻茂的车祸是人为，那么策划这起事件的人无疑是要人命，而且打算神不知鬼不觉地要人命——在肇事司机已经死亡的情况下，警方如果查不到确切的谋杀证据，很可能会把这起案件当作交通事故处理。

可是相应地，周怀瑾被绑架案则太过招摇了，几乎带着明显的炫耀与炒作意味，两起事件的目标完全是背道而驰。

这说不通。

而这样把绑架大张旗鼓地昭告天下，除了让警方和民众疑神疑鬼之外，还对谁有好处？这么个敏感时间、这么个敏感事件，能从中渔利的，似乎也只有那群想借机从周氏身上磨牙吮血的资本家们——譬如费渡之流。

如果不是因为市公安局属于"非卖品"，某个人头天晚上赚的钱，大概已经够买下俩市局了。

"我可以给你提供一份我知道的名单。"费渡说，"但你要知道，全世界的人都在寻找投机的机会，散户不提，掺和到这件事里的机构就不知道有多少家，我可不是神仙，不可能谁都认识。"

"能在燕城机场神不知鬼不觉地把人带走，怎么看怎么像地头蛇干的。"骆闻舟目光如刀似的落在他身上，"总不会说这一亩三分地上还有你不熟的吧，费总？"

"现役嫌疑人给你一个建议，仅供参考，不一定对。"费渡有理有据地说，"我猜绑匪和推手或许联系过，但推手未必就是绑匪，也未必事先有过勾结。虽然《资本论》里说'有百分之百的利润，它就敢践踏人间一切法律'，但我个人认为，这个评价实在太不友好了，现实里大家都知道，就算利润是百分之一千，也得有命拿才行。骆队，我们虽然吃人血馒头，但是我们不吃人。"

这话说得要多冷血有多冷血，要多混账有多混账，骆闻舟冷冷地看着他，一瞬间，他们俩好像又回到了何忠义一案里费渡为张东来做不在场证明在市局大放厥词的时候。

"行吧，换个准确一点儿的说法。"费渡一摊手，微笑着火上浇油，"我们不在光天化日之下吃人。"

郎乔被这种凝重又僵硬的气氛吓住了，总觉得他俩下一秒就会大打出手，互相寸步不让的目光好像科幻片里的光波武器，简直要在空中撞出特效来，她心惊胆战地站在旁边，很想试着缓和一下气氛，苦于完全不知道他俩因为什么呛声，半天也没琢磨出合适的措辞。

这时，骆闻舟率先移开了视线，主动退出了这一轮无声的剑拔弩张。他平静地说："从视频最早发出到惊动全网，总共不到半个小时，这个操作显然有非常成熟的模式，幕后推手不是第一次做这种事，而且很有可能跟周氏有势不两立的竞争关系，加上这条线索，你多长时间能给我名单？"

骆闻舟话音刚落，费渡的手机就响起了悦耳的邮件提示音。

费渡好像心里早就有数似的，看也不看就把自己的手机丢给了骆闻舟："那我估计也就两三家，这是我助理发来的名单，你可以约谈负责人了。"

说完，他不再看骆闻舟，一手插兜，抬脚走回周氏气派的大宅，十分不见外地从保姆手里接过一杯红茶，和哭哭啼啼的周怀信说话去了。骆闻舟低头扫了一眼他手机上的邮件内容，替费渡办事的显然是个非常靠谱的人，在这么短的时间内，不单给出了可疑的操作方，还附了相关负责人的联系方式、之前操作过的案例简介，几乎就是一篇精致的小报告。

骆闻舟把邮件转发给了郎乔："你跑趟腿，走个手续，这次我们不光要约负责人，还需要查询他们的工作邮件、通信记录与财务情况，得有权限，还得找几个经侦的兄弟来帮忙。"

他吩咐起来是三言两语，对郎乔来说是一大堆琐碎的工作，光听就觉得汗毛都竖起来了，偏偏骆闻舟还补充了一句："费渡那句'推手不见得认识绑匪'的推论如果是正确的，下一刻没准会发生什么。这变态为了博人眼球，不定干出什么事来，到时候受害人就危险了。你快点儿，别耽搁！"

郎乔倒抽了一口凉气，被他凭空加了两吨半的压力，再也顾不上管过气上司与小鲜肉之间的暗潮汹涌，撒丫子就跑。

长时间无人操作，费渡的手机自动锁屏了，锁屏的背景是系统默认的，金属的外壳被骆闻舟握得发热。他抬起头，远远地看向费渡，见他正和胡震宇、周怀信他们十分熟稔地说着什么，肢体语言十分放松，大概是在交代周怀瑾被绑架一案的调查进展吧——骆闻舟没去管他，反正费渡比猴还精，总不至于说错话。

很久以前，骆闻舟觉得费渡是个危险分子：

虽然人类的高尚与卑劣是上下不封顶的，但从小在法制社会的秩序中长大的普通人，在非极端情况下，思维还是有一定局限性的——好比如果得知有人在聚众干坏事，正常人的反应无外乎是"勇敢好奇地去调查一下""有理有据地向有关部门举报""懒得管默默走开"，等等。偶尔有道德比较败坏的，或许会经不住诱惑同流合污，也都属于常见的想法。

但类似"杀一个人抛尸到对方的活动地点,借以引起警察注意"这种想法,就不怎么常态了。

和平年代里,即使是穷凶极恶的杀人犯,骨子里也知道置人于死地不是一桩吃饭喝水似的寻常事。整个社会环境中条分缕析的法律红线摆在那里,在多年反复的强化中,让一代一代的人潜意识里就有一根禁忌的标杆。但骆闻舟明显感觉得到,费渡不同。

在他心里,这些禁忌都是游戏规则,像"钻法规空子避税""规避监管搭建境外资金通道"等行为一样,不做是怕麻烦,有必要做的时候,他也绝无负疚感。他甚至乐于去钻研这些"玩法",以防哪一天用得着。

可是这种想法,在何忠义案的时候就逐渐消失了,骆闻舟看着费渡陪何忠义的母亲王秀娟坐在冰冷的椅子上,一掷千金地在天幕上露脸,看着他拖了条骨裂的胳膊,深更半夜从苏落盏的刀下救下晨晨……又觉得费渡这个人,或许只是嘴欠而已。

直到方才,有那么一瞬间,他突然从费渡那无懈可击的微笑与一贯的欠揍中,咂摸出了一点不同寻常的味道。

骆闻舟想起头天傍晚,费渡在他车上那番语焉不详的话,发现那原来并不是顾左右而言他。费渡这人,像是一个在特殊空间长大的人,好是真好,坏也是真坏,那个空间的规则和现实世界完全不同,而以费渡的聪明,大概对自己的格格不入心知肚明,因此他小心翼翼地模仿陶然、模仿张东来,模仿一切他接触得到的人,披上人皮,把自己限制在一个圈里……唯独对骆闻舟这个年轻时自以为是、总想扒开别人画皮的人自暴自弃,干脆任凭那身披在身上的人皮"衣冠不整",露出歹毒的獠牙给他看。

不知为什么,这想法一冒出来,骆闻舟忽然就不想和他一般见识了,头天傍晚直到方才,费渡种种反复无常,在他眼里都变成了有迹可循的东西,骆闻舟隐隐触碰到他那狡猾、紧绷且不动声色的自我保护,心里生出一点百感交集的柔软。

这时,陶然突如其来的一个电话打断了骆闻舟的目光和思绪。

"我们找到那辆出租车了,"陶然说,"就丢弃在水库旁边,车里有一股乙醚味,除了驾驶座后椅背上有一个鞋印外,车里没有很明显的挣扎痕迹,我现在怀疑绑匪不止一个,不然他怎么一边开车一边出其不意地控制住一个成年男人？哦，对了，周怀瑾的包在车里，证件、手机、钱包都没动过……嘶！"

陶然话音一顿，突然恼火地抽了口气，骆闻舟感觉他是抽回了一句脏话，立刻问："怎么了？"

"有人在拍照，"陶然飞快地说，"可能是从机场跟过来的，我去处理一下。"

骆闻舟挂断电话，揉了揉眉心，简直已经不想再上网了，不用看都知道事态会发酵成什么样，他接连下了几个命令："绑架受害人的出租车现在已经找到了，周怀瑾身高超过一米八，不是一只手能拎走的小孩，要转移受害人怎么也得有辆车，排查丢弃点三公里内所有摄像头，寻找可疑车辆。跟各媒体打声招呼，如果他们再起哄架秧子，就给我看着办，另外找网监部门来人支援……"

骆闻舟话还没说完，一个技术人员突然抬起头："骆队，方才发视频的人又重新上传了一段新的！"

骆闻舟的心倏地一沉。

还是同样的黑色背景和昏迷不醒的周怀瑾。新的视频中，屏幕里多了一只戴着黑手套的手，手上拿着一把刀，雪亮的刀刃架在周怀瑾脖子上，突然往下一压——在众人下意识的惊呼中，周怀瑾脖子上极其凶险的位置顿时多了一道破口，昏迷中的人本能地抽搐了一下，血一下就涌了出来。

接着，镜头下移，那双黑手套撕开了周怀瑾的衣襟，拿着个小毛刷，蘸着方才的血，在周怀瑾胸口写道："删一次一刀。"

正准备删帖的网警吓出一身冷汗，电话立刻打了过来："骆队，这怎么办，删还是不删？"

晨曦已经完全笼罩了燕城，早高峰开始了。警方片刻的迟疑，视频已经以不可控制的速度被转载，爆炸似的扩散了出去。

周怀信放声尖叫，分贝差点儿把房顶震碎，费渡一把拦腰抱起他，强行夺过他的手机，塞给旁边六神无主的保姆："带他上楼休息。"

这时，一辆车停在周宅大门口，上面下来一个二十八九岁的年轻男子，一脸匆忙地抬腿就要往里走，被守在门口的警察拦住，他忙慌手慌脚地往外掏证件："不好意思，这是我的证件和名片，我是周老的……"

周怀信扭头瞥见来人，登时剧烈地挣扎起来："我不！抓住那个杂种！

那就是杀人凶手，臭不要脸的，你还敢来！杨波，你还敢来我们家！"

纵然周怀信是骷髅成的精，这一发起疯来，动静也不容小觑，费渡和胡震宇这两位四体不勤的人愣是没按住他。周怀信挥舞起凶器一样的胳膊，没轻没重地撞向了费渡的眼镜。

一只手凭空伸过来，一把扣住了周怀信那两根乱挥的棒槌，骆闻舟好像拎个小鸡仔似的，简单粗暴地按住了周小少爷金贵的头，把他团成一团，杵进了旁边柔软的真皮沙发里，居高临下地问："你是想打镇静剂还是狂犬疫苗？"

周怀信惨遭镇压，被迫冷静了，门口那青年才苦笑了一下，终于得以说完自我介绍："我是周老的助理兼集团的董事会秘书，我叫杨波。"

他一句话落下，所有人的目光都集中在了他身上——杨波，疑似私生子，疑似嫌疑人，除掉周峻茂和周怀瑾之后的潜在利益获得人……

他来得还挺早。

第五章

"我昨天在加拿大出差，知道出了事，就赶紧往回赶，路上又听说怀瑾大哥……"杨波双肘撑在膝盖上，用力在脸上抹了一把，接连喘了好几口大气，"不好意思，太突然了，我有点儿……我实在不知道该怎么办……"

坐在他对面的刑警用估量的目光在杨波身上扫描了一遍，打开小本，也没跟他绕圈子，直接不客气地开口问："杨先生，为了了解案情，我就不绕圈子了，有一些传闻，说你和周老是父子关系，请问这是真的吗？"

杨波跟人虚与委蛇久了，一时不适应这种有点无礼的直球，脸颊倏地绷紧："说什么呢！"

随即，他下意识地坐正，沉下脸色："那都是无稽之谈，是对我个人工作能力、我母亲和周老三个人的侮辱，我不知道这些流言蜚语您是从哪儿听来的。你们难道……"

他愤怒地瞪着对面的警察，用力咬了一下舌尖，才把"你们难道都是靠飞短流长破案"的一句咽了回去。好不容易消停下来的周怀信听了他这话，登时又有火山大爆发的趋势，他气沉丹田，来了一声远程的啐："我呸！"

"呸"出的唾沫星子还没来得及落地，骆闻舟已经一视同仁地叫来了另外一个刑警，指着目瞪口呆的周怀信说："把他们单独隔开询问，周怀瑾在燕城被绑架，有利害关系的都是嫌疑人，亲属也算。"

　　"什么？我是嫌疑人？你是不是有病！是不是瞎！"周怀信气得要上房，扭头转向一脸爱莫能助的费渡，"费爷，这个警察怎么回事？他叫什么，我要投诉他！我操你大爷，小心我让你混不下去，敢把老子当嫌疑人，我……你们别碰我！"

　　杨波充满克制与激愤地说："我母亲和周老确实是旧识，我也是因为这层关系才有幸进入周氏工作，但是能走到这一步完全都是靠我个人努力，没有你们想象的那些龌龊事。"

　　周怀信彻底不顾素质了，被两位刑警架着走，还在伸长了脖子骂街："真有脸说，你就是龌龊下的崽——"

　　杨波忍无可忍，反唇相讥："我实在不知道在小周先生你这种酒驾、滥交、抽大麻的人眼里，'龌龊'的标准是什么。"

　　胡震宇眼看这两个少爷当着一屋子警察的面就这样撕咬起来，拦住这个跑出那个，额角的青筋简直快要破皮而出，恨不能把他俩一起栽进盆里埋了。

　　费渡在旁边围观得津津有味，正打算重新去端他那杯红茶，被骆闻舟一巴掌打掉了手。

　　骆闻舟说："你专门上这儿喝茶看戏来的是吧？把你那堆臭毛病收一收，刑侦队不是你们家，不管你是编外联络员还是什么玩意儿，来了就得服从调配，再游手好闲不干活，就给我滚出去。"

　　费渡千方百计地混进市局，自然有他的目的，然而即使这一层身份可以让他名正言顺地出入各种现场，他还是理所当然地把自己当"外人"，突然遭到这不见外的一巴掌，整个人都有点回不过神来。有生以来，费总还从未被人当成"碎催"小弟吆五喝六过，一时不知该用什么表情应对骆闻舟，他原地愣了好一会儿，才茫然问："哦，那我应该干什么？"

　　随后，他就被拎到了一堆技术人员里，骆闻舟让他一帧一帧放大绑匪的视频，一个像素一个像素地分析。

　　相对于在白沙河畔地毯式搜索的陶然与正在四处奔波的郎乔，坐着分析视频图像是一个相对轻松的工作，不过费渡还是没干几分钟就烦了——再轻松也是体力活，通过蛛丝马迹得出漂亮的结论，这是优美的智力活动，但从大量重复且无用的信息里搜索蛛丝马迹的过程，这就很无聊了。

费渡头天晚上刚在充满了罪恶的金钱海洋里遨游了一宿，才合眼没几分钟，又赶到周家看热闹，人本来就乏，没过多久，一双眼皮就开始打架。他试了几次，发现自己实在不是个当小弟的料，站起来原地溜达了几步醒盹，正听见旁边的骆闻舟向陆局请示要不要删视频。

不删，等于是让犯罪分子牵着鼻子走，影响实在太坏了。

可是眼下他们一点儿头绪也没有，万一视频删了，绑匪真的动刀，那等于把人质置于一个相当危险的境地，人命关天，肯定也不能干这样的事。

连电话那边的陆有良都一时踟蹰起来。

费渡背过身，偷偷打了个哈欠，睡意浓重地对骆闻舟说："如果是我，我就删。"

骆闻舟用眼角瞥了他一眼，匆忙和陆局交代了两句，挂了电话。

"看这里。"费渡冲他招招手，点开绑匪发来的视频，一直跳到绑匪取血，在周怀瑾胸口上写字的部分。费渡一副没长骨头的样子，懒洋洋地靠着自己支在桌上的胳膊，对骆闻舟说，"绑匪先划了一刀，随后又拿出个刷子，蘸着血迹写字，你不觉得对于一个绑架犯来说，这个动作太讲究了吗？要是我，我就直接用刀在周怀瑾胸口上划。"

骆闻舟一手撑在椅背上，听了他这番说辞，面无表情地低头看着他。

费渡拿他当提神醒脑利器，带着几分恶劣的兴致勃勃回视着他："一般的美人这样看我，我会默认为对方想让我亲她。"

骆闻舟没搭理他，追问："没错，绑匪这个动作确实有点多此一举，所以呢？"

"所以我认为，这个绑匪根本不想伤害周怀瑾，只是想用这个人质交换某种东西，也不想变成被四处通缉的杀人犯，而且从他对人质的这个宝贝态度来看，对方很可能就只有周怀瑾这一个筹码，就算你们删了这个视频，也许他也未必会拿人质怎么样，不如大家掀开底牌试试。"

"哦，'也许'，"骆闻舟看着他，轻轻地说，"到时候我打报告，就跟大家说，据我判断，绑匪'也许'不打算伤害受害人，所以我决定删除视频试试，看周怀瑾到底死不死——费总，你是这个意思吗？"

费渡没来得及回话，骆闻舟就抬手按住了他的后颈，俯下身贴在费渡耳边说："这位同学，我们干的这份工作，不是靠脑筋急转弯混日子的，做什么事，需要'有理有据、合法合规'。这八个字你哪个不懂，可以随时向师兄提问——我是让你从视频里提炼信息，试着推断绑匪的位置，没让你跟犯罪分子在线猜牌斗地主！"

没骨头的费渡猝不及防，被他一下按了下去，险些磕了下巴。

骆闻舟居高临下地抽回手，皮笑肉不笑地说："你误会了，我不打算亲你，刚才那个眼神只是有点儿想揍你，下次看见记得躲远一点儿。"

费渡还没来得及对他的野蛮行径表达抗议，就听见旁边一片喧哗。

"老大，有一段新视频！"

骆闻舟短暂地放过费渡，接过耳机，整个周家别墅中，包括没洗脱嫌疑的几个人在内，全都屏息凝神地等着来自绑匪的消息。

视频里的周怀瑾已经清醒过来了，却远比方才狼狈得多，喷过定型喷雾的头发已经乱作一团，好似挣扎过又被镇压，这回，他脸上身上多了几道瘀青，一脸惊怒交加，绳子绑得更紧了，脖子上破口的血迹沾湿了衬衫，胸口不住地起伏。

画面外有个用变声器扭曲过的声音说："念。"

周怀瑾的目光微微一凝，随后脖子上青筋暴跳："你们……"

他刚说出这两个字，就连人带椅子被踹倒在地，接着，镜头一阵乱晃，只能听见拳脚打在人体上和闷哼痛呼声，随后，屏幕陡然一黑。

网警那边气氛凝重，依然一无所获。

周怀信看得两腿一软，也顾不上跟杨波对骂了，一把攥住旁边人的衣角："我出钱，咱请几个黑客行吗？多少钱都成，只要能请来。我哥……我哥……"

这时，录好的视频里，短暂的黑屏过后再次有了画面，镜头对准了倒在地上的周怀瑾，那沙哑的声音依然只说一个字："念。"

周怀瑾的嘴唇哆嗦了几下，这含着金勺出生的男人很知道保护自己，轻易就选择了屈从，吃力地看着不知竖在哪儿的提示板，他磕磕绊绊地念出了声："我问你们的问题，你们要在……十……十分钟之内做出回答，要发在周氏官网首页上，答……答案我都已经知道，如……如果敢撒谎，我就……"

周怀瑾艰难地喘息了两下，喉咙里发出一声呜咽："我就从……从周总身上割下一个部位。我们来扒开某个人的……人……人皮看看。"

"第一个问题，周……周峻茂是不是一个道貌岸然的伪君子，是不是明目张胆地把私生子接到了自己身边，还当继承人培养？这……这张亲子鉴定报告是不是真……什么？！你们居然偷我的……啊！"周怀瑾念到这里，神色陡然激动了起来，被绑匪一脚踢中了后脑勺，他呜咽了一声，整个人轻轻一抽，随即竟不动了。

一团皱巴巴的亲子鉴定报告在屏幕前一闪。

绑匪用沙哑难听的声音说："十分钟。"

他话音刚落，视频结束，后面弹出了一个十分钟倒数计时器。

有那么一瞬间，整个周宅鸦雀无声，所有人都像盯着怪物一样盯着那计时器，与此同时，在光纤交叠的虚拟世界里，一颗炸弹当空落下，炸出了一大片山呼海啸：

"周峻茂私生子！"

"周氏继承人遭绑架！"

"现场版的豪门恩怨！"

一分钟之内，骆闻舟的手机、周家几个人的手机，还有宅子里的电话响成一片，整个周宅成了一座活体热线，全世界都在想方设法弄到第一手消息。

骆闻舟低头一看，来自陆局的电话不能不接，他一个"喂"字还没出口，陆局那边已经急了："怎么回事，这绑匪闹这么大动静，人还没找到吗？没线索吗？人手不够去各区调啊！掘地三尺也要把这孙子找出来，我办公室电话都快炸了！"

骆闻舟尚且来不及和领导汇报进度，周怀信已经跳了起来，一把揪住胡震宇的衣领："回他回他！胡大哥，马上发公告回他，是！就是！那亲子鉴定是真的，姓杨的就是那个不要脸的私生子！"

杨波如遭雷击地惨白着一张小白脸，僵在众目睽睽之下。

胡震宇："怀信，你冷静一点。"

"亲子鉴定是我哥私下里偷偷找人做的，前一阵子还给我看过，错不了，那报告书肯定是他们从我大哥包里搜出来的。证据确凿，这没法狡辩啊，胡大哥！他们不都说了吗，问之前就知道答案！我爸爸已经没了，死人不在乎这一点名誉，什么家丑不可外扬，我哥的安全才是最要紧的！"

骆闻舟左耳灌满了周怀信的尖叫，右耳是陆局斩钉截铁的命令："这事必须马上控制住，不然你回来就等着给我写检查吧！"

周怀信一把推开跟在他身边的一个刑警，伸手去抢自己放在桌上的平板电脑："你们不发我发！"

"怀信！"

"周先生别冲动！"

全场只有费渡一个人事不关己，高高挂起，对周怀瑾的死活漠不关心，也不在乎哪位领导施压，他既没有压力也不受影响，十分镇定地抬起头对周怀信说："周兄，我建议你不要问什么答什么，否则后面等着你的，就不会是这种无关痛痒的小问题了，你信不信？"

周怀信一脸无助："那……那怎么办？"

费渡低声对旁边的技术人员说："把周怀瑾被踹倒时的那段音频单独分离出来，我刚才听了一耳朵，觉得'地板'像是空心的。"

骆闻舟一愣，直接挂了陆局的电话，一步来到屏幕前："从头到尾给我快进一遍！"

所有的画面飞快地重新闪过镜头。

费渡懒洋洋地伸手一指："看，除了黑屏的那一段，镜头始终离受害人很近，一个拍了全身的画面都没有，这种情况有可能是空间不够大，拍到其他地方，容易泄露受害人所在地的信息……唔，这个镜头左右活动的范围相当狭小啊。"

骆闻舟一伸手，再次让镜头停在周怀瑾被踹倒的镜头上，就连周怀瑾倒下的方向都是仰面向后！

骆闻舟按住旁边技术员的肩："能估算出来左右镜头活动的区间有多大吗？"

"一米五左右……最多不超过一米八。"

"骆队，你再听这一段！"

周怀瑾连人带椅子砸在地上，"咚"一声，声音十分古怪，空荡荡的，似乎隐约还带着回音。

"地面"是空的，空间宽度只有一米多……

费渡推了推平光的眼镜："有没有可能是一辆厢式卡车？"

他话音没落，骆闻舟已经联系上了陶然："绑匪可能在一辆走走停停的厢式卡车里，在白沙河附近的监控里搜，所有进出城路口设路障，把可疑卡车挨个拦下来。"

他这边电话没放，另一边又拨给了郎乔："你那边怎么样了？"

郎乔飞快地说："锁定了亨达集团，亨达跟周氏定位接近，本来是地头蛇，自从周峻茂强势回国入境之后，两家冲突很多，唯一一次试着和解，和周氏合作开发一个项目，还被周峻茂中途踢出去了。亨达旗下有一家基金，昨天晚上他们还没动静，就跟没反应过来似的，今天一大早突然开始在境外市场上放了一笔大空单，继续强势看跌周氏……"

郎乔那边还没汇报完，就听胡震宇大声说："你干什么！"

骆闻舟蓦地一扭头，周怀信趁人不备抢过了胡震宇的手机，趁着他方才用过还没锁屏，飞快地用他的账号登录了周氏官网。

等他被人按下的时候，一个"是"字已经发了上去。

第六章

"厢式卡车？"陶然冲着骆闻舟的一只耳朵说，"老骆，白沙河这边是外埠车辆进入外环的必经之地，来来回回都是大货，到底是查入城的还是查出城的？这么长时间了，你觉得周怀瑾还在燕城吗？"

郎乔则对着他另一只耳朵说："老大，那我是现在把负责人带回局里，还是就地先查他们的往来邮件？"

他身后有个胡震宇一脸气急败坏地指着周怀信："你……你，这都是干什么，唉！你也太冲动了！"

旁边杨波从脸一直红到了脖子："我要告你名誉侵犯！"

骆闻舟突然想起心灵鸡汤里经常提到的一个梗，"说人长两只耳朵一张嘴，是为了好好倾听，少废话"，现在骆闻舟算是明白了——长四只耳朵也未必够用。

费渡的目光掠过胡震宇，又落到周怀信身上。

周怀信梗着脖子，大烟鬼似的脸上除了花成一团的眼线，忽然还有了一点儿说不清、道不明的东西,这让他看起来居然有点像人了。

"我不关心外面说什么,我也不关心什么……什么哪个市场上市值蒸发多少钱——我不懂那些个东西,胡大哥,我也不想懂,我只知道我就我哥这么一个亲人。"周怀信发完了那条公告,嗓音调门反而低了下来,他盯着胡震宇的眼睛。

胡震宇却不知为什么,避开了他的目光。

周怀信半笑不笑地一提嘴角,也不知是刻薄别人还是自嘲:"说句不好听的,有些事,老头既然做得出来,总会有被人挖出来的一天,纸里包不住火,你们还真当自己能永垂不朽啊?"

胡震宇一时哑口无言。

"你们能在十分钟之内找到我哥吗?"周怀信的目光扫向周围的警察,"那接着找啊!都他妈盯着我干什么?我是老爷子亲生的,我还是他的遗产继承人,现在我决定选择让死人牺牲一点,一切以活人的安全为先,我没有这个权力吗?"

这话乍一听,居然颇有道理。

"只要我哥没事,"周怀信红着眼圈宣布,"让我发公告说我爸爸是王八都行,做人得能屈能伸,这王八蛋我就当了,我爸就算地底下有灵,他也知道找害他的人、害我们家的人,怪不到我头上!"

胡震宇出了一脑门热汗。

这时,门口突然有人重重地咳嗽了一声,一个声音冷冷地说:"你们家确实是你们哥儿俩的,可集团不是,那么大一艘船,牵扯多少合作方和小股东,啊?老爷子在世的时候都不敢说他独断专行,你又算什么?混账东西!"

骆闻舟回过头去,只见几个聚在门口的周氏员工"呼啦"一下散开,一个干瘦的老人缓缓走进来,他身高不到一米七,再略微佝偻一点,显得更加干瘪瘦小,深邃的法令纹自鼻下兵分两路,将下巴三瓣切分,沉甸甸地坠着嘴角,活像这辈子就没笑过。

见了来人,胡震宇下意识地站直了:"郑老。"

杨波深吸一口气,快步走上前去,小太监似的把自己人高马大的身体蜷缩起来,以便依偎在那老人身边:"郑总,您终于到了。"

周怀信面带冷笑,盯着那老人不说话。骆闻舟了然,这老头就是周峻茂的副手，郑凯风。

郑凯风把周家当成自己的地盘，无视满屋的警察，不慌不忙地迈步走了进来，四下一扫，一眼看出了现场归谁指挥，径直来到了骆闻舟面前，冲他伸出一只手，十分诚恳地开了口："家门不幸，给你们添麻烦了。"

一见面，骆闻舟就被郑凯风这颗老姜呛了一口——本来是警方在调查绑架案，周氏所有人，包括郑凯风在内，全都是潜在嫌疑人，被这老头三言两语一歪曲，好像成了周氏对抗不知名的恶势力，顺便找了一帮警察来当打手。

骆闻舟有几分敷衍地在他手上握了一下，不动声色地把话撅了回去："恶性刑事案件本来就是我们的职责范围，工作就是这样，没什么麻烦不麻烦的。我们现在第一目标是解救人质，在这个基础上，也会尽可能地降低这件事的社会影响力，有必要的时候，还要麻烦家属多配合。"

郑凯风眼角微微一跳，脸色沉了下来。

骆闻舟天生混不吝，对各种位高权重者免疫，毫不在意地抽回了自己的手，转向周怀信："特别是小周先生，我们也理解家属心情，如果实在没办法，为了人质的安全，确实也不妨向绑匪让步，但我希望那永远是最后一步，你的公告好歹要等到倒计时牌最后时刻吧。"

周怀信十分尖锐地哼了一下。

"还有胡总，"骆闻舟微笑着转向胡震宇，"胡总说小周先生太莽撞，你自己不也挺着急的，后台都登录好了——我看大家也不要七嘴八舌了，先简单地分头去做个笔录吧——过来几个人，分别带走。"

几个刑警应声而来，不由分说地把周氏的一干实权人物分开了。

初秋的空调房里，胡震宇额角的汗好似擦不干净。郑凯风冷冷地看向骆闻舟："年轻人，你办事很有一套。"

骆闻舟冲他露齿一笑："我也觉得，谢谢您表扬，不过作为一个专管刑事案件的，我就不期待下次为您服务了——老先生，请。"

他三言两语打发了这帮成事不足败事有余的家属，一转头，正对上费渡似笑非笑盯着他看的视线。骆闻舟碰到他的目光，心口一滞，感觉费渡这双绝代无双的桃花眼实在天赋异禀，只要给他一副天文望远镜，他能用眼神掀开嫦娥的裙子。

"说点儿有用的，"骆闻舟心累地对费渡说，"想夸我帅，以及表达迷恋的话，都上后面排队去。"

费渡："我是想转告你，网警那边说发视频的人有线索了。"

骆闻舟做好了和变态绑匪打持久战的准备，闻言一愣："这么快？"

"是啊，所以你最好别抱太大期望。"费渡顿了顿，不知出于什么心理，又补了一声，"师兄。"

骆闻舟："师兄"这么正常的一个称呼，从费渡嘴里一出来，立刻显得不对劲了起来，姓费的也是天赋异禀了。

然而就在网警们"抓住他了"的兴奋声里，绑匪有恃无恐地上传了第三条录像。

这一次镜头竟然拉远了些，拍到了周怀瑾全身，同时也让看录像的人对人质所处的空间一目了然——整个空间都用黑色塑料布糊着，宽不过一米八，高度也十分有限，目测也就是一个成年男子的身量，他们果然在一辆厢式货车的车厢！

费渡一愣，若有所思地伸手蹭了蹭下巴，同时抬头看了一眼骆闻舟，骆闻舟立刻明白了他的意思，眉心微拧——之前绑匪拍的镜头，一直在很近的地方围着周怀瑾打转，很小心地避开了一切可能显示他们所处环境的线索，包括周怀瑾挨打的那一段。

直到他们刚刚推断出绑匪可能在一辆卡车车厢里，对方就给了这么一个镜头……

到底是这神通广大的绑匪在周家装了窃听设备，还是这屋里有人在和他们实时联系？

骆闻舟对旁边人小声说："把这屋里所有人——包括他们家进进出出的厨师、保姆、园丁都控制住，快点儿！"

录像里的周怀瑾比方才更狼狈了些，被人泼了满头满脸的水，滴滴答答地往下流，再有气质也英俊不起来了。他仿佛已经被教训老实了，这回没用别人废话，盯着镜头的方向，平铺直叙地念起了绑匪的信："你们知道承认就好，我现在问你们第二个问题，老规矩，十分钟——周峻茂这个著名企业家、'慈善家'为什么这么热心公益？他名下三个公益基金，是作秀用的，还是洗钱用的？周峻茂——周大龙，你真当自己改了名就是贵族，没人知道你那张皮下是个什么玩意儿啦？"

充满恶意的视频戛然而止，倒计时牌应声而出。

整个周宅气氛陡然紧张，连同家政工作人员在内，所有人都被单独隔离。

与此同时，网警最终锁定了视频传送者，正在亨达集团总部的郎乔同一时间收到信息，她只看了一眼，直接从兜里摸出一副手铐，铐住了正在和他们扯皮的负责人："他们脱不了干系，搜！"

十分钟，极短又极长，现实中人的两条腿只能跑几层楼，网上的消息却已经能绕着地球转无数圈。

一时间，各种真假难辨的信息爆炸似的涌现出来，有人信誓旦旦地站出来说周峻茂过去的曾用名就是周大龙，还贴了照片，底下附上了周峻茂出国投亲、跟着远房本家跑腿打工，赚到第一桶金后合作创业的全过程。最后尤其好奇了一下，周氏集团另一位创始人为什么销声匿迹。

紧接着，话题又从周怀瑾绑架案转到了周峻茂的离奇车祸，老慈善家多年来德高望重的形象在一段视频后分崩离析，有说他洗黑钱的，有说他卖国的，甚至还有人说他从事跨境人口贩卖……整个就是都市传说想象力大比拼。

作为关注焦点，周峻茂车祸的肇事司机董乾当然没能幸免于难，祖宗八代都快被人窥视个遍，仿佛他每根头发丝里都埋了阴谋的暗线。

"骆队，十分钟马上就到了。"

"把他们官网的公告栏接管过来，以警方名义回复绑匪，"骆闻舟顿了顿，"就说经济侦查人员已经介入调查，正在核实相关情况，请大家不要以讹传讹，如果有确凿证据欢迎举报，提醒绑匪在酿成严重后果之前及时投案自首。"

"老大，不行，周氏官网访问人数飙升，现在已经瘫痪了！"

绑匪的倒计时已经进行到了最后一分钟。

郎乔的电话打了进来："老大，我们找到了这个亨达集团买推手炒作这件事的邮件和一部分付款凭证，确定绑匪的视频是他们上传的……"

骆闻舟："你别告诉我他们不知道绑匪是谁。"

"他们说自己不知道绑匪是谁，"郎乔飞快地说，"今天早晨周怀瑾失踪后，亨达的公关部门就收到了神秘邮件，里面还附有几张模糊不清的照片，当时还以为是假的，亨达这边也是不讲究，正好昨天出了周峻茂的事，就想趁机搅浑水……"

"然后传视频给他们的人说影像是合成的,他们信了,发了,最多是恶性商业竞争,对吧?"

郎乔:"……啊,是这么说的。"

"是个屁!恶作剧他们用这么多防追踪手段干什么?涉案人员全部带回来!继续追踪发邮件的人!"骆闻舟瞥了一眼倒计时牌,时间流水似的无情而过,周氏的官网依然"高位截瘫",一动不能动!

"老大你看,这是从接杨波过来的那司机身上搜出来的。"

骆闻舟接过手机,只见那可疑的司机登录了一个明显新注册的微博小号,最近的一条状态豁然是:"警方查到'肉'在卡车里。"

倒计时归零。

周氏官网崩溃,几乎是同时,郎乔抓住了代替绑匪发视频的人,网警正在争分夺秒地顺着查获的往来邮件追缉发件人。

然而这样一来,绑匪和警方之间微妙的平衡和通信途径就双向断开了。

整个网络都是伸出的触角,顺着时间与流言蜚语浩浩荡荡地逆流而上。

这一刻,周峻茂不再是一个人,他的生平、经历、绯闻都已经成了一本打开的书,每一个标点符号都经过了公开发行,赤身裸体地陈列于众目睽睽之下,供人反复唏嘘咀嚼,品鉴成风:

"有理有据,周氏官方承认的私生子到底是谁?"

"扒一扒周峻茂的情妇们。"

"周氏A股开盘跌停,探讨A股与港股市场不同的规则。"

"周氏另一位神秘创始人为何英年早逝?"

"周峻茂原名周大龙,屌丝逆袭的一生。"

"周峻茂已故发妻竟曾是堂兄遗孀?史上著名人妻有哪些。"

"私生子买凶杀父,走近神秘的俄狄浦斯情结。"

……

诸如此类耸人听闻的信息铺天盖地,除非把"周"字列为违禁词、开除出百家姓,否则完全删不过来。

绑匪的倒计时牌上,零分零秒的字样不住地闪烁,随着亨达集团那帮搅屎棍被捕,绑匪随即闭上了对外发声的嘴,就这样不祥地缄默下来。

无数双眼睛都在盯着那一动不动的页面。

骆闻舟一把拎起杨波那司机的领子："在警察眼皮底下暗度陈仓，我可有些年没见过这么勇敢的嫌疑人了，朋友，你浑身是胆啊！"

那司机约莫有三十来岁，平头正脸，长得颇有卖相，然而是一副叫人过目就忘的"平头正脸"，他分明是跟在杨波身后走进来的，半天却一直没有人注意到他。这会突然被抓出来，司机的腿哆嗦得几乎要站不住："我……我没干什么，我就……就发条微博……"

"用刚注册的号发黑话，给谁看？"骆闻舟三下五除二地把他铐了起来，"你是在线写日记还是对着空气抒发感情？"

费渡忙侧身让开几步，以防影响骆队发挥动手能力，充满同情地摇摇头："我知道指使你的人就在这宅子里，说不定还在眼睁睁地看着，想清楚啊这位先生，现在万一周怀瑾有个三长两短，你这性质可就不一样了，他给了你什么让你这么卖命替他顶罪，以身相许了吗？"

他话音刚落，旁边就有人喊："骆队，绑匪又有动静了。"

刚说完"三长两短"就有动静，费渡也是神了，骆闻舟只想缝了他那张乌鸦嘴。

没有了亨达集团的技术支持，绑匪仿佛已经黔驴技穷，兵荒马乱地上传了第四段视频。

这一次只有几十秒，镜头晃得厉害，拍到了一个男人的侧影，那人显然是其中一个绑匪，从头到脚用黑布包着，连根头发丝也没出镜，一手拿着镜头，对着自己另一只手拍——那只手里握着一把剁排骨的砍刀。

周怀瑾拼命地把自己蜷缩起来，声音里的惊恐行将化为实质："我不知道，我不接触亚洲业务，都是我爸爸和郑总在管，我真的不了解什么基金公司……别过来！你别过来——啊！"

这时，另一个声音从镜头外传来，仿佛是提刀绑匪的同伙，被变声器扭曲过的声音急促地催着："别拍了，快点，他们追过来很快的！"

提刀的绑匪丝毫不理会，缓缓地单手提起了刀。

周怀瑾活鱼似的翻腾，终于用绑在两条椅子腿上的腿成功站了起来，踉跄着往后退，可惜这少爷小脑实在不怎么发达，脚下不知被什么绊了一下，重心顿失，他惨叫一声，往一侧倒去，整个人摔到了镜头之外。

就在他摔倒的一瞬间，镜头猛地一晃，仿佛是那提刀的绑匪已经砍过去了。

连同骆闻舟在内,所有人心里都"咯噔"一声。

下一刻,镜头重新稳定下来,只见由于周怀瑾那一摔,砍刀险险地擦着他砍到了旁边的车厢壁上,糊好的黑布骤然裂了一条缝,"呛啷"一声巨响,像是要把人大卸八块的力度。

提刀的绑匪"啧"了一声,他的同伙在身后发了急:"快点儿,你有完没完!"

眼看要见血,骆闻舟一抬手截断了费渡的视线——

"不!不!慢着!我说我说……你说得对!你说得都对!"视频里的周怀瑾已经慌不择言了。

提刀的绑匪听了他这句话,略微停顿了一下,轻轻一歪头。

旁边气急败坏的同伙骂了一句,转头好似推开了货厢门,一道光打进来,落在周怀瑾狼狈的脸上。周怀瑾被阳光照得睁不开眼,一边徒劳地在地上蹭,一边上气不接下气地说:"境内有三……三只公益基金,只有一只是正常运营掩人耳目的,其他都是洗钱和避税的幌子,跨境资金监管有很多漏洞,不容易查,千真万确,我保证!你还想知道什么,我都告诉你!"

提刀的绑匪耐心地等他说完,好似十分满意地一点头,随即毫无征兆地提起刀就往下剁。

"啊!"

画面里立刻传来一声撕心裂肺的惨叫,没等揪心的众人看出个所以然来,整个车厢剧烈地震颤了一下,好像车子突然启动,视频戛然而止。

费渡拍了拍骆闻舟的手背,转向那被铐起来的司机,冲吓尿的司机一摊手:"你看,我说什么来着?"

司机两眼一翻,打算就地晕过去,可惜骆闻舟断然不肯给他这个机会,一把卡住了他的脖子,狠狠地把人拎起来摇晃:"我再问你一次,你替谁办事?再隐瞒,你就是主犯之一。"

司机一双眼珠四下乱转,转得六神无主:"我、我……"

骆闻舟倏地一松手,大声说:"查他的个人账户、财产、近亲属,包括小孩,还有近期他手机、固话、社交网络的所有联系人——我还他妈不信了!"

"杨总!是杨总!"那司机嘶声喊叫出来,"别去找孩子,我们什么都不知道!都是杨总吩咐我的!"

"杨总？"费渡好整以暇地靠在一张黄檀桌上，"杨波？你的意思是说，绑架周怀瑾、暴露出自己私生子身份，都是杨波自导自演的？他让你干什么？"

司机颓丧地瘫在椅子上，被铐住的双手手肘撑在膝盖上，无地自容地抱起了头，小声说："就……让我注册一个新号，在新号上发微博，随时告诉'那边'你们追到哪儿了，让他们能及时跑。"

"及时"俩字出口，费渡就微微眯了眯眼。

骆闻舟立刻追问："这么说你知道绑匪在哪儿？"

"不不……不知道。"

"胡说八道！"

"真不知道，真的！我一直在胡总手下，不算杨总的人，他不可能全然信任我，我听见什么都发，对不对让他们判断。我只知道他们还在燕城，因为大货进出城可能会被抽查，周总失踪，警察一紧张，风险更大，不如'灯下黑'，反正……"

费渡："反正有你给他们通风报信。"

司机抬头看了他一眼，又飞快地避开他的目光："他们说，到时候找个方便的地方，连人带车往河里一开，绑匪自己砸开车窗上岸——往那些没人的荒山野林里一跑，过了水，连狗都找不着，神……神不知鬼不觉。"

骆闻舟转身拎起电话："陶然，找一辆两吨左右的厢式大货，从昨天下午到今天凌晨，排除过路车辆……对，绑匪还在白沙河流域，十公里范围内浅水区域排除、村落聚居地排除、地势相对平坦地区排除……"

陶然飞快地说："那就只有东北地区的防护林那边了，离我不到一公里。"

骆闻舟说："警笛开到最大，有两个绑匪，应激情况下容易产生分歧，人质或许有机会。"

"这听起来倒是挺有逻辑的一个故事——杨波是周峻茂不肯承认的私生子，处心积虑混入高层，找了个合适的机会做掉老周，再绑架周怀瑾，逼迫周氏官方承认他的私生子身份，好名正言顺地继承遗产。"费渡把眼镜摘下来擦了擦，继续问那司机，"容我好奇一下，杨波答应给你什么？"

"我儿子……"司机艰难地从嗓子里挤出一句话，"我儿子要到国外治病，我没有钱，也没有门路……"

费渡好似十分失望地摇摇头："这个梗就有点老了——"

骆闻舟放下电话，略带警告地扫了他一眼，让他说人话。

费渡话音一转："我是说，这点条件，杨波能给你，难道周怀瑾给不了？就连周怀信也办得到，为什么你会单单投靠杨波？你上嘴唇一碰下嘴唇，就说是杨波指使的，我们怎么知道你不是栽赃嫁祸呢？"

骆闻舟紧接着逼问："勾结外人，炒作周氏丑闻，打压自家股价，对杨波有什么好处？他损人不利己吗？"

"不……不是！"司机慌慌张张地摇头，"只要让他们顺利承认私生子的事，官网就会崩——自己不崩他们也会找人让它崩，到时候谁也上不去，想发什么声明也发不了，这样一来，不管绑匪问什么，公司都没法承认，他就可以趁机名正言顺地做掉……做掉周总。不然公司明明有官博，绑匪为什么非要让他们在自己官网上公告？"

"事后只要沉痛哀悼周怀瑾，谴责丧心病狂的绑匪，再把没有回答过的那些事通通斥为污蔑就行，民众狂欢完了想起'政治正确'，当然会跟风站队斥责暴力，同情受害人。公司不见得真会伤筋动骨，没有了周峻茂和周怀瑾，只剩下一个小骷髅专业户周怀信，完全不值一提，公司以后会落到谁手里，不言而喻。"费渡一摊手，"有理有据，听起来计划非常圆满。"

司机愣愣地看着他，总觉得费渡话里有话。

骆闻舟一摆手："把他带走，拘回局里！"

白沙河流域，山呼海啸的警车车队兵分三路，风驰电掣地闯进东北方向的防护林山区，在寂静的野外几乎营造出四面楚歌的氛围。

前两天的秋雨让人迹罕至的野外充满了泥泞，松软的土层吸饱了水。

"陶副，有新鲜的车辙！"

陶然伸手抹了把汗："追！"

白沙河略微有些涨水，沿河而行，水声越来越大，若有若无的车辙印很快把他们引向河边。

"在那儿！"

"水里水里！"

一辆白色的卡车在白沙河里起伏不定，随着略显湍急的水流往深处缓缓移动。

周宅中，除了被带走单独接受讯问的杨波，所有人都屏息凝神地等着消息，神色各异、各怀鬼胎。倒是周怀信似乎真情流露，死死地攥着旁边一把木椅的扶手，非主流的长指甲把木椅刮得吱吱作响。

每一秒都好似被拉长了两周。

"骆队，"呼啸的水声中，陶然的声音有些不清晰地传来，"货厢被冲开了，人不在，不知道是被绑匪带走了还是卷进水里了。"

郑凯风脸色微沉，胡震宇后背陡然僵直。

周怀信猛地站起来，胯骨撞到了坚硬的实木桌面，他浑然未觉，嘴唇上的血色一丝也不剩了，像个苍白的隔夜小丑。

骆闻舟沉声说："继续搜。"

亲自下了水的陶然不小心呛了一口，咳嗽两声："继续搜！"

"陶副，你看那里！"

绑匪大概是被警笛声惊动，慌乱之下把车开进了水里跑了，货厢没关严，里面的周怀瑾连着他身下的木椅一起漂了出去，木椅好像一个蹩脚的救生圈，搭着不知是死是活的人，像一片风雨中的树叶，随波逐流。

"我抓住他了！"

"拉紧别松！等等……还有气！"

二十分钟以后，周怀瑾获救的消息传回了周宅——周怀瑾腿上被砍了一刀，幸运的是没伤到要害，其中一个慌不择路的绑匪并没有容得同伙仔细杀人碎尸，被遥远的警笛惊动后，急不可耐地一脚油门，把车踩进了白沙河，随即两个绑匪逃走不知去向，周怀瑾顺着河水漂流而出。

胡震宇大松了口气，郑凯风不动声色地合上眼，周怀信瘫在地上半天起不来，随后跟跟跄跄地冲进了卫生间，紧张得吐了个底朝天。门口有人跟了进来，周怀信以为是保姆，气喘吁吁地闭着眼伸出手，嘶哑地说："给我水。"

一瓶拧开了盖子的矿泉水递到他手上。

周怀信一口灌进嘴里，就听见身后的人开口说："至于吗，周兄，你不是早知道这结果吗？"

周怀信猝不及防，"咕咚"一声，把漱口的水咽了下去。

"费爷，"周怀信有点僵硬地回头，勉强一笑，"你说什么？"

费渡回头看了一眼，到处都是乱糟糟的人走来走去，没人注意这边，于是他抬手关上了卫生间的门，卫生间灯光晦暗，加深了他眉眼的轮廓，让他看起来就像是一张笔触锋利的画。

"别装了，我又不是昨天才认识你。"费渡十分放松地靠在门板上，要笑不笑地看着周怀信，"你一年到头见不了你爸几面，压根儿也没关心过你们家财产，什么私生子家生子的，从昨天到现在，我看你总共也就抢胡总手机的时候说的那几句话是真的。"

周怀信转身背靠洗脸池，沉下脸色，默不作声地看着他。

"杨波就算真是你爸的私生子，也不必搞这么大的阵仗认祖归宗，你家老头在太平间躺得踏踏实实，他大可以回国请求司法鉴定亲子关系，这又是绑架又是杀人的，图什么，吃饱了撑的吗？"

"司法鉴定他想做就做吗，真当我们哥儿俩是死的？一把火烧了老头，也不给他一根头发。"周怀信嗤笑一声，"他不就是为图钱吗？小门小户出来的，算得真精。"

费渡摇摇头："网上爆出来的那三只基金就够你家喝一壶的，就算是假的，查一次也让你们伤筋动骨，真图你家钱，他不会这么损人不利己。"

"都说了我是个画画的，不懂你们这些生意人的事。"周怀信不耐烦地一摊手，仗着自己瘦，从费渡身边挤了过去，打算要开门出去。

费渡一抬手扣住了他握在门把上的手腕，周怀信一激灵，感觉费渡冰冷的手指像一条蛇，紧紧地卡住了他不动声色下剧烈跳动的脉搏。费渡虽然不是什么力量型选手，对付周怀信这根麻秆也很够用了，轻轻一推，就把他按在了旁边的储物柜上。

周怀信："你……"

"嘘——"费渡抬起一根手指打断他，"小点儿声，警察还在外面——你家那倒霉司机一开口，我就知道不是杨波，这事怎么操作，你我都清楚。买个人当替罪羊，不留证据，进去几年，给够他一辈子也赚不来的钱，出来他还有工作，又不是死刑，跟去个艰苦的地方外派几年差不多。谁家的替罪羊也不可能出卖主人，国内又没有专门保护污点证人的制度，卖了主人也未必逃得脱刑责，白坐牢不说，家人还受连累，圈里没这个规矩。"

周怀信艰难地从喉咙里挤出几个字："我不知道你们什么规矩。"

"别装纯，"费渡点了点他，一笑，"我们这边刚猜测你哥可能在一辆货车上，绑匪那边立刻就不再小心翼翼地缩短镜头，是觉得警察太笨，生怕我们抓不出内奸，怀疑不到杨波头上吗？"

周怀信冷笑："你的意思是有人嫁祸杨波——绑架大哥，再顺手除掉私生子，我明白了，这事横看竖看，都只对我有好处，所以现在我是嫌疑人了？那你为什么不告诉警察？"

费渡松开了钳制着他的手，静静地看着他。

"去啊。"周怀信声音虽然压得很低，脸上却又恢复那种疯疯癫癫的满不在乎，轻佻地冲费渡一笑，"酒池肉林里泡不出什么感情，你出卖我，我不怪你，我要是因为这个折进去，以后出来不愁没有牛吹，这是编排了一场多大的戏，我是个多么伟大的行为艺术家！"

费渡轻轻地叹了口气。

周怀信嬉皮笑脸地问："你叹什么气，难道是在遗憾还没泡过我？"

费渡说："我可吃不消你。"

"那当然。"周怀信到了这种地步，竟还有些扬扬得意，"你那过时的审美肯定吃不消我这种前卫的风景……"

"我吃不消你这种自以为在装疯卖傻的真傻子。"费渡淡淡地打断他，"周兄，你跟你大哥到底有多好？"

周怀信脸上的笑容顿时一僵，手指紧紧地扣在了身后储物柜的柜门上："奇怪，费爷，你刚才还说我绑架我大哥，又嫁祸杨波那个狗娘养的，一石二鸟，怎么现在又变成我跟他有多好了？你这前言不搭后语的……是被我的美色冲昏头脑了吗？"

费渡没接他这句干巴巴的玩笑话，只是说："绑匪抛出第一个问题的时候，你抢走了胡总的手机，他的手机直接登录到了你们官网后台。"

"是啊，哟，不得了，原来胡震宇装得那么镇定稳重，其实早准备好了要曝光私生子的事。"周怀信"啧"了一声，"这种事我当然要抢先啊，越真情实感越没有嫌疑嘛……"

"我警告你回复绑匪要慎重，你当时明明听进去了，"费渡丝毫不理会他说什么，"可是转脸又来了这么一出？为什么？"

周怀信挑起修成了一根线的细眉："你是问我……"

"因为你看见了胡震宇的小动作，"费渡几不可闻地轻声说，"贵司这种标准化管理的公司，官网一定有专人负责打理，发什么新闻也一定有固定的请示流程，这事无论如何也不是胡总该亲自管的，他第一时间亲自登上后台，这不合常理，这点不合常理证实了你的某些猜测……"

周怀信的表情像面具一样挂在脸上，纹丝不动。

费渡微微顿了一下："就是你哥根本没有被人绑架。"

周怀信的呼吸突然凝固，好一会儿，他声音尖锐地"哈"了一声，使劲一耸肩，细伶伶的脖子几乎要从肩上掉下来："费总，这么说，你和警察们方才忙了一圈，都是在陪着演话剧了？"

这时，费渡的手机屏幕一亮，电话铃即将响起，他看也不看地伸手挂了，继续说："第一，两个知道利用竞争企业煽风点火、制造网络舆论的绑匪，为什么一和亨达集团断开联系，就成了没壳的乌龟，立刻就毫无防备地被警察追踪到？

"第二，白沙河流域地广人稀，从机场路劫走人质之后，顺路选择在那里换车，这还说得通，可为什么仍然在那里徘徊？

"第三，白沙河已经算是燕城地界，从这段路进城基本不会遇到查验关卡，临时路障也是你们报警后设的。从你哥上了绑匪的车到你们报警，中间至少有两个小时，绑匪为什么不开进市里，找个足够安全私密、地方足够大的空间？难道策划这起绑架案的幕后黑手已经穷得租不起房子了？

"第四，专门留下个内奸给我们抓，到底是为了让绑匪及时逃跑，还是为了通知我们及时救人？你哥面对一个凶残的绑匪，不威逼不利诱，先条分缕析地回答他有关基金的事，这是唯恐周氏身上官司不够多？

"第五，两个持刀绑匪，劫持了一个毫无反抗之力的人质，开着一辆大货在荒郊野外，人质这样都没死成，还顺顺利利地被警察救了？"

周怀信苍白徒劳地开口："你要是非这么说……"

"当然，绑匪联系亨达集团，误导警方和炒作事件都是亨达主导，绑匪自己狗屁不懂，你可以说绑匪选择白沙河，是因为对白沙河流域熟悉——反正照这么看，我们也不可能抓住那俩人核实了。你也可以说你看出绑匪搞垮周氏的目的，为了保命刻意配合，还可以说他最后没死成都是运气，都是命大——"费渡打断他，一字一顿地说，"可是这么多巧合在一起，再加上胡总的可疑操作，恕我想象力贫乏，周兄，我真的只能想到这一个可能性。"

周怀信神色变幻几次，良久，他说："我错了，费总，最佳想象力是你的，我甘拜下风。"

不等费渡开口，他接着说："杨波算什么东西？照你这么说，周怀瑾自己绑架自己，又是挨刀又是挨水淹，不惜抹黑自己家公司，就为了栽赃一个私生子？费爷，这到底是他有病，还是你有病？"

费渡嗤笑一声："周兄，你真的相信杨波是你爸的私生子？你真相信如果有这么个'沧海遗珠'，你爸会为了什么亡妻、名声那些虚头巴脑的东西，忍辱负重地养在身边不敢认？"

"不是私生子，那杨波那个傻×怎么干到现在的位置的？"周怀信倏地提高了声音，"卖身吗？我们家老头真不好这口。"

"我也想知道，"费渡沉声说，"那份鉴定结果确定是杨波的吗？你不知道，对吧？那是你哥给你看的。"

"你是说他在我爸和郑老狐狸眼皮底下，捏造出了一个私生子。"周怀信笑了，伸手在费渡肩上按了一下，"算了吧，这还不如说大哥是我绑的呢，费爷，我知道你够意思，不用再替我开脱。我不会自首，警察要是够聪明，就让他们自己来查，你要是愿意举报也随意，我不在乎——唉，升官、发财、死爸爸，真是人生三大快事。"

周怀信说完，一把甩开费渡，拉开卫生间的门，一点儿也不像个刚被人揭穿的阴谋家，摇头摆尾地溜达了出去，转得二五八万一样对到处找他的警察宣布："配合调查是吧？成，一会儿跟你们回局子，催什么催，先让我卸妆！"

费渡缓缓从拐角处的卫生间里走出来，若有所思地看着周怀信一扭八道弯的背影。就在这时，一只手没轻没重地在他左肩上拍了一下，费渡刚一扭头，那手顺势一把攥住他的肩头，把他拽了个趔趄。

"跟涉案人员单独进卫生间密谈，"骆闻舟盯着他的眼睛说，"你最好给我个书面解释——还有，刚才给你打电话为什么不接？"

费渡避重就轻地一笑："骆队，你怎么跟捉奸似的？"

"费渡，"骆闻舟叹了口气，忽然伸手捏住了费渡的下巴，非常轻地在他耳边说，"你知道自己这样很招人烦吗？"

费渡有些讶异地微微挑起眉。

"手里拿着鸡腿，要是没打算分别人一半，就别老特意上人家面前'吧唧嘴'，这是起码的教养，大人没教过你吗？"骆闻舟说着，另一只手顺着往下滑，落到费渡腰间，好像摸了一把，又好像只是摆了个姿势，并没有碰到他，"大人"两个字压得低低的，顺着很轻的鼻息钻进了费渡耳朵里，好似还带了一点儿鼻音，一下撞在了费渡的耳膜上，余音散去，仍然震动不休。

"有本事你以身相许啊，"骆闻舟放开他，"有一搭没一搭地瞎调戏什么，没劲——走了，收工。"

费渡拉了一下自己的领子，追上去问："杨波要是死不承认，就凭那司机的口供，不能当成证据吧？"

"不能，"骆闻舟说，"我们下一步的工作，就是彻查那司机所有的通信和财产情况，然后把杨波扣到不能再扣，找周怀瑾做个笔录，画出绑匪画像发布通缉，至于能不能清清楚楚地结案，就要看隔壁去调查周氏集团的兄弟们给不给力，也许可以，也许只能不了了之。"

费渡插着兜："这真不像是刑侦队负责人该说的话。"

"那我该说什么？一切违法犯罪行为都必然会被我绳之以法吗？"骆闻舟停下来，摆了摆手，"我又不是黑猫警长，吹那么大牛皮收不回来。好比这起案子，也许你最后抽茧剥丝，发现真相就那么回事，并不足以把谁扔进监狱里教育几年，对不对？"

费渡心照不宣地一笑。

"当然，有些事细想起来还是挺生气的，"骆闻舟的目光落在他身上，"你要是能给我说一点儿有用的，方才你和周怀信关起门来干什么，我可以暂时不追究。"

"那好吧，我建议你先把所有相关人员都扣留在境内，尤其是郑凯风，"费渡一顿，又说，"然后核实一下周怀瑾、杨波和周峻茂的亲子关系。"

骆闻舟一点头，冲他打了个响指，快步走了。

费渡拿出手机——方才没来得及看，这会儿网上沸沸扬扬的，全是被周怀瑾在视频中那一石激起的浪，大浪里含着暗沙，无数只手在里面浑水摸鱼。他看着看着就走了神，兀自发了一会儿呆，随后拨通了一个电话，压低声音对那边说："替我查一下杨波这个人，尤其家庭背景，越详细越好。"

第七章

董乾家住澜弯小区。

这是一片很新的住宅区，几年前，这里还是潮湿逼仄的小胡同，后来成了轰轰烈烈的城市改造受益者，董乾家也是这样搬进了窗明几净的回迁安置楼。

这些年新建的小区都很讲究，"地暖""中央空调""新风系统"，前些年还觉得颇为洋气的名词俨然已经成了住宅的标配，新一代的城市中产开始购买生活品质，要地段、要安静、要服务、要便捷。老住户们稀里糊涂地签了动迁协议，在"品质生活"的边缘捞到一处容身之所，仿佛也跟着融入了"品质都市"的大潮……当然，只有住进来才知道，原来只是看上去很美。

回迁房和商品房中间有一道厚厚的隔离带，中间是封死的，一边是光秃秃的水泥地面，一边是花团锦簇的人工景观，一下将面貌相似的楼房分出了三六九等。

肖海洋和同事从董乾家里出来的时候，发现他们停警车的地方已经围了一圈人。

"这车一大早就来了，"有个遛狗的老头指着警车说，"我买早饭那会儿就看见了，也不知道是什么事查这么久。"

"您不知道吗，有个杀人犯住这里，我看网上扒出来的地址就是这院的楼。"旁边学生模样的少年举起手机给老人看，遛狗的老头眯缝着眼，对暴风一样席卷而过的信息流有些半懂不懂的敬畏。

"哎，那两个人是警察吗？"

肖海洋还没来得及拉开车门，就险些被淹没在人民群众的七嘴八舌里。

"警察叔叔，听说买凶杀人那个凶手住这里，你们是为这事来的吗？"

肖海洋先是一愣，随后连连摇头："不是，别瞎猜，劳驾让一让。"

举着手机的少年好奇地问："真有私生子吗？"

他话没说完，就被身后一位打扮入时的女士拽到了一边："你少打听那些没用的八卦，再上网瞎看不让你带手机了——警官，我就稍微问一句，撞人的那个到底死没死？你们抓起来了吗？跟杀人犯住隔壁哦……"

肖海洋拉车门的手一顿，随后假装没听见，一言不发地低头钻进车里。

"哎，怎么走了？回答一句能怎么样嘛，这也是群众关切的安全问题啊！"

旁边停车的男人低低地发着牢骚："我早就说不应该买这种离回迁房近的，你都不知道旁边住的是什么人……"

肖海洋没等同事关好车门就踩了油门，好像被什么追着似的离开了住宅区的停车场。才刚一开出小区大门，迎面就碰见一辆印着某媒体标志的面包车，同事眼尖，赶紧拍拍肖海洋："从旁边小路走，别惹麻烦。"

肖海洋一打方向盘，拐入七扭八歪的小路，余光瞥见面包车上下来几个扛着仪器的人，连跑带颠地追了他们几步，眼见追不上，这才只好偃旗息鼓，远远拍了几张警车驶过的照片。

同事紧张地回头看了看，确定没有节外生枝，这才松了口气，对肖海洋说："风声传得真快，海洋我跟你说，现在可不比从前了，你要是查案的时候碰见这种情况，一定得记着管住自己的嘴，不会打太极就赶紧跑，上面没出正式的官方通告，咱们一个字都不能多说，这可是纪律，要不然回头，擎等着被老大收拾吧。"

肖海洋先是有些木讷地点了一下头，过了一会儿，他突然又没头没脑地问："董晓晴还能在这儿住下去吗？"

同事不甚在意地摆摆手："肯定得难受一阵子，过一段时间就好了，大家都那么忙，谁有那么长的记性？放心，一两个月以后就没人记得了。"

肖海洋心事重重地应了一声，他开车并不像他本人那么横冲直撞，甚至有点过于谨慎，老远看见变灯，就轻轻踩住了刹车，老旧的公务车润物无声似的缓缓停了下来，几乎不让人感觉到摇晃。

"但是她自己肯定忘不了。"肖海洋突兀地开口说。

同事诧异地看了他一眼。

"万一我们到最后也没能找到明确的证据，证明董乾是凶手还是无辜，这个事在她心里就永远也过不去。刚开始别人询问她、怀疑她，她还会拼命争辩，死也不相信自己的父亲是杀人凶手，可是这件事会像一根刺，隔三岔五就冒出来，像薛定谔的箱子。"

同事没料到他突发了这么多感想，直愣愣地反问了一句："薛定谔？不是猫吗？"

"装猫的箱子，"肖海洋盯着信号灯，他的眼镜微微往下滑了一点儿，镜框遮住了眼皮，是一副有些沉郁的眉目，"一天不打开，你就一天不知道那只猫还在不在，这个箱子会永远卡在心口，卡得你放不下别的，每天等天一黑，就围着这个如鲠在喉的箱子打转，每天都在怀疑……这种悬而未决的创伤一辈子也好不了的。"

一般人日常说话，要么是磕牙打屁，要么是有事沟通，在东方人的文化观念里，跟不是很亲近的人交流感受，这就显得不那么"日常"了，多少让人有点尴尬的交浅言深。

同事支吾了一下，不知该怎么接这段漫无边际的长篇大论，只好干笑了一声。

肖海洋却像个沉浸在自己世界里的人，完全没有接收到同伴的尴尬，也并不期待别人的回答，自己说完一通就闭上了嘴，不知沉浸到什么里去了。

澜弯小区里，董晓晴独自坐在客厅，举着电话，本地电视台在旁边滚动着周氏的爆炸性新闻，肇事司机"董某"的名字不时从某个不起眼的角落里一闪而过。茶几上放着三杯已经凉了的残茶，昭示着方才有客来访。

电话里的人说话十分和气，是她所在公司的人事经理："小董，你看，最近你家的事也确实是多，即使正是忙季，大家也都很体谅你，我也请示过老总了，领导们一致觉得你应该先休息一阵，好好调整，工作不着急的……有什么困难啊，你可以随时跟公司说，能解决的，我们一定尽量帮你，好吧？"

这是委婉辞退她的意思，董晓晴听得懂，她不想露出太难看的姿态，于是用尽全力压抑住颤音："好，王经理，麻烦您了。"

"哎，不麻烦不麻烦。"那边为她的好打发松了好大一口气，看在董晓晴这么识相的份儿上，对方语气又软了三分，"遇到这种事，王哥没什么能帮你的，我刚跟老总打过报告，给你申请了一个季度的额外工资和补贴……"

门外传来锲而不舍的敲门声："董小姐在家吗？我们是《燕都晚报》的，想问您几个问题。"

"……到时候让财务一次性结给你，虽然不多吧，好歹比没有强。往后要是需要工作推荐信什么的，尽管来找我。"

"董小姐？奇怪，里面应该有人，我都听见有声音了……您好，家里有人吗？"

董晓晴艰难地深吸一口气，抱住头。

电话里、现实中……那些嘈杂的声音就像是水，水流来去，因势而行，未必有好意，也未必有恶意，只有身入旋涡中的人，挣扎不动、七窍不通，才知道所谓"灭顶之灾"是怎么个滋味。

可灭顶归灭顶，她是怨不得这一滴水，也怨不得那一滴水的。

那又该跟谁说理去呢？

古往今来也没人分辨出一个结果来。

董晓晴不知道自己是怎么应付完公司来电的，她成了一具自动上弦的行尸走肉。

等她回过神来，门外的人已经走了，手机壳被她自己生生拧了下来，电视里猎奇的新闻插播不知什么时候结束的，又开始放日常的综艺节目。

她茫然地把自己蜷成一团，散乱无神的目光盯着茶杯下一张写了电话号码的纸条——那是方才那位戴眼镜的警察留下的，嘱咐她如果想起什么线索，或是有任何困难，可以随时去找他。

"假惺惺。"董晓晴面无表情地想。

这时，聒噪的门铃又一次响了。

董晓晴一激灵，心里无端涌出一把无名火，她倏地站起来，抓起桌上的玻璃杯，当时就要对准大门砸过去，一声"滚"字已经卡在了她的嗓子眼。

"快递——家里有人吗？"

董晓晴一顿，水杯从她蓄力的指尖滚落，正好掉在沙发上，半杯水把沙发罩泡湿了一片。门口的人试着敲敲门，嘟囔了一句"没人"，随后是"吱呀"一声，快递员照常把包裹塞进了楼道里弱电井的小隔间中，匆匆地走了。

董晓晴草草地在泡湿的沙发罩上压了几张餐巾纸吸水，犹豫片刻，她对着"猫眼"仔细往外观察，确定外面没人，这才飞快地把门推开一条小缝，做贼似的取回了快递包裹。包裹没什么重量，包得很仔细，她记得自己并没有买什么东西，谁会在这个时候送快递？董晓晴疑惑地翻到了快递单，倏地愣住了：

包裹的发件地址是董乾生前工作的货运公司，发件人和收件人都是董乾。

周峻茂死因成谜，董乾作为嫌疑人，所在单位和家里存放的个人物品都被警方查过了，唯独漏了这一份同城也要走个两三天的"中国慢递"邮件。

董晓晴迫不及待地徒手撕开包裹，最先掉出来的是一张女人的黑白遗像，同样的照片她家客厅里也挂了一张，正是在她童年时代就早逝的母亲，后面是触目惊心的车祸现场图和当时医院抢救无效后出具的死亡证明。

死亡证明背面贴着一张剪报，是董晓晴妈妈丧生的那场车祸报道。

董晓晴本以为这是父亲珍藏的遗物，正要略过，目光却无意中扫到了旧报纸上的几句话，她整个人好像给迎头浇了一盆凉水，一瞬间从浑浑噩噩的状态中清醒过来——原来那篇报道的主角并不是车祸里无辜丧生的女人，而是当时一个颇有名望的企业家。

企业家自己开车在路上走，突然被一辆大货追尾，轿车失去控制，往旁边车道冲去，波及了另一辆过路的货车，酿成连环车祸，轿车车主和肇事司机当场死亡，而无端被波及的过路车辆里坐的就是董乾夫妇，两个人都被送医院抢救，妻子受伤较重，抢救无效后不幸身亡，只有董乾幸存了下来。

董晓晴一抬手，急切地把包裹中的所有东西都倒了出来——里面有不知所云的行车路线图、一些油印的手绘图纸、不知道干什么用的巨额账单复印件，好几张车牌特写以及一沓陌生人的个人资料。

其中一份霍然是周峻茂！

周峻茂的生平简介背面贴着一张照片，正是这起车祸发生时，他坐的那辆宾利。

董晓晴的心"突突"地跳了起来，双手忍不住发起抖来，她在一大沓文件下面看见了一个信封，上面歪歪扭扭地写着"小晴"，是董乾那潦草出几分稚拙气的字！

转眼，周怀瑾绑架案已经过了几天，热度非但没有平息，反而有愈演愈烈之势，周怀瑾早年参加商业活动的照片和报道全被翻了出来，连周氏那位神秘的创始人，也在销声匿迹几十年以后再次被人提起。

"这人中文名叫'周雅厚'……长得好帅，"郎乔在办公室里转来转去，"是个中美混血，中国血统多一点，娶的老婆也是华人，二代移民，家里有钱，自己从名校辍学出来干实业——周峻茂那时候完全就是人家的跟班，郑凯风更不用说，周雅厚组建自己公司的时候，郑凯风才刚偷渡出境，还是个东躲西藏的小混混。"

陶然讶异地抬头问："郑凯风还是偷渡出境的？"

"十几岁就跑了。"郎乔说,"在蛇头手底下混了几年日子,后来不知怎么搭上了周峻茂才混上的合法身份。看看当年的惨样,再看看人家现在,人生这际遇,啧,实在是不好说。"

旁边有人抗议:"乔乔,你别走来走去了,晃得我头晕。"

"我饿啊,同志哥,"郎乔哀号了一声,"咱饲养员已经迟到十分钟了,我的胃正在自己消化自己。"

她话音刚落,一股煎饼味就顺着楼道飘了进来,郎乔两步蹿到了门口,活像沦陷区人民见到了解放军,深情地叫了一声:"老大!"

骆闻舟一错步让过她:"稳重点儿。"

"饥饿的儿童不需要稳重。"郎乔猴急地去扒拉他手里的东西,"哎,你今天怎么买这么多样?"

骆闻舟没吭声,心说:"谁知道费渡那事儿精又不吃什么。"

这天正是周五,又是费渡来局里报到的日子。骆闻舟本来照常买了早点,临时想起这一出,又转悠着买了点儿别的,不小心迟到了一会儿。他假装若无其事地溜达进办公室,一眼就看见了费渡空荡荡的桌子,立刻正人君子一般板起脸:"我不是都强调过纪律了吗,这又是什么情况?陶然,给他打个电话,什么时候了还没到,又上哪儿鬼混去了?"

骆闻舟后知后觉地发现大家的表情都十分诡异:"都看我干什么?"

郎乔指了指费渡座位上挂的一件外套,特意把声音"压低"到所有人都能听见的程度:"人家半个小时以前就到了,刚去陆老总办公室了。"

陶然慢吞吞地补了一句:"哦,对,陆局刚才还打电话到办公室找你,我接的,他老人家臭骂了我一通,问我'骆闻舟的自由散漫还能不能好了'。"

……

整个刑侦队吃着骆队的饭,集体给了骆队一声嘘。

第八章

费渡在骆闻舟面前有多浑,在陆局面前就有多正经。

他穿着看似学生气的衣服,花的却不是学生的置装价格,老大爷不懂那些昂贵的服装细节，陆有良就觉得这个年轻人看起来格外干净、格外精神，从门口进来朝他一笑，整个办公室都亮堂了几分——当然，要是这小伙子能理个清爽的板寸，形象就更完美了。

陆有良把燕公大请求调阅的档案目录递给他："我大致看了一下，问题不大，有几个没必要的，我都勾出来了，你啊，回头稍微修改一下，重新打印好，按规矩走流程就行。"

费渡道了谢，接过陆局修改过的目录，飞快地一扫，还没来得及提问，陆有良已经先对他做出了解释："划掉的那几个案子都比较老，是上次的'画册计划'启动时调研过的，参考价值不大，我怕你们做重复工作——你潘老师要是问起，你就跟他这么说，他明白的。"

再闲得没事的领导，也不会因为怕人做所谓"重复工作"，而特意亲力亲为地替他们先筛查一遍，费渡不傻，当然听得出这是个借口，知道对方不想解释，于是从善如流地把疑问咽了回去。

陆局说完正事，非常慈祥地关心了一下费渡的个人情况，刚从学业转移到中老年人最喜好的"对象"问题时，桌上的电话就响了。

陆局冲费渡打了个手势，接了起来，刚说两句就皱起了眉。

费渡不动声色地察言观色，听到陆有良细致地交代："……得客观公正，千万注意用词，写完先拿过来给我看看……好，这个事要抓紧——有钱人争遗产那点儿破事看两天热闹得了，人脑袋打成狗脑袋也不碍着你下一顿吃什么，孩子的事才是老百姓真正关心的。"

费渡等他挂了电话，才问："是那起儿童绑架案吧？"

"唉，对，已经移交检察院了，至于后续怎么样，就不是我们能左右的了。"陆有良说到这儿，顿了顿，有意无意地感慨了一句，"干咱们这一行啊，有时候就是这样，受害人眼巴巴地等着你伸张正义，你明明知道是谁干的，结果却时常不能尽如人意。可能是运气不好，收集不到关键证据，也可能证据确凿了，结果法律治不了他。"

费渡顺着他的话音一点头："程序和规矩是死框架，总有照顾不到的例外情况。"

陆有良眼角轻轻地一跳，总觉得他下一句要出圈。

不料费渡只是四平八稳地补充了一句："但这已经是经过不断磨合、最能兼顾大多数人利益的框架了,基本是'帕累托有效'的,没有它会造成更大的不公平。所以有时候,咱们明知道可能会伤害一些人,还是要捍卫这个框架。"

陆局一愣:"什……什么玩意儿有效?"

"简单说就是对所有人的总体利益来说的最优选择,"费渡笑了笑,"我家里做点儿小生意,跟着长辈们学过一点儿他们的理论。"

陆局缓缓点点头,觑着费渡轻松平静的表情,他似乎是松了口气:"年轻人多学点儿东西很好,有助于放平心态——你们潘老师当年就是个愤青,这才改行教书去了。"

费渡适时地露出一点儿好奇。陆局却不肯再说,只冲他摆摆手:"行,你忙去吧。"

费渡应声站起来,同时,他的目光居高临下地扫过了陆局的办公桌。

陆有良的桌角上有一个镜框,里面夹了一张合影,照片上的男人们头发尚且浓密,腰围也尚且"内敛",只有透过眉目轮廓间依稀的影子才能勉强认出来——从左往右,依次是陆局、老张局、费渡耍了些小手段才得以投入其门下的导师潘云腾,还有骆闻舟已故的师父杨正锋。

照片上本该有五个人,杨正锋伸着右手,拉着一个人的胳膊肘,那人的脸却被木头镜框压着,只有几寸的皮肤出镜。费渡的目光在镜框上一碰即收,若无其事地拿起陆局删减过的"允许调阅案件名录",往刑侦队走去。

他的脚步悄无声息,一步一步,踩着一点儿若有还无的头绪,一路都在思量着什么,垂下的桃花眼眼尾修长,看起来有种心不在焉的冷淡——直到他听见骆闻舟"痛心疾首"的声音。

"吃里爬外!"骆闻舟也不知道在办公室里控诉谁,离开门口几步远都能听见,"真是教科书级的吃里爬外!"

费渡抬起头,正看见骆闻舟插着兜、背对着他从办公室里晃荡出来,一边往后退一边指着办公室里众白眼狼:"你们果然就不是我亲生的……"

他话音没落,就撞在了不躲不闪的费渡身上。

"哎,不好意思。"骆闻舟不知道自己撞了谁,正要转身,一只手却从后面绕过来,半环抱似的扶了他一下。

费渡微微往前倾了一下身,轻声说:"没关系。"

楼道里那么宽的地方费渡不走，非要侧身从骆闻舟身边的窄缝里过，肩膀若有若无地撞在骆闻舟身上，抬起的手则自然又迅捷地给骆闻舟量了个腰围，然后他得了便宜还卖乖地说："陆局让我转告你，再迟到要扣奖金了。"

郎乔唯恐天下不乱："费总，老大刚才还在问你去哪儿鬼混了。"

"哎，什么鬼混？"费渡笑眯眯地说，"陆局那么大年纪了，不要随便污人清誉。"

"吃了吗？"陶然示意了下他旁边摆了一堆早点的桌子，"随便拿，也不知道你忌什么口。"

费渡能在一大早把自己收拾整齐，自然不会没有从容吃饭的时间："不，我……"

"吃过了"三个字刚走到喉咙。

陶然又说："闻舟买的，不用跟他客气。"

"……什么都吃，没有忌口。"费渡硬是把自己的话折了一百八十度，若无其事地拎走了一袋红豆饼，"谢谢师兄。"

这个人真是太不要脸了！

骆闻舟目睹了国际水平的"睁眼说瞎话"，简直无言以对。

肖海洋坐在墙角的工位上，听着别人肆无忌惮地说说笑笑，不知道该如何融入，只好局促地冷眼旁观。

陶然无意中一回头，正好看见他的窘迫，肖海洋碰到他的目光，忙下意识地推了一下眼镜，寻求安全感似的一低头，做出专注工作的样子，涂满自己格格不入的时间，好显得不那么尴尬。

借着倒水的工夫，陶然端着茶杯溜达到肖海洋身边："小肖——"

肖海洋连忙下意识地挺直了后背："副队。"

"不用那么拘谨，"陶然拍拍他的肩，随意地靠在他的办公桌上，"这儿又不是王洪亮的地盘，放松一点儿。"

肖海洋完全没有一点儿放松的意思，棺材板似的往那儿一戳，紧张地听他训话。

陶然无声地叹了口气，扫了一眼肖海洋办公桌上的两份验尸报告——周峻茂和董乾的，两个人都是干净利落地死于车祸，身上没有可疑的伤病和药物，这一点上并不存疑。

"周怀瑾那边，我们那天问过了。"为了让肖海洋放松一点儿，陶然刻意用工作的事做缓冲，起了个话头，"他说他当时是在机场坐上了其中一个绑匪开的出租车，途经一处比较荒凉地段，有另一个男的伸手拦车，要求拼车——也就是第二个绑匪。周怀瑾当时觉得不太方便，拒绝了，但也并没有过多的防备，伪装成拦车乘客的绑匪假借纠缠，在同伙的配合下袭击了他……哎，小肖，你不用记笔记，不是正式会议，我就随便聊两句。"

郎乔先把煎饼里的薄脆叼出来，松鼠似的啃了，插嘴说："我觉得这里头其实有个问题，绑匪怎么能保证周怀瑾正好坐上他的车呢？"

陶然想了想："我们调阅过机场出租车停靠点的视频，当时正好是凌晨，值班员已经走了，等车的乘客和揽客的出租都不多，所以没有分流，乘客和车各自都只排了一条队，如果绑匪事先等在原地，看准时机插队，正好接到周怀瑾应该不难。"

"确实可以做到，但也不是万无一失吧，万一有乘客也插队呢？"郎乔说，"你们知道吗，昨天杨波被我们几个轮番审得受不了，崩溃了，在审讯室里嚷嚷，说周怀瑾被绑架根本就是自导自演。"

"那不可能。"另一个刑警说，"一个富二代，又是挨打、又是差点儿被大水冲走，这么表演一通有什么意义？他还抹黑他们家公司，闹得现在满城风雨，有关部门都介入调查了——他为什么要跟自己过不去？"

郎乔说："如果周氏不一定是周怀瑾的呢？"

陶然放下茶杯："你又从哪儿看来的风言风语？"

"什么风言风语，我翻了半天旧报纸呢。周氏的创始人——也就是这个周雅厚死后，他的遗孀没几个月就低调下嫁周峻茂。你们想想，大哥刚死，小弟就娶嫂子，这个嫂子手里还有大量的股权，好说不好听吧？我找到了当时一份港媒的小报，评论周峻茂他们两口子是'西门庆'和'李瓶儿'，还说他俩肯定是在周雅厚生前就勾搭上了。"郎乔敲敲桌子，"好了，朋友们，现在重点来了——我核实过周雅厚的死亡时间和周怀瑾的出生时间，发现那是同一年，这事很微妙啊。"

"你的意思是，周峻茂害死周雅厚，又一不小心养大了周雅厚的儿子，现在周怀瑾发现了真相又来报复他？"陶然摇摇头，"小郎，专注案情，我刚才不是让你找当时机场打车点的潜在目击者吗？正经活儿没干多少，我看你就会瞎猜。"

"这可不是我瞎猜，"郎乔说，"那天从周家出去，老大就去找了曾主任，要排查老周和他三个疑似儿子的血缘关系——对吧，老大？你肯定是跟我英雄所见略同！"

骆闻舟不置可否地走进自己办公室："干你的活儿去，别老盯着我，再说结果也还没出来呢。"

一直沉默不语的肖海洋听到这儿，忽然插嘴问："但是董乾和周怀瑾没有一点儿交集，如果周峻茂的车祸是人为的，周怀瑾凭什么能让董乾给他卖命？"

"可是董乾和周氏其他人也没有交集，"郎乔说，"咱们之前就分析过，假设周峻茂是被谋害的，谋害他的人手段隐蔽，肯定是想以意外事故蒙混过关，但是周怀瑾绑架案则是大张旗鼓，唯恐别人不知道——这明显是自相矛盾的。所以我在想，会不会周峻茂的死真的就是意外，而周怀瑾趁机利用这件事做文章，让他身败名裂？"

肖海洋表情凝重，若有所思。

"我们要有依据，不要胡编乱造，"陶然一摆手，打断了众人漫无边际地释放想象力，"行了，吃完饭都去干活。"

根据周怀瑾的描述画出的绑匪头像已经发布出去了，可惜石沉大海，没有回音。绑架案至今没有找到靠谱的目击证人，开进了白沙河的大货车也是失窃车辆，无论是它，还是那辆抢来的出租，上面都找不到有价值的痕迹。

周峻茂的车祸和周怀瑾绑架案都是疑点重重，推进得都很不顺利。

除了联系绑匪、被人当场逮住的周家司机以外，每个人似乎都很可疑，可疑人物还不肯乖乖交代自己，一张嘴全是互相攻击，乍一听爆料满天飞，其实都是口说无凭。

就连警方重点调查的杨波也在头一天傍晚由于"证据不足"，被他的律师保释出去了。

至此，刑侦队似乎已经陷入了"瓶颈"，只能等针对周氏的经济案调查结果，以期从中捞到一些动机和线索。

骆闻舟把几个嫌疑人的供述从头到尾翻看了一遍——周怀信疯狗一样，可着杨波一个人咬，杨波说周怀瑾活该；胡震宇浑水摸鱼，说周怀瑾和郑凯风在公司战略发展方向上有不合，郑凯风最近两年和杨波走得很近；郑凯风则坚决不承认杨波是周峻茂的私生子，老东西老奸巨猾，一直在打太极……

骆闻舟伸手搓了搓下巴，这时，他桌上的手机振了一下。骆闻舟低头一看，居然是坐在他对面的费渡发的。在这放个屁能砸脚后跟的小办公室里，与他近在咫尺的费先生有话不张嘴，非得占用办公室的无线网给他发微信。

微信曰："师兄，晚上可以约你吗？"

骆闻舟抬眼看他，费渡好似正全神贯注地盯着笔记本屏幕，要不是嘴角挂着一点儿可疑的笑意，他简直就是个正襟危坐的模样。

接着，"正襟危坐"的费先生动了动手指，又一条微信撞进了骆闻舟的眼睛。他说："腹肌真不错。"

骆闻舟偏头看了一眼自己关不上门的办公室，半开放似的空间里，外面人打电话、走来走去毫无遮拦，时常有人跑来拿饮料，嘴碎的还会顺口跟费渡聊几句，每个人的一举一动都在众目睽睽之下……然后有个人在这种环境里暗度陈仓地骚扰他。

骆闻舟从显示器后面向费渡射出目光，就在他刚拿起手机要回的时候，突然有个不长眼的同事闯了进来，大剌剌地说："骆队，等着急了吧，曾主任让我给你的！"

骆闻舟差点儿把手机碰掉在地上。

该同事丝毫没有注意到气氛的异样，大剌剌地丢下了一个文件夹，又来去如风地跑了。

骆闻舟干咳一声，收回自己桌子底下伸长的腿，心不在焉地伸手打开。

突然，他目光一凝——DNA检测结果显示，周家兄弟确实都是周峻茂亲生的，杨波和周峻茂没有血缘关系。

"周怀瑾还在住院吗？"骆闻舟想了想，拿起外套站起来，"我去找他聊几句。"

费渡："我陪你过去。"

骆闻舟看了他一眼，没吭声，默许了他跟上。

而他们前脚刚走，肖海洋突然收到了一条来自董晓晴的短信。

肖海洋没料到董晓晴居然会主动联系自己，十分意外，只见董晓晴给他留言说："肖警官，麻烦你来我家一趟，有点东西要交给你。"

肖海洋紧接着把电话拨了回去，董晓晴却已经关机了，他心里忽然升起一点儿不祥的预感。

"陶副队，"肖海洋"腾"一下站起来，"我得出去一趟。"

第九章

抢劫、暴力袭击、谋杀……这些行为的目的和后果如此直观，有明确的刑罚规定，只要逮得住歹徒，找得到证据，受害人总还能讨到一个差不多的说法。

可是还有一些情况，却未必能讨得到这个"说法"。

比如在公路上扔石头取乐，导致无辜路人车祸身亡；盗窃井盖和路灯电线，导致走夜路的人坠入井底丧命；社会精英人士轻描淡写地做了某个决定，导致流离失所的破产者绝望自杀……这些又该去问谁讨说法呢？

受害人并无贵贱之分，亲人的痛苦与怨愤也并无轻重之分，倘若看见致人死亡者能终身饱受内疚与良心的折磨，或许还可以以此稍作慰藉，可惜世人的良心大抵不够厚重，在惨重的自我谴责面前，它往往会在自我麻痹与繁多的借口中败下阵来：

我不是故意的。

我没有针对你。

我没想到会造成这样的后果。

我也是某种程度上的受害者……

可谁让你倒霉呢？

归根结底，命运才是那个行凶的贱人啊。

市局的破烂公务车不知是什么毛病，方向盘永远回不到正位，刹车也迟钝，总觉得一不小心就要跟前车追尾，浑身上下透着一股准备罢工的颓废气息，骆闻舟本以为费总这种拿豪车当碰碰车的败家子开两步就得骂毛，没想到他只是上手的时候稍微皱了皱眉，很快就和这老态龙钟的公车混了个自来熟，倒也不显得局促。

骆闻舟注意到他的行车路线，忍不住问了一句："往哪儿走？"

"恒爱私立医院，"费渡说，"周怀瑾其实就在公立医院里住了一天，录完笔录当天晚上，就转到他们家自己入股的私立医院了，他弟说是太嘈杂的环境不利于身心创伤恢复——我估计是为了躲媒体。"

"他不就是腿上划了一道小口吗，我听陶然说，都没到伤筋动骨的地步。强烈谴责这种浪费医疗资源的行为。"骆闻舟伸手点了点费渡，"你们这些人注意点儿啊，奢侈和腐败往往是人品败坏的第一步！"

费渡这个人可能是有什么毛病，人话说多了要死机，永远正经不过三句，听到这儿，他立刻见缝插针地调笑了一句："这就算奢侈了？那现在你坐在我车里，我是不是已经奢侈得'按律当斩'了？"

骆闻舟用一副墨镜挡住大半边脸，听了这话，忍不住叹了口气，硬是在朗朗乾坤之下凹出了一个一本正经的造型："宝贝儿，你这种酸文假醋式的调戏，也就本人这么厚的脸皮才挂得住了，以前哄小傻子们的时候都用这招儿吗？怪不得无往不利。"

费渡笑而不语。

燕城市的公、检、法都在市中心附近，相距不远，费渡一改路线，他俩正好要从检察院附近经过。

早秋的空气干燥，天高云淡，阳光显得有些放肆，警车静静地驶过检察院后门时，正好看见一个中年女人站在路边。她拎着一瓶矿泉水，脖子上挂着一块展板，展板上是几个笑靥如花的小女孩。女人一双目光有些涣散，看见警车，视线下意识地跟着走，透出几分沾染了暮气的茫然。

"那是曲桐她妈。"骆闻舟看了一眼，对费渡说，"过来报案做笔录的时候我见过几次，怎么才几个月就老成这样了？"

费渡："今天陆局还跟我聊过这事。"

骆闻舟一愣："嗯？"

费渡顿了顿，似有意无意地顺着话音说："不过可能是我的错觉，我总觉得他老人家在试探我的想法。"

骆闻舟脸没动，不动声色地把眼珠转了一圈，透过墨镜的遮挡觑着费渡："什么想法？"

"不知道，听起来……也许他觉得我会赞成受害人家属买凶宰了苏落盏和那帮恋童癖的。"费渡一耸肩，"怎么，我看起来有那么强的正义感？"

骆闻舟有一会儿没吭声，随后他一改方才懒散的坐姿，坐直了跷起二郎腿，肢体语言显得紧绷了起来。

"他还划掉了我申请调阅的几个旧案。"费渡说，"我大致了解了一下，巧的是，那几个案子好像或多或少都有瑕疵，有的是憋屈的证据不足，有的是嫌疑人提交了精神病诊断说明……"

"费渡，"骆闻舟打断他，笑了，"是陆老总试探你，还是你想套我的话？"

车流稀疏的路口，信号灯由黄转红，费渡缓缓地踩下刹车。

"这件事我确实了解一点儿，以前我师父喝多了说漏过，"骆闻舟沉默了一会儿，又说，"我要是没猜错，陆局划掉的旧案，应该都是上一次'画册计划'启动的时候调过档的吧？"

费渡没想到他这么好说话，忍不住看了他一眼。

"除了说自己有精神病的那个，其他几件都是未结案，当时'画册计划'的牵头人想从另一个角度重新梳理一下这些案子，希望能找到一些突破口。但是受技术水平限制，时过境迁，很多证据都会湮灭，心理画像技术无论是从成熟度还是可信度，都不能作为呈堂证供，这些未结案最后也只能作为研究材料，不可能再把嫌疑人绳之以法了，当时参加过'画册计划'的前辈和专家们都憋了一口气，然后就在这时，涉案的嫌疑人先后出了意外。"

费渡轻轻地眯起眼睛："什么样的意外？"

"有的发生了离奇的事故，有的失踪，还有一个自杀身亡，只留下一份投案自首的遗书，那些出现在案头的名字一个一个消失。这太巧了，如果不是老天爷突然睁眼降下了什么报应，那只能是一种情况——谋杀。而且凶手智商极高，对死者的了解甚至超过死者本人，熟知警方办案的套路，百分之百是自己人。'画册计划'因此被紧急叫停，局里成立了秘密专案组，所有涉案人员停职接受调查。"

费渡听到这儿，明白了为什么在饭桌上陶然问起"画册计划"时，骆闻舟会避而不答——当年卷进这起案子的大概都是业内精英和相关学科的专家，现在如果还没退休，应该也都成了德高望重的前辈。

"后来呢？"

"后来专案组终于锁定了一个嫌疑人。"骆闻舟说，"具体是怎么回事，我不太清楚，但是没有任何证据能指控他。这个人是'画册计划'的灵魂人物，当时参与'画册计划'的前辈们很多都是他的学生。"

费渡立刻追问："这个人是谁？"

骆闻舟一摇头："我不确定，杨老没告诉我，后来我试着查过，他的档案被封存了，不过听我师父的意思，这个人已经死了。"

"你不确定？"费渡低声说，"意思是你查到过。"

骆闻舟没承认也没否认："我已经说了这么多，该你开诚布公了吧——你为什么混进燕公大，为什么费尽心思地加入重启的'画册计划'？别跟我说是闲得没事纯好奇。"

费渡沉默下来。

他们俩并肩坐在狭小的汽车前座，相距不过几个拳头远，中间却仿佛隔了一道冰冷又厚重的墙。费渡的目光微微闪烁，骆闻舟好像能听见他心里一层一层闸门开启的声音，那是主人在冷静地权衡着需要打开哪几道保险门，展示多少，才能换取自己想要的东西。

在车载导航已经显示快到目的地的时候，骆闻舟才从费渡嘴里艰难地撬出了一句话。

"你知道，我一直怀疑我爸和我妈的死有关。"费渡说，"即使你们排除了他的嫌疑，我心里还是有这种感觉，挥之不去。理论上说，直觉和人的潜意识有关，我很想知道我为什么会有这种根深蒂固的怀疑，所以在想办法追溯小时候的事。我记得当时我家有一个地下室，只有我爸自己有钥匙，连我妈也不能靠近，就像蓝胡子家里上锁的房间，我偷偷策划了半年才弄到了钥匙和密码，溜了进去……"

骆闻舟敏锐地听出他的话音有些艰涩地停顿了一下。

"……然后在他的案头看见一个打开的文件夹，里面是……喀……"费渡说到这里，好像呛了风似的咳嗽了起来，他把脸扭向窗外，好一会儿才清干净嗓子，声音有些嘶哑地说，"呛了一口，不好意思——那里面是一沓论文，我当时太小，才刚学认字，只依稀记得好像有'恶性事件''心理创伤'之类的字眼，论文署名是'范思远'，后来我去查这个人，发现他实在太神秘了，除了曾在燕公大任教之外，没有任何其他线索。"

骆闻舟不答，一听就知道费渡在扯淡——他小时候也在父母案头见到过各种文件，除了有一次撕了他爸的会议记录叠纸飞机挨了一顿臭揍以外，其他连个标点符号都没记住。

"一个生意人，为什么会在自己的秘密书房里看这些东西？你不觉得很奇怪吗？"费渡把警车开进恒爱医院的停车场，"不过自从被我闯进去之后，我爸就把那地方废了，里面的东西也都搬得一点儿不剩。这么多年，我也没找到他把书房里的东西搬去哪儿了——那一沓神秘论文是我最后的记忆。"

"哦，"骆闻舟等车停稳后，动手解开了安全带，有些冷淡地说，"你以后要打听什么，就直接来问我，我喜欢把话说明白一点儿，能告诉你的，我马上回答，不需要你出卖色相。至于不能说的，我就算脑细胞集体少了一半的染色体，也不会多说一个字，下次不用再这么试探。"

费渡一愣，眉梢微扬："等等，你以为我说想约你，是为了这个？"

骆闻舟不理他，伸手去推车门，费渡一把扣住他的肩。

"师兄，"费渡非但没有生气，反而笑了起来，"我早就想问了，你是不是有点怕我？"

骆闻舟几乎把长眉扬出墨镜框："我怕你？我怕你什么？"

"怕我浪费你的感情，怕我别有用心，怕你自己陷进去，最后没法收场……"费渡一字一顿地说，"我猜对哪个了？"

骆闻舟的脸色沉了下来，抬手要把他从自己身上往下摘："这你就想多……"

费渡逗他："还是怕我让你下不来床？"

骆闻舟有生以来没见过这么敢大言不惭的，着实长了好大一番见识，无言以对，干脆闭嘴，动手把费渡拎下了车。

两人刚从停车场出来，就看见恒爱医院门口围满了各路媒体车，一帮人伸着脖子往里张望。突然，不知是谁喊了一声："出来了！"

快门声响成了一片。

"准备准备！"

"哎，你们等离近了再拍。"

"别挤！"

"这就不巧了。"费渡探头看了一眼，"周怀信没告诉我他哥今天出院。"

周怀瑾的伤其实还不如他在白沙河里呛的那口水严重，本来稍微处理一下就可以出院，不过毕竟是含着金勺出生的大少爷，皮肉与常人相比可能要格外娇嫩一点儿，他在自家的医院里躺够了三天，这才小心翼翼地坐着轮椅出门。

周怀信亲自推了轮椅接他，对门口的混乱早有准备，指挥着一大帮黑衣的保镖一拥而上，简单粗暴地把周怀瑾护在人墙后。又脱下身上那件非主流的外套，往周怀瑾身上一遮，挡住身后的镜头。

周怀瑾好脾气地笑了笑："拍就拍吧，不用遮。"

周怀信推着他往外走，沉默片刻后，他说："哥，你没什么话想对我说吗？"

周怀瑾风度卓绝，即使是身在轮椅上，面色憔悴，也是十分的赏心悦目，看起来果然不像周怀信亲哥："说什么？"

周怀信回头看了一眼自己背后，在一片吵吵嚷嚷中，低声对周怀瑾说："哥，不管怎么样，不管你干了什么……你都是我哥。"

"说什么呢，我不是你哥，还能是谁？"周怀瑾一顿之后，笑了起来，说话间，他冲周怀信一伸手。周怀信就好似一条品相不良的瘦狗，盯着他的手看了一会儿，随即训练有素地低下头，让周怀瑾在自己头面上轻轻摩挲，紧绷的肩膀逐渐放松，活鬼似的脸上露出了一个堪称太平的微笑。

周怀瑾温声说："走，咱们回家了。"

周怀信温驯地点点头，把方才脱下来的外套搭在了他哥腿上，小心地推着轮椅避开地上的石子。

一双眼睛远远地看着他们，心想：多温情啊。

给外面不明所以的人看一会儿热闹，有什么关系呢？他们还是有家财万贯，豪车保镖随行，风风光光。今天让人拍几张照片，明天就会出新闻说"遗产争端是子虚乌有，周氏未来当家人兄弟情深"。

永远也不会有人知道他们光鲜人皮底下的龌龊事，大家都等着看社会名流浮夸做作的表演，谁也不会关心隐藏在字里行间的人命。有的人从生到死，大概只配在别人的新闻里蹭一个边缘的镜头。

可是凭什么呢？

这时，周怀信的电话响了，他一愣之下接起来："费爷？"

"抬头，往对面看。"

周怀信随着他的话音四下找了找，在对面的停车场看见了费渡和骆闻舟。

"警察有点事想和你们兄弟俩聊聊，"费渡冲他招招手，"怎么样，能脱身吗？咱们在前面约个地方？"

"行吧，那就……"周怀信回头看了一眼，忽然发现原本追在他们身后的媒体把镜头扭向了另一个方向，不远处，一个二十来岁的年轻女孩手里抱着一捧花，也不过来，怯生生地，离着老远冲他们兄弟俩鞠了个躬。

"这又是什么情况？"周怀信皱起眉，"费爷，你先等等，一会儿我给你打回去。"

一个保镖小跑着过来，弯下腰对周怀瑾说："周总，那姑娘是老周总车祸肇事者的家属，一直没露过面，今天不知怎么知道了您出院，找过来了。"

抱着花的女孩期期艾艾地开了口："我家里只剩下我一个人了，我爸造成了这样的事故，可能我们倾家荡产也赔不起……我……我就想过来看看，亲自跟人家道个歉，虽然人家可能不稀罕……"

周怀信看向周怀瑾。

"叫她过来吧，"周怀瑾说，"又不是她撞的，也怪可怜的。"

周怀信不太意外，他哥在外面一向是这么个温良恭俭让的形象，于是转头和保镖交代了几句，在其他人的不满声里，把女孩单独放了进来。

隔着一条马路的费渡眯起眼："这女孩怎么回事，有点眼熟。"

"好像是……董晓晴？"骆闻舟愣了愣，随即他掏出手机——方才陶然给他发了一条短信请假，理由是董晓晴声称有东西要交给警方，他陪着肖海洋过去一趟，"她怎么在这儿，她不是叫……"

某种让人毛骨悚然的直觉蹿上骆闻舟的脊背，他根本来不及思考，一伸手撑住停车场外的护栏，直接从上面翻了过去。

费渡一愣，连忙跟上。

董晓晴已经抱着花来到了周怀瑾对面，她脸色苍白，身体还在微微地发着抖，拘谨地冲周怀信和周怀瑾各一欠身，连说了两句"对不起"。

周怀瑾伸手去接她手里的花："我知道那都是意外，姑娘，没事的。"

骆闻舟三步并作两步冲到医院门口，却被堵成一团的保镖和媒体挡着进不去:"警察!都给我让开!"

董晓晴眼睛里好像开始闪泪花,弯下腰把一捧巨大的香水百合往周怀瑾怀里塞:"我是来……"

周怀信伸手去拦:"等等,我哥花粉过……"

"敏"字还没来得及说,他就看见花束背后寒光一闪,电光石火间,周怀信根本来不及细想那是什么,只是本能地撞开了周怀瑾的轮椅,冰冷的触感贴上他的小腹,随后尖锐的刺痛才弥漫开,周怀瑾连人带轮椅一起摔在地上,难以置信地回过头去。

董晓晴狠狠地把西瓜刀捅进周怀信的胸腹间,歇斯底里地吼出一句:"我是来送你上路的!"

她一个年纪轻轻的女孩子,也不知哪来那么大力气,狠狠地一拉一抽,居然把凶器又从周怀信身上扯了下来。董晓晴双目赤红,形容颠倒,挥着染血的刀,活像个人形的夜叉,转身冲向了惊呆的人群。

原本挤在一起的人们比着赛地尖叫起来,除了个别勇士还躲在角落里没命地拍,大部分人都不想因为一点儿工作丢了小命,一时推推搡搡、四散奔逃,往哪儿逃窜的都有,完美地形成了一道人肉藩篱,挡住了周家不知所措的保镖们。

骆闻舟的肾上腺素狂飙,几乎能从头顶喷出去,拔腿就追,跑出十几米,他慢半拍的意识才跟上了飞毛腿,又想起费渡晕血,连忙转头看了一眼。

然而出乎骆闻舟的意料,费渡既没有晕也没有吐,他只是有些僵硬地站在周怀信身边,没有眼镜遮挡的眼神稍微有点散乱,但人居然还是清醒的,他侧对着骆闻舟,目光刻意避开了周围的血迹,余光瞥见骆闻舟,还冷静地冲他挥挥手。

有那么一瞬间,费渡的晕血症看起来也不是非常严重。

骆闻舟心里觉得有点不对劲,然而此时已经来不及细想,眼看董晓晴已经穿过人群,就快要跑出恒爱医院,骆闻舟大致估算了一下她的路线,擦着墙角绕开人群,一步迈上路边的花坛,飞檐走壁似的追了上去。

从董晓晴动刀行凶到得手后逃离,一切都太快了。

费渡脑子里"嗡"的一声,周怀信小腹上蔓延出来的血迹好似一柄重锤,狠狠地砸在他胸口上,砸得他三魂七魄一起在单薄的身体里震荡起来。

晕血虽然有些不方便，不过日常生活里见血的机会也的确不多，偶尔碰破一条小口，恶心一会儿也就过去了。费渡已经很久没有直面过这样血腥的场景了，他耳畔轰鸣作响，四肢几乎失去控制，指尖条件反射似的轻轻地痉挛着，浑身的骨骼和肌肉都在一瞬间绷紧，这让他保持住了直立，看似清醒，其实意识是模糊的。

费渡狠狠地攥住了拳头，关节一阵乱响，随后用力别开视线，在心脏毫无规律的乱跳中大步走向周怀瑾。

周怀瑾被翻倒的轮椅压住了一条腿，茫然地跪坐在地，下一刻，他被人拎着领子提了起来。

"他很可能伤了内脏，腹部出血非常危险，"费渡用冰冷又急促的语气对他说，"你还要他的命吗？要的话，马上叫你家医院里最好的急救人员出来。周总，我知道你没瘫，给我站起来！"

周怀瑾踉跄了一下方才站稳，惊惧地盯住费渡看了两秒，他好似如梦初醒，一把抓过电话。

周怀信像一条惨遭开膛破肚的鱼，本能地在地上扑腾，一圈人围着，谁也不敢贸然动他，地上的血越蹭越多。费渡听着周怀瑾语无伦次地叫了人，又看着他把手机一扔扑向周怀信，嘴里乱七八糟地嚷嚷着一些诸如"看着哥哥""没事"之类的废话，不知出于什么心理，费渡抬起被冷汗浸湿的睫毛，对上了周怀信的视线。

周怀信的眼睛越来越暗淡，目光越来越对不准焦距，在费渡眼里，他正在发生奇异的变化——正在变成一堆陌生的有机废品。

费渡能清晰地感觉到，自己整个人被一分为二，一半因为周怀信流血不止的伤口，感到生理性的恶心晕眩；另一半则像个离群的动物，莫名其妙地看着周怀信的眼睛，无法把这个垂死的人和他认识的那个周怀信联系在一起，茫然于其他人呼天抢地的焦急与痛苦，本能地试着融入，徒劳地在自己身上搜索着正常人应该有的同理之心。

然而搜肠刮肚，就是没有。

"人人畏惧死亡，但他们畏惧的其实只是未知。死亡本身并不痛苦，甚至是有快感的，你应该亲自体会过了。"

"注意过那些濒死动物的眼睛吗？那是找到了真相的眼神——真相就

是,'活着'本身就是神经系统制造出来的错觉,是个虚假的自我意识。"

"人的意识就像流水,无时无刻不在改变,死亡是它最后的流向,除非你能了解或者控制某个意识改变的全过程,否则这个生命就不属于你,不属于你的东西,每次变化都是在背离你的认知,每时每刻都在死亡,不变的只有那一团碳水化合物组成的皮囊,你对这个皮囊产生感情,不就像把盘子里的猪肉拟人一样吗?宝贝,那是妄想症的一种。"

浓重的血腥味山呼海啸地涌入费渡的鼻腔里,他的五脏六腑都跟着沸腾了起来,急救人员满头大汗地从恒爱医院里冲出来,围着周怀信开始急救,又一阵风似的把人抬走,费渡一路跟到了急诊室,终于忍无可忍,把周怀瑾一个人撂下,转身冲到了卫生间。

另一边,董晓晴这个众目睽睽之下行凶的杀人犯浑身沾满了血迹,发带崩断了,她精心烫过的大波浪式鬈发披散在身后,缱绻无限的发丝在风中上下翻飞,不时缠上她手里那把触目惊心的凶器。

"董晓晴!"骆闻舟仗着个高腿长,和董晓晴之间的距离不断缩短,眼看她已经冲上大马路,骆闻舟冲她吼了一声,"站住,你真以为自己能跑得了吗!"

董晓晴可能是已经精疲力竭,听了这句话,她突然停下了脚步,回头转向骆闻舟,冲他举起了刀。骆闻舟倒不怕她挥刀来砍,对他来说,十个持刀的董晓晴也没什么可怕的,但他对这姑娘的动机实在百思不得其解,生怕她在不稳定的精神状态下自杀,连忙停在了几步之外。

"冷静。"骆闻舟双手往下一压,尽量用平和坚定的目光看向董晓晴,试图稳住她,现场编了一句瞎话,"听我说,姑娘,你刚才捅的那人没死,这事后果不严重,你别害怕,没事的。"

董晓晴还处于应激状态,但这时大概有点回过味来了,她持刀的手一直在哆嗦,不知是吓的,还是后悔没再给周怀信补一刀。

"我是警察,"骆闻舟沉声说,远远地摸出自己的证件举起来,"这是我的工作证,我叫骆闻舟,有什么事你可以和我说。"

董晓晴后退一步,落在骆闻舟身上的目光终于有了焦距,片刻后,她那沾了血的脸上,狂躁和扭曲都渐渐平息,眼圈从眼皮外红到了眼珠里,流露出刻骨的悲愤,她像个哑巴,这个世界从来都听不见她的声音,偶尔遭遇垂询的耳朵,她竟不知从何说起。

骆闻舟小心地试着往前靠近了一步:"放松点,你别老举着那刀,不沉吗?多危险啊。"

"我……"董晓晴意识地把刀尖略微垂下了一点儿,颠三倒四地说,"我爸爸他……"

骆闻舟觑着她手里的刀,谨慎地计算着自己一击拿下她的把握,一边不动声色地往董晓晴身边靠近,一边继续说:"你爸很冤,这我们都知道,将来肯定会还他一个清白。"

不料听了这句话,董晓晴的眼泪却"唰"一下就落下来了:"我爸爸……我爸他不冤。"

骆闻舟一愣:"你说什么?"

"他也是那些人里的一员,他们……"董晓晴刚说到这儿,身边突然有厉风扫过,一辆突如其来的小轿车毫无征兆地在加速过后猛转弯,当当正正地撞在了董晓晴身上,骆闻舟根本无从反应,董晓晴已经擦着他飞了出去,话音甚至没来得及从喉咙里出来。

肇事车辆的前挡风玻璃的碎片好似被狂风卷起的雨,劈头盖脸地喷了骆闻舟一身,那撞了人的车随即又再次原地加速,一脚油门踩到了底,直冲骆闻舟而来,骆闻舟尽了全力躲避,却还是被那车一侧的后视镜剐了一下,后视镜当场断裂。他不顾剧痛,绷紧肌肉护住头,顺势往远离马路的道边滚了出去。

行凶者极有经验,知道自己耽搁一秒危险就大一分,并不浪费时间拐弯追击,他顺路一撞骆闻舟,见没能撞死他,果断放弃,加速逃离了现场。恒爱医院后门的这段路有些荒凉,此时又不是高峰时段,马路上空荡荡的,那丧心病狂的车就这样顶着粉碎的前挡,来无影去无踪地呼啸而去!

骆闻舟半边身体都被那一下撞麻了,好一会儿才挣扎着爬起来,骆闻舟一边朝董晓晴冲过去,一边联系市局办公室:"恒爱医院后门的南山路,白色××轿车,车牌燕C×××××,全城通缉……不,全省、全国,哪怕他上了太平洋,也给我抛个锚拽回来!"

董晓晴的头部已经变形,一只鞋直接飞到了马路对面,裸露的手脚沾满了尘土,血肉模糊,着实是死透了。

"他妈的王八蛋！"骆闻舟忍不住说了一句粗话，眉骨发痒，他随手一抹，抹了一手的血——原来是被飞溅的玻璃割破了一个小口。

他剧烈地喘了几口大气："陶然和肖海洋什么情况，到没到董晓晴家？"

郎乔先是毫无置疑地执行了他的命令，直到这会儿才有机会开口："我正要跟你汇报，刚才陶副来过电话，说董晓晴家里没人，还失火了……老大，这都怎么回事？还有，你为什么要通缉这辆车？"

骆闻舟狠狠地闭上了眼睛。

方才被持刀伤人的董晓晴吓得到处乱窜的人们重新聚拢起来，不敢靠近，只在马路两边小声指指点点。

董晓晴就倒在光天化日下。

这女孩脾气很臭，人也倔强，一方面声称自己做好了倾家荡产赔偿受害人的准备，一方面也无时无刻不在坚决捍卫父亲的名誉。

她为什么会铤而走险，为什么刺杀周怀瑾？为什么又要事先联系肖海洋？她想干什么？她想给肖海洋什么？

还有她临终时的那句"他也是那些人里的一员……"。

"那些人"是谁？

谁这样胆大包天，竟敢当着刑警的面杀人放火？

骆闻舟一时竟有些喘不上气来。

第十章

恒爱医院里的费渡快把内脏都吐出来了，漱口时，手犹自颤抖不休。

费渡烦躁地解开了两颗衬衫扣子，往脸上泼了一把凉水，又把湿漉漉的头发抓到脑后，连着往嘴里塞了两块薄荷糖，直到薄荷糖化干净，他才攒出了直立行走的力气。

周怀瑾弯着腰，蜷坐在医院的长椅上，沾满了血的手神经质地搅在一起，脖子上的青筋狰狞地露在外面。忽然，一条湿巾从天而降，周怀瑾茫然地抬起头，看见费渡走到他身边，却不看他，只是抬头望着手术室的灯。

"擦一下吧，"费渡说，"周总大概跟我不太熟，怀信倒是偶尔跟我一起玩。"

周怀瑾勉强打起精神来应付他："我知道，费先生，久仰。"

"是我久仰你，"费渡不冷不热地说，"周怀信三句话不离他哥，每次提起周总，都好像没断奶一样，听得人耳根要长茧了。"

周怀瑾深吸一口气，双手紧紧地扣在一起。

这时，几个医护人员不知什么事，匆匆忙忙地从他们身边跑过去，这动静惊动了周怀瑾，他跟着一惊一乍地站了起来，往手术室的方向张望半晌，俨然是坐不住了，在原地不住地溜达。平时戴在脸上如面具的温文尔雅荡然无存，他头发散乱，双手不由自主地合十，好像在请求某个不知名的神明垂怜，喃喃地自我安慰："没事，没事……肯定没事。"

"那么长的一把刀，一进一出，没事的可能性很小。"费渡无情地打断他的自我安慰，"周总，虽说生死有命，但他是为了你。"

周怀瑾有气无力地垮下肩头："我知道，我只是……"

"我说的不是他为你挡刀。"费渡略有些咄咄逼人地说，"周总，你知道我是什么意思，我指的是整件事的前因后果——你相信欺骗世人的都会有报应吗？骗着骗着，没准噩运就成真了。"

周怀瑾倏地一颤。

费渡一摊手："你要不要先从怎么策划绑架自己这件事说起？"

旁边几个黑衣保镖不动声色地靠过来，紧张地围着费渡。

费渡苍白的嘴角带着一点讥诮的笑意，全然无视这些水货——他们要是有用，周怀信也不至于在抢救室生死一线。

"都散了吧，出去，让我和费先生聊聊。"好一会儿，周怀瑾摆摆手，挥退保镖，然后他沉默半晌，"你说得对。"

费渡走到自动贩售机前，买了两瓶水，递给周怀瑾。

"是我找的人。"周怀瑾一口灌了半瓶，开口说，"包括当托儿的亨达，也是我选的。"

"你不怕警察去晚了，他们把你假戏真做地淹死在河里吗？"

"有人在旁边看着，一有不对就会救我，我们找的都是熟悉路径的当地人，不容易被警方逮住——就算逮住也不要紧，我证明他们是热心路人就可以了。"

这受害人身份倒确实是很方便。

费渡点点头："你常年不在国内，未必会这么熟悉地形，那俩绑匪是胡震宇帮你联系的吧，为什么选在白沙区？"

"我是策划者和决定者，其他人只是按我的指示做，不必牵扯别人。"周怀瑾顿了顿，又说，"选白沙区，一来是从机场出来路很顺，二来是找来帮忙的正好是当地人，而且我们几个都和白沙区没有明显牵扯，不容易被人怀疑。"

费渡："帮忙的人是谁？"

"只是之前举手之劳帮过的一个朋友。"周怀瑾摇摇头，"和这件事无关的，你不用问，我不会出卖他们的。"

费渡早有预料，双手抱在胸前，往医院白墙上一靠，静静地等着他说。

"我……我那天突然得知他的死讯，就意识到这是个机会。"周怀瑾哑声说，"我在集团里，只是个光鲜的吉祥物，周峻茂一手遮天，就算他死了，还有郑凯风这个狗腿子，轮不到我说话。"

费渡说："我以为周总无论是从身份上，还是从资历上，起码都比杨波强。"

"身份？我什么身份？我只是一块遮羞布而已。"周怀瑾苦笑了一下，"我母亲是怀着我的时候嫁给周峻茂的，我是她和前夫的儿子，当然，他们对外只说是'早产'。外人都觉得周峻茂有本事、有毅力、热心公益，还爱国——简直就是德高望重的标准模板，费先生，你不会也这么认为吧？"

费渡抬起眼。

"我听说老费先生丧偶后一直单身独居，"周怀瑾略带自嘲地一摊手，"这种乌七八糟的事，对你来说很难理解吗？"

费渡轻声问："这么说……你做过亲子鉴定？"

周怀瑾耸耸肩："这有什么好做的？我从小就知道自己不是亲生的，周峻茂自己总不会弄错，他肯定私下做过鉴定。怀信是他正经八百的独生子，他都漠不关心了这么多年，何况是我——不怕你笑话，他没把我毒死，已经是多方博弈的结果了。"

费渡掐住了冰冷的矿泉水瓶，同时若有所思地看了周怀瑾一眼——虽然周怀瑾看起来非常年轻，但根据登记的身份证件来看，他已经三十八周岁了。

周怀瑾恐怕不太清楚，三十七八年前，亲子鉴定的技术还并没有推行开。

"你在暗示周峻茂这个人……"费渡思考了一下措辞，谨慎地说，"会用一些不太正当的手段？"

"不然你以为我生父是怎么死的？真的是死于心脏病吗？"周怀瑾冷冷地说，"周峻茂的左膀右臂郑凯风就是个地痞流氓出身，物以类聚，他们没有什么是干不出来的。"

费渡："你怎么知道的？"

"我母亲临终时告诉我的，她年轻时不满我生父的控制欲和一些……不那么容易接受的癖好，又舍不得离婚，种种诱惑下出轨周峻茂，在周和郑那两个人渣的撺掇下，与他们合谋做了那件事。但是奸夫淫妇也想天长地久吗？"温润如玉的周怀瑾露出他藏在皮囊下几十年的尖刻，"那也太好笑了。没多久，她就发现，这个男人比先前的人渣有过之而无不及，又不巧有了我。周峻茂一直以为她手里有他们当年阴谋杀害周雅厚的证据，因为这个——和她手里的集团股权，他一直捏着鼻子假装我不存在。"

费渡心头的疑云越来越浓厚："以为？"

"我母亲在一家私人银行中有一个秘密保险柜，除了她本人和她指定的遗产继承人之外谁也不能打开，那把钥匙就是她用来牵制周峻茂的东西，后来到了我手里，"周怀瑾叹了口气，"现在反正周峻茂死了，我也可以实话实说——保险柜里其实只有一盒过期的心脏急救药，没有周峻茂想象的东西，否则我早就让他身败名裂了，还用得着像现在一样委委屈屈地虚与委蛇？"

"你说你是周雅厚的儿子，"费渡整理着思绪，放缓了语速，问他，"都有谁知道这件事？"

"周大龙表面仁义道德，其实一辈子以鹰狼自居，怎么可能任凭别人知道他头顶的颜色？除了郑凯风，其他人应该是被蒙在鼓里的。不过怀信……"周怀瑾说到这里，再一次抬头去看手术室的灯，他顿了顿，艰难地说，"怀信从小就比别的孩子敏感，我觉得他应该猜到了，只是没有明着问过。这孩子……这孩子是我看着长大的。我母亲被当年亲手犯下的罪行折磨了一辈子，生怀信的时候年纪又大，产后抑郁加重了她的精神问题，根本无暇照顾他。在周家，除去我母亲那个愚蠢的杀人犯，怀信是唯一一个与我有血缘关系的人，他那么小、那么无辜，虽然身体里流着那个人的血……可是他只有我，我也只有他。"

这是一对在扭曲的家庭中长大的兄弟，理所当然地有彼此憎恨的缘由，又被迫在漫长的时间里相依为命。

周怀瑾双手合十，抵在自己的额头上："如果有报应，为什么会落到他身上？"

费渡知道，此时按照社交礼仪，他应该在周怀瑾肩上轻拍两下，表示安慰，然而他心头是一片冷漠的厌倦，像个新陈代谢缓慢的冷血动物，懒得伸出这个手。他歪头打量了周怀瑾一番，语气平淡地接着问："你刚才说怀信是老爷子的'独生子'——这么说，你已经知道杨波和周峻茂没有血缘关系了？"

"你们查过杨波和周峻茂的亲子关系了？国内警察的动作还挺快。"周怀瑾用力眨了几下眼，努力平复着情绪，哑声说，"杨波这个人……非常浅薄，志大才疏，每天跟在郑凯风屁股后面转，自诩是郑凯风的学生，其实根本只学了表面功夫。这么一个人，既没有资历也没有能力，出身和学历都乏善可陈，年纪轻轻为什么会被提拔到那个位置？自然有人猜，所以当时流出了'私生子'的谣言。"

"这谣言一度传得沸沸扬扬，但无论是周峻茂本人，还是杨波的靠山郑凯风，都没有出面澄清过，久而久之，那小子可能还真以为自己是'还珠太子'了。"周怀瑾捏了捏矿泉水瓶，摇摇头，"他悄悄收集了周峻茂和自己的DNA，私下找了个不大正规的亲子鉴定机构……连这也偷偷摸摸的，有些人真是从骨子里就上不得台面。"

费渡顺着他的话音问："你发现了他私下里找人做鉴定的这件事？"

"那个黑作坊的负责人是我打球时认识的，算是球友吧。"周怀瑾说，"典型的'白垃圾'、骗子，他知道不少人的秘密，看起来好像是个锯嘴的葫芦，什么秘密都能保守，其实私下的交易多的是，就看你付不付得出他的价格。"

"他把这件事告诉了你——"

"应该说，他把这件事免费赠送给了我，"周怀瑾说，"我付费买的是另一项服务，我让他把怀信的样本换了进去。"

杨波，一个一无所有的穷小子，莫名其妙地被大老板赏识，心里多半是又自豪又感激，甚至可能有些诚惶诚恐，他一定曾经兢兢业业地跟在有知遇之恩的男人身边，每天都在挖空心思地让自己看起来不那么平庸，说不定还会把那一生充满传奇的老人当成自己的奋斗偶像。

可是如果有一天，他发现自己得到的这一切，可能只是因为自己是"偶像"的合法继承人呢？刚开始，他必然是震惊并伴随着憎恨的，因为这意味着他的母亲背叛了他的父亲和家庭，而他的人生的偶像背叛了他的信任。

可人的天性中或许就有懦弱和卑劣，这并不坚定的憎恨没能长久，他很快又会升起某些异样的想法——原来自己本该也是个含着金勺出生的，完全可以和那些靠着父辈混的"青年才俊"们平起平坐。

周怀瑾、周怀信，还有他们那些趾高气扬的朋友们，有什么资格看不起他？凭什么周峻茂不愿意认他？

他是周峻茂的儿子，又是郑老的铁杆直系，谁都知道郑老和周氏长子关系紧张。同样是一个父亲生的儿子，为什么他只能拿工资打工，不能在这偌大的家业里分一杯羹？

或者说——为什么周氏不能是他的？

"原来那份亲子鉴定报告是你伪造的。"费渡低声说，"'他将要藐视命运、唾弃死生，超越一切的情理、排除一切的疑虑，执着于他的不可能的希望。'"

周怀瑾闭上眼睛，嘴唇轻轻蠕动，几不可闻地接上了下一句："'你们都知道，自信是人类最大的仇敌。'"①

"赫卡忒女神，"费渡略带一点儿嘲讽地看向他，"你花了好大的神通，让杨波以为自己是周氏的私生子，给他无限希望，目的是什么？"

"杨波是郑凯风的人，"周怀瑾说，"我不知道郑凯风为什么会看重他，但那老东西确实把这小子当心腹，当年提拔杨波也是郑力排众议，连周大龙都曾经略有微词——虽然他后来也接受了。这是一场博弈，我势单力薄，只能先想方设法瓦解对手之间的同盟。我需要挑起杨波的野心，利用他在周峻茂和郑凯风之间插一根刺，我要让他们所有人都付出代价。"

费渡淡淡地看着他。

"到了这地步，我没必要骗你，"周怀瑾用力捏着自己的鼻梁，"费先

---

① 费渡和周怀瑾上下两句引用皆出自《麦克白》。

生,即使我的手段并不光明,我也并没有使用杀人放火的犯罪手段去复仇,你可以从道德上谴责我,但你得承认,我这么做无可厚非。"

"周总,"费渡慢吞吞地说,"你是该受到谴责还是该付出代价,我说了可不算。首先要看你浪费警力、弄出这么大一桩闹剧,这个性质怎么界定;其次要看周峻茂车祸一案的调查结果。"

"我没想到周峻茂会死于一场意外的车祸,我安排的剧本里,本该是由那家亲子鉴定机构的负责人告诉杨波结果,我再在'机缘巧合'下拿到这份东西,跑到杨波面前兴师问罪,我会先激怒他,再气急败坏地对他断言,'爸爸不会认你'。杨波这个人我了解,非常浅薄,这种冲击下,他很容易会口不择言,运气好的话,我可以拿到一些将来用得着的录音。同时,杨波受到刺激,很可能会憋足了劲,想用'认祖归宗'的事实打我的脸,对此我还有后续安排——可是你现在看见了,周峻茂死得太不是时候,我的计划才刚开始就夭折了。"

"你听说周峻茂的死讯后,第一时间意识到,虽然自己的计划被打乱,但也算是个机会,所以你暗示周怀信报警,把警方和公众的注意力吸过来,推出杨波做挡箭牌,然后借着车祸疑云的余波,自导自演一出好戏,把周峻茂之死弄得更加扑朔迷离,先嫁祸杨波,再用公益基金的事引导警方调查郑凯风。趁着周氏动荡,一举消灭两个敌人,同时利用舆论煽风点火,让周峻茂彻底身败名裂。"

周怀瑾的喉咙动了动,没有解释,算是默认了。

费渡问:"你就不怕周氏从此一蹶不振,到了你手里也是个烂摊子吗?"

"现在的周氏,是周峻茂的'周',"周怀瑾低声说,"和他生前身后的声名血脉相连,也是他的一部分,我要打碎他的金身雕塑,至于其他的……不都是身外之物吗?费先生,如果你也有一根从小长在心里的刺,你会因为害怕自己倾家荡产而不敢拔出它吗?钱、物质……对咱们这样的人,有时候真的没那么大的吸引力。"

费渡在听见"心里的刺"那一句时,手指下意识地又紧了几分,几乎将矿泉水的瓶子捏扁了,这时,几个医护人员拎着调用的血浆一路飞奔着从他们面前跑过去,往手术室里赶,脚步声中仿佛含着不祥的韵律。

周怀瑾猛地站起来:"医生,我弟弟他……"

周家人是恒爱医院的大金主，工作人员不敢怠慢，一个护士模样的工作人员委婉地说："您放心，我们一定全力抢救。"

周怀瑾听出了对方的言外之意，脚步踉跄了一下。

费渡一把撑住他的胳膊肘："周先生，怀信对你来说，也是身外之物吗？"

周怀瑾好像被踩了尾巴一样，脸色陡然变了。

费渡却不肯放过他："你和你的狗腿子胡震宇一唱一和的时候，他就已经发现了，可是他没有声张，而且还配合你们把这场戏演了下去，你知道他对胡震宇说什么吗？"

"我……"

"他说他不懂你们那些事，他只要你平安。"费渡把声音压得又快又硬，像一把短而锋利的匕首，冲着周怀瑾的耳朵戳了下去，"事后我诈他的话，他甚至想替你认下'绑架'的这口黑锅。周先生，我有一个问题想问你，从刚才到现在，你给我讲了一出有因有果的王子复仇记，为什么你一句话都没有提到那个持刀行凶的女人，就好像你知道她为什么这么丧心病狂一样。你能不能告诉我……"

手术室的门一下从里面打开了，打断了费渡的话音。

医院墙上一刻不停地往前赶着的挂钟仿佛跟着停顿了一下，周怀瑾惊惶的目光看向里面走出来的医生。而与此同时，费渡兜里的手机振了一下，他摸出来看了一眼，骆闻舟言简意赅地给他发了一条信息：董晓晴死了。

费渡一愣，当即放开了周怀瑾，第一反应是把电话拨了回去："你怎么样？"

骆闻舟那边一片嘈杂，还未及吭声，费渡面前的周怀瑾已经"扑通"一声跪在了地上，他听见那医生说："对不起，周先生，我们真的尽力了。"

第十一章

呼啸而至的警车把董晓晴出事的现场包围了，路口的监控清晰地拍到了肇事车辆从撞人到逃逸的全过程。

"对，就是这辆车。"骆闻舟被车镜扫过的地方火烧火燎地疼，皮肉已经肿了，但由于没有伤筋动骨，不影响他上蹿下跳地指挥现场，"那王八羔子当时罩着脸，身上全副武装，一根毛都没露出来，他肯定不是第一次干这种事，以那个速度突然拐弯撞人，手潮的弄不好都要翻车，撤退路线也绝对是事先计算好的。"

"骆队，你没事吧？"旁边正在查监控的同事看得心惊胆战，"要不先叫医生处理一下？"

"没事，死不了。"骆闻舟心里窝着能把地面轰出一个窟窿的火，唯恐声气大了把地球喷出太阳系，勉强压着，尽可能平静地说，"我需要大家重新排查董晓晴和董乾的所有社会关系——所有——尤其是董乾，他工作的车队、客户，要细节到他曾经去过哪些休息站、在什么地方买过东西吃过饭……"

"骆队，还是先包扎一下吧，你手流着血呢。"

骆闻舟第二次被打断，终于炸了："大白天沿路行凶的凶手还不知道在哪儿，你们他妈的老盯着我干什么？"

周围一圈人被他吼得噤若寒蝉，旁边被叫来帮忙的小大夫大气也不敢出。

骆闻舟暴躁地把小臂上擦破的伤口往衬衫上一抹，继而意识到自己的失控，连忙深吸了口气，光速压下了这于事无补的气急败坏。

"不好意思，我刚才不是冲各位。"骆闻舟略微一低头，声气缓和了下来，"这个凶手在我面前杀人，居然还能让他这么跑了，这事是我的毛病，我心里窝火，连累兄弟们辛苦了。"

旁边同事知道他的脾气，十分体谅："老大，你人没事已经是万幸了，这谁能拦住，又不是变形金刚。"

骆闻舟勉强冲他笑了一下，又说："凶手当时既然遮住了头面，不太可能大剌剌地放出车辆信息随便我们查，我觉得……"

他话没说完，奉命搜索肇事车辆的同事已经传来了消息："骆队，我们找到肇事车辆的车主了，是个普通的白领，女的，今天正好要参加一个职称资格考试，考点附近的停车位停满了，她说自己当时快迟到了，一着急，只好在附近找了个空地，凑合着违章停车。怕人贴条，还特意找了个偏僻没监控的地方。车主后面还有一场考试，直到我们刚才联系上她，才知道自己的车让人撬了。"

骆闻舟长叹了口气，居然又被他这张乌鸦嘴说中了。

"骆队，路网监控拍到了肇事车辆！"

骆闻舟沉声说："追！"

然而到底还是晚了。

半个小时以后，警方在一处废弃的厂房院里找到了那辆破车，原本保养得不错的白色轿车前挡风玻璃已然粉身碎骨，后视镜孤零零地剩下了一只，活像动画片里的"一只耳"，车上四门大开，鬼影子也不见一个，碎裂的车灯和扭曲的保险杠组成了一个嘲讽的笑脸，上面依稀沾着血迹斑斑。

骆闻舟听见随行的痕迹检验人员低声议论：

"撞得真够惨的，还能修复吗？"

"修个屁，撞死过人的车，谁还开？"

"但是这车可不便宜，低配的裸车好像也得'三四十'吧？车主家里有钱吗？"

"估计没多少钱，吭哧吭哧考证的都是给人打工的。"

"那我要是车主，估计得疯，这不是无妄之灾吗？"

这一组技术人员是直接从市局抽调过来的，没去凶案现场，也没有直面尸体，第一时间没有联想到那起惊心动魄的谋杀，反而被破烂的"凶器"触动了工薪阶层们永恒的不安——他们每天遵纪守法，日日辛苦奔波，抠抠搜搜地攒完这个攒那个，十年攒套每天只能回去睡一觉的房，五年攒辆永远被堵在高架上的车，背一屁股贷款，迟到一回拿不着全勤，都觉得自己捅了个大娄子。

数年节衣缩食的努力，被人随手撬走，轻而易举就毁于一旦。喊冤还没地方喊去，毕竟相比起那撞成了一团烂肉的小姑娘，丢一辆车而已，似乎也没什么大不了的，算是十分走运了。

房门院锁防君子不防小人，这样看来，"老实""本分""文明""讲理"……俨然不如当一条到处咬人的疯狗来得痛快。

骆闻舟经过的时候，干活的技术人员在他的低气压下自觉闭了嘴，他围着现场转了一圈，知道凶手选择把车抛在这里，恐怕也是处心积虑、把握十足，早计算好了怎么神不知鬼不觉地撤退，现在应该已经消失在人海了。

他独自坐回现场外的警车，点了一根烟。

烟味和身上隐隐的血腥气熏得骆闻舟眯起了眼，他想了想，从车里摸出一瓶矿泉水，随便冲了冲自己露在外面的擦伤和划伤，继而尽可能简短精确地给各有关方面通报了情况。到费渡那里的时候，骆闻舟犹豫了一下，猜他这会儿应该是在医院里趁着周怀瑾心神动摇的时候套话，于是只发了一条短信给他，没想到手机还没收起来，费渡那边电话就打了过来。

听了他那句前不着村后不着店的追问，骆闻舟缓缓地吐出一口烟圈："我有什么事？"

费渡沉默了片刻，骆闻舟隔着电话，听见了他轻而绵长的呼吸声萦绕在耳边，无端让人平静了下来。可惜平静了没有两秒，费渡那边电话的背景音里突然爆发出一阵混乱，有人喊了句什么，随后又是匆忙的脚步声和乱七八糟的叫声。

周怀信死了。

周氏是恒爱医院的大金主，众人纷纷大呼小叫着上前来搀扶周怀瑾，院长和各科室负责人也在短时间内赶到，"节哀"声好似雨后池塘的群蛙，"咕呱"得众口一词。

费渡举着通向骆闻舟的电话，心里了然地想："人没了。"

这想法甫一冒出，他心里就"咯噔"了一下，好像开车时轧过一颗小石子的动静。

"我想以你的能力，追上董晓晴应该是很容易的，"费渡眼皮也不眨地盯着手术室黑洞洞的大门，找了个角落避开喧嚣的人群，他语气平稳地续上了自己的话音，"你参与过多起劫持人质事件，不可能控制不住一个持刀的女孩，就算她杀了人以后打定了主意要自我了断，我相信只要她犹豫一秒，你也能趁机制伏她。所以她为什么会死，是出什么意外了吗？"

费渡毫无起伏的声音像一碗温水，顺着信号，缓缓流进了骆闻舟的耳朵，不知为什么，他方才火烧火燎的心绪在这三言两语中被洗涮干净了，骆闻舟捻灭了烟，拇指撑住额头，无端很想见一见费渡。

"三言两语说不清楚——局里的同事们已经在恒爱医院里了，周怀瑾那边什么情况，有没有交代什么？"

"交代了，绑架案是他自己策划的。"

"行，让他们把人控制住，先带回市局。"骆闻舟顿了顿，又说，"你在医院等我。"

费渡仿佛没有留意到他最后一句轻柔下来的语气，挂了电话，径自走到周怀瑾身边。

周怀瑾脸上既没有泪痕，也几乎没有表情，只是难以置信似的盯着手术室……直到盖着白布的人被推出来。他突然不知哪儿来的力气，猛地挣开周围试图拉他的人，不管不顾地扑上去，伸手去揭那块盖在死者脸上的白布，非要自己看个分明。

周怀信静静地躺在那儿，脸色惨白，有些发灰，果然与生前一点儿也不像，让费渡想起了一幅从他那里买到的画——画的是高街熙熙攘攘的路口，林立的高楼和广告牌用了大片深浅不一的灰色随意涂抹而成，走在街上的都是一水的骷髅骨架，他们身上穿着色彩鲜明、款式各异的衣服，将骷髅们分出了男女老少、三六九等。

周怀信的画技属于不上不下的水平，平时还总是选一些挂在客厅里会让人质疑屋主有病的题材，不少买他画的人都只是为了巴结周氏，买回去也是压箱底积灰。费渡他们这些酒肉朋友，拿了周怀信的画，还总要调侃两句，时常问他："周大师，你什么时候死？你一死，这画就能升值啦。"

现在好了，那些积压在床底下、地下室、杂物储存间里的画作们终于等来了最大的利好消息，有望重见天日了。

"周总，别看了周总！"

众人连忙要把周怀瑾拽开，周怀瑾的嘴唇哆嗦着，整个人好像还没回过神来。

费渡端详着他，轻轻地叫了一声："周总。"

周怀瑾虚弱地看着他："我……抱歉，我现在……脑子有点乱……"

这时，警察们走进来，显然是接到了骆闻舟的通知，打算要把周怀瑾带走。

费渡背对着他们摆摆手，示意他们稍等，继续对周怀瑾说："警方办事有程序，一会儿恐怕得劳驾你和他们走一趟。周总，你要是信得过我，我可以暂时留在这儿，替你照顾怀信。"

周怀瑾的目光扫过围着他的警察，似乎想再回头看周怀信一眼，不知是不敢还是怎样，这一眼终于还是没能落在死者身上。事已至此，周怀瑾在最初的震动之后，依然本能地在外人面前保持形象，他摆脱保镖的扶持，站直了，冲费渡一点头："那就麻烦你了。"

费渡不动声色地一欠身，往他心上戳了一刀："怀信拼了命保护你，肯定是希望你能好好的，周总，你要多保重。"

周怀瑾脚步踉跄了一下。

"哦，对了，"费渡看着他的背影，"还有一件挺重要的事，方才我忘了说——其实我们给杨波和周老做亲子鉴定的时候，也顺便收集了你和怀信的样本。周总，我不知道你们家庭关系有多复杂，不过DNA关系是非常简单明了的。"

周怀瑾的瞳孔微缩，在费渡的停顿声里，他好像有了某种隐约的预感，缓缓地转过身来。

费渡故作惋惜地一摇头，掩住了嘴角一丝似有若无的微笑："奇怪得很，亲子鉴定结果显示，你就是周峻茂亲生的。"

有那么一瞬间，周怀瑾好像是听不懂中国话了，茫然地凝视着费渡，随后他混乱的反射神经艰难地跑完了全场，猛地晃了一下，颠三倒四地说："你说什么？你……你再说一遍……"

一个人精神世界轰然崩塌的时候，盯住他的眼睛，能从中看到非常壮观的景色，像高山上的雪崩、龙卷风横扫村落、数十米高的海啸浩浩荡荡地扑上大陆、成群的陨石倾盆而下……

——费渡清晰地体会到了那种无与伦比的快感，那是古往今来的虐待狂和杀人魔们共同追逐的神魂颠倒。

旁边的刑警见周怀瑾朝费渡扑过去，以为他要行凶，连忙一拥而上，七手八脚地把他控制住，永远在人前风度翩翩的周怀瑾崩溃地嘶吼："不！不！你再说一遍！不可能！"

"没事吧？"一个警察扶了费渡一把。

"没事，"费渡伸手一整衣领，面无表情地说，"这个人看好了，实在不行就给他一针镇静剂，放心，等他清醒过来，会知无不言的——辛苦了，你们先回去吧，我等一会儿骆队。"

那警察听了他的话，点点头，匆忙追上自己的同事们，走出了十几步远，又不知为什么回头看了费渡一眼，觉出了一点儿无因无由的毛骨悚然。

费渡留在医院，有条不紊地安顿了周怀信的遗体，打发走媒体，通知了法医，又巧妙地摆脱了急于想打探情况的恒爱医院负责人，最后在医院门口等来了骆闻舟。

骆闻舟怕他见不了血,来的路上已经把自己身上显眼的伤口都简单处理了,本来做好了直接把脱水的费渡送医院的准备,谁知费渡全须全尾不说,素来苍白的脸上竟然还有一点儿难得一见的红润。

两人三言两语地各自交换了信息——骆闻舟犹豫了一下,隐瞒了董晓晴对他说的那句话,费渡则平铺直叙地大致说了周怀瑾的供词,省略了自己是怎么一步一步把周怀瑾逼到崩溃的过程。

骆闻舟听了周家匪夷所思的豪门恩怨,斜了费渡一眼,又忍不住说:"其实你所谓的晕血也是跟我瞎矫情吧?"

费渡笑而不答,只说:"师兄今天大概也没心情跟我约会,能麻烦你送我回趟家吗?别墅那边,你以前去过。"

费渡平时一般是在市里活动,自己在他们集团附近住一套不大不小的单身公寓,骆闻舟愣了一下,才反应过来费渡指的是他妈过世的那处别墅:"你去那边干什么?"

费渡惜字如金地说:"有事。"

骆闻舟皱了皱眉,隐约觉得费渡不太正常——他在听说董晓晴死后,第一时间回拨骆闻舟的电话问他情况,这会儿见了他一身姹紫嫣红,居然连问都没问一声。平时闲话那么多的一个人,居然靠在副驾驶上一言不发地闭目养神。

从恒爱医院到费渡家的别墅并不远,不堵车,二十分钟就到,骆闻舟把公车停在那阴森又华丽的大宅门口,推了费渡一下:"到了。"

费渡睁开眼,目光冰冷得好像无机质,居然连声谢也不说,一言不发地推车门就要下去。

骆闻舟忍不住一把抓住费渡的手腕:"等等,你怎么了?"

"今天不闹,放开我。"费渡好似疲惫万分地叹了口气,用力挣开了他,头也不回地下了车。

骆闻舟越看他越觉得不对劲,透过后视镜盯着费渡的背影,忽然发现费渡那笔挺的衬衫袖筒在无风自动,刚开始,他以为是衬衫上绣了什么暗纹反光,然而再仔细一看,那居然是费渡本人在不由自主地颤抖。

骆闻舟皱了皱眉,到底不放心,推开车门跟了上去。

也许是觉得他们这富人区治安太好,费渡连院门也没关,四门大开地敞着，院里可能是长久没人居住，怕长满杂草不好打理，用石板填平了，一眼看去，寸草不生，平坦又冷淡。

骆闻舟追过去的时候，费渡已经摸出钥匙开了门。

骆闻舟："哎，我说你……"

这时，费渡整个人晃了晃，手按在门把上，仿佛想撑一下，不料打开的门随着他的力道往里退开，费渡一个趔趄，直接跪了下去。玄关铺的是冰冷的大理石板，他的膝盖毫无缓冲地撞在上面，"嗵"一声闷响。

费渡脸上不正常的血色似乎已经耗尽了，比平时还要苍白几分，额角微微透着冷汗，手脚轻轻抽搐似的颤抖着停不下来。

"怎么了？"骆闻舟连忙上前抱起他，捧起他的脸，"怎么回事？费渡，说句话！"

"低……低血糖……"费渡几不可闻地哼了一声，伸手握住骆闻舟的膝盖，想撑着站起来，胳膊却是软的，挣扎了一下又跌了回去。

"低血糖？"骆闻舟听了这匪夷所思的解释，当即没好气地开了嘲讽，"没事占我便宜的频率太高，累着您老了是吧？我也真服了。"

他说着，双手一用力，直接把费渡抱了起来。

费渡站起来身量颇为修长，随便往哪儿一戳，存在感都强得逼人，这会儿把人抱起来，骆闻舟却觉得完全没有想象中的吃力，薄薄的一层皮肉下隐约能磕碰到骨头，明显是那种疏于锻炼的偏瘦体质。

二十出头的一个小青年，随便磕碰一下就能骨裂，还不如眼镜框结实，肯定是那种仗着年轻到处花天酒地、常年处于亚健康状态的人。费渡脸上时常没什么血色，有时候和狐朋狗友们鬼混得太疯，还会带上一点儿明显的气血不足，是个典型的"肾虚公子"。

可他身上又有某种冰冷而强硬的特质，总能让人忘了他是个中看不中用的"绣花枕头"。

骆闻舟拎着费渡，平放在沙发上，起来活动了一下自己瘀青未散的老腰："先别死，你这儿有能吃的东西吗？"

费渡没吭声，有气无力地伸手一指厨房。

骆闻舟走开两步，又转了回来，拎起沙发上的一条毯子，往费渡身上一扔，转身进了厨房。

厨房窗明几净，应该是请保洁打扫的，锅碗瓢盆基本都是摆设，好几样东西连标签都没拆。骆闻舟把柜橱翻了个遍，才找到一袋快过期的白糖，从旁边桶装的纯净水里倒了半杯，融了点糖水。正打算端去给费渡喝，骆闻舟又想起了什么，低头看了一眼那先前已经开过盖的桶装水，心想：这玩意儿放多久了，不会过期了吧？

他低头闻了闻水的味道，又翻开水桶上的生产日期，发现这是一个礼拜之前买的，居然还算新鲜。骆闻舟一愣，又悄无声息地拉开了冰箱的柜门。冰箱里有点空，有几罐牛奶和少量水果，一点儿不太丰盛的速冻食品，都在保质期内，基本是一个人在这儿短暂过夜的食物储备——费渡是碰巧最近刚好回来过，还是他经常过来小住？

根据骆闻舟的了解，费渡他妈还没死的时候，他也不喜欢在这个压抑的家里常住，平时都是自己住学校附近的公寓，由保姆照顾，每周末回来一次。只有料理他母亲后事的时候，费渡搬回来住过小半年——他父亲总不在，一个半大孩子自己住凶宅，想想都觉得瘆得慌，所以陶然才会经常把他接走。直到半年后，费渡搬回市区的公寓，明里暗里关心他的人才稍微放了心。

骆闻舟本以为是死过人的房不好出手，他才一直没卖，现在看来……

他若有所思地回头看了一眼沙发上躺着的费渡——这房子真的很有凶宅气质，尽管装修考究、采光优良，打扫得一尘不染，却总让人觉得阴森森的，非常适合自杀和闹鬼。骆闻舟从进门开始，就隐约觉得这房子有点不对劲，但他毕竟只是七年前来过，现在还能找到门已经不错了，一时也想不出是哪里有问题。

他把糖水放在费渡面前，本来是让费渡自己喝，却发现他双手颤得几乎端不住杯子，只好认命地抢过来，端好喂给他。

费渡很轻地叹了口气："师兄，我会爱你爱到不可自拔的。"

骆闻舟："快喝，哪来那么多废话，呛不死你。"

费渡喝完了一杯糖水，终于有了点力气，他没骨头似的往沙发上一瘫，摆摆手："没事，就是晕血晕的，在医院吐得有点虚，当时周怀瑾在旁边，没顾上补充电解质。"

骆闻舟陪着他坐了一会儿，突然问："你经常自己在这边住？"

费渡倏地睁开眼睛，他姿势虽然没变，但骆闻舟感觉得到，费渡的神经瞬间绷紧了。

"这边离你家公司、燕公大、市局……甚至你导师家都不近,"骆闻舟说,"附近好像也没有你们这帮败家子常去的娱乐场所——你自己没事大老远地跑来住凶宅?"

"有什么问题?"费渡一顿之后,冲他露出个无懈可击的微笑,"这是我家。"

他语气虽然柔和,给出的却是绵里藏针的防御型回答,让人没法接话。

骆闻舟沉默了片刻,刑警常年昼夜颠倒,有很多不良生活习惯,比如他,一思考就想抽烟,骆闻舟的目光一边下意识地搜索烟灰缸,一边顺口问费渡:"介意我抽根……"

话刚说一半,骆闻舟和费渡的目光同时落在了茶几上的烟灰缸上。费渡最先反应过来,脸色蓦地一变。与此同时,骆闻舟模糊的记忆和隐约的直觉终于穿成一串,清晰了起来——对了,他想起来了!

费渡和他父亲都不抽烟,这烟灰缸是他妈生前用的!

当年为了调查她的死因,骆闻舟曾经几次跑到费家来找费渡的父亲费承宇谈话,有一次他就像这天一样,询问主人可不可以抽烟。费承宇——那个强势精明的男人,不太高兴地抽出了桌子底下的陶瓷果盘递给他,声称自从妻子过世后,他怕自己触景生情,所以把她生前用过的东西都清理了,还把屋里的家具摆设一并调整了。

他当时还说……

"我把电视的位置移动了,原来放在那儿的钢琴也挪走了,门口的衣架、她喜欢的那几个插花的花瓶……全部挪出去了,我看不了——不好意思,骆警官,我不抽烟,她走以后,家里就没有烟灰缸了,你先凑合用这个吧。"

骆闻舟的目光倏地扫过整个客厅。电视、起居室的钢琴、门口复古的衣架,乃至于从玄关到客厅的插花花瓶,竟然全被移回了原位!

花瓶里插的是足能以假乱真的假花,不知是从哪里定做的,那假花的样子像极了该换没换、凋谢了一半的鲜花,和当年他们接到报案后,在案发现场看见的插花一模一样!

骆闻舟终于明白了这房子古怪阴森在什么地方,费渡把它做成了一个大型的标本,时间定格在了七年前。

"我今天有点累，"费渡掀开身上的毯子坐正了，语气格外僵硬地下了逐客令，"就不招待你了，周末愉快。"

骆闻舟才没那么容易打发，他往后一靠，跷起二郎腿："哟，刚才还说爱我爱得不可自拔，现在说变脸就变脸，费总，你这样可就差点儿意思了。"

第十二章

费渡整个人是紧绷的，强行装出一副放松的模样，似乎有恃无恐地伸手搂住骆闻舟的肩膀："那警察叔叔，你说怎么办？"

他无疑有一双很好看的眼睛，尤其笑起来的时候，瞳孔四周的光会折射出好几种层次，人眼自然的层次感是最高级的美瞳也无法效仿，里面凝聚着亿万年漫长进化造就的奇迹，充斥着最反复无常的七情六欲、最幽微曲折的喜怒哀乐，就像神话传说中"一沙一世界"的芥子。

显然，费渡这一颗"芥子"有坚不可摧的外壳。

骆闻舟近距离注视着他，注意到他领口露出了一角的文身，那是一只仿佛要张嘴噬人的凶兽。

骆闻舟目光扫过，略微停顿了一下："我记得你上次在西岭文的好像不是这个，洗了？"

费渡："传说中有纳米技术的超仿真文身贴，比花样游泳队的眼妆还防水。"

"为什么不文个真的？"骆闻舟问，"怕疼？"

费渡油腔滑调地笑了起来："因为我喜新厌旧、三心二意，总想换图案。"

"喜新厌旧，三心二意，"骆闻舟把玩着打火机，低低地重复了一遍，"太谦虚了，我一直觉得你是个长情念旧的人，连七年前的东西都舍不得换。"

费渡的瞳孔轻轻收缩了一下，在两人此时的距离下，这一点细微的变化在骆闻舟眼里无所遁形。他拿起烟灰缸，盯住费渡："我记得你爸把这个烟灰缸扔了，你是后来买了个一模一样的，还是把之前那个捡回来了？"

费渡的画皮被骆闻舟一把撕下了一半，他立刻就要站起来，被骆闻舟按住肩膀，强行堵在沙发角落里："为什么？因为仍然在追查她的死因，提醒自己不能忘吗？"

费渡猛地一推他，骆闻舟早有准备，被他推开的瞬间，顺势往下一按，熟练地把平时对付犯人的那套擒拿用在了费渡身上，轻易就把他的手反剪在身后，骆闻舟单膝跪在沙发上，别住了他的腿。

费渡向来动口不动手，战斗力约为负值，反抗无门，只好冷笑："骆队，私闯民宅，还对屋主人施以暴力，你这是哪国警察的纪律？你……"

他说到这里，叫嚣声戛地止住。

因为骆闻舟忽然俯下身，像对付发疯的骆一锅一样，不怎么温和地抓了一把费渡的头发。

真是奇怪，一个哄人哄得能白日见鬼、在哪儿都游刃有余的花花公子，居然会因为别人抓了一把他的头发，而露出一闪而过的孩子般的慌张。

就好像他这一辈子都不知道什么叫"温情"似的。

他这点儿慌张让骆闻舟心里一悸，缓缓放松了钳制："说句实话对你来说比死还难吗？"

费渡坐起来，彻底闭了嘴，既不回答，也没再作妖。

骆闻舟说："其实我心里也有一直放不下的疑问，跟你讲个事吧，听不听？"

费渡依然不吭声，骆闻舟也没管他，径自说："我刚毕业的时候，总觉得自己是干大事的，没事就爱在网上跟那种'××几大未解奇案'的帖子，然后按着那些以讹传讹的'案情细节'瞎分析，有时候意见不一样，还能跟人掐起来，最后，每个案子在我这儿都会得到同一个结论——在网上聊这事的都是傻×。"

费渡的眼珠轻轻动了一下。

"那时候小女孩们都流行看穿越小说，电视剧里天天演穿回清朝嫁个王爷什么的，我偶尔听见女同学议论这些，就想，我要是也穿越，我就穿回维多利亚时代，先把开膛手杰克揪出来。"骆队过尽千帆，皮厚百尺，已经能满不在乎地把自己缺心眼的黑历史拉出来展览，离奇的是，费渡居然也没有借机冷嘲热讽地评论，"结果入职以后，发现当警察根本不是那么回事，当时正赶上本市有政策，新人都得有一年以上的基层工作经验，我就到了这一片的派出所。"

骆闻舟说到这儿，伸手在费渡眼前晃了晃："知道派出所小民警管什么吗？"

费渡抬眼看着他。

"什么钥匙锁屋里了，狗找不着了，熊孩子打架打掉颗牙，楼上租户家漏水……反正三只耗子四只眼的，什么鸡毛蒜皮都找你。我们这些新来的'棒槌'，办的最大的案子就是抓几个溜门撬锁的扒手。唯一一起算个事的，就是你母亲的自杀案，还差点儿跟受害人家属结仇，办得很不圆满。我在这儿干了一年，觉得自己再待下去得上吊，于是死活拽着陶然去考市局的岗。但是到了市局，日子也没有多好过，人人都觉得我是靠我爸关系上去的，都觉得我是个眼高手低的衙内。那时候我天天挨训，尤其老杨，什么难听说什么，什么事没人愿意干就让我干，跟和我有仇似的。我从小当惯了少爷，觉得在市局混不下去，一天到晚受气不说，每月那点工资都不够我买烟的，勉强待了半年，辞职报告都打好了，正要上报的时候，老杨点了我去跟他接洽线人，调查一个卖淫团伙。"

他拎过那烟灰缸，点了根烟。

费渡终于给了他一点儿回音："嗯？"

"早些年，这种团伙一般会有一点儿黑社会性质，好多小女孩都是被那些人用各种手段拐骗胁迫来的，老杨正跟线人聊着，突然，一个女孩一脸是血地跑出来，后面有两个男的拿着棍子和弹簧刀追她。女孩一边跑一边哭着喊救命，周围的人都见怪不怪，我热血一上头，过去就要跟他们动手，结果打趴下两个，又出来一帮。"骆闻舟一摊手，"你捅过马蜂窝吗？"

费渡："我为什么要捅马蜂窝？"

骆闻舟颇为可惜地叹了口气："那你恐怕不能领会我们当时的惊心动魄——不过虽然挨了顿群殴，女孩还是救出来了。老杨为了掩护我，大腿和后背上各被人砍了一刀，膝盖骨裂。结果我捅了那么大的娄子，他竟然第一次没训我，还说我这人虽然不靠谱，但总算有点警察的样子，我可能是被他训出了斯德哥尔摩综合征，偶尔听一句好话，当时就不行了，回家就把辞职报告撕了，从此成了他老人家的门下走狗。"

费渡的脸色缓和了些，隐隐露出了一点儿笑意。

"但这个故事的重点不是这个。"骆闻舟收敛了方才故意逗他的欢快语气，声音沉了下来，"重点是，老杨的膝盖从此落下了暗伤，他又是个胖子，上了年纪之后，膝盖越来越撑不住体重，一到要阴天下雨，准发作，比天气预报都准，所以他能不走楼梯就绝对不会走楼梯。可他出事那天，却是在一个过马路的地下通道里牺牲的，五十米之外就有一条人行横道。"

上下楼梯最损伤膝盖，因此腿脚不好的中老年人会下意识地避开过街天桥和地下通道，哪怕多走一点儿路。杨正锋当时是从菜市场回家，那老男人工作之余，最大的爱好就是逛菜市场和回家做饭，这段路他隔三岔五要走一趟，不可能每天放着人行道不走而钻地下。

"为什么他当时会走地下通道？"骆闻舟在鸦雀无声的客厅里轻轻地说，"通缉犯躲藏的位置很深，地面经过的人根本不可能看见他。我想不通老杨当时为什么要下去，我甚至偷偷去查了他当时的通信记录——可是没有，什么都没有，他身上那手机的通信记录非常干净，前后几天之内，连个可疑的推销诈骗电话都没有。"

"买菜回家，途中碰到通缉犯，老警官还曾经打电话请求过支援，"费渡说，"还有其他信息吗？"

"有目击证人，"骆闻舟说，"老杨身上只有一把芹菜和一袋肉馅，手无寸铁，本来没有贸然行动，是因为有个牵狗的老太太正好经过，惊动了那通缉犯，眼看路人有危险，他才冲上去的。"

"通缉犯呢？"

"通缉犯神神道道的，问不出什么。我们调查过目击者，没有问题，周围居民证实，那老太太就住附近，每天都从那儿经过，到对面公园遛狗。"

巧合、无懈可击的前因后果，死于见义勇为的老刑警，完美的意外。

"这疑点我跟局里提过，"骆闻舟说，"同事和领导都配合过一起调查取证，最后一无所获。你知道，理论上，像老杨这样横死的人，亲戚朋友往往不能接受，常常会臆想出一个假想的凶手，好让自己的悲痛有地方发泄……"

费渡接了话："你的意思是，就像当年的我一样。"

"像当年的你一样。"骆闻舟突然抓住了他的手，费渡下意识地一抽，却被男人更紧地握住，"从那件事之后，我才隐约觉得，你当年那么激烈地质疑你母亲的结案报告可能是有根据的，但是费渡——"

骆闻舟抬起头看着他："你可以永远记着她，永远不放弃真相，但是不能把自己困在里面，我那天有句话忘了跟你说，其实……"

费渡用了点儿力气，强行把手抽了回去："困住我的不是她的死因。"

骆闻舟一愣。

"不是那个，"费渡摇摇头，他移开目光，盯住桌上的烟灰缸，沉默了不知多久，好像用尽了最后一点儿力气，挤出了一句话，"我知道她是怎么死的……不是那个。"

倘若魂魄会流汗，骆闻舟估计已经汗流浃背了——当他发现自己使尽了浑身解数才把费渡的嘴撬开了一条缝的时候，有那么一瞬间，骆闻舟紧张得差点儿结巴，唯恐那条微小的缝隙闭上。

他屏住呼吸，轻轻地、怕惊动什么似的问："你知道她是怎么死的？"

费渡死死地咬住牙关，整个人紧绷如将断之弦。

骆闻舟心里一沉，立刻想说句什么缓和一下，不料平时八面玲珑的费渡竟然把他这客人丢在客厅，一言不发地站起来，直接往楼上卧室走去。

骆闻舟正要追上去，这时，他的手机突然响了，骆闻舟只好皱皱眉接起来："陶然，怎么了？"

"董家着火的事你知道了吧？火灭了，现在我们进来了。"陶然飞快地说，"明显能看出是人为的，有人点着了纸制品，扔在了布沙发上——董晓晴家对门在门上装了楼道监控，拍下了那个人的体征，男，一米七五左右，全身包裹得严严实实，连脸都没露。"

楼上传来"咔嗒"一声，是费渡反锁了门。

骆闻舟知道这次机会错过去了，无声地叹了口气，强行将注意力拉回到电话上来，问陶然："董家到底有什么东西，值得专门去纵火？"

陶然环视着董晓晴家烧得满目疮痍的房子，情况倒不能算非常严重，起火的地方在客厅，把木质的家具焚毁了大半，墙壁熏黑了一片，电视的碳素边稍微化了一点，除此以外，整个电视墙与周围的柜橱都还好，抽屉里的房产证和存折等重要物品也安然无恙。

"之前调查董家的时候，我们先后排查过好几遍，包括董家父女浏览过的网站、登录过的邮箱和社交工具，他们家也不是没搜查过，这样还能漏掉的，要么是那东西真的非常不起眼……"

骆闻舟心浮气躁地打断他："这范围太大了。"

"……要么是那东西当时根本没在董家。"陶然脾气好，倒没有因为被打断话音而生气，不慌不忙地补全了后面的话后，他又问，"怎么，你那边是不是有什么急事要处理？"

骆闻舟一时语塞。

陶然十分善解人意地说："那先挂了，这边我来处理，回头给你打报告。"

"等等，陶然，"骆闻舟赶紧说，"这次的事，复杂程度可能超出我们的想象，外勤的时候一定要注意安全，从现在开始，参与此案的人绝不允许自己单独行动。"

陶然跟他搭档多年，听出了他的焦躁，不给他添堵，干净利落地应了声"明白"，随即挂断了电话。

"陶副队，"肖海洋凑上来，"是纸，我认为犯人的目标应该就是他用来点燃沙发的纸制品。"

陶然一抬头："理由呢？"

"这种楼房住户密度大，着火了，左邻右舍很快就会报火警，除非确定自己想要毁掉的东西烧没了，不然很可能会因为燃烧不完全留下蛛丝马迹。"肖海洋的语速又不由自主地快了起来，"另外，董乾的受教育程度不高，我来过他家几趟，客厅里除了几张不知谁塞过来的小广告以外，并没有其他的书本，需要写写画画的东西都在董晓晴的书房里。监控里拍到这个纵火犯在撬进董家之后，足足逗留了十分钟之久，点个火不需要那么长时间，他一定是在搜什么东西……"

"搜到以后点着了，确定它烧得差不多时，再扔向沙发，点着整个房子。"陶然皱起眉，"你不觉得奇怪吗？既然这个人能神不知鬼不觉地潜入董晓晴家，想要什么东西直接拿走不行吗，为什么非得烧董晓晴家的房子？弄这么大动静，还留下影像，这是故意招警察来查纵火案？"

肖海洋一愣，哑口无言。

"海洋，这个事给我的感觉，就是在对方眼里，董晓晴手里这份东西并不是什么特别了不起的秘密，他故弄玄虚地烧了……这是在向我们挑衅。"陶然指了指他的手机，"你去查查，给你发短信的到底是董晓晴还是有人劫持了她的号码。"

肖海洋伸手按住手机，脚却没动地方："陶副队，董晓晴是真的死了吗？"

郎乔已经把现场照片发给了陶然，董晓晴本人也已经到了法医手上，陶然叹了口气，拍拍肖海洋的肩膀。

"我……我和她聊过好多次，也私下里评估过她，她绝对不是那种会持刀伤人的人，即使有负面情绪，也是针对那些对她父亲指指点点的人，从来没有迁怒过车祸受害人家属，"肖海洋说，"她捅人，随后立刻被歹徒撞死灭口，家又在同一时间被烧，背后一定有人在操纵！"

陶然缓缓地把肖海洋的手机从他手里抽出来，见肖海洋之前看的页面停在了网络新闻上。

周怀瑾兄弟在医院门口遇刺的事已经曝光了，报道只有短短一条简讯，简单点明了死伤者和凶手的身份，围观者却纷纷发挥想象力，给这离奇的故事加上了自以为合理的前因后果。

肖海洋的声音有点发颤："她不是他们说的那样，真的。"

"我师父生前问过我一句话，"陶然把手机还给肖海洋，"他老人家问我'你相信天理昭昭、报应不爽吗'。"

肖海洋愣愣地看着他。

"我说当然不能信啊，这不是封建迷信吗？再说古话总自相矛盾，一会儿说'天理昭昭，报应不爽'，一会儿又说'好人不长命，祸害遗千年'，也不知道该听谁的。"陶然笑了一下，"我师父就跟我说，'别的无所谓，这句话你必须得信，因为你是刑警，在追查凶嫌的时候，你就是天理。这话之所以成为封建迷信，就因为你们是废物，因为你们查不出真相、洗不清沉冤'——话糙理不糙，共勉吧小同志，先从短信查起，有任何想法分享出来大家讨论，别老自己钻牛角尖，快去。"

肖海洋张了张嘴，扶了一下眼镜，飞快地请求技术援助去了。

陶然环视着混乱的火灾现场，叹了口气，也许是方才和小眼镜提起了杨正锋的缘故，他下意识地摸出手机，点开了"零度阅读"。

最新一期的导读题目撞进了他眼里——"我从来没有见过这样阴郁而光明的日子——《麦克白》，投稿人：朗诵者。"

"FM88.6"是杨正锋最后的遗言，只有陶然一个人在极度慌乱的情况下听见了，那时候他甚至没带工作记录仪，除了自己混乱的记忆，没有任何佐证。在骆闻舟提出地下通道的疑点后，警方针对这句存疑的遗言也进行了例行调查——把节目负责人和相关工作人员查了个底朝天，然而一无所获，无论从哪个方面看，这就是个解闷的小众听书栏目。

当时调查组给出的结论是，杨正锋随身带的老头收音机在搏斗中从他兜里掉出去了，正好摔出了这个频道，陶然可能是无意中听见了收音机里报频道的声音，在那种情况下产生了轻微的认知失调。

陶然不死心，独自追踪这节目追了两个月，但除了跟着重修了一遍《中学课外阅读拓展》外，他一无所获。记忆是一种太主观、太不严谨的东西，渐渐地，连陶然自己都接受了"认知失调"的说法——如果不是他因此养成了听书的习惯，并在这无聊的消遣里发现了"朗诵者"这个ID……

朗诵者以前一年到头都不一定会出现一次，陶然一直怀疑是自己疑神疑鬼——可是这半年来连续三起案子，都隐隐被一个毫无瓜葛的读书节目映射，如果是巧合，那未免也太巧了。

火灾过后烧得焦煳的客厅里，陶然盯着那标题看了足足一分钟，轻轻地打了个冷战。

另一边，骆闻舟心事重重地挂断了电话，独自在客厅里溜达了几圈，他决定上楼去找费渡。走到楼梯间的时候，他无意中一低头，看见了通往地下室的路。骆闻舟脚步忽然一顿，不知怎么想起了去恒爱医院的路上，费渡关于他家地下室的描述。

骆闻舟准备上楼的脚鬼使神差地拐了个弯，往下走去。

通往地下室的楼梯有个拐角，使得上面的光照不下来，环境越发昏暗。楼梯尽头额外装了一扇厚重的防盗门，上面有密码锁。

骆闻舟跟那密码锁大眼瞪小眼片刻，摸出手机给费渡打了个电话，响了两声被掐断了，楼上的主人显然不想跟他说话。骆闻舟打开密码输入键盘观察了片刻，发现上面还连了一个警报器——也就是说，当有人企图强行破门而入，或是输错密码的时候，整个别墅都会响起鬼哭狼嚎的警报声。

"这警报器声音大不大？"骆闻舟心里冒出了一个馊主意，"没准能把楼上那鹌鹑震下来，反正比我踹门进去文明一点儿。"

他腰背上的伤虽然不碍事，但也挺疼的，今天并不想干踹门的体力活，于是他伸出了很欠的爪子，在密码锁上随便输入了六位数，然后飞快地堵住了自己的耳朵。可是等了片刻，预料中的警报器竟悄无声息，防盗门上的指示灯轻轻闪了两下，"咔嗒"一声，竟自己滑开了。

骆闻舟讪讪地放下了堵着耳朵的手，不可思议地盯着眼前的防盗门，这才意识到，自己方才输入的是费渡母亲意外死亡那天的日期。

骆闻舟万万没想到自己居然走了狗屎运，误打误撞地就这么试开了密码，瞠目结舌了好一会儿，他踟蹰着往楼上看了一眼，又给费渡打了个电话——好，这次那小子干脆关机了。

"那就不怪我了，"骆闻舟嘀咕了一声，"所有的沉默在我这儿都是默许。"

他理直气壮地抬脚走进了这宅子里最神秘的一隅，迎着地下阴冷潮湿的气息，打开灯，随即愣住了。

地下室没有费渡描述过的书桌，显得非常空旷，地面、墙壁、柜橱、天花板……全部都是惨白一片，正中间有一个豪华的投影设备，屏幕足有影院小放映厅的荧幕那么大，正对着屏幕的地方是一把躺椅，椅子上有绑带，旁边有一台电脑、一堆不知干什么用的复杂设备，还有一个小冰柜。

骆闻舟手心无端出了一层冷汗，轻轻地推开了那小冰柜，见里面放着一排小药瓶，说明书上都是不知哪国的外文，看不懂。而不知是不是他的错觉，他总觉得自己隐约闻到了一丝血腥味。

费渡在这儿干过什么？！

骆闻舟的心率瞬间飙高，有那么一时半刻，他脑子里一片空白，几乎是僵立在原地，一万只蜜蜂围着他的耳畔飞舞。不知过了多久，他轻轻咬了一下自己的舌尖，用力一摇头，目光往四周环顾了一圈，心想：不对，不应该，这里没有称手的凶器。

以费渡那低于平均水平的身体素质来看，他真要干点儿什么，徒手是不太可能的。

骆闻舟努力镇定下来，再仔细一看那带绑带的躺椅，悬在嗓子眼的心落回了胸口，他松了口气——因为那躺椅上的绑带是安全带式的，可以自己扣自己解，真用它做什么杀人分尸的事，恐怕不太好使。

他伸手在皮质的躺椅上摸了一把，把那堆莫名其妙的仪器和药瓶分别拍了照，悄悄发给郎乔，吩咐她查查看这到底是什么东西。

椅背上挂着一副耳机，骆闻舟拿起来凑在耳边，打开了面前的视听设备。

先是《You raise me up》舒缓的乐曲声，顺着音质极好的耳机流进了他的耳朵，果然对于电子设备来说，贵有贵的道理，反正骆闻舟以前从来没意识到这首歌这么好听，正在他感慨有钱人会享受的时候，一声歇斯底里的尖叫毫无征兆地刺破了音乐，饶是骆闻舟心理素质极佳，也不由得狠狠哆嗦了一下。

这时，投影上的大屏幕陡然亮了，他倏地抬起头。

上面正在播一段杀人直播视频，是前些年国外一个变态杀人狂上传的，凶手已经去见老外他们家上帝了，视频也被官方清理过一遍，不过暗网上仍然在传。

视频上的受害人发出垂死牲畜似的惨叫，惨叫声和歌声在音效令人赞叹的耳机里两两交缠，像两条鞭笞灵魂的鞭子。骆闻舟身上的鸡皮疙瘩一层一层地往外冒，一把扯下耳机，往后快进，后面是斩首的视频、枪决的视频、极端组织成员虐待俘虏和人质的视频、血淋淋的图片……

这时，骆闻舟调成振动的手机突兀地"嗡"了起来，他整个人一激灵，险些把手机砸在地上，接起来的时候声音都不对了："喂？"

"老大，你现在人在哪儿？方便说话吗？"郎乔压低声音问，"你不会闯进哪个黑作坊的'治疗戒断中心'里了吧？"

骆闻舟皱眉："什么治疗戒断中心？"

"你发过来的照片我找人看了，"郎乔说，"是电击设备，那些药有催吐的，有镇静剂，还有一些其他功能相近，让人产生不愉快应激反应的……"

后面的话，骆闻舟没听完，他只觉得前额仿佛被什么东西重重击打了一下，刹那间，眼前的迷雾倏忽散开，深藏的真相露出了一点端倪。

原来是这么回事，他想。费渡能把自己吐到脱水的晕血症状、整个人停不下来的颤抖、反复循环的歌……仿佛都有了解释。

第十三章

"喂喂喂？"郎乔听见电话那头没了声音，顿时有点紧张，"还在吗老大？吱一声，你这样一声不响我很慌啊！"

"嗯，"骆闻舟魂不守舍地应了一声，"没事，你先忙。"

说完，他不听吱哇乱叫的郎乔说话，就自顾自地挂断了电话。

地下室里不通风，泛着股陈腐的气息，在惨白一片的背景中，透着隐约的血腥味。挂耳式的耳机上夹着一根很长的头发，骆闻舟小心地把它摘下来，手指从冰冷的躺椅背上掠过。

几条禁锢绑带上有明显的磨损痕迹。

这是一个典型的"厌恶疗法"现场——投影上播放影像时，通过电击与药物之类的强刺激，强迫那个把自己绑在躺椅上的人建立条件反射，让他把这种刻骨铭心的痛苦和看见影像时的感受连起来，激起他的生理性厌恶，以达到"矫正"某种行为……或想法的目的。

人的身体就像一台精密的仪器，看见好吃的会馋，看见美人会被吸引，挨打了知道疼，伤心了会掉眼泪……每一种感受都是和感官传递来的感觉一一对应的，简单粗暴的"厌恶疗法"，就好比活生生地把人身体里插好的线拔下来，强行捅到另一个驴唇不对马嘴的端口里，还要用烙铁反复烙平加固。

可是一个人，血肉之躯，怎么能当成随意转接连线的电路板呢？

在电路板上"私搭乱建"都会造成短路，何况是凡胎肉体？

骆闻舟的眼角狠狠地抽动了一下，想起费渡变化多端的文身贴，原来那不是他"中二病"没痊愈，是为了遮挡电击留下的痕迹。那么他隔三岔五地回到这里，就是为了给自己"充电"吗？

他就不怕……一不小心对自己造成不可逆转的伤害吗？

他甚至有可能失手弄死自己，他的尸体会烂在暗无天日的地下室，几个月都不会有人发现。

他一个要吃要穿、要精致到眼镜腿的少爷，就不怕自己烂成一堆腐肉，和蛆一起暴露在光天化日之下吗？

骆闻舟深吸一口气，忽然觉得，费渡可能真不怕。

他对生死毫无敬畏，对肉体也并不爱惜，他无所顾忌，因为似乎什么都不在乎，哪天猝死在这儿，他大概也会十分坦然。费渡游戏人间、浪荡不羁，不在意跟谁混在一起，也不在意跟谁睡，整个人仿佛就是个大写的"随便"。

是什么让他宁可孤独地把自己绑在电椅上，拿生命开玩笑，也不肯跟别人透露一星半点的真心话？

骆闻舟被地下室里阴凉的空气包围，最初的震惊与百味陈杂过后，内里却被沸腾的怒火烧得头重脚轻，恨不能直接冲上二楼砸开费渡的门，把他拎到洗手池边，按进凉水里好好教育教育——这王八蛋几次三番装出一副十分真心实意的样子，往人跟前凑，凑得别人都快要把他放在心里了，他却原来只是消遣着玩，往回一缩就缩进他无窗无门的铜墙铁壁里，冷冷地拒人千里。他还这样糟蹋自己，糟蹋别人的心意。

骆闻舟转身离开地下室，三步并作两步地冲上了二楼。

费渡没有住他少年时的卧室，而是占用了他妈自杀的那间房，屋里一点儿声音也没有，他龟缩在里面，不知在干什么。

骆闻舟定了定神，伸手敲门。

费渡被惊动，眼珠一动，玻璃珠似的眼睛里总算有了点儿活气，静静地转向门口。

骆闻舟："费渡，你把门打开，我跟你说句话。"

费渡一动不动地盯着门板，不知想起了什么，他的嘴角忽然轻轻提起，露出一个半笑不笑的表情，仿佛正在看电影，也不知心里期待些什么情节。

他不出声，门口的骆闻舟顿了顿，声音发沉地给他下了最后通牒："把我关外面是吧？费渡，我再给你半分钟，要是还不开门，我就再也不会来敲你的门。"

房间里有一个藤制的吊椅，放在窗边，坐在那儿能俯瞰自家的小花园，不过现在一眼望去，只有一大片青石板，实在是没什么好看的。费渡伸长了腿，懒洋洋地靠坐在藤椅里，鸟巢似的藤椅随着他的动作轻轻摇晃，听了这句话，他油盐不进垂下眼，转向窗外。

"那就别敲了。"他心里漠然地想，"走吧。"

挂钟的秒针一口气也不喘，骆闻舟言出必行，果然是一秒不差地等了他半分钟，然后门外响起了不轻不重的脚步声，一下一下地磕在楼梯上。

那个人渐渐走远，脚步声也渐渐听不见了。

费渡静默片刻，回手打开卧室床头上的小屏幕，连上了大门口的监控，看见骆闻舟开门离开这凶宅，上车走了。他盯着那破车绝尘而去的方向看了一会儿，目光终于被镜头所限，很快失去了对方的踪迹，费渡依然觉得自己心里毫无触动，只是像目睹周怀信的尸体时一样，又是"咯噔"一下。

不过上回轧的是一颗小石子，这回轧过的可能是一块砖头，车侧歪的幅度有点大。

他想：可惜，再去市局，又得看他那张冷脸了。

然而也没什么关系，反正他不会在市局久留，轧过砖头的车性能良好，"咣当"几下，依然能继续往前开，不碍什么事。

费渡无声无息地合上眼，可能是晕血呕吐造成的低血糖和脱水没能完全缓解，他还是觉得很疲惫，本想打发了骆闻舟，去地下室坐一会儿，现在却累得一动也不想动，干脆从闭目养神转入了浅眠。

蒙眬中，他也不知是自然回忆，还是随便做了个梦，总之是那么个半睡半醒的状态，想起了自己少年时代的事。

那时候他刚送走自己的母亲，不想和外人一起住，辞退了所有的保姆，时常去陶然家蹭饭吃。那天，他照常去派出所等陶然下班，途经一个小区时，正好碰见小区物业和业主起冲突，七嘴八舌，眼看要大打出手，于是叫来了民警来调节。

民警就是骆闻舟和陶然，费渡远远地看着他们俩。看见骆闻舟男模似的站在七嘴八舌的中老年业主代表和物业中间，好像误入了家长里短情景喜剧的偶像剧演员，格外笨拙，格外不搭调。

两个年轻的"碎催"小民警苦口婆心地调节社区矛盾，按下葫芦浮起瓢地被两边人推来搡去，骆闻舟碍于身份，忍了五分钟，想必忍到了极限，勃然大怒，当场以第三方人士的身份加入战斗，以一敌二，无差别地发动了攻击，陶然在后面流了一身的冷汗。

因为大流氓战斗力卓绝，原本掐架的双方不得不短暂和解，一致对外，骆闻舟意外达到了"化解人民内部矛盾"的效果。直到被陶然强行牵走，他仍然隔着老远回头跟人叫嚣："投诉去吧！有本事你别厌，不敢投你丫是孙子，爷爷警号××××……"

陶然一脑门官司地捂住了他的鸟嘴，骆爷口不能言，只好退而求其次，伸手冲方才胆敢挠他的老太太军团比了个中指。

走出老远，费渡还听见他豪气冲天地说："一个月就他妈这仨瓜俩枣的工资，还想怎么使唤我？！干他妈什么警察，老子不伺候了！"

陶然："哎，工作证不能扔！"

这句话音没落,就看见马路对面的一个扒手在掏女孩钱包。骆闻舟浑然忘了他刚把工作证扔进垃圾桶的事,像条训练有素的大型犬,吼了一声"站住",一路狼烟四起地追了出去。

后来小偷抓住了,丢钱包的女孩做完笔录,请他们吃了一顿烤串——费渡蹭饭,他不知道自己为什么记得那么清楚,连上菜的顺序都宛如在眼前……可能是路边摊太难吃的缘故。

晚霞余晖,周围都是叼着啤酒瓶吹牛的人,孜然和辣椒粉裹着地沟油的气味香飘十里,到处是人间烟火气,围坐在一起的人们挥汗如雨、胡说八道,费渡照常懒得搭腔,随便喝了口饮料,就默默坐在一边端着游戏机玩。

对了,那个游戏机据说还是骆闻舟买的,怪不得他当时看了好几眼。

骆闻舟嫌弃地递过一串烤蘑菇给他:"陶然,撸串是成年人的消遣,你总带着他出来干什么?喂,那小崽,蘑菇你总吃的吧?就你事儿多不合群。"

不合群?

费渡微笑起来,他也并不想合群。

和失主告别后,有史以来最不靠谱的人民警察骆闻舟同志又屁颠屁颠地跑回原处,跟吞吃了他工作证的垃圾桶大眼瞪小眼片刻,顶着一张能让费渡娱乐一年的黑脸,运足了三分钟的气,从兜里摸出一根铁丝,撬开垃圾桶上的锁……

撬锁的"咔嗒"声好像在他耳边响起,惊扰了浅眠的人,这时,一阵穿堂风陡然掠过他的后颈,费渡倏地惊醒,难以置信地回头,愕然发现,已经开车走人的骆闻舟居然去而复返,手里还拿着一根细长的铁丝。

费渡:这家伙溜门撬锁真是熟练工。

骆闻舟把铁丝往兜里一塞:"我说了不会再敲门,滚出来。"

眼见费渡愣在那儿不吭声,骆闻舟不由分说地闯进来,一把拎起他:"你看看这都几点了?"

费渡下意识地做出回答:"……六点半。"

骆闻舟被这老实的答案噎了一下,抬手在费渡后颈上削了一巴掌:"用你废话,我自己不会看表?几点了你还坐那儿参禅,不吃饭了?"

费渡坐得太久,腿有些麻,一路跟跟跄跄地被他拖着走,又更加震惊地看见餐厅桌上多出来的菜码和一看就很复杂的面条卤。小锅里的煮面条还在冒热气，万年摆设的厨房竟开了工，冷清的一楼弥漫着陌生的饭香，连同整座凶宅都跟着陌生了起来。

"你们这儿的破超市品种也太少了，买个菜得跑十公里，住这鬼地方，除了能装×炫富还有什么好处？"骆闻舟拎过一个碗，问他，"'锅挑'还是'过水'？"

费渡还没来得及开口，骆闻舟就替他做了主张："对，你刚吐完，那吃个屁的过水，你凑合来点儿热的吧。"

费渡本以为自己会没有胃口——每次被晕血……以及电击后其他症状折磨得半死不活时，他都吃不下东西，一般是去医院打吊针撑过去，可是从骆闻舟手里接过碗，他居然一不小心就吃完了。面煮得软硬适中，有一点儿嚼劲，也不至于不好消化，咽下去时仍然是温热的，胃里那块冰冷的石头悄悄地化了。

费渡放下筷子，正想说什么，骆闻舟却不由分说地拿过他的碗，又给他添了一碗："哎，等等，我不……"

"吃了，吃完跟我回去加班。"骆闻舟说，"这周末不休。"

接着，他掀起眼皮看了费渡一眼："你有什么意见？"

费渡默默地接过碗："哦，没有。"

"根据我的经验，十之八九的不如意，根本原因就两个，"骆闻舟安静地等他吃完，忽然说，"一个是吃不饱，一个是睡不好。"

费渡愣了愣。

"喝糖水吃安眠药那种不算吃饱睡好，"骆闻舟意有所指地看了他一眼，还没等费渡回过味来，他又接着说，"剩下的十之一二，情况比较复杂——这是我上次在苏筱岚的骨灰盒前就想告诉你的，后来忙忘了。"

费渡没搭腔。

"去把碗洗了，这么俩破碗就别用洗碗机了，"骆闻舟话音一转，"洗涤灵和洗碗布我都放在那儿了，先把油抹干净了再用水冲，会吗？"

费渡无言以对。

"不会慢慢学，"骆闻舟说，"做饭的人不洗碗，这是基本原则。"

费渡这辈子可能都没干过洗碗的活儿，但犹豫了一下，还是去了。骆闻舟也不担心他把碗摔了——反正这孙子有钱，摔得起。

"人烧成了灰，成分就跟磷灰石差不多，并没有什么值得敬畏的，为什么我们要把它当回事？"骆闻舟抱着双臂，走到费渡身后，"为什么每年头尾都有个年节作为始终？为什么勾搭别人上床之前先得有个告白和轧马路的过程？为什么合法同居除了有张证之外，还得邀请亲朋好友来做一个什么用也没有的仪式？我告诉你，因为生死、光阴、离合，都有人赋予它们的意义，这玩意儿看不见摸不着，也不知有什么用，可是你我作为人，和一堆碳水化合物的区别，可能就在于这一点儿虚无缥缈的'意义'。"

骆闻舟说着，从费渡背后伸出手，握着他的手腕，引着他把冲干净的碗放回原位："不明白我以后可以慢慢告诉你——走，回市局。"

郎乔也不知道骆闻舟是个什么情况，提心吊胆了半天，以为他们家"中国队长"又只身深入了哪个蜘蛛精的盘丝洞，一直没敢走，就备着他叫后援。

结果求救信号没收到，只收到一封封口信。骆闻舟说："方才我问你的事保密，听话的，改天给你带红烧肉，胆敢泄露，你就是红烧肉的原材料！"

郎乔觉得，如果自己自制力再差一点儿，恐怕就要变成人类历史上第一个因为红烧肉"弑父"的公主。

郎警花一边腹诽着老大是混账，一边任劳任怨地整理出了周峻茂一案的各方信息。

这一天的突发事件多得叫人眼花缭乱，全国人民都在围观豪门恩怨中喜迎周末，只有市局一波未平一波又起，仍在加班。

"我跟我同学约好了这周末去看电影的，"郎乔挂在会议室门上，用手指撑住眼皮，嗷嗷号，"怎么又加班啊，烦死了。"

骆闻舟快步从她身边经过，随口问："男同学还是女同学？"

郎乔："女的呗。"

"你又不打算跟女的结婚，整天跟一帮女的混在一起干什么？"骆闻舟毫不在意地一摆手，"还不如加班呢，起码你在我们这儿有公主待遇。"

"去你的吧，哪个鸟国把公主当驴使唤？亡国了吗！"郎乔冲着骆闻舟的背影翻了个大白眼，继而又奇怪地看了一眼旁边的费渡，"哎，费总，你怎么也没走？"

费渡没吭声，因为他思考了一路，到现在也没想明白，为什么自己身为编外人员，好好的周末不出去浪，还得任劳任怨地跟着他们一起回来"加班"。百思不得其解，他只好给了郎乔一个谜之微笑。

等一帮人来到会议室坐下，费渡才终于对骆闻舟开了口："我好像没有加班费。"

"不用好像，你连工资也没有，就一点儿项目补贴。"骆闻舟说，然后他不等费渡回话，又自我埋汰说，"我们这点儿工资，有还是没有，也就是'约等于零'和'等于零'的区别，费总，你在意吗？"

费渡的台词被骆闻舟抢了个精光，连嘲讽都无从开启，只好正襟危坐地闭了嘴。

"现在有两件事基本是可以确定的：第一，周怀瑾被绑架一案，确实是他自导自演的，胡震宇是他的同伙，现在已经一并带回来审了；第二，周怀信确实是董晓晴杀的，监控录像和目击证人俱全，无可争议。但董晓晴随即被人灭口，家里也遭人纵火，目前嫌疑人身份动机不明，根据我们推断，很有可能和董晓晴的刺杀目标周怀瑾有关。"一进会议室，郎乔就很专业地搁置了她心心念念的电影，条分缕析地进入了状态。

骆闻舟问："周怀瑾现在怎么样了？"

"关着呢，"郎乔说，"精神状态很差，来了就一直缩在椅子里，抱着头不声不响的，我们给他端了水和吃的，都没动过，到现在水米未进。"

"董乾和董晓晴那边有什么情况？"

"董乾沉默寡言，平时来往的亲友不多，"陶然接过话题，"关系比较密切的，基本也就是车队的同事，因为他接活的客户不固定，平时也不总跑一条线路，所以没有规律造访的服务站和餐饮点，但是他同事反映了一个情况——海洋，你查到的，你来说。"

肖海洋猝不及防地被点名，愣了一下，下意识地站了起来："是！"

旁边立刻伸出了好几只手，七手八脚地把他拽下来："坐着说。"

肖海洋尴尬地低头推了推眼镜："董乾的同事反映，他经常网购，平时总有快递员找他，平均每个礼拜要接两三次快递，我查了董家父女的购买记录，发现董乾最近一年的购物频率确实很高，退货率也很高……"

骆闻舟抬起头："直接说重点，你认为是快递有问题还是卖家有问题？"

"快递，"肖海洋不假思索地回答，"董乾退过的货里，百分之八十以上的配送都是同一家快递公司，叫'快达'快递，我查过，这家公司因为速度慢、价格高，再加上管理不规范，市场占有率很低——随机在网上购物，使用快达的商家不到3%，而董乾接到快达配送的商品概率在80%以上，这不可能是巧合。"

骆闻舟一点头："有道理，接着说。"

"如果纵火犯烧掉的纸质文件是重要物品，那我们在反复排查他嫌疑的时候，不会那么容易漏掉，但如果我们调查过程中，那份文件正在派送的路上呢？快达快递同城一般要三到五天才能送到，正好跟我们打了个时间差。"

骆闻舟听到这儿，脸色已经沉了下去，连名带姓地打断了他："肖海洋，你这是纯猜测还是有什么根据？"

肖海洋面对他的强势逼问，略有些迟疑："有……有根据的……"

"别跟我装傻，"骆闻舟的语气严厉起来，"队里人都在这里，你有话直说，我知道你脑筋够用。"

寄快递的人为了保证这东西不落到警察手上，特意使用了一个同城也需要很久才能送到的快递公司，但他怎么能保证这三五天时间内，警方能把该做的排查工作都做完呢？万一警方效率低下，查他个十天半月，这包裹不是正好送到警察面前吗？

肖海洋方才那一番话看似有理有据，其实是话里有话，他在暗示市局里有鬼。

这小眼镜有话不肯直说，总是藏藏掖掖的毛病可能是在花市分局落下的——当时骆闻舟他们第一次查看何忠义的尸体，他就是装出了一副口无遮拦的愣头青模样，暗示他们抛尸地不等于案发地。

现在他又要故伎重施。

骆闻舟："你判断的依据是什么？"

肖海洋缓缓垂下眼，隔着玻璃片，他和自己年轻的上司对视了一眼："我要求快达快递公司提交了最近所有的快递单号及登记信息，发现董乾死前，有一份他寄给自己的包裹，从车队寄到了董家。"

费渡插话说："你刚才说'有一份包裹'，而不是'董乾寄回家一份包裹'，所以肖警官，你认为这邮包不是董乾自己寄的。"

肖海洋："如果董乾真的是谋杀周峻茂的真凶，他采用车祸的方式行凶，恐怕就是想做得悄无声息，让人以为是事故，那他会给董晓晴留下什么呢？是谋害周峻茂的主谋身份，还是自己确实是杀人凶手的自白？我觉得这些都没有道理，除非他希望自己的女儿陷入危险或者痛苦一辈子。"

"所以你的意思是，有人把一些东西寄给了董晓晴，刺激她去刺杀周怀瑾，然后为了防止这东西经由董晓晴落在警察手上，再把她灭口，同时一把火烧了她家。"骆闻舟盯着肖海洋，步步紧逼地追问，"为什么？这个人既然能明目张胆地当着我的面撞死董晓晴，为什么不能自己直接刺杀周怀瑾？难道论杀人，专业人士不比一个普通的小丫头把握大？另外我也想不出他们烧房子有什么必要，纯向警方挑衅吗？"

"我是这么认为的，"肖海洋毫不犹豫地说，"在我们出发之前，董晓晴发过一条短信给我，说她有东西要交给我，后来经过调查，这条信息是不明人士劫持了董晓晴的号码，冒名发给我的。三天前我去董家调查，曾经留过一张写了联系方式的纸条给董晓晴。按照时间推算，我收到短信的时间正好是纵火犯潜入董家的时间，嫌疑人很有可能是在董晓晴家里看见了我的联系方式，故意发信息引我们过去，毫无疑问，他就是在吸引警方的注意力。"

"另外，我们还调查了快达公司里经常和董乾接触的快递员，董乾出事以后，这个人就下落不明了，"陶然在旁边补充了一句，取出一个证物袋，里面放着一张身份证的复印件，照片上的男人留着平头，长相非常没有特点，扔在人堆里转眼就能平地消失，"这是失踪的快递员在公司留下的个人信息，是假的，他们公司管理混乱不是一两天了，当时应该就看了一眼来人的身份证，也没经过核实，就直接让他入职了。"

骆闻舟看了费渡一眼："专业人士的意见呢？"

费渡合上他装模作样用的笔记本："一个人在恒爱医院撞死了董晓晴，同一时间，另一个人烧了董家的房子，而在此之前，还有一个和董乾接洽过的神秘快递员，他们还会假造身份证，起码有一定技术。也就是说，可能包含了三个以上的嫌疑人参与这起案子，有策划、有技术，很可能是一个有组织的团伙。"

费渡十分从容地站了起来，真的挺像个学者，他伸手拉下一块白板，用签字笔画了个圈："对于一个团伙而言，目标越是简单、越是单一，就越容易聚集起来，比如为了共同的利益，团伙在利益的基础上，使用胁迫或者洗脑等手段让成员保持忠诚。"

"比如贩毒团伙，还有苏筱岚他们那个绑架买卖儿童的销售链条。"陶然接话说。

"对，即使是国际恐怖组织，打着所谓极端主义信仰的旗号，背后也有复杂的经济背景和利益链条，"费渡笑了笑，"纯粹靠心理变态，很难把一小撮人团结在一起，毕竟'变态'是非常私人化的体验——比如同样是针对警察，有的变态想挑战警方的智力，有的变态只想杀警察，有的变态则是想和穿制服的人发生某些不可描述的关系……"

众人哄笑起来，骆闻舟干咳一声，打断了越说越离谱的费渡："你哪儿那么多废话，开会呢，严肃点儿！"

费渡从善如流，严肃地把话锋一转："这种细节的分歧会造成团伙的不稳定，很难形成一个有秩序的组织来完成这么复杂的一起案子——所以肖警官，这一系列的事，动机只是为了挑衅警察吗？我个人认为这不太现实。"

陶然："所以你的结论是……"

"策划谋杀周峻茂，寄东西给董晓晴，放火并且给肖警官发短信，这几件事，要么不是同一拨人做的，要么一定有别的原因，不太可能单纯只是为了针对警方，到底有什么内情，恐怕要等我们跟周怀瑾聊过之后了。"

肖海洋不吭声了。

费渡看了他一眼，又说："其实我觉得肖警官的思路很有意思，如果嫌疑人做了什么让人百思不得其解的事，一般人都会想，他这么做是为了掩盖什么，怎么你会坚定不移地认为会有人想挑衅警察呢？"

"因为董乾也死了，"肖海洋说，"你们默认董乾是谋杀周峻茂的一个环节，可如果他也是某种程度上的受害者呢？'警察解决不了的事，就给受害者们以牙还牙的机会'——这种'义务警察'的案子以前不是没发生过……"

肖海洋陡然意识到自己说多了，紧紧地闭上了嘴。骆闻舟和费渡的目光同时落在他身上，会议室里短暂地寂静下来。

骆闻舟深深地看了肖海洋一眼："费渡跟我去见见周怀瑾。陶然，根据假身份证上的信息和嫌疑人照片，试着找找这个神秘的快递员。另外，继续查董晓晴家附近的监控，追踪纵火犯的踪迹，这个人离开现场的时候很有可能变装，注意他的身高和体貌特征——散会。"

费渡的目光在自己方才坐过的地方扫了一圈，没找着他之前拿的笔记本，正有些疑惑，就听见身后有人"哎"了一声。他一回头，就见骆闻舟顺手把那笔记本翻开，倒扣在了他胸口上。

翻到的那页正好是费渡开会时假装记录，其实无所事事的涂鸦——一幅骆闻舟撑着下巴的侧影速写。

"开会的时候开小差，"骆闻舟在费渡肩头点了点，"你现在是吃饱喝足、血糖也不低了是吧？不像话。"

费渡画的时候也没特意回避谁，十分从容地把笔记本接过来翻了翻，两手一摊："后面还有一张去哪儿了？师兄，你撕我的本干吗？"

骆闻舟理直气壮："没收。"

随后，他收敛了笑容，拎着费渡去了审讯室。

周怀瑾双目无神地看向骆闻舟和费渡，不到一天，这人已经从一个全然看不出年纪的青年才俊，变成了面目憔悴、眼袋垂颊的中年男子。可见女人也好、男人也好，光鲜的皮囊都是这样脆弱，只要那一点儿精气神灰飞烟灭，肉体转眼就会跟着过了保鲜期。

不等骆闻舟开口，周怀瑾已经先开了腔，他哑声说："亲子鉴定的报告能给我看看吗？"

骆闻舟一愣，身后却递过一封文件夹——费渡好像早料到他会问这个，已经准备好了："你的、怀信和杨波的，都在这里。"

周怀瑾深吸一口气，光是打开那薄薄的文件夹就花了一分钟，好像翻开的是他一生的悲剧，手抖得不成样子。费渡一改之前略带恶意的态度，重新给他换了一杯温水："聊之前先润润喉咙，周总是有信仰的人对吧？按照你们的说法，人有灵魂，怀信现在牵挂不灭，应该也没走远，别让他看见你难受。"

对于处在极大悲痛中的人来说，这种温言细语的劝告简直就是催泪利器，周怀瑾忍无可忍地发出一声呜咽："能说的我都说了，你们还有什么问题，是跟我要假绑匪的身份吗？"

"这些细节问题，胡震宇已经交代了。"骆闻舟说，"周先生，我不知道你听说没有，害死你弟弟的凶手董晓晴，在逃出恒爱医院之后没多久，就被一辆车撞死了。"

周怀瑾脸上的表情凝固片刻，冷冷地说："是吗？那可真是太便宜她了。"

"撞死她的人是蓄意的。"骆闻舟盯着他的表情补充了一句。

周怀瑾往后一仰，双臂抱在胸前，做出一个防御性很强的姿势："如果我做得到，我真希望这是我干的。"

"周总，"费渡说，"董晓晴在作案之后立刻被灭口，显然是有人怕她被拘捕后说出什么，她虽然是凶手，但也只是一把刀，你就不想知道持刀人是谁吗？"

周怀瑾的两颊陡然绷紧。

"董晓晴无论如何已经死了，"费渡接着说，"你再恨，再怎么想把她千刀万剐也没用，就算你真有能力把她拖出来鞭尸，她也什么都感觉不到了，你甘心吗？"

周怀瑾的情绪一下被他带起来了，布满血丝的目光看向费渡，良久，他问："你要什么？"

"我之前问你的问题，你有一个还没有回答，"费渡说，"为什么你不问董晓晴对你动手的缘由，你是不是知道什么？你认识董晓晴吗？"

"不认识，"周怀瑾说，"从没见过，至少在她靠近的那一刻——如果我怀疑她有问题，我不会让保镖放她过来的。"

费渡点点头："那你就是后来又想起了什么。"

周怀瑾大概是渴极了，端起费渡给他倒的水一饮而尽："我确实做了一些不光明正大的事，但是怀信在这件事里，从头到尾都是无辜的，如果你们能给他一个公道的说法，让周氏就此破产还是一文不值，我都无所谓，不管我是不是正牌的继承人——费先生，你明白我的意思。"

费渡察言观色，像一条反应灵敏的变色龙，立刻跟着他的态度调整了自己说话的节奏和语言风格，十分直白地说："明白，周氏危难时候我从你家捞了一笔，看来你不介意，那我就不道歉了。"

周怀瑾仰面望向天花板，灯光不留情面地戳进他的瞳孔，他似乎犹豫着不知从何说起，好一会儿才开口："周氏公益基金涉嫌洗钱的事，你们查出眉目了吗？查不出来也请你们仔细一点，肯定有其他把柄，可惜他们一直防着我，不让我接触相关业务，我现在手上没有证据，但是我知道，周氏可不是什么善男信女，早年发家时用的不只是合法手段。"

骆闻舟问："你是说周峻茂涉嫌谋杀周雅厚？"

"不止，"周怀瑾摇摇头，"不止这一件事，'窃钩者诛，窃国者侯'，周氏的总部设在国外，水很深，这么多年功成名就，很多事没法追究了。我是在董晓晴动手之后，震惊之余才想起来的，很多年前，我的生命可能确实和她发生过交集……和郑凯风有关。"

骆闻舟示意书记员做好准备。

"你们应该已经知道郑凯风是什么出身了——早年给蛇头打下手的小流氓，后来跟了周峻茂，发达了，到哪儿都装出一副成功人士的派头，其实劣等人就是劣等人，骨子里的东西一辈子也改不了，他到现在也学不会怎么站起来当个文明人。"

费渡听了"骨子里"三个字，眼角轻轻一跳，笔尖在纸面上划了条短短的线。

周怀瑾却全无所觉，完全陷入了回忆："那大概得有……二十多年了，怀信刚出生没多久，我妈产后抑郁越发严重，几乎就是个没法沟通的疯女人，根本顾不上他，我就把他的婴儿床搬到了我房间里，每天让他跟着我。"

骆闻舟打量着他："我听说一个每天夜里嗷嗷哭的小崽能让新任父母崩溃好几年，周先生倒是从小就很有耐心，你家不会连个照顾小孩的保姆都请不起吧？"

"世界上没几个青少年会真心喜欢小婴儿，我只是害怕。"周怀瑾轻轻闭了一下眼，深吸一口气，冲骆闻舟伸出手，"请问能给我一根烟吗？谢谢——我能在周峻茂眼皮底下活着，全仗我妈的保护，可她当时无论是精神状况还是身体状况，都一天不如一天，这让我非常绝望，每天看着她，就觉得看见自己朝不保夕的命运。怀信是我胡乱抓住的救命稻草，我当时几乎跟他形影不离，有时候甚至会把自己的食物用勺子碾碎了喂他一两口，我想无论周峻茂想干什么，他总要顾忌自己亲生的孩子。"

"那天怀信半夜尿床，哼哼唧唧地哭，我迷迷糊糊地爬起来给他换尿布，换下旧的，发现新的没有了，正打算去储物间拿一点儿……却发现一楼书房的灯亮着，好多天没回过家的周峻茂和郑凯风在里面密谈。

"那段时间，集团的战略重点是东亚地区，周氏想趁着国内鼓励外资进入的时候抢占市场和廉价劳动力，这一块业务是郑凯风亲自掌舵的，当时他的行李箱还放在门口，应该是刚下飞机，如果不是因为怀信等不了，看见他们俩,我一定掉头就跑,可没办法,我只好尽量不发出一点儿声音地通过书房,往储物间蹭,但就在这时,我听见郑凯风说'死透了,你放心,绝对没有痕迹'……类似这样的话。"

周怀瑾说到这里,顿了顿,伸手撑住额头,用力按着太阳穴,深吸了口气:"当你时刻处在小命不保的恐惧中时,你就会知道那种感觉,某些关键词会让你特别敏感——我乍一听见'死'字,都没来得及联系上下句的语境,第一反应就是他们要对我动手了,吓得手脚冰冷地僵在了原地。

"然后我听见周峻茂说'我看新闻,好像出了点儿意外'。郑凯风就说,'你说那个姓董的吗?不用管他,他什么都不知道,自己不长眼非得卷进来,命不好'。周峻茂就笑了,说了一句'世界上没有花钱的不是,贵一点儿无所谓,省事就行'。"

"等等,"骆闻舟突然说,"周先生,麻烦给我一个确切时间,这是什么时候的事?"

毕竟已经是二十多年前了,周怀瑾能把大致对话复述出来,已经是当时极端恐惧下,肾上腺素狂飙的功劳,其他细枝末节,他一时半会儿真的很难立刻想起来,不由得微微皱起眉。

费渡端详着他疲惫的脸,用笔帽有节奏地轻轻点着木质的桌子:"周总,白天学习工作,夜里带小孩,连成年人也吃不消,你当时应该还在念书吧,他影响你了吗,上课的时候困不困?"

"还好,我课业不重,就是每天上午的基础课有一点……"周怀瑾顺口回答,说到这里,仿佛一下抓住了遥远记忆的小尾巴,"对了,是商学院——我当时在念商学院,十七岁,第一年。"

二十一年前。

"你说当时书房的门没有关上,"费渡接着说,"那就应该不是寒冷的冬天,也不是需要开空调的夏天?"

"对!当时天气不冷不热,不是九月就是十月——我妈妈神经衰弱,入了夜,家里不会有人随便走动,而且在我家做事的人都听不懂中文,所以他们敢开着门说话。"

骆闻舟和费渡对视了一眼,低头给陶然发了一条短信:"二十一年前九月或者十月,周氏或者董家有没有发生过什么事?"

陶然的声音很快在他的耳机里响起来："有，我正想告诉你，当年的九月十六号，董晓晴的母亲死于车祸。"

骆闻舟眼角一跳——周峻茂车祸身亡的日期也正好是九月十六号！

"我当时听到这里，再也不敢逗留，连忙跑了，但心里一直记着这件事，当年资讯不发达，在国外想知道国内的消息没那么容易，我在郑凯风的行李箱上看到了他的托运信息单，查到出发城市的缩写就是燕城，于是偷偷找了一个信得过的中国留学生同学，请她帮忙托人调查和'燕城''董姓''意外身亡'有关的消息。"

骆闻舟低头翻看外面同事传到他手机上的旧新闻："你查到的是不是国内一个知名企业家车祸身亡的消息？"

"是，三个月以后，这个死者一手创立的公司被境外资金并购，这笔境外资金的来源，就是周氏在开曼群岛注册的一个壳。"周怀瑾一摊手说，"你看，一个凶手，杀第一个人的时候，没有受到惩罚，第二次他再下手，就会更加无所顾忌，作弊是会上瘾的。杀一个周雅厚，两个小混混一举成了著名的企业家，成功迈入上流社会，再杀一个拦路石，成功接收这地头蛇在国内的人脉，至少获得了十年的发展优势——当年国内虽然鼓励外资进入，但真正的好项目，人生地不熟的外资是拿不到的。费总，你多少接触过生意上的事，知道在一个陌生地方铺人脉，和本地品牌竞争，需要多大的成本吗？"

费渡叹了口气："我还知道买个正好想寻死的大货司机，肯定贵不到哪儿去，令尊真是个'玩不过就掀棋盘'的人。"

"那个女的……那个姓董的，"周怀瑾伸手盖住自己的眼睛，声音有些虚弱，"她动手的时候说了一句话，只有我……和怀信听见了。"

骆闻舟："她说了什么？"

"她说'一个还不够，为什么你们连我爸爸也不肯放过'。"

骆闻舟一皱眉："这是什么意思？"

"我不知道，她好像认为是我通过什么方法利用了那个肇事司机……也就是她爸的复仇心理，制造了周峻茂的车祸。"周怀瑾摇摇头，"但我真的没有那么大的能量，如果周峻茂真的死于人为，我建议你们去找郑凯风。"

骆闻舟皱起眉，蓦地想起董晓晴临死前对他说过的话——"他也是那些人里的一员"。

董晓晴的母亲意外身亡如果不是事故，是一起人为策划的阴谋，那么肇事司机和目标同时死亡的情形，和周峻茂的车祸简直是一模一样。

"他们"指的……难道是一群不惜以命换命的"马路杀手"？

骆闻舟猛地站起来："提审郑凯风。"

监控前的陶然皱起眉："等等，董晓晴认为周怀瑾是幕后黑手？我不是很明白，她怎么会这么想？"

"这要看她得到的神秘邮件里有多少信息，比如她知不知道周怀瑾被绑架一案是自导自演的，知不知道杨波并不是周峻茂的私生子，知不知道二十年前的车祸是郑凯风和周峻茂合谋策划的。"从审讯室里出来的费渡插话说，"周怀信报警的时候，唯恐天下不乱地嚷嚷了很多胡话，其中一条，就是他认为有人泄露了周峻茂的行踪和乘坐的车型，让董乾卷进了'豪门斗争买凶杀人'的谣传里，董乾能成功完成自杀式袭击，周氏内部应该有一个和他接头的人。综合以上信息，如果你是董晓晴，冲动之下，你会觉得谁最有可能是策划了周峻茂谋杀案的幕后黑手？"

郎乔说："还有，周怀瑾他们全家都不知道他其实是亲生的，有没有可能也是人为误导的结果？比如周怀瑾还小的时候，父母可能只是不确定，一直有人说这孩子像隔壁老王——毕竟周怀瑾长得确实不像周峻茂，然后有个'朋友'有一天跑来跟周峻茂说，现在有一种新技术，可以做这个亲子鉴定，但是周氏这么大的一个集团，肯定不好闹出这种给人看热闹的事，所以只能私下里偷偷做，那个'朋友'又自告奋勇去帮忙——就像周怀瑾陷害杨波的那招……"

这时，电话铃疯狂地响起来，打断了郎乔的话音，不知为什么，她接起来的瞬间就有种不祥的预感："喂？"

电话那头传来奉命跟踪郑凯风的刑警的声音："小乔儿，告诉老大，郑凯风跑了！"

郎乔眼前一黑："大哥，不是吧，怎么跑的？什么时候发现跑的？你们好几个人，连个老头也看不住吗？还行不行了？"

骆闻舟一伸手从她手里接过电话。

电话那头的刑警十分委屈，因为在此之前，除了周氏的经济问题需要限制几个关键人物出境外，针对周怀瑾的绑架案调查，目标主要集中在杨波、胡震宇和周怀信等人身上，郑凯风身边当然也留了人，但他们没把郑凯风列为监视重点，盯得不严——毕竟争遗产也好，私生子婚生子大战也好，都跟他老人家没什么关系。

如果不是董晓晴刺杀周氏兄弟节外生枝，周末一到，盯梢的可能就从他身边撤了。

"今天早晨，郑凯风照常去市中心的周氏大楼，我们跟了一天，刚从公司出来，我们是眼睁睁地看着他在停车场上车的，一路跟到郑凯风在本市的别墅，就听见老大你说要找他问话，当时车还没进他家院门，我们就给拦下来了，结果发现车上那老头根本不是他！"

"被人调包都不知道，也不知道你那眼睛长在脸上是喘气还是吃饭用。"骆闻舟简直有点恨铁不成钢，"把那几个引开你们的同党都带回来。陶然，带人去周氏大楼里，调监控，申请搜查证，郑凯风的办公地点、境内银行账户以及住所全部查一遍，这个人肯定有问题，不然他跑什么？郎二，你们几个联系交通部门，在所有进出城的高速、国道上设卡，给机场、火车站、长途汽车站的安检发通知，注意这个郑凯风的体貌特征，都动起来，现在还来得及，不能让他离开燕城！"

郎乔本来期待着审完周怀瑾就下班，她打个车，还能赶上夜场的电影，这样看来算是彻底泡汤了，忍不住哀号了一句："最近咱们怎么那么多事啊，都怪水逆！"

陶然还以为她说的话和案子有关，忙问："什么逆？"

郎乔有气无力："水逆，水星逆行。"

老干部一样的陶副队莫名其妙，没听懂这是哪个山寨的黑话："水星不是自西向东公转吗？还会逆行？"

"好的，陶副，我们都知道你没有女朋友了。"郎乔运了一口气，同情地拍拍陶然的肩膀，"我是说今年实在太不正常了，你算算，从上半年到现在，咱们加了多少次班？今年一个月的工作量已经超过了去年全年，一个案子接着一个案子，还都是大案——不是分局出事，就是持续二十多年的连环绑架杀人案浮出水面，最次也是个豪门恩怨，闹得满城风雨的——我说领导们、同志们，咱们这里还是和平宁静的国际化大都市吗？我怎么觉得自己在叙利亚前线？"

她说者无心，陶然听了，心里却"咯噔"一下。

对，这种出事的频率的确不正常。

确实，这城市太大、人太多，总会有一些藏污纳垢的地方，但痼疾之所以能成为痼疾、能长期存在，它一定已经进化出了某种生存和隐蔽的方式，或许终有一天，它们会随着社会的不断进步而逐个被抖搂出来……可总不会这么巧、这么集中吧？

这大半年来，所有的事都好像是一条被引线拴在一起的大地红，一个火星下去，争先恐后地全给炸了出来。陶然无来由地又想起了那个神秘的"零度阅读"，忍不住在骆闻舟已经走到门口的时候开口叫住了他："等等，老骆！"

骆闻舟回头。

陶然说："你还记得师父当年……"

骆闻舟"啊"了一声，不等他说完，就连忙接话说："对对对，老杨的忌日快到了，要不是你提醒我这差点儿忘了，所以这案子一定得尽快告一段落，过几天还得买花去看师娘呢！"

陶然一愣，骆闻舟深深地看了他一眼，伸手一推费渡的肩膀："公车不够调配就开自己车，回来给你们报销油钱，不想周末加班就都动作快点儿！"

他说完，连忙催着费渡快步走了。

"陶副队，我们现在就去周氏大楼吗？"

直到身后肖海洋突然出声，陶然才回过神："嗯？嗯……对，走——经侦科的同事应该还有人没走，我开车，你先给他们负责人打个电话……"

骆闻舟方才不但打断了他，还故意说了句错话——只有熟人能听明白的错话。

他们师娘，也就是老杨的遗孀，是个工作繁忙的事业型女性，老杨还在的时候，师娘跟他们就不熟，后来老杨殉职，她受的打击很大，总觉得是警察这份工作夺走了她的亲人，格外不愿意见到老杨生前的同事，所以骆闻舟他们也都尽可能地不去打扰她，每年都是悄悄地提前去扫墓，年节时趁老杨的女儿杨欣放寒假，偷偷把她叫出来，给她塞点年货和压岁钱。

他们更不会"买花去看师娘"——师娘花粉过敏症很严重。这还是去年春节，骆闻舟偶然心血来潮多买了束花，杨欣告诉他们的，除了杨家人，就他俩知道。

陶然皱起眉，骆闻舟拿这么一句不着四六的话打断他，在暗示他什么？

第十四章

"你这车太招摇，"骆闻舟回手合上费渡那辆巨型SUV的车门，"停车场稍微挤一点儿就不好往里塞，还费油——哎，看着点儿门。"

费渡是个山崖上跟人玩飙车的作死党，这些年都没把自己作死，车技之高可见一斑，市局大门宽敞得很，万万不至于是他的障碍，听出了骆闻舟话里的暗示，费渡前脚拐上路口，随后就打开了车载广播，信号清晰流畅，丝毫没有异常。

"信号不错。"费渡把广播调小了声音，又伸手摸到驾驶台下面一个不显眼的小设备，扫描了一圈，见车里没有异状，他才笑了一下，"放心吧，车里没有窃听和监控设备，毕竟我天天换车开，明天开哪一辆自己都不知道。"

骆闻舟有点心累地一点头，伸了个懒腰。

寄到董家的神秘邮件正好和调查董家的警察擦肩而过，肖海洋因此暗示，寄邮件的人熟悉市局的办事风格，很可能是内部人员，骆闻舟当时把他撅回去，其实是否决了这个猜测的。因为警方对董家的调查是明摆着的，他们什么时候来、什么时候撤，连住在同一个小区的邻居都知道，避不开有心人的眼睛，如果送这份快递的快递员就是嫌疑人，避开警察非常容易，根本不用内鬼。

肖海洋的猜测不能作为依据。都是朝夕相处的同事，骆闻舟是万万不肯平白无故怀疑谁的。

可是这一次，郑凯风这个逃走的时机就太微妙了。

董晓晴刺杀周怀瑾是正午前后，当时情况太混乱，骆闻舟光顾着追凶，费渡等在周怀信的抢救室外，各自分身乏术，谁都没能控制住场面，在场记者又多，第一拨警察还没赶到，报道已经见诸各路媒体了。

如果郑凯风是在那时看完新闻后立刻逃走，那他还算是个正常的嫌疑人。

但是很明显，刚传出董晓晴刺杀周怀瑾的消息时，郑凯风老神在在，根本不认为这能牵连到他什么——因为二十一年前，他和周峻茂都不知道书房门外有个心惊胆战的少年。

那么，为什么偏偏是在周怀瑾说出了二十一年前的秘密之后，他立刻仓皇出逃？

整个刑侦队……或者市局，到底谁是那只偷听的耳朵？

"按照常理，"费渡突然出声，"你现在实在不应该坐我的车，毕竟，从各种角度来说，我都比较像你们当中的'内鬼'。"

骆闻舟看了他一眼。

"首先，我认识郑凯风，对周氏比你们任何一个人都熟悉。"费渡的手放松地搭在方向盘上，"其次，整个周家事件都是在我来之后发生的，按照正常的逻辑，基于对历史信用记录的分析，新来的总是最可疑。"

骆闻舟不置可否地笑了笑："不是你，我知道。"

费渡一愣。

骆闻舟："因为你这个人啊，看着会做人，实在是相当的'独'，和别人的关系仅止步于利益交换，恕我实在想不出来，郑凯风那里有什么东西能比你哥我的美色更有价值。"

费渡无言以对，他哄人的时候，甜言蜜语从来都是脱口而出，自觉水平已经很高，然而领教了骆神这位没事拿甜言蜜语自己哄自己的，才知道自己在这方面远远不及，应该谦虚点。

"说得对，"费渡别无选择，只好干巴巴地附议了他这句自夸，"意思是欢迎我垂涎您老的美色吗？"

"不行，办正事呢。"正直的骆队公私分明地说，"另外，我知道你心里在想，你旁边这位帅哥可能是个智障，只是刚才看在我帅的分上儿没直说而已。"

费渡看在傍晚那碗面条的分上，实在不想出言挖苦他，然而除此以外没别的话好说，只好闭了嘴。

"其实是因为在审讯室，你问周怀瑾的话，"骆闻舟终于开始说人话，"他弟弟出事以后，周怀瑾没有质问董晓晴为什么这么做，你当时就推断出，周怀瑾可能隐约知道董晓晴什么事，但这件事一定是他受了刺激以后才想起来的，否则一开始就不会冒险容她靠近——胡震宇是周怀瑾的人，周怀信是他的宝贝弟弟，杨波是他最近密切关注算计的对象，如果事情和这三个人有关，那他的反应不应该这么迟钝。"

费渡点点头："确实，我下午在医院的时候就在想，这个董晓晴会不会和郑凯风有关系。"

骆闻舟说："这就对了，以你的聪明，如果你和郑凯风是一伙的，郑凯风不可能这时候才接到通知。"

这理由听起来有理有据，费渡毫无异议地接受："他这时候才跑，确实是有点晚了。"

如果董晓晴一动手，他立刻就出逃，现在说不定已经安全离开燕城了。

骆闻舟却叹了口气："费渡，如果我没有理由、没有逻辑，就只有一句'我相信你'，你会怎么样？"

费渡一愣，随即他的眼角狡狯地一弯："我会非常感动，恨不能单膝跪在你脚下。"

"别你妈扯淡了，"骆闻舟往后一靠，"你只会觉得我要么是缺心眼，要么是在睁眼说瞎话。"

费渡笑了笑，没反驳。

骆闻舟："你还记得王秀娟吗？就是何忠义他妈。如果是她坐在这里，就算你把刀子举到她胸口，她也不会觉得你要杀她，你觉得她对你的信任也是缺心眼吗？"

费渡避重就轻地说："师兄，背后议论一位女士的智力，挺不礼貌的——再说萍水相逢，她又不了解我。"

"我认识你七年多，我应该算了解你，"骆闻舟说，"我也选择信任你，当然，你要是有一天辜负我，我会很伤心的，伤了心可能就不爱你了。"

费渡本应顺竿爬地调笑回去，可是突然之间，莫名有某种看不见的东西，从身边这人蔓延过来，死死压住了费渡的胸口，让他一时词穷。

因为他没接住话，气氛居然一时有点尴尬。

好在，骆闻舟马上话锋一转："对了，我刚才给大家都分派了任务，唯独没说咱俩要去干什么，你怎么好像很明白的样子？"

费渡不动声色地松了口气，笑了一下："你让他们抓人、搜捕、查监控、查证据，把每个人都支使得团团转，唯独没提到杨波这个郑凯风的弟子，好像把他遗忘了，其实只是怀疑有内鬼，不想打草惊蛇吧？离杨波下榻的酒店还有三公里，马上就到。"

骆闻舟感觉和费渡这种人在一起的时间长了，自己都要变懒了，此人聪明得有点可怕，凡事都能心照不宣，不知道能省多少话。

骆闻舟顿了顿，又说："其实董晓晴临死前，还跟我说过一句话。"

巨大的豪华SUV像一只黑色的怪物，在夜色中穿梭，费渡牵着这只巨兽的缰绳，眼珠向骆闻舟的方向转了一点儿。

"她说董乾不是无辜的，'是那些人里的一员'。"骆闻舟刚说到这儿，费渡原本半睁不睁的眼睛倏地睁大了几分。

"你也听出不对了吧？我一直在想这个'那些人'指的是谁，"骆闻舟轻轻地说，"肯定不会是周怀瑾他们——如果就像周怀瑾说的，董晓晴认为他们中的某个人利用董乾的仇恨，诱使他以命换命地制造周峻茂的车祸，在她眼里，绝不会认为董乾属于这些人。"

"你是说，有一个专门伪装成事故杀人的杀手车队。"费渡说，"必要的时候甚至会像自杀式袭击者一样牺牲自己？"

"有点匪夷所思，但只有这样才能解释清一些事——这件事我之前没说，因为当时没明白董晓晴是什么意思，怕打扰你们的判断……你笑什么？"

费渡一脚把油门踩了下去，饶是他这辆车十分稳重，整个车身也"咯噔"一下："确实，这就说得通了。"

"小心点儿，"骆闻舟一把抓住旁边的扶手，"这位青年朋友，车震不是这么震的——什么说得通了？"

"我托了几个朋友私下里调查了一下杨波，他父亲十几年前死了，酒驾撞上了别人的车，双方正好都是当场身亡。"

骆闻舟倏地坐正了。

杨波这个人，学历平平，资历不足，出身普通，除了有点小聪明、长得尚算人模狗样以外，没有什么别的过人之处，为什么他能年纪轻轻就爬到周氏现在的位置？

一般情况下，这种问题只有两个答案——此人要么是"太子"，要么是"妲己"。

可这两者，杨波都不沾边。

骆闻舟立刻问："那起车祸的死者是谁？和周氏有什么关系？"

"这恰恰是最让人百思不得其解的，"费渡说，"当时被撞的是一辆七座商务车，上面连司机一共五个人，四死一伤，地点是在T省一个地级市，几个人都是当地一家地产投资公司的白领，车祸当天，他们去区政府，为公司参与竞标的一个项目报送选题规划，周氏并没有参加那次竞标，几个死者于公于私，都和周氏没有任何瓜葛。"

找不到私人恩怨，只好考虑既得利益者，于是骆闻舟沉吟片刻，追问："那他们竞标的这一处项目，最后被谁拿走了？"

"由于整个团队出事，当时那家本地企业放弃了这次机会，最后项目被一家名不见经传的小公司拿走了，说了你也不知道，"费渡顿了顿，"不过我可以为你提供另一个很有用的信息，如果你愿意拿东西来换的话。"

骆闻舟听话听音，已经从字里行间感觉到，身边这只好不容易老实了片刻的幺蛾子恐怕是要扑腾翅膀："虽然可能会滞后一点儿，但是你能查到的，我肯定也能查到——不过我还是决定先听听你的不正当要求，说吧。"

"你需要回答我一个问题，"费渡话音一顿，又补充说，"当然是私人问题。"

骆闻舟挑了挑双眉，果断说："成交。"

"如果你去查那家小地产公司的账目，就会发现他有一大笔债务，到期还不上的话，用于抵押的公司股权就会偿还给债主——简单来说，它相当于有一个隐形的股东，而这个股东恰好叫作'光耀基金'。"费渡拐进辅路，杨波落脚的酒店大楼已经近在眼前，"对这个名字，你还有印象吗？"

骆闻舟紧紧地皱起眉，他觉得自己应该是在哪儿听过这个名字，然而日常生活接触的信息太庞杂了，一时难以厘清。费渡大刺刺地开车进入酒店区域，因为他的车太过扎眼，所有看见这车的人的注意力都在车标上，反而是另类得不引人注意。

骆闻舟用手机搜索了一下"光耀基金"，没有太多信息，这家企业大概不喜欢四处宣传，只有个公司网站链接，网站设计得十分中规中矩，骆闻舟匆匆翻过冗长的企业文化介绍，突然，他看见了"光耀基金"的商标。

骆闻舟倏地抬起头。

费渡降低车速，不慌不忙地补充说："想起来了吧，许文超抛尸的地方，就是那片一直没开发的滨海区域，那里的土地使用权就是'光耀基金'拿的，是不是有点儿巧？"

"宝贝儿，"消化了好一会儿，骆闻舟才低声说，"你这个说法，可就有点儿惊悚了。"

"惊悚吗？我不觉得，"费渡说，"假设有这么一个死亡车队，专门做车祸杀人的买卖，那么他们再提供一个'坟场'，租给广大有抛尸需求的杀人犯，这也不稀奇吧？"

那么……在周家这潭深水里，身世可疑的杨波，又在其中扮演了一个什么样的角色呢？

"我现在很想让你履行义务，回答我的问题，"费渡忽然说，"但是……我觉得前面那辆车好像不是很对。"

骆闻舟顺着他的目光望去，只见他们前方，有一辆画着巨大生鲜标志的运货车，悄无声息地围着酒店转了几圈，最后往酒店的地下停车场开去。

"这个钟点送货，管理人员都应该下班了，送了货谁来接？很多东西放一宿，处理不当的话，明天可就不新鲜了。"费渡低声说，"而且如果我没记错，这个高端运输冷链车应该是周氏旗下的。"

骆闻舟目光一凝："跟上。"

费渡保持着一定距离，十分谨慎地拐弯走了地下停车场的另一侧，值班保安连忙出来拦："不好意思，这里是车库出口，您需要……"

车窗缓缓摇下来，一张警察的工作证亮了出来。

值班员一愣，只见驾驶座上的长发男子侧过头来，带笑不笑地冲他一弯眼角，食指竖在嘴边："嘘——"

杨波不像郑凯风，在周怀瑾绑架案的调查中，他显然是遭到了重点照顾的。他入住的酒店楼下、周遭甚至酒店里，都混进了蹲点看着他的人，以便警方要找他问话时随时能找到人。

连日以来，杨波被警察折腾、被媒体折腾，也被自己折腾，可谓是吃不好又睡不着，一闭眼就想起那张曾经让他百感交集、现在则恨不得其从未存在过的亲子鉴定报告。他清楚地记得，自己拿到那份报告时的心情，先是难以置信——难以置信母亲竟然背叛了家庭，可是震惊之后，又是压抑不住的窃喜，他觉得自己一瞬间成了故事里的落难王子，五脏六腑都仿佛是用不同的材料打造的，接连几天，走路都发飘。

他杨波，一个市井长大的普通人，竟会是周峻茂的儿子、是郑凯风的徒弟，周氏两大当家人都对他照顾有加，离一步登天岂不是只差么一步？

然而世事难料，杨波至今都想不通，事情是怎么发展到这一步的。

现在，还没等他从一系列的打击里回过神来时，那个每天冲他叫嚣的疯狗周怀信也死了。

杨波重重地躺倒在酒店的大床上，双手捂住脸，摸到了来不及清理的胡楂。他打开手机的推送信息，一眼就看见满屏幕的血迹——网上周怀信遇刺现场的照片连个马赛克都没打。

杨波觉得自己本该高兴，此时又莫名有点恐慌和恶心。

这时，他的手机振动起来，是个未知来源的号码，他怯怯地接起来："喂……"

"是我，"电话那边传来郑凯风熟悉的声音，"你还在'香宫'酒店吗？"

杨波无端从他的声音里听出了紧绷的情绪，连忙坐起来："我在，郑老，您有……"

郑凯风急匆匆地打断他："你下来，注意避开跟踪你的警察，到地下停车场来见我，车牌号我发给你。"

"我……"莫名其妙的杨波还没来得及说句话，那边就挂了。他在原地愣了片刻，不知道眼下是个什么情况，有些手足无措，紧接着，手机里收到几条信息，第一条是车牌号，随后是几张照片。

照片下跟着备注："这几个是跟着你的警察，小心！"

杨波瞬间出了一身冷汗，手有点哆嗦。他勉强定了定神，换了一身运动服，拿起手机和钱包走了出去，假装要去酒店健身房夜跑。

才刚一开门，正碰上一个推着小车的男服务员抬手准备敲他的门，和杨波打了个照面。服务员丝毫也不尴尬，微笑着和他打招呼："先生，去锻炼啊？那酒店的客房服务需要吗？"

杨波定睛在来人脸上扫了一圈，当时就觉得一股凉意顺着尾椎骨爬上了后脖颈——这男人是照片上的几个警察之一！

他面色苍白，生硬地一摇头："不用，谢谢。"

这句话几乎用尽了他所有的力气，杨波说完，就下意识地低下头，立刻就要锁门走开。

"服务员"却又开了口："等等，先生。"

杨波后脊陡然僵直，呼吸都停顿了。

那伪装成服务员的"条子"轻声细语地说:"别忘了把您的房卡带走。"

杨波的心跳得快要出窍,一把拔出房卡,头也不回地大步走开,后背已经被冷汗打湿了。

"服务员"目送着他的背影,眯了眯眼,轻声对着对讲机说:"'猴子'这状态不对,我怀疑他可能是要跑,大家注意点。"

他话音刚落,耳机里传来了一个熟悉的男声:"知道了,地下车库有人约他见面,你替我把香宫酒店地下车库的实时监控接进来,外面的兄弟们替我封堵车库几个进出口,准备瓮中捉鳖。"

"服务员"一愣之后立刻反应过来:"老大?哎,是!"

费渡从地下车库的出口逆行而入,悄无声息地把车堵在了出口处的斜坡,监控的实时视频很快同步传到了骆闻舟的手机上,方才开进去的货车里下来两个男人,虽然都穿着配送员的工作服,演技却基本没有——这两个男人都是又高又壮,动作迅捷无比,目光警惕,一下车就开始挨个检查周围停的几辆车里是否有人。

"骆队,"耳机里传来另一个负责监视杨波的刑警的声音,"杨波刚才进了健身房,随便转了两圈去了里面的卫生间,我在外面等了五分钟,装作打扫卫生破门而入,但是人已经从卫生间的窗户那里跑了……骆队,杨波刚才一看见我就移开了视线,我怀疑他认识我。"

骆闻舟毫不意外:"收到。"

随即,他掐断了和同事的联系,转头对费渡说:"杨波下来了,这一阵子经常把他叫进市局问话,我的人跟了他一个星期了,这傻狍子一个星期都没感觉,今天倒是突然点着了智商,我怀疑是方才有人把跟踪任务的人员信息泄露了。"

骆闻舟话音没落,监控视频里人影一闪,正是穿着运动服的杨波。杨波站在那儿,面带惊惧地望着两个打扮成配送员的男人,不住地做出擦汗的动作,这时,冷链运输车的货厢打开了,监控上拍不到货厢里有什么,但杨波整个人的肢体语言倏地变了,恭恭敬敬地对着货厢说了句什么。

费渡一愣,有些意外:"郑凯风居然在那车里。"

不知道货厢里的人说了什么,杨波脸色变了,像个早晨上学忘带了书包的小学生,瞻前顾后地往四下看了看,随后被那两个穿着配送工人衣服的彪形大汉一左一右地架了起来，要把他塞进货厢。

来不及考量在这个节骨眼上郑凯风为什么会铤而走险地亲自来找杨波，骆闻舟果断对已经守住车库几个进出口的刑警们下了命令："抓人，行动！"

他话音落下，乍起的警笛声像潮水一样卷过了地下停车场，冷链货车里的人猝不及防，顿时慌了手脚，假配送工慌忙把杨波往货厢里一扔，跳上货车，车门都没关严，就一脚油门踩了下去，旁边停靠的车辆无端遭遇飞来横祸，被那货车粗暴地扫过，七扭八歪地撞成了一团。

货车很快辨清警笛声传来的方向，行将要起飞似的往唯一没动静的出口跑。

骆闻舟猛地一探身，把安全带扣在费渡身上："拦下那辆车！"

费渡头一次给他们当外勤人员，表现十分不俗，不慌不忙，还随口贫了一句："好的长官。"

货车没料到出口竟然有车逆行，而且对方车丝毫没有避让的意思，就这么直直地撞了过来，司机大骂了一声，下意识地一打方向盘，堪堪避开了撞过来的车头，一口气还没松下来，就听见身边一声巨响，那对面来的大SUV在极短的时间内加到了极高的速度，车技高超地原地漂移，生生把货车挤到了车库一侧的墙上。

小货车的车窗玻璃碎了个干净，车门严重变形，一侧的车轮高高抬起——货厢"砰"的一声打开，抱着头的杨波身边蹿出了好几个打手模样的男人。

费渡坐在重新加固过的车里，虽然毫发无伤，还是被安全带勒得够呛，呛咳了一声："师兄，动手的事我可不管……"

"我也不敢劳驾你。"骆闻舟一把推开车门，与此同时，方才在后面围追堵截的几辆警车赶到，把凄惨的货车围了个水泄不通，刑警们三下五除二把打手们堵了回去。

骆闻舟摸出一副手铐，目光越过抱着头一脸惊慌的杨波，落在冷链货厢里——货厢里布置得十分舒适，铺着厚厚的毯子，安了几个真皮座椅，郑凯风沉着脸端坐其中，表情像一条君临天下的沙皮狗。

骆闻舟用不锈钢手铐敲了敲车门："郑总，移驾吧。"

费渡方才被安全带勒得有点狠，有些跟跄着下了车，一不留神被什么东西绊了一下。

"野蛮啊。"费渡冷眼旁观刑警们收拾打手,摇摇头,弯腰按住胸口咳了几声。就在这时,他看见货车车厢下仿佛有什么东西在闪着光,非常微弱,只有打在骆闻舟浅色长裤上的时候,才泛起薄薄的一层,越闪越快,几乎和警车的车灯连成了一片……

费渡先是一愣,随即瞳孔骤缩。他蓦地扑过去,拦腰抱住了骆闻舟,猛地往后一推。

骆闻舟后腰上本来就带伤,被他这一扑竟没站住,还不等他伸出的手随意抓住些什么,耳畔突然一声巨响。

第十五章

郑凯风其人,胆大包天、贪婪残忍,他肯自己去死吗?

但如果他是被谋害的,那他车上的炸弹是谁装的?

既然凶手有能耐神不知鬼不觉地在他车上装一颗炸弹,为什么不简单一点儿,干脆出其不意一刀捅死他,或是偷辆车直接闷头撞过去?为什么最近的凶手们都不能踏踏实实地干好自己的事,总想搞个大新闻?

这一系列的疑问,随便哪一条,都值得反复推敲思考。

然而费渡那仿佛时刻转着一个神秘黑洞的脑子里,却似乎突然发生了一场大爆炸,所有的念头都失去了重力,轻飘飘地弹出了逻辑框。

或许反射在骆闻舟裤子上的光,只是乱闪的警车车灯交叠的光影效果。也或许那一瞬间强烈的危机感,只是他自己疑神疑鬼……话说回来,真想炸死郑凯风他们,为什么非得安个生怕别人看不见的二极管?

提前警告无关人士退避吗?

万一是乌龙,那这个笑话够骆闻舟同志娱乐一辈子的。

但是电光石火间,诸多种种,费渡都来不及细想,他只是遵从了自己最本能的直觉……也不为什么。

骆闻舟原本正敲着货厢的门跟郑凯风耀武扬威,毫无预兆地被费渡从侧后方扑到了SUV上,费渡单手扣住车门,看也不看地往外一拉,趁着骆闻舟没站稳,一把将人推了进去。

然后他余光瞥见了货厢底下突然溅出的火星。

费渡只来得及将手中扣住的车门一带，还没来得及完全把车门挡在自己身前，巨大的冲击力已经推了过来，车门狠狠地砸在了他后背上。费渡车祸过后，把整车重新加固过，又换了玻璃，这还是大修之后头一天开出来，防撞击的效果固然不错，可是没想到这回直接碰到了炸弹。

再好的车也终究不是坦克，车门还是没能经受住升级的考验，爆炸瞬间已经变形，防弹玻璃也跟着寿终正寝，费渡最后一个意识，是感觉自己被车门撞进去的胳膊连同肩膀一线碎了似的疼。

地下车库里所有的机动车齐声呐喊，警报声撞在车库房顶上，在逼仄的空间里回荡。烈火吐出了险恶的长舌，顷刻间席卷了货车的货厢，不知哪辆车上震碎的玻璃碴儿下雨似的往地上落，货厢门飞出了数米。

时运如风，说转就转，一呼百应的郑老从"知名华侨企业家"到"犯罪嫌疑人"，再到外焦里嫩的煳家雀，只用了一个礼拜。

骆闻舟被费渡没轻没重地一推，后脑勺撞在了方向盘上，一瞬间几乎觉得自己聋了。他本能地接住了落在怀里的人，一时竟然没反应过来出了什么事，耳畔的巨响收拢成蚊鸣一般细而长的鸣叫，骆闻舟觉得手上沾了某种黏腻的东西。

随后，血腥味、硝烟味、焦煳味山呼海啸地淹没了他。

"费渡……"

骆闻舟暂停的心跳瞬间通上了电，先是原地颤了一下，随后造反一般地狂跳起来，几乎不堪负荷，就要立刻炸开。

"费渡！"

费渡的意识在身边飘来荡去，时有时无，他成了一台年久失修的无线电。

他能听见断断续续的呼喊，能听见有人叫他的名字。但他并不想搭理，甚至觉得有点吵。

有人扒开他的眼睛，费渡于是看见了光，据说始终追逐着那道光，就能找回自己的意识，然而他本人对此并没有太大兴趣，因此只是在旁边看了看，无动于衷。细微的光于是离他越来越远，他被身后无边的黑暗吞没，哪里传来"嘭"的一声巨响，好像是有一道门被重重地关上了。

费渡微弱的意识沉到了更深的地方，在那里，他无所谓穷富，无所谓智愚,没有成套的形象,甚至没有穿自己多年来精心织就的画皮。

他似乎变成了一个小男孩,因为腿短,所以格外想要奔跑,可是才刚迈开腿,一股没来由的恐惧就涌上心头,一个男人像一团巨大的黑影,居高临下地从他头顶投下冷冷的视线,十分轻柔地说:"狗才喜欢到处跑着玩,费渡,你是一条小狗吗?"

费渡懵懵懂懂地被他拉扯着,果然看见了一条小狗,小狗可能才刚出生,没有巴掌大,眼睛湿漉漉的,扭扭搭搭地向他跑来。他伸出手,小狗也笨拙地探出圆滚滚的前爪,用后腿站起来,扒住他的手,小心翼翼地在他冰冷的掌心上闻来闻去。

费渡心里生出没有缘由的柔软,抚摸起那只毛茸茸的小脑袋。旁边的男人用轻柔而冰冷的声音叹了口气:"这孩子身上流着不健康的血,得好好矫正。"

接着,小奶狗尖叫一声,被那只手粗暴地拎走了。

费渡手中的温度骤然消失,随后,一排冰冷的金属环从天而降,套住了他的手指和脖子,金属环背后连着一簇细线,细线的另一端通过一个复杂的装置,连着一个收紧的项圈,细线松动一毫米,那项圈就会紧上一厘米,如果细线是完全松弛的,项圈就会死死扼住他的咽喉。

费渡无法呼吸,本能地用力伸长了胳膊,手指紧紧地攥在一起,拼命去拉扯金属指环背后的细线。细线绷到极致,稍稍拽开了卡在他咽喉上的活项圈,大量的空气顿时争先恐后地涌入了他的气管,他剧烈地呛咳起来。

"你得学会慢慢呼吸,"男人满意地笑起来,"聪明,看来你不用人教,就已经知道了怎么不让自己窒息。"

接着,眼前的场景再次一变,费渡被固定在一张椅子上,他全身上下只有套了金属指环的手指能动,窒息的痛苦像阴云一样笼罩在他身上,他浑身发冷。男人哼着歌走过来,一只手托着那只小小的幼犬,把它放在费渡的掌心,问他:"软不软?"

儿童和小动物向来不必刻意结交,天生就能当朋友,小狗嗅出了男孩冰冷的恐惧,很努力地用暖烘烘的头拱着他,舔他的手指。

男人又笑了起来,问他:"可爱吗?"

费渡迟疑片刻,终于点了一下头,下一刻,可怕的痛苦毫无预兆地降临。他脖子上的项圈骤然收紧,手里依然是柔软的触感,咽喉却被冰冷的铁环呃住，费渡下意识地像平时一样收紧手指，企图拉紧那几根能缓解他痛苦的细线。

救命的空气进入他饱受折磨的气管，然而与此同时，小狗却发出了凄厉的惨叫。费渡陡然意识到自己的手正捏着小狗脆弱的脖子，他慌忙一松，咽喉上的项圈变本加厉地卡死在他的颈子上。

费渡拼命挣扎，身上的绳索和大大小小的金属环都像有了生命的魔鬼藤，狰狞地勒进他皮肉里。

"掐死它，费渡，掐死它，否则你就自己去死。"

陶然举着手机，一头热汗地在ICU病房门口打转，听电话那头的同事飞快地说："郑凯风和杨波都是当场死亡，其他人由于当时都被控制住了，分散在附近的警车边上，爆炸时身边多少都有隐蔽，有几个人受了点儿轻伤，一个哥们儿正好被飞出来的货厢车门砸了一下，有点倒霉，其他问题都不大，当时离爆炸点比较近的就只有老大和……"

同事后面还说了些什么，陶然已经顾不上听了，因为一个护士模样的人探出头来："这个叫什么……费渡？就刚送来的那个——家属在哪儿？"

陶然立刻挂断了电话："我我我在这儿……"

护士问："你是家属？"

这问题让陶然卡了一下壳，他突然发现，费渡是没有所谓"家属"的，他的直系血亲，一个骨灰落地七年多，一个已经成了植物人，他热热闹闹地活了这许多年，就把自己活成了一个无根无着的孤家寡人。

护士只是随口一问，并没有在意他这一瞬间的犹豫，飞快地说："刚才不明原因，病人呼吸、心跳突然骤停，现在正在抢救，你们做好准备。"

陶然当时觉得一口凉气从胸口冲到了天灵盖："什么？！"

护士通知完，就算完成了任务，时间就是生命，实在没工夫温言安慰病人家属，步履匆匆地又跑了。陶然下意识地追着她跑了两步，看见"止步"的牌子，只好无措地停下来，这时，他才意识到护士方才说的是"你们"，他倏地一回头，发现骆闻舟不知什么时候站在了他身后。

骆闻舟小腿骨折，一天之内连撞两次的腰和后背上了夹板，头在方向盘上磕得太狠，磕出了脑震荡，整个人从头到脚，就是一具新鲜的木乃伊，他仍然是晕，这会儿只能拖着拐杖靠在一侧的墙上，也不知道一路是怎么从他的病房里蹦过来的。

陶然赶紧扶着他坐下："你这么快就输完液了？"

"我自己拔了，"骆闻舟面无表情地说，"死不了。"

这倒霉的周五晚上，突如其来的爆炸案闹得整个市局忙成了一锅粥，个个分身乏术，陶然在急救、骨科、ICU这几个地方之间到处跑，顾这个顾不上那个，汗出得更多了："你在这儿耗着能有什么用？你又不会治，人家里面也不让探视。一会儿你身上的伤口再感染更麻烦，还不赶紧回去！"

医院里充斥着各种各样奇怪的药味，混在一起，又苦又臭，让人不敢使劲吸气，每个人跑过的脚步声、说话声、手机振动声……对脑震荡的骆闻舟来说都是一种折磨，那些音波如有形，一下一下地撞击着他的太阳穴。他头晕得想吐，没吭声，闭着眼靠在坚硬冰冷的椅背上。

陶然说："赶紧走，别在这儿添乱，起来，我背你回去。"

骆闻舟推开他，轻轻地摇摇头："别人推进去的时候都有人在外面等，要是他没有，我怕他一伤心就不肯回来了。"

他声音十分微弱，陶然得竖着耳朵才能听清他说了些什么，实在很难把费渡那没心没肺的混账样子和"伤心"俩字联系在一起，感觉骆闻舟是撞晕了脑袋，说起了胡话。于是他说："他要是还能知道谁等他、谁没等他，也不至于被推进这里头了——你快走吧，我在这儿等着就行了，我不是人吗？"

骆闻舟实在没力气和他多解释，只是几不可闻地说："不一样。"

这些朋友，萍水相逢、聚散随心，即便友谊地久天长，人却还是来了又走，终究当不成勾着那人神魂的牵挂，终究还是外人——当然，骆闻舟也不敢自作多情地太把自己当"内人"，他觉得自己就像一只"隔岸观火"的飞蛾，才刚刚得以一窥费渡这灯罩上旋转的图景，刚刚伸出触须，打算去碰一碰那色泽奇特的火光……那盏流光溢彩的玻璃灯就这么碎在了他面前。

陶然一脸找不着北地蒙了好一会儿，才被突然响起的电话铃拉回了神志，他说："老骆，你……你没事吧？"

骆闻舟喜怒不形于色地冲他摆摆手："你先接电话。"

电话是郎乔打来的，一看就有急事，陶然不能不接，他只好站起来，一步三回头地站起来走到拐角。

"陶副，那几个从冷链货车上抓来的嫌疑人招供了，都是郑凯风养的私人打手，这些人的工资都是从一个境外神秘公司的账上打出来的，经侦的同事们想顺藤摸瓜，彻查那家神秘的空壳公司——另外，通过杨波的信息记录，我们发现他死前和郑凯风通过话，郑凯风给他发了几张照片，正好是咱们负责盯梢杨波的那几个兄弟。"

陶然身上的热汗被仲秋之风扫过，浑身冰冷刺骨："知道了。"

郎乔沉默片刻："老大和费总怎么样了？"

陶然从拐角处探头张望，看见被一身夹板与绷带固定的骆闻舟沉默地僵坐在那里，好像要和木椅子化为一体："不用担心，还……"

"好"字没出口，他就看见骆闻舟忽然放开了握着拐杖的手，手肘撑在膝盖上，缓缓地前倾，把头埋在了自己的手掌里。

骆队……是哭了吗？

陶然愣愣地站在楼道的拐角处，挡了路，几个推着病床走过的医护人员不耐烦地叫他"劳驾让一下"，他才如梦初醒地贴着墙退到旁边。

"……陶副，喂，陶副队，你还在不在？"

陶然晃神的时候没听见郎乔说什么，忙低头一揉鼻子："啊，在，还有什么事？"

郎乔压低了声音："这段时间，先是周峻茂在国内出事，然后又是周怀瑾被绑架、周怀信被刺杀，现在郑凯风和杨波离奇被炸死……这些人可都不是小老百姓，陶副你得做好心理准备，陆局听说这事以后紧急赶过来，刚还没坐下，就接了个电话被叫走了。"

陶然皱起眉："什么意思？"

郎乔叹了口气："我直说了吧——周氏最近几年在国内投资很多，境外背景更是深厚，咱们国内启动针对他们公司的调查程序后，那边一直想方设法阻挠，现在更是以郑凯风出事、周怀瑾和胡震宇无端被拘为由在闹，外媒上现在有新闻，认为这是国内针对周氏的阴谋，方才我们接到紧急通知，要求老大对今天所有的事做出书面说明，还要写检查，内部调查结束之前，相关负责人暂时……停职。"

陶然背靠在医院惨白斑驳的墙上，毫不在意地蹭了一后背白灰，他停顿了一秒："我没听清，小乔，你再说一遍。"

郎乔听出他语气不对，没敢吭声。

陶然的舌头在嘴里逡巡了三圈，连自己有几颗智齿都数得清清楚楚，大约是使了吃奶的劲，方才忍住了没说什么。

方才陶然是狂奔出了一身热汗，胸口却是一把担惊受怕的透心凉，是"外热内冷"，此时，他身体的温度在秋夜风中缓缓下降，五脏六腑却掉进了烧开的锅里，沸腾的火气把他周身的血烧得隆隆作响，又成了"外冷内热"。

陶然接连深吸了几口气，依然补不上"燃烧"中消耗殆尽的氧气："陆局怎么说？"

"陆局也没办法，"郎乔说，"今天一天出了两件这么大的事，影响太坏了。现在说什么的都有，有阴谋论的，还有质疑咱们办事不规范的、没能力的，你知道，先前刚出过王洪亮那件事，大家心里都有坎儿，好多人觉得警察这边不值得信任……"

好事不出门，坏事传千里。

孤身闯入贩毒团伙中取得关键证据也好，指挥若定成功营救一车遭绑架的儿童也好，通宵彻夜地搜索证据、破获二十多年的重大悬案也好……这都是应当应分、不值一提。只有出了意外，大家才会一起惊慌失措，千夫同指，一时间，人人都仿佛有了火眼金睛，能一眼洞穿制服与皮囊，看见的每条骨头缝里都镶着"阴谋"二字。

人人都问你要交代，如果一桩骇人听闻的事情找不到罪魁祸首，总要有人为此负责。

"没事，"也许因为郎乔是个姑娘，男人心绪再不平，在姑娘面前也会多几分收敛，陶然最终成功地管住了自己的口舌，没说脏话，"没事啊小乔，你先不用紧张，当它是个例行汇报，这报告和检查回去我来写，你们先别惊动骆队——反正停不停的，现在对他来说也没多大差别，不然还能让一个伤残人士回去加班吗？正好省得请病假。"

郎乔迟疑着说："那现在……"

"现在你们该干什么干什么，查郑凯风的不要停，继续深挖，不管什么阻力不阻力，郑凯风人都死了，还能翻出什么花来吗？实在不行就从周怀瑾和胡震宇身上着手，周怀瑾是想跟我们合作的，胡震宇在周氏的燕城总部也有实权，他们手上就算没有一些确凿的证据，起码比我们了解得多，必要的话，让周怀瑾发一份声明，毕竟他才是正牌的周氏继承人。然后……然后……"陶然停顿了一下，拿着手机的手指捏得指关节发白，手背上青筋跳了起来，他尝试了几次，没能把这"然后"说出来。

怎么说——我们中间有内鬼，必须彻查吗？要怎么查？

把每个人都单独传唤进"小黑屋"，像审犯人一样，让大家"坦白从宽，抗拒从严"吗？

外面风雨难测还不够，还要在此基础上内耗吗？

这些话他又该跟谁说？

他现在还能相信谁？

"陶副，然后什么？"

"我还……还没想好，"陶然有些艰难地回答她，"你先让我想想，等我把思路理顺了。"

郎乔被他看似平静笃定的语气唬住了，这时，陶然又叫住她，再次强调了一遍："别打扰骆队，天塌下来我扛着，放心吧。"

光听这声音，几乎能从中听出一个陶副队惯常的和煦微笑来。郎乔不疑有他，说了声"好"，切断了电话。

安抚了郎乔，陶然一口气梗在心间，上不去也下不来，随着电话里忙音响起，他强行憋出来的最后一点平静也跟着灰飞烟灭，恨不能纵身一跃，一脚踩出个惊天动地的坑，吼出一声绕梁三日的"操你祖宗"。

每个从他面前经过的人都在看清陶然的表情后下意识地加快了脚步，怀疑他是准备持刀伤人的"医闹"，两个巡逻的"特保"充满警惕地盯住了他。

陶然突然举起手机，对准对面的墙，想狠狠地砸上去。手机快要脱手的一瞬间，他又想起了自己工资卡里的仨瓜俩枣——这月还了贷款，剩下的钱并不够他买一部新手机，而他还得联系同事，还得汇总情况、随机应变，还得随时预备着向上级汇报，也不敢随意失联。

于是陶然又堪堪把险些殉职的手机捞了回来。实在无从发泄，他只好窝囊地拆下了塑料的手机壳，让它当了替死鬼，砸了个无辜无奈的粉身碎骨。

这时，有个总像是含着笑意的女声说："哎哟，小陶，你这是跟谁置气呀？"

陶然一回头，只见走廊那边的电梯上出来三个人，一个落后几步帮忙拎东西的青年，一对中年夫妻——男的个子很高，除了神色严肃、不苟言笑之外，简直就是骆闻舟的中老年版，女的穿着一条长袖连衣裙，笑眯眯的，看不出年龄——陶然见过几次，正是骆闻舟的父母。

陶然一愣，随即下意识地站直了："阿姨、叔叔好。"

骆闻舟他妈穆小青顺手从果篮里摸出个苹果，塞给陶然，很顺手地在他头上摸了一把："看把我们小陶给气的。"

陶然理智回笼，哭笑不得："阿姨，骆队在那边。"

骆闻舟他爸骆诚十分内敛地冲他点了个头，先是探头看了一眼，见骆闻舟全须全尾，这才背着手、迈开四方步，朝骆闻舟走过去。到了伤患面前，老头也不吭声，把光一挡，重重地咳嗽了一声。

骆闻舟眼眶通红地抬起头，和他爸对视了一眼，然后他捡起倒在地上的拐杖，撑着起立，训练有素地挪到一边，给他爸让了座。骆诚不跟他客气，裤脚轻轻一拎，心安理得地坐在了伤患的位置上，把医院的破椅子坐出了睥睨凡尘的气势，活像屁股底下垫了个"铁王座"。

然后他老人家对着骆闻舟这全新的造型做出了评价："看你这德行，拎个破口袋你就能上地铁要饭去了。"

骆闻舟木着脸不吭声。

骆诚又说："还哭来着？不就是停职写检查吗，你至于吗？"

陶然三令五申让人先把这事瞒下来——虽说纸里包不住火，但至少不要在这时候打扰骆闻舟。没想到这位亲爹一来，直接动手把纸撕了！果然，下一刻，骆闻舟偏头看了他一眼，陶然连忙掉转视线，预备开溜："呃……你们先聊，我去接个电话。"

骆闻舟："等等！"

陶然脚步一顿，万分尴尬地看着他。

骆闻舟合上眼，在浓重的药味里沉默着。他依然在耳鸣，那耳鸣将爆炸瞬间的巨响反复回放，弄得他还有些幻听，总觉得面前那扇闲人免进的门在响，随时准备宣判一个人的命运。

陶然嗫嚅着："闻舟……"

"你回去找陆叔，"骆闻舟突然说，"让他严肃处理这件事，越严肃越好——我停职检查期间，刑侦队启动从上到下的内查，所有有关人员都不许走，上交通信设备，挨个谈话。"

陶然倏地一愣，随后立刻反应过来——这是个揪内鬼的好机会！

这时，骆诚在旁边不紧不慢地开了口："就算是美国总统，在我们国境内杀人放火，我们也有权利追究到底——来投资建设的，我们欢迎，最好大家一起赚钱、一起发展，至于别有所图的，那就该怎么处理就怎么处理，燕城发展到现在这个地步，有的是人愿意来搭发展的便车，都什么年代了？没必要巴结这些不怀好意的'财神爷'——这是我说的，小陶，麻烦一并转告你们陆局。"

陶然方才就吊着的一口气"扑通"一下落了地，转身就要走。

就在这时，重症室的门再一次打开了，骆闻舟的拐杖不知怎么在地上一滑，他整个人晃了一下，差点连人带拐一起侧翻，他干脆把那碍事的拐杖往胳膊下一夹，单腿蹦着就要过去，陶然生怕他把刚平息的脑浆震出海啸来，连忙伸手按住他，一个健步抢到前面："护士！"

护士摘下口罩，低头看了一眼手上的单子："刚才那病人本来应该下'通知书'，已经打印出来了，不过现在情况稳定一点了，你们看一下，不签就不签吧。"

陶然忙问："那他现在怎么样了？"

"最危险的时候还没过去，不好说，"护士说，"现在看来是往好的方向发展，毕竟年轻，等通知吧……哎，那个拄拐的，你是怎么回事？也是在我们这儿住院的吗，怎么这么晚还不回病房？"

陶然："这就走，我们这就走，他不放心，里面那个病人是……"

骆闻舟："是我家人。"

陶然一口咬到了自己的舌头，差点儿咬下一块肉来，顿时见了血，疼得他险些涕泪齐下。

骆闻舟又问："那我能在这儿多待一会儿吗？"

护士太忙，无暇询问里面那位病人为什么这么多家属，没说什么，转身走了。

陶然、穆小青和骆诚三个人六只眼睛同时转过来，活像六盏并排的探照灯，一齐打在骆闻舟身上。骆闻舟对这些闲杂人等的目光熟视无睹，并没有解释自己用了个"将来时态"，跟跟跄跄地自行挪到墙角的垃圾桶旁边，弯下腰吐了。

第十六章

一系列的抢救措施科学而迅捷，并不以病人微弱的意志为转移。

有那么几秒，费渡在强刺激下短暂地恢复了意识，从无边梦魇中被生生拽了出来，隐约听见耳畔医疗器械的噪声，潮水似的来而复去，那些有节奏的声音不知怎么在他耳朵里扭曲变形，变成了一段熟悉的乐曲。

阴郁的别墅、女人的目光、枯死的花、画地为牢的电击室……他一生中经历过的种种浓墨重彩，都化成剪影，充斥到千百次循环的歌声里。

"你不能顺从！不能屈服！"女人疯狂的声音刺破了他混沌的耳膜，"我给你念过什么？'人可以被毁灭，但不可以被打败'——费渡！费渡！"

"费渡——"

费渡总是不知不觉睡过去，有时断断续续地清醒一会儿，自己还没反应过来，又不知昏到了哪个次元，几乎完全失去了时间和空间的概念。这种体验对他来说十分新鲜，好像是经过了一场漫长的冬眠，大脑彷徨在重启和死机中，有生以来第一次这样空旷无忧。

重度昏迷了大约三天，他才对周遭产生了模糊的概念，依稀记得自己是被一颗炸弹炸进了医院。昏昏沉沉中，他还能感觉到有人时而来探视——因为来的那个人经常会在他身上没有伤也没有插管的地方摸几下，不大像是医生。

不过重症室每天只有半个小时允许探视，一次只能进去一个人，费渡大部分时间都在昏迷和半昏迷状态，没有时间概念，实在很难配合这个短暂的"探监"时段，偶尔能在来探视的人叫他的时候，轻轻动一动眼皮或是手指作为回应，已经算是跟来人缘分匪浅了。

陶然穿着一身隔离服和鞋套，稀里哗啦地跑出来，十分兴奋地说："我叫他的时候，看见他眼睫毛动了！"

"不可能，"骆闻舟说，"我刚进去，把旁边床位的都叫醒了，他一点儿反应也没有，肯定你看错了。"

陶然一点儿也没听出他不高兴："真的动了，不止一下，要不是医生催我出来，没准能看见他睁眼呢。"

骆瘸子听了这话，越发愤怒了："那肯定也是我叫的，你这个搭便车的——隔离服拿过来，我要再进去一次，非得让他重新给我动一次……"

所幸，这时骆闻舟他妈穆小青女士及时赶到，在医生、护士把这俩货轰出去之前，亲自动手把人领走了。

穆小青先对骆闻舟说："你这段话我听着特别耳熟，那时候你还蜷在我肚子里，没长到现在这么大一坨，你爸就是这样，非得让你动一个给他看，不理他，他就隔着肚子戳你，我怀疑你现在脑子不好使，都是当年被他那大力金刚指戳的。"

随即，穆女士又转向陶然，用"关爱脑残，人人有责"的慈祥语气说："所以咱们不能跟他一般见识。"

直到这时候，陶然才隐约注意到骆闻舟方才好像是有点泛酸。

穆小青指挥着骆闻舟和陶然当苦力，把她车里的几箱饮料和水果搬出来，分别送到护士站和主治医生办公室，经过家属等候区时，墙上的电视正在播放本地新闻——报道的是周怀瑾自导自演绑架案的始末。

骆闻舟和陶然同时驻足，穆小青会意，搜走了骆闻舟身上的烟，不打扰他俩，自己先回去了。

"……也就是说，你当时听说了这场车祸后，就决定策划这么一起事件，我可以问一下这是为什么吗？"获准独家采访权的记者问周怀瑾。

"报复。"周怀瑾穿着色泽鲜艳的"号服"，整个人毫无修饰地坐在镜头前，然而他坐姿随意、眼神坚定，贵公子气质竟好似还在，他说，"因为一些捕风捉影的谣言，我父亲一直对我心怀芥蒂，这些年我在他的阴影下过得很艰难。"

记者问："是指他虐待过你吗？家庭暴力吗？"

周怀瑾笑了一下，十分技巧地说："比普通的家庭暴力更难以想象，我一度以为他想杀了我。我们家私下里是这样的关系，明面上还要假装家庭和睦展示给外人看，直到我已经成年，依然受到他的控制，如果不是因为他死了，我是不能随便回国。另外，我也可以负责任地说，我父亲周峻茂和郑凯风在一些事情上的所作所为，是我不能接受的。"

"比如呢？"

"比如利用跨境企业参与非法牟利、恶性商业竞争，甚至做一些违法犯罪的事。"周怀瑾说，"我不能认同，尤其我当时还听说他还有个私生子，这让我非常愤怒。这么说可能有点冷血，但刚一听说他的死讯时，我第一时间没有感觉到震惊和悲伤，反而开始思考该怎么利用这件事，最后，我选择用这种比较极端的方式揭开他的画皮，再把这件事栽赃到那个来历成谜的私生子身上，一箭双雕——我是这么计划的。"

"你回国不便，所以你还有一个帮手。"

"有，胡震宇是我的同学，也是我多年的老朋友，他进周氏的时候隐藏了这一层身份，只有比较亲近的人知道我们的关系。"

接下来，镜头一切，向电视机前的观众们展示了证据——有胡震宇和周怀瑾利用暗号互相沟通的秘密邮件、周怀瑾雇"绑匪"时支付的凭条、"假绑匪"的口供，等等。

"一般这种轰动一时的刑事案件，相关报道最少也都是几个月以后才会播，"陶然说，"这回情况特殊，媒体和周怀瑾准备时间都很仓促，周怀瑾能在不提他家那些'亲生私生'烂事的情况下把话说圆，已经非常不容易了，我看他表现不错，是真想配合咱们给他弟弟报仇。他这回不惜形象地抛头露面，咱们的调查阻力会小很多——对了，检查我替你交上去了，我听陆局的意思，等这阵子风头过了就没问题了。"

骆闻舟脸上却没什么喜色，朝陶然一伸手。

陶然心领神会，往四下看看，从兜里摸出一盒暗度陈仓的烟，两个人好像逃课的大学生，一起鬼鬼祟祟地溜出了住院部，跑到一个僻静的墙角。

骆闻舟把拐杖扔在一边，吊着脚叼起一根烟："内审怎么样？"

"没有进展，"陶然叹了口气，"每个人都从头到尾审查了一遍，真的跟审犯人一样，好在这回连你都直接停职，大家也都知道这事的严重性，也比较配合——但真的没看出谁有问题，按照排除法来看，这内鬼恐怕只能是我了。"

"审讯周怀瑾的时候，能看得见监控的人都知道他说了什么，"骆闻舟想了想，说，"但是杨波在下楼之前收到了当晚跟踪他的几个兄弟的照片，这就太奇怪了。"

针对杨波的盯梢是四个小时换一次班，刚开始有个值班表，不过到了具体干活的时候，同一组的成员之间经常会换班换得乱七八糟，骆闻舟有事一般只联系小组负责人，不然连他都不确定当晚盯梢的是不是值班表上那几个人。

可杨波手上的照片信息却是十分精确的。

陶然说："知道那晚盯梢小组人员名单的，要么是那个外勤小组里的人，要么就是登录过移动考勤系统。"

市局去年为了规范管理，更换了针对外勤的"移动办公系统"，一项工作建档之后，如果需要出外勤，外勤人员只需要用手机在相关栏目下打个卡就行。

"有权限从上面查看出勤情况的，整个刑侦队里只有你和我，还有就是局里各科副主任以上级别的领导们，"骆闻舟的声音几乎和他手指间冒出的白烟一样轻，"要么那个内鬼在我们这些人中间，要么就是有人黑进了我们花了大成本做的系统里，而网监那帮人都是废物，居然毫不知情——你比较喜欢哪种答案？"

陶然觉得哪个听起来都挺刺耳，疲惫地抹了把脸，过了一会儿，他又强打精神说："还有两个比较好的消息，你听吗？"

骆闻舟不置可否。

"有胡震宇的配合，目前针对周氏的调查相对顺利多了，可能有他们三只公益基金涉及账目造假和跨境洗钱的确凿证据，除此以外，他们还涉嫌在国内传播谣言、操纵市场、恶意抹黑竞争对手以及行贿。"

"经济案不是咱们主导调查的，"骆闻舟伸长了胳膊，往垃圾箱里弹了弹烟灰，"还有呢？"

"我还没说完——因为那边有了证据，所以我们请求境外协助——你记得郑凯风给他的打手发工资的那个神秘空壳公司吗？它以'服务费'的名义，去年支付了一笔定金，前一阵又支付了一笔尾款，付定金的时间很微妙，正好和董乾开始频繁收发邮件的时间一致，而尾款则正好是周峻茂车祸的第二天。"

骆闻舟愣了愣："多大数额？"

陶然："加起来有八位数。"

骆闻舟立刻说："但我们没查到这笔钱。"

"因为定金数额不大，存在一个境外的户头上，开户的是另一个空壳公司，负责人已经闻风跑了，但这家空壳公司曾经和董乾互相寄过东西，他们之间应该有联系。尾款暂时没能追溯，怀疑是通过地下钱庄入境后，还没来得及付给董乾。"陶然说，"周峻茂出事当晚，杨波作为董事长秘书，曾经打电话给周峻茂的司机问候闲聊，司机说他好像在那通电话里透露过周峻茂坐的是什么车——另外，我们在郑凯风的燕城别墅地下室里找到了手工炸弹的制作工具。"

骆闻舟眯起眼，轻轻地敲着自己的膝盖："你的意思是，郑凯风和杨波合谋，一个买凶，一个当内线，先策划了周峻茂的车祸，之后郑凯风知道事情可能败露，想带上杨波仓皇出逃，结果被我们堵了，于是启动了事先装在货厢下面的炸弹，打算同归于尽？"

"现在看来，推测是这样。"陶然说，"还差一点关键证据。"

骆闻舟沉默下来——从周峻茂出车祸，到之后一系列的离奇事件，本来都在云里雾里中，无论是刑警队，还是针对周氏的调查，全都凝滞不前。可偏偏郑凯风一死，市局就跟转运了一样，一切都顺利起来，三下五除二就拼出了一个大概的真相。

"我有种感觉，"骆闻舟忽然说，"关键证据应该不难找，这案子可能很快就能结。"

陶然一愣，听出他话里有话。

骆闻舟掐灭了烟头："我这两天一直在想一件事，不知道这是不是巧合——费渡他爸当年也是因为车祸成的植物人。"

陶然本来预备着洗耳恭听，以为停职在医院还不忘牵挂工作的骆闻舟能有什么高见，没想到这货话音一转，又是费渡。陶然至今没想明白，这两个一见面就掐，掐了七年的人到底是怎么混到一起去的。

"再憋两天，"陶然拍拍他的肩膀，"大夫说过几天他能醒过来，状态再平稳一点儿，就能进普通病房了，到时候你爱看多久就看多久，行了吧？"

"我跟你说正经的，"骆闻舟拍开他的手，"这两天在医院闲着没事，我去查了你上次跟我说的那个念书的节目，老杨出事那会儿，那个手机软件还是个电台，我从医院里溜出去好几趟，找到一个当年在那儿干过的播音员，他给我找到了当时做节目的笔记。"

陶然下意识地坐正了。

"咱们当时没有注意到'朗诵者'这个ID，是因为朗诵者的出现时间不在老杨出事的那个时段，要再往前一点，正好是费渡他爸出车祸的时间，当时他点播的是《呼啸山庄》。"

"要不是因为这事是我先疑神疑鬼的，"好一会儿，陶然才说，"我可能会觉得你是脑震荡留下损伤后遗症了——明白了，我也恨不能费渡明天就活蹦乱跳。"

费渡的父亲是车祸，周氏一系列的案子也是车祸，涉案人员杨波之父还是车祸，而杨波父亲的那场车祸，冥冥中又和二十多年的少女绑架案有说不清道不明的联系……每一桩、每一件都有个听书节目中神秘的投稿人穿插其中，指向老刑警杨正锋存疑的死因。这一切听起来都太玄了，似乎有一张看不见的网，铺在这太平盛世底下，非得潜入最深的地方，才能碰到一点端倪——因为太过离奇，让人哪怕亲眼见了，都觉得是自己的错觉。

费渡，只有费渡，才有可能知道当年那"呼啸山庄"里发生过什么——如果真的存在这么一个"呼啸山庄"。

"可是这么多年，他一个字没透露过，一点儿不平常的表现也没有，"陶然喃喃说，"到底是他的城府比马里亚纳海沟还深，还是咱俩失心疯了？"

"马里亚纳海沟"又在ICU里横陈了两天，终于"刑满释放"，被推进了一个允许随时探视的单间。

病床来回动，又被搬来搬去，费渡精力再不济也被震醒了。他吃力地睁开眼，不知是因为用药缘故还是单纯躺太久，眼前一片天旋地转，什么都看不清，费渡很不习惯这种任人摆布的境遇，在骤然明亮起来的环境中狠狠地皱了一下眉，用力闭了一下眼，企图挣扎起来，好歹要弄明白自己现在是个什么情况，突然，一种似曾相识的触感让他一下安静了。

一只温热的手轻轻地揉搓了一把他的头发。

"我在这儿，"那个人在他耳边说，"什么事也没有，休息你的，睡醒再说。"

那好像是来自他梦里的声音，熟悉得令人战栗，圆了他一个经久的期待。

费渡拧成一团的眉头缓缓松开，在臆想中的浅淡烟味中放任了身不由己的睡意，陷入沉眠之前，他还惦记着想要握一下盖在他眼睛上的那只手——可惜，一条胳膊上打着吊针，另一条胳膊被石膏禁锢得死死的，四肢十分不够用,只好作罢。

费渡只要有自主意识,就好似重新握住了命运的权杖,他心里仿佛有一座镇守一方的石头山,寸草不生、坚不可摧,不需要什么求生意志,自然能熟练地将杂念清扫一空,尽最大努力调节着自己几近衰竭的身体机能,每次睡眠都是他的"充电"时间,每一天醒来,都以肉眼可见的速度在恢复。

当然,骆师兄的"照顾"功不可没。

此人自称是来照顾他的,其实正经活都是人家护工在做。骆闻舟每天的日常任务,就是跑到他这儿来吃三顿饭,然后游手好闲地用他病房的电视看球赛和美食节目,一直看到他精力不济地睡过去才走。

最令人发指的是,他每次吃饭还都要专门跑到上风口,让排骨汤的味道一丝不浪费地飘过来,同时,电视里往往正在播放高清镜头下牛排由生到熟的过程,"嗞嗞"作响——声色味俱全,围绕着僵尸一样不能说话也不能动的费渡,让他从身到心体验了一回什么叫作"恩将仇报"。

正在打营养液的费渡向骆闻舟投注目礼。

骆闻舟迎着他的目光,好像一点儿也看不出里面沉默的谴责,还在发表着他的口头小论文:"我妈熬的破排骨汤,熬的什么玩意儿,我早说让她这种水平比较'低洼'的选手选红烧,不听,非得说红烧不健康,要清炖。看,调料放的时间就不对,盐也不对,火候更别提,喂猫吃,我估计猫都得吐出来埋了。"

然后费渡眼睁睁地看着他一边絮絮叨叨地嫌弃,一边一口闷了大半碗。

骆闻舟和他对视了一会儿,好像恍然大悟明白了什么,很贱地往前一探身:"怎么眼巴巴地盯着我,你想吃吗?"

费渡冲他轻轻地眨了一下眼。

骆闻舟毫不犹豫地叼走了最后一块排骨:"等什么时候你能叫我'哥'了,再给你点儿甜头。"

费渡其实对排骨汤并没有什么兴趣,只是觉得看着骆闻舟很有趣,这位先生有一人当百之聒噪,一走进来,就把冰冷空旷的病房撑得活蹦乱跳的。骆闻舟在他面前直播完吃饭,也不劳动护工,自己一瘸一颠地收拾完碗筷,然后做贼似的探头往外看了一眼,见医护人员暂时没有回来的意思,他飞快地掩上门,溜到费渡病床边上:"做一点儿违反纪律的事,不要声张。"

费渡垂下眼，往自己身上瞟了一眼，感觉自己从头到脚实在没有什么可供"违纪"的空间，于是有点期待地看着骆闻舟，想看他能出格到什么地步。接着，他就看见骆闻舟不知从哪儿摸出一小瓶蜂蜜。

费渡面无表情。

但凡他能出声，真的很想和骆闻舟说明白，他不是一两个月不能大吃大喝就馋得受不了的那种人。

"悄悄的，"骆闻舟像个兜售大烟的犯罪分子一样，压低声音对费渡说，"就给你一口，多了没有。"

说着，他把几滴蜂蜜倒在了瓶盖里，兑了一点儿温水化开，随后用棉签蘸了一点儿，小心翼翼地涂在费渡看不见一点儿血色的唇缝里。

费渡虽然不馋，但还是很给面子地轻轻舔了一下，心里想：槐花蜜。

与此同时，他的目光扫过眼前的男人——骆闻舟似乎瘦了点儿，伤筋动骨显然不是啃几块排骨就能补回来的，他受伤的腿不太敢撑地，虚虚地吊在那儿，难为他还能保持着精确的平衡，挽起的衬衫袖子底下露出已经快要痊愈的擦伤，剩下几道浅痕，凑得近了，能闻到他袖口、领口间冒出一股被体温烫暖和了的洗涤剂味。

骆闻舟喂水喂得专心致志，生怕棉签戳疼了他，又要小心黏糊糊的蜂蜜水别蹭得到处都是，一个瓶盖的蜂蜜水几乎要喂出他满头汗，无暇注意某个资产阶级的窥视。

"你说你挡过来干什么？好好在你车头后面躲着，至多蹭破个油皮。"骆闻舟一边无知无觉地给他喂着水，一边放柔了声音说，"你不是个打算开'无痕杀人培训中心'的职业变态吗？怎么还跨界干起舍己救人的勾当了？"

费渡的嘴角轻轻一翘。

"笑个屁，"骆闻舟又说，"我差点儿以为你那幅'杰作'要成绝响，前两天特意托人买了个相框，现在裱起来了，以后准备挂在床头。"

费渡先是没听明白所谓"杰作"指的是什么，好一会儿他才回过味来——那天开会，他闲得没事，在会议记录本上画了两张人像，主角都是骆闻舟。一张是衣冠楚楚、正襟危坐的形象，另一张就比较埋汰了，穿着也比较随意……只戴了一条领带。

前者被伟大的骆队倒扣在了作者本人的胸口上，后者则被他当场撕走了。

费渡不由自主地想象了一下那幅画"裱在床头"的场景，当场拜服于骆闻舟的三尺面皮下，他下意识地一抿嘴，一滴水珠就顺着嘴唇流了下去，骆闻舟忙伸手一抹——费渡好巧不巧地舔了一下，舌尖正好碰到了他的手，两个人同时一愣。

随后，还不等骆闻舟有什么反应，费渡就干脆得寸进尺地用舌头卷起他的指尖，不轻不重地在他指腹上画了半个圈。

在世界上所有躺在那儿，只有五官能做轻微动作的重伤病患中，费渡可以拿到一个"耍流氓"项目的世界冠军。

骆闻舟哭笑不得："你……"

这时，他兜里的手机振了起来，骆闻舟："你给我等着！"

电话另一边的陶然莫名其妙："啊？等什么？你现在不方便接电话？"

"没说你。"骆闻舟把电话调成免提，想了想到底不甘心，又在费渡脑门上轻轻拍了一下，"今天有什么进展？"

他停职加病假，在医院里逍遥自在，居然还能遥控刑侦队的办案进程，实在是个人物。

"我们找到了董乾往境外寄东西的邮件往来记录，"陶然说，"就是郑凯风第一笔'定金'刚发出来的时候，地址是境外那个空壳的地下钱庄兑换点，邮件内容是'合同'，现在这份一式两份的'合同'找到了——董乾把它寄存在了他们车队的仓库里，匿名的，他同事都不知道这箱子里的东西是他存的。我们经过管理员和其他寄存过东西的车队成员同意，把所有人的东西都仔细排查了一遍才找到——这是一份'境外投资代理合同'，英文写的，董乾估计没看懂这东西是什么，所以遗落了，没有一起寄给董晓晴。"

很多境外的地下钱庄明面上会以一个"典当行""货币兑换点"之类的门面当幌子，来源不合法的现金在他们的地下网络中几经转手，最后以某个机构的名义存入银行，再以"投资"为名，换成某种资产，几进几出，洗白完毕，"合法"回归到它主人手里。

郑凯风为了谋杀周峻茂，付给货车司机董乾两笔钱，尾款由于警方猝不及防的介入，打草惊蛇，不了了之，但定金的来龙去脉现在已经搞清楚了——这笔钱由郑凯风在境外的公司汇出，通过地下钱庄的网络洗白，整个流程已经快要走完了，如果这件事没有东窗事发，过一阵子，董晓晴说不定很快就会得到这笔意外的"投资收益",无知又富有地生活下去。

董乾家里虽然不富裕,也并不穷,兢兢业业的小老百姓没见过这样一大笔钱,真见了也未必会动心——因为心里知道这是不义之财,对这么多钱能干什么也基本没有概念,起不了实际的贪念,那么董乾为什么肯舍命呢?

骆闻舟:"那个匿名寄存在仓库里的东西还有什么?"

"还有董乾亡妻生前的照片和一个纸人——烧给死人的那种——跪姿,后脑勺上写了周峻茂的名字。"陶然说,"我们把附近做寿衣花圈生意的小店都找了一遍,有一家认出了这个纸人,老板说这是在周峻茂车祸前一个月定做的,还有单据,签名和联系方式确实是董乾,因为这个跪着的小人姿势十分诡异,寿衣店老板怀疑他在搞什么邪教巫蛊之类的东西,所以对他印象格外深,描述的体貌特征也对得上。

"我试着还原一下整个案子——董乾的妻子二十一年前死于车祸,这些年他独自拉扯女儿长大,一直不知道妻子真正的死因,然后突然有一天,一个神秘的快递员在他没有买任何东西的情况下找上门,送给他一份神秘的邮件,里面透露了他妻子真正的死因。董乾震惊之余,开始和这个神秘人联系,他假装网购,反复购买、退货,实际是在通过那个快递员联系他背后的神秘人物,对方把证据寄给了他,并且对董乾提出了合作。能拿到多少钱,董乾并不关心,那些跨境的黑钱怎么流通对他来说太过复杂,他应该是一门心思只想报仇,甚至都无心找人翻译一下那些繁复的资金合同。整个过程,郑凯风没有露面,并且在当年的那起案子里完美地隐藏了自己,甚至买凶谋杀周峻茂,都应该是以周怀瑾的名义——这就是为什么董晓晴在得知一部分真相之后铤而走险,刺杀周怀瑾的原因。"

骆闻舟插话说:"那么董乾生前自己寄给自己的那封邮件怎么解释?"

"推测应该是董乾寄的,"陶然说,"虽然董乾的目的是复仇,但背后毕竟有这么大一笔钱,将来会转到他女儿的账户,董晓晴如果一无所知,到时候可能会被这么大一笔钱吓破胆——只是他没想到董晓晴性格这么激烈。"

骆闻舟依然皱着眉:"那照你这么说,董晓晴的车祸是谁干的?"

"你记得他们家邻居的那个监控摄像头吗?"陶然说,"就是拍到纵火犯的那个——咱们技术员发现安摄像头的那家的主机被人入侵了,有人在通过那个摄像头监视董乾家。海洋他们最后一次去找董晓晴谈话的当天,董晓晴从门口电井门里取走了一份快递,单子印得很清楚,能从镜头里看见,是董乾寄给自己的。"

骆闻舟看了费渡一眼,如果说刚才费渡的眼神还有点懒洋洋的,那这会儿就是彻底清醒了,盯着免提手机的神色锐利起来。

骆闻舟说:"但是如果我没记错,肖海洋最后一次走访董家的时间,距离周怀瑾遇刺中间有好几天,撞死董晓晴的人为什么没有趁这个时间动手?"

"因为当时董晓晴家里隔三岔五就有媒体的记者蹲守,她又一直躲在家里没出门,入室谋杀的风险太高,而且没有人知道董乾寄回家的东西到底是什么。如果董乾寄回家的只是一些无关紧要的东西,他们贸然行动反而会打草惊蛇。"

骆闻舟不知想起了什么,神色淡淡地"嗯"了一声:"你接着说。"

"三天后,董晓晴出门,先是顺路去花店买了鲜花,又乘坐公交车去了恒爱医院,当时她包里藏了一把刀,她看起来就像是无辜无害的肇事司机家属,心怀愧疚,去探望受害人家属。我觉得那时候跟踪她的人也没想到她能干出当众捅人的事。"

骆闻舟听到这儿,沉默了一会儿,然后说:"董晓晴收到董乾寄回家的邮包以后,自己过了三天,最后还是选择了报仇。"

人在一时冲动下,什么都干得出来,可是冲动终归只有一时,天大的变故也不能让人冲动三天,这三天里,董晓晴独处时都在干什么呢?

她可能在想方设法判断邮包里信息的真伪,也可能是在谋划怎样报复周家人。她有肖海洋的联系方式,也随时能打"110"。

她曾经迟疑过吗?

有没有那么一时片刻,她拿出手机按下号码,想过把她手头的一切交给警察,等待社会给她一个结果——无论她父亲是受害者还是杀人犯?

费渡有些吃力地曲起打着吊针的手,用关节轻且有节奏地敲着旁边的病床护栏,被骆闻舟一把捏住了手指。

"别乱动,"骆闻舟低声说,"我不是搞谍报的,听译不了摩尔斯电码。"

陶然反应了一下,才意识到他在和谁说话,忙问:"你开了免提吗?我说怎么有回音——是费渡在你旁边吗?费渡,醒了啊?今天感觉怎么样?前天我们去看你时你还不太清醒,看见哥给你买的水果了吗?小乔还给你带了一只熊。"

　　水果多半已经进了骆闻舟那吃货的肚子，熊的脑袋被手欠的骆闻舟用水果包装袋套住了，摆了个高举双爪、紧贴墙角的造型，应该是一只刚抢完银行就被警察堵住的劫匪熊，扮相相当有品位。

　　陶然说："那天可真吓死我们了，你不知道，老骆都……"

　　骆闻舟的反应快如闪电，听了个音就预感到"陶大嘴"后面是什么话，当机立断地打断他："他还不能说话，也不能吃，水果都孝敬我了——行了，你别废话，赶紧说正经的，你这种推测的依据是什么？董晓晴他们家住的也不是什么穷乡僻壤，如果她一出门就被人跟踪，那天我们为什么没查出来？"

　　陶然这个敬业的同志，注意力就好像是个指南针，虽然偶尔遇到扰动，但轻轻一拨，总能自动专注回工作。被骆闻舟一打岔，他立刻忘了自己方才要爆的料，连忙正经起来："因为刚开始的调查重点错了。董晓晴出门后，从家到花店这段路上，有十几个天网摄像头，其中有八个拍到了她，之后，她在距离花店五十米处上了公交车，前往恒爱医院——我们当时重点调阅了那八个拍到过董晓晴的镜头、跟她在同一站上公交车的乘客以及那辆公交车的尾随车辆，结果一无所获。"

　　骆闻舟皱起眉。

　　"后来我们在花店附近征集线索和周围的民用监控，第二轮排查的时候，发现了一个骑行者。"

　　骆闻舟没听清："骑行？你是说那些骑自行车的？"

　　骑行者需要长期在户外，一般的防晒霜不管用，很多人都把自己从头包到脚，不露一点儿皮肤，正好能遮住体貌特征。

　　"对，这个骑自行车的人是被一个书店侧门的小监控拍到的，当时他好像是在路边休息，脸上包得很严实，还戴着墨镜，距离董晓晴等待公交车的车站不到一百米，随后，这个人抄近路到了董晓晴乘坐的公交车的下一站，收起折叠车上了公交，只坐了两站就又下去，中间没有和董晓晴有任何交集，所以我们刚开始没注意到这个人。"

　　"会不会是巧合？"骆闻舟说，"这个人可能本来没想坐车，恰好骑累了而已，不能因为人家防晒就怀疑人家吧？"

　　"不是巧合，"陶然十分肯定地说，"因为撞死董晓晴的那辆被盗车辆,正好就是从他下车的这一站和下一站之间追上董晓晴所在的大巴的。发现这个问题以后,我们又回过头来查董晓晴家附近——有三个镜头拍到过他,大致画了画这个人的路线,我们发现这个人几乎是一路跟着董晓晴,他骑车比走路快些,刻意绕了不少小路,完全避开监控是不现实的,但他非常小心地避开了可能拍到过董晓晴的监控。"

跟踪者不和董晓晴出现在同一个镜头里、避免与她在同一站上下车,把警方注意到他的风险降到最低。而就算运气实在不好,警方还是注意到了他,骑行者密不透风的打扮也会让他很难被辨认出来。

这个人专业、谨慎,反侦察意识强得像是训练过的。

"骑行者负责跟踪前半段,盗车的凶手跟踪后半段,如果董晓晴很消停地送完花就走,盗车贼会在失主报警之前弃车走人,没想到她竟然对周怀瑾动了刀。"

如果郑凯风是故意假借周怀瑾的身份和董乾接触,那得知周怀瑾遇刺的一瞬间,他就会明白,董晓晴肯定是知道了什么,董乾寄给她的邮件一定有问题,因此果断灭口。

"关键证据,"骆闻舟叹了口气,"陶然,拼凑出一件事的来龙去脉不行,我们需要关键证据。"

"很难啊,"陶然的声音里难免带出几分疲惫,"郑凯风整个人都烧煳了——现在种种迹象,只能证明郑凯风、杨波他们和这一系列的案子脱不了关系——周氏的大本营在国外,那不是咱们的地盘,我们不可能说查就查,前几天如果不是正好抓住了郑凯风的打手们,再加上替郑凯风倒腾钱的地下钱庄人去楼空,我们可能连董乾和郑凯风之间的交易都查不出来。"

"我知道,"骆闻舟说,"这段时间辛苦你们了。"

这时,费渡突然轻轻一挣,把手指从骆闻舟掌心抽了出来,有些不听使唤地在他掌心上写:"等一阵……"

"阵"字右半边还没写完,骆闻舟就明白了他的意思,再次捉住了他的手指,和陶然交代了两句挂断电话,轻轻地在费渡大腿上拍了一下:"你一个旁听生,怎么还老要发表意见?敢把针头碰掉了我打你。"

费渡唯一能做出表达的地方也被他攥着不能动,只好无奈地看着他。

"再等一阵,"骆闻舟说,"我知道你的意思,郑凯风虽然死了,但横跨这么多年、有这么多恩怨情仇的一起案子，证据出现得太快太集中，总显得不太自然，对吧？"

费渡冲他眨了一下眼。

"我有一种感觉，"骆闻舟突然说，"关于这案子，你了解得比我们都深。"

费渡静静地回视着他。

骆闻舟捏着他的手指："你上次让我用隐私来换信息，下次让我用个什么换？"

费渡按了按他的掌心。

骆闻舟略微松开了一点，让他写字。

费渡被照顾得十分精心的手指甲修得圆润又整齐，不轻不重地从他掌纹里扫过。

"'肉'，"骆闻舟念出他写的第一个字，"你想吃肉？馋死你，不行。"

费渡没理他，横平竖直地在他掌心写了第二个字……

骆闻舟好像不认字似的盯着自己的手掌看了好一会儿，一双眉毛表情丰富地上下起伏片刻，然后"噗"一声笑了，他摇摇头，屈指在费渡脸上轻轻一弹："宝贝儿，做梦呢吧？"

费渡似笑非笑地看着他。

骆闻舟难得没和他斗嘴，看见他这个身残志坚的贱样，心里甚至有些欣慰，哪怕是费渡不怀好意的调侃眼神，也能驱散那天护士举着病危单让他签的噩梦。

"也确实到你该做梦的钟点了，睡吧，睡醒我陪你吃晚饭。"他给费渡披了披被子，关电视、拉窗帘，又出门和等在门口的护工交代了几句，拎着助步的拐杖慢慢走了。

骆闻舟每天来"骚扰"伤患的时间都是固定的，他在根据费渡的精神状态帮他确立固定的作息，省得他病得晨昏不辨。几天下来，费渡几乎被他培养出了条件反射，一见他拉好窗帘，自动会涌起浓重的睡意，可这天，不知是不是被陶然那一通电话搅扰了，费渡突然有点失眠。

郑凯风冷漠的目光、杨波惊慌失措的脸、周怀瑾通红的眼圈、周怀信满身的血迹……所有人在他眼前缭绕不去。他注视着骆闻舟的背影消失在拐角，护工走进来，调节了他的点滴流速。

费渡轻轻吐出一口气，觉得有点冷。

又半个月以后，骆闻舟重新复职，回市局报到，就在他重新接手周家案子的第二天，接警台接到了一个报警电话。

第十七章

燕城市平安区，平安大街派出所民警接到了总台传来的警情。

他们辖区内有一片有年头的公寓楼，本来就是商住楼，又年久失修，租金和售价都十分低廉，深受外地人和图便宜的租客欢迎，很多人来了又走，居民成分非常复杂，三天两头要闹一场矛盾。

有一户居民家里连续几天闻到一股难以言喻的臭味，家里正好有孕妇，被恶臭熏得受不了。家人分辨出臭味来源是隔壁，遂前去交涉，那家却始终没人来应门。孕妇家人又找到楼里约等于不存在的物业，物业一查，发现那户房子是出租的，租客没有留下联系方式，房东的手机早已经成了空号。

愤怒的孕妇家人认为物业存心不作为，要把隔壁的门撞开，双方掐将起来，最后惊动了派出所。平安大街派出所派出了两个专业调解邻里矛盾的老民警上门，前脚刚到，还没来得及展开调解技能，破公寓门就挨了孕妇家人的一记无影脚，好巧不巧，在这个节骨眼上，门轴崩断了。

一股能去客串"生化危机"的恶臭仿佛解开了封印，差点儿把门口那几位熏个四脚朝天，其中一位老民警总觉得这股味似曾相识，突然想起了什么，脸色一变，喝令所有人不许进入，自己摸出鞋套和警棍，小心地探查了一圈，最后拉开了冰箱门……

三个小时后，市局的警车占领了公寓楼前的空地。

骆闻舟虽然还是瘸，却俨然已经习惯了和他的"第三条腿"和平共处，据他自己说，现在他上房揭瓦、下地抓贼全都没问题，出个现场更是不在话下。他把拐杖横在身后，活像背了一把游戏里的大剑，用金鸡独立的高难度动作稳稳当当地戳在冰箱前，探身观察里面的那位仁兄。

没错，冰箱里有一具男尸。

今年冬天冷得早，燕城各区县纷纷提前供暖，这屋里因为没人续费，大约在大半个月以前就停了电，提前到来的暖气给停止制冷的冰箱雪上加霜，温度急剧上升，被闷在里面的尸体和品类繁多的细菌来了一场"世纪会晤"，产生了奇妙的生化反应。

郎乔本来想在旁边扶着骆闻舟，坚持了半分钟，差点儿休克，临阵脱逃了，跑到门口嚷嚷："老大，你是不是鼻窦炎啊？"

"一个熟悉厨房的警察，工作和生活中烂成什么样的生物体没见过？少见多怪。"骆闻舟头也不回地说，继而冲法医们招招手，"行，我看完了，抬走吧。"

"骆队。"陶然递给他一个夹子，"你看，这是在死者行军床的枕头底下发现的。"

骆闻舟戴上手套接过来——那是个十分常见的文件夹，里面夹着几张薄薄的纸，每张纸上都贴着照片，旁边是照片上人的姓名、性别、家庭住址等基本信息，角落里注明了日期和一个意味不明的数字。

有些是打印的，有些是手写的，手写的字迹很重，错字连篇。

董晓晴的照片霍然在册——在第一页，照片上被人用红笔画了个叉。就是因为它，这起案子才第一时间被转往市局。

刑警小武探了探头："这字怎么像小学生写的啊？"

"还是个发育过头、以杀人为生的'小学生'。"陶然的视线在屋里环顾了一周。

这屋子是个开间，除了卫生间以外，就一间屋，不分厅室，环境非常简陋。一台成了藏尸柜的冰箱，一个脏得看不出底色的布沙发，一把三条腿的塑料椅子，一张矮脚茶几，一个旧式墙柜，一台落满了灰的电视机和一张简易行军床，这就是全部的家具。沙发上堆着几本翻烂了的黄色刊物，一套扑克牌和几颗灌过水银的骰子。墙角堆着一打啤酒瓶和用过的一次性饭盒，也臭了，只不过比起屋主，臭得小巫见大巫。

墙柜下面的行李箱里除了换洗衣服外，还有不少作案工具，有胶皮手套、头套、雨靴、防雨布、违禁刀具、铁榔头、铁棒、电击器和一些常见的撬锁工具。中间陈列着几沓摞得整整齐齐的百元现金，目测有十几万，围成一圈，供着一尊慈眉善目的瓷佛。

"郎大眼，你不是喜欢'里昂'①吗？"骆闻舟对郎乔说，"这就是咱们本地生产的'里昂'，快过来看看。"

"看在你是我老大的分儿上，我可以假装刚才那句没听见，"郎乔幽幽地说，"辱我男神者不共戴天。"

骆闻舟对着这个连男神都不敢捍卫的市侩女人嗤笑了一声，继而转向肖海洋："死者是什么身份？"

"这是他包里的身份证，姓名王新城，男，三十九岁，但是方才我联网查了，这张身份证是假的，照片和身份信息对不上。"肖海洋把能以假乱真的假证件递给骆闻舟，照片上的男人留着平头，貌不惊人，眼睛直勾勾地瞪着对面的人，看起来异常凶悍恶毒。

"需要假身份的一般都有前科，很可能是在逃犯，"骆闻舟说，"去信息库里比对。"

肖海洋连忙应了一声。

"骆队，墙柜里总共有十二万元整，"陶然很快点清了供佛的现金，"董晓晴那页资料上的日期旁边写的现金就是这个数，应该是她的买命钱。垃圾堆里最后一张外卖小票的日期是董晓晴死亡前一天，如果这就是撞死董晓晴的凶手，那他很有可能是刚收到钱就死了，这种亡命徒都是今朝有酒今朝醉，就算给佛爷上供，也肯定就是一晚上的事。"

"刚灭口，又被人灭。"骆闻舟叹了口气，"一个多月了，但愿平安区存档的监控视频还没来得及删，去查查看吧，没有就试试在附近征集民用监控……总会有线索的。"

陶然听出他话里有话，抬头和骆闻舟对视了一眼，骆闻舟冲他摇了摇头，目光再次落在墙柜里的凶器上——那头套和橡胶手套的样式如此熟悉，以至于他一眼就认了出来，这就是那与他擦肩而过的凶手当时的穿戴。

骆闻舟用拐杖轻轻点着地，缓缓地走出了臭气熏天的现场，心里有种预感——这恐怕就是他们一直以来在等待的"关键证据"了。

骆闻舟一语成谶。

几天后，肖海洋通过DNA和照片，从通缉犯的资料库里找到了这个"王

---

① "里昂"——《这个杀手不太冷》的男主角。

新城"的真实身份，这人本名叫"王励"，本来是个长途司机，因为染上赌瘾欠了债，铤而走险，砍杀债主一家，之后连夜出逃，被当地警方通缉，没想到居然就此干起了没有本钱的买卖。

经检查，王励的死因是中毒，胃部有啤酒的残留，推测他应该是在毫无戒心的情况下，喝了掺有烈性毒药的啤酒，地面上有毒物和啤酒的残留物，应该是死者毒发挣扎时碰翻了酒瓶，但现场没能找到那个曾经和毒物接触过的酒瓶。

除此以外，警方在王励家里发现了一个热水壶，里面有残留的半壶水，然而王励家里并没有一个能盛热水的容器。

也就是说，当时某个人敲开了王励的家门，很可能是带着钱来的，所以得到了十分的礼遇，王励不单喝下了下了毒的啤酒，甚至还给他倒了一杯热水。

这个人端着杯子，冷冷地看着愚蠢的杀手中毒倒地，无助地挣扎，直到彻底断气，他把尸体塞进冰箱——这样一来，尸体被发现的时间会大大拖延，很多证据都会随着时间湮灭——然后把装有毒酒的酒瓶和自己碰过的杯子带走处理掉。

完美。

如果不是王励这个蠢货在枕头底下放了一份"货单"……以及他用过的那个倒霉瓷杯还有个杯盖。杯盖在王励中毒挣扎时，和啤酒瓶一起滚到了地上，这便宜货质量不过关，杯盖摔碎了，下毒的人把碎片一起随身带走，可惜走得太仓促，没注意布沙发底下还有一块。

那上面沾着郑凯风的指纹。

至此，所有的证据都不慌不忙、有条不紊地自己排成一队，来到了警方面前，像有一只看不见的手，手把手地串联起了前因后果。

周峻茂和郑凯风曾经同在异国他乡，相互扶持，一个有知遇之恩，另一个倾生以酬，靠这句简介，简直能拍一部传奇电影出来。

可惜这"传奇"背后显然既不是"同舟共济"，也不是"志同道合"，而是"同流合污"。

三十八年前，周峻茂勾引大哥的妻子，有预谋地让大哥周雅厚死于心脏病发，和郑凯风一起完成了带着血腥味的资本原始积累。

二十一年前，周氏进军中国内地，故技重施，谋杀了阻碍他们收购国牌的绊脚石，董乾夫妇无辜受到牵累，董乾痛失亲人，却一直被蒙在鼓里，在无可奈何的悲伤中过着普通人的生活，但他的名字却已经被魔鬼登记在册。

周峻茂和郑凯风是一对"掀棋盘""开外挂"的黄金搭档，当他们一次又一次践踏法律和规则，顺风顺水地得到自己想要的东西，屡试不爽时，这种战无不胜的感觉无疑会让人上瘾。

此后，郑凯风和周峻茂终于度过了"黄金合伙人"同舟共济的阶段，开始同床异梦。

到如今，大梦醒来，同室操戈，郑凯风把二十一年前埋下的伏笔重新拉出来，利用自以为是周峻茂私生子的杨波，里应外合，撞死了风光了一生的周氏现任掌门人。周峻茂之死犹如一石激起千层浪，让各怀鬼胎的真假太子们你方唱罢我登场地演了一场闹剧，本以为可以缓缓收网，不料董乾这把"杀人的刀"竟然出了纰漏。

董晓晴刺杀周怀瑾，误伤周怀信，凶手紧急灭口，警方当天再审周怀瑾。

仿佛是天网恢恢，疏而不漏，二十一年前的秘密意外地泄露出来，暴露在光天化日之下。

郑凯风闻风而逃，带着现金敲开了杀害董晓晴的杀手的门，用一杯剧毒谋杀了谋杀者。接着去接杨波，想要逃之夭夭，没想到在酒店楼下意外遭到警察伏击，郑凯风走投无路，动用了最后的手段——同归于尽。

没想到正常的合伙人之间是这个流程，非正常的合伙人竟然也不能免俗。

至此，所有重要当事人都死绝了，那些细枝末节——诸如给董乾送快递的神秘快递员是谁，跟踪董晓晴的骑行者是谁，放火烧了董晓晴家不说，还发短信向警方挑衅的脑残是谁，全都已经死无对证，只好像那天从郑凯风车上抓下来的私人保镖们一样，一概以"郑凯风的手下"称呼。

给这六条沉甸甸的人命画上一个休止符。

六条人命也如六座冰山，撞在周氏这艘跨国的"泰坦尼克号"上，谋杀、洗钱、跨境犯罪……自此，一个时代的传奇面朝夕阳，惨淡地沉没在时代的汪洋大海里。

费渡收起手机的免提，对电话那边给他说案情进度的陶然说："谢谢哥，我知道了。"

一个月的时间，费渡终于从全身不遂进化到了半身不遂，虽然直立行走还比较成问题,但起码能坐起来说几句话了。护工被支出去了,费渡在医院接待了一个访客——周怀瑾此时仿佛比差点儿被炸得灰飞烟灭的费渡还狼狈,僵硬地坐在旁边,听完了前因后果,呆坐在原地,半晌没言语。

"大概就是这样,"费渡坐在轮椅上,上半身往前一倾,"周先生,这句话你可能听腻了,我再说一遍吧,节哀顺变。"

周怀瑾用力闭上了眼。

费渡的目光透过无框的镜片,不动声色地把周怀瑾剥皮扒骨一番,然后他说:"其实我有一点不是很明白,郑凯风为什么要在这个时候才对令尊痛下杀手呢?"

"周……"周怀瑾一开口,声音就十分沙哑,他清了清嗓子,"周峻茂这些年身体一直很好,但去年体检的时候检查出胸口有一块阴影,虽然后来证明是虚惊一场,但对他有点冲击,最近一两年,他有好多次提到立遗嘱的事,怀信应该和你提到过。"

周怀信报警的时候确实叽叽喳喳地说过,费渡轻轻一点头。

周怀瑾苦笑了一下:"他不认我,留给我是不可能的,遗产自然是由怀信继承。怀信你也熟,很有点小聪明,但不是接班的料,尤其接不了他这不黑不白的生意。"

他不必再往下说,费渡已经明白了——周峻茂晚年终于想起了自己还有个不成器的儿子,也知道他绝对驾驭不了这复杂的周氏,所以想要替周怀信清理一下自己的产业,渐渐从一些不那么合法的领域里退出来。

他背叛了和他一起从烂泥里爬出来的郑凯风。

周怀瑾低头擦了一把眼睛,站起来告别:"谢谢费总,那我就不打扰你休息了……"

费渡一摇头:"周先生往后有什么打算?"

周怀瑾苦笑:"打算谈不上,我还得回去配合你们对周氏的调查。"

"你没有决策权,也没有参与,严格来说还是受害者之一,"费渡说,"放心吧,一般情况下不会牵连到你。"

周怀瑾:"借你吉言,多谢。"

"但是我心里还有疑惑,"费渡用没受伤的手轻轻敲打着轮椅扶手,自下而上地看着周怀瑾,"周兄——我这么称呼你不介意吧?我突然觉得你们兄弟俩、你家……令堂本人，所有的悲剧都源于周峻茂在未经亲子鉴定的情况下，莫名其妙地就认为你不是他亲生的，这件事我一直百思不得其解。"

周怀瑾一愣。

"除此以外，这桩案子里的疑点还有很多，不说那些细节，我就说我觉得最不可思议的——周兄，你从小就认识郑凯风，觉得他会是那种走投无路就炸死自己的'烈士'吗？"

周怀瑾皱起眉："你的意思是……"

"还有杨波，"费渡说，"你们都觉得杨波这人不堪大用，连他爬上董秘的职位都要再三质疑，这么一个资质平平的人，郑凯风到底看上他什么了？谋杀周峻茂要带着他，连夜跑路也要带着他？你不觉得奇怪吗？"

周怀瑾随着他的话音慢慢睁大了布满血丝的眼睛。

"我们这里恐怕只能查到这儿了，发生在国外的种种交易，我们实在鞭长莫及，"费渡深深地看着周怀瑾，一字一顿地说，"周兄，你有没有想过，如果这背后还有人，如果郑凯风也是其中一颗棋子呢？"

周怀瑾震惊地看着他。

"你知道我的联系方式——另外，我总觉得令堂在保险柜里锁了一辈子的东西，应该不只是一盒威慑周峻茂的心脏病药，你认为呢？"费渡轻轻地冲他一眨眼，压低声音说，"我希望怀信能瞑目，我喜欢他的画，走吧，我送送你。"

周怀瑾魂不守舍地离开了医院，都没顾上和半身不遂的病人客套一句"留步"，费渡一直目送着他上车，嘴角终于露出了一个有些冰冷的微笑。

他缓缓地掉转电动轮椅，一路若有所思地慢慢往自己的病房滑去……然后在自己病房门口看见了一位女士。

她显然已经上了年纪，然而丝毫不影响她的赏心悦目，穿着一身深灰色的小香风套装，脖子上的小丝巾让费渡都忍不住赞叹地多看了两眼，背影竟然还称得上窈窕。

女人手里拎着探病的饭盒和花，正在往费渡的病房里张望。

费渡怀疑她是走错了房间，于是缓缓地让电动轮椅滑了过去，开口打了招呼："您好。"

女人闻声回过头来，打量着他。

费渡一愣,因为青年美人常有,但中年美人就难得一见了。他本能地开足了花花公子的火力,轻轻一推眼镜,彬彬有礼地说:"女士,是探病找不到房间了吗?"

对方好像被这个称呼叫愣了,一时没应声。

"您在这儿站一会儿,我都觉得自己的病房会闪光,"费渡把轮椅推进病房,顺手掐了一朵不知谁带给他的花递过去,"我对这边的住院部比较熟,您想去哪儿,我能有幸送您过去吗?"

尾声

穆小青看着眼前活的费渡,有那么几秒,怀疑自己确实是走错病房了。

她上次见费渡,他刚从ICU里被推出来。当时费渡是昏迷状态,脸上一点儿血色也没有,插满管子的手上消瘦得见了骨,露出来的皮肤没几寸是不带绷带的,像个一碰就碎的瓷器,即使是人事不知,眉头也一直是皱着,好像在默默忍受着什么即使昏睡也不能掩盖的痛苦,实在是要多可怜有多可怜。

后来穆小青又听说,费渡当时本来可以往车头后面一躲,最多擦破点儿油皮,都是为了保护她那倒霉儿子才伤成这样,于是对着费渡那张俊秀的脸脑补了一个痴情美少年被臭流氓诱拐的故事,每天到病房来溜达一圈,母爱快要泛滥了。

这会儿见了真人,她才惊觉自己的想象力跑调跑得太远。

半身不遂也没耽误费总风骚,他病号服外面披了一件深灰色的外套,头发打理得整整齐齐,鼻梁上架着无框的眼镜,还没说话,桃花眼里先带出三分笑意,再从冷冷的镜片里折射出来,气场强大而神秘,简直要带出些妖气来。

怎么和骆闻舟说的不一样呢?

"哦,谢谢,住院区是有点儿乱,"穆小青打量着他,抬头看了一眼病房门口的号牌,再三确认过,才问,"你认识一个叫骆闻舟的吗?"

费渡原本无懈可击的微笑一顿,隐约意识到有点不对,十分谨慎地回答:"嗯?算是我同事——请问您是⋯⋯"

穆小青眼珠一转,不见外地把饭盒和花放下,十分温柔地对费渡说:"我啊，我是他家邻居，他今天说有事走不开，正好我老公这两天也住院，就顺便托我给你带饭过来——你们同事还天天给你送饭吃？怎么对你这么好啊？"

费渡对别人的一颦一笑都极其敏感，越发觉得这位中年"美人"不对劲，于是避重就轻地"嗯"了一声，简单地赞同了"骆闻舟对他很好"这句话，又岔开话题："谢谢，但是您都已经结婚了吗？真让人伤心。"

穆小青明知道这是一记毫无诚意的马屁，但看着费渡那张鼻子是鼻子、眼是眼的脸，还是被他拍得通体舒畅，笑眯眯地说："你这孩子真会说话，我儿子都长得像电线杆子一样高啦！"

费渡感觉这个形容……听起来还真是挺茁壮的。

穆小青女士心大如太平洋，能把亚细亚一口咽了，虽然短暂地被费渡身上强烈的反差震惊了一下，但很快回过神来，三下五除二拽回了自己浪到了太阳系外的想象力，光速适应回现实，高高兴兴地查起费渡的户口来。

费渡不知道现在的"中国好邻居"是不是都这么自来熟，虽然不至于招架不住，可是毫无准备地遭到这种丈母娘式的盘问，刚和周怀瑾斗完心眼还没休息的身心还是遭到了"重创"，最重要的是，他觉得自己方才好像犯了个错误……

好不容易挨到穆小青起身告辞，费渡立刻趁她转身的时候低头给骆闻舟发了一条信息："刚才到我这儿来送饭的是谁？"

然后他若无其事地保持着微笑，推着电动轮椅给穆小青开了门："您家人住哪一科的病房？我一会儿送您去最近的门。"

穆小青聊得开心，早把方才扯的淡忘了，乍一听他问，随口说："脚科。"

费渡一脸茫然："什么？"

穆小青："不对，好像没有脚科，那是什么？四肢科？下肢科？脚气进来的一般住哪一科？"

费渡有种不祥的预感，觉得这美人满口跑航母的嘴，可能是用了一套和骆闻舟很像的基因长出来的。

"那您跟我往这边走。"费渡二话不说地带着她往大门口走去，企图临时树立一个"温良恭俭让"的形象，把自己方才那个德行从这位女士脑子里洗出去，他坚持陪着穆小青坐电梯下楼，恭送老佛爷似的一路把她送到了住院部大门口，"您往前一直走就可以了。"

穆小青笑盈盈地说："快别送了，哎呀，怎么说着说着话，你反而又客气起来了？"

费渡十分有风度地朝她微笑了一下："应该的。"

这时，他膝头的手机振了一下，费渡垂目一瞥，见骆闻舟在百忙之中回了他俩字："我妈。"

费总在初冬的凛冽寒风中，不动声色地出了一身白毛汗："阿姨慢走。"

穆小青叹了口气："唉，我做美丽的'女士'做了不到半个小时，又变回阿姨了。"

费渡十分艰难地维持着八风不动的表情，又斯文又"腼腆"地说："是……您太年轻，我一眼看错了，真是不好意思……"

穆小青只想听前半句，心花怒放地忽略了他正经八百的道歉："我太爱跟你聊天了，好多年没收到过小帅哥送的花了，骆闻舟都没有吧？"

还不待费渡反应，穆小青就撂下了一句更狠的话，她说："哈哈哈，我得拿回去跟我家老头子显摆显摆。"

穆小青女士说完，潇潇洒洒地拈花飘然而去。

费渡但凡活动能灵便一点儿，大概已经给她跪下了。

骆闻舟趁着会议间隙，想起费渡方才那条信息，有点担心穆小青嘴上没把门地胡说八道，于是又把电话打回去："怎么了？"

费渡语气有点奇怪地说："没怎么，师兄，我爱你。"

虽然"我爱你"仨字从费渡嘴里说出来，就跟"吃了吗"差不多，但难得从他嘴里捞到一句好话的骆闻舟还是一头撞在了饮水机上。

当天傍晚，骆闻舟就在传达室收到了一束花，扑鼻的芬芳让骆闻舟一瞬间疑心费渡又干了什么对不起自己的事，可是想一想费渡那个熊样，好像也做不了什么。

费渡在穆小青女士那里留了个不可说的把柄，只好每天心怀鬼胎地跟骆闻舟和平共处起来，倒比以前和谐了不少。

终于，又过了一个多月，在隆冬第一场雪降下来的时候，骆闻舟彻底不瘸了，费渡也能出院休养了。

骆闻舟开车来接他的时候，车里暖气开得太足，费渡一不小心睡了过去，等被骆闻舟拍醒的时候睁眼一看，发现周遭一点儿也不熟悉。

"前面还有五分钟到我家，"骆闻舟说，"你先醒醒，省得一会儿吹了冷风感冒。"

"你家？"费渡梦游似的重复了一遍，愣了好一会儿，总算回过神来，诧异道，"我去你家干什么？"

骆闻舟面不改色地注视着前方路面，努力憋出一副"理所当然"的表情来："废话，你自己回家有人照顾吗？"

费渡："我……"

他想说自己生活能自理，就算真不能自理，也不是请不起人，骆闻舟却一口打断他："就这么定了，反正我们家屋子也多，日用品我都准备了，回头我先把你放下，你看看还缺什么，列个单子给我。"

费渡怀疑自己是鬼迷了心窍，居然一时没有推托，稀里糊涂地跟着骆闻舟回了家。

骆闻舟的家费渡来过两次，地面是一百来平方米的三室两厅，再加一个附赠的地下室，对于一个单身汉而言，是有点太大了，不过猫可以在里面尽情撒欢。推门进去，屋里暖气融融，迎面就是厨房飘来的肉香，一股家的味道不由分说地缠上了冰天雪地中归来的人，好像能把人融化在里头似的。

因为骆一锅同志的革命气节不足以取信于人，厨房里又炖了鸡，所以骆闻舟临走的时候把它反锁在了卫生间里，骆一锅对这种安排怒不可遏，听见门响，变本加厉地挠起门来，嘴里发出嗷嗷的咆哮，只待门一开，就要扑上去把那铲屎的挠成个大花脸。

谁知还没付诸行动，骆一锅就闻到了陌生人的气味，它在费渡脚下两米处来了个急刹车，瞪圆了眼睛，看清来人，骆一锅又屁滚尿流地逃回了它的临时监狱，悄无声息地躲到了门后边，瞪圆了眼睛朝外看。

费渡就像个镇宅的，他一来，猫再也不敢往饭桌上跳了。骆闻舟难得在家吃上一顿不必"眼观六路，耳听八方"的饭，消停得快要感动了。更令他感动的是，费渡居然也没有作任何妖，非但对骆闻舟自作主张地把他带回家没有任何意见，脾气也非常顺当，不管跟他说什么他都答应"好"，而且短暂地抑制住了他的事儿精本性，对骆闻舟准备的各种日用品也没挑什么刺。

当然，此人从来乖巧不了三秒。

骆闻舟自己平时是住在客卧的——因为客卧及其卫生间离大门最近，

这样万一早晨起晚了，他可以在两分钟以内完成把脸上的猫掀飞、穿衣服、洗漱以及发射出门的全部任务。当天，他把主卧当客房，收拾出来给费渡，抱着新的被褥铺床的时候，费渡悄无声息地走过来，不怀好意地笑了一声："好丫头，若共你多情小姐同鸳帐，怎舍得叠被铺床。①"

骆闻舟用胳膊肘杵了他一下："滚。"

他抬起的手肘正好碰到了费渡的心跳，听说那里曾经停过，所以费渡刚出ICU的时候，他总是忍不住去听费渡的心音，然后心里想，什么时候能让这微弱又迟缓的心跳重新活泼起来，让他干什么都行……现在倒是活泼了，骆闻舟有点后悔，很想把当时的话原封不动地吃回去。

骆闻舟顺手推了他一把："都几点了，快点儿睡觉！"

费渡双眉一扬："逗我吧，师兄，良辰美景，谁家风华正茂的美男子十点就睡？"

"别臭美了，你也就个骨质疏松的小白脸。"骆闻舟板着脸把他的手机收走，"老实点儿。"

费渡晃了一下被他按在床边，摊开手飞了他一眼："睡不着，美人，给我暖床吗？"

骆闻舟面无表情地向他走过去，费渡好整以暇地伸开双臂，只听"咔嗒"一声，骆闻舟把他铐在了床沿上，然后一抖被子，三下五除二将风流倜傥的费总裹成了一只大蚕蛹，十分顺手地屈指在他头上一弹。

骆闻舟弹完他的头，又铁面无私地隔着被子在他身上拍了几下："睡觉。"

费总愣怔了半晌，难以置信地伸手拉了一下锁在床头上的手铐："骆闻舟，你就让我这么睡？"

骆闻舟想了想，确实觉得不妥，于是出去拎回了一个吹风机，开到最大功率，对着费总那性感滴水的脑袋就是一通乱吹。

骆一锅听到吹风机熟悉的动静，从门缝往里张望了一眼，发现那铲屎的正在对另一个人实施"非猫的虐待"，顿时心有戚戚然，唯恐下一个轮到自己，连忙撑起肉垫，悄无声息地逃走了。

---

① "好丫头，若共你多情小姐同鸳帐，怎舍得叠被铺床。"——引自《红楼梦》《西厢记》里提到的典故。

骆闻舟常年给洗完澡的骆一锅吹毛，是个熟练工，不到五分钟，就简单快捷地解决了费总金贵的头，他不甚温柔地在费渡乱成一团的长发上抓了两把，要去拧床头灯："这回可以了，睡吧。"

费渡眼疾手快地伸出仅剩的自由手，拽住了骆闻舟："师兄，我错了，你放开我，我保证不乱来。"

骆闻舟面无表情地看着他，客厅里的电视正在回放小品，一句应景的台词顺着门缝飘了进来："都是千年的狐狸，你跟我玩什么聊斋啊！"

就着诡异的情境与诡异的背景音，两个人面面相觑片刻，终于觉出此情此景的逗乐之处，同时笑了起来。

费渡哭笑不得地往枕头上一躺——枕头非常软，带着一股微甜的味道。

不知是骆闻舟在上面洒了什么助眠的东西，还是费渡自己折腾累了，他刚一碰到枕头，眼皮就有合上的趋势。他对着床头灯柔和的光线抬起一只自由的手，半遮住眼，含含糊糊地问："你到底让我来你家干吗？"

骆闻舟沉默地在他床边坐了一会儿："我想照顾你，不行吗？"

费渡一顿，已经快闭上的眼又无声无息地睁开了："你不是都在医院照顾我俩月了吗？"

还吃光了所有探病人士带去的水果。

骆闻舟转过身，撑着头看着他："你以为我照顾你，就是因为你给我挡了个炸弹吗？"

不等费渡回话，他就隔着被子在费渡身上拍了一巴掌："混账。"

费渡轻轻一动，床头上的手铐就"哗啦"一声，他顶着一头被骆闻舟吹得蓬松柔软的乱发，无奈地看了一眼骆闻舟——也不知道谁是混账。

骆闻舟忽然想起了什么，问："去抓郑凯风那天，你在车上想问我的'私人问题'是什么？"

费渡想了一会儿，把手掌往下一盖，直接挡住眼睛："忘在医院里了，我临时想一个吧……你内裤什么颜色的？"

"白的，"老流氓骆闻舟面不改色，"需要扒下来给你看看吗？我说你们这些私生活糜烂的小青年怎么这么无聊，生活有多空虚？我再给你一次交换秘密的机会怎么样？"

骆队强买强卖，费渡没说好也没说不好，在温暖的床头灯下沉默了一会儿,他说:"行吧,我再交代一件事——上回说到许文超……就是那个绑架谋杀小女孩的,抛尸的地点属于'光耀基金'旗下一家项目公司,因为一些手续办不下来,项目一直拖延,那片地也成了撂荒的安全的坟场,这个你已经知道了。我说点儿你不知道的。"

骆闻舟一挑眉。

"这个项目的项目书曾经送到过费承宇手里,光耀基金想让他注资,费承宇没干,理由是'没有成熟的盈利模式'。"

费承宇就是费渡的父亲,费渡直呼其名,语气中有不易察觉的冰冷。

"没有成熟的盈利模式"这话听起来毫无异常,骆闻舟却从费渡的话里听出了某种更让人毛骨悚然的东西。他下意识地直起腰来:"你爸和光耀基金也有联系?"

"曾经是很密切的合作伙伴,"费渡伸了两根手指,示意他这算第二个问题,"我接管公司后查到的,他以前还给光耀旗下的一只公益基金捐过很多款,早期公司管理不规范,账目很难查,但是通过那点儿留下来的资料来看,这个光耀基金历史悠久,和他们合作的所有项目几乎没有赚钱的——"

骆闻舟眼角一跳。

"我了解费承宇这个人,他非常贪婪,而且精明、冷酷,"费渡缓缓地说,每一个字都好像卡在他喉咙里,吐出来十分沉重,"当时光耀基金提出的一些项目,一看就很荒谬,一看就是必输的,他会一而再,再而三地上当吃药,一定有别的理由。"

骆闻舟沉默地思量了片刻:"还有吗?"

"没了,"费渡一耸肩,"你以为一个'少爷',在他留下的这个错综复杂的集团里混很容易?我光是想查阅公司的核心加密文件,就花了将近两年。"

明里暗里做掉了足有一个加强连的绊脚石。

费渡说到这儿,笑了一下:"对,你理解得没错,如果把那个神秘的基金与周峻茂他们视为一个犯罪集团,那费承宇肯定也是其中一员,我接管他的公司,接近你和陶然,混进燕公大和市局,都是为了调查他——这些话我住院的时候你就想问吧,忍了这么久,真是辛苦你了,我说清楚了吗?"

骆闻舟没吭声。

费渡晃了晃手铐，一耸肩："其实你想问可以随时问，没必要把我这个心怀不轨的人带进你家……"

　　"因为你是个金鱼脑子，记忆只有七秒，"骆闻舟突然打断他，"我就再说一遍。"

　　费渡闭了嘴，昏暗的灯下，他眼睛里仿佛有一道沉郁的星河，从遥远的地方望向骆闻舟。

　　"我让你来，是因为想照顾你。不是因为你替我挡了一颗炸弹，是因为你这王八蛋孤家寡人一个，还很会糟蹋自己，外面请来的人管不了你，也未必会精心，我不放心，懂了吗？"骆闻舟自己抱了一床被子过来，扔在费渡旁边，在费渡的手铐上垫了一点棉花，拧灭床头灯，"晚上想起夜叫我给你开锁，现在给我睡觉！"

Part 4

韦尔霍文斯基

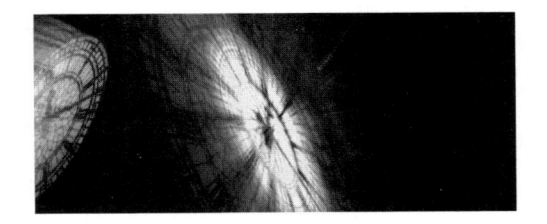

The light in the night

"到处都是欢声笑语,再也看不到在笑声掩盖下为世人看不到的任何眼泪了。"——《群魔》

第一章

　　费渡在医院躺了两个多月，着实是有点睡多了，尤其还换了个陌生的环境。他调整了一个相对舒服的姿势闭目养神，心里开始走马灯似的想事。

　　想他一直追查的，想他下一步要怎么走，想他和骆闻舟透露出的与至今仍在隐瞒的……诸多种种。

　　郑凯风车上那颗突如其来的炸弹，不仅是让费渡在生死边缘走了一圈，也打乱了他的计划——因为他住院，"画册计划"不得不临时换了个联络人。新的联络人显然是为了混学分才临时顶上的，除了跑手续拿资料，基本不到市局来，而这段时间，市局又因为周家的案子忙得团团转，"画册"的整个建档工作基本是停滞的。

　　而周氏案一出，"那些人"猝不及防地在公众视野中露出了狐狸尾巴。虽然他们最后用上了非常低级的"杀人灭口"手段，总算把事情圆上了，让市局勉强拼凑出一条证据链结案，但有心人恐怕都有了自己的疑惑和猜测。

　　当然，这倒也未必是坏事。可是惊动了公权力，同时也意味着，费渡想像原定计划一样神不知鬼不觉地解决掉"那些人"，难度大大增加了。

　　还有……

　　还有骆闻舟。

　　对了，放下那些纷繁复杂的中长期计划姑且不提，眼前还有一件迫在眉睫的"琐事"让费渡两难——他今天莫名其妙地在骆闻舟家住下了，明天又该怎么办？是稀里糊涂地就这么住下，还是应该快刀斩乱麻地告辞走人？

　　费渡天生会独处，后天又学会了鬼混，是个孤独的浪荡子，一想起住在骆闻舟家里往后的诸多不便，还有未来巨大的不确定性，他心里就无端涌起一阵焦躁，不明白自己为什么还没撬开手铐、直接穿着睡衣出门叫车回自己的住所。

是伤病作祟吗？是脆弱的肉体背叛了冰冷的灵魂，本能地向往更温暖的地方吗？

不过，就在费渡不堪满腹千头万绪折磨的时候，他重伤未愈的后背和胸口一起发作起来，疼痛打断了他纷乱的思绪。费渡一时有点喘不上气来，于是悄悄地把压在身上的被子掀起了一点，然后习惯性地翻身平躺，把气息拉得绵长而平静，像安睡一样挨着这疼痛。

对此，费渡非但没有声张，反而暗地里松了口气——他热爱病痛，对他来说，身体上的痛苦有时就像一针强效镇静剂，他在专心对抗痛苦的时候往往能摒除杂念，甚至让他产生满足感，控制欲也能得到最大限度的释放，疼痛和自我折磨一样，让人上瘾。

费渡在这种半窒息的疼痛里，伴着一身冷汗，竟能渐渐放松，开始有了点儿稀薄的睡意。

可惜，就在他快要战胜失眠的时候，骆闻舟又让他功亏一篑——那货可能是怕他睡不好，自以为轻手轻脚地爬起来，打开了费渡的手铐。金属机簧"咔嗒"一声，在一片静谧中分外刺耳，一根针似的戳在费渡好不容易聚集起的睡意上。

费渡：真是太感谢骆师兄的"体贴"了。

骆闻舟好像也懊恼于这动静有点大，在黑暗中屏住了呼吸，小心翼翼地观察费渡的动静。

费渡闭着眼装睡，然而越装睡，神经就越活跃，几乎要跳起探戈来。好半天，骆闻舟才观察完毕，蹑手蹑脚地重新回到床上，床垫传来微微的震动，费渡松了口气，那位总算消停了。他把自己绷紧的四肢重新放松，谁知存在感很强的骆闻舟那边又有窸窸窣窣的动静，简直是个烦人精。

费渡在啼笑皆非之余，又有点崩溃，很想一榔头敲晕骆闻舟，再敲晕自己。

骆闻舟完全不知道自己正在扰人清梦，他双手撑在床垫上，直起上半身，借着夜色中的微光，探头端详着费渡的"睡颜"，看了一会儿，他觉得费渡的睡姿有些别扭，遂轻手轻脚地把他扒拉了过来，避免他压到伤处——

这些事只能趁费渡睡着时偷偷摸摸地干，否则这小子指不定又要得寸进尺。

费渡像尸体一样任凭骆闻舟摆弄了一阵，那方才已经觉得扰人的呼吸声这回直接贴在了他耳根，他无奈地想：算了。

"算了"这俩字就好像一个魔咒，效果立竿见影，乍一从他心里生出，周遭一切烦扰顷刻就尘埃落定，费渡居然是一宿安眠。

不过他睡得安稳，醒却是被吓醒的。

骆一锅清晨六点，准时从第一觉里醒来，总觉得少了点儿什么，于是猫爷张牙舞爪地伸了个大懒腰，头晃尾巴摇地一哆嗦，将全身的岁毛抖回原位，例行公事地在"领地"里巡视了一周，最后顺着门缝钻进了比别处温暖两度的主卧。

骆一锅把自己拖到了一尺来长，踮着后脚扒到床沿上，好奇地左右闻了闻，然后它大着胆子"喵"了一声，一个健步蹿上了床，低头嗅着费渡落到被子外面的手。

费渡半睡半醒间感觉到有一团毛在蹭他的手，下意识地伸手一摸，摸到了一个柔软温热的小活物。他先是一愣，随即整个人突然从睡眠状态掉进了应激状态。费渡猛地坐了起来，瞳孔瞬间收缩，浑身的血都被急剧上升的血压撞入四肢，他手脚一时发麻，脖子上仿佛被臆想中的金属环紧紧地卡住，这让他的呼吸不由自主地停顿了一下。

骆一锅原本正在认认真真地辨认陌生气息，被他突然诈尸吓得在原地一蹦，身上的毛岁作一团，后爪从床沿上踩空，爪舞足蹈地掉了下去。一人一猫惊魂未定地面面相觑片刻，终于惊动了一家之主。骆闻舟迷迷糊糊在费渡腰上轻轻一拍："别闹……天还没亮呢。"

费渡这才回过神来，缓缓地吐出他卡在喉咙里的那口气，彻底清醒了。

骆一锅已经钻到了床头的小藤椅底下，露出个脑袋，一对尖耳朵被挤得背在了头顶，活像只兔子，战战兢兢地窝起前爪瞪着他。

费渡与它对视了片刻，缓缓挪开骆闻舟的胳膊，悄无声息地下地走出了卧室。

骆一锅警惕地盯着他的背影，疑心那铲屎的蠢货被"坏人"害死了，连忙跳上床查看，它绕着骆闻舟溜达了两圈，欣慰地发现铲屎官还会喘气，遂放下了心，毫不留情地从他身上踩了过去，追出卧室，继续探查敌情。

然而"敌人"既没有攻占它的猫爬架，也没有抢它的窝，就只是对着阳台的落地窗发呆。骆一锅还是怕他，隔着两米远，踟蹰着不敢过去，它满心焦虑，因此不由自主地追起了自己的尾巴，等它察觉的时候，发现费渡已经盯着它看了好一会儿，骆一锅连忙刹车，瞪起大眼睛僵成了标本。

费渡依然记得这猫小时候的样子，那时它还是个颤颤巍巍的幼猫，头上长着雏鸡似的绒毛，显得脑袋大身子小，一脸智力欠缺的懵懂。看在陶然的面子上，他勉为其难地把小猫带回到了市区的小公寓，每天除了喂食喂水，基本对猫视而不见。幼猫天生爱黏人，虽然几次三番被无视，仍是不依不饶地抱来蹭去，不理它，它就躺在地上打滚，哼哼唧唧地叫唤不休，吵得费渡烦不胜烦。

有一天，幼猫朝他伸出了爪，爪子勾住了他的裤腿撒娇，少年费渡的耐心终于告罄，就在他皱着眉冷冷地看着那猫，盘算着把它转手送给谁时，费承宇突然来了。

听见钥匙声响的瞬间，费渡一把抓起了挂在他裤腿上的猫，活活把幼猫的指甲拉断了，它一声柔弱的尖叫还没来得及叫出来，就被少年捏住脖子，粗暴地塞进了抽屉里。

抽屉刚刚合上，那男人就推门进来了。费渡手里端着一本书，若无其事地从书房里走出来，好似刚刚被开门声惊动。

然而猫可以藏，猫粮和猫砂盆却还在，幸运的是，这天他刚清理过猫砂，猫粮还没来得及放。

费承宇感兴趣地问："你养了个什么？"

"猫，"还不满十五岁的费渡一脸心不在焉，随口说，"那个多管闲事的警察给的。"

费承宇意味深长地转头看着他："小民警还挺有童趣，猫在哪儿呢？拿给我看看。"

费渡看了看他，冰冷又诡异地笑了一下，冲他摊开手，掌心有几根带血的猫毛："这儿呢。"

费承宇没表示什么，只是不咸不淡地教训了他几句，嘱咐他再买一只差不多的还给人家，适当的时候可以和警察走得近一点儿，将来有好处。费渡眼皮也不抬，懒洋洋地听着，不知听进了几句，同时当着费承宇的面，他心灵手巧地把那几根猫毛编在了一起，在那男人离开的时候，冲着他的背影无所谓地一吹。

费承宇检查完了他这残忍、冷酷又没心没肝的"得意之作"，心满意足地走了。

那是费渡第一次反抗，第一次瞒天过海，第一次知道，这个世界上没有人无所不能，魔鬼也能被他过度的自信轻易骗过。

不过现在，当年的幼猫已经长成了好大一坨，据说性情乖张，还掉毛。

费渡收回了让骆一锅紧张的视线，缓缓从它身边走过，在它碗里加满了猫粮。

骆闻舟平时八点半上班，八点十分能起床已经不错了，每天早晨都跟打仗一样。然而这天，他却不到八点就睁了眼，先是伸手一摸，摸了个空，骆闻舟一激灵翻身起来，对着已经凉透了的半张床愣了好一会儿。直到看见坐在他家阳台上喝咖啡的费渡，骆闻舟这口气才算松下来。

餐厅的小桌上摆着加热过的三明治和另一杯咖啡，应该是费渡一大早下楼买的，骆一锅的猫粮还剩下大半盘，那有奶就是娘的王八蛋正蹲在沙发上舔爪子，明显是吃饱喝足了，根本没有搭理那过气铲屎官的意思。

"这么早。"骆闻舟嘀咕了一句，皱着眉走过去抢走了费渡的咖啡，"谁让你喝这个了，去厨房左边的柜子里拿牛奶。"

费渡点了点手表："你快迟到了。"

才几点就快迟到了？骆闻舟不屑与他争辩，打算让他领教一下什么叫"龙卷风一样的男子"。

然而等他洗漱完，看见费渡身上穿戴整齐的衣服时，骆闻舟心里不由得又打了个突。他一口咬掉了半个三明治，假装若无其事地问："你今天要出去？"

费渡闻声放下了牛奶，表情有点为难。

骆闻舟就像刚输入高考准考证号，等着查成绩的学生一样，一颗心刹那提到了嗓子眼，唯恐费渡给他一句"我想了想，还是告辞吧"。

结果费渡问："你这里是不是没有多余的停车位了？"

骆闻舟高高吊起来的心"扑通"一下砸回胸口，砸得他一把含苞待放的心花齐刷刷地怒放起来，他实在难以掩饰，不由自主地笑了起来。

费渡看着他的表情，十分意外，心想：看不出这破小区车位还挺充足。

接着，就听骆闻舟心花怒放地告诉他："哈哈，是啊，没了。"

费渡：什么毛病！

骆闻舟三口并两口地把早饭塞进肚子，车钥匙扔给他，也不问他要去哪儿："这两天出门先开我车，等周末我想办法给你弄一个车位……最多一个，可别把你那'三宫六院'都开过来。"

费渡问："你呢？"

骆闻舟活力十足地朝他摆摆手，跑进地下室扛起他的大二八，动如疯狗一般，"稀里哗啦"地骑走了，活活把自行车蹬出了火箭的气势，"白虹贯日"似的奔向市局。

"白虹贯日"到底还是不如四个轮子的现代科技产物跑得快，骆闻舟同志臭美了一早晨，不幸光荣迟到。

不过骆闻舟乃是惯犯，晚个十几二十分钟，还不足以激起他的罪恶感，他大摇大摆地走进办公室，十分坦然地接受众人的注目礼："早啊，孩儿们，吃了吗？"

注目礼染上了一层期待的柔光，饥饿的群众饱含深情地看着他。

骆闻舟空着手"哈哈"一笑，得意扬扬地宣布："我吃了。"

含情脉脉的目光立刻黑化，原地化作仇恨的利箭，恨不能把骆闻舟楔在地上，再踏上一万只脚。不过随后，楼下食堂紧跟着送上几笼刚蒸好的小笼包，得知这是骆队刷卡买的，人民群众的情绪又稳定了下来，骆队重新成了大家的好队长。

郎乔一边给大家分包子，一边问："老大，你又起晚了？"

"没有，"骆闻舟用状似很随便的语气说，"早晨我车让人开走了，骑车过来的。"

骆闻舟没有拿爱车当小老婆的毛病，在这方面颇为大方，便衣探访、不方便开公车时，经常会"私车公用"，还会偶尔借给穷鬼同事相亲。然而这句话的重点不在"借车"，而在"早晨"。

有好事的同事探头问："谁一大早开你的车啊，骆队，昨天晚上家里有人吧？"

骆闻舟没说是也没说不是，享受起"群起而哄之"的特殊待遇，完事他还要得便宜卖乖，真显摆假抱怨地来了一句："起什么哄，我这喝了一肚子西北风还没消化呢，唉，这种时候就觉得，单身狗也有单身狗的好处。"

众人听了这番话，嘴里的包子忽然有点儿不是滋味，虽然填饱了肚子，依然有点想揭竿而起，弄死这个贱人。

骆闻舟心满意足地调戏了同事一圈，收获了一把死亡视线，打开自己的电脑，登录市局的"移动办公系统"——自从上次出了跟踪杨波的刑警身份泄密事件，他就养成了没事登录看一看的习惯。

"对了，老大，昨天行政的王主任说，快年底了，局里打算做个普及安全教育的宣传片在公交、地铁上放，让咱们队出几个人。"郎乔说，"要形象好一点儿的。"

"告诉老王，我手下是本市公、检、法系统第一秧歌……不，模特队，帅哥靓妹有的是，让他过来随便挑，看上哪个直接领走，我们卖身不卖艺！"骆闻舟伸了个懒腰，随手把页面往下拉，"哎……什么情况，怎么熊孩子离家出走的破事也推送到我这儿了？"

这套移动办公系统全称太长，于是大家给它起了个艺名，叫作"打卡器"，艺名很土，但系统的设计理念其实很先进，是全市范围内联网的，只是没有经过强制性推广，功能又和本来就有的公安内网有诸多重合，诞生得很是多余。

除了出外勤时要记挂着"打卡器"这个形式主义的小累赘，其他人基本也就是在写年底总结的时候，才会一窝蜂地登录系统，查询自己的工作记录。

骆闻舟的权限比较高，除了能查询市局刑侦队所有人的出勤情况，他还能看见各区分局刑侦部门目前都在干什么。如果各区分局与街道派出所遇到比较复杂的情况，需要转交上级，他们也会事先备份简单信息，在走程序前推送给相关部门负责人。

可是此时，推送到骆闻舟面前的这案子着实有点"鸡毛蒜皮"——是一起中学生集体离家出走事件。

本市有一所初高中一体的私立学校，名叫"育奋中学"，封闭式管理，学生们都住校，一周才能回家一趟，这礼拜，却有几个高一的学生趁夜从学校里翻墙跑了，其中一个学生还给老师和家长留了封信，交代了出走缘由，无非也就是"压力太大""孤独，没人理解"之类。

骆闻舟看完，十分莫名其妙："我说，咱们下一步的工作重点，是不是就得变成寻找走失金毛犬了？"

燕城的公安系统一般是这样的——类似自杀、事故、寻人之类的案件，由基层派出所的民警处理。如果民警介入后，发现事件比较复杂，需要配合专业的刑侦手段，就会报到所属区县分局。一般只有那些跨越了行政区，或是影响非常恶劣的大案要案，才会惊动到市局层面。

郎乔溜达进他的办公室，探头一看："哦，这个事啊，我知道，首先这件事跨区了，而且据说还申请了网警协助，不是一两个派出所能解决的事，协同作业的部门比较多，可能是推送的时候没仔细看，顺手把市局也勾上了。"

陶然奇怪地问："寻人找网警干什么？这帮熊孩子离家出走去网吧啦？"

"不是，因为领头那孩子留下的那封信在网上火了，"郎乔打开手机上的社交媒体给他看，"还有好多人转发，现在的孩子都离不开网，万一在哪儿看见了，可能会抑制不住虚荣心回复，到时候能第一时间定位到人。"

骆闻舟扫了一眼："这都三天了，人还没找到？"

青少年离家出走和儿童走失不是一回事，出走的是高中生，十四到十六周岁不等，男女都有，因为是自发结伴走的，碰上什么危险的概率也不高，而且毕竟年纪小，比较容易追踪，往往很快就会被逮回来……当然，更常见的是钱花完了，熊孩子们不等被找到，就自己乖乖滚回来了，三天还没找到人，着实有点不太正常。

"谁知道跑哪儿去了，"郎乔一耸肩，"想我年轻那会儿，每天都忙着早恋，从来没时间搞这种幺蛾子难为老师、家长。"

"对，你肯定也没时间读书。"骆闻舟翻了个白眼打断她，"三岁看老，你也就这点儿出息——快别贫了，准备开会！"

这是在大半年非人的工作强度后，市局难得清闲的一段日子，骆闻舟懒洋洋地主持了一个玩手机……不，思想学习大会，会议的主要内容是由陶副队用平铺直叙的声音念学习材料，中老年同事们交头接耳抱怨孩子不好好学习，小青年们由骆队本人身先士卒，在会议室里开了个团，现场刷游戏。

要是每天都能像这天一样就好了——整个燕城笼罩在冰天雪地里，大家打着哈欠上班、上学，公安系统冬眠在宁静的会议室里，手头最大的案子就是一伙高中生离家出走。

手游里的Boss被轰了个四脚朝天，骆闻舟跟周围一帮人挤眉弄眼，在会议桌底下互相拍手。同时，他又忍不住走了个神，心想：费渡念高中的时候，在学校里都干什么呢？

那时候他妈刚死，他又有一个说不清楚的父亲，十四五岁的孩子，连句多余的话都不愿意跟人提，心事重得千斤顶都扛不起来，他听得进老师讲课吗？会像别的孩子一样，惦记着自己要考哪一所大学吗？能无忧无虑地沉迷于早恋吗？

"老大，又开一盘，快点儿加进来。"

骆闻舟回过神来，重新端起发烫的手机，感觉费渡可能是有毒，见缝插针地要跑到他脑子里来骚扰一番，甚是烦人。

费渡此时对自己的"罪行"毫不知情，他轻车熟路地开车去了燕公大。

潘云腾的办公室门被敲响了三下，他抬头应了一声："请进。"

市局重启"画册计划"，白老师的丈夫潘云腾就是燕公大这边的负责人，也是费渡的临时导师——费渡原定的导师在开学前突然获得了一个难得的进修机会，着实机不可失，于是几经疏通学校的关系，把费渡换到了潘云腾手下，让他"机缘巧合"地开始跟进"画册"项目。

"费渡？"潘云腾见他愣了一下，"你怎么这就出院了？身体好了吗？快坐。"

费渡住院的时候，潘云腾和白老师夫妇当然也去医院里探过病。他这会儿脸上仍然带着明显的病气，脸颊苍白，衣服也比平时厚了三分，下楼时感受了一下燕城严酷的冬天，被车载空调用热风对着吹了一路都没能暖和过来，直到这会儿，他的手还是僵的。

他道了谢，从潘老师手上接过一杯热饮，焐在手心里好半晌，手指都烫红了，才慢慢有了几分活气。

"不需要后续治疗，在医院住着也没什么用，住得也不舒服，还不如回来慢慢养。"费渡说，"再说，我怕再躺，一个学期就过去了，您让我留级怎么办？"

"说正经的，你也是，"潘云腾没回应他这句玩笑，严肃地说，"一线刑警偶尔遇上危险还可以理解，可我还是头一次听说一个调档做文字整理的学生也能赶上这种事！"

"巧合，当时市局公车不够，正好借他们用车嘛，"费渡十分放松地靠在椅背上,"我听说骆队为了我这事写的检查都够结集出版了?这事就算揭过吧——老师,我交的作业您看了吗?"

潘云腾瞪了他一眼,从电脑上调阅出他交的论文,他办公室有个电视,潘老师专精学术,不苟言笑,即使偶尔放松,看的也是法制频道——费渡进来之后的这会儿工夫,电视上正好在播《乡村警察故事》,讲一个妇女出走后死在路边,旁边有急刹车痕迹,当地派出所很快找到了肇事车辆,肇事司机承认自己深更半夜醉酒驾车,从死者身上碾了过去。

可偏偏死者身上没有撞击痕迹,死因仿佛另有隐情。

费渡也没看见前因后果,只是电视节目渲染的氛围又诡异又森冷,好像藏着什么大阴谋似的。

潘云腾大概是嫌吵,抬手关了电视。费渡在转椅上转了一圈:"人是撞死的,还是死了以后再被车碾轧的,法医很容易鉴别吧?这种所谓'阴谋'有什么意义?"

"要是之前整理的那些卷宗你都仔细看了,就会发现,其实大部分的犯罪分子并不具备足够的常识和智力,"潘云腾一目十行地回顾着费渡的论文,头也不抬地说,"有些完全是一时冲动之下的激情杀人,还有一些十分愚蠢,凶手甚至会相信一些道听途说的谣言,企图糊弄当代刑侦手段。真正棘手的犯人非常凤毛麟角——唔,群体性趋势,'趋势'这个词用得很微妙,你为什么想写这个题目?"

"因为您说得对,除了在一些相对偏远地区,想要躲过当代刑侦手段是很困难的,往往也更挑战人的心理承受能力,但群体性犯罪则是另一回事,有时候成员可能根本不认为自己参与了犯罪活动,"费渡说,"越是相对封闭的环境,就越是容易催生出畸形的群体,比如监狱、偏远山区里买卖人口等。当然,开放的地区同样有可能,只是成本会比较高。"

潘云腾看了他一眼。

费渡脖子上还挂着围巾,微笑藏了一半在围巾里,说出了他的来意:"老师,最近的三起大案都是群体性事件,能不能在画册里专门做一个专题?"

潘云腾的眉高高地挑起来,如果不是因为这个联络人是他自己指定的,潘云腾几乎要疑心费渡是别有用心。

费渡低声解释:"我做事不喜欢半途而废。"

"我考虑一下。"潘云腾冲他摆摆手。

费渡也不纠缠，冲他一点头，起身告辞，同时不太担心对方会不答应——如果真是那样，反正他也有办法让现在的联络人因为一些意外退出项目。希望运气好一点儿，他的论文能说服潘云腾，否则非要动用非常规的手段，对伤患而言也是种负担。

第二章

早晨出来还是阳光灿烂、晴空万里，傍晚却突然来了一片没来由的云，无理取闹地下起小雪来。

下班后，骆闻舟把自行车当雪橇推，一边走一边在地上滑，快溜到市局大门口的时候，陶然忽然三步并作两步地赶上来，把一个包装十分喜庆的盒子挂在他车把上："你怎么跑这么快，着急回家做饭啊？这是我妈从老家寄过来的腊肉，都是没吃过饲料的土猪肉做的，纯天然绿色食品，我刚在办公室分一圈了，这是你的。"

骆闻舟一句"谢谢"还没说完，就看见陶然的手搭在那腊肉盒子上，食指飞快地在上面敲了三下。

天一冷，陶然就早早地套上了乌龟壳一样的羽绒服，裹得十分厚实，浑身上下只露出一双眼睛，骆闻舟抬头看过去的时候，见他眼睛里没有一点儿笑意，立刻就知道这盒"土特产"不是单纯的土特产。

骆闻舟若无其事地道完了谢，把盒子拿在手里掂了掂："一看见腊肉，就知道冬天真到了——怎么这么沉，你妈这是给你寄了多少？"

"多着呢，"陶然说，"我昨天还给师娘送了一箱。"

骆闻舟一愣——这是老搭档之间的默契，陶然方才敲打盒子，是在暗示他盒子里除了腊肉，还有别的东西，补上这一句话，则代表里面的东西是从师娘——杨正锋的遗孀那里拿过来的。

两个人无声地交换了一个眼神。

从师娘手里拿过来的东西，只可能是杨正锋的遗物。

骆闻舟试探道："师娘可不待见咱俩，现在不年不节的，你过去打扰，她没把你打出来？"

老杨牺牲三年了，如果她手里有什么东西，为什么现在才肯拿出来？

陶然顿了顿，目光中充满了某种难以言喻的东西。卷着雪的夜风阴冷而凛冽，能吹透皮囊，直抵肺腑，市局门口的红旗还是国庆时插上的，一直没有摘下来，在风雪中猎猎作响，红得仿佛要刺破沉沉的暮色。

骆闻舟站住了，心里忽然生出不祥的预感。

"师娘……师娘上个月去了医院，"陶然下意识地看了一眼渺茫的天光，又没着没落地落回到自己脚面，轻声说，"刚刚……查出了癌症……淋巴上的。"

骆闻舟一时错愕："什么？"

"晚期，"陶然说，好像被寒风呛了嗓子，他吐字有些困难，"没多少……没多少日子了。"

"我去她那儿看看。"骆闻舟愣了片刻后，突然翻身上车，踩住脚蹬，"那孩子怎么办？杨欣都没毕业……"

陶然一把攥住了他的胳膊肘，朝他摇摇头。

"今天太晚了，你先回家，别打扰她休息。"陶然说着，又一次敲了腊肉的包装盒，意有所指地对他说，"你也不是人见人爱，她见了你心情未必会好——回家吃顿好的，我走了，你骑车慢点儿。"

"陶然！"骆闻舟吐出一口白气，对着他的背影说，"她得这个病，是不是因为老杨？是不是因为老杨出事，她一直心情抑郁才会这样？"

陶然远远地冲他摆摆手，没回答。

没什么好回答的，再深究原因，也改变不了结果，事已至此，说什么都晚了。也可能这就是命。与你是天才地才还是鬼才，有几万贯的家财、多大的权势，都没什么关系。

陶然挂在他车把上的腊肠真是不少，累累赘赘地压住了骆闻舟的前轮，他逆风而行，简直举步维艰。

早晨出门时，这辆车的两个轮子还像一对神通广大的风火轮，晚上回去，就仿佛成了变形的铁圈。就在骆闻舟骑车穿过马路，往右一拐，经过购物中心门口的停车场时，他突然若有所感，下意识地抬头看了一眼，随后猛地反应过来，他方才超的那辆车有点眼熟。

骆闻舟连忙伸脚点地刹住自行车，扭头望去，赫然和自己的车打了个照面。

他顶着一头细碎的冰雪碎碴儿，睁大了眼睛和自己的坐骑面面相觑。那车的发动机开着，引擎发出"嗡嗡"的响动，暖和的近光灯下，雪花簌簌地旋转而下。

费渡居然来接他了？

骆闻舟方才发沉的心好似装上了磁悬浮，"忽悠"一下浮到了半空，绕着胸口的边界游了一圈狗刨。他定了定神，假装若无其事地溜达到车窗前，弯腰正打算敲窗户，惊喜忽然变成了惊吓——费渡不知等了他多久，已经蜷缩在驾驶座睡着了，车里显然开足了暖气，而他不知是怕冷还是怎样，门窗居然是紧闭的！

停车时开空调还紧闭门窗，没开外循环的发动机中燃油很可能因为燃烧不充分产生一氧化碳，他还在车里睡觉，真是死都不知道怎么死的。骆闻舟一口凉气倒灌进胸口，伸手用力拍了几下车窗："费渡，费渡！"

就在他已经打算砸车的时候，费渡总算是醒了，他有点迷茫地动了一下，好像忘了自己在哪儿，随后才注意到旁边的动静。

费渡伸出手指抹了一把眼睛，打开车门锁："你下班……"

他一句问候还没说完，骆闻舟已经一把拎住他的领子，把他从车里硬拽了出来，冲着他的耳朵吼了一句："你他妈是找死还是没常识！"

费渡一个趔趄，从温暖如春的车里骤然掉到冰天雪地中，结结实实地打了个寒战，彻底醒了，他这才意识到自己刚才干了些什么——费渡倒不是故意想闷死自己，他等骆闻舟的时候下车溜达了几圈，实在扛不住冻，于是打算跑回车里暖和一会儿，只是没想到住一次院伤了根本，就这么一会儿的工夫，手脚的血还没循环起来，人已经不小心睡着了。

费渡很少办出这么缺心眼的事，有点懊恼："我其实……"

"滚滚滚，滚那边去。"骆闻舟盛怒之下，懒得听他解释，连拉带拽地把费渡扔进了副驾驶，又横冲直撞地上了车，把车飙出了停车位，一口尾气跑出足有十来米，他才又想起什么，骂骂咧咧地下车跑回去，把被遗忘的自行车和腊肉拖进了后备厢。

他把车门摔得山响，怒气冲冲地开车往家走。

费渡长到这么大，鲜少有被人对着耳朵咆哮的经历，突然被骆闻舟发作一番，他有点反应不过来，像刚摔碎了瓷碗的骆一锅。蒙了好一会儿才回过神来，费渡为了掩饰尴尬，露出了个过于圆滑的微笑，一手撑着头，他说："师兄，你这么担心我啊？"

骆闻舟简明扼要道："滚。"

无往不胜的费总立刻调整策略，放缓了声音说："我就是太冷了，上来暖和暖和，没想久待，刚才只是……唔，闭目养神。"

骆闻舟冷冷地说："你闭目养神的时候连耳朵也一起闭？"

费渡这两句辩解起到了很好的反作用，骆闻舟从最初几乎肝胆俱裂的恐惧里回过神来，好像被按下哪个开关，深吸一口气，他对着费渡展开了狂轰滥炸似的长篇大论。这一点他深得其父真传，即兴演讲与即兴骂人都是特长，从费渡以前干过的种种混账事数落起，一直说到他刚出院就把医嘱忘了个一干二净，一大早也不知道开车去哪儿浪，没病找病。到最后，他还对费渡苍白的解释发出了一句相当有力量的诘问——骆闻舟："怕冷？怕冷你不穿秋裤！"

这个问题让费总分外无言以对，只好保持安静，一路听训听到了家，再也没有试图插过嘴。

眼看推门进了家，骆闻舟一手拎着腊肉盒子，一手去扶"叮咣"乱响的自行车，还没有要偃旗息鼓的意思，费渡突然福至心灵，抢先替他搬走了自行车，总算说出了正确的台词："师兄，我错了。"

骆闻舟尽量板着脸，声气却不受控制地降了下来："你少给我来这套。"

费渡略想了想，又说："能罚我以身相许吗？"

骆闻舟就知道他狗嘴里吐不出象牙，在他后腰上轻轻拍了一下，指使道："车给我搬地下室去——吃饭前活动活动，看你那肾虚样。"

费渡连忙见好就收，拎起车把，推起古朴的大"二八"去了地下室，楼梯间的柜橱上有个全身镜，他上来时无意中一抬头，发现自己嘴角居然挂着个不甚明显的微笑。

自行车的车链刚上过油，搬动过程中，在费渡笔挺熨帖的裤脚上留下了一道明显的污迹，他顿了顿，不明白自己有什么好笑的，这时，骆闻舟又在厨房催他："过来帮忙，别擎等着吃，洗菜会吗？"

已经沦为"搬运工"和"洗菜小弟"的前任霸道总裁蹭了蹭鼻子："……不会。"

骆闻舟："什么都不会，你跟骆一锅一样没用……嘶，小兔崽子！"

骆一锅好好地在旁边舔着爪，也不知招谁惹谁了，听了骆闻舟这句指桑骂槐的话，它怒不可遏，从冰箱顶上一跃而下，精准无比地降落在了骆闻舟脚背上，狠狠踩了一脚，撒丫子飞奔而去。

寒夜里，霜花如刻，有万家灯火。

也有不为人知的角落，弥散着难以想象的黑暗。

女孩藏在垃圾桶里，脚下踩着黏糊糊的一团，刺鼻的味道不断刮擦着她的鼻腔，她发着抖，紧紧缩成一团，咬着自己的手腕，黑暗中，她听见不远处传来男人粗重的喘息声，还有利刃剁在骨头上的闷响。

她已经十五岁了，长得像大人一样高，也许她也应该像个人一样，撞开臭气熏天的垃圾桶，出去和那个人拼了。

他们本来有两个人，二对一，或许是有机会的。

可她太懦弱了，根本不敢面对，也丝毫不敢反抗，永远是下意识地躲起来。

突然，那拖沓又沉重的脚步声重新响起，竟然越来越近，女孩的心也跟着脚步声一起颤抖起来，极度恐惧之下，她全身竟然开始发麻。

那脚步声倏地一顿，停在了垃圾桶外面。

有多远？一米？半米……还是三十公分？

女孩屏住呼吸，与一个可怕的杀人魔隔着薄薄的塑料桶，仿佛已经闻到了那个人身上的血腥气。

突然，塑料垃圾桶被人轻轻地一敲。

"咚"一声。

女孩紧绷的神经骤然崩断，剧烈地一哆嗦，外衣的金属拉链撞到了塑料桶壁。

诡异的轻笑在黑暗中响起，一个男人用沙哑的声音，荒腔走板地哼起歌来："小兔子乖乖，把门开开……"

女孩撕心裂肺的尖叫声响起，在离她藏身处不足两米的地方，一个少年的尸体悄无声息地横陈在那儿，眼睛被捣烂了，四肢都被砍下来，整整齐齐地在旁边排成一排，身上盖着育奋中学的校服外套。

此时是夜里十点半。

骆闻舟把家里所有含咖啡因的饮料都锁了起来，按着费渡的头，灌了他一杯热牛奶，强行逼他去睡觉。

"十点，"费渡看了一眼表，对这种中老年人作息嗤之以鼻，"别说午夜场，社交场都还没进入主题呢，师兄，商量一下……"

骆闻舟拒绝谈判，一句话把他撅了回去："哪那么多废话，躺下睡。"

费渡认为骆闻舟这种赤裸裸的独裁非常不可理喻，正准备抗议，就看见骆闻舟从兜里摸出一副手铐。费渡识时务者为俊杰，立刻一声不吭地躺下了。

骆闻舟陪着他躺到了午夜前后，确准费渡睡熟了，才离开卧室带上了门，在厨房储物间里翻出陶然给他的那箱腊肉，在扑鼻的香味中，找出了一个厚厚的文件夹。才刚打开，一张手写的信纸就掉了出来。

那是这年代已经很少有人会用的红色横格信纸，上面是钢笔一笔一画留下的字迹，骆闻舟曾经见过无数次的——老刑警杨正锋的字。

"佳慧，"开头称谓是他妻子的名字，杨正锋写道，"写这封信，是以防万一，万一有一天我意外死了，而你发现了我留下的这些东西，希望它不要给你和欣欣带来危险。做这一行的，谁都不希望给家人带来危险，但是我已经没有人可以托付了。"

骆闻舟心里"咯噔"了一下。

"处理完我的后事，你切记，别再跟局里的人联系，有些人已经变了，我不知道那个人是谁，你一定要小心。闻舟和陶然他们这些孩子，都是我一手带出来的，我心里有数，但他们都还太年轻，心有余，能力未必足，你不要将他们牵扯进来，也不要同他们来往太密切，以免后生们不知轻重，造成无谓的牺牲。"

骆闻舟拿着牛皮纸的文件袋，走到阳台上，把窗户推开了一点，点着了一根烟。原本被腊肉味勾引来的骆一锅被小寒风一扫，立刻夹着尾巴，哆哆嗦嗦地跑了。

迎面而来的，是这一年中最冷的寒夜，而他背后是让人沉溺的暖房，手里有一封纸页都被人翻皱的……可怕的遗书。

"我不知道我的敌人是谁，也不知道他们存在了多久，他们有庞大的组织、巨额的财富，占据了无数优质资源和特权，却仍不肯满足，还要为所欲为，凌驾于法律之上——我怀疑这些人与多起谋杀案有关，甚至私下豢养通缉犯，买凶杀人。"

骆闻舟弹烟灰的手陡然一顿，轻轻地打了个寒噤。

他的目光重新扫过"私下豢养通缉犯，买凶杀人"这一行字迹——周氏一案中，开车撞死董晓晴的凶手就是个通缉犯，不知从哪儿取得了制作精良的假身份，以杀人灭口为生。此时在这封遗书面前，好像有一条极细的线穿过重重迷雾，隐约透露出一丝微弱的脉络来。

"佳慧，你还记得顾钊吗，我曾经的好朋友、好兄弟，现如今谁也不敢提起他，他成了不光彩的'历史'，是个连合影都要被遮掉一角的人。范老师虽然走了歪路，可他有一句话说对了，顾钊不是那种人，这背后一定有问题。

"范老师已经折进去了，但他是为了报私仇，我有时候想，我又是为了什么呢？我不知道，我参加工作二十多年，按理说，应该从一线上撤下来了，从此以后专注管理，开开会、发发言，每天不再和各种违法犯罪的人打交道，我应该安安稳稳地干到退休，看着欣欣毕业成家，再功成身退、颐养天年，我应该假装自己什么都不知道。我真想这样，把分内的事都做好，没有人能苛责我什么。

"可是一闭上眼，我就会想起范老师、想起顾钊、想起327国道上那些死不瞑目的人，还有至今活不见人、死不见尸的孩子们。

"佳慧，我做不到，我希望你能原谅我。

"这个世界太复杂了，无数污浊的东西，长久地沉积在地下，像是无法自愈的沉疴。

"可是我总觉得，时间就像是源源不断冲上岸的大浪，每一次涨潮都来势汹汹，而每一次的来而复返，也都会把那些缝隙里、地底下的污迹刮掉一些——譬如我们现在有了各种各样的痕迹检验技术，能测谎，能比对DNA，也许很快，还会建成一张到处都是的监控网，能铺到每一个角落。

"也许下一个浪头打来，这一切都会大白于天下，要是那时候我已经不在了，请你替我看着那一天，把这些东西交给有能力继续追查下去的人。"

骆闻舟看完，长长地呼出口气，小心翼翼地按着原印把信纸折起来。杨正锋写给妻子的信不长，其中却有几处因为语焉不详，他不太明白。但老杨说他"心有余力不足"的那一段，他是明白的。他努力回忆着老杨牺牲前的那段日子，依稀记得杨正锋那时候抽烟抽得格外凶，别人问起，他只说是因为担心孩子高考，他们几个不懂事的小青年还老拿这事开涮……

老杨当时看着他，是什么心情呢？

觉得他烂泥扶不上墙吧？

于是那老刑警只能像一个无人可托的孤胆英雄，独自迈步走上黑暗中的险路。

骆闻舟朝着窗外发了片刻的呆，转身往书房走去。

骆一锅正在卧室门前走来走去，一副很想进去的样子。骆闻舟经过，弯腰拎起它的两只前爪，往胳膊上一放，把猫抱进了书房："别去吵他。"

骆一锅"喵"了一声，团成一团，窝在他腿上，瞪着眼看他登录了内网，输入"327国道"的关键词。

弹出来的资料基本都是扫描件，可见年代真是很久远了，又是旧案，阅读起来很吃力。

那是十五年前曾经轰动一时的事。

"327国道"是燕城城外的一段公路，绕行莲花山，三十多年前建成的，也曾经是交通命脉之一。后来几经风雨，逐渐被穿山填海的高速公路取代，这才渐渐荒僻起来，除非要去327国道沿途的几个小镇，否则很少有人特意从这里绕山路。

那起耸人听闻的连环抢劫杀人案，就发生在这条人烟稀少的路上。

受害人都是跑中短途的货运司机——中短途的货运司机为了节约成本，通常都是独自上路，而且身上一定会携带财物，是比较容易下手的对象。

凶手可能是笃信一些民间迷信，认为横死的人会自行进化出照相机功能，视网膜上能留下他生前最后看见的影像，因此将受害人的眼珠都捣烂了，让他们的死状看起来格外凄惨。

第一个被害司机的尸体被丢弃在货车旁边，身上被捅了十几刀，致命伤在胸口，随身携带的所有财物不翼而飞，连一个钢镚都没剩下，货厢里则少了一台小型电冰箱。现场除了司机以外，还有一堆凌乱的脚印，经过分析，应该是两男一女。除此以外，货车前轮上还有一点可疑的血迹，因为并不是人血，刚开始没能引起重视。

此后不到两个月，327国道上又发生了一起类似的案子。

凶手们可能是"一回生，二回熟"，这次，除了依然捣烂了死者眼珠外，没有再乱捅一气，第二个死者是一刀毙命。死者身材瘦小，死前跪伏在车门前，身上没有过多的抵抗伤，根据推断，他应该是被持刀劫匪威胁后，为了生命安全不恋财物，乖乖给了钱，不料歹徒到底不肯放过他，在他毫无抵抗的情况下，从背后捅了他致命的一刀。

到了第三起案子，凶手们的犯罪手法再次升级。这回，他们竟还学会了拿受害人取乐，受害人一刀毙命之后，他们挖走了他的眼睛，用砍刀剁下他的四肢，摆在一边，凶残得令人发指。

当时，这起重大连环抢劫杀人案被当地警方迅速转交燕城市局，市局成立了专案组。

骆闻舟的目光在专案组负责人上停留了一下，见组长就是杨正锋，而副组长是一个他不熟悉的名字——"顾钊"。

骆闻舟皱起眉，有一下没一下地撸着猫。

如果这个顾钊是个曾经和老杨一起共事过的前辈，他必然经历过很多大案，为什么从来没有人提起过他？

骆一锅只是想找个地方睡觉，好不容易屈尊看上了铲屎工的大腿，还要忍受他乱七八糟的小动作，于是很不满意地隔着肉垫打了骆闻舟的手，从他膝盖上跳下去跑了。骆闻舟没顾上管它，继续往下翻——当时专案组发现，三起抢劫案中，遭到抢劫的货车前轮或前挡上都有少量动物的血迹，于是组织人力沿着国道大规模地搜索，重点排查了几处事故高发、道路狭窄的区域，果然，在最近一起案件事发附近找到了一处急刹车车辙和狗的尸体。

专案组怀疑，嫌疑人是利用小动物当诱饵，埋伏在漆黑狭小路段，目标车辆开过来，就猝不及防地把狗扔出去，迫使货车减速，再由这个团伙中的女性共犯出面碰瓷，逼停货车，诱使受害人下车。

327国道不是《西游记》片场，一般人看见单身女性，防备心也不会太强，而一旦受害人下车，她的同伙就会扑上来实施抢劫和谋杀。

专案组利用线人，找到了专门捕捉贩卖流浪狗的非法商贩，循着这条线索顺藤摸瓜，最后锁定了凶手——主犯是国道沿途小镇上的一对兄弟，哥哥叫"卢国新"，弟弟叫"卢国盛"，跟他们一起的女犯人是个小太妹，是卢国新的女朋友。

卢国新其人，没什么好说的，就是个游手好闲的无业青年，有过抢劫入狱的案底。倒是弟弟卢国盛则比较特别——他是个大学肄业生。

这个卢国盛在校期间经常旷课，因为表现不良，不及格科目太多，被学校延迟毕业，扣发毕业证，之后好不容易找了个小运输公司做文员，又因为和人发生冲突而被辞退，回家后越发愤世嫉俗，决定报复社会，跟他的人渣哥哥一拍即合，策划出了这起连环抢劫案。

抢到财物，三个人就拿出去挥霍，来得快去得也快，钱花完了，又开始惦记下一票。而卢国盛是个天生的反社会分子，与另外两人不同，他对货运司机那仨瓜俩枣的钱财没什么兴趣，反而在一次又一次的行动里找到了杀人的乐趣，在这件事里，他才是灵魂人物，剩下的两位一个是打手，一个是诱饵，都是他指哪儿打哪儿的跟班。

警方很快逮捕了卢国新和他的女朋友，可是最危险的卢国盛却闻风而逃，就此从人间蒸发。骆闻舟输入了"卢国盛"的全名，发现他的通缉令竟然还没有撤掉。也就是说，十五年过去了，这个人没抓着！

在一个吸毒都会被邻居举报的社会里，一个穷凶极恶的通缉犯，是怎么一藏就藏了十五年的？除非他跑到哪个人迹罕至的地方隐居……可是像卢国盛这样的人，真的能耐得住寂寞和行凶的欲望吗？

骆闻舟揉了揉眉心，又点了一根烟，去翻牛皮纸袋里其他的东西。

文件夹第一页夹着一张照片——骆闻舟曾经无数次在陆局办公室里看见过，只是陆局摆的那张合影上用镜框挡住了一个人，这一次，他终于看见了全部。

照片上的第五个人站在角落里，被杨正锋拉着胳膊肘，似乎不太习惯镜头，他站得有些拘谨，一脸见牙不见眼的笑，有些用力过度。

顾钊……这个人就是顾钊吗？

骆闻舟伸手敲了两下键盘，搜索"顾钊"，然而信息同样很少，只有个语焉不详的处分单。骆闻舟把处分单反复看了几遍，只看到了"严重违纪"和"触犯法律底线"几个字眼，这个人究竟做过什么，则毫无线索。

而除了给师娘的信和旧照片，牛皮纸袋里还有一沓抓拍的照片，不知道是从哪儿弄来的。

照片上的主角，男女老少各异，看起来和普通市民没有任何区别，骆闻舟想了想，翻看起通缉令来，不到半个小时，他就从内网数据库里找到了好几个照片上对应的人，无一例外，都是在逃犯。

这时，书房的门再次"吱吱呀呀"地开了，骆闻舟思路骤然被打断，头也不抬地训斥了一声："骆一锅，你讨厌不讨厌？"

这时，他脚下的电源线动了动，骆闻舟一低头，正看见骆一锅龇牙咧嘴地对他的电源线实施残害，哈喇子把黑线弄得亮晶晶的……猫在这儿，那门口进来的是谁？

骆闻舟猛地看向门口，却发现费渡正靠在门框上看着他。

"我出来倒杯热水。"费渡说。

骆闻舟一哆嗦，下意识地把手头的页面关了，随后慌慌张张地把老杨的文件夹塞进抽屉，站了起来："我……我给你倒。"

等这杯水倒完，骆闻舟才回过神来——费渡老大一个人，又不是没手没脚，为什么倒杯水也要指使他？自己不过就是半夜三更起来上个网，怎么弄得活似给人捉奸在床似的？

费渡默不作声地从他手里抽走了杯子，突然想：我在这儿住着，其实他也不方便。

在自己家里看个东西，还要半夜爬起来躲进书房。一个屋檐下，两人都躲躲藏藏的，对两个人都是消耗，这是何必呢？费渡垂下眼，把这句话在心里斟酌了一下，几次三番想起个话头，可是一杯水喝完，他也没能开口。

他像个行走在沙漠中，全身皲裂的旅人，而骆闻舟和这小小的宅子，就像是从天而降的半瓶水，哪怕内有砒霜，哪怕冰冷的理智一根一根地掰开他的手指……他也不舍得离开。

两个人相对沉默片刻，骆闻舟忽然开了口："我在查我师父真正的死因，最近正好有一些线索。"

费渡没想到他突然冒出这么一句，吓了一跳。

"牵涉太多，知道的人越少越好，"骆闻舟定定地看着他，说，"不排除可能跟你也有关系，我现在有很多事没有厘清，没法估量出能不能告诉你、告诉你多少，所以你得给我几天时间——我坦诚到这个地步，你看行吗？"

费渡从来没见过这样"条分缕析"的隐瞒和坦诚，下意识地点了个头："行。"

骆闻舟松了口气，他方才看着费渡慢吞吞地喝完那杯水，心里突然有种无来由的预感，总觉得自己如果不说点儿什么，之后会发生一些他不愿意看到的事。

费渡稀里糊涂地喝了水，被骆闻舟拖去休息，觉得自己才刚闭眼，天就亮了。第一缕晨光从窗帘缝隙里刺进来时，费渡就醒了，只是不想动。爆炸造成的伤处断断续续地折磨了他半宿，最后也不知是太累睡着了，还是干脆晕过去了，反正伤处疼归疼，没影响睡眠。

这时，骆闻舟随手扔在一边的手机响了。

费渡刚开始没管，不料铃声快把房顶顶起来了，骆闻舟依然睡得跟死狗一样，丝毫没有动一下的意思。他只好有点半身不遂地撑起上半身，越过骆闻舟去拿手机，手指刚堪堪够到，骆闻舟就在半睡半醒间不由分说地把他按了回去。此人选择性地装聋作哑，对嗷嗷叫的"啊——五环——"充耳不闻，还在费渡身上蹭了蹭，抱着他翻了个身，接着睡。

骆队作为一个资深起床困难户，为了多睡五分钟，对着猫都能撒娇耍赖，脸都可以不要。

可惜平时和猫同床共枕的时候，骆一锅不大吃这一套，倘若铲屎的不按时起床给它老人家"上供"，它就从大衣柜上一跃而下，一屁股能把死人坐诈尸。骆闻舟空有一身赖床的本领，无处施展，这回总算是得到了散德行的机会，一定要在床上滚个够。

费渡扫了一眼手机屏幕，拍拍他的头："宝贝儿，电话。"

骆闻舟含糊地哼唧了一声："接……"

陶然第一通电话已经因为长时间没人接听，自动挂断了，显然，他对此经验丰富，很快又打来了第二通。

费渡无奈，只好接起来："是我，我叫不醒他，一会儿我把电话放在他耳边，你凑合说吧。"

"……啊？呃……哈哈，"陶然先是语无伦次地发出了一串没有意义的语气词，低头找了半天，才把自己的舌头捡了回来，"那行……那个什么……出了点儿事，有点……有点急，能让他早点儿过来吗？"

费渡："我试试吧。"

费渡对着天花板叹了口气，把手机听筒贴在了骆闻舟的耳朵上。

陶然也不知道听电话的换没换人，只是继续说："……前几天不是有一伙中学生离家出走吗？本来大家都没当个事，但是其中有个男孩，昨天夜里死了。按理说这种案子也不应该转到市局……"

骆闻舟悄无声息地睁开了眼。

"但是凶手捣烂了死者的眼睛，还把他的四肢卸下来放在了一边……"

骆闻舟："在哪儿？"

"鼓楼区后巷。"陶然沉声说，"骆队，你得尽快过来。"

费渡才刚扣完衬衫的袖口，骆闻舟已经以非人的速度整理好自己，冲出去了，带起的小旋风在屋里久久不散。

费渡慢吞吞地走到门口，从大门上把骆闻舟忘在上面的钥匙取下来，和骆一锅面面相觑片刻，他忽然对猫说："你爸这把年纪，有点太不稳重了。"

骆一锅轻声细语地叫唤了一声，温文有礼地表示："你说什么我都同意，只要给我拿吃的。"

费渡一呼一吸间，胸口还在隐隐作痛，他靠着大门休息了一会儿，顺手带上书房的门，一步一挪地过去给骆一锅开了罐猫罐头。老猫吃饱喝足，情绪总是十分稳定，绕着费渡转来转去地讨抚摸，在他裤腿上黏了一圈毛。

费渡注视了它好半响，终于弯下腰，试探着朝它伸出手。

就在他的手指尖刚刚碰到猫的时候，突兀的电话铃响了起来，费渡倏地缩回手，好像刚从鬼迷心窍中清醒过来，他伸手捏了捏鼻梁，又恢复了冷淡莫测的表情，接起电话："潘老师。"

潘云腾说："如果你自己觉得可以，就重新回来吧。"

费渡无声地微笑起来，等着他后面的话。

"可是有一点你记着，"潘云腾冷冷地说，"我不知道你是谁，也不管你要干什么，但是这次'画册计划'的负责人是我，你在市局申请的任何材料，都必须要有我签批的条，否则你一个字也见不到。"

看来潘老师在看完那篇论文后，已经调查过他了。

只有费渡自己知道，费承宇的车祸是自作自受。在外人看来……特别是知道一些当年"画册计划"真相的人来说，他就像个父母双亡、忍辱负重的小白菜，一心想追查父亲车祸的"真相"。

"那是当然，"费渡说，"本来不就是这样吗？"

第三章

骆闻舟赶到的时候,警车已经把事发地围了个水泄不通。

鼓楼区是个旅游景点,周围几乎没有居民区,为了保护古建,最近的宾馆也在五百米开外。这一带白天有多热闹,晚上就有多僻静。

陶然迎上来:"尸体还在,等你看完再让他们运走。"

那是一条小巷,两侧被古色古香的外墙夹着,中间的小路挤得窄而深,路边有两个塑料的大垃圾桶,其中一个倒了,正好掩住后面的尸体,要不是早班的清洁工做事仔细,恐怕尸体一时半会儿还发现不了。

骆闻舟还没靠近,一股浓重的血腥味就扑面而来。男孩的五官已经几乎看不出原貌了,列队在旁边的残肢极富冲击力地撞进了他眼里,分毫不差地与他头天晚上翻看过的"327国道案"现场照片重合在了一起。

肖海洋本来正在旁边给尸体拍照,拍着拍着,他不知想起了什么,动作一顿,原地发起呆来,被突然从旁边经过的骆闻舟吓了一跳,他手忙脚乱地站直了:"骆队。"

骆闻舟"嗯"了一声,仔细看了看男孩的尸体:"通知家长了吗?"

"通知了,应该正在赶来的路上,"肖海洋连忙说,"死者名叫冯斌,十五岁,在育奋中学念高一,网上那封留给老师和家长的信就是他写的,刚才法医大致看了一眼,说致命伤可能在颈部,另外,死者手上、头上有明显的抵抗伤,生前很可能和凶手搏斗过,具体情况还要等带回去仔细检验。"

骆闻舟点点头:"这孩子家里是干什么的?"

肖海洋立刻回答:"根据学校的登记资料来看,他父亲经营一家小公司,母亲是家庭妇女,家里应该有点钱,但也不算富二代,父母生意上有没有得罪过人,要等一会儿人来了我才能仔细问。"

骆闻舟嘀咕了一句:"戳眼睛和砍四肢……真是太巧了。"

肖海洋一滞,随后,他轻轻地推了一下眼镜:"骆队,你听说过'327国道连环抢劫杀人案'吗?"

骆闻舟看了他一眼。

"十五年前的一起案子。"肖海洋好像以为他不知道,兀自语速飞快地开始复述327国道案，倒背如流，与内网上的案情简述只字不差，"骆队，当年那案子中的主犯卢国盛现在还在逃，会不会和他有关系？"

骆闻舟眯起眼："十五年前？十五年前的事你都知道，那时候你多大？"

肖海洋的话音打了个磕绊："我从内网上看见的，我……我记忆力比较好。"

"你这记忆力不能算比较好，应该是过目不忘了，"骆闻舟站起来，示意旁边的法医过来收拾尸体，对肖海洋说，"在学校读书的时候成绩挺好吧，为什么想不开非得来当警察？我们工资那么低。"

肖海洋一时被他问住了似的，慌忙避开他的目光，慢了半拍才回过神来："我……从小的梦想就是当警察。"

"也是为了拯救世界吗？"骆闻舟笑了一声，没再逼问他，只是抬头看向路口——那里停了一辆救护车。

骆闻舟问："人都死得这么透了，救护车来干什么？"

肖海洋轻轻地松了口气："哦……哦，对，骆队，我方才忘了跟你说，昨天晚上凶手行凶的时候，现场有目击者。"

骆闻舟一愣，大步朝救护车走了过去。

"目击者叫夏晓楠，是个女孩，跟冯斌他们一个班的，前几天，几个学生一道出走，不知道为什么就他俩在一起，可能是跟其他人走散了。"肖海洋跟在骆闻舟身后，像个点读机，哪里不知道点他就够了，"昨天晚上冯斌被杀的时候，女孩就躲在旁边的垃圾桶里，那男孩可能是想保护她。"

骆闻舟问："这几个学生既然还在市里，为什么这么长时间没找着人？"

"他们不知道从哪儿弄来一堆不记名的手机卡，不好定位，"肖海洋顿了顿，又说，"再者都是这么大的人，离家出走还自己拿了钱、留了信，谁也没想到他们真能出事。基层警力向来紧张，有时候会优先处理比较紧急的……"

骆闻舟也不是没在基层干过，当然清楚是怎么回事，一摆手打断肖海洋："你的意思是，俩学生身上都有手机？案发时间是什么时候？"

肖海洋一愣："法医刚才看了一下，初步推断是前半夜。"

"前半夜，"骆闻舟脚步一顿，"那女孩既然没事，为什么她事后没报警？"

这起可怕的分尸案唯一的目击证人夏晓楠，她不但没报警，还在垃圾箱里自己待了半宿,把发现尸体的清洁工吓得嗑了一把速效救心丸。

十五岁的少女十分纤细,瓜子小脸,眉清目秀,是个美人坯子。只是这会儿的形象不大体面——她浑身又馊又臭,木然地坐在一个小角落里,怀里紧紧地抱着个书包,脸色白得瘆人,眼珠又极黑,像个缺魂短魄的等身娃娃。

郎乔带着几个女警,和一帮医护人员围着夏晓楠站了一圈,谁也不敢靠近。

骆闻舟扫了一眼这诡异的氛围:"怎么回事,围观什么呢?"

"老大,你别过去,这孩子可能受了点儿刺激。"郎乔小声说,"跟她说话没反应,一有人靠近就尖叫,连那边长得最慈祥的那个大夫都不行,我们现在等家长呢,看看是不是强行给她打一针镇静。"

骆闻舟远远地弯下腰,试着和女孩视线齐平。夏晓楠的目光堪堪与他对上,又好似没对准焦,散乱地与他擦过。

"好几个派出所协助学校跟家长找了他们三四天,好,警察都没找着人,先让坏人找着了。"郎乔嘀咕了一句,"你说这叫什么事?"

"调附近的监控,这边是旅游区,没那么多安全死角,凶手也不可能隐形——另外,让兄弟们别闲着,便利店、超市、餐厅……走一圈问问,几个熊孩子出门在外,不可能不吃不喝,肯定有人见过他们。"骆闻舟说到这儿,忽然微微皱起眉,伸手一指夏晓楠怀里的包,"二郎,你看,她那书包上蹭了一块什么?是脏东西还是血迹?"

郎乔还没来得及仔细看,身后突然一声急刹车,轮胎蹭出尖锐的摩擦声,活像把地皮揭开了三寸。

在场的警察医生集体哆嗦了一下。

郎乔回头一看,喃喃地说:"不好,我就怕这个。"

只见一个衣着考究的中年女人捅开车门,脚都没沾地,人已经冲了出来。她像个被大风刮得东倒西歪的芦苇,摇晃了几步,毫无章法地摔在地上,摔得她半身血迹、一脸惊恐,一把抓住赶上去扶她的警察,险些将人家的裤子也一并扒下来:"我……我儿子呢?我斌斌呢?"

"好像是死者冯斌他妈。"郎乔小声说。

"让法医们麻利点,赶紧把尸体挪到袋里,"骆闻舟轻轻推了她一把,催促道,"别给家人看见,认个脸赶紧抬走,将来验完尸缝好了再说。"

可是已经晚了。

冯斌的母亲本来是一个细脚伶仃的中年妇女，浑身分明没有二两肉，却在看清了法医们进出的小巷后，猛地蹿了起来，力大无穷地撞开了试图拉她的丈夫和警察，非要上前看个究竟。

只看了一眼，她的后半生就被生生撕裂了。

女人一声不吭地坐在了地上，原本守在夏晓楠身边的医护人员只好一拥而上，先抢救她。她在神志不清中被众人拖到一边，一抬眼看见蜷缩在角落里的夏晓楠，冯斌他妈狠狠地哆嗦了一下，当即苏醒，手脚并用地拉住她："同学，你知道什么对不对？你知道是谁害死我们斌斌的吗？"

夏晓楠被她扯住外套，浑身抽搐起来，发出一声不似人声的号叫。

一时间，哭号声、劝慰声、质问声，还有那少女高分贝的、经久不衰的惨叫在人耳边狂轰滥炸似的响，现场一片混乱不堪。

骆闻舟被吵得一个头变成了两个大，抬手按住耳朵，回头看了一眼那古意森森的小巷——凶手真的会是十五年前的卢国盛吗？如果真是他，到时候该怎么和受害人家属交代，告诉他们是一个游荡了十五年之久、让警方至今头绪全无的幽灵害了你儿子吗？

卢国盛为什么会突然露面？他没钱了吗？又为什么会盯上中学生？是因为十五年过去，他力有不逮，身边又没有帮手，所以再也没有冲大人下手的自信了吗？

还有，死者冯斌的尸体上，盖了他自己的校服，凶手好像生怕他着凉似的，这说明什么？那个人行凶后还在愧疚后悔？可如果他真的还有那一点儿残存的人性，能对着一个青少年干出分尸和捣毁眼球的事吗？

到底为什么？

冯斌的父亲摇摇晃晃地倒退到路边，突然无力再去照顾妻子的情绪，他勉强维持着冷静，甚至在骆闻舟看过来的时候冲他点了点头，好似想要挤出一个微笑，然而失败了。

"我工作太忙，十天半月见不到他一次，还把他送进寄宿学校，好像他是个没处打发的累赘，"那位父亲说，"我是不是错了？"

骆闻舟没应声。

冯斌的父亲说着说着，后脊梁骨就消弭在了空气里，接着，他蹲了下去，蜷成一团，缓缓捂住了脸。

"夏晓楠的家长通知了吗？"骆闻舟用力捏了一下鼻梁，转头问手下人，"人呢？怎么还没来？什么时候能让那女孩说句话？"

人气渐旺的路上，车水马龙初露端倪，忽然，一辆电动轮椅突兀地逆流而上，朝这边行驶过来，轮椅上的老人大概是嫌这代步工具跑得太慢，用力地伸着脖子，往前探着头，就像一只年迈的老龟，轮椅经过一道坎，他重心前倾太过，从电动轮椅上翻了下来。

陶然正好在附近，目睹了这起小型交通事故，忙跑过去扶起那老人："我的天，您老怎么开着这玩意儿就出来了？没事吧，啊？前面封路了，这不能走……"

老人挣扎着，一把攥住陶然的手腕，含混不清地说："吼兰……"

陶然一愣："什么？"

老人哀哀地看着他，嘴唇神经质地哆嗦着。

"晓……楠！"

"夏晓楠父母双亡，家里只有个爷爷，前两年因为突发脑溢血，留下了不少后遗症，脑子清楚，可是行走困难，说话也没人听得懂。"从现场回到市局的时候，已经快中午了，陶然用上了汉语听力十六级的水平，才艰难地和夏晓楠的爷爷沟通完，他叹了口气，"太可怜了，我看他还不如干脆傻了呢。"

骆闻舟问："她家这样，怎么还上寄宿学校？"

"家里太困难，她爷爷的医药费又不是都能走医保的，育奋当时想招一些好学生来当门面，奖学金给得很大方，再说那老头有点倔脾气，不愿意让人拿他当废人看，平时家务都是自己干，也不让别人照顾他。"

"别人就算了，"旁边一个刑警说，"但是我实在想不通，夏晓楠这样的女孩怎么会出走——我刚查了一下，这个女孩中考成绩进了全市前五十，只要保住这个成绩，育奋每年给她两万块钱的奖学金，她成绩一直很拔尖，应该没问题，学校老师也说她性格内向，但特别懂事，学习上从不让人操心，她会因为空虚无聊从学校里出走？她家里是这么个情况，她就忍心把她爷爷扔了？那这女孩未免也太没有心肝了。"

骆闻舟没吭声，用手机翻看着冯斌出走前留下的信，这玩意儿在网上颇有热度，此时冯斌被杀的消息还没传开，人们还在就此抨击教育体制和中国式亲子关系。

骆闻舟想了想，随手把那封信的链接转给了费渡，刚发送完，门口就有人探头进来："骆队，冯斌和夏晓楠的班主任来了！"

费渡的手机"嗡"一声轻响，提示有新信息，他的手机压在一堆东西下面，一时没听见。

苗助理递过签字的钢笔，低头看了看趾高气扬在她身边巡视的骆一锅，趁着费渡看文件，很想和猫玩一会儿，就问："费总，这猫猫挠人吗？"

费渡说："挠。"

苗助理默默地把伸出去的手缩了回来，四下打量着这走简洁现代风的屋子："您……现在就住这儿？"

费渡轻轻一推眼镜，抬头看了看她。

"嗯……"苗助理犹犹豫豫的，十分委婉地说，"和您办公室的感觉差太多，好像不是一个风格。"

费渡不置可否地笑了笑，和他办公室相比，世界上绝大多数的人家都简陋穷酸得像公厕一样，然而那并不是他的风格，是费承宇的。

这时，一份框架协议露了出来，费渡一目十行地扫过，内容倒是没有问题，但纸页间却有股特殊的气味。他捏起来闻了闻——薄荷、罗勒叶……还略微有一点儿混合的浆果香。

费渡掀起眼皮看了苗助理一眼，苗助理对他苦笑——费总出了名的荤素不忌，而且审美取向不是什么秘密，连张东来都知道，他偏爱外表秀气内敛、内里却有点刺激性的人和事物。时常有人利用这个动一些歪心思。

费渡把协议放下，抽出一张湿纸巾擦了擦手："什么时候我司讲究到连打印纸都特制了？我们和沙特王室有什么裙带关系吗？"

苗助理低声解释："是苏总新招的助理。"

"苏总？哦，他是不是还约了我出去吃饭？"费渡无声地笑了起来，眼神却有点冷淡，"老苏这个人啊，在我爸手下干了十多年，就自以为是两朝元老，能当摄政王了。"

苗助理没敢接话——老费总曾经的心腹们，在费渡掌权后，基本已经散了个七七八八，好一点儿的外调养老，狠一点儿的被抓住个什么把柄，直接吃了牢饭，还有出了种种意外自行请辞的，到如今，只剩下苏程这么一个硕果仅存的元老，偏偏还是最资质平平的一个。

"可是我就喜欢他这种会自我膨胀的蠢货——回去告诉他，我没空，他一把年纪了，先把自己屁股擦干净再说，老要这些低级的手段，多掉价。如果有人想见我，自己来找我，我不太喜欢这种拐弯抹角的方式。"费渡说到这儿，话音一转，又冲苗助理眨眨眼，语气缓和下来，"你们怎么也不帮我挡一挡，我不是你们大家的吗？是不是我老不回去，你们现在都不爱我了？"

苗助理早习惯了他这种一边翻脸一边又好像闹着玩的反复无常，她面不改色，只是奇怪地问："是谁要苏总引荐您，还让他兜这么大个圈子？"

"一些无关紧要的人。"费渡迅速签完剩下的文件，把苗助理送出门，临走又想起什么，说，"对了，最近食品价格是不是又涨了？告诉人事，给大家把午餐补助标准提高百分之三十，吃好一点儿才有精力做事。"

老板说要发钱！苗助理这回一点儿意见也没有，清脆地应下来，连脚步都活泼了："费总，您怎么知道食品价格涨了？"

因为洗菜的时候看见了标签，多嘴问了一句，还被某人念叨了一顿"不知人间疾苦"。

费渡没说话，用脚尖把跟出来的骆一锅拨回屋里，笑眯眯地和苗助理挥手告别。

送走了人，费渡推开窗户，让方才那股缭绕不去的香水味散去……有人在试探他对公司的控制力。

"那些人"太谨慎了，这么多年，从未在他面前露出过一点儿形迹，可是周氏一案里，他们被迫断臂求存，失去了郑凯风和周峻茂这个大金主，现在日子一定很不好过，所以急需挖掘新的资金来源。

看来他这些年来颠倒的名声，外松内紧的手段，滨海疗养院中想要拔掉费承宇呼吸机的动作，以及扔下偌大的公司、费尽心思地加入新一轮"画册计划"的种种铺垫……终于逼着"那些人"开始试图接触他了。

不过……费渡从餐桌下抽出自己的手机，打算去翻那个读书节目的手机应用——还有一股第三方力量若有若无地搅和在其中，甚至算是无意中帮了他一把，他几次三番试着追查过，都没有结果，会是谁？

这时，他看见骆闻舟转给他的链接和留言。

骆闻舟说："这封信不对劲，你帮我看一下。"

市局接待室里，一个四十来岁的女老师带着个男学生，正跟负责接待的警察聊着，正是冯斌的班主任和班长。

骆闻舟在门口旁听了一会儿，瞥见那男生的衣着，男生把校服外套搭在臂弯里，站在一边，完全不像同龄那些发育得乱七八糟的毛头小子，看见门口的骆闻舟，彬彬有礼地一笑，骆闻舟不知怎么想起了少年版的费渡，再仔细一看，他发现男生身上的衬衫牌子特别眼熟——给费渡整理衣橱的时候见过不止一件，品牌名称长得不知道该怎么念。

一个小崽子穿这么贵的衣服？

骆闻舟皱皱眉，这个育奋中学果然是富二代们的俱乐部。

"老大，"郎乔快步走过来，小声附在他耳边说，"路口监控里拍到了凶手。"

骆闻舟倏地回头。

"请前辈们看了，"郎乔说，"好像就是那个卢国盛。"

第四章

"受害人冯斌当时在钟鼓楼附近的十字路口，等了大概五分钟，夏晓楠过来了。"刑侦队的小会议室里，郎乔打开鼓楼区案发地附近搜罗来的一段监控录像。

"就他们俩？其他人呢？"骆闻舟凑近了看监控记录，"等会儿，给我停一下，看看冯斌手里拿着什么东西。"

郎乔把录像暂停后局部放大，高清的镜头下，即使在缺少光源的夜晚，也能看清冯斌手里拎了一个有超市标志的塑料袋，里面装着一些零食和饮料。

谁都经历过青春期，一看就知道他们俩是怎么回事——男孩找个借口先走一步，在约定的地方等着女孩，两个人可以神不知鬼不觉地离开其他同学的视线，悄悄独处一会儿。这些半大不小的少男少女，凑在一起谈一场半懂不懂的恋爱，没有大人那么多"主题"可奔，往往还会带着些稚气未脱的习性，总是伴随着叫人哭笑不得的零食和洋快餐。

所以这就是他们俩为什么和其他人走散了的原因。

"'BD'超市……我记得好像是连锁的，去定位一下鼓楼区有几家连锁店，挨个问问。其他那几个孩子很可能也在附近。"骆闻舟扭头吩咐了一声，随后又奇怪地说，"他们俩半夜三更，能不能找个好点儿的地方早恋，为什么非要逃票跑到钟鼓楼去？"

郎乔朝他翻了个堪比乒乓球的大白眼："老大，你真是本地人吗？钟鼓楼后面有一个小景点，叫'情人镜'，其实就是一块打磨过的大石头，据说站在情人镜前，影像能反射到天上，当年七仙女就是从这面镜子里看见董永一见钟情的，旁边还有'天人同心'的字样，情侣站在情人镜前，相当于得到了天上神的见证，可以一生一世。"

骆闻舟听了这个谣言一样没诚意的旅游宣传故事，当即嗤之以鼻："民政局装不下你们了，非得玉皇大帝再给扯张证，怎么，攒七张证能多买一套房吗？"

不等郎乔接茬，骆闻舟话音一转："钟鼓楼是景区，晚上关门之后肯定要清场，所以他们俩是偷偷溜进景区里的时候被盯上的吗？"

"不是，"郎乔再次按下播放，"凶手从十字路口这里就开始跟踪他们了，你看——"

路口的摄像头静悄悄地伸出视线，送走了连手都不敢牵的少男少女。随后，静谧的夜色沉默片刻，一个男人突然出现在镜头里。骆闻舟从画面中看见这人，略微吃了一惊——因为这凶手和他想象中只敢对孩子下手的"老弱病残"完全不一样。

这人目测至少有一米七五以上，体格堪称健壮，不超过四十岁，他漫不经心地从街角溜达过来，嘴里还叼着根烟，不远不近地缀上了冯斌和夏晓楠。

骆闻舟："有正脸吗？"

"有，其他镜头拍到的，我都打印出来了。"郎乔把几张打印的截屏照片分给周围的同事们。

骆闻舟只看了一眼，就确定这个人是当年的卢国盛。他头天晚上才刚仔细看过"327国道案"的通缉令，对这个主犯的脸印象颇为深刻。卢国盛有点

"大小眼"，看人的时候，眼珠略有斜视，脸颊瘦削，下巴很长，五官颇为深刻，左边的嘴角有点歪。截屏照片上的男子约莫三十八九岁，比起当年，脸上有了少许岁月的痕迹，但五官轮廓却依然是老样子，变化不大。看得出，这十五年来，卢国盛作为一个通缉犯，过得颇为滋润，竟都不怎么显老。

骆闻舟还没来得及说话，肖海洋已经先笃定地开了口："没错，就是卢国盛！"

郎乔颇为奇怪地看了他一眼。

骆闻舟一点头："嗯，小乔，你先继续说。"

"凶手跟着冯斌他们去了钟鼓楼景区，要逃票进景区，得走偏门，中间经过几条窄巷，那地方你们也看见了，挺'背'，而且小路错综复杂，都长得差不多，凶手就是在那儿动的手——下面这段你们看吧，我不想再看第二遍了。"

说着，她调出了另一段视频，转过身去。

这一段监控录像来自钟鼓楼一处保护性古建筑的歇山顶上，镜头有点远，镜头边缘处的小路口，两个少年突然慌不择路地跑出来，方才手牵手的宁静温馨已经荡然无存，男孩一后背血，女孩被他拉得跟跄了一下，一下摔在地上，录像里虽然没有一点儿声音，却陡然把人心揪紧了。

那天夜里，原本温柔的月光像是起了一层血色的毛边，少年缱绻而青涩的情愫被一个突如其来的歹徒打碎，这简直是发生在噩梦深处的转折。冯斌强忍恐惧和剧痛，把手里的东西一件一件地朝那个人形的怪物砸过去，然后拉起心爱的女孩发足狂奔，慌不择路。

他们一边跑一边大声呼救，已经清场的景区人烟稀少，或许是他们运气不好，恰好没人听见，又或许有巡逻看场的人听见了呼救，生怕惹什么麻烦，非但没过来，反而躲得更远了。

人形怪物的脚步声逼至身后，空旷的街道里叫天天不应，叫地地不灵。

充满人工式浪漫的钟鼓楼群投下冷冷的、千楼一面的目光。这个节骨眼上，冯斌慌乱之下，却在错综复杂的小巷里迷路了，他们俩不知怎么七拐八拐，又绕回到了原处。正好和拎着一把砍刀的凶手狭路相逢！

此时，会议室中所有看着这段录像的人都跟着冒了一层冷汗，有人甚至跳起来撞到了桌角。

冯斌拉着夏晓楠转头就跑，他看见不远处有一个值班亭，男孩仿佛见到了曙光，拼了命地跑过去，用力拍打着值班亭的窗户。

来个人，什么人都好，来救救他们……

可是很快，他最后的希望也化成绝望——值班亭里没有人。

此时歹徒已经追至眼前，带血的刀距离他们不到五十米，夏晓楠已经吓得面无人色，冯斌慌乱之下，选了一条最错的路。

那条出事的小巷是个死胡同！

他们逃入小巷之后发生了什么，监控拍不到了。大概半个小时以后，卢国盛从小巷里离开，他把外衣脱下来反穿在身，遮住了血迹，笃定非常地走远了。

会议室里一时鸦雀无声。

郎乔背对着屏幕："你们看完了吗？"

旁边不知是谁喃喃地说："我吓得都快吐了。"

"也就是说，当时卢国盛追着俩孩子进了一条死胡同，然后杀了一个，留了一个，为什么？"骆闻舟率先开口打破诡异的气氛，"案发现场咱们看了，只有那两个垃圾桶可以藏人，当时俩孩子吓坏了，犯了两个致命的错误，跑进死胡同是一个，女孩走投无路之下，躲进垃圾桶是另一个——你们仔细想想，那种情况，要是你是凶手，你会不掀开垃圾桶盖看看吗？"

骆闻舟的目光在会议室里扫了一圈："如果不是那女孩会隐形，那就是卢国盛脑子有问题了——夏晓楠有没有受伤？"

"没有。"郎乔说，"我刚才和医院确认过，除了她自己摔的那一下，身上没有其他明显外伤，也没有受到过性侵。另外，她书包上的那块污迹确实是血迹，DNA正在提取比对，但还没出结果。"

骆闻舟问："夏晓楠包里有钱包、手机和其他贵重物品吗？"

郎乔一愣："没有，你的意思是……"

陶然插话说："'327国道案'中，卢国盛可是雁过拔毛，连一个钢镚儿都不会给受害人留下。"

郎乔皱起眉，一时有些怀疑自己是不是工作太不走心了，否则怎么每个人都对所谓"327国道案"熟悉得如数家珍，说起细节来头头是道，就她什么都不知道？

"冯斌沿途呼救的时候,景区里的值班员和巡逻员都跑哪儿去了?"骆闻舟说,"真的那么巧,所有人都恰好不在岗,还是商量好了见死不救?联系景区,传讯那天所有当班的工作人员。"

这是一起嫌疑人与作案手法如此一目了然的案子,仿佛只剩下再次通缉卢国盛一件事要做了,可就在这么简单的前因后果里,却混杂着大量的疑点,笼着一层钟鼓楼夜里蒙蒙的雾气。

骆闻舟在走廊尽头点了根烟,忽然若有所感,回头张望了一眼繁忙的刑侦队。

老杨遗书中沉甸甸的一句"有些人已经变了"如鲠在喉。

骆闻舟摸出手机,拨通了市局人事科的电话:"喂,李主任,我是刑侦队的小骆……哎,没有,不辛苦——那什么,领导让我写一份新同事的入职鉴定……是呢,谁知道为什么!老陆又出幺蛾子!麻烦您把我们刑侦队新来那小孩的简历和政审材料传我一下,谢谢谢谢,我知道,改天一定请您吃饭……"

由于市局的介入,调查节奏从牛拉车一下进入了航空航天时代。

当天傍晚之前,小一个礼拜没找着踪迹的几个熊孩子就都被逮回来了——警方找到了冯斌买过东西的那家BD超市,通过超市的监控记录,发现出走的几个学生不止一次来买过东西,推断他们肯定是在附近落脚。

在超市辐射范围里一扫,稍微一排查,就把人从一家快捷酒店里抓回来了——其中一个学生不知道是追星还是干什么,在网上认识了这家快捷酒店的大堂经理,走了个后门,没登记就住进去了。

四个学生在接待室里蔫巴巴地贴墙根站成一排,在班主任和警察面前交代了他们为什么要出走——说是学校压力太大,圣诞节又快到了,集体溜出去放松。

心急如焚的家长们听了这番混账理由,气急败坏,恨不能将身化作大耳光,把几个熊孩子抽成旋转跳跃的陀螺。

同时,钟鼓楼景区里的工作人员被轮番询问了一遍,也审出了猫腻。原来景区保安科从负责人到巡视员的问题由来已久,全体玩忽职守,夜班时间聚众赌博已成惯例,这回真出了事,才被捅出来。

至此,除了杀人凶手卢国盛仍在逃,精神受刺激的女孩还在医院昏迷之外，整件案子仿佛都已经水落石出。

找回来的学生纷纷被老师、家长领走，其中一个男孩被他妈粗暴地扯着往前走，脸上还留着他爸盛怒之下的巴掌印，活活给打胖了两斤，生理性的眼泪不停地流。他这样狼狈，却一直回头，眼巴巴地盯着市局的方向。送他们到门口的骆闻舟若有所思片刻，开口叫住他："那个同学，稍等一下。"

男孩父母脚步一顿，连忙压抑住火气，客客气气地问："警察同志，还有什么事吗？"

骆闻舟走过去，打量着那男孩，白白净净的少年，微胖，一边走一边哭，看起来比实际年龄还小，他好似有点内向，一见骆闻舟靠近，立刻局促不安地低下头。

骆闻舟："你叫什么名字？"

男孩嗫嚅着小声地说："张逸凡。"

"哦，"骆闻舟尽可能地放轻了声音，问，"你有什么话想跟警察叔叔说吗？"

男孩还没有发育的喉咙轻轻地动了一下，周围老师和同学的几道视线立刻打在他身上，骆闻舟忽地一皱眉，那几道无声的视线无端让他有点不舒服。

张逸凡的父亲很看不惯儿子的扭扭捏捏，抬起熊掌似的大巴掌，在男孩后背上狠狠一捅："有就说，没有就说没有，怎么说句话那么费劲呢？我看见你就来气！"

男孩满脸惊慌，好像个社交恐惧症患者被逼着和强势的陌生人说话，眼泪一下就涌了出来，脱口说："没……没有。"

骆闻舟正要追问，他却一下把脸埋在他妈肩头，逃也似的快步走了。

这时，郎乔伸了个懒腰，走过来："老大，这事算告一段落了吗，什么时候写报告？"

"不急，"骆闻舟目送着匆匆离开的男孩，把外套往胳膊肘上一搭，"我先去咨询一下专家的意见。"

骆闻舟早晨出门赶时间，是坐出租车去的鼓楼区，这会儿他刚出市局大门，一辆空驶的出租车就恰好驶过。他插在衣兜里的手指动了动，莫名没有招手拦，反而等了半分钟的红绿灯，往马路对面的停车场走去。

骆闻舟的脚步踏在四平八稳的斑马线上，目光已经化作扫描仪，将停车场从东往西检阅了起来。检到一半，他这自封的首长就先在心里自嘲开来——人心不足，有一就得有二，费渡上次心血来潮接了他一次，他居然还就蹬鼻子上脸，第二回会自己找过来了。

可人家要是不来呢？

不来……他当然也挑不出什么理来。

他有手有脚，站起来有半个房高，身体倍儿棒，吃吗吗香，赤手空拳能干翻一个班的小流氓，区区三两公里的回家路，跑步回去也绝对累不死他，还要让人家一个伤员开车来接，未免也太不要脸了。

再说，费渡也从来没有说过要接他下班。

骆闻舟是人，是人有时就难免贪求，难免得陇望蜀。最开始，费渡就像一株危险却又散发着异香的植物，无差别地吸引着过往的人，理智越是一再亮着催他远离的警报，他就越是会被这个人吸引，大概世上一切堪称"诱惑"的人与物都是这样——叫人知道他有毒，偏要去服毒。

后来那场爆炸与险些生离死别的崩溃，就像是一只看不见的黑手，一头把他推进了这口名为"费渡"的沼泽里，想要照顾他，想要像撕开一件工艺品的包装一样，慢慢地揭开他层层叠叠、看不分明的心，骆闻舟用单方面的宣言开启了这一段路，做好了长途跋涉的准备，背起了一个行囊的耐性。

谁知道才把人接到身边没几天，他就像中了蛊似的破功，再一次被那王八蛋打破了应有的步调。

骆闻舟迫不及待地想听费渡说，那天那辆致命的冷链车爆炸时，他心里究竟在想什么，又为什么要扑上来。他迫不及待地想扒开费渡迷宫一样的胸口，看看自己在他心里走到了哪一步，迫不及待地想从那个人嘴里听几句真心话，把一切从实招来。

但这是不对的，骆闻舟心里明白。

对付坏人，需要机智、勇气和力量，对付费渡，除了以上种种，还需要巨大的毅力和耐心。

骆闻舟几乎苛刻地反省着自己，脚下每迈过一条斑马线，他就把心里预期降低一个格，等他走完了十米宽的马路，已经强行将方才飘浮在半空中的心压回地面。骆闻舟掂量着这颗钢化玻璃心的承受能力，给自己做了万全的心理建设——他想，即使现在回家，发现费渡不告而别，那也是非常可以接受的正常现象。

至于为什么在单位门口错过空车，非要过马路……骆闻舟也给自己找好了理由，他只是打算过马路买一包糖炒栗子。

他这样想着，连落在糖炒栗子小摊上的目光都灼灼地烧起来，好像馋得想把人家的锅也一口吞了。

然后在下一刻，骆闻舟在那小摊后面看见了自己家的车。

费渡这回开了暖气，也开了车窗，他手肘撑在车窗外，不知在想些什么，从侧面看，就像眼巴巴地盯着人家炒栗子一样。

炒栗子的小贩锅铲一顿，亮出嗓子吆喝起来，清亮的嗓门传出去老远，费渡走了不知几万里的神终于回了魂，他随手往大衣兜里一摸，摸出一张整钞，正要从车窗里递过去："劳驾……"

话没说完，就被人中途截住了。

"现在吃这个，你一会儿还吃不吃饭了？"骆闻舟好似刚好出现似的，若无其事地把他的手按下去，随后，不等费渡开口，他又对糖炒栗子的小贩说，"我这儿有零的，您给称两斤。"

骆闻舟接过包好的栗子上车，刻意绷着一点儿脸色，对费渡说："明天你就别专门过来了，我走回去也没多远，车借给你开是为了方便，没让你给我当司机——今天要不是为了过来买东西，我可能就在门口打车走了，那不就错过了？"

费渡痛快地说："哦，行。"

骆闻舟郁闷——现在把方才那句话捡回去咽了还来得及吗？

骆闻舟不顾刚给别人定完饭前不准吃零食的规矩，低头自己剥起了栗子，剥了好几个吃完，才大发慈悲地赏给旁边的费渡一个："吃多了不好消化，给你尝尝味，吃完这个就没你的份儿了。"

费渡没和这种"严于待人，宽于待己"的二货一般见识，停在路口等红灯的时候，他一低头，从骆闻舟手里叼走了栗子。

车里只剩下广播在唠唠叨叨地念着晚高峰的拥堵路段，骆闻舟忽然说："前面掉个头，去趟钟鼓楼。"

费渡一边并道进掉头车道，一边诧异地问："我刚才看见新闻推送，不是说出走的几个学生都找到了，也锁定了嫌疑人？"

"凶手是'327国道连环抢劫案'里在逃的嫌疑人之一，这里面疑点很多，"骆闻舟说，"我转给你的那封信看了吗？"

"看了，"费渡一点头，"留信的孩子真名叫什么，平时在学校跟同学关系怎么样？"

骆闻舟顺着费渡的话音琢磨了片刻，疑惑地说："和同学的关系？为什么这么问？"

一般听说青少年离家出走，不是都问他和父母的关系怎样吗？

因为冯斌出走前压在寝室桌上的信，就是写给他父母的，开头是"亲爱的爸爸妈妈：留下这封信，是因为我每天都在烦恼，痛苦地思索着自己究竟是为了什么而诞生"。

似乎是常年在寄宿学校里生活，亲子关系受挫，感觉不到关爱，又加上青春期、学习压力大等诸多因素造成的一次情绪爆发。

"你先回答，"费渡说，"不然只有一封信，我没法做太多解读。"

"这个男孩叫冯斌，在育奋念高一，和同学关系还可以，据他们老师说，他成绩中等偏上，家庭条件也还不错，不过在那个富二代俱乐部里算普普通通。长得不错，学过几年音乐，除此以外，其他方面都不怎么突出，性格比较合群，没什么棱角，不是那种领袖型的男孩，也不是被全班孤立的。"骆闻舟顿了顿，"话说回来，这回一起出走的几个孩子，好像都是这种类型的——除了那个夏晓楠。"

"夏晓楠又是谁？"

新闻里提到未成年受害人的时候，都会使用化名，费渡一时没反应过来。

"就是昨天晚上那起凶案的目击者，"骆闻舟简短地介绍了一下，"那个小姑娘是奖学金学生，家里比较困难，跟同龄人交往起来可能也没什么共同语言，在班里有点格格不入。"

鼓楼区晚高峰时段还算顺畅，不到二十分钟就开到了。

"左手边那个黄色的小楼看见了吗？就是那家快捷酒店，几个学生这几天就住这儿，往前走两个路口有一家BD超市，"骆闻舟一边指路，一边说，"那天晚上，冯斌约九点的时候从宾馆出来，跟同学说的是想出去转转，大概半个小时后，夏晓楠以买日用品为理由，离开了宾馆，他们俩是在超市后面的十字路口见面。"

费渡问:"偷偷约会?"

"嗯,"骆闻舟先是应了一声,随后心里一动,不经意似的提起,"你中学的时候跟人偷偷约过会吗?"

费渡猝不及防,嘴角当即一僵——他从未有过这样青涩的青春期。费承宇不会允许的。

费承宇从来都认为,肉体可以发育,可以成熟,可以有欲望,但如果仅仅因为荷尔蒙的萌动,就产生了什么诸如"青春期"之类的症状,对谁产生什么幻觉一样的所谓"感情",那算什么?岂不是像发情的狗一样愚蠢?

他不允许自己的儿子出这种"纰漏",不允许他有正常的人性。

费渡一顿之下,立刻调整过来,露出一个有点暧昧的笑容:"喜欢我的女孩太多了,挑了一个,就得伤害其他的,那多不好?师兄,你打听我前任干什么,打算当我现任吗?"

骆闻舟掴了他一下,说话间,车子已经缓缓绕过超市,停在冯斌和夏晓楠见面的路口。

钟鼓楼景区已经又一次关门落锁,出了凶杀案,整个钟鼓楼景区显得格外肃穆,聚众赌博的保安科被整个端了,钟鼓楼景区的负责人临时当起了夜班,连清洁工都比平时卖力。骆闻舟敏锐地察觉到了费渡方才瞬间的不自然,他深深地看了费渡一眼,倒是没有一味紧逼,只是说:"凶手就是在这里跟上他们俩的。"

费渡摇下车窗,四下看了一眼,皱起了眉:"那就奇怪了。"

"怎么?"

"这是个四通八达的地方,"费渡轻轻敲了敲车窗,"一般半夜三更拦路打劫,不会选择在这里蹲点——你该怎么筛选目标?你怎么确定经过的人下一步要往哪儿走?万一他们拐个弯就上大马路呢?不确定性太强了,而且有红绿灯的十字路口基本都有监控,就算不怕被拍到,也没必要特意过来留个影吧?"

骆闻舟听出了他的言外之意:"你是说,凶手很可能是事先知道那俩孩子约会的地点和方向,早早到这里来蹲点的!"

卢国盛不是重操旧业,他的目标就是冯斌!

可是为什么？

十五年前，卢国盛被一纸通缉令追得东躲西藏的时候，冯斌都还没出生，他能跟卢国盛有什么恩怨？卢国盛又是怎么知道冯斌和夏晓楠约定见面的地点的？

第五章

费渡把车停在路边，两个人顺着冯斌和夏晓楠走过的路，一路走向钟鼓楼东侧的小门。

冬至前后，最是昼短夜长，这会儿俨然已经有入了夜的意思，介于月牙和半月之间的广寒玉蝉高挂在远处钟鼓楼的一角，沾染了一点昭昭的雾气，与瓦片上细细的雪光遥遥相对。

"所以出走的理由是学习压力太大，跑出来过圣诞？"费渡紧了紧围巾，若有所思地说，"这理由你们也信？"

"说得过去，谁还没年轻过？小崽子们什么事都干得出来，有时候不一定非得要符合大人的逻辑。"骆闻舟不经意地挡在他上风处，同时仔细地端详起周遭。

白天来时还没有这种感觉，这会天一黑下来，整个钟鼓楼景区就成了一片硕大的迷宫，所有的路灯都长得一模一样，长长地列队成排，好似武侠小说里某种诡秘的迷魂阵法。

附近除了地标性的钟鼓楼本身，所有小巷仿佛都是如出一辙，连仿古的老店铺挂门脸的位置都差不多，到处都是三岔路，偶尔能碰上一两个撞大运似的路标，还标得不明不白，人在其中，不知不觉就会走岔路。骆闻舟做了好多年的一线刑警，对地理环境与人的面部特征有特殊的敏感性，可饶是这样，夜间穿梭在侧门的羊肠小路里，也觉得有点晕头转向。

"不对，回来，不是那边。"骆闻舟打开手电筒，对着路标研究了好一会儿，把转错方向的费渡叫了回来，"这俩崽子是不是吃饱了撑的，到底是怎么半夜摸过来的？"

费渡突然冒出一句："半夜去钟鼓楼，他们俩是为了看情人镜吧？"

骆闻舟："什么？"

"'情人镜'是本市十大约会胜地之一，就在钟鼓楼景区，"费渡奇怪地说，"你没听说过吗？"

骆闻舟以己度人，以为自己不知道，大家都不知道，万万没想到，费渡这日理万机的总裁竟然不务正业到这种地步，没事研究约会胜地。

"我为什么要听这种破事？"骆闻舟没好气地说，"我看你的专业就是泡妞泡傻小子吧，一天到晚净想这些乱七八糟的事，你们家到现在没倒闭，真是家底丰厚。"

费渡非常冤，因为这恰恰属于他为数不多的"正事"范畴——钟鼓楼这个主打情侣主题的旅游项目做得非常简单粗暴，效果却异乎寻常地好，一直是所有打算涉足相关领域的老板们百思不得其解的课题之一，费渡不单知道钟鼓楼有个情人镜，连情人镜旁边照相小店的年营业额都一清二楚。

费渡有理有据地继续分析："钟鼓楼景区的全价票也就是二三十块，既然这个冯斌家境不错，他应该不会在乎这点儿钱，会选择晚上来，很可能只是不想让人发现他和那女孩的关系。"

骆闻舟一点头："有道理，还有吗？再往前走走看。隐瞒的动机是什么？早恋一般也是瞒着老师和家长，很少连一起出走的死党也瞒吧？"

费渡说："两种情况，要么是自己觉得跌份儿，要么是为了保护对方——冯斌花这么多心思带女孩去看情人镜，我推测应该是后者。"

掉光了叶子的古树枝杈间，能看见钟鼓楼上古朴的大钟，夜色澄澈。

骆闻舟似有感怀地说："我十五六岁的时候，也策划过集体出走，不过理由比'过洋节'像样一点儿——当时是肯德基还是个什么组织，办了一场中学生篮球赛，奖品是一批NBA明星的签名篮球，正好有我喜欢的球星，我就纠集了一帮人，从一个同学当护士的表姐那儿骗来一沓病假条，糊弄了学校，又跟家里说是学校组织竞赛夏令营，糊弄了家长，跑到外地打了半个月的比赛。"

费渡暗叹：这熊得让人叹服的峥嵘岁月。

"果然拿到了奖，篮球也如愿以偿地到手，我就糊弄我妈说是同学出国玩带回来的，"骆闻舟和费渡并肩走在幽静的小巷里，碰了一下费渡的手，觉得凉，就把尚带余温的栗子给他焐手，并用余光时刻提防着他偷吃，"后来开家长会，老师跟我妈一通气，这事就穿帮了，我爸回家听说以后，把我臭揍了一顿。"

费渡觉得，像骆队这种晚期问题儿童，不是简单的暴力能镇压得了的。

"我爸这人，看起来挺严肃，其实也很通情达理，"骆闻舟说，"等他从气头上过去，回过味来，于是跟我说，'强扭的瓜不甜，不爱上学就拉倒吧，爱去不去'。"

骆闻舟那堪称鸡飞狗跳的家长里短故事，对费渡来说有着不可思议的吸引力，每次听他偶然间提起只言片语，都觉得像邂逅了一颗幕后彩蛋，见骆闻舟说到这儿突然停下，费渡忍不住追问："然后呢？"

骆闻舟："刚开始我还挺高兴，以为他老人家从此改吃素了，没想到他说完，就很'通情达理'地把我高二的学费和生活费一起扣下了。我虽然偶尔逃学，也没做好真当失学儿童的准备，只好趁放假出门打工赚学费，那老东西说到做到，真一分钱都没给我。我给人家送了俩月的桶装水，就为了一个球……不许笑。"

这个故事要是也能存起来当标本，费渡感觉自己能拿着把玩半辈子。

"每次说起这些丢人现眼的事都让我主讲，"骆闻舟抬起胳膊肘戳了他一下，"该你了。"

费渡哑然片刻。因为他漫长的成长经历中着实没有什么好玩的事，可是实在舍不得此时破坏气氛，只好搜肠刮肚地想了好一会儿，还真就从乏善可陈的记忆里扒拉出一件事。

"好吧，"费渡说，"我告诉你一个秘密。"

骆闻舟做出洗耳恭听的姿势。

"有一年春节前后，我去一个朋友家拜年，"费渡顿了一下，接着说，"在他家楼下看见一辆自行车，是一辆带变速的赛车，刷着特别骚气的漆，像毒蛇的花纹，看起来非常合我的眼缘。"

骆闻舟觉得他描述的这辆车莫名熟悉。

费渡舔了一下嘴唇，十分谨慎地修饰着自己的措辞："我就……我就给它留下了一点儿新年礼物，嗯……'礼物'用口香糖黏在了后轮上。"

骆闻舟倏地停住脚步——他想起来了，有一年春节，陶然因为值班排得满，不能回老家，他就骑着车、拎了年货，代表燕城人民去给警察同志送温暖。惦记着某个没人管的小崽子，还带上了限量版的游戏机，打算托陶然带给他。

结果他才在陶然家坐了二十分钟，放在楼下的车就被人做了手脚——不知道哪儿来的倒霉孩子，用口香糖在车后轮上黏了几个一压就炸的小摔炮，骆闻舟走的时候没注意，一步跨上车，落座车座的同时伸脚一踩脚蹬——差点儿被炸上近地轨道！

费渡保持着微笑，心虚地往后退了一小步。

"费——渡！"

费总"色字头上一把刀"，为博美人一笑，鬼迷心窍地主动投案自首，再后悔是来不及了。他并未因为坦白而得以"从宽"，被骆闻舟捉住了好一顿收拾，从背后被推到了墙上。

费渡："等……等……等一下。"

"等什么？"骆闻舟捏着他的下巴狞笑，"强奸不用等红绿灯。"

费渡："这墙上有血！"

骆闻舟一愣，立刻松了手，费渡脚步有些凌乱地退开，脸色有些发白地转开视线——幸亏那墙上的血已经干涸，他倒不至于当场吐出来。

骆闻舟打开手电一晃，只见墙上有一串血点子，在暗红色的墙上非常不显眼，如果不是费渡对血腥气非常敏感，恐怕就要被忽略过去了。

"监控只拍到了冯斌和夏晓楠被凶手追着，从一条小巷中跑出来的一幕，"骆闻舟伸手抹了一下墙上的血迹，随即在周围转了转，又从隐蔽的墙角处找到了一个玻璃饮料瓶的碎片，"冯斌应该是在毫无防备的时候骤然遭到袭击，曾经试图反抗，把买的零食和饮料砸了过去——清洁工大概是没注意，都给收走了。"

费渡轻轻地揉了揉眉心："冯斌跑出去的时候已经被砍伤了？"

"嗯，"骆闻舟一点头，"伤在后背。"

后背受伤，冯斌当时很有可能正亲昵地和夏晓楠腻在一起……也许正在亲吻她，也许他偷偷做了一路的心理建设，到了这里，才敢大着胆子碰一碰他心爱的女孩。这是一段每个角落都适合接吻的路，月光盘旋，新雪清澈，路灯时常把两个人的影子搭在一起，缠绵得难舍难分。

而这迷梦似的情境却突然被一把砍刀打碎。

"凶手从十字路口开始，跟了他们一路，"费渡缓缓地说，"方才我们经过的路段中，至少有三四处，比在这里动手更理想。可凶手却偏偏要选择了这里，为什么？"

冯斌和夏晓楠第一次遭遇卢国盛的时候，冯斌虽然被砍了一刀，两个人也确实非常狼狈，但他们当时跑出去了——因为正如费渡说的，这里的地理环境对于凶手来说"不理想"。小巷另一头是明的，四通八达，分叉口很多，如果那两个孩子跑得够快，他们很有可能会成功地甩开卢国盛！

对了，如果不是他们俩自己迷迷糊糊地又转回原地，也许当时就顺利脱逃了。

如果不是他们俩自己转回来……

骆闻舟和费渡同时沉默下来，默契地想到了一个可能性——这条甜得通往"天人同心"的情人镜的路，突然让人毛骨悚然起来。

每个刚吻过心上人的男孩，都能在那一瞬间获得他这一生最大的勇气，冯斌当时来不及多想，一定是拼尽全力想护着夏晓楠逃走。可被他紧紧握着手的女孩当时在想什么呢？她在用什么样的目光注视着两个人交握的手呢？

为什么凶手会清楚他们的去向？

为什么他们两个分明有逃出去的机会，却又自投罗网地撞了回来？

就在这时，小巷另一头突然传来极轻的脚步声，软胶皮鞋底，踩在地上几乎悄无声息，只有在这令人窒息的安静中才微微露出行迹，夜色中立刻泛起不祥的涟漪，骆闻舟悚然一惊，一把将费渡拦在身后："谁？出来！"

一个人应声战战兢兢地走出来，是个景区的夜间巡逻员。

巡逻员可能也有点紧张，拿起手电上下乱晃："干……干什么的？这儿已经关门了。"

骆闻舟面无表情地从兜里摸出工作证一亮："警察，来看看。"

巡逻员长嘘了一口气，用力拍拍胸口，挤出个客客气气的笑容："哦哦，好，您忙。"

说着，他一边点头哈腰，一边就要离开。

"等等，"为了谨慎起见，骆闻舟叫住他，"能问一下你的工号吗？"

巡逻员一愣，随即十分顺从地把自己的工作卡摘下来，双手递到骆闻舟手上："警官您随便看。"

骆闻舟不动声色地扫过证件号码和上面的照片，把工作卡还回去："这么晚了，一个人在发生凶案的地方巡逻，你不害怕吗？"

巡逻员大刺刺地冲他笑了一下："凶案不是这条街，在前面，发生凶案的那条街都封住了，想去也不让去呢。"

骆闻舟刀锋似的目光从这个巡逻员身上扫过，盯得那巡逻员已经有些不自在了，才摆摆手示意对方可以走了。等这段小插曲过去，费渡接上了自己方才的话音："也不一定非得往最卑鄙的地方想，或许他们俩无意中转回来真的是走错路，毕竟刚才我也差点儿拐错路口。"

骆闻舟没吭声，他脑子里在清晰地回放着这一段监控视频——视频记录显示，冯斌和夏晓楠第一次从卢国盛眼皮底下逃走的时候，卢国盛并没有奋力追。他走出路口的姿态几乎是闲适的，好像笃定了他的目标跑不了。

"冯斌那封信，我觉得很不对劲，"骆闻舟说，"但是具体哪里不对劲，一时又说不上来，所以才发给你看，你现在有结论了吗？"

"有一点可供参考的看法——虽然那封信的开头是'亲爱的爸爸妈妈'，但整体不是写给父母的语气，"费渡说，"'我们都很焦虑，身边没有真正悠闲宁静的人'，'以前想要的，现在全都不想要了'，还有开头那一句'痛苦地思索自己为了什么而诞生'——信中大量句子化用自一本书，叫《关于莉莉周的一切》，日文译本，是个关于校园暴力的凶杀故事。我不确定他是不是在暗示什么。"

骆闻舟沉吟片刻："走，你跟我去趟医院，我要去见夏晓楠。"

与此同时，他飞快地把方才查看的工作证工号给当晚值班的陶然发了过去："联系钟鼓楼负责人，查查这个工号的巡逻员。"

第六章

"夏晓楠？我刚才看了她一眼，还没醒呢。"负责盯着医院的刑警刚吃完饭，不慌不忙地用头颈夹着手机，往住院部里走，"怎么了，老大？不是说过几天，等这孩子精神状态好了再问吗？"

电话里传来一声尖锐的汽车鸣笛声，骆闻舟飞快地说："夏晓楠不是目击者,她是嫌疑人之一,给我盯住了!"

"啊?谁?你说夏晓楠是……"推开病房门的刑警话音戛然而止。

骆闻舟心里一沉。

"老大,夏晓楠不见了!"

骆闻舟一脚踩下油门。

"夏晓楠是本市人,父亲叫夏飞,肺癌,一直也没法出去找正经工作,以前靠给人看小卖部打点儿零工,前些年去世后,她妈常年照顾病人和一家老小,大概有点抑郁,一时想不开,跳楼死了。"费渡把电话开了免提,陶然的声音透过信号传过来,"这个女孩从小到大得到的评价基本都是'懂事''内向',学习成绩也一直很稳定,是那种带病也要上学、放假也会穿校服的女生,对这种孩子来说,读书、上个好大学,是改变命运的唯一出路。"

"她家里人和当年'327国道案'与卢国盛有没有什么牵扯?"

"没有,就是普通老百姓,他们家除了惨点以外,没什么特殊的,祖孙三代都没有去过莲花山,连那边的亲戚都没有,我想不出她是怎么认识卢国盛的,也想不出她跟冯斌能有什么深仇大恨,至于把人杀了分尸。"

骆闻舟转向费渡:"你提到'校园暴力',有没有可能是冯斌欺负她,所以她才想方设法报复?"

"你们对冯斌的信做过笔迹鉴定吗?如果能确认那封信是他本人写的,那应该不是。那封信不是加害人的语气。"费渡说,"再说夏晓楠不是吓得精神有点失常了吗?如果是装的,演技未免也太好了。"

费渡可能是老板当习惯了,深刻地了解做上司时喜欢什么句式——他很少提出一些乱七八糟的可能性扰乱别人的思路,有结论说结论,没有结论,推测过程也能说得条分缕析,非常痛快。

骆闻舟从后视镜里看了他一眼,对电话里的陶然说:"联系他们班主任,还有那几个出走的学生,征求监护人许可后分别找来谈话——我们马上到医院了。"

"嗯,"陶然应了一声,随后语气略一迟疑,又问费渡,"什么是加害人的语气?"

费渡肢体语言十分放松地靠在副驾驶上,沿途掠过的灯光从他脸上或明或暗地扫过,盖不住的栗子香气扑鼻迎面,丝丝缕缕地浸染在那羊绒外套上细密交缠的纤维中。

"就是即使加害者们长大，学会了'政治正确'，开始担心自己的孩子受欺负，也跟着社会主流意见一起痛斥'校园暴力'，但是当他们回忆起自己少年时的所作所为时，字里行间还是会带着些许炫耀感。因为潜意识中并不认为这是加害，而是一项成就——所谓'校园暴力'，归根结底是群体内的权力秩序。"

除非有一天，他遭到一模一样的境遇。

"可是刚才老师和家长都在，又是在公安局里，"陶然说，"如果真的被人欺负，那几个孩子为什么不告诉我们？"

费渡笑了起来："陶然哥，封闭式的寄宿制学校能自成一种生态环境，已经形成了自己的规则和'法律'，你所认为的自然规律，在别人眼里说不定是匪夷所思——比如你告诉两千年前的古人，我们其实生活在一个球上，会有人相信你吗？"

骆闻舟一打方向盘，此时，医院已经近在眼前。

先前他们以为夏晓楠是个幸存的目击者，并没有派太多人盯着她，只是怕她没人照顾，才留了个人陪在医院里。此时，警车一窝蜂地赶到，把本就拥挤的停车场塞得更加水泄不通。

"她爷爷陪着她，我就出去吃了个晚饭，"奉命盯在医院的刑警一脸懊恼，"中间老人家上了趟厕所，他行动不太方便，花了大概有十分钟吧，她就从这儿跑了。"

住院部为了让病人有个活动的地方，特意开辟了一片小花园，是封闭的，楼道的监控拍到夏晓楠悄无声息地溜出了病房，她穿过小花园，从石头墙上翻过去，不知去向。

夏晓楠的爷爷一脑门热汗，哆哆嗦嗦地扶着轮椅，嘴里絮絮叨叨的，不知在说些什么，见没人听得懂，他急得直嚷，像个误入人间的低等怪兽，又丑陋又无助。

一个刑警正要上前，被骆闻舟拦下来了："等等，先别告诉他。"

他走到那老人身边，老人挣脱开轮椅，摇摇晃晃地向他扑过来，嘴里吱哇乱叫出了一段长篇大论，见骆闻舟不答，他终于意识到自己是半个哑巴，人家都不明白他说什么，于是他茫然地拽住了骆闻舟的衣角，不知所措地闭了嘴，掉下眼泪来。

骆闻舟拍拍他的手："大爷，晓楠平时除了上学，一般都去哪儿？"

老人活动起僵直的舌头，从喉咙里拖出了一个长音："……家。"

"就回家？她从来不出去玩吗？有没有经常串门的朋友？"

老人听了这话，骤然悲从中来，他毫无预兆地咧开缺牙短齿的大嘴，号啕大哭了起来。

一年中最冷的寒霜悄然落下，盖上了一年中最长的夜。

像是下起了小雪。

骆闻舟带人把夏晓楠的爷爷送回了家，顺便征得了老人的同意，进了夏晓楠的房间——说是一个房间，其实只是隔出来的一小块地方，刚够放得下一张床，连门也没有，一条帘子垂下来聊作遮挡，"床头柜"是一架废弃的旧缝纫机，上面横着一支廉价的粉色塑料钢笔，那是整个房间唯一有点少女色彩的东西。

屋里没有多余的橱柜，几件旧衣服放在床头，用一块白布单盖着，床底下放满了书本，大部分都是课本和习题册，连小学时候用过的都没舍得扔。

费渡弯下腰，捡起一本习题册翻了翻，见上面所有空白的地方都写满了笔记，笔迹娟秀而干净，有些地方写不下，甚至用小纸条贴了一层又一层，两百来页的一本习题册，被她弄得像《现代汉语词典》一样厚。他一目十行地扫过夏晓楠的笔记，能感觉到这孩子逻辑不是很清楚，稍微难一点儿的题目，她就要做大量的解析笔记，资质颇为一般，稳定而优异的成绩，都是时间精力堆出来的。

骆闻舟："怎么样？"

"陶然说得对，"费渡把习题册合上，"这就是个带病上学，放假也穿校服的女孩——如果冯斌被杀和她有关系，那很可能是被胁迫的。"

"假如她是被胁迫的，那她现在可能会去哪儿？她不在家，不在医院，学校那边我也找人盯了，暂时没动静。这个夏晓楠平时也没什么可以倾诉的朋友……"骆闻舟话音一顿，"等等，你说她有没有可能去找那个胁迫她的人了？"

"找到了干吗，跟他算账吗？是把那个人揍一顿还是逮捕归案？"费渡无奈地看了他一眼，"师兄，如果她的思维方式和你一样，早就称霸学校了，谁还敢胁迫她？"

费渡这条舌头可能已经成精了，以前跟他不对付的时候，就算同意他的意见，也同意得冷嘲热讽，现在毛顺过来了，哪怕意见相左，他也能反驳得人通体舒畅。

骆闻舟的语气不由自主地柔和起来："那她还能去哪儿？"

费渡没有立刻回话，目光在夏晓楠蜗牛壳一样的小屋里看了片刻，发现床头破缝纫机上铺着的桌布有一块污渍，像是有人长年累月经常用手揉搓出的，费渡按着那一处污迹，掀开桌布的一角——那正好是放针线盒的地方。

针线盒里有一个五寸的小相框，里面是一张过去的全家福，相框的背景纸后面写着"送给我的女儿晓楠"，那字迹显得成熟一些，字体却和夏晓楠的字有一点儿像。

"是……是忒——啊妈、妈哎的（是她妈妈给的）。"身后传来一个呼哧带喘的声音，夏晓楠的爷爷不知什么时候来到了门口，眼巴巴地看着他们。

这时，照片从拆开的镜框里滑下来，后面还夹着一封信，是夏晓楠她妈妈自杀之前的一封遗书。

费渡缓缓地抬起头："陶然说她妈是跳楼死的，从哪儿跳的？"

骆闻舟无端一惊。

片刻后，警笛声呼啸而过，在蜿蜒的公路上留下了一溜红蓝相间的残影。

"夏晓楠的母亲叫孙晶，生前在一所初中里当校工，是从学校的行政楼上跳下去的，地址已经发给你们了，"陶然飞快地说，"消防和救护车马上到位！"

"四十三中，"费渡在车上翻看着陶然发过来的简短说明，"夏晓楠的母校，她妈跳楼的时候，夏晓楠正在上自习课——从行政楼上能看见她的教室，她妈可能是想最后看女儿一眼。"

"我们已经到了，"骆闻舟把车停稳，探出头四下环顾了一圈，"她倒是解脱了，丢下一家老小，还当着孩子的面跳楼，夏晓楠不会怨恨她吗？为什么你会觉得她可能会跟着学？"

"这很正常，一个人往往会变成他最恨的样子，"费渡一耸肩，"越是忌讳，走投无路的时候就越有吸引力，比如说……"

他话没说完，骆闻舟突然一把抓住了他的手。

费渡诧异地抬起头："怎么了？"

骆闻舟在那一瞬间，身体是快于思维的。从陶然开始讲夏晓楠家的事起，他就无端想到了费渡，想起七年前的夏末，他推开门，看见满屋的鲜花败了，楼上传来絮絮的歌，幽静又空旷的大宅子里飘满尘埃，落定时，有一份"大礼"在等待着他。

骆闻舟忍不住思索，无数次午夜梦回时，费渡也会反复回忆起她吗？回忆的尽头，他在想什么？

"不用紧张，"费渡误会了他的意思，拍拍他的手，"不出意外，我猜她就算站在了楼顶上，最后也不会往下跳的。"

"我刚才就觉得你穿太少了，后备厢里有件棉大衣，"骆闻舟沉默半晌，搜肠刮肚出一句，"你去披上。"

费渡开着他的车跑了好几天，从未注意到后备厢里那一坨是件衣服——他一直以为那是擦车用的破抹布。听了这话，费总感觉到了精神和眼睛的双重虐待，堪比遭遇了另类的家庭暴力。于是二话不说挣脱了骆闻舟，衣冠楚楚地下车走了。

"等等，"骆闻舟连忙叫住他，"你还没说完呢，你怎么知道她最后不会往下跳？"

这时，耳机里传来同事的声音："骆队，那女孩真在行政楼顶上！"

高处的风更凛冽，刮着骨，发出"籁籁"的摩擦声。

夏晓楠的病号服一吹就透，皮肤已经没有了知觉，她居高临下，望着不远处黑着灯的教学楼。

她记得自己当时正在做一份物理试卷，绞尽脑汁地分辨着那些佶屈聱牙的概念，把笔帽啃秃了一角，突然，班里骚动了起来，同桌用力撞了一下她的胳膊肘，冲着她的耳朵大喊一声："快看，有个人要跳楼！"

笔尖在纸面上留下了一条锋利的创口，夏晓楠心里忽悠一下，扭过头，就看见一个人影从对面的行政楼上一跃而下，像一块不知从什么地方飘来的灰烬。半个班的人都站了起来，争相涌到窗口围观，把原本在窗边的夏晓楠挤到了一边，大家都在看，只有她不敢。

直到警察后知后觉地处理了现场，夏晓楠都不知道跳下去的人是谁，也没来得及见她最后一面。

这个眉清目秀的小姑娘，从出生到现在，整整十五年，只活成了一个大写的"不敢"，她不敢挺身而出，不敢开口要求分担一部分家庭的重担，总想假装自己是个和其他人一样的普通少女，能两耳不闻窗外事地读自己的书。

她不敢为别人出声，也不敢为自己说话，不敢反抗一切毫无道理的欺凌，过往的生活只教会了她默默忍耐，期待着无常的命运之风把那些不好的东西都吹走。

然而命运从不雪中送炭，只会雪上加霜。

她也不敢和那个傻乎乎的男孩逃之夭夭，不敢扔掉自己的手机，不敢在那个时候，从那个垃圾桶里出来……

甚至一切结束时，她都不敢去看冯斌一眼。

只要不去面对，就可以当一切只是噩梦，一切还未发生。

夏晓楠双手扶住冰冷的护栏杆，手心"闻到"了那上面腥甜的铁锈味，一长串的眼泪从八楼的楼顶滚落而下。

骆闻舟扣上对讲机："别开警笛，消防和救护车也都闭嘴，别刺激她！嘴皮子利索腿脚好的，都准备跟我上去，动作快！消防气垫呢？"

警察、消防队员、救护车从四面八方围拢过来，放学后原本已经宁静下来的校园里乱成了一锅粥，行政楼的管理员吓得直哭。

费渡无声无息地绕开众人，往行政楼正对的教学楼走去，他向管理员要来了钥匙，打听清楚后，径自走进了当年初二（6）班的教室。教室里空无一人，粗心大意的值日生没把黑板擦干净，剩下一角字迹，似乎是一道代数题。费渡朝窗外看了一眼，抬手打开了教室的灯。

然后他推开窗户，对上已经站在了护栏外的女孩。

夏晓楠一直在盯着那间教室，没想到里面突然有人开灯，一时晃了下神。

与此同时，效率奇高的消防员已经飞快地把安全气囊充满了，开始预判她有可能坠落的落点，骆闻舟带着一帮消防员和刑警接近了顶楼，费渡修长而挺括的衣摆被窗口的风往他身后卷去，衣袂翻飞。

他眯起眼睛，和楼顶上不知所措的女孩遥遥对视。

"姑娘，"骆闻舟上了顶楼，远远地对夏晓楠开了腔，"风太大了，你小心一点儿。"

夏晓楠的身体陡然一晃，双手抓住护栏，蓦地扭过头来，不言不语，先开口发出了一声尖叫。

骆闻舟把双手放在胸前，摊开给她看，非常舒缓地做了一个下压的动作。

"一个人如果自己都走到了要跳楼的这步田地，却连句话也不能对人说，你不觉得遗憾吗——小姑娘，你其实是可以说话的，对不对？"

夏晓楠不言不语，冰冷的小脸上苍白一片，她面无表情地看了他一眼，又扭过头去望着开灯的教室。

费渡冲她笑了一下，伸手点着教室的座位，靠窗一排，他数到了第五个，拉开椅子坐在了那里，顺手推开旁边的窗户。初中生的座位对于手长脚长的成年男人来说略显狭小，他的腿委委屈屈地蜷在桌下，手肘撑在桌面上。

夏晓楠的目光不由自主地随着他动，此时忽然一震——那正是她自己曾经坐过的座位。

骆闻舟飞快地打了几个手势，趁着夏晓楠的注意力被吸引到一边，几个刑警和消防员分别从几个方向朝夏晓楠移动过去，这样，她的行动就会被锁定在一个极小的区间内，她要么不跳，要么只能原地跳，即便真的一跃而下，消防气垫能接住她的概率也会大大增加。

骆闻舟压低声音，冲着对讲机说："人在顶楼西侧，距离拐角大概一米五的位置，七楼的救援人员立刻就位——"

"收到。"

对讲机里话音落下，几个消防员紧跟着从七楼西侧的楼道窗口爬了出来，紧张地待命，以防她万一摔下去。

楼下的消防员们正拉扯着消防气垫，不住地微调位置。

"我妈就是从这儿跳下去的。"夏晓楠沉默片刻，望着亮灯的教室，终于开了口，她不尖叫时，声音细且甜，带着一点儿轻微的鼻音，显得非常柔软，"你们别过来。"

悄悄靠近的刑警同时回头看骆闻舟，骆闻舟示意他们暂停——虽然不能靠近，但至少这个站位是把她逼到那里不能动了。

"我们都知道，那确实是个悲剧，你现在打算重蹈她的覆辙吗？"骆闻舟说，"小姑娘，遇到什么难处了吗？"

夏晓楠并不回应他，只是喃喃地说："跳下去就一了百了了。"

"那你就错了，"骆闻舟叹了口气，"这个事真应该让我们法医同志来给你科普一下，跳下去并不是一了百了，你知道后面还会发生什么事吗？从这里掉下去，你会成为一个不受控制的自由落体，并不一定是头部落地，你不会立即死亡，你会在数十秒，乃至几分钟之内，都清晰地感觉到全身骨骼碎裂、内脏破裂的痛苦，你会血肉模糊地在地上挣扎，比现在痛苦一万倍。"

夏晓楠发着抖，抽泣了一声。

"如果你没有立即死亡，按照规定，我们要尽可能地抢救你，救活的概率很小，所以我们基本是在'按照规定'增加你的痛苦。让你走得毫无尊严，相当难看，然后法医会草草把你缝成一个人样，通知你爷爷来认尸。"骆闻舟说，"但是也没关系，反正他一回生二回熟，这辈子认过的尸体太多了。"

夏晓楠望着亮灯的教室，忽然泣不成声。

七楼窗口的消防员壁虎一样地往上爬了几米，靠近夏晓楠，楼顶的刑警们进一步缩小包围圈。骆闻舟和同事们交换了眼神，又小心地上前一步："你有什么难处，现在不说，以后也就没机会说了，你连死都不怕，还保守什么秘密？"

夏晓楠终于回头看了他一眼，她嗫嚅良久，突然说："她是恨我，才从这里跳下去的。"

众人本来以为她会说和冯斌有关的事，没想到女孩突然冒出这么一句，一时都愣住了。

这时，骆闻舟手机一振，看见费渡发来了语音信息。

费渡说："夏晓楠站在那个位置，现在应该已经发现了，她妈妈跳下去之前一直在注视着她，等到她抬头，才特意跳给她看的。"

骆闻舟毛骨悚然地往对面的教学楼上看了一眼。

费渡第二条信息又到了："不然世界上有成千上万座高楼，她为什么只选择了这里？为什么偏偏要往这个方向跳？"

骆闻舟猛地抬头，对夏晓楠说："谁恨你，你妈妈？"

"她恨我，"夏晓楠伸手一指对面的教学楼，"她就这么看着我，不知道看了多久，直到我们班有人发现了她，直到我抬头看她……她就是想跳给我看，对我展示，她终于摆脱我们了。"

骆闻舟后背冰凉一片。

"我爸和我爷爷生病，花光了家里所有的钱，最后连化疗也做不了，只能从一些江湖郎中手上买中药，做'保守治疗'，晚上，我跟他们只隔着一道门帘，常常听见我爸半夜里疼得睡不着，来回辗转、唉声叹气，吵醒了我妈，她就得起床照顾他，然后不停地哭——她每天除了在学校以外，还另外打一份工，没白天没黑夜地干活挣钱，回到家连觉也睡不好，有时我爸也说'要是实在受不了，就离婚吧，我们不拖累你'。可是我害怕，没有她，我该怎么办呢？"

夏晓楠垂下目光，看着不远处唯一一处灯火，觉得自己整个人好像踩在了云端之上，不真实，因此不由自主地把埋了多年的话往外掏："我知道她失眠、神经衰弱、抑郁，可我就只会在我爸跟她说要离婚的时候哭着跑出来，央求她别不要我们。每次她忍无可忍，对我倾诉什么的时候，我都不愿意听，因为我怕听多了就得承担责任。

"我只会搪塞她，每次都跟她说'妈，我不懂这些，我会好好读书，等将来……等将来我考上好大学，找到好工作，你就能享福了'。"

夏晓楠说到最后几个字，几乎泣不成声，楼顶的铁栏杆被她摇晃得"嘎嘎吱吱"地直响。

骆闻舟立刻接上话音："那你现在想要效仿她，摆脱你爷爷这个累赘吗？你是觉得他老也不死，拖累了你，所以报复他吗？"

夏晓楠用力摇着头。

骆闻舟的声音故意冷淡下来："可是在我们看来，你就是这个意思。不然你跳下去，摔成一堆烂肉，还有别的意义吗？"

"死有什么意义？"夏晓楠大声说，"她可以逃避，我为什么不能逃避？"

"因为冯斌还在那边等着你呢，"骆闻舟说，"他死不瞑目，你想好怎么给他解释了吗？夏晓楠，你逃避得了活人，难道还逃避得了死人吗？"

"冯斌"好像是一个禁忌，夏晓楠再一次失控地尖叫起来，然而她人虽然在护栏外，双手却是紧紧抓着铁护栏的，骆闻舟注意到她的肢体语言，意识到费渡说得对，这女孩到了关键时刻没有纵身一跃的勇气。骆闻舟果断一挥手，距离夏晓楠最近的消防员已经在他们交谈中悄悄靠近到她五米之内，那消防员猛地冲出来，在夏晓楠反应不及时一把抓住了她的胳膊。

夏晓楠惊叫一声，几乎失去平衡，早早悬挂在七楼的另外两个消防员一左一右地从下面兜住了她，少女像一只无助的小虫，被众人不由分说地从楼顶黏了下来，哭声碎在呼啸的夜风里。

骆闻舟走过去，往对面的教学楼里看了一眼，见费渡一手插在兜里，颇为不慌不忙地关上了窗户，远远地朝他招了一下手。

"世界上有成千上万座高楼，她为什么只选择了这里？"

"……什么样的妈妈会掐着时间，特意把尸体留给她的孩子呢？"

"她是恨我。"

"她是……"

骆闻舟就着方才费渡发过来的微信，隔着两座楼，他站在楼顶给费渡回了过去："夏晓楠说她妈恨她，是真的，还是你用了什么手段让她误解的？"

"真的，"方才还气场强大又淡定的费渡冻得手指已经不灵便了，强撑着风度，没骨地哆嗦成鹌鹑，关紧窗户，靠住教室的暖气，他对着电话说，"长期的心情抑郁是主要因素，不过人在精神状态极端不稳定的情况下，会向亲友发出各种形式的求救，如果得不到回应，会让她的情况雪上加霜——极端情况下甚至会憎恨起自己的亲人。"

骆闻舟用手机打字："你上次说你知道你母亲的死因，那她……"

他输入到这里，远远地看了一眼费渡靠在窗边的背影，见一整座楼悄无声息，所有的教室都在黑暗中沉睡，唯有他一个人孤独地伫立在一小片灯光下。

骆闻舟手指一顿，又把方才打的字都删了。

就在这时，陶然的电话打了进来。

"夏晓楠救下来了，"骆闻舟回过神来，"我们这就把她带回去。"

"嗯，我知道，"陶然说，"我是想告诉你，方才钟鼓楼景区方面给了我回音，查了你说的巡逻员，他们那儿确实有这么个人，工号和姓名是对得上的，但……"

骆闻舟轻轻一抬眼。

陶然说："那个巡逻员应该是个女的。"

第七章

夏晓楠这个人是救下来了，然而她和诡异的冯斌被杀一案究竟有什么牵扯，依然迷雾重重。那个神秘的巡逻员当时要干什么？为什么要混进钟鼓楼景区，又为什么要一路跟着骆闻舟他们？也让人十分费解。

等骆闻舟他们处理完少女跳楼事件，安顿了夏晓楠后再回家，已经接近夜里十点了。骆闻舟觉得连空气都被饿得稀薄了三分，一推开家门，他还很不平衡地发现，自己肚子里空空如也，骆一锅的猫食盆里竟然有粮有罐头！

没良心的老猫吃饱喝足，把自己舔得油光水滑，四仰八叉地赖在猫窝里。听见门响，尖耳朵转了半圈，理都不理，遑论迎接。

骆闻舟对自己的家庭地位加深了理解——原来骆大爷每天出来进去迎接的乃是行走的饭票，至于铲屎的两脚废物本人，它一点儿兴趣也没有，只要有吃的，人野到哪儿去无所谓，爱死不死。

别的生物饥一顿饱一顿倒没什么，骆闻舟只是唯恐饿着费渡这个病号。

刚把夏晓楠逮下去的时候，他就想叫病号先走，可是费渡不肯。一看时间已经太晚，路上，骆闻舟又想从外面买点外卖，费渡也没说想吃什么，就对着途经的一路大小饭店做出了鸡蛋里挑骨头的点评，言外之意，仍是不肯。

"非要回家吃，回家有什么好吃的？给你喝粥吃咸菜就顺口了？你比骆一锅毛病还大。"骆闻舟一边抱怨，一边匆匆忙忙地把一碗淘过的大米冻进冰箱，又开始剁肉末和皮蛋丁，手忙脚乱地支起高压锅，他对着旁边游手好闲的费渡暴躁地数落道，"你还跟骆一锅一样碍手碍脚！"

捧着游戏机在他身边打转的费渡，以及不知什么时候凑过来的骆一锅一站一蹲，一起将目光投向他。骆闻舟与这二位对视片刻，谁也惹不起，不到半分钟就溃不成军，任劳任怨地干活去了。

费渡会在大雨里跟一帮空虚的富二代飙摩托车，会跟狐朋狗友喝酒喝到半夜，会挥金如土，会满口油腔滑调，分明应该是个张扬纵情的人，可他同时又克制内敛得过分，笑也好，怒也好，大部分是摆出来应景，一点真实的喜怒哀乐都像是微量元素，须得用上特殊的仪器才能瞧出端倪来。

骆闻舟在自己肉眼前加了两片显微镜，隐隐约约看了个不分不明，可能是他的错觉，骆闻舟觉得这会儿费渡有点"黏"他——只有一点儿，是煮烂的大米那种黏度。也许和嘴里不停喃喃说"她恨我"的夏晓楠擦肩而归时，费渡心里并不像他表现出来的那样无动于衷。

费渡按着骆闻舟的差遣，占用了一个小小的案板，开始着手"拌咸菜"。咸菜是店里买的芥菜疙瘩，需要切成细丁，再和香菜丁、尖椒丁一起，兑上香油、蚝油等调料，这是骆闻舟化用了东北人民"老虎菜"的私房吃法。

费渡是个聪明人，不管让他干什么，都能学得很快，说一遍准能记住，很快就像模像样起来……只是刀工差一点儿，下一刀要找半天角度，菜刀一下一下碰到熟食案板，碰撞声几乎要拖起长音，听起来格外催眠，及至骆闻舟用高压锅煮好了自创的皮蛋瘦肉粥，蒸上了速冻的小包子，费渡才刚把一小块芥菜切完。

骆一锅从烤箱顶上探出头，好奇地盯着费渡，观察他干什么，却不敢在他面前造次捣蛋。骆闻舟双臂抱在胸前，注视着他们家的费爷和猫爷，直到这时，他自己落在行政楼顶的心才仿佛归了躯壳，缓缓沉入胸口，发出了一朵学名"静好"的花。

就在费渡用菜刀在尖椒身上来回比画的时候，骆闻舟突然好似无意地开口说："哎，你要是没地方去……要不要先跟我搭伙过？"

费渡手一滑，一刀落下，将尖椒腰斩于案板间。死不瞑目的尖椒对天喷出了一股辛辣的冤情，堪比生物炸弹，中招的费渡和骆一锅同时打了一串喷嚏，辣得涕泪齐下。

骆闻舟早有准备地躲到了一米开外，笑成了狗——然后借机把方才的问题遮了过去，嘻嘻哈哈地去给费渡拿湿巾盒。

他觉得自己多余问，费渡，费总，穷得什么都没有了，就剩下钱了，郊外有别墅，市中心有豪华公寓，房产多得数不胜数，得有专门的会计师和律师才能算清楚，连全市最大的六星酒店都有他一多半的股份，全世界都欢迎他来睡，怎么会没地方去？

费渡透过通红的泪眼，回头注视着骆闻舟有点仓皇的背影，一时有冲动追过去，回答一声"好啊"。可是他一张嘴，就忍不住背过脸又打了个大喷嚏，刹那的冲动好似风灯中一株微弱的火苗，无声而起，又无形而殁了。

第二天一大清早，骆闻舟就先被叫到了法医科，夏晓楠书包上的血迹化验出了结果，血迹确实是冯斌的，书包的拎手内侧还有一个隐蔽的血指纹，与系统中记录的卢国盛的指纹一致。

"也就是说，卢国盛杀完冯斌，从垃圾箱里挖出了夏晓楠，搜走了她包里的钱和手机,又把包还给了她。"陶然说,"可我还是觉得夏晓楠不可能是同谋,你们想一想这件事,不觉得很瘆得慌吗?别说一个小女孩,如果我不是警察,我这么大个人都未必敢和卢国盛这种穷凶极恶之徒有交流。"

"还有那个可疑的巡逻员,"郎乔探头插了句嘴,"我本来以为他跟卢国盛他们是一伙的,假冒巡逻员是打算清理现场的血迹,可是现在想一想,清理血迹能有什么用?卢国盛和夏晓楠打过照面,这结论我们一化验就能检查出来,凶手连杀人分尸都不肯戴个手套,犯罪现场的一点血迹有什么好在意的?"

骆闻舟:"夏晓楠怎么样了?"

"一会儿我试着和她聊聊,"陶然说,"对了,我刚才联系了育奋的老师和那几个学生,老师倒是没说什么,答应上完课就过来,学生家长可都不太愿意,可能还得再沟通一轮。"

别人家的孩子出事,做家长的自然同情、后怕,可是如果因为这事,三天两头让公安局把自己家的孩子招去问询,那就不十分美妙了。

"理解,"骆闻舟叹了口气,"实在不愿意过来,等会儿我们挨个上门家访——先去问问夏晓楠。"

夏晓楠静静地坐在那里,像一盏单薄的美人灯,线条精致、活灵活现,然而只是一层纸,稍一不注意,她就要在火苗中化成灰烬。她一声不吭地看了看陶然和骆闻舟,继而又重新低下了头,凌乱的碎发自两鬓垂下来,在肩头落了一把。

骆闻舟比较擅长对付穷凶极恶的类型,一见夏晓楠,头都大了两圈,因此将主场交给了陶然。

"夏晓楠是吧?"陶然像个好说话的副科老师,非常慈眉善目地往她面前一坐,亮出了自己的工作证,"我叫陶然,在咱们市局的刑侦部门工作,想找你了解一些事。"

夏晓楠不抬头,好像没听见,全心全意地抠着自己的手指甲。

一个小时之后,无计可施的陶然从审讯室里出来,一无所获。

夏晓楠好似随身背着一个隐形的蜗牛壳,外面有任何的风吹草动,她都要战战兢兢地缩回去,软语相劝,她不吭声;态度强硬一点儿,她就哭,哭起来能撕心裂肺,有一次甚至差点儿原地休克,陶然没办法,只好中途把扮演黑脸的骆闻舟轰到了监控室。

从某种程度上来说，这女孩也算是软硬不吃了。

从头到尾，她只给过三次反应。

第一次是陶然问"冯斌遇害的时候你在不在场"。第二次是骆闻舟被她躲躲闪闪的态度弄得不耐烦，冲她说了一句"你是不是事先勾结过通缉犯，要不然他怎么能在那么复杂的小路里正好截住你们"，两次她都点了头。第三次，则是陶然问她"你知道是谁要害冯斌吗"。

夏晓楠给出了清晰的回答，她说："是我。"

"是我"这两个字一出口，女孩就崩溃了，她的神经细如蛛丝，仿佛一台行将报废的破电脑，随便点开个蜘蛛纸牌都能崩，崩开就接不上，至于她为什么要害冯斌，从哪里认识了卢国盛，那通缉犯事发后又跑到了什么地方，就全然问不出来了。

被卷入恶性案件中的人，只要不是那种丧心病狂的大变态，往往会抵赖，就算抵赖不成，也会下意识地把自己描述成无可奈何的受害人，撇清关系与推卸责任乃是人之常情——他们鲜少会承认得这么痛快，连段动机都不肯编就一口认下来。

夏晓楠的爷爷等在楼道里，孙女被带到公安局，老人终于后知后觉地察觉了不对，他到处打听才拼凑出了一点儿来龙去脉，吓得肝胆俱裂，见陶然和骆闻舟走过来，立刻像犯了错的学生，手足无措地站了起来。

陶然用胳膊肘一戳骆闻舟："你去跟他说。"

骆闻舟闻言，掉头就跑："李主任，哎呀，李主任，我可找您半天了，昨天说的材料给我找着没有啊，急等着用呢！"

陶然目瞪口呆：骆闻舟这个王八蛋！

因为夏晓楠不肯配合，整个案子再次陷入僵局。

傍晚时，焦头烂额的刑侦队在会议室里碰头。

"那小姑娘除了反复承认是她害死冯斌之外，什么都不肯说，"郎乔在夏晓楠情绪稳定后，又去找她谈了一次话，"还有，我旁敲侧击，发现她根本不知道卢国盛是十五年前就在逃的通缉犯，提到这个人她就开始哆嗦，手指抠破了也毫无反应，是真害怕，不是装的。"

"他们班主任宋老师刚才过来和我聊了，"陶然夹着记事本走进来，"她说夏晓楠成绩好，性格文静，长得也漂亮，班里的男孩喜欢她的不少，但没见她和谁关系走得很近过——女生也没有，他们班氛围很好，大家都很团结，在学校里朝夕相处，像家人一样，不存在欺负人的现象。"

郎乔说："学校里有没有欺负人的现象，老师不一定会知道吧？"

"不，"肖海洋一推眼镜，"单个的吵架、针对之类鸡毛蒜皮的事老师可能不知道，但长期、群体性的校园暴力，除非老师是智障，不然她心里一定有数。要么校园暴力确实是子虚乌有，要么那老师在撒谎。"

肖海洋的政审材料就压在骆闻舟的办公桌上，他还没来得及打开，闻言，骆闻舟看了他一眼："我不是让你们去跟学生们聊聊吗？"

"聊了，"肖海洋摊开笔记本，"这次出走的学生总共六人，除了冯斌和夏晓楠以外，还有四个学生，三男一女，女孩说是连惊带吓地发烧了，根本不肯见我们，剩下三个男孩倒是都见到了，但是一问三不知，口径一致得好像统一过，一口咬定出走是为了出去玩，出事当天都待在宾馆，不知道冯斌和夏晓楠是一起的，也不知道他俩出去干什么。"

骆闻舟想了想："我记得有个小胖子叫张逸凡，见了生人说话有点结巴，也没说什么吗？"

肖海洋摇摇头。

骆闻舟问："景区方面呢？那个假冒的巡逻员有没有线索？出事当天，卢国盛杀了人，大摇大摆地离开现场，之后去了哪儿，有没有监控可以追踪？"

几个风尘仆仆的刑警一同摇了摇头。

骆闻舟皱着眉，忽然站起来，披上外衣要走，郎乔忙说："这都快下班了，老大，你还要干吗去？"

"再去找那几个学生聊聊。"骆闻舟一口把桌上的茶喝完。

郎乔看了一眼表："可是燕公大那边说联络员一会儿过来，你不在谁给他签字调档？"

骆闻舟没好气地一摆手："爱谁谁，他谁啊，还让我专门在这儿恭候圣驾？我不干工作了吗？当谁都跟他们这帮倒霉学生一样闲得没事，让他明天再过来一趟！"

他话音刚落，就听见门口一个声音说："骆队今天的预约已经满了吗？"

第八章

骆闻舟目瞪口呆地看着费渡插着兜、抬脚进屋，此人不知什么时候换了一身学院派风格的衣服，胳膊底下还假模假式地夹着一本书，抬手在门框上轻轻一敲，费渡的目光扫过整个散发着"求包养"气息的刑侦队，发出一个群体性的点头致意："我的办公桌还在原位吗？"

虽然费渡在刑侦队待的日子并不长，但自古"由俭入奢易，由奢入俭难"，没有对比就没有伤害，所有人都记得六星酒店专门配送的夜宵、取之不尽的饮料零食，在强大的糖衣炮弹之下，几乎生出了条件反射——看见费总这位玉树临风的美男子，第一反应是分泌唾液。

骆闻舟眼睁睁地看着手下这些没见过世面的小弟们散德行，恭迎散财童子一样，簇拥着费渡占领了自己的办公室，终于回过味来了——怪不得他头天晚上说让费渡不用来接的时候，这倒霉孩子答应得那么痛快！

陶然从后面撞了他的肩膀一下，压低声音对骆闻舟说："你俩这算什么情趣？"

骆闻舟顷刻间收起了自己"找不着北"的表情，散发出高深莫测的冷淡，语重心长地对陶然说："你啊，一个整天坐在家里幻想老婆的人，情趣和你有什么关系？"

接着，骆闻舟故作不耐烦地看了一眼表，假装早知道来者是费渡，愤愤不平地抱怨："这时候才来，他是在食堂订桌了吗？这种自由散漫的小青年，真没法说。"

陶然保持着微笑，认真思考着绝交的一百〇八十式："你刚才不是要去家访出走学生吗？"

"是啊，"骆闻舟甩了甩身后看不见的大尾巴，"要不是为了等他我早走了，净耽误我事——费渡，别废话了，有什么要我签的赶紧整理出来。"

陶然看着骆闻舟扒拉开人群进屋逮费渡的背影，实在忍不住笑了起来，然而他一个放松的微笑还没来得及成型，兜里的手机就振动了一下，陶然掏出来看了一眼，来信人是常宁。

常宁问他："我朋友送了两张水上杂技表演的票，就是这个周末，她刚才临时放我鸽子,你要不要来？"

短短一条信息,陶然活像个阅读障碍患者,来回看了十分钟,恨不能把每个字都掰开嚼碎,吞进肚子里。陶然知道,常宁不是那种性格强势张扬的姑娘,就连请他去看一场表演,也要先说出一长串理由,这个邀请对她来说,已经算是非常明确的表达好感了。

可是……

他不由得想起了老杨,老杨出事前不久,曾经拿出女儿的录取通知书的照片给陶然显摆,不知想起了什么,突然叹了口气,对陶然说："一转眼孩子都这么大了,我们这一代人,稀里糊涂地就过了大半辈子。想起当初她妈嫁给我,还是老领导给介绍的对象,当时心里可美了,觉得自己好不容易算是骗回个媳妇,往后不用打光棍了,也没想别的,现在觉得太草率了,光知道看人家条件好,不知道自己是个累赘。"

陶然当时嘻嘻哈哈地调侃老家伙得便宜卖乖,没往心里去,之后很久才回过味来,明白了老杨这话里的深意。

太太平平的时候,谁不想和一家人腻在一起、老婆孩子热炕头？遇到危险的时候,却恨不能自己是石头缝里蹦出来的猴子,无父无母、无亲朋无故旧,是光脚的光棍一条,"赤条条来去无牵挂"。

陶然轻轻地吐出口气,在旁边同事们的七嘴八舌中,删掉了差点儿发出去的"好",重新回了一条："抱歉,我这周末要加班。"

他想趁着周末偷偷去看看师娘,哪怕师娘不愿意见他,放下点东西,也算聊表心意。老杨留下来的那些照片还等着他去查,还有那些触目惊心的只言片语……陶然掐了掐自己的眉心,觉得自己可能从骨子里就不是个干大事的人,有点事就往心里去,就要夙夜难安、辗转反侧,他不由得羡慕起天塌下来也能当被盖的骆闻舟来。

被羡慕的骆闻舟在十分钟后,顺手拐走了刑侦队的首席金主费渡。

"费总,你从小到大没挨过骂吧？"骆闻舟坐在车里说,"走吧,我带你挨顿骂去——宏志路的幸福苑小区,不认识路开导航。"

那天在市局,几个学生已经都接受过问询了,今天肖海洋他们再上门,家长们已经很不耐烦,再一再二不再三,这回他再去,骆闻舟用腰带都能想出学生家长得给个什么脸色。不过他总觉得,如果有人能说出点儿什么来的话，应该就是那个小胖子张逸凡，所以宁可讨人嫌，也要硬着头皮再去一次。

骆闻舟一边琢磨，一边打开了肖海洋的档案和政审材料——肖海洋父母离异，母亲已经因病去世，他成年之前由父亲监护，父亲和继母经营一家4S店，家里还有个同父异母的弟弟，正在念高中，家庭条件还不错，全家都是普通人，近亲属里没有涉案人员、没有死于非命的，甚至连个有公、检、法背景的都没有。

肖海洋刚从学校毕业没几年，家庭背景又干净简单，所以资料并不多，一目了然。骆闻舟忍不住皱起眉——这就奇怪了。

费渡余光瞥了他一眼，没问他在看什么，只是提醒了一句："快到了。"

骆闻舟合上肖海洋的材料，抬头望向前方一大片高档小区，短暂地把思绪收回来。他十分头疼地叹了口气，说："要不然一会儿这样，你先假装去上个厕所，等人家甩完脸色，你再过来。"

费渡不慌不忙地听着导航往前开，不以为意道："放心吧，只要他们家有女性成员，我就不会挨骂。"

骆闻舟伸手捏了一把他的侧腰："你还想当着警察叔叔的面勾引已婚妇女？"

费渡无声地笑了起来。

不过费总并没有得到勾引已婚妇女的机会——敲开张逸凡家门的时候，战战兢兢的小胖子表示他父母不在家，晚上出去应酬了。

大人们大抵都是繁忙的，因此才会花大价钱把孩子送往寄宿学校，全权交托给老师。

这不能算不关心孩子，花了那么多钱，能算不关心吗？

成绩好、表现好，就给他奖励，给他买东西。犯了错、胆敢出走，当然就要罚，罚不许吃饭，扣光零用钱，把他关在家里让他反省。奖惩分明，多么有"原则"的教育。至于青春期的孩子心里在想什么，那并不重要。一帮小崽子能有什么有价值的想法？广袤的非洲大地上还有那么多饥饿的儿童，这些要什么有什么的祖宗还有什么可矫情的？

非常不幸，很多父母饲养儿女，并不比饲养猫狗更用心。

"请坐。"张逸凡挺有礼貌，给他们倒了水，只是十分认生，不肯抬头和客人们对视，像接受审讯一样，蔫头耷脑地坐在对面，"今天有别的警察叔叔来过了，你们还要问一样的问题吗？"

骆闻舟端详着他:"你还记得我吗?"

张逸凡飞快地看了他一眼,点点头。

骆闻舟放缓了声音:"我不知你听说没有,昨天晚上,夏晓楠从医院里溜出去,爬上了一个楼顶——"

张逸凡吃了一惊,猛地抬起头,双手攥紧拳头:"啊!"

"救下来了。"骆闻舟伸手比画了一下,"差这么一点儿,就从八楼跳下去了。"

张逸凡先是大大地松了口气,又连忙追问:"她没事吧?"

"没受伤,"骆闻舟说,觑着小胖子的反应,又补充了一句,"不过我们把她带回去以后,她跟我们承认,那个杀了冯斌的凶手和她有勾结,是她害死冯斌的……你们已经超过十四周岁了,我觉得这也不能叫'没事'。"

张逸凡睁大了眼睛,脱口说:"不是的!"

随后,他脸上的血色褪了个干净,死死地咬住牙,在暖气充足的屋里,鼻尖上沁出了一层薄薄的汗珠。

费渡突然问:"你也喜欢夏晓楠吗?"

他一句话像是一把躁动的火星,小胖子的脸一下由白转红,他紧紧地闭着嘴,憋得好像要炸,然而就在骆闻舟以为他要说出点什么时,小胖子忽然看向了费渡,目光掠过他敞穿的大衣、腕表,以及他那懒散又显得游刃有余的坐姿,那一瞬间,少年的脸上清晰地露出了恐惧。

费渡一愣,就见张逸凡紧紧地抿上了嘴,坐立不安片刻,仿佛下定了什么决心,站起来走回他的卧室,片刻后,拿了个信封出来,往骆闻舟和费渡面前一推。

骆闻舟诧异地接过来,打开一看,发现里面是两张银行卡。

"这里面是我妈给我存的教育基金,还有我从小到大的压岁钱,两张卡的密码一样,都是我生日,在警察局里登记过——里面一共应该是三十万……唔,应该还有一点儿利息。"张逸凡努力坐正了,用不知从哪个电视剧里看来的汉奸贿赂鬼子的姿态,笨拙地说,"麻烦您多照顾夏晓楠,她不是那样的人,这里面肯定有什么误会。"

这真是能载入史册的一刻,骆队混到现在,收到了他从业以来数额最大的一笔贿赂,而行贿者还是个未成年!

现在的熊孩子都是从哪儿学来的这一套！

骆闻舟屈指轻轻一弹，把银行卡弹回到信封里。

"你不告诉我你们出走的真正原因，不告诉我夏晓楠和冯斌的关系，也不告诉我冯斌在学校里和谁结过怨——就想通过这玩意儿……打算让我怎么样？私自把夏晓楠放出来吗？"骆闻舟心累地叹了口气，"我说宝贝儿，你有病吧？"

小胖子张逸凡傻乎乎地看着骆闻舟。

骆闻舟把信封放在桌上，让他气笑了："三十万就想打发警察叔叔，差点儿意思吧？"

张逸凡没听出这是句玩笑话，竟然信以为真，小圆脸上露出了一点走投无路式的慌张，他嗫嚅着说："可是……我真的就只有这些了……"

"你这都是从哪儿学的？遇到什么事就拿两张卡解决，"骆闻舟笑容渐冷，冲着那小胖子板起了脸，"杀人偿命的事也是能用钱解决的吗？哪个混账老师教你的！你告诉我，我明天就让他滚出教育界！"

张逸凡在家里怕他爸，在外面也怕和他父亲一样强势严厉的男性，当时就被骆闻舟吓得噤若寒蝉，一声也不敢吭。

"如果夏晓楠杀了人，那不管是她亲自动手，还是她伙同他人，都必须得付出代价。向警方隐瞒一个通缉了十五年的通缉犯去向，勾结通缉犯，朝同学下手，多大的仇要这么丧心病狂？"骆闻舟每说一句话，小胖子的脸色就要白一分，"杀人不算，还要分尸——"

那天在市局里，警方只是询问，没有告诉几个学生冯斌案的细节，那么血腥的事，老师和家长当然也不会提起，张逸凡回家就被关了禁闭，还没来得及回学校，骤然听说"分尸"两个字，他吓得从沙发上一跃而起："分尸？什……什么意思？冯斌被人……被人……"

骆闻舟很想给他描述一下冯斌的死状，话到了嘴边，看着那副还带着孩子气的面孔，又咽回去了，只是问："你们为什么要出走，是谁撺掇的？是谁要害冯斌？"

"没……没有！没有人要害他！"张逸凡连连摇头，在骆闻舟的逼迫下，他像是背了一千次台词一样，脱口而出，"我们是为了圣诞节……"

费渡把茶杯放在桌上，一声轻响打断了张逸凡。

"圣诞节？"他问，"圣诞节是什么特殊的日子吗？"

张逸凡好像一只被掐住了脖子的小仓鼠，瞳孔连带着整个人都瑟缩了一下，可怕的沉默在小胖子家装修考究的客厅里蔓延开。

半晌，那少年忍无可忍，发出一声难以抑制的哽咽。

"给你父母打电话，"骆闻舟伸手去摸桌上的手机，"有什么好应酬的？"

张逸凡猛地扑上去，双手按住骆闻舟。

他手心里全是汗，湿答答、黏糊糊地贴着骆闻舟的手背，手心冰凉。

骆闻舟觉得他十指齐上的样子不像个十五六岁的小伙子，反倒像个脆弱稚拙的儿童，因为缺少力量，连自己的双手都不信任，抓东西的时候本能地张开满把的手掌，似乎只有这样，才能抓得牢。

"别……别打……"小胖子艰难地从五脏里挤出一句话，"我害怕。"

"你怕什么？"费渡不动声色，见张逸凡在无意中碰到他的目光后立刻又躲开，他立刻敏锐地问，"你是怕我，还是怕某个跟我很像的人？"

"张逸凡，"骆闻舟低声接上话音，"那天在市局，你到底想跟我说什么？"

张逸凡哽咽得几乎难以安坐，整个人一抽一抽的，几次三番没能吐出一个清晰的话音。

费渡打量着他，这小胖子个头不高，长得小鼻子小眼，又招财又喜庆，T恤衫紧绷在身上，挺出一个有点圆的小肚子，小肚子上面是正在秀二头肌的超人，后背上有一个巨大的拳头，倘若光看"包装"，恐怕会叫人觉得这块布料里包裹的躯体中充满了力量，是个威武雄壮的大块头。

从客厅的沙发上，能瞥见张逸凡的卧室，卧室门没关，门后挂着一个装饰用的沙袋和拳击手套，墙上贴着电影里超级英雄的海报，床单上印着一只咆哮的美洲狮，正睥睨无双地盘踞在床铺中央。张逸凡生活空间的风格是如此的整齐划一，连一张小贴画都代表着父母对其难以言说的期待，恨不能化成刀片，把小胖子身上的肥肉削下来，把他削成泰森，削成金刚狼，削成一个铜皮铁骨、顶天立地的男子汉。

可惜事与愿违，这孩子还是个哆哆嗦嗦的小哭包。

"你喜欢超人吗？"费渡忽然问。

张逸凡躲躲闪闪地看了他一眼，用力抽噎了一下，摇摇头。

"可是你父母喜欢给你买超人的衣服,是吧?父母总是和你的想法有一些出入,我小时候也经常与我父亲的期望背道而驰。"费渡说到这儿,略微一停,骆闻舟下意识地看了他一眼,看见他语气柔和,嘴角含笑,仿佛在说一段温馨与矛盾并存的成长经历,全无一丝勉强与胡编的痕迹,"这种时候,我们往往得妥协,谁让你还没长大呢?但是我也有我自己的反抗方式。"

张逸凡一边打着哭嗝,一边眼巴巴地看着他。

费渡冲他笑了一下:"等一会儿再告诉你——你初中也是在育奋上的学吗?"

张逸凡点头。

"初中属于九年义务教育,公立学校一般都不收学杂费,但你们学校收,而且很贵,是吧?据说学校食堂还有专门的西餐厅?"费渡闲聊似的问了小胖子几个问题,都是只要点头或摇头就可以作答。

张逸凡急促的呼吸渐渐平息下来,费渡打量着他的脸色,估摸着他可以正常说话了,于是从茶几下面的杂物篓里捞出几块方糖,放在张逸凡的杯子里,又拿起旁边的暖水壶,给他加了一点儿热水,耐心等他喝得七七八八,才又抛出了下一个问题。

他说:"你喜欢学校吗?"

张逸凡用力摇了摇头。

费渡略一倾身,手肘抵在膝盖上,让自己的视线和张逸凡齐平,放缓了声音:"学校里是不是有人欺负你?"

这一次,张逸凡沉默了更长的时间,但随即,他又摇了摇头。

费渡观察着小胖子的神色——张逸凡此时已经多少平静下来了,方才那段沉默并没有什么情绪的起伏,从肢体语言判断,他似乎只是在回忆,摇头的时候动作也并不勉强。

要么是真的,要么是他认为自己没有受过欺负。

费渡话音一转:"那有没有人欺负过冯斌和夏晓楠他们?"

张逸凡先是一点头,随后迟疑片刻,又摇摇头:"……冯斌没有被欺负过,他跟他们是一起的,但他……他不一样,他挺好的。"

费渡不动声色地和骆闻舟对视一眼,听出了小胖子的言外之意——冯斌和"他们"是一起的,属于欺凌者那一派。

"他们……他们盯上了夏晓楠,"张逸凡前不着村后不着店地又吐出这么一句,"我们必须跑,这也是冯……冯斌说的。"

他说得前言不搭后语,骆闻舟却莫名从中听出了一些触目惊心的东西,追问:"谁盯上了夏晓楠?"

"……'主人'。"

骆闻舟几乎怀疑自己的耳朵出了毛病:"什么人?主人?那你是什么玩意儿?奴隶吗?"

"我不是奴隶,我是普通人,就是'平民',"张逸凡低声说,"王潇他们才是奴隶。"

除了冯斌和夏晓楠以外,这次还有另外四个学生一起出走,王潇就是其中唯一的女生——今天肖海洋家访时,王潇的家长以孩子发烧为名,将警察拒之门外。

"王潇是跟你们一起的那个女生吗?"骆闻舟见张逸凡点头,又问,"你说'王潇他们','他们'是指谁,剩下那几个男孩?"

张逸凡再次点了点头。

"'主人''平民',还有'奴隶',"骆闻舟重复了一遍,一时感觉中二气扑面,简直有些荒谬,这些熊孩子好像在认真扮演一个大型的真人版桌游,可是寒意却不断地从他脚下往上涌,"你的意思是,冯斌属于'主人',王潇他们几个属于'奴隶',你是'平民',我没理解错吧——那夏晓楠是什么?"

"夏晓楠是……'鹿',"张逸凡从喉咙尖上挤出这么几个字,尚未发育完全的声线细如一线,好似随时要崩断,"每年圣诞节,英语老师组织的圣诞晚会之后,都是学生自己的活动,学校圣诞节和元旦都不熄灯,寝室楼也不锁门,可以玩通宵,从初中到现在,每年都有一次……"

骆闻舟直觉这个"活动"不是聚众斗地主,立刻问:"玩通宵,玩什么?"

"玩打猎游戏,跟《幸存游戏》里学的,"张逸凡不由自主地压低了声音,"他们每年在圣诞节前抽奖,从'平民'里抽中五个人,可以参加打猎游戏,最后赢了的就能加入他们。"

"加入他们——意思是以后从普通人变成了'主人'?加入了有什么好处,可以随便欺负别人了是吗?"

"加入以后就安全了。"小胖子可怜巴巴地对骆闻舟说,"只要不和别的'主人'闹矛盾，以后就不会随便被人欺负，不会变成'奴隶'，也不会莫名其妙地成为'猎物'，下课以后可以第一时间去食堂，不用避开'主人'，可以配寝室和寝室楼的钥匙，不用怕被锁在外面，可以……可以好好上学。"

反抗不了，只好努力加入他们，才能得到一个正常学生应有的待遇。

"你们学校的学生真可以，"骆闻舟缓缓地说，"今年你被抽中了吗？"

张逸凡看了他一眼，无声默认。

骆闻舟："你们这个打猎游戏怎么玩？"

张逸凡握紧了拳头，客厅里的大钟一下一下地往前走着，"嗒嗒""嗒嗒"的秒针行动时带着金属的颤音，一下一下地往没有终点的前方走去，不知它跋涉了多久，张逸凡才攒足了开口的勇气。

"开始以后，所有参加打猎游戏的人要在学校里找'鹿'，只有游戏开始，他们才会宣布'鹿'是谁，之前没人知道这会落在谁头上，他们宣布完，'鹿'有五分钟的时间可以跑，可以躲藏，'猎人'们要去把他抓出来，一直到天亮，谁抓住了，谁就赢了。"

"你们学校那么大，那么多教学楼和寝室楼，一个人藏，五个人找，那怎么能找得到？"骆闻舟问，"再说像夏晓楠那样的小女孩，随便往哪个犄角旮旯一躲不能躲一宿？"

"不是五个人在找，"旁边费渡轻轻地说，"是全校都在搜她一个人。"

骆闻舟倏地一愣。

张逸凡却点点头——欺凌者的小团体在学校里掌握话语权，普通学生就像是暴君暴政下的百姓，像小胖子张逸凡一样，只想过平静的生活，只求不要莫名其妙地成为被欺负的对象，一旦接受了这个秩序体系，就会本能地顺从，像那些看见同学被欺凌，心怀不满却只敢冷眼旁观的人一样。

能参加游戏的人就像是"候选人"，每个候选人都是潜力股。

为未来能加入那个小团体中的某个人提供"鹿"的关键信息，以后自然而然地能得到那个人的保护——不，应该说，或许在游戏开始之前，机灵一点儿的孩子就已经加入了某个"候选人"的阵营。

所谓"打猎游戏"的五个候选人，真的都是被抽中的吗？

小胖子在这一点上显然说谎了，看他企图拿钱贿赂警察那一套做得那么熟悉，大概就知道他是怎么拿到的"名额"。

"'鹿'被抓住以后，"费渡问，"会怎么样？"

张逸凡的脸色煞白。

第九章

女老师姓葛，名叫葛霓。约莫四十出头，戴眼镜，化淡妆，说话斯文有礼，穿大衣搭配半裙，从头发丝到脚后跟，无处不体面。

体面得几乎不像个中学老师。

在普通中学里当主科老师，尤其是班主任，头顶都悬着升学率的达摩克利斯之剑，每天一睁眼，就觉得自己是一条心力交瘁的牧羊犬，得赶着一帮瞎眼的迷途羔羊过独木桥，身影往往淹没在雪片一样的试卷里，很少会有人把自己打扮得这样精心。

没时间，没精力，没氛围，没人看……而且没钱——这才是普通中学女老师的生活常态。

骆闻舟不动声色地打量着她，作为冯斌的班主任，葛霓已经是第二次被单独请到市局配合调查了。

这次，接待她的人换成了刑侦队长。

骆闻舟先是态度温和地开口问："葛老师带这个班多久了？"

葛霓轻声细语地回答："接手不到半年。"

"哦，"骆闻舟一点头，"那王潇这个女生，你熟悉吗？"

葛老师不露齿地微微一笑："我们班一共三十六个学生，每个孩子的情况都在我心里——王潇是个很老实也很文静的女生，目前成绩确实有些不太理想，但是一直很用功，英语尤其突出。"

骆闻舟："我听说这孩子是初三才转到你们学校的，学习不太好，家里花了大价钱，冲着你们学校的国际通道来的。"

育奋中学的"留学直通车"是其招生噱头之一。从初中开始，学校就配了一定比例的外教课，跟很多国外学校都有协议，每年寒暑假会组织出国游学的冬令营和夏令营，甚至在高二后，会开设专门的留学辅导班，除了夏晓楠那种"门面学生"，大部分花钱来读育奋的都有高中毕业后直接留学的打算。

"家长都是望子成龙，"葛老师推了推下滑的眼镜，十分得体地说，"为了让她接受最好的教育，大人省吃俭用一点儿没什么。"

"不只是'省吃俭用'吧？据我了解，她应该是倾全家之力，"骆闻舟微微眯起眼，"你们学校的开销对于我们普通工薪阶层来说，负担过重了，像王潇这种情况，父母恐怕九成的收入都得进贡给学校，还得动用家里的积蓄，以她的成绩，恐怕考个普通本科都困难，如果将来不能顺利出国，那不等于是倾家荡产的积蓄都白扔了？"

葛老师听了这番穷酸的论调，十分宽容地附和说："风险确实是客观存在的，但……"

骆闻舟不等她说完："所以这孩子等于是背负着全家的期望，她无论如何也不能退学，无论如何也得把这几年顺利念下来、顺利出国——哪怕她在学校里受尽欺凌，生不如死，也不能跟家里提一句，多大的委屈也得自己咽，老师，您说是这么个道理吗？"

葛霓脸色微变，嘴唇颤动了一下，这时才反应过来，今天这场问询恐怕不是例行公事。

"受尽欺凌？"她顿了顿，然后把一对柳叶眉高高挑起，挑出了一副过分的无辜与茫然，"骆队，您这说得哪里话？我们班……"

"都很团结，像一家人一样。"骆闻舟面无表情地接上她的话音，他略微往前一倾，压迫感十足地说，"葛老师，每年圣诞节晚会后，你知道学生们会自发组织活动吗？"

葛霓在很短的时间之内再次伸手去推眼镜："是，我知道——我们学校主推留学项目，为了帮助学生将来适应文化差异，像万圣节、圣诞节这种洋节，都是很鼓励学生搞活动的，可以通宵不落锁是传统，他们能自由安排时间，也可以和同学交流感情……"

骆闻舟再一次直接打断她："用'打猎游戏'的方式交流感情？"

"打猎游戏？"葛霓飞快地眨了几下眼，笑了起来，"这是谁告诉您的？我都不知道他们玩的叫什么。唉，现在的这些孩子，老是喜欢玩一些听起来让人害怕的游戏，什么'杀人'啦，'杀狼人'还是'狼人杀'的，其实就是玩牌而已。"

骆闻舟的目光略微透露出一点寒意:"您班上的学生玩的恐怕不只是纸牌,有人告诉我,他们在玩一种一个人躲,所有人来'搜捕追杀'这个人的游戏,他们闹这么大动静,学校一点儿也不知道吗?"

葛霓"啊"了一声,笑容纹丝不动,她轻描淡写地说:"可那不就是捉迷藏吗?"

捉迷藏?

大孩子玩的游戏往往与小孩子们的游戏有异曲同工之处——只不过更复杂、更有噱头。

头天傍晚,骆闻舟跟费渡一唱一和,撬开了小胖子张逸凡的嘴。

张逸凡说,去年圣诞节的"鹿",就是刚刚转学到育奋的王潇,当时她完全不明所以,躲进了寝室楼的公共卫生间里,躲进去之前,她还毫无戒心地和同寝室的另一个女生打了招呼。结果不到十分钟,她就被一个参加游戏的女孩闯进来,硬扯着头发拖了出去。那时王潇还并不知道,她的噩梦已经开始了。

被指定当"鹿"的人,不只是打猎游戏的时候负责躲起来让人抓,还意味着这个人被学校里的"主流"排斥讨厌了,他会成为未来一段时间里所有人都能欺负的对象。

和别的同学产生矛盾,总有顾虑重重——能彻底"得罪"这个人吗?对方的性格会像平时看起来一样好欺负吗?他家里是什么背景,老师和其他人会站在谁那边?他是不是属于某个小团体,有没有自己惹不起的朋友?因此撕将起来也总不能痛痛快快地翻脸,即使心里恨不能把对方千刀万剐,表面上也总得把握一个度。

可是"鹿"就不一样了,鹿是"官方认可"的废物,肯定既没用,又有讨人嫌之处,对付这样的人,是顺应"民意"和"正义",所有人都会站在自己这边,惊叹于自己尖酸刻薄的"才华",闲来无事找他来发泄一下,既能解压,又有助于促进自己和其他人的友谊,一举多得。

"捉迷藏,小时候都玩过,"骆闻舟双臂抱在胸前,看着对面精致漂亮的女老师,"不过一般游戏规则是谁先被抓住,下一轮就轮到谁来抓,可能是我见识少,我没听说过谁家的游戏规则是被抓住了就要去喝马桶水的。"

葛霓故作惊诧:"您说什么?"

"去年圣诞节，王潇在您所谓的……'捉迷藏'游戏里，被几个同班的女孩拉着头发从厕所里拽出来，她们强迫她去喝公厕里马桶的水，王潇拒绝后，被您'团结友爱像一家人一样的'学生们在女生寝室楼的大堂里扒光了衣服，供人围观。"

骆闻舟把一个文件袋扔在葛霓面前，几张照片的一角露了出来。葛霓猛地抓住自己膝盖上的手包。

"这是当时学生们中间流传的照片，葛老师想看看吗？"

葛霓掀开文件夹，只看了一眼，就猛地伸手盖住了，脸上的从容镇定终于荡然无存："这……这也太……对不起，我不知道这件事，那时我还不是他们班主任……我回去一定要……"

"高一上半学年，王潇因为熄灯落锁后仍在寝室楼外游荡，被巡查老师抓住了十多次，因为屡教不改，学校给她记了处分，"骆闻舟盯着女老师的眼睛，"作为班主任，别的您不知道，这事您总该清楚吧？"

葛霓嘴角哆嗦了一下："是……这件事我……"

"那我就奇怪了，葛老师，一个整天夜不归宿被处分的女生，为什么你方才告诉我，她'老实文静'？"

葛霓勉强一笑，苍白无力地辩解："我……我是怕在警察面前说三道四，会对孩子有不好的影响……"

"那您可真是认真负责，感动中国——那您知道王潇为什么专门在熄灯以后出去散步吗？因为经常有人在快要落锁的时候，把她的床褥和换洗衣服从窗户扔出去，如果她出去捡，拿着钥匙的女孩就会把寝室门和楼门上锁。"骆闻舟完全不给葛霓说话的机会，目光森然射向她妆容整洁的脸，"为什么这孩子宁可挨处分，也不肯告诉老师和家长？因为她知道学校是谁的地盘，也知道老师的态度，她被人拳打脚踢的时候，有个老师就从旁边过去，却对她视而不见！葛老师，您说您这种败类同行应该怎么处置？"

葛霓无言以对："我……我……"

监控外的陶然震惊地看向费渡："什么？这到底是真的，还是老骆诳她的？"

费渡翻着育奋中学整个高一年级学生的名单，头也不抬地说："真的——要想不被所有人欺负，就得依附于某个有'权力'的同学，成为'奴隶'，否则下一年还得当'鹿',被选中的孩子大部分都是性格软弱,家庭条件也很一般的学生,你知道,这样的孩子在普通的环境里也会被或多或少地孤立——牺牲这些不会反抗的人,剩下大多数人会得到一定程度上的心理满足……"

陶然的声音变了调子:"心理满足?"

费渡抬头看了他一眼,见纯洁善良的陶副队五官都快从脸上飞出去了,忍不住笑了,笑容一放即收,他说:"对,心理满足——有些孩子是跟风者,觉得'我合群,我和大家同仇敌忾,人人都讨厌她,肯定是她的问题,她活该',还有些孩子更聪明、更清醒,他们会觉得'我有掌控力,我不是这个学校里的底层,欺负她、孤立她,我的人缘会更好'——有王潇这样的靶子,学校里的秩序会非常稳固,确实也会更团结,最开始建立这个秩序的孩子真是个天才。"

陶然一脸"你知道你在说什么吗"的震惊。

费渡自知失言,不动声色地往回找补了一句:"当然,我是说讽刺意义上的——昨天和我们透露这些事的孩子说,今年他们选中的'靶子'是夏晓楠,夏晓楠比王潇幸运,因为她不是普通小姑娘,她比较漂亮。"

陶然皱着眉思量片刻:"也就是说,冯斌因为暗恋夏晓楠,背叛了他所属的小团体。"

"王潇和其他两个男孩是忍无可忍的'奴隶',张逸凡也喜欢那个漂亮小姑娘,刚刚花钱买到了加入小团体的资格就得知了这么个消息,很受打击,干脆在圣诞前夕一起出走了。"

陶然问:"他们要干什么?"

"冯斌临走时不是还留下了一封信吗?我猜他们是想曝光这件事,"费渡说,"先用出走引起社会关注,然后在合适的时机,通过媒体把育奋中学里的事曝光出来,没想到冯斌这时候被杀了。"

"不……等等,"陶然冲他做了个略显慌乱的暂停手势,"你等等,你的意思是,他们本想曝光这件事,结果冯斌一死,就谁也不敢多嘴了——也就是说,冯斌的死跟他学校的同学脱不开关系?他的同学,一个上中学的熊孩子,已经会杀人灭口了?"

费渡把目光投向监控。

葛霓被骆闻舟逼问得崩溃了,这会儿涕泪齐下,固若金汤的体面也一溃千里去也:"我只是个领工资的小老百姓,学校里的很多学生非富即贵,有时候我们真的没法儿管,只能睁一只眼闭一只眼,骆队……您可怜可怜我们吧……我真的不知道……"

骆闻舟一字一顿地说:"你放屁。"

葛霓是个文明人,被大流氓骆闻舟的突然发作吓得噤若寒蝉。

"现在我们怀疑你的人渣学生里有人涉嫌买凶杀人,"骆闻舟说,"这他妈是什么程度的刑事犯罪,熊孩子不懂你也不懂?葛霓,你最好给我一个说法,否则我们有理由怀疑这里面也有你的事!"

葛霓一脸惊惶,拼命摇着头:"我不知道,我是冤枉的,不要问我啊,我真的……"

费渡凑近了监控,仔细打量着女老师的表情:"她心里明显有数……唔,让班主任这么护着,这个人家里可能位高权重,也可能是和学校关系匪浅,是校董?至少也捐过大笔的钱……"

陶然反应很快,立刻转头,同步把他的分析转达给同事们,又问费渡:"还有吗?"

"有……陶然哥,我在想,为什么选中夏晓楠?"费渡的食指轻轻地敲着桌子。

陶然:"因为她也是高中才转来的,家里穷,没人管,也没人给撑腰?"

"不,成绩优秀的漂亮女孩并不是一个很好的选择,想想你上高中的时候暗恋过的班花吧。夏晓楠这样的女孩子,不知道会有多少男孩喜欢,甚至会吸引属于欺凌小团体里的男孩,轻易动她,可能会引起不必要的麻烦……为什么选她?"

"也许是另一个女孩,"陶然说,"出于嫉妒什么的。"

费渡皱起了眉。

第十章

"冯斌死了!"

"什么?冯斌?怎么死的?天哪!"

"会不会是因为……嘘！"

网络上的新闻以电磁波的速度扩散，顷刻间覆盖了大片的手机终端，一大早，葛霓的英语课就换了代课老师来上，缺席的几个空位格外扎眼，学校里课间气氛诡异非常。

育奋中学的教学楼里装修奢华，窗明几净，大理石的地板光可鉴物，每一层楼都有校工穿着统一的工作服随时打扫，兰花香型的清洁剂味道弥漫在各个角落。

一个女生穿着针织衫和短裙，把校服随意地披在外面，假装算是遵从了学校统一着装的规定。她不知从哪儿粘了一脚泥的皮鞋踩过校工刚刚拖过的地板，留下了一串泥水交加的脚印，校工不好当面斥责什么，只是抱怨似的叹了口气。女生听见这一声，脚步一顿，随即恶狠狠地把沾着裸色唇蜜的口香糖吐在干净的地板上，伸脚踩扁，头也不回地大步走了。

她在每个班门口都晃了晃，没吭声，也没说叫谁，但每个班都有人心照不宣地跟着她出来，几个男生和女生之间仿佛有什么古怪的默契，各自默不作声地交换着眼神，一同来到了高一（2）班。

高一（2）班屋里的空座是最多的，这起闹得沸沸扬扬的出走事件中几个主角基本都是他们班的，男班长正捏着根马克笔站在白板前，写圣诞节活动暂停通知，他身量瘦高挺拔，一手随意地插在兜里，别有一番冷漠镇定的风度翩翩。

穿短裙的女生等了一会儿，不见他回头，于是直接探头进去喊："魏文川！"

课间趴在桌上补觉的学生全被她这一嗓子惊动，可是一见是她，谁也没敢说什么。

男班长听是听见了，笔尖一顿，然而没理会，他不紧不慢地把剩下的几个字工工整整地写完，这才回过身，面无表情地看了看教室后门聚在一起的几个人，把马克笔丢在第一排同学的书桌上，这才踱着步从教室里溜达出来。

隐隐带着焦躁的小团体仿佛一下找到了主心骨，自发地围在了这名叫"魏文川"的少年身边，魏文川推开其中一个人递给他的口香糖，简短地冲着众人一点头："这里说话不方便，跟我来吧。"

穿短裙的女生眼圈通红，方才吐口香糖的气焰早不知丢到了哪里，委委屈屈地跟了上去。

魏文川带着他们径直上楼，来到了顶楼屋门紧锁的"多功能教室"，从兜里摸出一串钥匙，回家似的轻车熟路，领着一群人推门而入，吩咐道："把门关上。"

门锁"咔嗒"一声扣上，穿短裙的女生立刻绷不住了："冯斌死了，到底怎么回事，冯斌为什么会死？"

其他几个人你看看我，我看看你，最后将目光一起投向魏文川，全不吭声。

"死就死了，"魏文川神色漠然地开了口，"和你有什么关系？"

"可是我听葛霓说了，夏晓楠现在在公安局，她会不会跟警察胡说八道？"另一个男生脸色阴沉地说，"我当时就说，不应该选夏晓楠，都是梁右京，非得要她，人家不就是有点姿色，期中考试超你一回吗？看你这心眼小的！"

"我就是看不惯她，怎么了？"穿短裙的女生尖叫起来，"一天到晚装纯装傻，装得你们这群傻×就会围着她转，冯斌是，你也是！你现在倒为她打抱不平了，有本事跟他们一起走啊！"

"谁围着她转了，我……"

魏文川伸出一只手，插进两人之间，清脆地打了个响指，正要回嘴的男生立刻打住自己的话音，忍着余怒闭了嘴。

"再废话，你就滚出去。"魏文川凉凉地扫了女生一眼，随后他慢条斯理地说，"冯斌自己离开学校，在外面不巧被人杀了，所以呢？你们有什么好慌的？葛霓和夏晓楠在公安局又怎么了？一个是见了校长那种级别的人都不敢抬头的废物，一个是大嘴巴子抽她也不敢吭声的黄毛丫头，她们难道还敢多嘴吗？"

方才闭嘴的男生忍了忍，没忍住："万一其他人……"

"万一真有谁嘴不严实，透露出什么——"魏文川缓缓地走到窗边，一把拉开多功能教室厚重的防紫外线窗帘，大片的阳光一拥而入，无数细小的灰尘在光下起伏飘荡，他懒洋洋地眯了一下眼，"你们不承认不就得了？警察有证据吗？就算有证据，他们能把全校一起抓起来吗？放心吧，警力那么紧张，人家才没时间管你们几个中学生私下里有什么矛盾，有那精力，还不如去追查杀人的通缉犯。"

冯斌被害一事虽然见诸报端和网络,但警方不可能把没结的案子所有细节都披露出来,目前,新闻里只说前些日子离家出走的男孩意外被歹徒杀害,并没有公布冯斌的死状和嫌疑人身份,也没有人知道凶手就是十五年前"327国道案"的在逃犯。几个学生听了他这话,都是一愣,穿短裙的女生迟疑着问:"杀了冯斌的……是个通缉犯?"

"杀人犯当然会被通缉,"魏文川面不改色地看了她一眼,"有什么问题吗?"

女生无端有点发冷,闭嘴缄口不言了。

这时,上课铃声响起,打断了这场临时的会议,魏文川摆摆手,几个少男少女不敢再缠着他,应声散了。他走在最后一个,顺手带上多功能教室的门,打算重新上锁。就在这时,方才和短裙女生呛声的男孩落后其他人几步,犹犹豫豫地留在了魏文川身边。

眼看同伴已经往楼梯口拐去,他压低声音,飞快地对魏文川说:"文川,梁右京提名夏晓楠的时候,你为什么也没反对?当时大斌都急了——你应该反对的!如果……"

"我为什么要听冯斌的?冯斌跟我们,早就不是一条心了,别跟我说你没注意到。我对夏晓楠没有意见,但你不觉得……她恰恰能让我们中的叛徒暴露出来吗?"魏文川说到这儿,突然一笑,伸手拍了一下那男生的肩膀,"你很聪明,不过有时间在这里想东想西,还不如琢磨琢磨怎么应付警察。背叛者总会有报应,不是现在,也是将来,谁知道呢?大家都能引以为鉴就好了,不要步他的后尘。"

男生听出了他话里有话,看着魏文川脸上别有深意的笑容,隐约猜到了什么,一时间,他的肩头好似被毒蛇舔过,恶寒和恐惧顷刻间淹没了他。

此时,市局刑侦队也在开会。

"这个女生名叫梁右京,"陶然在投影屏幕上打出一张照片,"课外活动很多,也很能拉帮结派,是女生里的'大姐大',但是成绩一直很好,向来以'聪明''天才'自居,干什么都不影响学习成绩,有才又有貌自居,因为被夏晓楠抢走了年级第一,她父母以为她'成绩下降',如临大敌地往学校跑了一趟,没收了她的化妆品,梁右京感觉丢了人,所以一直对夏晓楠心怀怨恨——这是葛霓透露的，我认为，针对夏晓楠的欺凌者很可能就是她。"

"给这女孩的监护人打电话，把人叫来问问，"骆闻舟又转向郎乔，"夏晓楠还是什么都不肯说吗？"

郎乔无奈地一摊手。

这时，旁边的肖海洋突然插话说："我觉得从这方面入手是没用的，学校里的事，只要不造成严重后果，类似扒衣服打人这种，就算证据确凿，又能怎么样？顶多就是集体批评教育——人又没给你打坏。而且你们把学生叫来问话，身后会跟着一帮家长和律师，保准什么都问不出来。"

骆闻舟看向他："那你的意思呢？"

肖海洋说："我的建议是，这件事还是从卢国盛入手。"

"卢国盛是杀害冯斌的凶手，这一点毋庸置疑，能找到卢国盛，我们也不会跟一帮熊孩子较劲——可现在恰恰就是抓不着卢国盛啊。"陶然说，"他在钟鼓楼杀完人后，大摇大摆地离开，明显就是有人接应，在逃十五年还过得相当滋润的通缉犯哪有那么好抓？要不是发现夏晓楠有问题，我们连学生这条线索都没有，弄不好又得是大海捞针。"

骆闻舟不置可否，干脆地分派了任务："陶然，你带人去趟学校，了解一下情况，小郎，通知梁右京家长，把那女孩传过来问话——费渡，你不忙着回学校的话，先替我跟夏晓楠聊……"

他话没说完，肖海洋就突兀地打断了他："十五年来，卢国盛不可能一直销声匿迹。"

平时大家一起玩，一起压榨骆闻舟买早饭还要吃里爬外，但工作时期——特别是分派任务的时候，是没有人打断队长说话的，肖海洋这一嗓子叫得会议室里鸦雀无声，所有人的目光都落在了他身上。

坐在墙角的费渡也把目光从手机上抬了起来，他的手机屏幕上赫然是"顾钊"那简短而神秘的简历。

肖海洋不自在地推了一下眼镜："卢国盛被通缉了十五年，显然，他只是躲起来了，既没有整容，也没有搓过指纹，这说明有人把他保护起来了——我昨天晚上查了卢国盛，这个人只有哥哥一个近亲属，他哥当年和他一起抢劫杀人，已经被捉拿归案了，剩下的都是远亲，对他避之唯恐不及，卢国盛没什么朋友，被通缉之前也没有走得近的异性，是个天煞孤星式的反社会，什么人有这么大能量且还肯冒着风险窝藏他？"

费渡轻轻地说："想利用他干点儿什么的人。"

"对，"肖海洋站了起来，"骆队，我建议你查从十五年前到现在发生过的所有案件里，有没有带着疑点的案件，有没有没抓住的嫌疑人体貌特征和卢国盛相类似，甚至他的指纹……"

"海洋，你这个工作量也太大了，往前倒腾十五年，档案室都得查一遍，"郎乔在旁边说，"再说这都是你的推测吧？就算你的推测是对的，也许那个养着卢国盛的人'养兵千日，用兵一时'，以前没用过他呢？咱们为什么放着眼前的线索不追，非得迂回前进？"

肖海洋这个人，调入市局半年，就跟他在花市区分局时一样不合群，他平时沉默寡言，从不参与同事的业余活动，工作时虽然积极认真，但有时思维方式和正常人完全不一样，脑回路长得像个让人费解的迷宫。他被郎乔一句话问得语塞，不尴不尬地站在原地，抿了抿嘴。

骆闻舟合上笔记本，隔着几米远，探照灯似的目光落在肖海洋脸上："据我所知，本市在这十五年里，没有出过分尸挖眼的案子，那你难道还打算把调查范围扩大到全国吗？肖海洋，我们不可能因为你一个猜测就兴师动众，你还有其他靠谱的佐证吗？"

肖海洋说不出话来。

骆闻舟等了他三秒："没有是吧？好，既然这样，那就各自行动——外面有很多人在打探这案子的细节，没结案之前，都给我管好自己的嘴，散会！"

众人从会议室里鱼贯而出，行色匆匆地奔赴各自的任务，唯有肖海洋孤独地戳在原位，捏紧了手机，好一会儿，他仿佛下定了什么决心似的，悄无声息地走向楼道尽头的男卫生间。

刑侦队里老爷们儿多，因此当初装修的时候，在走廊尽头洗涮洁具的小隔间里专门改装出了一个多余的男厕所——反正平时大扫除，他们也不会指使稀有的警花去洗洗涮涮——但这个卫生间因为离办公室远，位子又比较少，一般情况下使用率不高。肖海洋推门进去，谨慎地确认里面确实没人，甚至变态似的打开了每个坐便器的隔间看了看，这才回手带上门，拿出手机，飞快地拨了一个号码。

"是我，肖海洋，"他语气轻而且急促地说，"你上次给过我名片……"

电话里的人兴奋地说了句什么。

"唔，"肖海洋一边说，一边随时警惕着有没有人来，"我们也有纪律，局里没有决定对外公布的信息本来不该往外说，看在老同学的分儿上，就这一次——关于网上热议的那件案子，案情比想象中的复杂，杀害离家出走高中男生的凶手并不是哪个持刀抢劫的小流氓，是十五年前'327国道连环抢劫杀人案'的凶犯之一，监控拍到了，还找到了他的指纹，通缉十五年一直在逃，谁也不知道他是怎么躲过去的，我们怀疑凶手可能是专门奔着被杀的男孩去的……就这些，其他的我不方便说了，你可以自己去查'327国道案'。"

电话里的人猝不及防地被灌了一耳朵信息，想必耳郭都给撑爆了，"叽里呱啦"地问了一串问题，把肖警官那不甚结实的过时手机振得直响，肖海洋却面无表情地挂断了电话，悄无声息地推开了卫生间的门，往已经空了的楼道里瞄了一眼，快步走了。

片刻后，空荡荡的卫生间"吱呀"一声，存放洁具的立柜打开，费渡随意地弹掉袖子上沾的污渍，从里面走了出来。

他刚刚把手搭在卫生间门上，就听见楼道里，骆闻舟的声音在门外响起："你上厕所这么长时间，是闹肚子吗？"

费渡微微一顿，随即，他意识到这话不是对自己说的。

肖海洋在门外有些紧张地回答："有……有一点。"

隔着一扇门，骆闻舟的脚步声从费渡面前经过，由近及远，随后停了下来。

"我查过你的档案，"骆闻舟说，"你的家庭背景非常单纯，乍一看没有异状——后来我回家仔细想了想，发现一点，你有个同父异母的弟弟，今年已经是高考生了——这么大的弟弟，意味着你父母离婚的时候，你可能还是学龄前。而资料里说，你母亲在世的时候有正当职业，有经济来源，也没有什么不良记录，父亲又要再婚，按照常理，我觉得你当时的监护权应该是在母亲一方那里，直到她因病去世，才转回父亲那边，于是找了个管户籍的哥们儿查了查，果然。"

肖海洋嗓音很干涩："那又怎么样？"

"你和你母亲一起生活了四年，她工作忙，一个人带孩子不方便，晚上回不来的时候，常把你寄养在一个邻居那儿——那个人正好是咱们刑侦队的前辈。"骆闻舟一顿，"名叫顾钊。"

费渡轻轻地松开了门把手，无声无息地站在薄薄的门板后面，听着"顾钊"两个字一出，楼道里就是一片死寂，几乎让人怀疑外面的人已经走了。

不知过了多久，这场静默的哑剧才被人出声打断，肖海洋用冷硬的声音一字一顿地道："那又怎样？"

隔着门板都听出了他牙齿摩擦的声音。

不等骆闻舟开口，肖海洋又咄咄逼人地冲着骆闻舟放了一串连珠炮："市局刑侦队的政审原来不只审本人和近亲属，连街坊邻居也要一并掘地三尺吗？骆队，大清国还在的时候，皇上株连九族也没到这种地步吧？"

骆闻舟听了，也没跟他急，听起来语气平稳，费渡猜他的表情大概也是纹丝不动。

"肖海洋，"骆闻舟拖着声音说，"我招你惹你了？咱俩就事论事，你说点儿人话成吗？"

费渡莫名有点想笑，嘴角轻轻地提起了一点儿。

骆闻舟又说："我不太在乎身边的人是什么性格，也不要求大家每天表演'欢欢喜喜一家人'，你可以好相处，也可以'各色'孤僻，你愿意和大家打成一片最好，不愿意跟人交浅言深，那也随便，别说是你，咱家费总那种毛病比人还大的，我也没说过他什么吧？"

费渡听骆闻舟这话音，就知道自己偷听已经被发现了，他也懒得遮掩，索性推门走了出来。

肖海洋城府不深，此时乍一看见大变活人，惊骇之色藏也藏不住，当下后退了一步。

骆闻舟神色严肃下来："但是我需要你记住这里是什么地方，肖海洋，我需要你们全神贯注，至少在工作期间能顾全大局，为你手头的案子负责，少留一点儿私心——我不管你有什么理由，也不管你有什么苦衷，我告诉你，能送到我们手上的案子都是要命的，背后都是一笔一笔的血泪，难道只有你的苦衷值钱，别人的冤屈和痛苦都可以一笔带过？"

骆闻舟嘴皮子太利索，说得肖海洋哑口无言。

"骆政委，我得稍微打断一下你的思想工作，"费渡靠在一边的墙上开了口，"肖警官，你方才把'凶手就是卢国盛'的消息透露给谁了？"

骆闻舟没听见肖海洋在厕所里打的那个电话,听了这话,脸色顿时一变:"肖海洋!"

从骆闻舟说出"顾钊"这个名字开始,肖海洋就像是一根弦,被骆闻舟一句一句不断地拧紧,直到费渡一口道破他的小动作,这根弦终于崩断了,他蓦地抬起头,方才因为骆闻舟三言两语而动摇的眼神色厉内荏地冷硬起来。

"你脑子里有水吗?"骆闻舟上前一把揪住肖海洋的衣领,"全世界的违法犯罪分子都削尖了脑袋,想打探警方的调查进度,好知己知彼,你是他们派来的内奸吗?你知不知道在案情没有明确的时候,随便乱放消息会让老百姓以讹传讹,甚至会造成恐慌?万一后续调查里有新情况出现怎么办,再更正说法吗?现在连天气预报都不敢这么说嘴打脸,你把市局的公信力往哪儿放?"

肖海洋奋力挣扎了一下,然而身手稀松,没能挣脱开骆闻舟的手,只好对他放出了嘴炮:"你们警察还有什么公信力!"

"'我们警察'?你他妈工资是大风刮来的?"骆闻舟强行从他身上搜走了手机,把锁屏按在了肖海洋脸上,"你是想自己打开,还是想戴上手铐,让我找技术员来开?"

肖海洋像只可怜巴巴的耗子,整个人几乎被骆闻舟一手提起来,越发显出大脑袋和小细脖,坚硬的制服衬衫卡住了他的颈子,他有点喘不上气来,却仍然要不依不饶地出言不逊:"可……喀……可以,你愿意找谁找谁,只要你来……得及……"

他话音没落,费渡就伸出手拍了拍骆闻舟青筋暴起的手背,报出了一串数字:"'140201'密码是这个——啧,骆队,松松手,你怎么解决问题的方式总是这么野蛮呢?"

肖海洋脸色骤变,伸手要去抢回手机,骆闻舟抬手把他的手机丢给费渡,不由分说地镇压了他的反抗。

费渡像玩自己的手机一样,利索地解锁了肖海洋的电话,直接翻到通话记录。

"看他联系了谁,"骆闻舟冷冷地说,"让郎乔他们顺着号码查,如果是媒体,叫人直接去把他们领导找来谈……"

他话没说完,就见费渡没听吩咐,直接把方才那通电话打了回去:

"喂，你好，王主编吗？我不是海洋，他现在不太方便说话，请教一下您是哪家公司……哦，'燕都传媒'啊，真巧……不，没别的问题了，谢谢。"

费渡说完挂断，摸出自己的电话给苗助理发了语音信息："苗苗，跟燕都传媒打声招呼，让他们别乱说话，我说的就是中学生被杀的那个事，挺着急的，你尽快处理。"

苗助理反应迅捷，立刻回复"收到"，费渡彬彬有礼地把肖海洋的手机还了回去："刚收了一部分新媒体的股权，还没来得及改组，新兴产业，管理都比较混乱，见笑了。"

肖海洋一天到晚活在自己的世界里，平时和费渡并没有什么交流，只以为他是个游手好闲的富二代，蒙了好一会儿才回过味来，顿时对这个'权钱交易'的世界出离愤怒了，不知哪儿来的力气，一把推开了骆闻舟："你们掌握话语权，你们厉害，可以了吗？当年是这样，现在还是这样，只要有权力、有手腕，天大的冤案也能抹平，没有人可以议论是不是！"

一个刑侦队的同事正好不知有什么事跑上楼来，兜头听见这么一声吼，顿时不明所以地戳在原地，过来也不是，不过来也不是。骆闻舟远远地冲他摆摆手，面沉似水地转向肖海洋："换个地方说话，你别在大庭广众之下现眼。"

肖海洋本以为自己会被带到审讯室，他方才打出那个电话，其实纯属一时冲动——还是骆闻舟散会前提醒的那一句"管好自己的嘴"给了他灵感。

冯斌被杀事发的那天清晨，肖海洋突然在上班路上接到陶然电话，他无法描述自己听到分尸挖眼的尸体描述时的心情——是那个人，他心心念念了十几年，销声匿迹了十几年的那个人。肖海洋简直无法控制自己，在整个刑侦大队围着一群熊孩子打转的时候，他恨不能冲出去搜遍全城，抓回卢国盛，挖出那一坛经久的沉冤……

"说吧，谁冤枉你了？"这时，骆闻舟转过身来问他，"谁的冤案被抹平了？"

肖海洋这才回过神来，发现骆闻舟把他带到了一个隐蔽的楼梯间，墙角的监控歪着脖子卡在那里，仿佛正在面壁思过，造型十分滑稽。

"不用管它，"骆闻舟见他望向监控，头也不抬地说，"这监控室两年前局里推行禁烟的时候我们一起弄坏的，至今没人修，有什么话你可以随便说，不会留下记录。"

"卢国盛被通缉一年后,其实出现过,在一次打架斗殴致死案中,法医意外检查到了一枚卢国盛的指纹,就在燕城。"肖海洋沉默了好一会儿,一开口就来了这么石破天惊的一句话。

"不可能,"骆闻舟皱起眉,"这次案发现场的监控里拍到了卢国盛,我们已经把和他有关的全部资料都调出来了,这么明显的线索不可能漏掉!"

肖海洋冷笑了起来:"那是因为这是一桩丑事!"

骆闻舟愣了一下。

"这条线索很快报到了当初经手这案子的刑警手上,'327国道案'有两个主要负责人,一个姓杨,当年正好去休假了,另一个就是……就是他,顾钊。"

骆闻舟看着他脸上难以遮掩的隐痛,语气略微缓和下来:"顾钊是你什么人?"

这句话好像一支细细的刺,灵巧地钻过皮囊,直戳入肖海洋胸口,他深深地吸了口气,仰头望向楼梯间里被各种二手烟熏黄的天花板和面壁的监控,凝结的记忆缓缓流动起来,千言万语到了嘴边,脱口而出,却仍是干巴巴的:"我父母早年感情不和,争吵不休,我记事以来,父亲就不怎么回家,在外面也有人……第一个给我父亲感觉的,就是顾叔叔。"

他妈在医院当护士,医院是那种全世界的人恨不能都要挤进来抢专家号的大医院,常年人满为患,肖海洋记得她总是一脸夜班过后的疲惫,他妈不在家的时候,就会留好饭菜,把小儿子反锁在家里。有一次,她走得匆忙,忘了把饭菜盛到小碗里,五岁大的男孩只好搬来小板凳,挥舞着巨大的汤勺给自己盛,肖海洋可能天生小脑发育就不太健全,一不小心连人带锅一起摔了,坐在地上号啕大哭。

那会儿的老房子门板、墙壁都薄,下班回家的邻居听见屋里撕心裂肺的哭声,敲门也不应,还以为出了什么事,撬门闯了进来。

在肖海洋看来,裹着夕阳进来的顾钊就像来救他的英雄一样。

"顾叔叔照顾了我四年,从幼儿园到小学三年级,低年级的学生作文题材匮乏,老是让写'我的爸爸妈妈''我有一个愿望'之类的东西,我写的爸爸都是顾叔叔,写的愿望都是长大当警察。"

顾警官年轻有为,刚刚升任刑侦队长的副手,忙一阵闲一阵的,也没那么多值班了,不知是不是单身久了,他很喜欢和小孩玩,肖海洋他妈不在家的时候,他就背着小书包到顾叔叔家去,听他讲抓坏人的故事。

上了小学,班上的小朋友嫉妒他总是考第一名,不知怎么听说了他父母离婚的事,于是三三两两地凑在一起,从电视上学来些不知所云的污言秽语,编派他有娘没爹,是"破鞋"生的孩子。肖海洋从小就拙嘴笨舌,不会还嘴,只好打架……可惜打架也没什么天分,往往是他先开始动手,最后被一群浑小子按在地上揍。

有一天放学路上,坏小子们把他的头按在地上,嘲笑他和他妈没人要,顾钊正好骑自行车经过,人高马大地从自行车上下来,身上穿着威风的制服,把欺负肖海洋的孩子排成一排,训了十分钟,警告他们"再欺负我儿子就把你们都抓进公安局"。

"我一直幻想他能和我妈结婚,还试着撮合过他们,弄得两个大人都很尴尬。后来他跟我说,这个世界上有各种各样的人,有各种各样的生活方式,他就是那种不想结婚的人,所以也不会有孩子,我就是他儿子,所以得加倍努力学习,长大多挣钱,多养一个爸爸。"

肖海洋说到这儿,注意到骆闻舟的脸有一点模糊,他下意识地伸手摸了摸,发现自己居然不知不觉中泪流满面。他不想在别人面前露出脆弱,顿时羞愤不已,低头摘掉眼镜,狠狠地在袖子上一抹。

"'327国道案'发生的时候,我已经上二年级了,每天拿着他家的钥匙,给他浇花,拿他订的报纸看。那段时间他很忙,足有十多天没回家,后来我从报纸上看见'327国道案'的报道,还好奇地追着问了很久。"肖海洋顿了顿,"他是在一年后出事的,我在他家留宿的时候,半夜醒来,发现客厅的灯还亮着,正想爬起来找水喝,听见他压低声音给什么人打电话,说'我知道这件事匪夷所思,但那里不只是卢国盛'。"

骆闻舟想起老杨的遗书,心里重重地一跳:"什么意思?"

八九岁的男孩,正是好奇心旺盛、想象力丰富的时候,大人们却往往会忽略他们的眼和耳,肖海洋正在放暑假,作业又少,闲得没事,开始暗地搞自己的小调查。

"那段时间他又疲惫又焦躁,当年老警察们都会随身带个记事本,有一次顾叔叔睡着了,制服兜里的笔记本正好露出一角,我没忍住好奇,偷偷拿出来翻看了,看见他在几个月前某天的笔记里写'花市区某歌舞厅发生大规模酒后械斗,疑似嫖客争风吃醋,致一人抢救无效死亡,法医为鉴定主要责任人,采集了所有涉案人员的指纹与斗殴使用的武器,在其中一个啤酒瓶上检测到了一个意外的指纹,属于通缉犯卢国盛'。"

骆闻舟诧异:"那么久远的事你都记得?"

"我过目不忘,"肖海洋面无表情地说,"何况这件事在我心里颠来倒去了好多年,我每天都在复习。"

一直在旁边沉默不语的费渡突然插嘴问:"顾钊说的'那里',指的是哪儿?"

肖海洋:"一家名叫'塞纳河右岸'的大型高档会所,又叫'罗浮宫'。"

"罗浮宫曾经是本市最奢华的娱乐场所,但是当年着了一场大火,"费渡说,"据说是消防的问题,后来被罚了款,被迫关停,之后也就销声匿迹了。"

骆闻舟看看这个,又看看那个,总觉得这两个人都不像二十出头的小青年——说起十多年前的旧事全都如数家珍的。

肖海洋后退两步,靠在楼梯间的墙上,缓缓往下滑了一点。

"是啊,"他呓语似的说,"火势从大楼地下室的一个办公室开始烧,点着了地下室的几个酒库,炸了,整个那一层的工作人员没几个逃出来的,逃出来的也都是人不人鬼不鬼,火势蔓延后,不少客人也被牵连其中,死伤无数,是一起……特大事故。"

他说到这儿,骆闻舟才略微有了点印象——十四年前,伟大的中国队长还在自己的小宇宙里闹中二病,然而他都对这事稍有耳闻,可见对于本地人来说,那场大火确实是堪比"9·11"的大事件了。

"当时好像牵连了不少人,对不对?"骆闻舟皱起眉,"我记得好像也有本系统内的……"

"因为这场大火不单纯是消防事故,"肖海洋说,"根据当时从现场逃出来的幸存者口供,说那天是'市局某领导'索贿未果,和领班起了冲突,推搡的时候失手把领班的头磕在了桌角上,人当场死亡,凶手本想毁尸灭迹,没想到这么大的一个高级会所消防工程竟然是个摆设,酒库设置也非常不合理,一不小心把自己也烧了进去。"

"等等,等等,"骆闻舟彻底服了肖海洋这个颠三倒四又快如爆豆的语言风格，这小眼镜年幼时因为家庭原因颠沛流离，语言表达那一部分可能是至今没发育好，骆闻舟一伸手打断他，"费渡你闭嘴，又把他带跑了——肖海洋，你什么意思，'市局的领导'指的是谁？顾钊？索贿又是怎么回事？你是怎么知道的？还有，刚才咱们不是在说卢国盛的事吗，怎么串到这儿来了？"

"有调查顾叔叔的人在他家里翻查，我偷听了一点儿，拼凑出来了一个推论——顾叔叔当时在追查'327国道案'罪魁祸首的行踪，追到了罗浮宫，至于细节，他是不可能跟我一个小学生说的，可是这件事后来不知怎么，就变成了'顾钊以追查通缉犯的名义，反复向商家索取巨额贿赂，并失手杀人'，有人证也有物证……"肖海洋的声音滚在喉咙里，含着沙哑的、变了调子的悲怆，"他们也不想想，他要是索取贿赂，会每天住在我们那个……那个垃圾都没人收拾的破小区里吗？直到他死，家里最贵的一件电器还是他家的彩电——那是为了给我连游戏机专门买的！"

骆闻舟和费渡一个靠在楼梯间门口，一个站在墙角，刚好把肖海洋夹在中间。骆闻舟头一次听见这中间的内情，强行将震惊掩在了不动声色下，无声地与费渡对视了一眼——如果肖海洋说的是真的，这手段和周氏案中连环套一样的灭口风格太像了，一桩案子，最后有一个完美的解释，"罪魁祸首"全都死得合情合理，渣都不剩。

市局刑侦队，也算是系统内的精英，年轻有为的副队竟然干出这种索贿杀人的事，负有领导责任的自然要吃挂落——怪不得当年就已经是正队的杨正锋比同期的张局、陆局都走得慢了一步，老杨曾经背处分降级的传说原来不是谣传——而这起恶性案件还意外导致大火，牵连无辜无数，造成了堪称灾难一般的后果……那么这种领导责任，就不是当年老杨一个小小的刑侦队长负得起的了。

幸而当年可怕的互联网还没在内地生根发芽，资讯传播没有那么快，无端被牵连的各方人马才能默契十足地把整个来龙去脉深深地压在地下，以至于至今都追查不到当年的蛛丝马迹。

骆闻舟被人塞了一口发霉的旧事，皱着眉，原地咀嚼了好一会儿，这才说："所以你打算怎么样，告诉所有人，说有人藏匿在逃犯卢国盛，还是借机把十几年前的旧事捅出来，逼迫市局重新调查顾钊案？既然你知道这个内情，为什么不早告诉我？"

肖海洋梗着脖子，毫不退让地冲他冷笑："因为我知道你们不敢查——运气好，这回你们瞎猫碰上死耗子，抓住卢国盛，顶多也就是结了这个案子，运气不好，卢国盛依然逍遥法外，你们上交个'证据确凿'的报告，再发布一条新的通缉令，也能算是结案，什么为了别人的冤屈，说得好听！你们不就是'不求有功，但求无过'吗？当年顾钊案那么多疑点，谁追查了！"

骆闻舟双臂抱在胸前，听了这番厥词，不由得为光阴荏苒而心生感叹——不用说多久，就是三五年前，有人在他面前这么找揍，他一定会撸起袖子满足对方的愿望，现在到底是成熟了。

"别说你们不一样，王洪亮在花市区一手遮天这么多年，那些冤死的女孩们，还有被毒品害得家破人亡的倒霉鬼们，有人管吗？市局管过吗？因为王洪亮不傻，所以他挑来下手的都是没根没靠的穷人、来了又走的打工仔，活着没人见、死了没人埋！如果不是正赶上开会时东窗事发，如果不是黄敬廉猪油蒙心，动到你骆公子头上，分局这群人渣能太太平平到地久天长！你们这些正义使者都哪儿去了？"

肖海洋这一通咆哮可谓无端指责，骆闻舟还没说什么，费渡先微微皱起眉。

"对，被杀的冯斌有父母、有朋友来鸣冤、来哭闹，他念私立学校，家里有人有钱有地位，你们当然得重视，当然要做足姿态查案破案，将来都是履历上添的光。可是顾钊呢？他光棍一条，家里只有个老母亲，也在他出事后一病不起，没多久就没了，谁来替他讨真相？谁会吃力不讨好地念着他的冤屈，有谁还记得他！"

骆闻舟无奈："你……"

这时，费渡打断他，凉凉地插了话："你想曝光，这个思路有一定道理。不过，首先，你选的曝光媒体挑错了，'燕都传媒'主打网媒，不瞒你说，到现在为止，自己的局面都还没打开，这才想整天弄点儿大新闻博人眼球，他们主导不了舆论，而且新鲜事那么多，明星出轨难道不比杀人案好看吗？就算能引起讨论，多不过一个礼拜，也就被人遗忘了。顾钊当年'谎报通缉犯线索，并以此为名索贿'的罪名既然已经板上钉钉，翻不翻得开这一页，不是网上几句闲言碎语就能左右的。"

肖海洋一愣，透过模糊的泪眼看着他，不明白费渡为什么突然站在自己这边了。

费渡话音一转："其次，显然你也明白，卢国盛是被人藏起来的，冯斌的案子，说得冷酷一点，确实非常惨，但也是我们能碰到幕后人的一个契机，只要你不打草惊蛇。可你在这个不上不下的时候，把过去的脓疮捅破，惊动了背后的狡兔，会怎么样呢？"

肖海洋方才种种行动抢白，完全是凭着一股冲动做出来的，此时发泄得差不多了，不多的理智渐渐回笼，把费渡这番客观又平静的话听进去了。

"如果我是藏匿通缉犯的幕后人，听说事情闹大了，我会随便找个理由弄死卢国盛，把尸体丢出来送给市局结案——我相信这对于幕后人来说，连'壮士断腕'都不算，最多算是扒下一只溅上泥点的袜子。"费渡和风细雨地看着肖海洋，微微一笑，"肖警官，你这个剑走偏锋的手段很可能有用啊，没准能帮大家争取到一个不用加班的周末呢。"

费渡每说一句，肖海洋的脸色就白一点。

"至于那个冯斌，一个小高中生，半夜三更不睡觉，自己溜出去瞎跑，死了也是自己作的，仗着家里有钱，还要不依不饶地浪费公共资源和警力去反复侦查，真正有冤情的人却深埋黄土，无人问津——实在是想一想都觉得很不公平，对吧？"费渡似笑非笑地看了他一眼，回手推开楼梯间的门，"顾警官要是泉下有知，怨气一定也很大，真是可怜。"

肖海洋："你……你胡说！"

"怎么，他都没有怨气吗？那可真是个圣人——既然这样，你在这儿撒泼是为了谁？"费渡挑起修长的眉，表演了一个浮夸的惊讶，偏头看了他一眼，"哦，我明白了，那就是你自己觉得自己放弃了那么多东西，就为了给一个人洗刷冤屈，背负着这么多秘密，你替自己委屈。"

肖海洋哑口无言中带了几分惊惧。

"委屈就不要继续了，顾警官也没要求过你替他翻案，翻案不成，他死了还落你一身埋怨，多可怜，何必呢？"费渡那画上去一样的笑容蒸发了，冷冷地睨了肖海洋一眼，抬脚走了。

骆闻舟这时才嗅到费渡话音里淡淡的火气，混了他身上残留的、基调低沉的木香，凑成了一对"干柴烈火"，钻进骆闻舟的胸口，狠狠在他心里放了一把烟花——别人骂他，有个喜怒不形于色的人居然生气了！

骆闻舟回过味来，费了好大的劲，才算憋住了没当场笑出来，再面对肖海洋，他心平气和，一点儿脾气都没有了，和蔼地冲肖海洋一伸手："工作证和警用品交上来，我暂时停你的职，没有意见吧？"

肖海洋满腔怒火被费渡一把冰泼成了灰烬，愤怒冷下来，愧疚却冒出了头，这傻狍子不由自主地又被费渡带跑了，心里恐慌地想："我在怨恨顾叔叔？"

方寸之间，他仿佛直面了自己卑鄙的灵魂，魂不守舍地呆立片刻，一言不发地掏出工作证和手铐交到骆闻舟手上，霜打茄子似的飘走了。

费渡把肖海洋打击得五体投地，溜达去找夏晓楠，经过办公室门口，正好看见郎乔刚挂了电话走出来。

费渡探头问："通知梁右京的家长了吗？"

郎乔点点头，继而抬头看了他一眼，觉醒了野兽一般的小直觉，她总觉得和风细雨的费总身上，这会儿裹着一层冰碴子。

"我想去和夏晓楠聊几句，"费渡温文尔雅地对她说，"你要不要跟我一起？跟年轻漂亮的大姑娘在一起，可以缓解小姑娘的紧张。"

"哦……哦。"郎乔莫名其妙地跟上了费渡。

夏晓楠飞快地抬头看了一眼走进来的费渡和郎乔，又深深地埋下头去。

"你同学都告诉我们了，"费渡没有做冗长的开场白，单刀直入地说，"关于圣诞节的打猎游戏。"

夏晓楠猝不及防，哆嗦了一下，慌张地望向费渡。

"告诉我你在怕什么，"费渡看进她的眼睛，看见那女孩的瞳孔在紧张中明显地收缩，慌乱地试图躲开他的视线，他伸手在女孩眼前一晃，强势地命令道，"看这儿，姑娘，看着我说话——冯斌已经死了，知道吗？可以说是为了你死的。而你的另一个同学本来可以置身事外，也是为了你，才冒着风险把这些事透露给我们。你爷爷坐着电动轮椅从家跑到市局，现在还不吃不喝地在外面等消息，你打算怎样？你这一辈子，就想当个糊在墙上的美人灯吗？夏晓楠，你能不能像个人一样，堂堂正正地为自己、为别人说句话？"

一直以来只会尖叫和沉默的夏晓楠呆了片刻，突然毫无预兆地哭了。

费渡不哄不劝，一声不吭地看着她哭，足有十几分钟，直到女孩只剩下抽噎的力气，他才继续说："特招生一般要和学校签协议，你不能转学，必须要在育奋参加高考，否则要把已经拿到的奖学金还给学校，对不对？"

夏晓楠上气不接下气地点点头。

"所以刚开始，你只是为了在学校生存下去，"费渡说，"圣诞节被捉弄的对象在公布出来之前，本人一般是不知道的——但是这次有人提前告诉了你，除了冯斌以外，还有一个人，对不对？你点头或摇头就行。"

夏晓楠泣不成声，再次点了点头。

"这个人在学校里比冯斌有权力，他答应将来给你提供保护，但是要求你把善意提醒过你的人出卖给他，否则不但让你在学校待不下去，还要让你偿还奖学金，但是那些钱早已经拿回家给你爷爷看病，补贴家用了，你还不出来，只能屈服。"

夏晓楠痉挛的手指抓住了自己的衣角。

"这时，冯斌对你说出了他的计划，他想要带你们出走，把学校里这些不正常的秩序捅出来——看得出来，他策划很久了。而你，成了他们这些人里的'内奸'。"

"他……他只说想找人整冯斌……"夏晓楠终于声如蚊蚋似的开口说了话，"我以为他们是要找人在校外打他，或者让学校来抓他，给他记个处分什么的……"

"冯斌家境宽裕，父母都很有办法，即使被学校抓回来，也会有人想办法不让他处分留档，他有那么多退路，大不了还可以转学——对不对？"费渡轻轻地说，"可是小姑娘，你想过吗？即使被退学，你也不是走投无路，人的际遇高低起伏，你一时困苦难行，再过两三年，又不一定会怎么样，但是你有可能一辈子也遇不到一个这么喜欢你的男生了。"

郎乔感觉自己都快被费渡说哭了，连忙掏出纸巾，给哭得快晕过去的夏晓楠递过去。

夏晓楠把纸巾团成一团，攥在手心里："他……他在我手机上……装了追踪软件……"

费渡静静地问："他是谁？"

夏晓楠狠狠地抠着自己的手，抠得皮开肉绽，却说不出话来。

郎乔不由得追问："你不用怕，这里是公安局，没人能把你怎么样，他是谁？"

夏晓楠浑身抖成一团，却只是摇头。

郎乔看了费渡一眼，就见费渡忽然站起来，把外套一脱，甩手扔在了监控上，然后他走到夏晓楠身边，从兜里摸出一张名片放在她面前，俯身在她耳边说了句什么。

夏晓楠一脸震惊地抬头看向他。

郎乔：帅哥，不能这么诱供，脱衣服色诱未成年不合规定！

费渡给了那女孩一个无懈可击的微笑，直起腰："你信不信？"

夏晓楠打着哭嗝屏住了呼吸，良久，她吐出了一个名字："是……魏文川。"

费渡不甚明显地一顿："魏？"

夏晓楠哽咽着点点头。

不知是不是郎乔的错觉，她觉得费渡抬眼的瞬间，眼睛里好像划过一道极冷的光，她于是默默把"遮住监控不合规"的提醒咽了回去——反正这屋不止一个监控，遮一个也不影响什么。

费渡略微挽起衬衫袖子坐下："这个魏文川是什么人？"

夏晓楠声音有些含混地低声说："是我们班班长。"

郎乔原本在旁边充当书记员，听到这里，笔尖倏地一顿："你们班有几个班长？"

"一个……就他一个。"

班长——这个魏文川来过市局！

冯斌被杀一案事发当天，市局派人出去寻找出走中学生的同时，曾经把冯斌的班主任葛霓叫来问过话，当时有个格外引人注目的少年就陪在她身边，自我介绍是他们班长。学生出了事，公安局会把老师和校领导找来问话，却不可能在不通知家长的情况下把未成年的学生也叫来，也就是说，魏文川当时是自己跟过来的！

那么……如果这件事真的和他有关系，他当时看见繁忙的警局、痛不欲生的受害人家长，和那一帮瑟瑟发抖的学生时，心里是怎么想的？

害怕吗？紧张吗？

担心校园欺凌的事情东窗事发，把自己卷进去吗？

不……郎乔仔细回忆了一下，她记得那个男生当时举止十分从容，是事不关己、冷眼旁观的从容，有风度有礼貌，见人先带三分笑——如果他焦灼不安，他们一定会注意到。

他更像是来检阅自己的计划结果的，难怪找回来的四个学生在公安局里一个字都不敢说！

一层冷意蹿上了郎乔的后背。

旁边的费渡催眠似的轻声对夏晓楠说："能讲一讲具体经过吗？"

夏晓楠低着头，眼泪接二连三地落下来，很快打湿了费渡给她的名片，她紧紧地捏着它，好像那张小纸片是根救命的稻草。

"十二月……十二月初的时候，有一天我不太舒服，请假没去上体育课，一个人在教室里看书，冯斌突然不知怎么回到了班里，告诉我，我就是今年的……今年的……"

"鹿。"费渡接上她的话音，"我听说你高中才刚刚转到育奋，看来已经知道他们所谓的'鹿'是什么了，对吗？"

夏晓楠缩紧了肩膀："……我看见他们弄过王潇。"

费渡十分温和地做出倾听的姿态。

"她们……王潇同寝和隔壁寝室的几个女生，有一天不知因为什么，把她的被褥扔到窗外，还推她、打她，骂了好多难听的话，我当时正好经过寝室楼下，被子砸下来吓了我一跳，也不知道是怎么回事，旁边的女生告诉我，王潇就是'鹿'，是每年大家一起选出来的最讨厌的人，她又脏又贱，谁跟她住一个寝室谁倒霉。后来对面男生寝室来人，笑嘻嘻地说，'这已经是我的奴隶了，你们怎么又打她'，他还给打人的女生们掏了几百块钱。"

郎乔回忆了一下自己听个演唱会都得攒一学期钱的中学时代，简直如听天方夜谭："几百块？"

"应该是五百，"夏晓楠以为她在问具体数额，顺口回答说，"因为我记得，接钱的女生数了数，曾经说'怎么变成五百了，又少一百，王潇你天天降价'……就是类似这样的话。王潇不吭声，一个人把她掉的东西都捡起来，那些女生们就不让她进寝室楼，说是已经把她'卖了'，叫她去找买主，然后那个男生冲她招招手，她就……就……去了男生寝室……"

"什么?"郎乔听到这里,差点儿原地起跳,瞠目结舌好一会儿,她有些结巴地说,"这也……这也太不像话了,你们寝室楼没有老师吗?不管吗?"

"有老师,"夏晓楠低声说,"但是不管……不敢管的。"

费渡倒了两杯水,在郎乔和夏晓楠面前各自放了一杯,又对夏晓楠说:"所以你很怕自己也会遭到这样的对待。"

夏晓楠几不可闻地从喉咙中挤出一句:"那天我站在旁边,看她自己捡那些东西,捡起来又拿不了,拿起这个掉下去那个,我……很想帮她……可是……"

大概只有摔在地上没人扶的人,才会后悔自己当初也没有去扶别人。

费渡微微一哂,没接这茬儿,只是又问:"冯斌告诉你他有办法,对不对?他有没有跟你详细说过他从学校出走后打算干什么?"

夏晓楠说:"他说他在校外有一个朋友,很有门路,已经联系好了,要把这件事捅出去,他也受够这个学校了。"

费渡追问:"这个朋友是谁?"

"不知道真名,只有个不知是笔名还是网名的……很长,好像叫'向沙托夫问好'。他答应过我们,会把学校里这些乱七八糟的事都公布出来。"

费渡无声地看了一眼墙角——墙角屋顶上还有另外一个不起眼的监控摄像头,方才遮住夏晓楠面前的监控只是为了让女孩安心。

费渡和监控后面的视线遥遥对视了一眼,轻轻地问:"这个朋友你见过吗?"

夏晓楠茫然地摇摇头:"没有,冯斌说那个人最近在外地,不过已经约好了圣诞节回来,我们在宾馆住着等他几天就好……但……但我们……没来得及。"

"你既然已经决定跟冯斌走了,为什么后来又反悔?"

"因为……就在我们出走前一天,魏文川找上了我。他说他什么都知道,包括我们打算怎么走,什么时候走,去哪儿,都有谁……他让我想清楚,因为没人会管学校里这些鸡毛蒜皮的事,闹大了,也最多找几个学生出来道个歉而已,道了歉,他们会记恨,以后还会更变本加厉地欺负我们……再说媒体、学校……他们家都有门路……外面的社会也和学校一样,也分三六九等,也有人说了算,他有办法提前知道我们的行程和计划,也有办法让我再也不能上学……不信……不信就试试。"

费渡叹了口气："你相信他，所以你屈服了。"

"我……魏文川告诉我，这次我被选为'鹿'，其实是梁右京的意思，因为我考试抢了她的风头，害她在父母面前丢人——她妈妈是校董之一，就算她在学校里杀了人都能摆平，别人根本不敢惹她，除非他亲自去和梁右京开口说……"

"他要你做什么？"

"他给了我一个有追踪窃听功能的手机……还……还答应我，只要这次的事过去，我就能安安稳稳地上完高中毕业，没人会来找我的麻烦。"

"你当时知不知道他想干什么？"

"不知道，"夏晓楠拼命地摇着头，"我真的不知道……那天去钟鼓楼，突然遇上……遇上那个人，当时我吓蒙了，冯斌推我，对我说'快跑'的时候，我根本没反应过来怎么回事，那么黑，我甚至以为他只是被人从背后打了……我根本不知道那个人……那个人……"

不知道那个人拿着刀，不知道冯斌那声充满恐惧的"快跑"是在后背被砍伤的情况下脱口而出的。

因为太黑了，突如其来的袭击又让人来不及反应。

她本能地自我安慰——冯斌只是被人从身后打了一棍吧？魏文川只是找来了一群小流氓，只是想动手教训冯斌一顿吧？

她心里这样想，五官六感也只好从善如流，跟着她自欺欺人。

"所以你到最后也没有扔掉那台手机？"郎乔终于忍不住问出了这句话。

夏晓楠脸上血色褪尽。

原来有定位，难怪凶手不徐不疾、游刃有余。

费渡说："结果你们不小心钻进了一条死胡同……孩子，放松一点好吗？你给出的信息越详细，我们就越是能抓住害死冯斌的凶手。"

夏晓楠把自己蜷缩成一团，小鹿似的眼睛惊慌失措地看向费渡。

费渡试着放软了声音，缓缓地引导她："当时情况非常紧急，冯斌一眼看见面前是条死胡同，可是再要退出去也已经来不及了，所以他让你躲进一个垃圾桶里。那天很晚了，一人高的垃圾桶里泛着刺鼻难闻的馊味，你头顶盖着塑料的盖子，四周黑黢黢的，什么都看不见，只能听见外面传来声音……听见了什么?"

"……救命。"夏晓楠沉默了好一会儿,才喃喃地说,"他刚开始叫救命,没人应,然后他语无伦次地试着和那个凶手说话,问他是谁,还答应把自己身上的钱都给他,那个凶手……一直都没吭声,然后没多久,我听见凌乱的脚步声、一阵乱响……还有惨叫……后来……后来什么声音都没有了。"

"又过了一会儿,我听见笑声,还有……还有重物一下一下跺着地的声音……"

那不是重物跺地,是卢国盛砍下冯斌四肢时发出的闷响。

"然后那个人向我走过来,他……他知道我躲在哪儿,我太害怕了,他还哼着歌……"夏晓楠学了几句,"'小兔儿乖乖,把门开开'……"

郎乔的胳膊上迅速蹿起一层鸡皮疙瘩。

"然后我就被他从垃圾桶里翻了出来!我吓死了,连气都忘了喘,他就……就冲我伸出手,拿走了我的书包,搜走了我的手机和钱包……我以为我死定了,可……可他居然只是冲我笑了一下,拿着我的手机晃了晃,什么都没说就走了。我……我这时才看见冯斌……冯斌……"

夏晓楠好像重新回到那一场午夜噩梦中,双眼失去焦距,在原地不住地掬着气。

费渡一探身握住了她的手,掌心那一点温度烙在女孩冰凉的手背上,猛地将她唤回到现实,她一愣之下,崩溃似的将整个人攀附在费渡的手上,像是命悬于此一线:"对不起,我害怕……"

但凡肉体凡胎,一生有千百种遗憾,诸多种种,大抵都可归于这六个字:

对不起,我害怕。

第十一章

监控室里注视着这场对话的骆闻舟面沉似水地一转身,打电话给陶然:"涉案学生和家长们联系上了吗,怎么说?"

陶然那边环境十分嘈杂:"有点乱,学校在跟我打太极,我这五分钟已经接了七八个律师的电话了,我说这些富家子弟……"

"全部带回来，包括宿舍楼值班老师和学校管事的，"骆闻舟冷冷地说，"育奋中学的学生涉嫌虐待和集体性侵。"

"什么？"陶然先是震惊，一顿之后立刻说，"我这就去！"

骆闻舟挂断了电话，站在监控室门口，长长地吐出口气，然后他想起了什么，低头翻开了手机里那个新下载的听书软件。

这一期，朗读者的投稿题目是"魔鬼在虚无的夜色里彷徨——《群魔》，陀思妥耶夫斯基"。

"沙托夫"是书中一个被当作"告密者"谋杀的角色，如此微妙地与冯斌的遭遇重合。而当时和冯斌联系，答应把育奋中学的龌龊事昭告天下的那个人……怎么会如此正好地取名叫"向沙托夫问好"？

某个人……或是某一种势力，早在冯斌决定带夏晓楠出走的时候，就已经预计到了这场血案吗？

他们到底是策划者还是推动者？为什么这一次他们这样明目张胆地亮相？

骆闻舟站在狭长的楼道里，连抽了两根烟，抬头看了一眼窗外苍茫的天色，正是天阴欲雪，他想起了那天他和费渡在钟鼓楼的小巷子里碰到的神秘巡查员，觉得自己仿佛伸出手，就碰到了平静的水面下汹涌的暗流。

市局的强势介入，像一把锋利的扳手，强行撬开了藏污纳垢的墙角。

这天下午，育奋中学全体停课，警方干脆征用了校办公室，把所有在校生分开谈话，涉事老师与校工被一锅端回了市局，高压下重见天日的学生们终于有人按捺不住，吐露了实情，随后一发不可收拾。

当天傍晚，小胖子张逸凡像他衣服上的超人和举起的拳头一样，第一个用真名站出来，写了一篇文笔稚拙的长文章，贴到了网上，短暂的寂静过后，沉默的羔羊们终于停下迷茫的脚步，发出微弱的吼声……渐渐汇聚成咆哮。

震惊的家长们蜂拥而至，险些在市局门口动手。

混乱的调查取证工作一直持续到夜里十点，才因为考虑到未成年人的身体和精神情况而暂停，倒霉的陶然一张乌鸦嘴一语成谶——周末果然得加班。

回家路上，话没说两句，费渡就不吭声了。

骆闻舟偏头一看，见他窝在副驾上，居然保持着端坐的姿势就睡着了，骆闻舟摇摇头，只好把暖风开到最大，一路尽可能平稳地开回家，在进入小区时才抓住费渡的手轻轻摇了摇："醒醒，要下车了，别吹了冷风。"

费渡后腰坐得有些僵硬，勉强应了一声，人还没醒过来，发着呆盯着正前方，一直到骆闻舟停车入位。

"看什么呢？"骆闻舟伸手在他头上抓了一把，摸了摸他温热的脖颈，又用力紧了紧他的围巾，"快回家。"

"你家……"费渡声音有些沙哑，抬手一指，"为什么亮着灯？"

骆闻舟家不单开着灯，还开得相当嚣张，从客厅亮到了阳台。骆闻舟愣了愣，下车张望一番，在不远处发现了一辆十分熟悉的家用车："奇怪，今天又不是星期五。"

费渡无奈："今天就是星期五。"

所谓"星期五"，只有连着周末，才能轻松愉快，它本身是一文不值的，对于节假日还要加班、已经把日子过糊涂的人来说，反而得平添悲愤。骆闻舟有点沧桑地叹了口气，一边催着费渡快点儿走，不要在室外逗留，一边随口说："没事，停车位紧张，也就是周五、周六晚上，邻居去郊外过周末，能凑合着占人家车位用一会儿——我爸妈趁周五晚上偶尔过来，给我送点东西，不过他俩几个月也不一定凑出一个'有空'，坐一会儿就走的。"

费渡的脚步倏地停在楼梯口。

楼道里的声控灯最近不太灵敏，得重重地跺脚才能唤醒，此时无知无觉地沉寂着。费渡整个人一半在楼外，一半在楼里，路灯的余晖披挂在他肩头，泛起苍白的光晕。他骤然听说骆闻舟父母过来，有些不知所措——自己莫名其妙地在人家里蹭饭，这算怎么回事？

费渡迟疑着，不知该以什么身份介绍自己。

同事？朋友？室友？费渡惯常把自己的一切安排得条理分明，此时方才惊觉，在这件事上，他连分寸和计划都没有，居然是放任自流的，骆闻舟叫他，他就来了。仿佛坐在一叶小舟上顺流而下，也不管方向，也不管暗礁，什么时候遇上旋涡沉溺其中，他也不打算挣扎。

骆闻舟回过头："怎么了？"

他的神色那么理所当然，似乎没有察觉到此情此景有什么不妥似的。费渡顿了顿，委婉地试探说："你父母在这儿，我是不是有点打扰？"

骆闻舟的眉梢轻轻地动了一下，可能是四周太黑了，费渡看不清他的微表情，也可能是骆闻舟喜怒不形于色惯了，越是真情实感，他就越不动声色……总之，费渡居然一时没能看出他是什么意思。

随后，就听骆闻舟若无其事地说："没事，他们知道你在，你住院的时候，他俩还去医院看过，不过那会儿你意识不太清醒，后来我妈还给你送了顿饭，记得吧？"

费渡简短地应了一声，放下心来，自觉听懂了骆闻舟的言外之意——这样看来，他在骆闻舟父母面前是有身份的，应该算是救过自己儿子的朋友，"孤苦伶仃"没人照顾，大家又都是单身男青年，所以在他伤没完全好之前，住过来当个减免租金的室友，老两口恐怕也是出于感谢和礼貌，听说他出院，特意过来看看。

费渡找准了自己的定位，起伏的心绪立刻尘埃落定，重新从容下来，恢复成准备"见人说人话、见鬼说鬼话"的费总。

往日一开门，迎出来的都是骆一锅，今天换了规格，穆小青亲自迎了出来，一见骆闻舟，她就快言快语地抱怨开了："怎么这么晚，刚才差点儿给你打电话。"

费渡没来得及打招呼，穆小青已经毫不见外地一把拖了他进屋，自来熟地数落："外面天寒地冻的，你就穿成这样，骆闻舟也不管，快点儿进来暖和暖和——你俩吃饭了吗？"

"吃了，"骆闻舟探头一看，"我的妈，你们这是来扶贫还是来探监的，都没地方落脚了，要干吗？"

他家的玄关已经被各种大小箱子堆满了，连换鞋的地方都没有，骆闻舟随手翻了翻，发现有山珍、熟食、茶叶、水果、零食……还有一摞穷奢极欲的猫罐头。

天地良心，骆一锅都快十五斤了！

"怎么还有这么多牛奶，我又不爱喝这个……啧，猫玩具还有套装，真行，捡来的儿子，亲生的猫。"

"牛奶也不是给你买的，少自作多情了。"穆小青说，"你们食堂能有什么好饭，油大盐多，你这种皮糙肉厚的物种，随便喝点儿泔水对付两顿就算了，怎么能委屈伤员跟着一起吃？"

骆闻舟冲费渡翻了个白眼——那货才不肯委屈自己，他不但自己要叫外卖，还要拖着整个刑侦队一起腐败，相当丧心病狂。然而他忍耐片刻，终于还是"哼"了一声，把这千古奇冤默默吞了，愤愤不平地扛起玄关里堆的东西，任劳任怨地收拾进厨房。

他们母子俩自进门开始就一对一答，无缝衔接，跟对口相声似的，外人根本插不上话，直到骆闻舟扛着箱子走人，费渡才终于有机会不动声色地抽出自己的手，对穆小青说："早知道您要过来，我应该提前走一会儿去接您的，反正我只是个见习的，跟在市局也帮不上什么忙。"

穆小青就喜欢听他这满口毫不拘谨的花腔，因为感觉这小青年和她儿子属于一丘之貉，相当亲切。

费渡一眼就看见客厅沙发上的骆诚，不同于穆小青，仅仅从面相上就能看出骆闻舟和这位先生的血缘关系。骆诚两鬓发灰，并没有像寻常中老年男子那样挺着发福的肚子，他腰背挺直，眉间有一道不苟言笑的纹路，单是坐在那里，就有不可思议的存在感，属于一进饭店包间就会被引入主位的角色……就是怀里抱着只猫有点破坏气场。

骆诚和费渡对视了一眼，中青两代人精在极短的瞬间内互相打量了一番，费渡忽略了他老人家正在跟猫玩握爪游戏的手，十分得体地和他打了招呼："叔叔好，打扰了。"

骆诚一点头，随后，这理所当然让瘸腿儿子让座的"太上皇"居然破天荒地站了起来，堪称随和地对费渡说："看着脸色好多了，快过来坐。"

骆一锅"嗷"的一声，在太上皇怀里打了个滚，嚣张地蹿上了他老人家的肩膀，居高临下地舔了舔爪子。

"我们俩早想来看看你，骆闻舟那棒槌非说怕我们打扰你休息。"穆小青十分温和地说，"在这儿住得惯吗？有什么事就使唤他去做，累不死他。"

费渡噎了一下："师兄挺照顾的。"

穆小青听了"师兄"这个称呼，没说什么，眼角却充满了意味深长的笑意。等骆闻舟任劳任怨地清理完玄关，有点担心地探头张望时，发现他们家难伺候的费爷和更难伺候的老太爷竟然已经聊上了。

不知费渡又从哪儿翻出一副"青年才俊"的面孔，对付这种中老年男子十分轻车熟路，一身纨绔气收敛得渣儿也不剩，跟老头各自占着沙发的一角，活像准备共同开发城市核心地段的投资商和政府代言人。

费渡不知说了些什么，说得骆诚频频点头，他老人家头顶着一只膀大腰圆的猫，眉目难得舒展，还一本正经地顺口点评道："你这个想法很好，回去斟酌完善一下，写一份详尽的报告交给……"

穆小青连忙干咳一声，把一瓣橘子塞进他嘴里，打断了自家老头子不合时宜的胡说八道。

时间确实已经太晚，听说市局明天又是一天修罗场似的加班，骆诚和穆小青也没多逗留，略坐了一会儿，就起身准备走了。费渡礼数周全，当然是要送出来的，被穆小青抵着肩膀推了回去。

"快别出来，"穆小青说，又转向骆闻舟，嘱咐了一句，"你比人家大几岁，本来就该多担待些，以后在家收收你那少爷脾气，听到没有？"

骆闻舟懒洋洋地应了一声。

这时，骆诚开了口，对费渡说："听说你父母现在都不在身边了，往后遇到个什么事，实在过不去，可以找我们。"

费渡一愣，对上那双肖似骆闻舟的眼睛，见骆诚竟然若有若无地冲他微笑了一下，不怒自威的脸上神色近乎慈祥了。

穆小青冲他们挥挥手，又把手插进骆诚兜里取暖，笑眯眯地说："我们家'大个儿'从小就没心没肺的，好多年没见过让他哭一鼻子的……"

不等她说完，骆闻舟"嗷"一嗓子号了声"再见"，一把关上了门，把穆小青后面的话拍在了门外。

穆小青和骆诚一走，方才显得乱哄哄的客厅立刻安静下来，骆闻舟心里知道俩老东西是按捺不住，跑来看人的，刚开始还好，最后那语气实在亲密过头。骆闻舟一直不让他们俩来，就是怕费渡不自在。

他一时没敢看费渡的表情，只是仿佛满不在乎地抱怨了一句："来了也不提前通知一声，真能添乱，我去热个牛奶。"

费渡的目光沉甸甸地缀在他背后，看着他撕开一盒牛奶，用小碟子给骆一锅倒了一点儿，又把剩下的倒进杯子里，混了一勺蜂蜜，塞进微波炉。

骆闻舟知道费渡在看他，却拿不准那人目光的含义，舌尖动了动，他几次三番想起个话头，打破这尴尬的沉默，却搜肠刮肚也没想好要说什么，后背起了一层薄薄的细汗，偌大的厨房，安静得只剩下微波炉细微的轰鸣声。

这时，微波炉"叮"一声，骆闻舟回过神来，伸手去拉门，忽然一只手从背后伸过来，扣住了他的手腕。

骆闻舟一激灵,方才魂不守舍,居然不知道费渡什么时候靠近的。

"你跟你父母到底怎么说的?"费渡带着点开玩笑的意思问,"说我是你家姑爷啊?"

骆闻舟的喉咙轻轻地动了一下,听得出来,费渡打算把这件事糊弄过去,等待漫长的、水到渠成的相交转淡……然后分道扬镳。

对于这个人来说,一切都是过眼云烟,一切人、一切事,他始终是七年前坐在别墅荒芜的台阶上的少年,关着门,谁也不许走近一步。

骆闻舟转过身,一字一顿地对他说:"今天他们特意过来看你,不单是因为你救过我一命,还有……"

费渡莫名有点慌张,下意识地想打断他:"师兄。"

"你是我一个非常……非常重要的人。"

第十二章

费渡的表情似乎被此时零下五摄氏度的室外温度冻住了,凝固许久,直到骆一锅已经舔完了小碟子上的一点儿牛奶,竖个大尾巴过来蹭他的裤腿,他这才如梦初醒,低头和膀大腰圆的骆一锅对视了一眼,然后不以为意地笑了:"真的假的,吓死我了。"

骆闻舟心头岩浆似的血略微凉了下来。

骆闻舟皱起眉,略微放轻了声音:"你就想跟我说这个?"

费渡想了想,后退几步,从餐厅里拖过一把椅子坐下,他的胳膊肘撑在餐桌上,手指抵住额头,在太阳穴上有一下没一下地按着,眼睛半睁半闭地说:"我以为你比较了解我。"

骆闻舟:"我比较了解你哪方面?"

"当然不是那方面,"费渡随口开了个荤腔,见骆闻舟并没有捧场的意思,他就收了玩笑,倦色却缓缓地浮了上来,费渡沉默了一会儿,"我记得你以前不止一次警告过我,让我规矩点儿,不要有朝一日去体验你们的囚车。"

"如果我没记错的话,追捕赵浩昌那天,在天幕下面,我已经道过歉了。"骆闻舟把热好的牛奶拿出来,从餐桌的一头推上去,杯子准确地停在了费渡面前，一滴没洒，"你还能倒点别的小茬儿吗？"

费渡短暂地闭了嘴，因为他心头一时间有千头万绪，晃得人眼花缭乱，任他巧舌如簧，也不知该从何说起。

好一会儿，他才抬起头。

"不，你其实没必要道歉，你也没错，我当年没有动手弑父，是因为能力所限，我做不到。你们调查费承宇的时候，发现另一拨人在跟踪他，那是我的人，是我通过一些不太合法的渠道雇的，后来你们撤了，这些人就在一夜之间全部离奇失踪，本身做的就是灰色的营生，也没人报警，落得活不见人、死不见尸——那是费承宇给我的警告，我的翅膀还不够硬，撼动不了他，我是因为这个才消停的，不是什么道德和法律的约束。"

骆闻舟的心开始往下沉："所以呢？"

"骆队，你一线刑警干了这么多年，见过的变态没有一千也有八百，应该相信自己最开始的直觉，我确实就是'那种人'，"费渡点了点自己的太阳穴，"天生大脑有缺陷，道德感与责任感低于正常水平，多巴胺和苯乙胺分泌异常，无法感知正常的喜怒哀乐，也没法和人建立长期稳定的关系。"

骆闻舟靠着餐厅旁边的墙，挂钟在他头顶一刻不停地走——这玩意儿坏了好久，总是走不准，还是费渡拆开以后重新修好的。

费渡像个在未央长夜里跋涉于薄冰上的流浪者，并不知道他所谓一生指向哪条看不见的深渊寒潭，他总是下意识地疏远、下意识地别离，一点儿微弱的靠近，仿佛都会扰乱他纷繁复杂的轨道。

"无法建立长期稳定的关系，"骆闻舟缓缓地、一字一顿地重复了一遍，"什么意思？你是说，咱俩就相当于萍水相逢，连朋友都说不上，是吧？"

费渡下意识地想解释，然而张了张嘴，又按捺住了自己，他沉默了一会儿，终于只是干巴巴地说："抱歉。"

"那你为什么要一而再，再而三地招惹我？"骆闻舟的声音压得极低，好像胸口堵满了石头，那声音得从石头缝里挤出来，每个字都咬得咯吱作响。

费渡神色漠然地避开了他的视线。骆闻舟住了嘴，他突然觉得十分没意思，原地沉默片刻，他重重地吐出口气，大步走向书房，摔上了门。

骆一锅被这惊天动地的摔门声吓了一跳，"嗷"一嗓子岔了毛，直起脖子张望，不知铲屎工有什么毛病。警惕地夸了一会儿毛，骆一锅见没人搭理它，就一头雾水地冲费渡小跑过来，纵身一跃跳上了餐桌，和费渡大眼瞪小眼。

费渡整个人好像静止了，无声地和它对视片刻，心里沸反盈天的千头万绪重新沉寂下去，他胸口是空荡荡、白茫茫的一片，万念无声。

好一会儿，他无来由地想起白天在市局审讯室里忽悠夏晓楠的一句话——"你有可能一辈子也遇不到一个这么喜欢你的男生了"。

骆闻舟太好、太鲜活、太温暖。或许这个比喻不甚恰当，但冯斌之于夏晓楠，就像是骆闻舟之于他，都是意外事故一样的运气，一个人的一生，大概只能奢求一次。

而往后看不到头的一生中，能有一点回忆已经弥足珍贵。

虽然回忆有点短。

但也没关系，世上所有"回忆"都是短的。

费渡缓缓地冲骆一锅伸出了手，骆一锅先是本能地往后一仰头躲开，随即，它又犹犹豫豫地凑过来，试探着闻了闻费渡垂在半空中的手，里里外外地闻了一圈，它仿佛放下了戒心，低头在他手心蹭了蹭。

费渡的手终于小心翼翼地落下，贴在了骆一锅油光水滑的后背上，从它头顶顺着毛轻轻地抚摸了几下。

原来猫是这样的，毛发细腻，柔软得要命，又和毛绒制品不同——细毛的根部是暖烘烘的，手放在上面，能感觉到悠长的呼吸和轻轻挣动的心跳。

是一条无忧无虑的小生命。

骆一锅眯着眼睛，喉咙里"咕嘟"片刻，有一下没一下地甩着蓬松的大尾巴，发出十分销魂的哼唧。

费渡近乎心平气和地与它和平共处片刻，猫爷被伺候舒服了，遂把自己团成一团，眯起的眼睛缓缓合上，就地睡了。费渡悄无声息地收回手，揣起自己的手机，走到书房门口，不轻不重地敲了三下："这几天多谢你照顾了。"

骆闻舟没搭理他。

费渡于是也没多做逗留，转身从玄关的衣架上摘下自己的大衣、围巾，准备出去找个附近的酒店先凑合一宿，明天再想办法叫人打扫一下自己空置许久的小公寓，搬回家住。旧伤不能算是痊愈，但是他既然有力气往市局跑，当然也不至于随便死，生活自理总没问题。

深更半夜，从暖气袭人的家走进凛冽的冬夜里，着实需要一点勇气，费渡叹了口气，觉得光是想一想，手脚就已经条件反射似的发冷了。

然而就在他刚刚披上大衣，还没来得及把胳膊套进袖子时，紧闭的书房门突然被人从里面重重地掀开了。

倒霉的骆一锅刚合上眼，又被身边掠过的一阵厉风惊醒，也不知招谁惹谁了。它愤怒地叫唤了一声，一溜烟地钻进了骆闻舟空置数天的次卧里，不肯出来了。

费渡还没来得及回头，突然被人从身后一把扯住，他猝不及防地跟跄半步，虚虚披在身上的大衣一下落了地。

骆闻舟一把揪住他的围巾，费渡为了不变成平安夜里的吊死鬼，只好顺着他的力道后退，被骆闻舟抬手抵在玄关处狭窄的墙上。

"我问你两件事，"骆闻舟面沉似水地说，"第一，为什么郑凯风的车爆炸时，你非要多此一举地挡在我面前。"

费渡被围巾卡住，一时说不出话来。

骆闻舟也根本不打算听他说："第二，既然你是个不痛不痒、不知道爱恨的变态，为什么你家地下室里有电击和催吐的设备？我当了这么多年一线刑警，见识过的变态没有一千也有八百，没听说过他们中的谁是因为热衷于折腾自己进来的！"

费渡的瞳孔急剧收缩，而后他下意识地挣动起来。

镇压他并不比镇压肖海洋难度高到哪里去，骆闻舟一把将他的双臂折在身后，拽下他脖子上松动的围巾，三下五除二地在他手上裹了三圈，牢牢地系了个扣，冷冷地嗤笑一声："费总，你缺乏锻炼啊。"

费渡被骆闻舟拖进客厅，就近扔在了沙发上，长腿撞到茶几，方才为了招待骆诚和穆小青而准备的一盘橘子纷纷滚落在地，也没人去管。

骆闻舟一把扯开了费渡那件须由干洗店精心伺候的衬衣，崩开的扣子擦着他的下巴仓皇逃窜，骆闻舟抬手按住了费渡的胸口——这身体毕竟是年轻，恢复能力和新陈代谢一样强，很多陈年的旧伤疤只剩下浅浅的痕迹，非得在大灯下才能看见些许浅浅的影子。

"这是什么？嗯？你就不怕灼伤内脏？你就不怕一不小心无声无息地死在你家那个空荡荡的地下室里？"骆闻舟居高临下看着他，"那天从恒爱医院回去，如果不是我强行把你拖出来，你打算做什么？费渡，这么多年你没把自己折腾死，还真是祖坟上冒了青烟。"

费渡从小和一帮纨绔子弟混在一起，羞耻心有限，兴之所至，裸奔都没什么大不了的，然而此时骆闻舟动手撕开的，却仿佛并不只是一件衬衫，而是他裹在骨肉上的皮囊。费渡有生以来第一次感觉到无法言喻的恐慌，慌不择路地屈膝撞他："放开——"

骆闻舟不躲不闪，生受了这一下，坚硬的膝盖撞出一声听着就疼的闷响，费渡一僵，错失了反击的时机，教骆闻舟压住他的膝盖，关节"嘎嘣"一声轻响，费渡下意识地闭上眼。

可是两人就着这仿佛预示着一场暴力对待的姿势僵持许久，骆闻舟却没碰他一根头发。

"我真恨不得……"好一会儿，骆闻舟叹了口气，低声说，"挖出你的贼心烂肺看看。"

他松开了钳制，从沙发旁边的摇椅上掀下一块薄毯，丢在费渡身上，有些疲惫地揉了揉自己的眉心："太晚了，你去洗洗睡吧。被子盖好了，今天没人管你。"

"那间地下室以前是费承宇的，"费渡一动没动，忽然低低地开了口，"费承宇是个虐待狂，如果我妈犯了他的'规矩'，就会被他拖进地下室里惩罚。"

骆闻舟倏地一怔，接着，他意识到了费渡在说什么，心一时狂跳起来，骆闻舟下意识地屏住呼吸，勉强自己的声音稳住，轻轻地问："什么规矩？"

"很多，我也说不清，诸如不准对外人说话——包括保姆和清洁工，禁止她和别人有眼神接触，禁止她碰他允许范围外的书和电视节目……她日常作息的时间都是固定的，七点半起床，八点上餐桌，八点半开始清理家里的花瓶，换上新的插花，误差时间超过一分钟，就会被他拖进地下室——电击不算什么，是很轻的手段了。"费渡低声说，"费承宇认为，这是他表达喜爱的方式，你不但要得到一个人的肉体，还要得到她的精神，把她整个人装进一个玻璃瓶里，让她每一个枝杈都随着自己的心意长，这个人才算属于自己。他做这些事的时候并不避开我，他的地下室里甚至有一张儿童书桌。"

骆闻舟的呼吸忽然有点困难："他有没有……有没有……"

"虐待过我？"费渡微微一顿，随后神色不变地说，"没有，我是继承人，费承宇甚至认为我代表他的一部分，不会对我怎么样的。"

骆闻舟揪紧的心略微放下来，松了口气，轻手轻脚地走过去，坐在费渡旁边。

"我从懂事之后，就一直很想摆脱他，但也只是想，没做过什么——直到她自杀。"费渡低声说，"她被困在恶魔的牢笼里，身边只有一个无动于衷的我，长期的畸形和虐待，她的精神是不正常的，抑郁之外，还有很深的被迫害妄想症状，她认为空气中布满了监视她的探头，即使单独和我相处的时候，也绝不敢说一句'规定范围'以外的话。费承宇要求她每天晚上睡前给我念一个小时的书，于是她花了两年的时间，小心地把她想说的话混进那些阅读科目里，试图反复向我灌输'自由'的概念……可能是我的反应太冷漠了吧？她念完最后一本书，终于亲自向我展示了什么叫作'不自由，毋宁死'。"

"对不起，"费渡呓语似的轻轻说道，"我其实一开始就知道她是自杀的，当时之所以坚持不认同自杀结论，不依不饶地纠缠你们，逼迫你们反复调查，其实是想利用你们给费承宇和他们找麻烦。"

骆闻舟："……他们？"

"你知道寄生关系吗？"费渡说，"我给你提供养分、碳水化合物，你来给我提供保护和微量元素……费承宇身后就有这么一只寄生兽。"

骆闻舟悚然一惊："什么意思？"

追捕郑凯风的那天晚上，费渡曾经隐晦地向他点出周氏、背后某种势力——以及苏家三代人贩卖谋杀女童案之间隐秘而惊悚的联系，关于苏家人抛尸地、光耀基金还有杨波父亲的车祸，骆闻舟顺着这条线路简单地探查过，只不过线索太少，调查也只是浅尝辄止，没能深入。

还有费承宇那场离奇的车祸，与老刑警杨正锋的死亡时间微妙地重合，陶然曾经推断过，在这背后巨大的暗流与千丝万缕的联系中，费渡一定是知道得最多的一个。此时，这人像千年的河蚌精一样，终于开了一个浅浅的口，将那鬼影幢幢的世界掀开了一角，已经足以让人心惊胆战。

骆闻舟想了想，又问："你说的这个'寄生兽'，指的是那个'光耀基金'？"

"不，公司只是个壳，像百足蜈蚣的一只脚，蜘蛛网上的一个环，没什么价值，反倒是如果你贸然动它，容易打草惊蛇，背后的控制人也很容易给你来一场金蝉脱壳。"费渡轻轻地说，"养通缉犯也好，杀人买凶也好，甚至是建立庞大的人脉网络，都需要大笔的资金——费承宇定期给他们捐助和利益输送，养着他们，而这些人则会无所不用其极地替他扫清障碍。"

费承宇其人，骆闻舟在早年调查费渡母亲自杀一案的时候，曾经接触过，印象里是个斯文又冷漠的男人，风度翩翩，但对妻子的死亡，除了最开始的震惊之外，怀念和伤感都是淡淡的，显得有些薄情。

但薄情是正常的，骆闻舟记得前来帮忙的老刑警教过他——因为常年精神失常的女人会给家人带来漫长的折磨和痛苦，夫妻之间没有血缘与其他牵绊，本就是同林之鸟，费承宇那么大的家业，没有抛妻弃子，只是常年不着家投身事业，已经是难得的品行端正了，听说妻子死了，有解脱的想法是人之常情——反倒是如果他表现得痛不欲生，那就有表演的痕迹了。

现在看来，费承宇当时的一举一动都是经过精密计算的，连从业二十多年的老前辈都被他蒙骗了过去！

屋里温暖如春，骆闻舟背后却蹿起了一层冷汗："这些事你是怎么知道的，费承宇连这也不避开你吗？"

费渡挣开束缚在他手上的围巾，狼狈地从沙发上坐了起来，他没去管方才被骆闻舟扯烂的衬衫，随手捋了一把散乱的头发，那眼神平静得像是两片镶嵌在眼眶中的玻璃，清澈、冰冷，好似方才的大悲大喜与失魂落魄全然都是幻觉，没有留下一点痕迹。

接着，他径自站起来，拉开橱柜门看了一眼。

他一不吭声，骆闻舟一口气就吊了起来，因为能让费渡开口，太艰难了，兴许会在他的逼迫下吐露一点端倪，过一会儿回过神来，没准又缩回去了。

费渡说不说、说多少，得全凭运气，骆闻舟唯恐声气大了，就把这口运气吹化了。但他心里焦灼，嘴上却又不敢催，只是轻声问："你找什么？"

费渡："有酒吗？"

酒当然是有的，逢年过节探亲访友的时候，大家免不了互赠几瓶红酒，可是骆闻舟看了一眼费渡那好似打晃的背影，着实不太想给他喝，纠结了好一会儿，才不知从哪儿翻出了一瓶传说中甜度最高、度数最低的，倒了一个杯底给他。

温和的酒精很快随着血流散入四肢百骸，驱散了说不出的寒意，好似浸在冰冷的泥水中的大脑反而清醒了一点。费渡捏着空酒杯，却并没有要求第二杯——他天生很懂什么叫作"适可而止"。

"抱歉，我从没跟人说过这些事，有点复杂，一时捋不清头绪。"费渡顿了一下，顺着思绪倒到了一个很久远的开头，"我有个没见过面的外公，是最早一批'下海'的人，生前攒下了一点家业，当初曾经很反对我妈嫁给费承宇，后来拗不过女儿鬼迷心窍，婚后曾经一度不与他们来往。"

骆闻舟不知道为什么故事换了主角，一下从罪案情节切换到了家庭剧，却也没有急着发问，试探着顺着他的话音搭了一句："因为老人家眼光毒，看出你……费承宇有问题？"

"如果费承宇愿意，他能伪装成世界上任意一种人，没那么容易露出破绽。"费渡笑了一下，他的笑容一放又收，又说，"虐待狂首先要潜移默化地斩断施虐目标的社会关系——例如她的父母、亲戚、朋友……让她变得孤独无援，同时对外抹黑她的形象，即使她求助，也没人相信她，这是第一步，这样，才能肆无忌惮地不断打压她的自尊，破坏她的人格，把目标牢牢控制在手里。"

骆闻舟心里隐约觉得不对劲，因为觉得费渡说起这些的时候，就像个真正的犯罪心理专业学者一样，充满了学术和客观——就好像他说的不是切肤之痛一样。

"普通朋友，挑拨离间几次，很容易就心生误会不再来往，亲近一点的，也是一个道理，多费点功夫而已，我妈家里的亲戚在旧社会战争年月里走散了，还有联系的不多，没有七大姑八大姨，给他省了不少事——但你知道，除此以外，总有些关系是打断骨头连着筋的，比如亲子关系。我外公早年丧偶，只有我妈一个独女，置气归置气，继承权却从来没改变过，我想不通费承宇是怎么斩断这一层联系，还顺利得到我外公家遗产的。"费渡说，"所以我问了费承宇。"

凭借着多年在审讯室里装神弄鬼的强大心理素质，骆闻舟勉强维持住了自己的表情，他咬了咬自己发僵的舌尖，艰难地按平了自己的语气："你是说，你去询问过你爸，问他虐待和控制你妈妈的细节。"

这也太……

"这很难理解吗？虐待狂往往会伴随无可名状的自鸣得意，费承宇尤其自恋，他认为这些都是他的能力和作品，乐于向我展示，还把这当作言传身教，"费渡轻飘飘地说，"我只是不懂就问。"

当然，如果费渡听完他讲故事，没有提出有价值的问题，会被费承宇当作没有思考，态度不端正，年幼的费渡并不很想知道"态度不端正"的后果——这些话他到底咽了下去，没有和骆闻舟吐露。

然而尽管这样，骆闻舟心里还是蹿起了一层无名火，恨不能把费承宇从舒适的植物人状态里揪出来，一脚踹进监狱里喂他两颗枪子。他好半晌才按住起伏的心绪，沉声问："然后呢？"

"费承宇告诉我，割断这种联系很简单，因为死人是没办法和任何人建立联系的——我外公死于一场车祸，他当时意外得知了我妈怀孕的消息，终于忍不住先递了台阶，想见她一面，在此之前，我妈被费承宇误导，一直以为他已经跟自己断绝了父女关系，收到父亲递来的橄榄枝时，她欣喜若狂……但是约好了见面的那天，一辆醉驾的车撞了我外公。"

把自己择得干干净净的谋杀，顺理成章地继承受害人的家产……这故事太耳熟了。

"是不是很像周氏那场豪门恩怨的翻版？"费渡露出了一个不太明显的微笑，"我当时还问过费承宇，万一交警认为这起车祸有值得推敲的地方呢？比如追查到司机生前行踪诡异，或者他的背景有什么问题，一旦警方疑心这不是一场事故，而是故意谋杀，那么作为遗产受益人，费承宇就很可疑了。"

骆闻舟实在不知道是不是该表扬他一句——从小思考起杀人放火的事就这么缜密。

"费承宇轻描淡写地跟我说'这些事有专业人士处理，不会出纰漏'。"费渡说，"这是我第一次从他嘴里听到'他们'的存在。费承宇曾经对我说过，他手里有一把传世的宝刀，将来可以给我，只要我能拿得起来。"

骆闻舟的心脏停了一下，费渡说到这里，却一抬头，正好和骆闻舟陡然紧张起来的目光对上，他倏地一笑："不用担心，这把刀没能到我手里。"

骆闻舟声音有些干涩地说："你认识我和陶然这么多年，一个字都没透露过，是不相信我们吗？"

费渡沉默了一会儿，没有正面回答，只说："你知道当年的'画册计划'吗？"

骆闻舟一愣。

"你还记得我跟你说过，在他的地下室里看见过当年'画册计划'的负责人范思远的论文吗？不止一篇论文，他那里有当年'画册计划'的详尽资料，包括所有参与人及其亲属——你说你师父叫'杨正锋'，对吧？他有个女儿叫杨欣，当年正在念小学，在市十二小，周一到周四由一个住在附近的同学家长顺便一起接送，只有每周五晚上会在学校逗留一小时，等她妈妈下班，对吧？"

骆闻舟一阵毛骨悚然，这些细节大部分连他都不知道。

那张看不见的网有多大的能量？还有……当年的"画册计划"到底是为什么成立的？真的仅仅是编纂学术资料吗？除了燕公大的专家之外，派个学生沟通，找个管档案的配合不行吗？为什么有这么多一线刑警参与，保密级别这样高？而在保密级别这么高的情况下，竟然还是泄露了一个底掉，那只可能是……只可能是……

"这把刀究竟是什么，是谁、在哪儿、能量有多大，这些我都不知道，直到费承宇意外事故后变成无行为能力人，我花了几年的时间，彻底接管了他的产业，挖出了一些蛛丝马迹，但相关的捐款和利益输送也已经在多年前停止，如果不深挖财产经营情况，根本发现不了费承宇曾经和他们有这一层隐秘的联系。直到这时，我开始怀疑他的车祸不单纯。"

对，如果费承宇只是意外，那么那些和他"血脉相连"的人不可能连面都不露，更不可能连公司的权力交接都毫无干涉，就这么悄无声息地失踪。

费渡摆明了是费承宇唯一的继承人，无论他是否符合继承人标准，那些人都应该接触过他，不会就这么简单地抛弃昔日的大金主。

骆闻舟："他们闹掰了。"

费渡吐出口气："对，他们闹掰了，而且费承宇就是被他养的这口'妖刀'反噬的。"

骆闻舟这时已经无暇为费渡难得的坦白欣喜若狂了，他拖过一把椅子坐下，皱着眉思量良久，试图捋清思绪："为什么？"

费渡沉声说："我记得我曾经和你探讨过许文超可能抛尸的地点。"

骆闻舟一点头——永远不会被翻出来的私人属地，或是发现了尸体也不会有人报警的特殊地域,这是费渡的理论,但滨海地区哪一条都不符合,非常出人意料。然而尸体确实就在地下埋着,也确实好多年没人发现,再离奇也是事实,只能归结为"机缘巧合",毕竟中国这么大,几十年没人动过的荒地数不胜数,这样的运气也不算太离奇。

"费承宇当家的时候,光耀基金曾给过他一份滨海项目的合作开发企划,董事会以'盈利模式不明'为由拒绝了——哦,董事会的意思就是费承宇一个人的意思。但我看到的合作开发企划,是一份非常有吸引力的投资计划,盈利模式清清楚楚,而且按照计划来看,可以说收益可观。我当时就在想……莫非我看到的是假的项目企划吗?"

骆闻舟感觉今天晚上,自己这天生的一双耳朵有点不够用了:"还有另一份项目企划吗?"

"如果我没猜错,"费渡低声说,"真正的项目企划恐怕确实不太盈利,毕竟,有抛尸需求的变态杀人狂没有那么多,不足以支撑一块市场。"

"你是说许文超抛尸滨海不是因为他觉得那里风景秀丽,而是因为他知道那里是个安全的'坟场'?他和那些人联系过,不……他是付钱租用这块坟场的!"

以许文超那往骨灰盒里藏东西的尿性,他干得出来——如果那块地方被买下来就是干这个的,那里岂不就是个更大的"骨灰尸体寄存处"?

费渡一点头:"苏家的这起案子,让我对费承宇的死因有了一个推测——"

骆闻舟试着以正常人的思维方式去看待这件事:"也就是说,你爸爸看不惯这种恋童癖的买卖,拒绝出资参与这件事,所以他和那些人分道扬镳了?"

费渡无声地笑起来:"怎么可能?这也太正人君子了。"

骆闻舟愕然地看着他。

"凭我对费承宇的了解,我猜他的理由很明确,就是字面上的'盈利问题',"费渡一根手指按住空杯子,让它在桌上转了一圈,"当年房地产市场已经抬头,地价在涨,而且很多人已经预计到了,可能会飞涨——需要多少猎奇的变态、付多少租金,才能把这个成本和未来损失覆盖掉?当然,费承宇那些年以'捐赠'名义无偿付出的资金远不止这些,他大可以把那块地也当成一种捐赠,可是我猜……这个'项目'本身让他不安了。"

他话说到这里,骆闻舟已经把思路调整过来了。

对，费承宇是一个控制欲极强、极端自恋的虐待狂，他在野心与财富增长的同时，必定也在不断自我膨胀，是绝对不允许手上任何东西失控的。以他的敏锐，肯定能看出来，那些人圈地建"坟场"的行为，是已经不满足于做"杀手"和"打手"的预兆，他们在构造一个更加庞大、更加骇人听闻的"产业链条"，想通过出租坟场拉起一张大网，把黑暗中那些饮血啖肉的怪物都吸引出来，捏住他们的把柄，从而建立自己的王国和秩序。

"最开始，费承宇认为是自己饲养了这只'寄生兽'，没想到把它养大，它打算自立门户，让费总降格成一个普通的合作者。"骆闻舟缓缓地说，"是这个意思吗？可是费承宇拒绝出钱，那块地他们也还是拿下来了。"

这一次，不等费渡开口，骆闻舟就顺着逻辑自顾自地接了下去："因为'他们'的资助者不止一个！周氏——周峻茂和郑凯风也是，对吗？"

"你还记得周怀瑾在审讯室里交代的口供吗？"

"哪一句？"

"周怀瑾说，二十一年前，他曾经在周家大宅里偷听过周峻茂和郑凯风的对话，当时周氏进军内地市场受阻，那两个人在密谈一桩伪装成车祸的谋杀案。如果周怀瑾没撒谎，那说明'他们'从一开始就不是只有一个金主、受一方势力控制，费承宇太拿自己当回事的毛病可能到死都改不过来。"费渡嗤笑一声，笑容像被小刀划过的薄纸，浅淡又锋利，"不过这些都是我的推测了，不见得准——但是冯斌这件案子你应该注意一下。"

骆闻舟抬起眼："'买凶杀人'，'凶手是神秘消失多年的通缉犯'，这确实和他们除掉董晓晴、郑凯风的手段一模一样。"

"不单是这点，今天那个小姑娘告诉我，往她手机里装追踪软件的人叫'魏文川'，下午你们忙着审讯的时候，我稍微查了一下——这个魏文川是冯斌的同班同学，班长，在育奋里一呼百应，很可能是校园霸凌小团体的头……不过这都不重要，重要的是，他父亲是魏展鸿。"

"我知道，电话传唤过了……听郎二说，好像是个很有名的开发商？"骆闻舟递给费渡一个疑惑的眼神，"但他好像除了特别有钱之外，没有什么负面新闻吧？"

"魏展鸿为人低调，轻易不在公众面前露面，话也不多。但是关于这个人，我听说过一个故事，"费渡低声说，"几年前，他在D市的开发区拿了一块地,拿地的时候当然和当地政府打得火热,市政那边当时说,开发区已经规划完毕,这块地将来会是整个商圈里唯一的住宅用地,周围都是商业,他们不会有任何同质的竞争对手——但是这一条没有写进土地出让协议,只是口头承诺,你懂吧?"

口头承诺等于没有承诺。

"但是后来也不知是为了修路,还是有别的事,反正工程进度耽误了一点,等他们的项目终于落成、可以开始卖的时候,就在同一个商圈、地段更好的位置,已经另外起了一大片住宅,而且人家已经抢先出售了大半年,很多买主都入住了。D市本身不是一线城市,流动人口不多,当地市场就那么大,两处定位相似、各方面都差不多的住宅,这是你死我活的竞争对手,先获批销售的一方可能会把另一方挤得无法生存。"

生意方面的事,骆闻舟不是专业人士,但费渡讲得条分缕析,他也大致听明白了,点点头:"所以魏展鸿这个事砸了,然后呢?"

"然后那个竞争对手的小区里就出事了,一个被通缉了两年的杀人犯不知怎么流窜到了D市,在那小区的中心花园里连续捅死了六个人,警察赶到之后依然嚣张拒捕,当面抓住了一个学生就要行凶,被击毙了。据说花园里的血把莲花池都染红了,整个小区都因为这件事成了凶宅,不少房主都低价转让房产。结果嘛,当然是魏展鸿的项目起死回生,房子没几年就卖完了。"

饶是骆闻舟,也震惊不已,原来人类在突破了道德底线之后,能迸发出这样让人目瞪口呆的创造力。

"不过我没有证实过,都是道听途说,因为这位魏先生'运气好'是出了名的,很多人都说他是个福星。"费渡摇摇头,"福不福我不清楚,但他的宝贝儿子和冯斌被杀案肯定脱不了关系。"

骆闻舟头疼地揉起了额头,两个人同时沉默下来,各自在凌晨的静谧中消化着庞杂的信息。因为他们俩此时都是睡意全无,十分清醒,所以这一点前因后果不禁消化,没多久,高速运转的大脑就缓缓降了速,奔腾的血转而涌向心口。

被这巨大的秘密砸晕的七情六欲,却"水落石出"一般露出头来。

费渡的嘴唇从一个杯底的红酒中借了一点颜色,在他苍白的脸上几乎能算是鲜艳的,他略带渴望地瞥了一眼红酒瓶子,感觉自己的手脚又开始发凉，有心想再添一杯，却被骆闻舟中途拦住了手。

骆闻舟："你坦白完了？"

费渡的喉咙一动。

骆闻舟清了清嗓子："那是不是该轮到我了？"

费渡分明是衣衫不整地靠在一侧的桌边上，听了这话，他蜷在身侧的手指一收，过度聚焦的眼神倏地落在了骆闻舟身上，分明是几乎一动没动，但他整个人的肢体语言却微妙地变了，竟给人一种他在"正襟危坐"的错觉。

"我……"

骆闻舟刚说了一个字，费渡就突然打断他："骆队，等等，你不奇怪吗，为什么卢国盛放了夏晓楠？他这不是等于告诉警方女孩有问题，让你们审她吗？"

骆闻舟叹了口气，有些无奈地说："是，奇怪。"

费渡飞快地说："还有拐卖女孩的那个案子，到底是谁告诉苏落盏以前旧案的细节的？她为什么会突然模仿之前苏筱岚的手法？以及……"

骆闻舟骤然打断他："以及我还奇怪，花市区分局出事的时候，那封举报材料是怎么突破王洪亮的眼线传到市局手里的。奇怪赵浩昌说的那条神秘短信究竟是确有其事，还是他自导自演。奇怪究竟是谁那么嘴欠得难受，非要告知董晓晴关于她爸死亡的真相，让她犯下难以补救的大错……我还很奇怪，今年我们到底犯的哪门子工作狂太岁，被一连串的大案要案砸得晕头转向，连年假都没工夫休——"

"有一个很好的解释。"费渡盯着他的眼睛，问，"你想不想听？"

骆闻舟顿了一下，面无表情地说："不是很想。"

费渡却好似没听到，接着说："有人在把这些案子往你们眼里捅，诱导你们去查，查得'那些人'惊慌失措，几次三番几乎暴露自己，逼得他们只好每次自断一腕，把有直接动机的'金主们'推出来当挡箭牌。金主的数量不可能太多，因为真正的变态没那么多，而其中，有足够财力养得起他们的变态更是凤毛麟角，等那些人为求自保，把自己砍成个光杆司令的时候，他们就必须寻找新的投资人，比如……"

骆闻舟冷冷地说："费渡，闭嘴。"

"比如我。"费渡充耳不闻，"比如费承宇的继承人——我。我符合一切条件,我也本该早就是他们中的一员,仅仅是机缘巧合,因为当年费承宇和他们闹掰,才没能接过这把'刀',我几次三番想弄死费承宇,肯定不会在意所谓'杀父之仇',我还成功混进市局,近水楼台地调查当年'画册计划'的真相,蒙蔽了……"

骆闻舟狠狠一拍桌子,却没能拍断费渡的话音。

"其实他们已经在隐晦地试图和我接触了,我一直没有理,因为不想显得太知道内情,但如果这回魏展鸿再折进去,那'他们'很可能会变得四面楚歌,迫切需要新的资金,只能跪下求我施舍,我有机会折了他们的翅膀,让这只'寄生兽'彻底变成我的看门狗,这恐怕就是费承宇当年想做而没成功的……"

骆闻舟这回结结实实地被他吓了一跳,猛地站了起来:"他们和你接触过?什么时候的事?你为什么不早说?"

费渡平整的双眉轻轻地舒展开:"……可能是还没做好自首的准备?"

"放……"骆闻舟一句粗话到了嘴边,生生又给挡在了牙关之后,他低头看着靠坐在一边的费渡,忽然意识到——如果没有今天这场"意外",费渡可能会永远隐瞒下去,如果那些人来找他,他就会顺水推舟,孤立无援地走进深渊里。

费渡装纨绔,装纸醉金迷,装出强大的掌控欲,周峻茂出事后,他第一时间狙击周氏,没心没肺地泡在金钱的盛宴里狂欢——他还要做出一副"衣冠禽兽"的面孔来,衣冠禽兽自然要绅士,要彬彬有礼,要耐心十足、风度翩翩。让自己看起来冷酷强大得游刃有余。

可是"衣冠禽兽"终究只是禽兽,再多的功夫也是表面功夫,稍有风吹草动就禁不住推敲,哪个会像他一样无懈可击,能陪着语无伦次的乡下女人王秀娟、懵懵懂懂的小丫头晨晨……这样"衣冠"到底呢?

骆闻舟回想起周峻茂出车祸的那天夜里,总觉得比起做空周氏的股票大赚特赚,费渡其实更想回家睡个好觉。

这个人,他分明只是个冬夜里一碗瘦肉粥、一盘花样咸菜就能心满意足的人,给他一杯咖啡和一些琐碎的待整理文件,他就能消消停停地在办公室消磨掉一整天——他哪有那么大的权力和金钱欲望去和深渊里的凶兽周旋?

"因为有这伙人存在,这么多年,你一直觉得没能摆脱费承宇,对吗?"骆闻舟半晌没说话,脸上的焦躁神色尽消,近乎心平气和地开了口,

"所以宁可把自己搭进去，成为他们、控制他们，也要把他们连根拔起——失败了，你可能像郑凯风一样尸骨无存；成功了，你又不是卧底，到时候也得跟他们一样等着刑罚，你想过吗？"

费渡一笑："我……"

"你又不傻，肯定想得清清楚楚的，"骆闻舟说，"但是无论是一死了之，还是下半辈子在监狱里，你都觉得挺好的，是吗？起码你自由了，没有负担，也不用惶惶不安了。"

因为"不自由，毋宁死"。

骆闻舟一伸手撑在他身后的桌边上："那现在功败垂成，怎么肯对我和盘托出了？良心发现吗？"

费渡不由自主地往后一仰。

"呸，你才没长良心那玩意儿。"骆闻舟说，"你就是看见我，觉得'这么帅的人跟我表白，哭着喊着要我留在他家，不依不饶地照顾我，我干吗还想死，还想蹲监狱'？另外蹲监狱要剃头统一发型的，你知道吗？"

对此，费渡无言以对。

"既然你连自己一肚子贼心烂肺都肯剖开，那就是想求我拉住你，我拉了，你又要躲闪挣扎，"骆闻舟一巴掌打了费渡的脑门，"你说你是什么毛病？就想试试我手劲大不大？"

费渡好像正在往餐桌上蹦、中途被一筷子敲下来的骆一锅，让他拍得有点蒙。

"你以前总气我，那时候我每次心情不好，你都是我的幻想对象——幻想拿个麻袋把你套到小胡同里揍一顿，可是后来有一次，我们一伙人在陶然家闹着玩，不小心把他家壁砖碰裂了，陶然是租的房，房东又事儿多，看见了肯定要矫情，只不过当时陶然没说什么，我们也都没注意，没想到你一个半大小孩跑了几个建材市场，找来了一模一样的壁砖，又不知道从哪儿借了一套工具，花了半天把旧砖铲下来换上了新的，后来我去参观了，活干得居然还挺像模像样。当时我就觉得，你虽然常年皮痒欠揍，但有时候又挺可人疼，万一走歪了，真是非常让人惋惜。"

骆闻舟的声音越来越低，最后仿佛成了耳语："所以我对你一直很严厉，跟谁都没有跟你一起时候气急败坏的次数多……可是那天在市局，你明明是跟那帮狐朋狗友一起来捣乱的,到最后却变成了一直陪着何忠义他妈,让我突然觉得,其实就算我不管你,不每天怼你,你也长不歪。"

"小王八蛋,"骆闻舟伸出一根手指,用力在费渡胸口戳了一下,"你其实就是喜欢我对你的照顾,以后就想跟着我,对吗?"

第十三章

平安夜,一年一次,旧蜡烛芯似的,总是不够长。

玻璃窗上吸附的水汽在夜色中悄然凝结,开出一片雪白的霜花。

费渡不知是哪一魂、哪一魄仍在潜意识里作祟,真幻不辨,于睡意恍惚间将他莫名惊醒,意识一惊一乍地沉浮了一遍,震荡了一下方才归位,睁眼却发现床头灯居然还没关——骆闻舟正在旁边盯着他看。

见费渡睡不安稳,骆闻舟拧灭了微弱的灯光,在他额头上轻轻弹了一下:"睡吧,明天我回去加班,你休息就行了,不要跟着我早起。"

说得就跟你能早起一样……费渡心想,然而他第一次对别人剖开自己的三魂七魄,挖出陈年的旧伤,心境大起大落,隐约有些低烧,这个嘲讽还没来得及说出口,去而复返的睡意已经再次温柔地吞没了他。

他仿佛听见隐约的钢琴声,似乎有个略显消瘦的女人背对着他,坐在一扇明净的窗户前,大片的阳光落在她身上,像是要将她的身影也融化进去一样,她技艺稀松地按着琴键,弹出有些生疏的曲调来。

平和安宁,似带笑意。

第二天,伟大的骆队果然不负众望,乐极生悲,又起晚了——因为手机闹铃不知什么时候关了,人工的那位使坏,没叫他。

费渡已经穿戴整齐,一边翻着手机新闻,一边十分"诧异"地把昨天晚上的话还了回去:"不是让你休息吗,不用跟着我早起,都没舍得叫你。"

骆闻舟叼着牙刷,冲他比了个中指。

费总愉快地围观了大言不惭的那位是怎样说嘴打脸的,然后任劳任怨地开车送他上班。

"对了,"骆闻舟坐在副驾上,把最后一口鸡蛋卷咽下去,抽了张纸巾擦手,"我刚想起来,上一次的'画册计划'启动是十三年前,也就是顾钊出事之后的第二年,'画册计划'会不会和他有关?"

"如果肖海洋说的是真话,如果顾钊当年确实是在追查卢国盛的时候出的问题,那很可能。"费渡说,"'那里不只是卢国盛',这话在我听来,很可能是他当时已经追查到了卢国盛的踪迹,并且在他可能的藏身之处发现了其他通缉犯。那个'罗浮宫'很有可能是他们的一个窝点。"

"唔,"骆闻舟顿了顿,好一会儿,他才说,"我只是在奇怪一件事。"

"嗯?"

"一般除了一些很特殊的情况,我们去调查取证的时候,都至少要有另一个同事随行。追查一个通缉犯的下落,既不涉及内部人员,也不涉密,没有什么不能光明正大查的,如果顾钊是被陷害的,为什么他会单枪匹马地任人陷害?"

他去罗浮宫之前,谁也没告诉吗?

还是他其实通知了某个人,但那个人出卖了他?

骆闻舟眉眼间阴霾一闪而过,随即他话音一转,又问:"我还没问呢,你昨天是怎么堵到肖海洋的?"

"我没堵他,他腰上别着一串钥匙,走路的时候跟别人声音不一样,我准备出去的时候正听见他走过来,你那个三言两语的短会开始时,我看见肖海洋是甩着手上的水珠进来的,前后没有十分钟,他总不会这么年轻就尿频吧?当时正好没人,我觉得有点不对劲,就顺便在放洁具的地方躲了一会儿。"

"放洁具的地方?"骆闻舟一愣——怪不得肖海洋一无所觉,"那你怎么知道他锁屏号码的?"

"猜的,有一次别人借用他的办公电脑,他报的密码就是这个,听起来像个门牌号,你去查一查他小时候跟在母亲身边的家庭住址,也许有惊喜。"费渡漫不经心地说,"肖海洋是个使命感很强、执念也很强的人,通常会用某个有特殊意义的数字做密码,而且一般就用一套——其他人就不一定,比如陶然就比较简单,他的密码,我猜基本就是生日、姓名或者电话号码的组合;小乔工作归工作,玩归玩,公私分得很开,所以工作电脑密码和私人密码肯定不是一套,我估计她办公电脑和工作账号的密码是办公室门牌号或者警号,也可能是二者的组合。"

骆闻舟好奇地问:"真的假的?那你猜我工资卡密码是什么……哎,你笑什么?"

费渡看了他一眼:"我没事为什么要去猜一张书签的密码?"

骆闻舟怒:这个浑球儿!

街上飘着新年味,商家们争奇斗艳地展开促销,圣诞红和大写的"新年快乐"充斥在快乐的城区里,小店中"铃儿响叮当"和"新年快乐"的乐声不分彼此地黏在一起,此起彼伏。路上一层浅浅的薄冰已经被早起的环卫工人铲走,车行其中,十分轻快——哪怕周六加班这事本身十分沉痛。

骆闻舟跟费渡耍了一路嘴皮子,笑容还没变淡,就看见办公室门口来了一对中年夫妻。看面相和穿着打扮,家里恐怕并不殷实,女人面有雀斑,嗓音尖厉;男的微胖,有些端肩缩脖,脸色阴沉地夹着一个灰扑扑的公文包。

"我们孩子都说了,那都是没有的事,他们班小孩不懂事,就会以讹传讹瞎造谣,闹这么大,学校也不管管,我们孩子可没问题,从来也不说瞎话。"女人语速飞快,尖尖的手掌不断做出推拒的动作,"警察同志,以后别听风就是雨,随随便便就把人叫来问话,在单位影响多不好啊,不知道的还以为我们摊上什么事了呢!"

陶然连忙追出来:"能不能让孩子自己来跟我们聊几句……"

"来一趟公安局不行,还得来两趟?"女人声调陡然提高,在楼道里造成了回音,"那是十五六岁的女孩子,不是什么小偷流氓,现在还吓得病着呢,出点儿什么事,公家赔吗?这说的都是什么话!你们领导呢?"

陶然张张嘴,感觉后面的话自己不太好开口,郎乔会意,连忙上前接话说:"大姐,您看是不是应该让她到医院检查一下……"

"检查什么?为什么要检查?"女人好似被她这句话激怒了,双手一叉腰,脖子伸长了两尺,仿佛随时准备长出坚硬的喙,在郎乔脑壳上啄个窟窿,"你什么意思啊?哎,你说你,自己也是个小姑娘,怎么血口喷人呢?这传出去什么名声,敢情不是你……"

男人阴沉着脸,在旁边拉了她一把:"说没有就没有,别跟他们废话了,忙着呢,走吧。"

说话间,中年夫妻已经睥睨如风地卷出去了。

陶然抹了一把脸,无可奈何地走过来,冲骆闻舟一摊手:"看见没有,就是这样。除了无关紧要的旁观者，其他人，要么弄个律师过来跟你抬杠，要么就是这态度。"

"这不是那个带头欺负人的女孩梁右京家长吧，我看那男的也不像校董啊，还是他们那一伙里的谁？"

陶然叹了口气："那是王潇家长。"

骆闻舟有些意外，随即又是一皱眉——怎么这受害人家长比施暴者家长还着急撇清？

"王潇那边，孩子就接了个电话，不肯露面，家长一口否认她在学校遭到过侵害，一大早刚过来闹了一场。老骆，要真是这样，取证可就困难了。"

育奋中学里的事，如果非要粉饰太平，可以说是学生之间闹了小矛盾，如果没有夏晓楠交代的王潇被拖进男生寝室的事，市局刑警介入就相当无力了——打人又没给你打坏，即便打坏过，现在也鉴定不出伤情了。

人格侮辱什么的不好界定，再说，就算证据确凿，刑警们也不能拿一群半大孩子怎样。顶多批评教育，再把那些学生从哪儿来放回哪儿去。或许当事人曾经经历过暗无天日似的迫害与恐惧，可是用大人们的法律标尺来看，这就是这样轻描淡写的一件"小事"。

加害者们在律师的撺掇下打定主意一起闭嘴，受害人又缄口不言，坚决不承认自己遭到过什么。

"老大，要不然……要不然咱们就算了吧？"郎乔忽然出声，几个人一齐回头看向她。

郎乔客串温情警花的时候，总是演技浮夸，瞪眼恐吓别人倒很有一套，打架斗殴从来不怵，好像除了饥饿和香菜，她对任何事都无所畏惧。"算了"这个词，似乎就没有被收录进她的字典里过。

"王潇不愿意露面，那就随便她吧，"郎乔接着说，"咱们现在的重点不还是在冯斌那案子上吗？也不是没有别的思路——毕竟夏晓楠交代了她手机里的追踪器是魏文川装的，如果那个魏文川真的和卢国盛有关，那这事也不可能是他一个人策划的，再坏，他也是个学生，还得上学、住校，他不可能那么神通广大，我看不如重点调查一下他的家长吧？"

"你这思路有道理，"陶然皱起眉，"可是命案是案，其他的也是刑事案件，咱们总不能查个案子也讲究主次吧？我记得刑法里可没有'抓大放小'原则。"

郎乔张了张嘴,随即又把话咽回去了。

骆闻舟问:"怎么了?"

"我知道遇上事咱们得查,可是……"郎乔犹犹豫豫地顿了一下,"别说是个孩子,就算是大人,遇到这种事也未必敢让人知道,她也够惨了,总觉得这样还去逼她,有点……有点不忍心。"

因为受害人好像永远都是有过错的,永远都是"可怜之人必有可恨之处"的。只要一个胆大的强奸犯上前给她标注了一条"柔弱可欺",成千上万个强奸犯立刻跟着蠢蠢欲动,纵然不敢付诸实际行动,精神上也要蜂拥而上,扒光她的衣服,再踏上一万只脚。

骆闻舟正想说什么,被身后一个很没有颜色的声音打断了:"骆队。"

肖海洋同手同脚地走过来,手里紧紧地拿着一个牛皮纸的文件袋,一声不吭地递给骆闻舟。

骆闻舟看了他一眼,没伸手接:"干什么?"

"我写的检查。"肖海洋闷声说,"请求归队。"

陶然莫名其妙:"小肖没事写什么检查?"

肖海洋茫然地看了他一眼,小眼镜在人情世故方面迟钝得像一团惰性气体,一时没反应过来陶然为什么不知道他停职的事。

骆闻舟三下五除二把牛皮纸袋打开,一目十行地扫过他的大作,别看肖海洋平时不爱跟人聊天,付诸笔端却十分了不得,简直是嘚啵起来没完,那玩意儿足有小一万字,全是手写的,是厚厚的一沓稿纸。

骆闻舟看完,冷笑一声,把这"万言书"拍回肖海洋胸口:"谁跟你说写份检查就让你归队的?过家家呢?哪儿凉快哪儿待着去。"

肖海洋像个手足无措的近视眼僵尸,浑身紧绷地站在原地,涨红了脸,还是一具刚煮熟的僵尸。费渡冷眼旁观,看得直摇头,绕过他,正准备去办公室里倒杯咖啡暖和暖和,这时,有人叫住了他:"这不是……费总?"

费渡的眉头倏地一皱,然而仅仅是回头的瞬间,他脸上就变出了一副逼真的惊喜:"嚯,魏总!"

骆闻舟顺着他的视线回头看去,只见那是一个堪称清瘦的中年男子,打扮得衣冠楚楚,他两颊微陷,双目狭长,上眼皮长得很是异于常人——好似刀刻斧凿过，几乎没什么弧度，是一条锋利的横线，笑起来的时候，连目光也被那双特殊的眼皮压得沉沉的，仿佛刚饮过血的豺狼。

这看来就是传说中的魏展鸿了。

魏展鸿略带诧异地扫了费渡一眼："这一大早的，费总怎么跑到公安局来了？"

费渡在一个十分重口味的学校里混文凭的事虽然没有大肆宣扬，但也没有刻意藏着掖着，稍微下点功夫打听就能查出来，这些纨绔子弟一天到晚挥霍时间挥霍金钱，什么出圈的都玩，倒也不足为奇。

可是猎奇归猎奇，他掺和案子的事，就不太方便让人知道了。

费渡心里有些遗憾——魏展鸿父子在，他就不能赖在市局不走了。

"送个人过来，"费渡说着，抬手把松松垮垮的领口一拢，压低了声音递给魏展鸿一个意味深长的暧昧眼神，"昨天晚上把人家惹得不高兴了，这不是表现好点儿赔罪吗？"

魏展鸿干笑了一声，目光扫过不远处的几个刑警，感觉这些不要脸的纨绔着实是色胆包天，什么人都敢招惹："你们年轻人……"

"好处很多的。"费渡凑近他耳边，悄声说，"警察，感觉就不一样，而且经常锻炼，身材好，最重要的是……一不小心能提前知道不少事。"

魏展鸿脸色微变，想起周峻茂出事后，第一时间做出反应的费氏，费渡的话点到为止，略微后退了半步，拇指从自己嘴唇上扫过，露出一个若有若无的轻佻微笑。

骆闻舟此时就在旁边静静地看着某个人怎么装。

费渡又好似很关心地问："不过这大周末的，您怎么也跑到这儿来了？"

魏展鸿面露苦笑，伸手把身后的一个少年推过来，那少年只有薄嘴唇和尖下巴同魏展鸿如出一辙，长得却比他父亲好看得多，简直是照着偶像剧里的男学生会主席长的，见生人丝毫不怵，未语先笑，礼数周全地跟费渡打了招呼。

"儿女都是债，"魏展鸿叹了口气，也不知是回答费渡，还是说给不远处的警察们听，他刻意放大了音量，"都是这个不争气的小子，在学校里惹是生非，还欺负别的孩子，闹得人家忍受不了，出走校外，还出了事——你说说，他这办的都是什么事？都是家里没教育好，我惭愧啊，这不是带他来配合调查吗?"

少年魏文川无动于衷,神色坦然,只是应景地略微低了头。

魏展鸿又用力捆了一下他的后背:"我在家怎么教你的?苍蝇不叮无缝的蛋,你现在出了事,也是自己有问题,如果不是你先欺负同学,哪儿来的谣言?哪会有这么多麻烦?"

费渡眉梢一动,搭了句话:"谣言?"

"他们学校有个女孩,"魏展鸿用一种"难言之隐"似的神色,皱着眉对费渡说,"因为这件事,据说是传出了些不太好的谣言……我们倒是没什么,不过这些事传出来,对女孩子影响多不好。刚才进来的时候,还在市局门口碰见了女孩家长,人家说那些谣言根本就是没影儿的事。"

魏展鸿一个日理万机的大老板,怎么会认识王潇父母这种普通小市民的?

"欺负别的孩子""配合调查""谣言"……明面上是个恨铁不成钢的老父亲,其实却是在暗示市局刑警们,所谓"集体性侵",不管发生过还是没发生过,只能是一桩"谣言",不管真相是什么,事情结果就是这个。

魏文川毕竟年轻,城府不够深,听了这话,脸上当时带出了三分抑制不住的嘚瑟。

郎乔脸色一沉,被骆闻舟一抬手拦住。

"陶然,你带他们进去。"骆闻舟随口吩咐了一声,看也没看肖海洋一眼,径直走到费渡面前,从兜里掏出个东西给他,嘴上说,"车钥匙给你,别在这儿打扰公务了,快滚。"

费渡伸手一接那东西就笑了,瞥了旁边的郎乔和肖海洋一眼,飘然而去。

骆闻舟:"看什么,不干活了!"

十分钟后,肖海洋蔫头耷脑、一步三回头地从忙碌的市局刑警队里走出来,他人是竹竿似的一条,像一条流浪的瘦狗,看起来几乎有点落寞,独自走过周末清晨有些萧条的大街,他有点说不出的茫然,心里知道自己这回也许会被开除革职,只是不死心地想挽救一下……然而挽救得似乎不太得法,总觉得骆闻舟看见他以后更来气了。

可是以后不能当警察了怎么办呢?

肖海洋的脚步停在人行横道上,察觉到自己似乎也并没有天崩地裂似的失业之痛——也许费渡说得对，这份工作、顾钊，这些年都是沉甸甸地压在他身上的枷锁，一朝卸下，还没顾上失魂落魄，先有种隐隐的解脱感。

"我是这样的人吗？"他心里默默地想。

这时，对街上突然有一辆车对他鸣了笛，肖海洋刚开始以为是自己挡路了，连忙加快脚步走过人行横道，随即又看了一眼，才注意到那好像是骆队的车。

车窗摇下来，方才被骆闻舟轰走的费渡露出脸来。

"上车。"费渡简短地说。

"不用了，我家不远，"肖海洋说，随即又想起什么，生硬地补了一句，"谢谢。"

"没想送你，"费渡笑了起来，"我准备去一趟那个女孩王潇家，记不清她登记的地址了，你记得吗？"

肖海洋愣了一下，等他反应过来的时候，已经莫名其妙地坐上了费渡的车。

第十四章

费总可能是身负民间传说的不传之秘——"拍花"绝技，三言两语就把肖海洋忽悠上了车，中途还不慌不忙地下车买了一块车挂熏香，将以前那个丧心病狂的固体清新剂顺手塞进了路边垃圾桶。

肖海洋从他下车开始，就在思考："我不都告诉他地址了吗？导航一下不就行了，我为什么要上车当人肉导航仪？"

可直到费渡挑三拣四地办完了他的"要紧事"，小眼镜也没琢磨出个所以然来，安全带都没来得及解开。

"这回好多了吧？"浆果香从白瓷包裹的挂香里散开，像一阵清冽的风，把车里的空气洗了一遍，费渡叹了口气，"他这车我开了几天，快熏出脑震荡来了。"

肖海洋没心情和他讨论这些小情调，飞快地推了一下眼镜，他一只手犹犹豫豫地扶在了门上："你……你应该知道怎么走了吧，劳驾把我放在最近的地铁站口。"

费渡诧异地看了他一眼："你不想和我一起去吗？"

肖海洋声音有些发涩："我被停职了。"

"那不是正好？"费渡一笑，"你停职，我没职。咱俩现在都是普通公民，私下里去拜访一个小女孩，不是以警方名义问话，也不用非得通知监护人。"

肖海洋不吭声。

费渡一耸肩，果真把车靠了边，停在一个地铁站门口，十分无所谓地说："那行，不想去你就下车吧，今天麻烦了。"

地铁口人来人往，一个小小的书报亭仰面朝天地支着摊，旁边正小火煮着一锅待售的玉米。肖海洋把车门推开了一角，寒风立刻在他的眼镜上封了一层白汽，费渡也不挽留，兀自打开车载广播，声音清脆的主播正在聚焦社会热点。

"那么现在，'校园暴力'重新成了热门话题之一，不知道大家在学校里有没有经历过不为人知的心酸呢？来自手机尾号'0039'的朋友说：'我上小学是四十年前的事了，有一次被班里几个同学堵到，骂我是狗崽子，还把我扔到了河里，河水刚刚结出一层小冰碴，冷得刺骨，从那以后，我腿上就落下了毛病'——唔，看来这是一位比较年长的朋友发来的一条有温度的信，他当年的同学真的很过分，四十年都念念不忘……"

肖海洋缩回了自己迈出去的那只脚，一言不发地关上了车门，板着脸正襟危坐在副驾上。

费渡观察他，观出了一点儿颇为有趣的地方——这个肖海洋身体的重心永远都是前倾的，肩膀和后背永远都是绷紧的，眼镜片后面的目光充满警惕，好像随时准备冲出去炸个碉堡什么的。

费渡眼角露出一点儿笑意，重新挂挡，踩了油门。

"昨天你可能没听见，其实夏晓楠交代了一些'校园暴力'的细节，"费渡好像毫不在意地跟他泄露机密，余光瞥见肖海洋一字也不敢漏听的专注，他就接着说，"我们现在怀疑，这个育奋中学里存在性侵同学的情况，但是相关涉事人员——无论施暴方还是受害人，都不肯承认。"

肖海洋略微睁大了眼睛。

费渡却话音一转："要不是因为这个，王潇其实就只是个参与离家出走的普通学生，你只顺路去过她家一次，居然就能立刻准确地报出地址，果然是过目不忘。"

其实即使真正过目不忘的人，在被问及一个不怎么重要的小细节时，也需要有一个回忆和反应的时间，能脱口而出的，除了记性好，还得是他很熟悉的事。这是肖海洋的习惯，每次接到一个新的案件，他都会花时间在第一时间把庞杂的信息事无巨细地整理一遍，来来回回地用心思考过很多遍，这才能具备"点读机"的功能，在别人问起的时候随问随答。

然而此时，肖海洋只是有些局促地略低了头，没有解释。

"说真的，一般人如果不想去，最多报给我一个地址，不会我一说上车就立刻上来，所以你打心眼里还是想去，对吧？你嘴上说得难听，其实还是放心不下这个案子，否则不会停职第二天就匆忙跑来交检查——写了个通宵？"

肖海洋眼睛下面挂着一对硕大的黑眼圈，终于开了口："交了检查也没用。"

泄密但未遂，这事可大可小，可以不了了之，也可以直接开除公职，全看相关负责人怎么处理。肖海洋吐出一口气，望向结着水汽的窗外，自嘲地咧了咧嘴——就算骆闻舟本打算高高举起、轻轻放下，大概也被他冲动之下那一串难听的话气晕了。

费渡忽然问："顾警官是个什么样的人？"

肖海洋没料到他有此一问，犹豫了片刻，搜肠刮肚，落到口头，却只是一句干巴巴的："……是个好人，很好的人。"

费渡没有打断他。

肖海洋渐渐打开了话匣子："我不知道他在追求什么，挺大一个人，长得也不比谁丑，连个家也没有，就自己住个小破房子，平时也没什么上进心，每次发点工资奖金，给他妈寄一些，剩下的好像都零零散散地补贴给各种跟他没什么关系的人了，自己花不了几块钱，我偶尔见到他的朋友过来坐一坐，数落他说他线人多，乱七八糟什么人都有，时常过来找他打秋风。他居然也管他们。就跟整个燕城都是他罩着的一样……其实他什么也不是，自己上班还要骑自行车。"

书里说"侠之大者，为国为民"，可顾钊算个什么侠？

穷侠？酸侠？光棍侠？还是叮当乱响的自行车侠？

肖海洋突然住了嘴，忍无可忍地伸手盖住半边脸："我不是冲谁，我就是觉得……"

"觉得自己什么都做不到,"费渡不慌不忙地接上他的话,"你需要他的时候,他挺身而出,而他需要你的时候,你无能为力。"

这句话不知怎么扎进了肖海洋心里,他的肩膀蜷缩了起来,艰辛维持多年的"大人"外壳突然坍塌,露出十四年前惊恐地透过门缝张望的小男孩。

"对不起……"

"哪来那么多对不起?"费渡没去接他起伏的情绪,凉凉的一句话把肖海洋打回现实,"你真不知道骆队把你干的事瞒下来是什么意思吗?"

肖海洋先是一脸茫然地看着他,片刻后,突然反应过来了,差点儿从座位上跳起来:"他……啊……那个……"

费渡弯了一下眼角,平稳地停了车,一点儿也不像是找不着路:"到了,王潇家应该就是这里吧?"

王潇的家在老城区,是早年单位宿舍楼,据说至今也没有产权。门口有个瘫痪的老太太坐在轮椅上晒太阳,旁边清理不及时的生活垃圾已经堆起了老高。

但凡家里稍微有点条件,即便贷款也搬走了,现如今剩下的基本都是老弱病残,从楼到人,全体泛着一股死气沉沉的局促。宿舍似的小楼走进去是一条长长的楼道,采光不良,一进去就让人眼前一黑,笼子似的小屋顺着楼道两侧排开,一层有二十多户,密集的格局让人想起一格一格的鸡舍。

费渡小心地绕过地面一摊不明液体:"他们家不至于还住这儿吧?"

肖海洋条件反射似的回答:"王潇父母都有正式工作,在公交公司上班,收入其实还可以,下班以后也都不闲着,帮人打点工,也能赚零花钱,但是为了她将来能留学,这么多年一分钱也不舍得花。"

费渡随口问:"为什么非得留学?"

"据说她初中的时候就有点跟不上,学校老师建议家长考虑让她放弃普通高中,去技校学个一技之长,父母一听就不干了,接受不了孩子还走自己的老路,疯魔似的非要追求高学历,在老师那儿闹了一通,之后又不知道从哪儿打听到育奋的国际部,把原本准备买房的首付款都花了,才把她转过去。"

费渡看了他一眼。

肖海洋局促地避开他的视线:"审问育奋那个女老师之前做的背景调

查——204，王潇家。"

王潇父母果然像肖海洋说的，一点儿时间也不肯浪费，从市局离开后就各自直奔打工地点了，父母就像两头驴，每天暗无天日地闷头往前奔，孩子则是个牵线的人偶，拴在驴尾巴上，连滚带爬地被他们拖着走，不知痛痒地滚向臆想中的远大前程。

费渡伸手敲了敲门。

过了一会儿，门上的"猫眼"镜头中间黑了一下，应该是有人在门后小心翼翼地往外看。

"王潇吗？"费渡十分自然地开了口，好像面前不是门板，是个活生生的女孩一样，"我们是从市局过来的，这位肖警官你应该记得吧？"

屋里毫无动静，但"猫眼小镜"中心的黑影还在，少女应该还在门后。

费渡说："想和你聊几句，可以吗？"

王潇一声不响。

肖海洋最不会处理这种情况，有点无措地看了费渡一眼。

费渡却并不意外，没人理他，他也不觉得不自在，自顾自地说："我知道你心里也有话想说。"

等了一会儿，只听"咔嗒"一声，女孩大概是要开门。可是一条门缝都还没来得及推开，费渡就在肖海洋的目瞪口呆中，从外面抓住了门把手，重新把要打开的门关严实了。

"别开门，"费渡说着，从大衣兜里摸出一根笔，顺手把门上插的一份广告传单摘了下来，把自己的电话号码写在上面，从门缝底下塞了进去，"大人没教过你独自在家的时候不要给陌生人开门吗？多不安全——这是我的电话，一会儿我和肖警官就到你家后院去等着，你从窗户可以看见我们，想聊的话就打这个号码，可以吗？"

写着电话的传单一半塞进屋里，一半露在外面，片刻后，那张纸被人缓缓地拉进去了。

费渡这才递给肖海洋一个眼神，往外走去，肖海洋连忙跟上，一直跑到外面，肖海洋才忍不住小声开口问："为什么不让她开门？"

"两个基本算是陌生人的男人敲门，心再大的小女孩开门前都会犹豫，别说是王潇这种女孩，她不可能让咱俩进去，屋里肯定挂了防盗链。"费渡被楼外的寒风一扫，立刻打了个哆嗦，把松松垮垮垂在脖子上的围巾里三层外三层地缠起来，"我估计她是想隔着门缝把咱们打发走。"

肖海洋依然没明白——隔着门缝说话和隔着窗户打电话有什么区别？毕竟楼道里还比较暖和。

"楼道里拢音，住户又那么密集，隔墙不知道多少只耳朵，王潇在紧张的应激状态，什么都不会说的。把电话号码交给她，主动权也在她那儿——而且他们家有防盗窗，从屋里往窗外望，铁窗会增加她的安全感。"

费渡每一个标点符号的停顿，肖海洋都会跟认真听讲的小学生一样点一下头，全然已经忘了不久以前，他还在心里大骂过这人无耻。

来到人迹罕至的后院，在距离小楼还有三四十米的时候，费渡就站定了，不再靠近，果然，才站定没多久，费渡的电话就响了起来。费渡抬头看了一眼，204的后窗上拉着窗帘，厚重的窗帘一角上有些不自然的褶皱，显然是有人躲在后面，把窗帘掀开了一点儿往外窥视。他把手机上的一对耳机给了肖海洋一只，接了。

"喂……"女孩有些沙哑的声音通过耳机线传来，虽然仍然紧绷，但好歹是主动说话了，"我爸妈早晨已经去过市局了。"

"我们见过了，"费渡说，"但还是希望能和你本人聊几句。"

"我……我没什么好说的，"王潇轻轻地说，"该回答的我都回答了，其他都不知道，没别的事你们就走吧。"

费渡说电话能缓解王潇的紧张，却加重了肖海洋的紧张，他几乎要被逼出电话恐惧症来，总觉得一口气没喘好，对方可能就把电话挂了，到时候连抢白都没机会。费渡却没有直白地问她重点问题，只说："你知道夏晓楠被选为今年的'鹿'，如果不跑，会在未来一段时间里一直被人欺负吗？"

"……知道，冯斌说了。"

费渡问："你和冯斌、夏晓楠关系好吗，是朋友？"

"不是，"王潇沉默了一会儿，才说，"我就和夏晓楠说过几句话，关系一般，冯斌不熟。我在学校很孤僻，不讨人喜欢，没朋友。"

费渡略微抬起头，冲着204紧闭的窗口笑了一下："既然关系一般，那为什么这次肯跟着他们一起出走？如果夏晓楠取代了你的位置，以后那些欺负你的人会把兴趣转移到她身上，你的日子会好过很多，为什么得知他们要出走的时候没有告诉别人？"

王潇忽然就不吭声了，然而出乎肖海洋的意料，她也没挂电话。

费渡呵出一口白气，缓缓地说："有时候，人的思想其实是不自由的，因为外物无时无刻不在试图塑造你，他们逼迫你接受主流的审美、接受声音最大的人的看法——即使那不合逻辑、不符合人性、完全违背你的利益。"

王潇轻轻地抽了口气，仿佛是哭了。

"但是真正的你只要还有一息尚存，总会试着发出微弱的声音，"费渡盯着204的窗帘，好像那是女孩的脸，"之前，她告诉你跟着冯斌他们走，试着反抗，试着保护一个其实跟你关系不怎么样的同学，现在呢？她是不是想让坏人都付出代价？"

"王潇，"费渡低声说，"她们把你锁在寝室楼外的时候，你是不是被迫去了男生寝室？有没有人伤害过你？"

肖海洋的心提到了嗓子眼。

不知过了多久，电话那头的女孩才发出微弱的声音。

她说："……没有。"

肖海洋提起的心一下摔了回去，砸得他心肝肺一起疼了起来，费渡无声地叹了口气，垂下眼。

"我……我……"王潇哽咽得喘不上气来，"没有，但我听说过那个人……"

费渡倏地一愣，连忙追问："哪个？"

"杀了冯斌的人，那个……凶手。"

肖海洋一激灵："你说什么？"

费渡一伸手按住他："你'听说过'？听谁说的？我记得我们好像没有公布过凶手的身份。"

"是……在公安局的时候，有一个姐姐问我，在外面见没见过一个四十岁上下的男人，说他长得很奇怪，下巴特别长，眼睛有点歪，看起来很凶恶。"

这是例行问话，要确定这些离家出走的孩子们是不是见过卢国盛，会在不告诉他们此人身份的情况下，给他们描述相貌特征，如果有点印象，还会给他们看照片和画像。

显然，这小姑娘意外地敏锐，并且有她自己的猜测。

"我在外面没有离开过宾馆,也没见过这个人,"王潇有些犹豫,"但是……我不确定。"

"没关系,"费渡放轻了声音,"你尽管说,是误会也不要紧。"

"我们每周日有一天假,可以回家,我爸妈周末不休息,又怕浪费我时间,不让我回去。那天,其他同学要么回家了,要么结伴出去玩了,只有我一个人在教室自习,中途去了一趟卫生间,正想出来,听见外面有人进来,是梁右京她们。"王潇顿了顿,"我……我怕撞上她们有麻烦,所以躲在隔间里没出来,想等她们先走。"

"她们以为厕所没人,聊了几句,我听梁右京说'魏文川那个朋友是干什么的?跩成那样,进来坐了五分钟,水都不喝,手套也不愿意摘'。"

肖海洋眼皮一跳——公共场合不喝水、不摘手套,这很可能是怕留下指纹和DNA。

王潇继续说:"当时另一个女生说'我觉得他不像什么大人物,长得有点凶,还斜着眼,怪吓人的'。"

费渡沉声问:"记得那是什么时候的事吗?"

"记得,十一月初,"王潇说,"应该是十一月的第一个周末,魏文川过生日请客,他们那些一起玩的人很多都去了。"

费渡问:"冯斌也在其中吗?"

"在,他们以前关系还挺好的。"

失踪十五年的卢国盛在一群中学生的生日会里出现,怎么听怎么不可思议。"327国道案"中,另外两个嫌疑人都是为了钱,只有卢国盛是为了满足嗜杀与玩尸体的乐趣,这样一个不折不扣的变态,就算魏文川是他生的,他也绝不会多看对方一眼。王潇说他当时戴着手套,连水都不喝,那他是去干什么的?怎么听怎么像是来认谋杀目标的!

那个时候,神秘人物"向沙托夫问好"已经开始接触冯斌,勇敢的少年开始计划着一场轰动的反叛和曝光,却不知道自己已经被人盯上了。

费渡追问:"什么地方,你知道吗?"

"不知道,她们没说。"

肖海洋皱起眉。

然而就在这时,王潇想了想,又补充了一句:"我就听有个女生说什么

'那家餐厅的佛跳墙不正宗，里面居然有一片小白菜，笑死了，'梁右京一直很喜欢魏文川，听完这话就火了，让她不懂别瞎说，还说人家做的是改良菜，为了健康才做的调整什么的……"

"知道了，北苑龙韵城，"费渡只听了"小白菜"仨字就有数了，"谢谢，你帮大忙了。"

这时，204的窗帘拉开了，一只手擦去窗户上的白雾，少女露出了憔悴发白的脸，透过铁笼一样的防盗网望着他们，她长得还算清秀，可是眼神阴郁，神色也有些畏缩，常年压抑与痛苦的生活在女孩身上蒙了一层灰，并不赏心悦目。

电话里寂静一片，女孩沉默了好一会儿，没有结束通话的意思，好像仍然有话要说。

肖海洋本来心急如焚，恨不能插上翅膀飞回市局，把那什么"北苑龙韵城"查个底朝天，然而不知是被费渡的耐心影响还是怎样，他抬头看了看王潇，沸腾的心绪竟然缓缓平息了下来，走神地想起很多事。

他想起十四年前，邻居们指着顾钊那空无一人的房间的种种流言蜚语，想起那个为此抄起半块砖头和人动手的、年幼的自己……尽管他不是当英雄的料子，每次奋起反击，必会被人掀翻在地，再被生活踩着脊背践踏而过。

两个男人在能把人冻挺的寒风中，一人戴着一只耳机，等着身陷囹圄的"莴苣姑娘"垂下长发。

"我……我长得不好，学习不好，人缘也不好，"王潇忽然开了口，"每天把父母拖累得团团转，他们说我们家还住在这种地方，都是为了我，天天要我争气，可我就是争不来，我花了家里那么多钱，现在连能不能继续上学也不知道……我这样的人，是不是死了比较好？"

费渡无声地叹了口气："你……"

他刚说出一个字，就被旁边的肖海洋打断。

"我小时候性格很古怪，"肖海洋忽然硬邦邦地说，发现费渡看了他一眼，他就颇为自嘲地咧了咧嘴，"现在性格也很古怪，可能是天生的，别人都不爱跟我玩，和同事关系也不怎么样。我父母离婚的时候，我爸指着我对我妈说'这个累赘你带走，我多给你点钱'……我也一直都没什么用，你看，我是个警察，有一次下班回家碰见个扒手，想上去抓，结果被扒手推了个跟头,眼看着他逃之夭夭。可我还想继续干下去试试,以后日子那么长,也许有一天会好起来……万一呢?"

王潇趴在窗户上大哭起来。

"如果哪天你决定让一些人付出代价,不用打110,打这个电话,我直接带你去市局。"费渡嘱咐了一句,伸手一推肖海洋,"走了。"

肖海洋默默地跟着他,直到车里的暖风吹热了手脚,他终于鼓足勇气开了口:"我……我这种情况,现在应该怎么办才能重新归队?"

费渡好像正在全神贯注地注意着前面的路况。肖海洋连忙又紧张地补充了一句:"你刚才说骆队没把我停职的事说出去,是……是……你那么会说话,能不能……帮我看看那份检查哪里写得不对吗?"

费渡笑了:"你们老大没事的时候,难道喜欢看别人的检查解闷?"

肖海洋一脸茫然。

车行过路口,费渡摇摇头,从兜里摸出一张工作证,扔在了呆若木鸡的肖海洋怀里。

第十五章

骆闻舟正在监控前观察着魏文川。

不知是天生就长成这样还是什么,魏文川脸上好像总挂着一丝难以描述的微笑,才不过十五六岁的年纪,面对两个警察的轮番追问,他那好似画上去的笑容居然能纹丝不动。

"魏文川,有人指证你是学校小团体的领头人,经常指使别人换着花样欺负同学,对同学造成人格侮辱和人身伤害,你承认吗?"

魏文川耸了耸肩,扬起齐整的眉,一摊手:"小团体是指什么?姐姐,你没几个玩得好的同事吗,如果经常和同学一起玩就叫'小团体',那你们关系好的同事是不是可以叫'结党'了?"

郎乔脸一黑:"这审你呢,哪那么多废话?再扯淡拘留你。"

她这几句吓唬小孩的话根本触动不了魏文川,那少年居然还笑了:"警察姐姐,拘留我也不能无缘无故吧?至于'人格侮辱'和'人身伤害'——

我侮辱谁了？伤害谁了？有没有视频和录音证明我侮辱过别人？人身伤害也总该有份验伤报告吧？"

陶然皱眉："魏文川，我希望你态度端正一点儿，我们现在有确切证据证明，你和一起集体性侵案有关，你家境优良，成绩也不错，将来前程大好，不想添个犯罪记录去监狱里住几年吧？"

"性侵谁？王潇？"魏文川抬手捂住一只眼睛，沉默了一会儿，嗤笑起来，"别逗了，警官，麻烦你看看我，再看看王潇——就她那德行，一根头发碰到我，都是我吃亏吧？请问你们所谓'确切证据'指的是什么？王潇自己说的吗？我的天，真是丑人多作怪。"

"少在这儿装模作样！你往女同学手机上装追踪器的事怎么解释！"

这一次，魏文川终于短暂地愣了一下，脸上一瞬间浮起难以置信的愤怒，好像不敢相信夏晓楠居然有胆子出卖自己似的，随后很快又平静下来。他往后一靠，眼皮一垂："夏晓楠吧？对，我装了，夏晓楠长得还不错，我觉得还行，逗她玩玩——再说我又没侵犯她隐私，我又不是偷窥她，追踪器是当着她面装上的，她不高兴可以自己弄下来，就算她是个智障不会卸载，也可以不用那台手机对吧？你情我愿的事，也犯法吗？"

"你在夏晓楠手机上装了追踪器，为什么老师、警方都在找他们的时候不提供线索？"

"没人问我啊，"魏文川理直气壮地说，"再说，关我什么事？"

"可是冯斌被杀的时候，凶手就是通过她手机上的追踪器追上他们的。"陶然沉声说，"你有什么想说的？"

魏文川的眼神没有丝毫躲闪，直白地回视着陶然，他嘴角浮起一个虚假的微笑："第一，你们抓到杀人犯了吗？是杀人犯自己承认，他是通过那个追踪器找到冯斌的吗？第二，就算是，那个追踪器简陋得很，任何人都能通过软件搜到她，凭什么说跟我有关系？第三，这么说冯斌死的时候，夏晓楠是跟他在一起的了？那为什么凶手杀了冯斌没杀她，这难道不是说明她有问题吗？还是那句话，关我什么事？"

骆闻舟忍无可忍，正想亲自上阵收拾这小王八蛋，电话响了。

"……北苑龙韵城，"他的脚步倏地顿住，声音几乎是压在喉咙里的，"你确定吗？不……这件事保密，你先别过来，把肖海洋那个'二百五'也看好了,等我回家说。"

骆闻舟迅速挂断电话,站在原地都能感觉到狂跳的心,他独自在监控室里原地转了两圈,抬手把旁边半杯茶水一饮而尽,再拿起对讲机的时候,已经控制住了自己的表情。

"不承认就关他一天,什么玩意儿家教,"骆闻舟用带着点薄怒的声音说,"找几个兄弟轮番审,一个小兔崽子,我还就不信治不了他了。"

半个小时后,骆闻舟给刑侦队的几位直属上司挨个打了个电话汇报工作,自己溜达到楼道里,似有意似无意地抬头看了一眼角落里的监控,他挑衅似的冲着监控点了根烟,缓缓地往外走去。

"有些人已经变了"——这是老杨遗书里最触目惊心的一句话。

上一次抓捕郑凯风,因为泄密,导致郑凯风事先收到消息后逃走,之后又给了幕后人杀人灭口的机会,这一次,无论如何,绝不能再打草惊蛇。

骆闻舟下了楼,面无表情地在垃圾桶上弹了弹烟灰,回头看了一眼带着国徽的办公楼。他忽然有种预感,他们距离真相已经很近了。

肖海洋拘谨地坐在骆闻舟家的客厅,和骆一锅大眼瞪小眼。

骆一锅参着毛,一脸不满意地围着他打转,蓬松的大尾巴碰到了肖海洋的裤腿,猫爷威风凛凛地露出尖牙,冲着肖海洋"哈"了一声。肖海洋默默缩了缩腿,坐相更拘谨了。

骆一锅证实了自己的判断,认定了这是一只好欺负的人类,遂趾高气扬地端起一脸睥睨,蹿上茶几,挺胸叠肚地端坐成一坨,对肖海洋展开了密不透风的监视。

费渡给肖海洋倒了杯茶,趁骆闻舟不在家,他又偷偷摸到昨天打探清楚的酒柜,在一堆平价红酒里挑挑拣拣,犄子里拔了一瓶"将军",给自己倒了一杯。

骆一锅闻到酒味,颠着小碎步蹭到他脚下,"叽里咕噜"地撒娇蹭他的裤腿,很想蹭一点儿——这猫居然还是个猫中酒鬼!

见费渡没有要理它的意思,骆一锅忍不住伸出了爪子,企图像平时对付骆闻舟一样抓着他的裤腿爬到他身上。费渡抿了一口红酒,低头看了它一眼。骆一锅伸到半空中的爪子僵了片刻，又缩了回去，乖巧地把自己缩成一只毛球，不敢造次了。

肖海洋注视着他："你这猫挺听话的。"

"骆闻舟养的，"费渡说，"不过这一阵都是我在喂。"

肖海洋"哦"了一声，很快淡忘了这个话题，也不打算追究一下骆闻舟的猫为什么是费渡在喂，一本正经地说："我刚才就在想，如果王潇听说的那个人就是卢国盛，为什么他平时都会注意不留下自己的痕迹，偏偏在杀冯斌的那天留下了指纹？"

费渡缓缓踱步到沙发另一角坐下，舒展地伸开长腿坐了下来："景区周围是有监控的，卢国盛这些年形貌特征变化不大，他在动手之前就知道自己会被拍下来，戴不戴手套意义不大，我觉得一个人躲躲藏藏过十五年，未必不向往自由。他平时要戴手套，要小心，是因为一旦暴露，立刻会被公安系统盯上，但杀人的那天不一样，那天他知道自己一定有人接应，可以享受杀人过程，然后就能逃之夭夭。"

对于卢国盛这种身上背着好几条人命的通缉犯来说，他无所谓再多背一条，只要警察抓不住他。

"一个声名狼藉、身份明确的通缉犯在天网前挡着，对他背后的雇主来说，也无疑是个很好的挡箭牌。"费渡说，"也许是雇主要求的。"

肖海洋在正经事方面，脑子转得倒是不慢，立刻一点头："这个我明白……可是还有一点也很矛盾，他杀了男孩，搜走了女孩的手机，却把她放了，这又是为什么？难道他不知道警方一定会审问夏晓楠吗？这样一来，他辛苦遮掩的雇主不就暴露了？"

费渡一时没回答，静默中，骆一锅挨挨蹭蹭到他身边，把头搭在他大腿上，找到了热源，没一会儿就趴在他身上睡着了。

卢国盛不杀夏晓楠的原因很多——可能是雇主的要求，也许背叛了冯斌的夏晓楠被幕后的凶手当成自己人；也许因为她漂亮，想把她当成一件珍贵的"战利品"，不舍得杀；也许年少轻狂的"雇主"天真地认为，只要威胁到位，就能让那女孩闭嘴，警方什么也审不出来。也可能是卢国盛的原因，毕竟，在他累累的血债中，还没有一个受害人是女性，一些变态杀人狂精神状态难以用正常的逻辑揣度，他们会在冷酷无情的同时，又出于某种深层次的心理原因，对具有某种特质的人温情脉脉。

在抓住活的卢国盛之前，这些都是未知的。

但是……正如肖海洋说的，如果夏晓楠也死在那个垃圾桶里，这对少男少女的尸体将一起被发现，到时候女孩的手机已经被搜走，没人会知道受害人之一也参与其中，这看起来就只是一桩不幸的意外，最多是抓不住通缉犯的警察被拖出来谴责一通——而现在，种种巧合造成了这场本该无懈可击的谋杀演砸了……恰恰在周氏案发后没多久的这个敏感时刻。

这是生怕警察察觉不到吗？

"那些人"如果这么容易出纰漏，早就被一网打尽了，根本不可能活跃到现在。

太奇怪了。

一直到暮色四合，骆闻舟才带着陶然一起回来，他俩打了一辆车，大包小包地扛回了一大堆火锅材料，好像打算在加班间隙中组织一场周末聚会。肖海洋眼睁睁地看着骆闻舟掏钥匙开门，轻车熟路地把鞋踩下来往鞋柜里旁边一踢，终于后知后觉地蒙了，十分找不着北地寻思："这到底是谁家？"

陶然笑眯眯地把一个不透明的帆布口袋递给费渡："小肖也来蹭饭啦？"

肖海洋茫然，他这一下午几次想走，费渡都让他"再等等"，肖海洋本来期待着有人来安排一场秘密调查工作，不料就等来了一口火锅！

肖海洋："那个……我是来……"

费渡打开陶然递给他的布口袋看了一眼，见里面是一个通体漆黑的小型仪器——反窃听设备！

"他是来交检查的。"费渡会意，带着点漫不经心打断了肖海洋的话音，"还打算给你道个歉，说是昨天不应该在公共场合出言不逊，顶撞上司。为了赔罪，特意买了两袋进口猫粮，对吧，小帅哥？"

肖海洋不知道该说什么好，猫粮是费渡在附近超市买的，肖海洋此时虽然一头雾水，但出于这一整天对费渡建立起的盲目信任，他闭了嘴没吭声。

"进口？"骆闻舟扫了肖海洋一眼，"我们家那是中华田园猫，不吃进口粮，喂错了食当心它老人家掀碗……"

他话还没说完，一抬头，就看见骆一锅撅着腚，甩着尾巴埋头大嚼，就其肢体语言来看，心情仿佛颇为愉悦，并没有要砸锅摔碗的意思。

骆闻舟气恼,这吃里爬外的小畜生!

火锅材料都是现成的,不用怎么处理,连费渡这种初级选手都能应付。陶然和肖海洋支起了火锅先煮底料,坐在旁边闲聊,随时提防骆一锅,费渡则进了厨房帮忙洗菜。

他前脚刚进厨房,骆闻舟就轻轻地抽了一下鼻子:"你喝酒了?"

费渡被他问得措手不及,因为没料到和固体清新剂一起过日子的男人会有这么灵的嗅觉,当即一口否认:"没喝,葡萄汁。"

骆闻舟原地左摇右晃了两下,观察了一下陶然和肖海洋坐在餐厅的哪个位置,随后猝不及防地抬手把费渡按在了一个视觉死角上,凑近了一闻,得出鉴定结果,愤怒地在他身上捆了一巴掌:"还没喝?你嘴里有实话吗?"

费渡一偏头,掩过自己死不悔改的笑容,轻轻地戳了一下骆闻舟的侧腰,趁他激灵一下,稳稳当当地端着洗好的蘑菇,飘然而去。锅底已经漾出了侵略性极强的火锅味,各色的肉菜海鲜在宽敞的餐桌上一字排开,显得十分丰盛,骆一锅循着香味而来,急得直叫唤,在桌子底下来回打转,四个人却都是面色凝重。

"谁说你不合群的?下班跟我们一起吃火锅不就是合群?小肖,你不要抗拒,人跟人之间都是一起吃两顿饭就混熟了的。明天还得上班,今天咱们就好好吃饭,以茶代酒了——干一杯。"陶然的声音里仿佛带着笑意,但他脸上却一点儿笑模样也没有,相当严峻地接好了反窃听设备,抬头冲骆闻舟比了个"准备好"的手势。

肖海洋在旁边面无表情地举着两个瓷杯,自导自演地碰了一下。

干烧的火锅冒着泡,反窃听设备的指示灯微微地闪着,发出看不见的扫描信号。

骆闻舟接过探测器站了起来,演技不受影响:"这事算过去了,肖海洋,老大不小的人了,以后在外面说话也注意点,不是什么人都像我一样容忍你的——我去看看那粉条泡软了没有。"

说着,他拿着探测器在屋子里里外外地巡视开,连门口鞋柜旁的几双鞋都仔细排查了一遍。

"费渡,别玩手机了行吗?你有多少钱要赚,连好好吃顿饭的工夫都没有?"

陶然听出了他的言外之意，立刻接话："都关机——咱们也跟网上学，把手机关了撂在一起，谁也不准动，谁忍不住先动，一会儿就把今天的饭钱成本报销了。"

费渡不知从哪儿翻出了一沓能隔离信号的特殊材质纸袋，把所有人关闭的手机收拢到了一起，扎进袋口。

就在骆闻舟靠近玄关的时候，红灯突然亮了。

骆闻舟脸色倏地一变，陶然立刻把电视声音开大，几个人一起注视着反窃听仪器上的指示灯——对着骆闻舟走动，它十分不稳定地晃来晃去，片刻后，骆闻舟从衣架上取下了陶然随身背的破公文包，在震耳欲聋的电视音乐声中，他把陶然的包从里面翻开——紧贴着内袋的扣子里，有一个窃听器。

四个人在那小东西上无声地交流着目光，只有骆一锅的注意力仍在食物上，见没人理会，它不高兴地长嚎了一声。骆闻舟目光一动，拎着包大步走过来，单手拎起了骆一锅，骆一锅四脚悬空，不知道铲屎的有什么毛病，扯着小细嗓子尖叫起来。

骆闻舟在猫的尖叫声中舀了一杯开水，对着窃听器就浇了下去，"刺啦"一声，公文包上的旧皮子发出一股奇怪的味道，红灯闪烁的反窃听仪器安静了下来。

好一会儿没人吭声，骆闻舟放开了背锅侠骆一锅，率先开口打破了沉默："陶陶，你这破包背了有十年了吧，光一个拉锁上就缝了两层线，也差不多该换了。我那儿有几个新的，一会儿你看看喜欢哪个，随便挑。"

陶然勉强笑了一下："行啊，给我拿个最贵的。"

肖海洋问："是谁？"

陶然已经从最开始的震惊中冷静下来了，他把凉茶一口灌了下去，沉声说："谁都有可能，我包里没什么值钱东西，平时也不太在意，一般就随手一扔——地铁上挤在一起的人，各种存包的地方，最近见过的熟人、线人，走访过的证人、受害人……都不是没有机会，不见得一定是自己人干的。"

"确实，"费渡不慌不忙地往火锅里下了几个肉片，"比如，这事如果是我干的，我会把窃听设备装在老骆身上，至少你们俩一人一个。"

骆闻舟的办公室也基本是公共空间，他的东西在办公室里也是乱扔，哪个同事缺零钱买烟了，吼一嗓子就可以直接从他包里拿零钱。如果是刑侦队的人，在他们俩身上做手脚的难度差不多——都没什么障碍，不会单单冲陶然下手。"

骆闻舟长长地出了口气，声音低得几乎要淹没在水汽中："老杨的遗书里提到了'327国道案'和顾钊，所以这个人应该是和他们同时期……甚至更早的，很可能是某位德高望重的老领导，他们之所以把大本营设在本地，或许就是这个原因。"

肖海洋呆呆地看看这个，又看看那个："哪个老杨？你们在说什么？"

陶然询问地看了骆闻舟一眼。

骆闻舟伸手在肖海洋肩膀上拍了一下，简短地介绍说："这个'二百五'是顾钊养大的，算前辈兼受害人家属。"

费渡一耸肩："那我是背叛了'组织'的犯罪分子兼受害人家属。"

"我和陶然在追查三年前老杨遇害的真相。"骆闻舟说，"前一阵子，师娘把老杨的遗书交给了我们——现在每个人的信息都不一样，我建议大家一边吃，一边互相通个气吧。"

他们像是一群在黑暗中摸索前进的人，或出于私心，或出于公义，机缘巧合地踏上了这条寻找深渊的路，跌跌撞撞、闭眼前行了这么远，值此一刻，所有起点与终点都不同的路径终于交接在了同一个点上，在苍茫一片中，闪烁起细碎的火光，隐约露出了深渊的轮廓。

"我可以暂时把魏文川父子扣留，"骆闻舟说，"但扣不了多久，因为我们手上没有任何证据，魏文川又是未成年人，他们俩心里也知道，所以十分有恃无恐，时间紧张，下一步我们怎么办？直接调查你们说的'北苑龙韵城'恐怕不太方便，我查过，那整个大楼都是魏展鸿建的，是他们自己的产业。而调取监控理论上可以，但是查监控要申请，还要有正当理由，不是我偷偷同意就能随便调的。队伍里人多眼杂，就算陶然包里的'虫子'不是自己人丢的，也难保不泄密，在能一击打到七寸之前，不要泄露消息。"

陶然问："用线人呢？"

"线人信不过。"肖海洋说，"三教九流，干什么的都有，你也不知道他平时在和什么人接触，又收了什么人的好处，顾叔当年出事，我怀疑就是他用的线人有鬼。"

这时，一直没吭声的费渡突然说："我的人可以用。"

第十六章

"北苑龙韵城"是一栋大楼，占据了"上风上水"的风水宝地，整栋大楼有三十多层，上面是酒店，下面是商务区，中间夹着个巨型的旋转餐厅，光照正好的时候，能直接穿透落地玻璃，在旁边的建筑上抹出一把熠熠生辉的彩虹色。

不过此时，太阳还没升起来。

旋转餐厅并不是一家，四个角分别是自助餐厅、西餐厅、东南亚餐厅，还有一家改良私房菜——也就是把小白菜改良进佛跳墙的那一家。

其中，东南角自助餐厅为住酒店的客人提供24小时送餐服务，每天清晨六点开放早餐厅。凌晨四点，几个忙忙碌碌的小姑娘已经在给餐厅的餐桌换鲜花，准备一整天的迎来送往。她们刚值了一宿夜班，将在四点一刻时交接班，打扫卫生和布置餐厅是最后一项工作。

服务员一般都是二十上下的年龄，有外地来的打工妹，也有勤工俭学的大学生，一水的年轻鲜嫩，好歹拾掇一下就足以赏心悦目。领班是个梳马尾的女孩，插花时手脚比谁都利索，连花瓶里的水都不带出一滴，换好后随手摆弄两下，还能搭配个简单的造型出来。

"卫卫姐快来，第一批点心烤好了！"

梳马尾的领班随口应了一声，最后仔细把餐厅检查了一遍，跟着小姐妹们走进后厨。

早晨第一批点心往往是给厨具预热的，厨师们要感受原材料的新鲜程度、品尝新来的调味品，主厨有时候还会趁这时间调教小徒弟，这时候做出来的东西都是试验品，不会拿出去给顾客吃，一般都是夜班服务员们的福利，吃不完还可以带走。

值班一宿，小姑娘们早已经饥肠辘辘，叽叽喳喳地循着香味一拥而上。名叫"卫卫"的领班也不着急，在旁边等别人都走了，她才不慌不忙地凑过来，用一次性的卫生袋把剩下的小面点捡走。

"又给楼下那几个屌丝带啊？"一个女孩一边补妆，一边扫了她一眼，撇嘴说，"我跟你说，卫卫姐，那些土包子可容易自作多情了，你对他们这么好,当心有人癞蛤蟆想吃天鹅肉,再说他们配吃这个吗?鱼翅跟粉丝都分不出来,平时猪食狗食都往嘴里扒拉,舌头都是摆设,我看他们也就配到大街上买几个卫生纸馅的包子。"

卫卫笑了一下,没跟人争辩。

高级餐厅的女孩们都培训过体态和礼仪,每天穿整洁的工作服,还要化妆上班,身处衣香鬓影当中,久而久之,就总有种自己也是高级人的错觉,多少有些看不起楼下和她们一样值夜班的保安。

卫卫好心,又会做人,每逢她值夜班,都会把吃不完的点心拿走一些,下班时顺便给保安们送过去。都是漫漫长夜没法入眠的人,有时候只能互相心疼。其他女孩和厨师们对此见怪不怪,觉得她可能是傻,有客人不巴结,总去结交一些没什么用的人。

卫卫塞着耳机,跟着轻轻哼着,可能是快要下班,她的脚步有些轻快,一路从员工通道下楼,把打包来的小点心分给各处值班和巡逻的保安。从十层的旋转餐厅一路送到了地下室的监控中心。

监控中心一般是两个人值班,一个是新来的男孩,才十八九岁,矮墩墩的,和他同一个班的老油条欺负人,自己在旁边的小休息室里睡得昏天黑地,让男孩一个人撑着眼皮盯监控。凌晨四点多,正是人最困倦的时候,漂亮女孩的到访无疑是件提神的事,可惜小保安有点无福消受。

卫卫今天带来了一种包子,味道格外诡异,据说是馅里添了什么泰国香料,小保安没长出一副能消化泰国草的肠胃,刚吃了两个,肚子里就是一阵疾风骤雨似的绞痛。他在女孩面前忍了一会儿,肠子却越闹腾越欢,实在憋不住了,他露出了一脸苦相:"卫卫姐,你能帮我看一会儿吗,我……我想上个厕所,跟我一班的大哥有起床气,我不敢叫他。"

卫卫没有二话,一口答应。小保安大松了口气,连忙提着裤子小碎步跑了。

听着他莽撞的脚步声渐远,马尾女孩那阳光灿烂的笑容渐渐消失,她有些紧张地深吸了一口气,在心里默默数了二十下,定了定神,这才从兜里摸出了一块非常小的特制移动硬盘,转头看向了身后的监控屏幕。

"要十一月六日中午前后的。"她在心里默念,"旋转餐厅、楼下大堂、前后门和车库的监控记录,越详细越好。"

整个龙韵城里有数不清的监控,卫卫迅速确认了每个摄像头的序号,飞快地调出了十一月六日当天的几处监控记录。风灌进楼道,轻轻地撼动着监控室的门,总像是有人经过似的,卫卫回头查看了两次,手心都是汗,紧紧地盯着进度条,每一秒都仿佛被拉得无限长。

突然,旁边休息室里传来一声咳嗽!

卫卫吓得一哆嗦,整个人瞬间从头凉到了脚,条件反射似的伸出手,准备随时拔掉移动硬盘,休息室里传来窸窸窣窣的动静,偷懒睡觉的保安醒了。进度条逼近尾声,卫卫轻轻地咬住牙,这时,休息室里的人带着睡意,迷迷糊糊地冲外面喊:"小孟?小孟?"

监控室里暖气不足,平时值班都要裹上棉袄大衣,卫卫的额角却冒出了热汗。而这时,休息室的门"吱呀"一声拉开了,男人一脚已经迈了出来。

"小孟去卫生间了,是我,王叔,"女孩情急之下突然开口,声音很甜地说,"看你们太辛苦了,我来送点吃的。"

"哦,卫卫啊,"老保安借着被窝的暖意,本来只穿了保暖内衣就想溜达出来,这会儿乍一听见女孩的声音,他有点不好意思,连忙缩回休息室里穿外套,隔着一道门说,"唉,谢谢你,现在像你这么好的小姑娘不多见啊。"

卫卫不动声色地低头呼出一口气:"这不都是借花献佛吗,王叔,您太客气了。"

等老保安穿好衣服,整理好仪容走出来的时候,看见女孩正无所事事地靠在桌子上玩手机,他连忙说:"小孟这小子,实在不像话,回来我非得说他不行——你快回家吧,天都要亮了。"

卫卫冲他一笑,若无其事地裹紧外套,在老保安"路上小心点"的嘱咐声里,轻轻地捏住了兜里的移动硬盘。

而这一天还没破晓,北苑龙韵城的监控记录已经辗转几个人,到了费渡手上。

"这是魏文川他们请客当天,龙韵城大楼里几处重点位置的监控。"费渡打开一台笔记本,眼皮也不抬地对围着他的一圈警察说,"放心,我的人绝对神不知鬼不觉,不会打草惊蛇的。"

陶然和肖海洋在骆闻舟家的客卧和书房里凑合了一宿,因为没经验,晚上屋门没反锁,各自被会开门的骆一锅踩醒了好几回。陶然跟猫斗争了一宿,感觉自己才刚睡沉,就又被敲门声惊醒了,他抹了一把自己憔悴的脸,强打精神问费渡："刚才来给你送东西的人是谁？从什么渠道拿到的监控，合法吗？"

"几个朋友，我以前帮过他们一点儿小忙。"费渡点开一段视频快进起来，随口搪塞，过了一会儿，他想起了什么，忍不住抬头看了看骆闻舟。

骆闻舟一直没吭声，叼着烟不点，只尝着味道解馋，一直在盯着他，正好和费渡飘过来的目光撞了个"满怀"。费渡顿了顿，把笔记本推给旁边的肖海洋，摘下防辐射的平光眼镜缓缓地擦了几下："好吧，我其实是效仿'他们'——记得何忠义的妈妈王秀娟吗？她当时差点儿从经贸大厦上跳下来，后来经贸的老板借机蹭热度，为了表现企业的社会责任感，他不是还掺和了一个'乡村失独老人基金会'吗？那个基金日常运营是交给一个专门的民间公益机构的，除了王秀娟这样的，还负责照顾各种因为恶性事件导致丧失生活来源的人——这个专业运营机构的实际出资人就是我，股权是我找人代持的，和光耀基金的思路差不多。"

骆闻舟轻声问："恶性事件？"

"刚才送东西的年轻人，父母死于一个赌鬼的入室抢劫。监控记录是个在龙韵城工作的女孩想办法带出来的，如果没记错，她不是本地人，应该是不堪继父的侵害从家里逃出来的。"费渡说，"虽然这么说有点铜臭气，不过每个人都有可能遇到不公平的事，但当时如果背后有强大的物质支撑，无论落到什么境地里，总不至于太狼狈——感谢费承宇的遗产。"

骆闻舟忽然问："王秀娟现在在做什么？"

"主要是治疗，但没回原籍，身体好的时候在一家家政保洁公司做钟点清洁工，那家保洁公司和魏展鸿的总部大厦签过长期服务协议。"费渡磕绊都不打一下地说出了这个早已经被众人遗忘的女人的下落，"应该不会用到她，她年纪太大了，也不够机灵，容易出危险，我只是先让她占个位置，有需要的时候，我会找人顶她的岗位。"

"失去亲人，生活无依，也看不见希望，"骆闻舟缓缓地说，"我曾经问过你，王秀娟这样的人以后会怎么样——看来你把他们都变成了'义务警察'的预备役。"

如果平安夜那天没有逼费渡坦白，他会用这些人做什么？

最后会和这些人一起走到哪里去？

骆闻舟只是稍微设想，就是一身冷汗，回过看来路，简直不知道自己是怎么走过这条名叫"费渡"的钢丝的。费渡避开他的视线，专心致志地擦着眼镜，不知上面是不是积了几百年的灰，他擦起来没完没了。

就在这时，肖海洋突然不长眼力见儿地出声："等等，你们看，这个人是卢国盛吗？"

他这一嗓子敲碎了所有在空气中浮动的心绪，强行把众人的目光转移到监控记录上。肖海洋完全没注意旁边人说了什么，激动地把屏幕转过来——那是旋转餐厅里，魏文川请客当天那家私房菜门口的监控。

监控显示，正午十二点前后，魏文川一边接电话，一边从餐厅里出来，站在门口等，片刻后，电梯打开，一个帽檐压得很低的男人从里面出来，他双手插在兜里，目光四下逡巡了一圈，冷淡地朝迎上来的魏文川点了个头，伸手拍了一下少年的后背，跟他一起往餐厅里走去。

男人身材魁梧健壮，手上戴着手套，走路的姿势和钟鼓楼那天夜里拍到的卢国盛一模一样。大概清楚周围有摄像头，即使知道龙韵城是谁的地盘，他仍然谨慎地低着头，镜头一直没能拍到他的正脸。

"没正脸也不要紧，可以找技术人员对他的身高、体重、体态和习惯动作做个对比，也能作为这是卢国盛的证据。"肖海洋一激动，语速又快了起来，"魏文川在很早之前就和杀人凶手接触过，还特意带着凶手来认目标的脸，这回他们没法抵赖，可以拘留了！"

"等等，"骆闻舟按住他，"不急，这段先留着，等抓住活的卢国盛再说。抓一个魏文川不算完。"

市局里有"眼睛"，一旦打草惊蛇，魏展鸿父子很可能会和郑凯风一样，成为一面挡箭牌，顺藤摸瓜找到他们的窝点才是最关键的。

肖海洋想起陶然包里粘的窃听器，神色一凛，不吭声了。

"等着看他从哪里离开的。"

卢国盛跟着魏文川进去之后，不到五分钟就出来了，果然是认了个脸就走，走时，他趁往来的服务人员没人注意，快步绕到后面的员工通道，不知从哪儿摸出一张卡，刷开通道门后离开了。

员工通道与普通客用通道不一样，开的是大楼后面的一个小门，复制监控记录的女孩做事妥帖，没有漏掉这个出口，三分钟后，卢国盛出现在了后门的镜头范围内,他把帽檐压得更低,还戴上了口罩,几乎是全副武装。

忽然,卢国盛抬头朝摄像头的方向看了一眼,若有所思片刻,不知给谁打了个电话,拐角处的小路口,一辆原本已经冒头的黑色轿车又倒退回了监控死角。

卢国盛大步走过去,随后镜头上车影一闪而过,只拍到是一辆普通的黑色别克商务车,没有车牌。屏息凝神地盯着视频的几个人同时泄了口气。

骆闻舟把烟丝都咬出来了,陶然用力抹了把脸:"卢国盛这小子也太谨慎了。"

"可以理解,"费渡依然没抬头,"躲躲藏藏十五年,是人多少都会有点谨慎过头的被迫害妄想症。"

"问题是现在怎么办?"陶然皱着眉想了想,"快两个月了,就算地毯式走访当地人,找到目击者的可能性也不大了。"

骆闻舟皱着眉咬着烟丝,沉默了一会儿,他忽然问:"肖海洋,你看什么呢?"

"这镜头是高清的吗?"肖海洋忽然指着屏幕一角,问,"这里有个凸面反光镜。"

黑色轿车当时所处的位置确实是监控死角,其实再往前走一点,就能拍到前面的车牌,卢国盛显然注意到了这一点,车没冒头,他就立刻通知同伙退了回去,遮挡住了前车牌,这个处理非常及时——如果不是拐角处有一面凸面反光镜。

凸面反光镜一般立在路口或者比较复杂的拐弯处,供司机观察其他方位拐来的车辆和行人。拐角处的反光镜大方向是对着路口的,也就是说,监控对准的正好是凸面镜的大半个"后脑勺",二者的方向一致,理论上,摄像头拍不到镜子里的东西,所以卢国盛把它忽略了。

可惜智者千虑也有一失,一扇打开的玻璃窗刚好反射了半面凸面镜,而且龙韵城建得财大气粗,用的监控镜头刚好是造价最高的高清摄像头。

局部放大以后,能模模糊糊地分辨出车牌号的后三位数。

肖海洋用力推了一下眼镜,恨不能钻进屏幕里:"3……3,6……前面是什么看不见了,可能是'3',也可能是'8',等等,我再仔细分析一下记录。"

"不要紧，只要有蛛丝马迹就行。"骆闻舟盯着截屏里的卢国盛看了一会儿，站起来拿起手机拨了个号。

"喂，老邱，对，是我，我求你件事……前一阵子有个孙子刚了我对象的车，当时没逮住那人，我也是今天才知道这事……唉，人没事，人不在车里，不然当时不就知道是谁了吗？其实是没多大事，主要那车漆挺贵的，糊一下咱大半年工资都进去了……嗯，好，麻烦你给我查查，别跟别人说啊，为这点私事传出去不好，毕竟也算违纪……是一辆黑别克，看着保养得挺好，十一月六号中午十二点前后，在北苑——北苑龙韵城附近，旁边一个监控里拍到它一个一闪而过的车牌尾号，尾号'336'，我感觉本地车的可能性比较大……行，谢谢啊，不好意思，兄弟替我担着事儿了，回头我多带几盒好烟给你。"

他放下电话，就看见肖海洋在旁边瞪着他，刚推上去的眼镜又顺着鼻梁滑了下来。

"看什么看，"骆闻舟伸手在他脑袋上推了一把，"凡事不求人，自己瞎折腾就是英雄了？咱国家就人口资源最丰富，你还不知道把握，蠢货——等一会儿天亮，陶然和肖海洋先回市局，该干什么干什么，随时等我信息，我去趟交警大队。费渡你也是，等我的信儿，别擅自行动……行了，别擦了，眼镜片都让你擦破了。"

"我在想一件事。"费渡忽然低声说，"这么多年来，卢国盛一直在逃，关于他的信息不多，当年也没有做过关于这个人的心理侧写。所以我们一直先入为主，觉得他是个心狠手辣、胆大包天的人。"

陶然很诧异："嗯，不然呢？"

"十四年前，卢国盛就曾经暴露在警方视野里——虽然后来不了了之。而这一次，他在杀了冯斌后，更是很无所谓地直接把夏晓楠给放了，还敢大刺刺地出现在公共场所，"费渡把一尘不染的眼镜重新架在鼻梁上，"综合以上，这个人给我的感觉是粗心、狂妄、目空一切，很可能伴有精神分裂和躁狂症状，虽然智商可能不低，但作案时会带有一定的发泄色彩，任性，也很不冷静，简单来说就是有点疯。我一直觉得，他能逍遥法外这么长时间，是因为有人在保护他——卢国盛不应该是这样的，他不应该这么谨慎，也不该有这么强的反侦察意识。"

北苑龙韵城是魏展鸿的地盘，但魏展鸿事先还真不一定知道他宝贝儿子要干什么。老魏再坏，也是坏得有理有据、目标明确，而且知道规避风险，手段也相对隐蔽。为了学校里"权力争斗"买凶杀同学……实在太幼稚、太不计后果了，大人捅不出这么无聊的娄子，魏文川这回纯粹是坑爹。卢国盛心里应该清楚这一点，所以显然也没把龙韵城当成自家地盘，他防备所有人，甚至那愚蠢幼稚的雇主。

可矛盾的是，既然这么不放心，他为什么还在十一月六号那天亲自露面？

想看谋杀目标也好，想看雇主也好，卢国盛都实在没必要亲自去——让魏文川拍一段视频，甚至直接把包间里的监控给他不行吗？

"什么意思？"肖海洋飞快地问，"你说这人可能不是卢国盛吗？不对，不单是肢体语言和案发地钟鼓楼拍到的一模一样，还有他看摄像头时露出来的那双一大一小的斜眼，那么有特点的一双眼睛，不容易认错的。"

"不……我的意思是，我之前有点误解，他那天可能不是去看冯斌的。那个包间里还有什么人？我需要一份名单，"费渡顿了顿，"尤其是女孩子。"

"为什么是女孩子？"

费渡缓缓地抬起眼："我想知道他不杀夏晓楠，是不是和移情作用有关。"

"陶然回市局以后想办法旁敲侧击地问问。"骆闻舟飞快地说，"不过现在第一要务还是找到卢国盛的藏身之处，只要抓住他，想怎么观察怎么观察，想怎么审就怎么审——这事夜长梦多，必须速战速决。大家听好了，第一注意速度，第二注意保密，第三注意自己的安全，第四注意通信设备，不能肯定自己有没有被窃听的情况下，说话都走点儿心——肖海洋同志，也麻烦你把'口头机关枪'的神通收一收，别什么话都往外喷。"

肖海洋没听出骆闻舟是在损他口不择言，闻言还心平气和地为自己做出辩解："骆队，我虽然体能测试是擦边过的，但还没有智障。"

骆闻舟无力地吐出一口气，摆摆手："对，可能我才是智障——走！"

再大的房间，四个大老爷们儿凑在一起，也会显得十分拥挤，可是转眼人都走光了，屋里又瞬间安静下来。

费渡从早晨一睁眼，整个人就是紧绷的，一直忙到这时候。警官们都走了，天还没亮。屋里乱糟糟的，头天晚上吃完火锅还没来得及收拾卫生，一堆盘子、碗泡在洗碗池里，费渡推开窗户通风，很想稍微收拾一下，只是不知道从哪儿下手，只好故技重施，打电话叫人来。

这个节骨眼上，实在不便叫外人，费渡只好叫了个"自己人"。

那是个慈眉善目的老太太，姓桑，面相上看不出身世凄苦，她原籍在D市，丈夫早亡，含辛茹苦地拉扯儿子长大成人、娶妻生子，有了下一代人，方才高高兴兴地住进新居，打算以后含饴弄孙。

可是普通人的幸福就是这么脆弱，她住的正好是魏展鸿那个倒霉竞争对手的小区，出事的时候，桑老太正推着婴儿车在楼下散步，不到一岁大的小孙子被突然闯进来的杀人狂举起来活活摔死了，儿媳妇无人可恨，只能把怨气记在老太太头上，带着怨气离婚走了，儿子受不了刺激，酒后驾车撞上了路边防护栏，也没了，那代表幸福的新居价值几乎腰斩，购房贷款却一点儿折扣都不打，巨额的房贷都落在了一个满头白发的孤寡老人身上，银行怕她还到一半死了，还要求缩短贷款期限，当年如果没有费渡，她早就活不下去了。

费渡对桑老太说："我这里的事不急，就需要随便打扫一下，有别的事你就先忙，忙完再说，到时候打车过来，我给你车费，不要去挤公交。"

"费总难得有用得着我的事。"电话里传来温柔的女声，随后桑老太噎嚅了一下，又说，"今天早晨，卫卫有东西要传给你，经了我的手……我知道我不该多嘴打听，可……桑姨就问一句，是不是快要抓住坏人了？"

费渡面朝打开的窗户，望向遥远的地平线，清冽的空气从外面涌进来，灌进他的肺。

"是啊。"费渡轻轻地说，"这次说不定很近了。"

桑老太突然哽咽起来："好……好，好，需要我干什么，费总让人给我送个信，你不要亲自来，省得牵连到你，我……我这把年纪了，什么也不怕，背上炸药去跟他们同归于尽都不要紧……"

"不会的，"费渡垂下眼，"我们没到这一步。"

我们可能……永远都不会到这一步了。

这时，大门突然从外面打开，骆闻舟不知想起了什么，又裹着一身寒意去而复返，招呼都没打，先钻进了厨房，把酒柜锁上了——养猫的人要时刻注意把吃剩的食物放进冰箱，养费总的人要时刻注意锁住酒柜。

费渡无语：骆闻舟这资深铲屎官，在某些方面真是够可以的。

骆闻舟收好钥匙，看了费渡一眼，突然一言不发地走过来，一把抱住他，闻到费渡身上有自家沐浴液的味道，他才仿佛一颗心砸回心窝里，重重地松了口气。

费渡呆了呆，迟疑片刻，才缓缓抬起胳膊，放在他的后背上："我……"

骆闻舟一抬手打住他的话音："你是我的人，你就算喘气，都跟我有关系，不管你干什么，我都撇不清，你给我记住了。"

说完，骆闻舟又深深地看了他一眼，一阵风似的跑了。

一个小时后，市局里开始新一轮的较量，涉事学生家长和律师们七嘴八舌地摆事实讲道理，从警方的证据质疑到程序，恨不能将"诽谤"俩字落成钉子，喷在警察脸上，就差在市局门口立一块"千古奇冤、暴力执法"的牌子了。

其中一个家长也不知是有什么背景，竟然还辗转找到了陆局的电话，当场告起状来。

陆局当然不可能周末在市局加班，被烦得受不了，只好又打电话找骆闻舟。骆闻舟摸出手机看了一眼，来了脾气，直接关上铃声和震动，无视了领导的来电。

"你描述的车型虽然常见，但是把时间地点、车牌尾号，还有什么本地车、保养得不错之类的条件都加上，差不多全部符合的就只有一辆。"交警大队的老邱没注意到骆闻舟的小动作，给他看了当天路网拍到的监控截图，"你看看，是这个吗？"

骆闻舟凑过去看了一眼，隐约看见副驾驶上坐着一个戴帽子和口罩、全副武装的男人，精神当即一震："对，这车后来去哪儿了？"

老邱点开一张地图，在上面某个地点画了个圈："在这个区域附近。"

"不会是这里。"费渡到了指定地点，只探头看了一眼，人都没下车就得出了结论。

此时已经临近中午，骆闻舟把费渡接出来，一起去了老邱帮他追踪到的地址。那是一处地标性建筑，外观上看是个非常奇特的几何体造型，航拍照出来像个蜂窝，因此又叫"蜂巢"。蜂巢打的是"高端消费"的牌子，里面有各种娱乐设施和奢侈品店铺，还有大型餐饮会所，后面是一个高尔夫练习场，高高的防护网竖着，画着小球的旗子迎风招展。

"太招摇了，"费渡摇摇头，"这些年高端消费场所已经严查过好几轮了，整个行业萎缩得厉害，他们把通缉犯养在这么树大招风的地方，是不要命了吗？"

"也许是灯下黑呢？"骆闻舟拉下车窗，示意他去看练习场门口，一水的黑色轿车停在那儿，"练习场提供接送服务，用的车和那天去龙韵城接卢国盛的一模一样。"

他说着，从兜里摸出一个小望远镜，打开老邱给他的视频截图。

"车牌号'燕X53336'的那辆应该就是。"骆闻舟把望远镜递给费渡，"东边角落里那辆——想办法先接触这些接送服务的司机。"

费渡还没回答，骆闻舟的手机又响了。

"是陶然。"骆闻舟看了一眼，按灭了屏幕，没接。

费渡："怎么不接？"

"老陆让他找我的，"骆闻舟说，"说好了'等我信息'，陶然没事不会随便给我打电话，我手机上有十几个老陆的未接来电，估计他是找不着我，找陶然去了。"

费渡沉默片刻："你怀疑陆局？"

骆闻舟顿了顿，却没有正面回答："陆局的工龄比你岁数都大，当年和我师父是过命的交情，身上的伤疤数都数不清楚，不知道有多少监狱里的无期犯和死刑犯做梦都想除掉他。我刚到市局的时候，还亲自参与过一次抓捕行动——有个刚放出来的抢劫犯半夜提着砍刀去他家报仇，幸亏当年有线人提前通风报信……"

他怎么能、怎么敢、怎么愿意去怀疑陆局？

"说到线人，"骆闻舟苦笑了一下，"我们手头的线人，小部分是有特殊原因，大部分还都是为了奖金。出于特殊原因和特殊情怀加入这一行的，往往干不长，反倒是为了钱的能相对长久，这些人里有嗜赌的，有酒鬼，有吸毒的，还有背着高利贷的，都是可怜人，但有时候你又必须提防他们——顾钊当年栽在'罗浮宫'，我怀疑很可能就是栽在了他自己的线人手里……钱这玩意儿，说起来低级得很，可它就是无孔不入，把你对别人的信任破坏殆尽。"

费渡不置可否，而且在五分钟后就让他感觉到了资本的力量——蜂巢的高尔夫练习场突然接到了一沓接送单子，据说是个外地来的暴发户摆阔请客，客人要求蛮横无理，一定要需要预约的接送服务马上去接人，这暴发户不知傍上了何方神圣，居然还弄来了一张白金卡。

超级VIP客户得罪不起，高尔夫练习场门口的黑色轿车被迫倾巢而出。

第十七章

后座的男人足有小两百斤，一屁股占了一整排，操着不知哪里的口音，正南腔北调地跟人打电狂侃。

有人平时说话声音不大，一打电话就嚷嚷，总是疑心手机信号不能把他的话及时送出去。胖子气息充足，嗓门嘹亮，几乎要把车顶掀飞出去，好不容易等他咆哮完，司机已经有些耳鸣了，忍不住从后视镜里看了胖子客人一眼，刚好和对方目光对上。

司机连忙送上个有些职业化的微笑："先生做什么生意的？"

"以前在老家开矿，这两年生意不好做，关了，倒是有几个兄弟叫我到这边来搞点别的。"胖子有些不舒服地在车座上挪了挪，普通话说得有点咬舌头，"你这车也不行啊，下回能开个好点的吗？以前我们上那个哪儿……就那个好多大胡子那国家，人家酒店来的车都是劳斯莱斯——坐你这个，我都伸不开腿。"

司机假装没听懂他的抱怨，讪笑了一声："车都一样，公司统一配的。"

"哦，公司的车，"男人撇了撇嘴，"跟我们那儿不一样，我们那儿干你们这种的，都是自己的车挂在公司，公司有事就跑公司的活，平时就拉私活，盈亏自负，按月交点保险，磕了碰了的，都是自己负责。"

司机客气地笑了笑，没搭腔。

后座的客人却看不懂人脸色似的，仍然不依不饶地探头追问："那你们开车在外面，剐了蹭了算谁的？赔钱不？"

司机惜字如金地回答："公司负担。"

后座的土大款一拍大腿，用力往后一靠，座椅发出一声不堪重荷的"嘎吱"声："那还不玩命造吗？这要是我，碰上个坡坡坎坎的，我才不绕，就直接上，管他爆胎不爆胎，平时没事自己开出去拉私活，就说有客人预约呗，油钱都有地方报销，纯赚！"

司机听了这番厥词，好好领略了一下国产土大款的素质，终于忍不住笑了一下："公司也是有管理制度的，我们出来基本都是开固定的车，定期会集中保养，要是油费和保养费太高，一眼就看出来了，也得问责。"

后座的男人"哦"了一声，大概也不是诚心想知道接驳车的管理制度，很快又健谈地东拉西扯起了别的，隔空将燕城的城市规划指点江山了一通，正说到慷慨激昂处，突然，他一捂肚子："坏了，师傅，离练习场还有多远？"

"十五分钟左右吧。"

胖子客人倒抽了一口凉气，原地左摇右晃片刻，好像怀胎十月的肚子中养了青蛙，"咕呱"乱叫一通，接着，漏了一点儿一言难尽的"气"出来。那胖子一边"哎哟"，一边焦躁地东张西望："不行，忍不住了，我这是吃什么了……你赶紧给我路边停车。"

客人不知道自己吃了什么，司机却已经闻出了他的肠胃内容，额角跳了两下，他憋着气说："先生，这是高架桥。"

客人用打电话的嗓门吼了起来："我知道是桥，可是你得想办法让我下去！"

他不光嘴里说着话，肚子也跟着叽里咕噜地应和，司机不由自主地屏住呼吸，忍无可忍，只好找了个地方强行掉头下桥，才刚把车停在路边，后座的胖子就好像一枚快要爆炸的生化武器，迫不及待地弹了出去。

新鲜空气从打开的车门里冲进来，司机觉得肺要憋炸了，紧跟着也下了车，在路边点了根烟，大开着门窗洗涤车内空气。直到他一根烟抽完，那倒霉的客人还没回来，司机已经觉得有点冷了，正要转身回到车里，突然，有人从身后拍了他的肩。

司机还没来得及回头，后颈猝不及防地遭到重击，他眼前一黑，接着就什么也不知道了。

等他的意识回笼，就发现自己被人蒙上了眼，他还没完全清醒，一声凄厉无比的惨叫先没遮没拦地将他一双耳朵扎了个对穿。那司机激灵一下，感觉全身四肢都被绑得结结实实，嘴也被贴住了，忍不住挣动起来。

这时，有人在他后腰上踩了一脚："老实点！"

司机倒抽了一口凉气，那人不知是不是练过，一脚踹在他腰窝上，疼得他整个人麻了半边，他的脸蹭过冰冷的地面，不知自己此时在什么地方，鼻尖轻轻地抽动了一下，闻到周围难以忽视的血腥气，后背沁出一层冷汗。

然而很快，这司机就从最初的慌张中冷静下来后，他努力把自己蜷成一团，调节着自己的呼吸——他知道自己身上有定位芯片，他是两三年的"老员工"了，每天迎来送往，知道得太多，公司不可能直接放弃他……

这时，他听见另一个男人的声音，那声音非常好听，还带着点漫不经心的懒洋洋，又好像含着笑意，不慌不忙地吩咐："这人只是个小喽啰，打死他也没用，别打了。再看看他身上有没有别的夹带。"

"工作服内袋里有一个，左脚鞋底有一个，手机和对讲机里各有一个，腰带扣里还有一个，虽然一路过来开了屏蔽器，不过为了保险起见，也都清理了。"这声音熟悉，是那个伪装成客人的胖子！

这一次，他嘴里一点儿口音也听不出来了，完全就是燕城本地人！

几个藏着的追踪器无一幸免，司机的心往下沉了沉。有人粗暴地撕走了他嘴上贴的胶带，接着，就听那胖子问："11月6号，你今天开的这辆车在北苑拉了个人，你说你们是专人负责专车，所以那天的司机也应该是你了？"

"十……十一月？"司机结巴了一下，讪笑着说，"这都快两个月了，这……这谁还能记住啊？大哥，我看这里面是不是有什么误会？"

一只手轻巧地钩走了他衬衣上的工牌，那个很好听的声音念出了他的名字："孙新。"

"哎，是，是我。"司机奋力地循着声音抬起头，露出讨好的微笑，"您吩咐。"

"我知道你老婆在蜂巢的练习场当球童，长得也不错，我们跟她无冤无仇，不打算把人家小姑娘怎么样，可是你得配合。"

"是是，我配合，什么都配合！"

"11月6号中午，你开着今天这辆车，去了北苑的龙韵城，接一个人。那个人四十来岁，男的，藏头露尾，还戴着手套，长着一双斜眼——"

"呃，这……"司机心里飞快地转着各种念头，嘴上却把声音拖得很长，显得有些反应迟钝，"我……我得好好想想，斜眼……"

对方却不吃他这套，就听那很好听的声音说："我看这人不太老实，卸他一条胳膊。"

"等……"

司机刚吐出一个字，后面陡然变调成了惨叫，他整条臂膀被人干脆利落地卸了下来，疼得差点儿直接晕过去，而这还不算，另一条臂膀又立刻被扣住。

"等……等……"

"等等，"方才那一句话致命的人笑眯眯地抱怨说，"老陆，谁让你真卸了？"

司机浑身冷汗，不由自主地打着摆子，艰难地伏在地上喘息，感觉自己快失禁了，就听那人继续慢条斯理地说："卸了还能安，费事，我看，另一条胳膊就给我直接剁下来算了，省得他不知道害怕。"

"那是我们公司的一个员工！"司机无法忍受地大声喊了出来。

四周安静了下来，连方才一直如影随形的惨叫声都没了。

"那是……那是我们公司的，他说他去龙韵城有事，问……问我方不方便送他一趟。"司机用力吞咽着唾沫，眼睛在绑带下面不住地乱转。

胖子的手还按在他肩头，砍刀的刀尖抵着他的下巴："你们公司的员工？叫什么名字，干什么的？"

"叫卢林，"司机颤声说，"是电……电工……你们找他干什么？是……是和他有什么仇吗？"

这些人做事的风格太野蛮，不像警察。只要不是警察，一切都好说。脱臼的肩膀疼得死去活来，司机的心却微微放了下来。他知道自己平时接触的那些人里有危险人物，不巧有几个仇家很正常，可能是出门时不注意，在哪儿被仇家盯上了。遇到这种事，上面对他们的要求就是"嘴严"，如果实在是危及性命，隐瞒不下去，那么是谁惹的事，就把谁供出来，但不要说多余的话。

那个一句话要砍他胳膊的人好似微微俯下身，耳语似的说："卢林——你知道他的真名叫卢国盛吗？以前手上沾过人命官司，还不止一起，你和这种人混在一起？"

"不、不知道，几位大哥……不，老板，不管他以前干过什么，这事都跟我没关系啊，我们就……就是普通同事，我连他老家在哪儿都不知道，怎么会知道他以前是干什么的？"冰冷的小刀缓缓地顺着他的脖颈擦过，贴着他的脸滑动，司机感觉到鼻梁发痒，知道是刀锋太过锋利，刮掉了他的睫毛和眉毛，他一动也不敢动，"我有……有他的电话，要……要不然我可以帮你们把他约出来，别……别杀我……"

"你不知道他的真实身份，"这时，另一个声音插话进来，好像是最开始踢了他一脚的那个人，"那他知道你的真实身份吗？"

司机先是一愣，随后整个人僵住了。

"你的证件上说你叫'孙新'，其实是假名和假证，你真名叫孙家兴，G省人，以前因为诈骗留过案底，家里有个老娘，还有老婆孩子，一家老小都以为你在燕城辛辛苦苦地赚钱打拼，不知道你干的是这个营生，也不知道你还在外面找了个二十出头的小女孩当姘头，还跟人说她才是你老婆，对吧？"

这回，司机的脸色终于全变了，惨白的嘴唇不住地哆嗦着，他耳边响起一声响指。冰冷的手机凑了过来，里面传来犹犹豫豫的童声："爸爸？"

听见这个声音，司机疯狂地挣扎起来，一只手却隔着块手帕堵住了他的嘴。

听筒中，孩子的喘气声分毫毕现，仿佛还有个女人带着口音叫"家兴"。

那孩子又说："爸爸怎么都不说话？我想爸爸……"

手机陡然被拿开，那个一直慢声细语的人对着什么人吩咐了一声："小孩皮嫩，先给他放点血试试。"

司机终于见棺材落了泪，把蒙在他眼睛上的布条都打湿了，钳制着他的手不知不觉松了，他一边"呜呜"地哭，一边肉虫似的爬向声音来源，头顶结结实实地撞在了什么东西上，他也浑不在意，循着声音蹭到了那个领头人的裤脚下，以头抢地："别……别……"

一只软底的皮鞋轻轻拨开他的头，踩着他的脸在地上捻了捻："孙先生，'别'什么？听说宝贝儿身体不太好，是'先心'吧？真是可怜天下父母心，听我的吧，这孩子也养不大，趁早放弃了，放他早点儿去重新投胎，也是功德一件。"

孙家兴绝望地贴着地板——最开始，他是为了给孩子治病，想多赚点钱，才被人忽悠着走了邪路。

可惜运气不好，钱没赚到，窝点先被警察端了，一切都好像是雪上加霜，如果他锒铛入狱，即便关押时间不长，出来以后也再难找到像样的工作,而孩子马上要做手术,救命的钱却无论如何也攒不够,谁知就在这时候,有人通过律师告诉他,往他家里送了一笔钱,只要他出狱以后能去给他们干一份需要嘴严的活,会给他新的身份,以后谁也不会知道他有案底。

他明知道天上不会掉馅饼,那些人必定不怀好意,可是家人的安全都在对方手里掌握着,他不敢有任何不忠,明知道自己在铤而走险,弄不好哪天就被牵扯进去。他甚至为了掩人耳目,找了个假老婆做挡箭牌,这样即使被牵连,也牵连不到他真正的亲人身上……对方曾经信誓旦旦地和他保证过,他的假身份做得天衣无缝,除非是警察一定要查,否则没人能看出破绽。

可为什么……为什么……

"我说,我什么都说——他……卢林……卢国盛,提前一天和我约了车,说是要去龙韵城见客户。他们这些人要去什么地方,本来应该跟公司提前报备的,由公司安排接送,可他……他没经过上面,是私下联系我的。"

"他私下里用你的车?"

"对,他名义上确实是公司的'电工',有员工卡,对外都这么叫,每次出门都要先到蜂巢,想用车要申请,回来也还要再经由蜂巢……这样万一在外面被什么人盯上,或者惹了麻烦有人追过来,也最多到蜂巢这一步,不会被人查到他住的地方……往来得多了,我跟他比较投缘,渐渐有了点交情,他经常会求我私下里开车带他出去……放……放风什么的。"

也就是说,蜂巢是一道"防火墙"。

当年的"罗浮宫",很可能是"他们"豢养通缉犯的窝点之一,但是中间出了纰漏,差点儿被顾钊顺藤摸瓜地查出来,后来"他们"可能长了记性,利用和"罗浮宫"定位非常类似的蜂巢做幌子,这样,如果再有人追查,一时半会儿也只能查到这一层,一旦有风吹草动,足够让他们转移了!

"卢国盛住在什么地方?"

"我不知道,"司机察觉到问话的人似乎不满意这个回答,抬腿要走,连滚带爬地用身体拦了过去,绝望地说,"我真不知道,这是机密,我们不敢随便打听的,求求你,别碰我老婆、孩子……"

骆闻舟和费渡在漆黑冰冷的地下室里交换了一个眼神,费渡伸手拍了拍他的肩膀,和他一前一后地走出去。

"幸亏没有贸然闯进蜂巢里,"骆闻舟吐出一口浊气,审问的地方在费渡那个充满惊悚气息的地下室里，里面的空气都是压抑的，他顿了顿，又说，"这回我违规不止一条，要是还抓不着人，恐怕就不是一两篇检查能混过去的了，到时候真干不下去，弄不好要靠卖身为生，大爷，你看我这姿色还行吗？"

费渡十分配合地上下打量了他一番，目光像大型猫科动物的舌头，一层倒刺就把他身上的衣服舔成了蒜皮。骆闻舟抬手挡住了他的目光："哎，还没卖呢，你注意素质。"

费渡笑了一声，正想说什么，手机突然响了，他接起来，才听了两句，脸色就是一变。

"费总，蜂巢这边管理太严了，随时要掌握司机动向，你们抓的人身上追踪器突然失联，他们好像已经察觉到了。"

费渡沉声说："知道了，注意安全，你们先离开。"

午后，市局比菜市场还热闹。

陆局本来就没剩几根头发越发稀缺，把陶然拎到了办公室，拍着桌子冲他吼："你们一个个无组织、无纪律的，陶然你说实话……骆闻舟那小子到底干什么去了，为什么不接电话？"

陶然顶着一脑袋书房窄床翻滚出来的鸟窝头，一脸无辜的茫然："不知道啊，他也不接我电话。"

"铺了这么大的一个烂摊子，说失联就失联……"陆局话还没说完，就听见外面传来连哭带喊的尖叫。

"凭什么扣着我儿子？谁给你们的权力？我告你们侵犯公民人身权利！"

"我女儿到底怎么了，现在有说法吗？我说，就算那个女孩被怎么样了，那也是男生的事吧，跟我们有什么关系？"

"你们领导呢？我要找你们领导说话，你算什么东西，知道我是谁吗……"

陆局深吸一口气，狠狠地瞪了陶然一眼，迈开腿大步走出去，一脚踹开临时腾出来给家长们吵闹的小会议室门，重重地在门板上拍了一下："这是公安局，把你们叫过来是接受调查的，吵什么！"

会议室里一静。

方才吼声最高的男人神色一缓，觑着陆局的肢体语言和神色，大致能推断出他的身份，当即客气了些："您就是……"

陆有良扫了他一眼，听出这就是大吼"你是什么东西的"那位，当即直接无视了他，回手一抓陶然的肩膀，像抓小鸡似的把他扔到了一帮虎视眈眈的家长中："这是我们刑侦大队的副队，他是负责人，有问题你们找他反映，谁再撒泼，一概按危害公共安全处理！"

陶然顿时欲哭无泪。

就在这时，会议室角落里万年落灰的监控突然轻轻地转动了一下，对着满室七嘴八舌的人扫了一圈，最后落在了角落里的魏展鸿身上。

魏展鸿兜里的手机轻轻震动了一下，他不动声色地摸出来看了一眼，脸色微变，飞快地按了几个键回了过去。

第十八章

费渡站在地下室狭窄的楼梯间里，这地方让他不太愉快，但尚在忍受范围内，他皱眉思量片刻："刚才那个司机说，卢国盛经常私下里坐他的车，那么之前去龙韵城，也是私自行动了？他们这些小人物，虽然身上都有追踪器，但平时并不会被管得那么严，毕竟真正走投无路的是他们，是他们求'组织'收留——可为什么今天他才稍微耽搁了一会儿，对方反应这么大？'那些人'知道我们在追踪卢国盛了吗？"

骆闻舟沉默良久，心里开始发沉，怀疑这一次他们恐怕又要收到一具死无对证的尸体。

这时，他手机响了一声，收到了一条来自肖海洋的信息。

肖海洋坐在市局会议室的角落里，美其名曰"警方接待人员"，其实是个三句话不离"我们有规定"的"复读机"，好话歹话一概不听，把一帮愤怒的家长气得脸红脖子粗，要不是顾忌这里是市局，早就动手袭警了。

然而小眼镜真正的任务其实只有一个，就是盯紧魏展鸿。

就在魏展鸿拿出手机后，神色突变的一瞬间，肖海洋已经本能地感觉到不好，他来不及细想，当机立断把手伸进桌子里，打开了一个微型的信号屏蔽器。

魏展鸿按下"发送"的一瞬间，手机信号突然被切断了，信息不当不正地卡在中间，焦躁地转了会儿圈，显示发送失败。

魏展鸿沉下脸，下意识地往周围看了一眼，然而四下并无异状，只有不耐烦的家长们围着个左支右绌的年轻负责人——哦，墙角还有个四眼小警察——魏展鸿看了肖海洋一眼，没拿他当回事。

小眼镜就跟穿错了大人衣服跑来打酱油的小朋友，整个人还透着一股笨拙的学生气，三脚踹不出一个屁，就知道拘谨地抱着个笔记本往旁边一坐。魏展鸿感觉自己是疑心病过头了，建筑物里信号不好是常有的事。他深吸了口气，定了定神，不动声色地往会议室门口走去。

门口一个值班员见状连忙拦住了他："先生您是要去哪儿，我们可以帮……"

"我就去趟卫生间，"魏展鸿皮笑肉不笑地打断他，"怎么，怕我跑了？儿子在你们这儿扣着，我还能上哪儿去？还是说我们进了这里，连去厕所都得有人跟着？那我建议你们不如直接拿手铐逮捕我们。"

他最后一句话的声调刻意提了起来，周围好几个家长听见，顿时更搓火了。趁着值班员一愣，魏展鸿收了皮笑肉不笑的脸，冷冷地睨了他一眼，大步走向楼道另一头的卫生间。

市局的楼道细而窄，窗户也开得很不局气，看着就憋屈，魏展鸿总觉得封闭的门窗把光和信号一起挡在了外面。他面色凝重，拿着手机一路走到了卫生间里，四处晃了一圈，直到靠近窗口，手机里才总算有了一格隐约的信号。

魏展鸿连忙贴近窗边，正要试着重新发送，突然，他眼角余光瞥见窗户上好像映出了一团黑影，魏展鸿吃了一惊，猛地扭过头去，谁知另一侧的颈部却被人重重一记手刀打了个正着。

刚把铁垃圾桶举过头顶的肖海洋，一记手刀砍晕了魏展鸿的郎乔，二人对视，定格。

郎乔先反应过来，瞪起本来就大的牛眼，压低声音问："肖海洋，你这是要干什么？"

信号屏蔽器是骆闻舟临走的时候丢给他的小玩意儿之一，肖海洋当时打开只是下意识行为，后来眼看魏展鸿急急忙忙地离开会议室，专门往没人的地方钻，才确定他可能确实要和同伙联系。

骆闻舟和费渡都不在，陶然被缠住了，肖海洋孤立无援，心里一急，又不计后果了——眼见他好像找到了信号，肖海洋随手抄起一个铁皮的小垃圾桶，就要把魏展鸿当场打晕。谁知他还没酝酿好击打位置与合适的力道，郎乔就不知从哪里冒出来，一下撂倒了魏展鸿。

"你这是要干什么？"肖海洋脱口反问，"这是男厕所！"

郎乔刚应陶然的要求，和魏文川他们班的几个学生打听出了去参加魏文川生日会的都有谁，打算去找陶然汇报，正好看见肖海洋走进卫生间。

肖海洋的肢体动作太紧绷了，气势汹汹的，好像是打算去找谁寻仇的，郎乔实在觉得奇怪，忍不住冒着长针眼的风险，在经过的时候往里瞥了一眼，就瞥见了他举起垃圾桶要给人开瓢的一幕。

两个人大眼瞪小眼片刻，又一起低头望向晕倒的魏展鸿。

郎乔嘀咕："这不是那小浑蛋的家长吗？"

肖海洋没顾上理她，连忙趁着锁屏前抢先拿起了魏展鸿的手机。

见上面有一条无备注号码的信息："少爷生日会里有鬼，时间地点？"

魏展鸿千钧一发间没能发送成功的信息是："'11.6'，龙韵城。"

肖海洋一瞬间心思急转，大脑几乎要过载——根据魏展鸿的回答来推断，"少爷"指代的应该就是魏文川，但"有鬼"又是什么意思？这个"鬼"说的是卢国盛吗？如果是的话，那这个语气，这么看怎么像……卢国盛和魏文川在龙韵城私下见面的事，魏展鸿他们根本不知道！

对了，他想，这说得通。

卢国盛那天注意掩盖行踪，还叫同伙躲闪监控，根本不是怕警察——龙韵城的监控又不是天网设备，那是魏展鸿的地盘，魏展鸿怎么可能会老老实实地把监控记录交给警方？如果是怕警察，他大可以联系魏展鸿善后，抹掉视频。所以卢国盛很可能是出于某种原因，私自出来见某个人，不希望组织知道，还找了同伙接应，同伙的车魏展鸿应该是认得的，虽然姓魏的不至于没事去翻看监控玩，但他还是谨慎起见，没留下车牌。

什么"反侦察"——闹了半天是他们几个自作多情。

可是……十一月初到现在也不是一天两天了，那些人一直没注意到卢国盛私下接触过魏文川，为什么偏偏在这个节骨眼上知道了？

信息是哪个环节泄露了？

肖海洋下意识地咬住嘴唇，一副铁齿铜牙把嘴唇咬出了血——通缉犯卢国盛的照片和身份没有对外公布过，警方只在刚开始调查冯斌案的时候，给和冯斌一起离家出走的几个孩子看过照片。

而王潇、张逸凡他们那几个孩子，除了受害人冯斌以外，都没有资格得到魏文川的邀请，那天也都不在龙韵城。案发前去过龙韵城的，现在基本都在市局等候讯问，这回警方的重点是校园霸凌，并没有和他们打听过卢国盛这个人。也就是说，除非当事人魏文川满世界嚷嚷自己认识一个罪大恶极的通缉犯，还买凶杀了同学——否则，恐怕只有王潇一个人，能机缘巧合地把那天的生日会和冯斌的谋杀案联系在一起。

这一条关键信息头天傍晚才被费渡和肖海洋误打误撞地问出来，从昨天到现在，如果没有谁不小心被窃听、不小心泄密，那应该就只有他们四个人知道。

到底哪里出了纰漏？

对方已经什么都知道了吗？那么他们会不会把卢国盛的尸体当成壁虎的尾巴抛出来，再一次断尾求生，让他们死无对证？

肖海洋一时心乱如麻，越紧张越捋不清头绪。

就在这时，郎乔探头看了一眼那手机页面："生日会？魏文川的生日会吗？原来是在这里开的。"

肖海洋诧异地回头看了她一眼。

"陶然刚才让我去对付那帮问题青少年，顺口问问他们，都谁去过魏文川的生日会。"郎乔说，"刚问完，正打算告诉他呢。"

肖海洋愣了愣，片刻后，他想到了什么，瞳孔骤缩："你在哪儿问的，怎么问的？"

"审讯室，就203那间，"郎乔说，"就……结束问话的时候跟每个人都随口提了一句——陶副也没告诉我问这个干吗。"

"每个人你都问了？"肖海洋急迫地问，"你提到时间、地点了吗？回答你的学生有人提到过吗？"

"除了魏文川，都问过了，"郎乔对着手机屏幕上的信息内容一扬下巴，"时间、地点没有人提，我也是刚在你这儿看见的——到底怎么回事？"

肖海洋抽了口气，原来纰漏在这里！

如果是他们四个人中的谁泄密，或者更绝对一点——有人头天晚上跟着他和费渡去了王潇家，从王潇嘴里得知了这条信息，那么时间、地点，以及卢国盛出现过的事实是显而易见的，不必临时询问魏展鸿！

所以这是郎乔不过脑子的问话引起了怀疑，有人窃听了她的问讯过程！

肖海洋的心在狂跳，脑子空白了三秒，随后，他狠狠一咬舌尖，回过神来——不，没到慌张的地步，对方只是听到郎乔反复问一个不相干的生日会，起了疑心，不见得真的知道卢国盛和魏文川私下里接触过的事，"有鬼"这个字眼可能泛指"出了纰漏""有异常情况"。他心里对着自己连念了三遍"冷静"，然后捧起魏展鸿的手机，小心翼翼地删掉了"龙韵城"三个字，犹豫了一下，他动手把地址改成了"凤栖城"。

凤栖城在南城，也是魏展鸿的产业，和龙韵城一南一北，正好是条大对角线，取了个龙凤呈祥的意思。肖海洋头天晚上睡不着觉，在网上搜索魏展鸿的信息，记住了这些。此时，肖海洋不知道蜂巢突然失踪的司机触动了对方紧绷的神经，他只是希望聊胜于无地放出一点儿假信息，虽然魏文川去没去过凤栖城，对方可能一查就知道不对劲，但至少能迷惑他们一会儿。

无论怎样，只能寄希望于骆闻舟动作够快了。

看见信息显示发送成功，肖海洋吁了口气，随后，他又拿出自己的手机，给骆闻舟发了一条信息："11月6日，魏文川在凤栖城请了几个同学吃饭。"

如果是骆闻舟收到这条信息，他应该能推断出很多信息，如果他的手机被动过手脚，对方也不会看出破绽。

郎乔一脸找不着北："你在跟老大联系？这又是什么情况？老大今天去哪儿了？"

肖海洋看了她一眼，没吭声，发完信息，他揣起了魏展鸿的手机，打算动手把他推进小隔间。然而这姓魏的看着瘦削，分量着实不轻，被他这么一折腾，竟然有点快醒的意思，幸亏郎乔又上来给他补了一下。

肖海洋神色复杂地看着她："你什么都不知道，为什么要帮我？"

郎乔："我不帮你，你搬得动吗？"

肖海洋默然。

郎乔白了他一眼，喷了口气，心说：这个废物。

接着，她一弯腰捞起魏展鸿的两条腿，和肖海洋把人抬进小隔间，绑成了一团。

"不想告诉我就算了，"郎乔不是第一天上班，也知道有些调查可能会在一定时间和一定范围内保密，虽然被排除在外心里还是很不愉快，她伸手点了点肖海洋，"比起嫌疑人，我当然更相信平时和我一起工作的同事，但你要是让我信错人，你就给我小心点，回头我弄死你。"

说完，她走出男厕所，在门口张望了一番，确定没人看见她，才打算偷偷溜走。

"哎，"肖海洋突然叫住她，"203那间……好像上次骆队审周怀瑾也是在那儿，你用那间屋子的时候，说话小心一点儿。"

司机孙家兴被绑走的现场已经处理干净了，费渡的人把车四门打开地丢在高架桥下，司机身上的制服和追踪器整整齐齐地摆在那儿，上面还压了一封打印出来的"辞职信"，看起来就像他自己逃走的一样。

他们刚撤退后没多久，就有另一拨人来到了这里，几个男人下了车，里里外外检查起孙家兴的黑色别克。

忽然，其中一个人按住耳机："凤栖城？知道了。"

他说着，迅速拿出手机翻看起什么，片刻后摇摇头，对耳机里的人说："孙新近期应该没去过城南，车上有一封辞职信，这人可能是自己跑的，要继续追查他的行踪吗……好，知道了，是，我们这就回去。"

戴耳机的男人一挥手，周围的人训练有素，把那辆被遗弃的黑色轿车一起开走了。

费渡皱紧眉扫了一眼骆闻舟的手机："那位肖兄这是什么意思？"

骆闻舟盯着肖海洋发给他的信息看了一会儿："不知道，信息太少，我现在没法判断……所以卢国盛到底隐蔽在什么地方？快点儿，碰运气也好，怎么都好，无论如何要争取。"

"这个地方肯定和蜂巢有联系，"费渡飞快地说，"但一定不是附近，他们那么有钱，狡兔三窟，不可能可着一个山头挖。"

骆闻舟立刻跟上他的思路："所以从蜂巢去卢国盛的藏身地点很可能会需要交通工具。"

"但交通工具不是迎宾车，"费渡说，"刚才那个姓孙的司机没说谎，他们从藏匿地点先到蜂巢，再从蜂巢去别的地方，这是两条线，互相之间应该是保密的，否则防火墙就没有意义了，迎宾车的司机们也不知道那个地方在哪儿。"

一人配一辆车未免太奢侈，也不现实，会增加好多泄密的可能性。连指纹都不敢留下的通缉犯们也不可能放心大胆地整天乘坐公共交通，所以……

"刚才那司机说什么？卢国盛假名是卢林，假身份是蜂巢的检修电工——对吗？"费渡突然站直了，"员工……有没有可能是员工班车？"

骆闻舟一愣。

费渡不等他回答，已经拿出手机拨出了一个号码："是我，方才进去的兄弟们还有仍在蜂巢里的吗……行吧，我就知道你们不会听我的乖乖撤出来——那就麻烦帮我个忙，潜进去替我查查蜂巢的员工班车车次和路线。"

与此同时，南城凤栖城中，几个神色严峻的人闯进了监控保安室，经理见到总公司的人，并不敢质询，噤若寒蝉地一边陪着。

"要11月6号的监控——魏文川当时订的哪个包间？"

"魏……魏文川？"经理一边手忙脚乱地让人帮忙调监控，一边叫人去查包间消费记录。

"快点儿！"

秘书一头不明所以的热汗冲过来："经理，小魏先生最近没有来过咱们这儿。"

经理怒道："没让你查最近，让你查上个月的……"

"11月6号的，"秘书小声说，"我从10月6号查到了12月，都没有。"

经理眼睛一瞪，正要说什么，旁边匆忙来要监控的男人脸色却是一变，大步往外走去。

双方仿佛陷入了同一片黑暗当中，全在凭着黑暗中的蛛丝马迹胡乱摸索揣测，只看谁反应更快、运气更好。

费渡手机上收到了一封完整的班车路线图："我知道了，走——"

"班车线路总共有四条，应该是找专业机构规划的，兼顾了效率、成本与员工早晚换班时间，非常合理，途经的每一个站点都在人流相对比较集中地带，你知道我国的'邻里文化'，在这种地方会很难藏匿，但这里面有三条线路是'环线',只有一条是单程。"费渡略微一顿,"环线上的每一站都会随时上下人,只有单程车才有'终点站'。"

骆闻舟盯着他:"所以?"

"这条单程线路是东西向,上午送夜班下班的工作人员,从蜂巢到科技园,十点出发,十二点抵达科技园,下午回来却是两点从科技园发车,四点到蜂巢,中间两个小时间隔,班车需要一个停车场和休息站……"

"我明白你的意思,"骆闻舟打断他,"但这是全凭想象。"

"有依据,有两个依据,"费渡说,"这条单程线的后半程与去年就开通的地铁十号线延长线方向一致,功能基本重叠,其中一个班车站点和十号线地铁站的最近距离不到两百米,如果我是管理者,我要么会删除整条线路,要么会把后半程截断,把它变成一辆地铁到公司的摆渡车,多余的班车线路是很消耗管理成本的。"

"也许蜂巢特别财大气粗,不在乎这点钱;也或许管理人员工作懈怠,反应不及时,这都有可能。"骆闻舟大概是队长当惯了,一旦碰到正事,特别是时间紧迫的时候,态度就会非常强势,他一口气说到这里,才想起这是费渡,不是他的哪个小弟,连忙略微缓和了语气,"如果你能确定卢国盛从藏匿地点到蜂巢确实需要使用交通工具,而且所用的交通工具一定是班车,那么我同意你的推断,这条线路确实比环线可疑,但问题是,你怎么能肯定呢?为什么不是送货车?为什么不是一个专门给这些人用的小巴?"

费渡沉默下来,他是个"包装精良"的人,不用力晃他、逼迫他,就很难窥见里面装了什么,然而这一刻,骆闻舟突然觉得他眼底好像有一层浓重的阴影掠过。

骆闻舟:"你……"

"因为我听到过一句话。"费渡说着,抬头看了一眼楼梯间的天花板,那吊顶是一条张口欲噬人的蟠龙的形状,这么多年了,依然完好无损、戾气逼人,"就在这个地方。"

"那天我在地下室里翻看到'画册计划'的全部细节,正在奇怪这是什么东西,就听见费承宇一边打电话一边从外面走进来。"费渡的语气非常平淡,几乎毫无起伏地说。

费渡没说这间地下室非经费承宇允许,是不得擅自入内的——尽管他在这里有一张旁观刑罚的小书桌。

那天，他兜里有一颗同学送的彩色玻璃球，不小心掉出来滚下了楼梯，在地下室门上砸出"叮"的一声，这种东西是不能让费承宇看见的，他连忙追下去，发现那地下室的门竟然没有关严。

十岁左右的男孩，自我意识萌芽，好奇心旺盛，基因里就有叛逆的苗头。

因此他没经过费承宇允许，走了进去，看见了不该看的东西，正想惊慌失措地逃出去时，听见了费承宇的声音……

"如果我没记错，他当时说的是'在终点站给他们弄几个民房，我给你们钱不是建狗舍用的，难道还要把一堆破铜烂铁当神兵利器伺候吗？不愿意住就让他们滚，有的是警察等着抓他们立功呢，以后谁再不小心泄露行踪，连跟他住在一起的人一起陪葬'。"

费渡在转述费承宇的话时，无论语气还是肢体语言，都和他平时有微妙的差别，骆闻舟几乎有种错觉，仿佛他是在不由自主地模仿那个男人。他心里隐约觉得不对劲起来——"画册计划"，那都是十二三年前的事了，费渡那时候才上小学几年级？

要多深的印象、多少次的回忆，才能让一个人把童年时候的一段话记得这样分毫不差？可是此时每拖一秒都是致命的，并没有让他追溯旧事的时间。

骆闻舟只能仓促地问："终点站，你确定没听错、没记错？"

"没有，"费渡目光笃定而平静地回视着他，"我考虑过很多次这个'终点站'指的是什么，方才听见那司机的话，才意识到，班车也有终点站。"

骆闻舟原地沉默了两秒，当机立断地拍了板："走！"

此时，敌人的视野仍在南城。

凤栖城的经理一头雾水，一路小跑着跟上来查监控的人："这到底是怎么回事？"

他这一出声，前边那一脸焦躁的人回手一把薅住经理的领子："去查你们总部旗下所有的餐饮生意！"

经理一米七出头，和高大健壮一点儿关系也没有，几乎被对方原地拎了起来，不由自主地拖着走："不是……总部旗下所有，大哥，这个要跟总部的大老板申请啊，我怎么有资格查？"

那人咬了咬牙，把他扔到一边，抄起电话："听我说，魏展鸿那边不乐观，恐怕是被人控制了，凤栖城这边什么都没有，我们被人耍了——从现在开始无论用什么办法，地毯式地搜也好，去他的学校查也好，我必须要知道那天他在哪儿，发生了什么事！"

魏展鸿的情况非但不乐观，简直是斯文扫地，肖海洋不敢离开，干脆装便秘留在了卫生间。

郎乔则在走出老远后，心里仍然琢磨着肖海洋的话——肖海洋的意思她听明白了，她方才在203审讯室里问的话被人听见，而且泄露了出去。审讯过程被人听见是很正常的，尤其是审问某个案子中关键人物的时候，负责人或者其他同事为了掌控进度，都可能随时到监控室去旁听。

郎乔脚步一转，顺扶手上楼来到了三楼监控室。

监控室在最里面的房间里，外面的窗户上有一个摄像头，刚好能把经过的人都拍下来，正值周末，跟沸反盈天的二楼相比，这里简直是幽静的，郎乔下意识地往四下张望了一番，闪身走进监控室，把监控室旁边外窗上的摄像头记录调了出来。

会是谁呢？

寒冬腊月，又是星期天，没事的不会往单位跑，值班的和刑侦队的都忙得四脚朝天、分身乏术……郎乔飞快地把监控记录翻了一遍，意外地皱起眉——没有人。

整个一上午，三楼都静悄悄的，没有人上来过！

郎乔低声嘀咕了一句："见了鬼了……"

此时，费渡手下的人已经先他本人一步，赶到了科技园。

司机孙家兴被他们五花大绑地扔在了地下室，费渡找了俩人看着他，带着那十分机智的胖子老陆赶了过去。途中老陆接了个电话，片刻后，对费渡说："费总，兄弟们把方圆五公里之内能停车和加油的地方都转了一圈，距离科技园西门大概两公里的地方，有个建了一半停工在那儿的烂尾生态园，旁边有现成的停车场，还有个很小的私营加油站。"

骆闻舟："私人加油站？"

"对，附近有一些城中村，村民们平时用到一些拖车或者拉货车，一般也不往远处走，私营的加油站比那些加油站便宜一些。"老陆说，他有些拘谨地对骆闻舟笑了笑，那笑容礼貌有余真诚不足，仿佛是看在费渡的面子上勉强压抑着对身边陌生警察的警惕。他仍然是一身暴发户的打扮，然而不装疯卖傻的时候，身上那股精明、内敛甚至有些凶悍的气质却显露了出来，身上的金链子和皮袄都显得厚重深沉起来，"我让他们放无人机航拍器看一眼。"

"骆闻舟，我是市局刑侦队的。"骆闻舟察觉到对方隐约的防备，主动搭了句话，"这位兄弟怎么称呼？"

在司机孙家兴面前口若悬河的胖子客套地冲他一点头，惜字如金地回答："幸会，我叫陆嘉。"

骆闻舟察言观色，没再说什么，翻了翻手机，他偷偷连上内网搜了一下"陆嘉"这个名字，片刻后，目光突然一凝——"327国道案"中，最后一个，也是最惨的一个受害人，来认尸的家属登记的名字就是"陆嘉"，与受害人的关系是"兄弟"。

这时，加油站和烂尾生态园附近的航拍图像传回来了。

不是班车停靠时间，停车场上空荡荡的，加油站也是门可罗雀，生态园虽说是建了一半停工的状态，后面依山而建的一排员工宿舍似的小民房却明显是常年有人的状态，好几户门口挂着衣服，几个男人在一个小院里颇为悠闲地打牌。

这时，一个膀大腰圆的男人从后院走出来，手里拎着一个饭盒，他经过的时候，原本在院子里打牌的几个人全都噤若寒蝉地紧绷起来。那拎着饭盒的男人看也不看这几个人一眼，径自走到东侧，航拍器紧跟着转了个角度，拉近镜头，那里竟然开了扇小门，黑洞洞的，有个地下室！

镜头清晰度差了一点儿，但拍到了那拎饭盒的男人的侧脸，隐约能看见他脸上有一道恐怖的伤疤，整个贯穿半张脸，还瞎了一只眼。

骆闻舟猛地绷直了后腰。

陆嘉："怎么？"

骆闻舟："这人是几年前通缉的一个入室抢劫犯，瞎的那只眼是其中一家男主人反抗时用菜刀砍伤的，目击者、证据和监控俱全，但是后来这个人就是从人间蒸发了，当时闹得很大，没记错的话，那个区分局主抓刑侦工作的领导还被免职了，他们给他起了个外号叫'一只眼'，他在给人送饭，地下室里是不是关了什么人？"

陆嘉轻轻地咬住牙，一字一顿地说："肯定是卢国盛。"

卢国盛鬼迷心窍，私自替一个半大孩子杀人——杀就杀了，还出了纰漏。

现在各方都在密切注意着警方动态，一旦警方查出了问题，他们可能会立刻让卢国盛以恰当的方式死亡，尸体丢给警察结案。陆嘉的手机震了一下，他一把抓起来，听了片刻："费总，龙韵城的卫卫说，她看见经理带着几个人气势汹汹地奔监控室去了。"

"让卫卫马上离开那儿。"费渡一脚油门下去，车已经超速到了时速一百八，已经看见了那加油站，"找人去接她。"

陆嘉："费总，咱们动手吧？"

骆闻舟："不行，等等。"

"不能等了，"陆嘉沉声说，"骆警官，你还打算叫后援吗？你确定你叫来的是后援，不是给对方通风报信？"

骆闻舟一把按住那胖子的肩膀，也不见他怎么动手，陆嘉的电话就到了他手上。

陆嘉："你……"

骆闻舟单手格开他，飞快地用胖子的手机拨了个号："喂，爸，是我——"

龙韵城中，面色镇定的女孩靠在墙角，听着旁边乱哄哄的脚步声，在他们过去之后小心翼翼地闪进员工通道，飞快地从后门脱身。

龙韵城的经理一路小跑，气喘吁吁地说："魏少爷那天确实在这儿，叫了一帮孩子闹腾到下午，用的是'潜龙在天'那个包间。"

"我要知道那天包间里都有什么人。"

经理亲自上前，飞快地调出了当天的监控记录，从魏文川呼朋引伴抵达开始快进后翻，一直翻到所有学生结伴离开，上菜的服务员来了又走，包间里偶尔出来个半大孩子往返卫生间——再没有别人靠近过这个包间。

龙韵城的经理一口气提在胸口，只知道对方是总公司那边下来的，并不知道他们要看什么，犹犹豫豫地问："是魏总叫您来查的吗？怀疑公子是交了什么坏朋友？我看这……这都是孩子们，好几个人还都穿着校服，没有什么吧？"

查监控的人没理他，皱紧了眉头。

没什么？没什么警察为什么会那么问，为什么会刻意误导他们？

"不要快进，从头再查一遍，你们几个——周围其他摄像头的监控记录一起查。"

市局，陶然好不容易摆脱了疯狂的家长们，正在陆局办公室里听训，电话突兀响了，失踪了半天的骆闻舟终于再次和他们联系上了。

陶然长出了口气："喂，骆队……嗯，我在陆局这里。"

一声"骆队"刚出口，陆有良就抬起头。

只见陶然脸色倏地一变，调门都高了："什么？你确定？"

五分钟后，距离西科技园最近的分局迅速接到命令，值班刑警们额外申请了配枪，赶往案发地，与此同时，数辆警车也从市局后门冲了出去。

而就在这时，正在龙韵城里掰扯监控的"调查员"同步接到了一个神秘电话，他只听了两句，脸色就变了，从牙缝里挤出几个字："不可能……不、可、能！他们怎么追踪到那儿的？蜂巢没有异……状……"

他说到这里，蓦地想起了蜂巢那个在这个节骨眼上神秘失踪的司机，瞳孔骤缩。

这时，旁边有个手下说："等等，这儿不对劲，从十二点五分到十二点一刻之间的被人剪了十分钟，这里都不连贯了。"

"妈的！"

陶然很有执行力，也很有亲和力，与朋友同事相处，总是宁可自己吃亏也要让大家都舒服，他可以自己辛苦奔波，必要的时候甚至可以舍生忘死，但一旦压过来的责任超出他认为自己所能负担的——譬如要是他的某个决定可能影响很多人，他就会因为不知如何兼顾而格外犹豫。

他可以独当一面，但是不能带着很多人一起独当一面，因为危急情况下，他的第一反应总是征求别人的意见。自己看着成长起来的后辈，陆有良心里也有几分了解，只是他没想到陶然给骆闻舟当了这么久的副手，在这方面依然没有一点儿进步——骆闻舟不在，陶然就把目光投向了自己。

陆局第一时间先找到了科技园开发区的公安分局，让他们就近先行赶到，随后按住了电话，抬头逼问陶然："骆闻舟人在哪儿？他今天到底干什么去了？现在又是什么情况？"

陶然木头桩子一样戳在原地，一脸茫然地和他大眼瞪小眼片刻，这才如梦初醒似的摸出电话："哦，您等等，我问问他。"

饶是陆有良平时对后辈们都比较宽容，此时还是给气得冒烟："陶然！你今天这是什么状态？一个骆闻舟溜号，一个你找不着北，你俩以后还想不想干了！"

从早晨众家长们群鸭开会似的把陆局召唤来开始，陶然的挨训生涯就没有停歇过，这会儿可能是听得有点麻木了，死猪不怕开水烫地把头一低，他闷头问："陆局，那我现在跟谁汇报？"

理论上，是不应该由陆局亲自主抓侦破工作的，可是骆闻舟不见踪影，周末时间，又是突发情况，其他人也是鞭长莫及，陶然更是指望不上，他左顾右盼，发现无人可用，只好抓起外套往身上一披，冲陶然一挥手："你跟着我。"

在陆有良转身的瞬间，陶然脸上的茫然之色潮水似的消失了，他用力闭了一下眼，二话没说，迈开腿跟上了陆局。

龙韵城中，所有人噤若寒蝉地看着那前来调查的男人，男人的表情被暴怒扭曲，然而只是一眨眼的工夫，他就重新冷静了下来，一言不发地冲身后几个保镖模样的人递了个眼色。

手下人立刻会意，连经理带保安，把整个监控室中全清了场。

这挂着魏展鸿公司"特别顾问"名头的神秘调查员阴沉着脸，拿起手机，拨通了一个号码，拨号声漫长如凌迟，响满了三声，对方才接起来，不知是不是他的错觉，对方的声音格外低沉喑哑。

"喂，科技生态园管理处，你找谁。"

"一只眼，"调查员长长地舒了口气，低声说，"蜂巢让风'刮掉'了，你们那儿马上也要'变天'，把'垃圾'处理干净，准备找个地方躲一躲。"

"一只眼"轻轻地抽了口气，仿佛被这个突如其来的消息吓到了，顿了一下，他才压着声音说："'垃圾'……怎么个处理法？"

"处理干净,你听不懂吗?刀割斧砍一把火烧干净——随便你。"

"一只眼"沉默了两秒:"那我们怎么办?"

调查员一愣,随后很快说:"已经安排好接应你们的人了,你把该干的事干完,联系'牧羊犬',他会安排,放心,不要乱跑。"

电话应声而挂,调查员立刻拨通了另一个号码,不等对方开口,就直接吩咐:"13号基地暴露,听到信号以后立刻销毁——'全部'销毁!"

十四点整,西区科技园再往西,那一片人迹罕至的烂尾生态园中突然传来一声巨响,建得还算用心的一整排宿舍楼连房带院一起上了天,动静大得惊动了三公里外自然村里的村民。

而直到这时,穿透力极强的警笛声才响起,最早一批从分局走的警察刚刚赶到!

分局刑侦支队的负责人接到命令以后亲自带人赶来,一路差点儿把警车开成火箭。可即使是超脱了第二宇宙速度的多级火箭,也万万跑不过伟大的电磁波。就算科技园分局就在案发地隔壁,人又怎么可能比电话消息传得快?

他们在接到命令的一瞬间就已经晚了。

大火冲天而起,迟到的警察们面面相觑,负责人嘴里发苦,蓦地转身咆哮起来:"都愣着干什么,找人救火啊!"

距离他们不到一公里处,迎来送往的小加油站里,一个普通工作人员打扮的男人把微型望远镜收起来,没有靠近,在自己工作服外面裹了一件朴实无华的羽绒服,十分从容地离开加油站,混进闻声赶来围观的村民中间,煞有介事地和大家交头接耳了一阵子,悄无声息地穿过人群,走了——每一个豢养通缉犯的"基地",都有一条"牧羊犬",平时照顾通缉犯们的生活,看着他们不闹出乱子,一旦出了问题,这就是咬死病羊的狗。

"清理完成"的四个字从他指尖发出,悄然从烟尘中插翅飞走,顺着几乎被飓风卷到光天化日下的大网,散到所有相关人的耳朵里。

龙韵城的监控室里,调查员得到消息,放下手机,轻轻地吁了口气,目光落在排查监控的手下人身上:"其他机位查得怎么样了?"

"您看,这是二十六号摄像头——员工通道后门拍到的。"

调查员凑上前去,正好看见卢国盛和来接他的黑色轿车打电话,让对方退出监控范围，只一瞥，已经足以让他认出，那辆黑色轿车就是蜂巢的迎宾车之一。

调查员有些难以理解地皱了皱眉："卢国盛？怎么是他？他到这儿来干什么？"

一个隐蔽了十五年的通缉犯，竟然在光天化日之下跑到了一个熊孩子的生日会上，还留下了监控记录？

这是智力正常的灵长类能办出来的事吗？

调查员眉头紧皱片刻，随即，嘴角掀起一个带着血色的微笑——原来如此，条子们够神通广大的，居然连这一点蛛丝马迹也能抓住，一路循着踪迹追到蜂巢去。

可是险归险，幸亏他们消息及时，早有准备。

被剪掉的视频里有什么，在修复之前暂时无从考证，但就算拍到了卢国盛和魏家那个小崽子跳贴面舞又能怎么样呢？现在死无对证，一个年少无知的小孩，就算出于某种原因接触过，怎么会知道对方是通缉犯？卢国盛犯事的时候，他差不多还没出生呢。

调查员一摆手，手下人拿走了待修复的监控记录，齐刷刷地站起来，十分训练有素地跟在他身后，从容不迫地往外走去，谁知刚来到一楼大厅，迎面被一群冲进来的警察堵了个正着。

"有群众举报龙韵城的高档消费场所中涉黄涉毒，所有相关人员一概不准随便离开，准备接受检查。搜！"

与此同时，加油站的"牧羊犬"不慌不忙地顺着萧条又疏于管理的小路走了大约一公里，果然看见了等着接应他的同伙的车。他直接拉开副驾驶车门坐了进去，对旁边的司机说："走吧。"

司机没动，僵尸似的坐在那儿，目光直视着正前方，牙齿轻轻地打战。

"牧羊犬"一愣，本能地警觉起来，周身汗毛一乍，猛地去推旁边的车门——车门却已经锁住了。

紧接着，一支手枪的枪口升起来，轻轻地压在他的太阳穴上，一个听起来几乎有点吊儿郎当的男人说："走哪儿去啊？"

"牧羊犬"抬起眼，从后视镜中看见后座上的人，那人下巴上露出了一点儿没来得及打理的胡楂,单手甩着一副手铐,"哗啦"一声轻响,而后冲他吹了一声口哨:"牧羊犬你好,我是警犬,同为工作犬,你老实一点儿,我不咬你,咱们一起和平友好地移驾公安局怎么样?"

半个小时前。

就在龙韵城中11月6号的所有监控记录被从头往后快进着翻看的时候,费渡临时绕过了加油站,从生态园另一边转了过去,同时,骆闻舟把"一只眼"的截图照片发给了什么人,对另一头的人低声说:"就是这个,我看见他们准备了好多炸药材料,怀疑是有人用这片废弃的生态园搞'暴恐'活动。"

陆嘉目瞪口呆地接过骆闻舟还回来的手机:"炸药?暴恐活动?"

"炸药是有可能的,"费渡说,"一旦暴露,能转移就转移,不能转移的时候也总要有应急处理机制,相比而言,炸弹具有一定的远程可控性,是个很好的选择。"

"是吗?借你吉言。但愿是有,不然直接通过我爸把武警诓来,万一发现毛都没有,就几个小耗子,老头得扒我的皮。"骆闻舟没心没肺地一笑,继而又正色下来,"他们已经查到龙韵城了,一旦看见卢国盛留下的痕迹,很可能会立刻杀人灭口,我不等接应了,先进去。"

陆嘉立刻说:"我也去!"

骆闻舟这回没有以警察身份要求无关人员闪避,只是说:"卢国盛活着上法庭,你哥才有机会沉冤昭雪,否则最多是监狱里再多你这么一号人物,没有屁用,懂吗?"

陆嘉猝不及防被他点出身份,倏地一愣。

骆闻舟深深地看了他一眼:"悄悄地进村,打枪的不要——费总,麻烦你场外支援一下。"

"我出场费很高的,"费渡扔给他们俩一人一套特制的无线电通信设备,敲了敲方向盘,半带玩笑似的说,"要是有一天没人付得起我的出场费,我可就只好亲自动手当'清道夫'了。"

骆闻舟"啧"了一声,十分不满他拐弯抹角的表达方式:"知道你爱我,我会小心。"

"一只眼"端着饭盒走进地下室，阴暗潮湿的小黑屋里，一个男人被铁链锁在一角，正是短短几天已经瘦得脱了形的卢国盛。

"吃吧。""一只眼"喂狗似的把饭盒扔在卢国盛脚下，盒盖摔开，还掉出了几片卖相不佳的菜叶子，"一只眼"用自己的独眼讥诮地看着对方，"丧家之犬一样，快吃吧，指不定就是最后一顿饭了。"

卢国盛阴郁地看了他一眼，没动。

"这顿饭里没毒，""一只眼"说，"我听说上次那个蠢货就是被毒死的，你要是再被毒死，看起来太巧了，我估计这次处理你会有不同的方式——不过还没接到通知，你先放心吃吧。"

卢国盛犹豫了一下，被这个逻辑说服了，"稀里哗啦"地挪起来，端起饭盒。

"要我说，""一只眼"在旁边念叨起风凉话，"你就是吃饱了撑的，再做一起大案子也行啊，你折腾半天，就弄出这么个破事来——那小崽子给你多少钱啊你给他办事，我看你都觉得跌份儿，简直……"

他话没说完，突然，地下室里的电灯忽闪了一下，倏地灭了。

"一只眼"一愣，黑暗中卢国盛第一次开了口："停电了。"

自从组织从秘密渠道得知警方正在密切调查的冯斌之死和卢国盛有关，卢国盛这匹害群之马就一直被关在这里，好几天不见天日了，声音沙哑得仿佛玻璃划过生锈的铁片，听得让人浑身起鸡皮疙瘩。

"一只眼"狠狠地一激灵："闭嘴！"

他慌忙从兜里摸出手机——还是蓝屏的非智能手机，市面上已经很不好找了。

手机上却一格信号都没有！

卢国盛低低地笑了起来。

"一只眼"被他笑得快尿了，循着声音过去，抬腿给了他一脚，飞快地跑出地下室，四下查看……随手拍上的门撞上了门口滚过来的一颗小石子，轻轻地弹开了，没关严。

生态园里突然停电断信号，原本安安静静的民房骚动起来，不少人出来查看，竟然有二十多人！

陆嘉四下一瞟，头上就见了汗，眼看着骆闻舟艺高人胆大地直接从留了一条门缝的小黑屋里钻了进去,片刻后,不受屏蔽器影响的特制通信设备里传来骆闻舟的声音:"找到卢国盛了,这小子居然还他妈活着!"

陆嘉来不及惊喜,已经听见了靠近的脚步声,"一只眼"反应过来了!

地下室里,骆闻舟借着一点儿微光,拿出他修炼了十多年的溜门撬锁手艺,三下五除二地撬开了卢国盛手脚上的镣铐,一把拎起被他打晕的卢国盛,扛了起来。

同时,去而复返的"一只眼"看见没关紧的地下室门,整个人骤然紧绷起来,他悄悄地侧身靠近门口,抬手摸上腰间的弹簧刀。

下一刻,地下室里传来极轻的走动声,"一只眼"面露狰狞,在脚步声靠近门口的一瞬间猛地举起刀。

第十九章

"一只眼"蓄满力气的一刀还没来得及递出去,突然猝不及防地被一条胳膊勒住了脖子,他大惊之下反手就是一刀,身后的人被迫侧身让开的同时,挥起一条棍子就砸向他颈侧,同时,手臂不躲不闪地迎上了歹徒的刀,刀锋划过那胖得直颤的手臂时发出"锵"一声轻响——来人胳膊上扣了个钢铁质地的护具!

来不及感慨对手好贱,"一只眼"已经在一愣之时错失了反击的机会,手腕粗的大棍子精准地削上了他的动脉,下一刻,他手一软,就什么都不知道了。

骆闻舟刚扛着个人从小黑屋里出来,还没适应光线变化,就见面前寒光一闪,一把弹簧刀掉在了地上,他惊愕地一抬眼,对上陆嘉阴沉沉的目光,那胖子随手把人事不知的"一只眼"扔到一边。

"没死,"陆嘉盯着卢国盛看了片刻,才艰难地把自己带着血气的目光从那凶手身上撕下来,"我听得懂人话。"

骆闻舟:"……身手不错。"

"小时候的梦想是当特种兵,"陆嘉低头看了一眼自己身上乱颤的肥肉,苦笑说,"一言难尽。"

这时,费渡的声音从耳机里传出来,多少受了干扰器的影响,有些模糊，他说："晚上我请你俩喝一杯，到时候再聊儿时梦想，现在注意你们右侧前方的院门口，两道门外，大约五十米处，他们在集结警戒。"

骆闻舟低低地骂了一声，用眼神示意陆嘉把"一只眼"拖走："这种时候，他们不应该先去看看配电或者总闸吗？"

"唔，他们可能不如你乖——天没黑，又不是用电高峰时段，突然断电，这些在阴沟里泡了不知多少年的耗子们会在第一时间进入应激状态……我这航拍有点延迟，看见他们已经在清点人数了，应该很快会注意到这位独眼先生的缺勤，"费渡不管什么时候都带着点漫不经心的劲儿，微微一顿，他问，"成年人的五十米跑，耗时多少算达标？"

骆闻舟扛着一个也算高大健壮的卢国盛，竟然丝毫也不影响行动，助跑几步，伸手一撑，倏地越过一道矮墙，陆嘉紧随其后，居然也没落后多少，实在是个能打又很灵活的胖子，颇有功夫熊猫"神龙大侠"之风采。

骆闻舟回头给了他一个眼神，发现这小子不用照顾，立刻自顾自地往前跑去，顺口跟费渡嘴贱了一下："反正你这种得爬一分钟的选手是达不了标的。"

陆嘉总觉得自己好似不存在一样。

两人一路狂奔，前脚刚冲出小院墙根，小黑屋的那个院子随后就被人强行闯了进去，眼看地牢门开着，探照灯似的手电往下一扫，对方立刻发现卢国盛不见了。几个手脚麻利的男人互相使了个眼色，纷纷已经越过矮墙，沿着小院飞快地展开搜索，而这时，"一只眼"竟然好巧不巧地醒了！

这杀人越货的强盗没有贸然行动，先是保持静止，仍像只死狗一样装晕，继而不动声色地开始挣开手上的绳子——陆嘉情急之下绑得不怎么结实，片刻后，居然真的给他挣脱了。"一只眼"小心翼翼地配合着陆嘉行动间的颠簸，保持着双手背后的姿势，将手缩进了袖子里，藏在袖口暗袋中的刀片顿时滑入他手心，随后他骤然发难，狠狠地将刀片划向陆嘉的脖子。

在他发力的一瞬间，陆嘉已经感觉到不对，本能地将肩上的人扔了出去。

"一只眼"落地，站都没站稳，直接往陆嘉身上扑去，细小的凶器划过空气，在空中发出微弱的尖鸣，陆嘉把腰间的棍子一横，撞在刀片上，"叮"一声响。

"一只眼"甩了甩震得生疼的手，咬牙问："你不是警察，你们是谁？

要干什……操！"

不等他把台词念完，身后一只脚突然踹在了他的后心上。

"一只眼"只觉得五脏六腑都跟着动荡了片刻，被胸口堵的气体噎得闷哼一声，一头撞在了陆嘉的短棍上，陆嘉顺势用短棍套住他的脖颈，勒着他的脖子把他往旁边一带。

"一只眼"短暂地挣扎了片刻，再一次偃旗息鼓，失去意识之前，只听见那偷袭他的人厚颜无耻地说："不好意思，就是警察。"

可是就这么一耽搁，跑得最快的追踪者已经转过围墙，看见了他们。

骆闻舟说："俩人你扛得动吗？"

陆嘉能打能跑，体重也一个顶俩，自然不在话下，可是此时听了这话，他却微微一愣："你……"

"扛不动就拖着跑，反正拖不死他俩。"骆闻舟说着，直接将卢国盛扔给了陆嘉，"先走，记着，这个人死了咱们就前功尽弃了。"

陆嘉下意识地伸手接过死狗一样的卢国盛，藏在一身肥肉里的肌肉全体紧绷起来，他觉得自己就像是一块快要裂开的石头。他用那双被挤得几乎看不见的眼睛，死死地盯了骆闻舟一眼，心想：你不怕我监守自盗吗？

骆闻舟吼道："别磨蹭！"

陆嘉一言不发地拖起那两个人，撒腿就跑。

他从小就梦想着当一个特种兵，是军事迷，收藏过整整五年的《轻兵器》，可是他哥认为当兵的又苦又累又危险，还没什么前途，总是想让他多念念书。他哥比他大十三岁，父母早亡，他有印象以来，自己就是哥哥带大的。

大哥为了生计，早早出来跑车，在当时来说也算是高收入，可一直是个光棍，就因为想多赚点钱，让陆嘉能毫无后顾之忧地上个好学校，奔个好前程。

然而年轻的小弟并不能领会家人的良苦用心，妥协后考了个不上不下的普通大学，整天泡在学校附近的小拳馆里，不肯正经读书，那时候拳馆不流行，也不正规，刚装修完，装修材料十分粗制滥造，他剧烈运动时吸入有害气体，诱发了一场大病，休学住院两年，成了大哥一个沉甸甸的拖累。

治疗时用过大量含有激素的药，把他吹成了一个气球的同时，也耗光了家底，大哥为了他，不得不玩命赚钱攒钱，从没抱怨过一声。

可就是这样一个男人，十五年前永远地留在了327国道上，死无全尸。

而那个他做梦都想要千刀万剐的杀人凶手，此时就毫无知觉地被他拖着走。

陆嘉觉得自己脑子里空白一片，只会机械地跟着耳机中费渡的指挥跑，每一次心里想到手里的卢国盛，那一步就仿佛踩在刀锋上。他不知什么时候已经泪流满面，担心附近还有这伙人的同伙，他也不敢大声宣泄，只能张大嘴，青筋暴露地发出无声的呐喊，忍着撕心裂肺的杀意。

断后的骆闻舟神色有些凝重，向他冲过来的那群人里有好几张眼熟的面孔，不管他们以前是杀过人，还是抢过钱，十几年的躲躲藏藏，都已经让他们变异成了同一种人——亡命徒。

骆闻舟按住了自己的耳机，费渡好似和他心有灵犀，立刻开口说："整个生态园都在航拍监控范围里，目前周围还没有闲杂人等靠近。"

"知道了。"骆闻舟低声说，"打架斗殴这种事我是熟练工，拆弹可就差点儿意思了，万一我真成爆米花了，你怎么办？"

"撒点奶油就着美国大片吃了。"费渡没心没肺地说，然而在骆闻舟看不见的地方，他把车开到了一个非常隐蔽的地方，正好能看见那处加油站——在这地方窝藏一群通缉犯，肯定要找人看着，那个看管他们的人既然不在生态园里，只可能是在这个加油站了，这里距离生态园还有一段距离，切断了信号，相当于短暂地切断了联系。

费渡从微型望远镜里射出视线，扫过加油站几个闲散的工作人员，轻声说："放心吧，我盯着呢，有可疑人物宁可错杀也不会放过的——我叫人接应你吗？"

"不，后援应该快到了，这一会儿我还撑得下去。"骆闻舟听出他话音里的危险，连忙说，"叫你的人别露面，你自己也是！"

他话音刚落，领头的两人已经扑了上来，骆闻舟空手撂倒了一个，第二个人举着一条大棍，随即劈头盖脸地向他当头砸下，骆闻舟一矮身，顺手把手铐甩了出来，充当了变异版的双截棍，正好砸中对方持拿凶器的手。

"警……警察！他是警察。"

"我操，哪儿来的警察？"

"快……妈的！怎么还没信号！"

这些人畏惧警察，就好似老鼠怕猫，听见猫叫尿裤子是本能，但不代表耗子们鼠多势众的时候，不能把猫分而食之。

"嚷什么，见个警察至于新鲜成这样吗，乡巴佬，"骆闻舟喘了口气，用拎着手铐的爪子在自己下巴上抹了一下，笑了，"我真是不理解，你们一天到晚把自己憋在这儿，跟坐牢有什么区别吗？坐牢还有人保障你们的合法权益呢，在这儿是要做什么，等着给人家卖血卖命吗？"

他这话道理真诚，然而态度不太感人，很快招来了愤怒的围攻。巧的是，骆闻舟很快发现，自己怕惊动对方的同伙，对方仿佛也忌惮招来他的同伙——毕竟警察出门，鲜少单打独斗。通缉犯们想杀人灭口，尽快逃脱，骆闻舟想拖住他们，一窝端了，双方保持沉默的默契，一言不发地动起手来。

费渡不理会骆闻舟的逞强，抬手拿起另一个通信系统："是我，靠近生态园西北角，距离宿舍民房三十米处，有老陆和我朋友，来人接应一下……"

话没说完，耳机里骆闻舟气急败坏地骂了句什么，费渡倏地一抬眼——骆闻舟用肩膀硬扛了一个人砸过来的铁锹，脚下不由得趔趄了一步，一瞬间心里袭来一阵危机感，他下意识地就地滚开，地上炸起一簇翻飞的土层。

"娘的，还有人开着消音器放冷枪。"骆闻舟飞快地说，"没看清是气枪还是……"

他话音没落，身后又是"嗖"的一声，骆闻舟来不及仔细观察，有些狼狈地往前一扑，纵身跳到一辆运水泥的小推车后面，一把将车掀起来，挡住迎面飞过来的一板斧头。

费渡的眼神冷了下来，转向另一个频道里他自己的人，强硬地说："动作快点！除了卢国盛，剩下的那些杂碎死活不论！"

骆闻舟大惊："费渡你大爷，不行！"

就在这时，陆嘉气喘吁吁的声音突然插话进来："费总，有人来了！"

费渡倏地捏住耳机。

来人没有十分大张旗鼓，行动极快且悄无声息，从生态园后门的大野地那边过来，极其隐蔽，航拍器难以面面俱到，而且略有延迟，等陆嘉发现的时候已经来不及躲了，他刚从生态园里跑出来，兜头遭遇对方，耳机里一时除了骆闻舟那边打得"叮咣"乱响的声音外一片沉默，几支枪口戒备似的提起来锁定了他。

陆嘉打量了对方片刻，缓缓地放下卢国盛和"一只眼"，举起手："我就是报案人，我朋友在里面。"

武警终于赶到了。

由于骆闻舟事先嘱咐过，生态园里可能有炸药，附近也可能有对方的眼线，武警是从生态园西边靠近的，那附近荒凉无人烟，只有一个园子里冒出来的监控摄像头，已经被突如其来的断电搞残了，不到一分钟就接管了战场。

来了后援，骆闻舟立刻撤退，活动了一下方才受伤的皮肉，他有些过劳地吐出口气，靠着墙根一屁股坐下，点了根烟——实在是身累心更累。

武警来得及时，费渡那只带着致命刀子的"手"刚伸出来，又悄无声息地缩回到了黑暗里，通信器里一时一片沉寂，他一根烟没抽完，从天而降的武警已经迅雷不及掩耳地收拾了二十几个通缉犯，同时来去如风似的，悄无声息地把他们的聚居点搜了个遍。

"是公安的同志吧？"一个武警过来打招呼，"这下面还真有炸弹，你说他们可能有同伙，有没有具体线索，现在直接排除炸弹会不会有危险——对了，你通知单位领导了吗，你们的人什么时候赶到？"

骆闻舟微微一愣。

按理说，那些人方才就已经锁定了龙韵城，应该一下就能找到卢国盛在旋转餐厅大堂里和魏文川见面的片段，立刻就该有反应才对，即使他们屏蔽了整个区域的信号，暂时排除了手机遥控炸弹的危险，对方也应该有相应的行动才对，为什么没有动静？

他们查个监控要这么久吗？

这时，好半天没说话的费渡才开了口："我不知道，我没让人在龙韵城的监控记录里做手脚，比起单纯地偷出来，这样太危险了——但是……你记得那个神秘的电台吗？"

骆闻舟心里飞快地转念，从地上一跃而起："把人都撤出去，我们躲起来，我有个想法——"

早在武警赶到的时候，费渡就悄悄撤走了区域信号阻断，紧接着，骆闻舟用自己的电话打给了陶然，最后特意叮嘱了一句："事态紧急，不知道怎么处理，你就跟紧老领导。"

他把"老"字咬得很重，陶然是反复看过老杨遗书的，立刻明白了他的言外之意，盯紧了陆有良。

而就在警方接到消息后，"一只眼"的手机意料之中又情理之外地随即响了。被半瓶矿泉水浇醒的"一只眼"在一圈武警的注视下，战战兢兢地接打了两个电话。

于是有了这一幕——爆炸余波尚在，准备"事了拂衣去"的"牧羊犬"被堵了个正着。

至此，这滑不唧溜的据点终于被完整地连根拔起，然而市局内部有鬼的事实，也以无可辩驳之势被端上了台面。骆闻舟押着"牧羊犬"，突然出现在一群以为自己来晚了的分局同事面前，顶着瘀青的颧骨冲一帮找不着北的刑警们一笑："北苑龙韵城里有一伙'扫黄打非'的兄弟们，刚才堵住了一帮可疑人物，疑似和本案有关，能不能劳驾帮忙处理一下？"

第二十章

从市局赶到西郊的科技开发区，还是很有一段路程的，再赶上周末市区的"双旦"购物节大堵车，心急如焚已经不足以形容陶然心里的焦灼了——他得是心急如核聚变。

爆炸的消息传出来的时候，陶然差点儿捏碎手机，开车的同事方向盘打了个突，险些碾上无辜的马路牙子。

陆局一听，眉目几乎要齐齐飞出脸盘："怎么回事？"

陶然没顾上回答，因为一时间，无数乱七八糟的询问一窝蜂地挤进了他的手机和无线电，他脑子里"嗡嗡"作响，一片混乱。

又失败了吗？

在顾钊和杨正锋之后，在郑凯风和周峻茂之后，等着他们的又是一群死无对证的尸体吗？

可就在他还没来得及理出一个头绪来的时候，提前赶到现场的分局方面又发来消息。

"什么？抓住了？"陶然这回是实打实地一脑门茫然，没有一点儿水分，左脑的水和右脑的面和了糨糊，陶副队感觉自己虽然勉强还算风华正茂，但已经有了提前谢顶的风险，他舌头打了个磕绊，几乎语无伦次起来，"抓住什么了？不是……到底抓住了还是爆炸了？"

在市局众多同人们心情好比股票"k线"图一样上蹿下跳中,卢国盛与其一干同伙全体落网,蜂巢与魏家旗下所有产业第一时间被强行查封。

骆闻舟回到市局,递交了完整的监控记录资料,同时也很自觉地去领了两沓稿纸,准备给自己和擅自把魏展鸿锁厕所里的肖海洋一人一沓,写检查用——分纸的时候才发现不够,因为打晕魏展鸿的事还有郎乔一份。广大男同胞们对她一言不合就擅闯男厕所的行为深表不安,强烈要求她对此做出反省。

由于取证手段不正当,所有技术人员只能在寒冬腊月天里哆哆嗦嗦地赶回单位加班,试着修复被动过手脚的监控记录。同时,经过证实,在龙韵城堵住的可疑人物是魏展鸿公司特别签约的"顾问",年薪高达七位数,却不负责任何具体事务,只单单挂个名。

魏展鸿父子、神秘顾问、魏氏高层乃至于蜂巢的法人、高管等一干人全被拘留。

由于出动了武警,整个事件的严重性呈几何级直线上升,从一个偏重于道德伦理的社会热门话题摇身一变,成了严肃的公共安全问题。整个市局灯火通明,预备对外发布的通报改了十四稿都没通过,门口蹲满了等着拿第一手资料的媒体。

冯斌大概怎么也不会想到,他心心念念想要曝光的"校园暴力"事件,最终发酵成了这样一场风波。

骆闻舟脸上的瘀青敷了没多大一会儿就基本消肿了,只留下一个浅浅的印,郎乔羡慕嫉妒恨地围着他转了几圈:"老大,你年轻时候肯定是那种长痘不留印的牲口吧?"

"你才牲口,我现在也青春……"骆闻舟正在自恋,不小心瞥见不远处的镜子,发现自己此时确乎是一副胡子拉碴的邋遢样,满头乱发赛陶然,嘴角还破了口,对着这副尊容,饶是他的脸皮坚如长城,也没能说出"青春年少"这四个字,只好非常烦躁地冲郎乔一挥手,"滚,滚远点。"

郎乔没有滚,她像平时那样,闹着玩似的凑到骆闻舟耳边,好似打算小声嘲他几句,嘴里说的话却是:"我在203审问学生的时候被窃听了,当时监控室里没人,后来找后勤查了一下,我发现203那间审讯室里的设备在前年修过一次……还有206和小会议室,都是同一批检修的。"

骆闻舟眼角一跳,抬头对上了郎乔的目光。

郎乔僵着脸，强行冲他笑，大眼睛里却透露出了难以抑制的惊惶——这里是市局，如果连"家里"都不再安全，还有什么地方能让人放心？

"写你的检查去吧，人没有豆大，操心的倒多，"骆闻舟说着，漫不经心地冲门口等着叫他的同事点点头，站起来用卷成一团的稿纸敲了一下郎乔的头，"天塌下来还有父皇顶着呢。我要去会一会卢国盛，你想参观一下十五年的通缉犯长什么样吗？"

平心而论，如果不是那双斜眼，卢国盛长得非但不骇人，还有点一表人才的意思——大高个，宽肩膀，面如刀刻，而且坐有坐相，并不像那些混混出身的犯人一样没型没款。

见骆闻舟进来，卢国盛一抬眼，颇为平静地和骆闻舟对视了一眼。

书记员有些紧张，因为知道这场审讯有很多人在旁听，唯恐自己哪个不雅观的小动作落在领导眼里，十分拘谨地站起来："骆队。"

骆闻舟拍拍他的肩，拖过一把椅子坐下。

"骆队，"卢国盛跟着书记员叫了一声，目光扫过骆闻舟嘴角的破口，"就是你扛了二十多条'疯狗'，把我救出来的？谢谢。"

"少自作多情，我是把你抓出来。"骆闻舟不轻不重地纠正了他的用词，翻了翻桌上的文件夹，他公事公办地说，"卢国盛，男，三十九周岁，籍贯是燕城莲花乡莲花镇，燕北工程大学肄业，近亲属都已经不在人世，当年有个兄弟叫卢国新，十五年前已经被判处死刑并执行了——对吧？"

卢国盛了然地笑了一下，知道这都是过场，没搭腔。

骆闻舟盯着他的眼睛，大概是斜视的缘故，卢国盛的目光显得有些散乱。

骆闻舟问："卢国盛，十五年前，327国道上先后发生三起专门针对中短途货运司机的抢劫谋杀案，是不是你干的？"

监控室里挤满了人——市局的领导，市政府和武警的人，还有部分一线刑警，一时间，全都屏息凝神地望着监控上的男人。

"嗯，"卢国盛的肢体语言坦然而放松，一问，他就痛快地承认了，"是我，我想的招，找没人的地方等着，有目标来了，就往他轮子底下扔条猫或狗，有的人傻一点儿，没什么经验，很容易就被诳下来了。不过有经验的老司机一般不会，就算知道自己轧死了动物，一般也不下车看，但不管怎么样，轧着东西，多少会稍微带一点儿刹车减速——这时候，我们就让那女的冲过去。"

轧死动物不停车可以，但总不能冲着人撞。

"只要他停车，我和我哥就能把人弄下来。"卢国盛顿了顿，随后，他冲骆闻舟一伸手，"也给我根烟行吗？"

骆闻舟点了根烟，给他递过去。

卢国盛连吸了两大口，半晌，缓缓地吐出一口白烟，在一片烟雾缭绕中，他略微眯了眼，喃喃说："我早知道得有这么一天。"

骆闻舟："为什么杀人？"

"杀人越货还要什么动机？"卢国盛嗤笑一声，"为了钱呗，我哥整天游手好闲，也找不着什么正经工作，那个女的要什么他给什么，钱当然不够花。半夜喝多了酒跟我哭，求我给他想一个来钱快的主意。我正好和一个开车拉货的有仇，就跟他说那些人身上有钱，不如抢他们的，有胆子就试试……第一个司机是送电器的，那会儿家里正好还缺一台冰箱，干脆从他车上拉走了一台，人是我们俩一起杀的，没经验，扎了十几刀人都没断气，弄得一身血淋淋的，半夜才敢回镇上。不过第二个就有经验多了，我专门去查了什么地方能一击毙命，在动物身上试了几次，练熟了，果然，放人身上也好使。"

骆闻舟追问："那第三个人呢？"

卢国盛话音轻轻地一顿，随后他面不改色地说："时间太长，有点记不清了。"

"第三个受害人，你把他双目戳烂，还砍下了他的四肢，杀人分尸，"骆闻舟缓缓地说，"还是深仇大恨式的杀人分尸，前两个都记得清清楚楚，这个你说你忘了？"

卢国盛神色不动，略一思索，说："哦，我记得好像是钱太少了，费了好大力气，发现他身上就一两百块钱，连一件值钱的东西也没有。我一时郁闷，就那么干了……戳眼是我大哥让干的，他不知从哪儿听来的，说是死人眼里有个'镜子'，能照见最后看见的人。"

骆闻舟"啪"一下合上文件夹，轻轻靠在椅背上，缓缓地说："你哥卢国新当年的供词说，最后一个受害人身上揣着好几万，他当时求你们放他一马，说这钱是预备着给家人买药的，卢国新非常高兴，抢了钱，甚至不想杀人了，你却不同意——有这么回事吧？"

卢国盛沉默不语。

骆闻舟冷冷地逼问："怎么，你们兄弟俩隔着十五年，没串好供？"

此时，旁观审讯的监控前已经响起了窃窃私语，有人低声问："他怎么还不问冯斌的案子？还有爆炸和藏匿的事……干吗老逮着这点以前的事不放？"

旁边连忙有人小声"嘘"了他一声，用眼神示意不远处背着手站得不动如山的陆局——领导都没说什么，好好听着。

"骆队，"审讯室里，卢国盛轻轻地舔了一下自己的嘴唇，"我以为你会问我，杀那个小崽，我收了多少钱。"

"我知道你没收钱，否则早就被人知道了，市局下面没有埋炸弹，咱们有的是时间，你可以慢慢说，"骆闻舟神色不变，淡淡地看着卢国盛，"我知道当年第三个受害人名叫陆裕，生前从未和你有过任何形式的接触，陆裕遇害时三十出头，脾气非常温和，是个沉默寡言的老好人，从来没和别人起过冲突——为什么你对他有那么大的仇？"

卢国盛的眼神微沉。

"我稍微问了一下专家，他提醒我说，这很可能是移情作用产生的迁怒。"骆闻舟说，"你因为什么迁怒于他？在第二个和第三个受害人出现之间，发生了什么事？"

费渡悄无声息地推开监控室的门，却没有进来，而是像个晚辈一样侧身，等着身后的人先走，一个中年人缓缓地踱步进来——他长着一张不苟言笑的国字脸，戴着眼镜，镜片却挡不住刀锋似的眼神。

年轻些的都是一头雾水，上了点年纪的人却已经认出了他："潘……老师？"

陆有良回过头来，隔着几步远，和潘云腾遥遥对视了一眼，随后他一言不发地转过头去，丝毫不问潘云腾为什么会出现在这里，也不管他站在这儿合不合规。

视频里，卢国盛被手铐铐住的手在桌下轻轻地颤动着，脸上的微笑好似长在那儿的一样，紧紧地闭着嘴缄口不言。只见骆闻舟从文件夹里抽出一份名单："不但我们，估计你那些同伙肯定也很好奇，为什么11月6号那天，你会冒着风险出现在龙韵城，所以我们问出了那天到场的人名单，给你念念——王怡琳，周舒，黄敏敏，梁右京……"

卢国盛听到一半，脸色倏地一变。

"哦，是梁右京，"骆闻舟十指交叠，"怎么，你认识她？"

卢国盛短促又干涩地说："不认识。"

"育奋中学校董之一的女儿，"骆闻舟笑了起来，"一个挺张扬跋扈的小姑娘，现在还在我们局里，涉嫌组织参与'校园暴力'，对其他同学进行人格侮辱和人身伤害——这教养，啧，真不像好人家的女孩……"

卢国盛倏地抬起眼，狠狠地瞪向他。

骆闻舟眼皮也不眨，冲着监控的方向打了个响指："去把那小女孩领过来问问，看她是在哪儿见过卢国盛的，取个指纹和DNA备案，我看没准这里也有她的事……"

"没有她的事。"卢国盛突然开了口，从牙缝里挤出这么一句话。

骆闻舟面无表情地回视着他。

"没有……没有她的事，"卢国盛宽阔舒展的肩膀突然垮了下来，良久，他抬起头，"你们警察应该有保密纪律，就算报道，未成年人的姓名也会打码对吧？我在这里说出的话，不会……不会落到不相干的人耳朵里……"

骆闻舟嗤笑一声："怎么，像你这种丧心病狂的王八蛋，还指望警察给你免费广告宣传个人形象？"

卢国盛紧绷着端坐在那儿，好一会儿，他弹了弹过长的烟灰，开了口："十五……就算是十六年前吧，我没拿到毕业证，只好屈就在一家运输公司里当文员，干得很没意思，都是瞎混，可是这时，我碰到了一个女人。"

"女人？"骆闻舟忍不住问，"你同事和亲戚都说你为人孤僻，没有走得近的异性。"

卢国盛顿了顿："因为不能说。"

骆闻舟瞬间懂了："是谁的老婆？"

"老板。"卢国盛轻轻地说，"叫梁志兴。"

骆闻舟轻轻地翻过手头的资料，梁右京的监护人签字就是"梁志兴"——看来是早年做运输生意发了家，现在已经俨然是社会成功人士了。

"梁志兴老牛吃嫩草，根本满足不了她，"卢国盛说，"我们俩在一起两个多月，没想到被公司一个司机撞破了，那贱人趁机勒索，我想弄死他，可是女人胆小……嘿，既嫌弃老男人，又舍不得老男人的钱，舍不得太太身份。"

"你和那个司机是因为这个发生冲突的？"

"嗯，她息事宁人，为了掩人耳目，还要把我打发走——给了我一笔钱，说是等她彻底解决这些事，我再回来，钱我没拿，我知道那娘们儿是想让我这个麻烦离她远点儿。"卢国盛冷笑了一声，"可我还是妥协了，因为她给我看了体检报告。她怀孕了，说那孩子其实是我的。"

监控室里的陶然飞快地嘱咐旁边的同事："去比对一下梁右京和卢国盛的DNA。"

骆闻舟问："然后呢？"

"我回了家，心气一直不平，也没攒下钱，做了那件事——就是抢钱。"卢国盛低声说，"做成了两票，警察也抓不住我们，我胆子就大了，血气也上来了，一次喝多了，给那个勒索我的贱人打电话，说我总有一天要弄死他，结果……过了几天，就收到了一封信。"

"是什么？"

"一沓照片，打下来的小孩的照片，耗子似的一团血，有的地方能看出是人，闭着眼，四肢……还有小碎骨头都摆在旁边，放在一个……"卢国盛伸手比画了一下，"托盘里。"

骆闻舟深深地吸了口气："你是因为这个，迁怒了第三个受害人，还把他的四肢也砍了下来，尸体一团血肉模糊？就因为这个倒霉蛋也是个开货车的，刚好那天经过你们埋伏的路段？"

卢国盛一扬眉："唉，是啊，后来想想，挺对不起他的，其实跟人家也没关系，不过反正我们也得杀他，怎么杀也没多大差别，算他倒霉吧。"

监控室里的费渡叹了口气，转过头，目光好像穿墙而过，落在等在外面的陆嘉身上。

人为什么非得知道真相呢？

有些荒谬的真相知道了，反而不如一辈子蒙在鼓里来得舒坦。

骆闻舟："但其实那个孩子没死，是司机接了你的骚扰电话以后，故意拿出来气你的。"

"对。警察找上门来的时候，我其实去了城里，我想先宰了那个女人，再去剁了那个贱人，结果看见她好好地挺着肚子从医院里出来，那老王八陪着她，还不知道自己头上变绿了，我却机缘巧合地躲过了警察，那孩子还没出生，先保护了我一次。"卢国盛说着，咧开略微有些歪的嘴笑了笑，"就冲这个，我觉得我走妻儿运。"

骆闻舟简直无言以对。

"我在城里躲了一阵子，到处都贴着我的通缉令，有一次住小旅馆的时候被前台认出来了，那人当时没说什么，等我一进屋，就偷偷报了警。"卢国盛长出了口气，"可是……那天在警察来之前，就有几个人找到了我……领头的就是生态园加油站里的'牧羊犬'，我们那一个基地都是他管的。"

监控室中旁听审讯的所有人鸦雀无声，而卢国盛漫不经心地说："他在警察来之前把我带走了，给我办了假身份，那会儿我们都住在一家叫'罗浮宫'的夜总会里，鱼龙混杂地藏着。可是那天我女儿出生，我实在忍不住，偷偷出去看了，回来心里难受，找了个地方喝酒，没想到两拨人闹事，打出了人命，我那天有点喝多了，不小心在现场留了指纹。"

"差点儿让警察循着踪迹找到罗浮宫。"那斜眼的凶手好似讲起了什么惊险的趣事似的，摇了摇头，"幸亏他们反应快，放了把火烧了那地方，推到那个傻警察头上，我们才脱身。"

第二十一章

骆闻舟摸出了烟盒，低头一看，才发现刚才最后一根烟已经给了卢国盛，他手里只剩下一个干瘪的空盒。他在这众人注目的审讯室里，过热的暖气烤着后背，他却觉得自己仿佛置身于荒郊野外的乱葬岗中，亲手挖出了一口腐烂的旧棺材。

触目惊心，几乎要长出一口气才能坐稳。

骆闻舟端起茶杯，把里面的凉水一饮而尽。

"你说你们自己烧了罗浮宫，"骆闻舟清了清嗓子，咬字很重地说，"还推到了一个警察头上？那个警察叫什么？这是什么时候的事？"

"有十多年了吧……十四，快十五年了。"卢国盛伸出一根手指摇了摇额头，轻轻一撇嘴，"你问我警察叫什么？我哪知道？"

骆闻舟缓缓地把那空烟盒捏成了一团，在手心里来回揉了几次，然后他偏头看了一眼监控的摄像头，仿佛隔着那小小的仪器与一众目瞪口呆的旁听者们对视了一眼，随后他面无表情地收回了自己有些吊儿郎当的坐姿，缓缓推开了那"棺材"腐烂的盖。

"十四年前，市局里有个刑警，名叫顾钊，是'327国道案'的主要负责人之一，一直对没能抓住你这件事耿耿于怀。有一天他无意中得知，一起聚众斗殴的事件现场找到了一枚与数据库中你的指纹相符的印记，他开始循着线索搜查，最后把目光锁定在了'罗浮宫'上。"

监控室里一片哗然，有人脱口问："什么情况，老陆，有这事吗？"

"等等，顾钊……我记得这个人当年不是……"

"这是怎么回事？"

"他是怎么知道的？"

陆有良一言不发，整个人好似一座敦实的石像。

骆闻舟缓缓说："可是追查到这一步，后来却不了了之，顾钊死于罗浮宫大火，涉嫌故意杀人、勒索、收受贿赂，所谓'通缉犯的指纹'也只是他勒索的工具，系子虚乌有，这件事被当成一桩巨大的丑闻掩盖了起来，直到今天。"

卢国盛回忆片刻，点头表示同意："差不多吧，大概就是这意思。"

"所以你们确实曾经用'罗浮宫'当过据点，让顾钊蒙受了不白之冤。"骆闻舟说，"你们怎么操作的？"

卢国盛颇为玩味地把"不白之冤"念叨了两遍，冲他一耸肩："骆队，我只是个小人物，你问我，我问谁去？当年要是没有这个警察当挡箭牌，我们都得玩完，我还担惊受怕呢。"

肖海洋在监控室占了一个小小的墙角，好似被一盆滚烫的白漆当头浇下，心里是一片烫坏了知觉的空白。周遭的人、声音乃至于整个世界，都跟着滚成了一锅粥，半晌回过神来，他才发现自己正被费渡狠狠地扣在墙角。

费渡一手按住他的肩，一手捂住他的嘴，眉目间好像染着一层冷冷的霜。

肖海洋看着他近在咫尺的眼睛，觉得那眼珠像两片漠然的玻璃，随意反射出微光，照见他自己狼狈而扭曲的面容。他一时想不起来自己在哪儿，想不起来自己是该喜该怒，好似神志短暂地跳了闸，只是一阵茫然。

火烧火燎的茫然。

不知过了多久，费渡才松开钳制着他的手，监控室里灯光晦暗，所有人都被卢国盛那句话震住了，恨不能给他那张嘴加个快进，没人留意到这小小的角落中，足以把人淹没溺毙的悲与恨。

十多年来，绷在肖海洋脑子里的那根弦毫无预兆地断了，汹涌的记忆与痛楚呼啸而来，让他难以抑制地想要大口喘息，想要大哭大闹一场。

可是还不行。

时机不对，场合不对，什么都不对。

他面前的费渡好似一道人形的封印，强行拽住了他摇摇欲坠的理智，强行将他几欲脱壳而出的魂魄塞回躯壳里。

肖海洋仿佛听见自己的皮囊一寸一寸撕裂的声音，他觉得太痛苦了。

这让他六亲不认地瞪向费渡，有那么一瞬间，几乎要怨恨起对方来。

可是费渡的目光纹丝不动，像两根叫人无法挣脱的钉子，无视对方一切情绪，牢牢地钉着他，禁锢着他。

费渡无声地竖起一根食指，极轻极轻地冲肖海洋摇了一下头，动了动嘴唇，口型在说："给我忍着。"

审讯室里，骆闻舟不动声色地吐出一口浊气，继续问："孙家兴——也就是那个出狱以后化名'孙新'，在蜂巢当迎宾司机的前诈骗犯——他交代说，你经常私下里用他的车？"

"对。"卢国盛点点头，"那个人胆小，又好说话，他知道我是谁，一开始有点怕我，后来有一次提起来，好像是家里小孩有病才干这一行的，都是当爹的，我就跟他聊过几次小孩，渐渐也熟了，他需要钱，我前前后后地给过他不少钱，让他私下里给我开车，我去看我女儿，看了就走，不让她知道。"

骆闻舟问："你的钱是哪儿来的？"

卢国盛悠然地弹了弹烟灰："我是蜂巢的'电工'，他们按月会发工资给我。不太多，我估计跟你们警察收入差不多，不过我没有花钱的地方，攒钱也没用。"

"蜂巢白养你们？"

"不白养，"卢国盛说，"我们和那些偷鸡摸狗的小喽啰不一样，我们是做要紧事的，是真正给他们赚钱的人。"

"什么是要紧事？赚谁的钱？"

"真正的客户，活儿一般有两种，一种是活差事，一种是死差事。死差事一般就是有去无回了，走投无路的人才会去接，有点类似于新闻里说的那种自杀式袭击——只不过往身上绑炸弹的那种是为了让所有人知道，我们这个活儿要干得让所有人不知道，比如人造一场车祸，撞人的和被撞的谁也不认识谁，都死了，这个事看着就是一场事故，到交警那儿就结束了，不会招人查。活差事更复杂一点儿，首先一条，接活儿的人自己得有名，无名小卒不行——比如我，倒退十年，本地没几个不知道'327国道'的，"卢国盛说到这里，还颇有些不可名状的扬扬得意，"其次，做事的时候要故意暴露出自己来，就是要让警察来了一看就知道是你干的，明白吧？"

骆闻舟："为什么？"

"为了保护委托客户啊，"卢国盛说，"有人死了，你们警察不是第一时间会去查利害关系人吗？我们事情做完以后，第二天报纸上登出来的必须得是'某在逃犯流窜至本地，为劫财杀人害命'这种，把你们的视线转移走了，客户那边当然就消停了，反正你们也抓不着我们。这种活儿就得干得利索，我们动手之前都有人专门策划，要么一旦警察怀疑到了客户头上，我们就没用了，只能出来给人顶缸，有再多的钱也花不着，这叫'生死有命'，也挺刺激吧？"

撞死周峻茂的，接的应该就是郑凯风的"死差事"，而卢国盛杀冯斌，应该是属于"活差事"——假设魏文川雇他杀人走的是"正当程序"。

骆闻舟沉声问："所谓的客户都有谁？"

卢国盛摇摇头："不知道，都是大老板，不会跟我们这些人直接接触的。"

据说费承宇在位时，分明是个眼光毒辣的精明人，却跟被人下了降头似的，投过不少"稳赔不赚"的生意，此外，还有捐款途径，以合作名义给的利益输送、虚假阴阳合同、巨额海外洗钱资金……他们用这种方式悄无声息地养着一个蛰伏在暗处的怪物，不涉及明面上的资金往来，比低级的买凶杀人要隐秘无数倍。

"那我问点你知道的，"骆闻舟敲了敲桌子，示意旁边已经听呆了的书记员集中精力，"卢国盛，钟鼓楼景区里的少年冯斌，被害当天，现场监控中拍到了你的脸，尸体和当年327案的第三个受害人陆裕的处理方式一模一样，现场还留有你的指纹，你有什么话说？"

"没有，"卢国盛毫不犹豫地回答，"我干的。"

"你认识冯斌吗？"

"不认识。"

"那你为什么要杀他？谁让你这么干的？"

"既然都被你们抓住了，我总归也就这样了，没什么好隐瞒的，"卢国盛说，"一个小子，叫'魏文川'，是个富二代，他们家在蜂巢也有点股份，去过蜂巢，我去蜂巢找车的时候被他盯上的……那小子很不是东西，他认出我来了。"

骆闻舟神色一动："魏文川认出你？"

"有一天他在员工通道里堵住我，对我说'我知道你是干什么的，那天我在学校附近看见你偷偷跟踪我同学了，我认识蜂巢的车'。"

骆闻舟皱起眉——这未免太巧了。

"我当时第一反应就是杀了他，"卢国盛咧了一下嘴，"可是他拿出了一个手机，说他已经把录音和我的照片传到了一个什么地方……我不懂这些小孩的新玩意儿——他说是他爸爸出钱养着我们，让我不要轻举妄动，否则所有人都会立刻知道我的秘密。"

骆闻舟："他要你干什么？"

"一开始没让我干什么，就是偶尔缠着我给他讲杀过的人，还刨根问底，问我杀人时的感受，说是觉得很有意思……这些闲得无聊的小崽子。我一直在想办法摆脱他，但是有一天，那小子拿来一份亲子鉴定书，对我说'原来梁右京不是梁校董亲生的，是你的种'。"卢国盛一直是怠懒而平静的，只有说到这里的时候，他的目光有了些波动，"这事不能让人知道，就连孙新也不知道，他一直以为是我跟姓梁的有仇，没事去盯梢他女儿，是想报复他们。那些人养活你不白养，你的老婆孩子、有一点儿关系的人都在他们的视线里，别说我们，就连孙新他们这种喽啰都是一样——我不能让她被这些人盯上。不瞒你说，我这些年也不是没找过其他的女人，想让她们给我留个种，可是一夜情的女人都鬼精鬼精的，又吃药又什么，不乐意给你生孩子，可要养个情人呢，不等怀上就会被他们发现。我们老卢家没人了，那是我们家正根,没有她,香火不就断了吗?"

饶是骆闻舟见多识广,也不由得无言以对。

这个人,杀人越货、心狠手辣,对人命与狗命一视同仁——全都当闹着玩似的。

什么父母兄弟、亲朋好友,他一概没有感情,一概无动于衷,唯独在乎梁右京这么个从来没有认识过的女儿——因为在他眼里,她不再是一个人,而是一段"香火",是个"虽然不知道有什么用,但肯定很宝贝"的传家宝。

这念头如此根深蒂固,卢国盛深信不疑,就像他对"死人眼会留下死前最后的影像"一样深信不疑。

骆闻舟:"魏文川要挟你去帮他杀人。"

卢国盛一点头:"说是有人要害他们,还拿出一段聊天记录给我看——我没大看明白,这帮小崽子念个书也能念出点娄子来,都是些小孩的鸡毛蒜皮。不过那小子说,办成了这件事,他会帮我私下里认回我女儿。"

骆闻舟多少有些不解:"这么多年过去,你都没想办法认她,为什么现在为了认她,连命都不要,私下里接杀人的活?你不怕你们那个'公司'知道了,让你们父女俩都死无全尸?"

卢国盛被他问得一愣,跟骆闻舟面面相觑片刻,那双歪斜的眼里有一点儿茫然。

骆闻舟瞬间想通了什么:"所以你不是私自接的活——"

"私下接活?我疯了吗?"卢国盛说,"那小子有蜂巢的'黑卡'——蜂巢普通的VIP卡就是金、银、钻石三种,'黑卡'只有我们真正的客户才有,里面没有钱,所有的点数都是他们和公司往来里记的账,拿着黑卡到蜂巢,找人帮他们策划,再由我们这些人动手,他是带着黑卡和策划人一起来找我的,这是个'活差事',干成了我也有一大笔奖金,还能认回女儿,我为什么不干?"

骆闻舟隐约抓到了一条线索:"所以杀冯斌的时间、地点,还有来去的路径,都是这个策划人告诉你的?是他让你杀冯斌,留下夏晓楠?"

"夏晓楠?"卢国盛露出一点儿疑问神色,随即反应过来,"你是说那个手机上有定位的小丫头?策划说那是我们的人,不知道从哪儿找来的小丫头,我看她挺不经事的,吓得要尿,怕她出纰漏,才把她身上的定位器收走的。"

骆闻舟立刻追问："策划人是谁？"

"编号A13。"卢国盛说，"我不知道他叫什么。"

骆闻舟冲监控方向做了个手势，监控室里，陶然立刻对旁边同事说："从蜂巢逮回来哪些人？去整理一份材料，让他指认A13是谁！"

肖海洋实在是在监控室里待不下去了，一言不发地领了命令，转身就走。

骆闻舟接着问："11月6号当天，你为什么会去北苑龙韵城？是去看梁右京？"

"策划人说，这事办完，就送我去外地躲避搜查，我们这种人，一旦被挪地方，可能三年五载都回不来，所以我瞒着他和魏文川私下商量，看能不能在我走之前让他先兑现承诺。他答应了，让我先去见一面，什么都不要说，等他慢慢告诉她。"

骆闻舟低声说："龙韵城——你就不怕有人认出你，或者被监控拍下来？"

"十五年了，谁还能认出我来？"卢国盛笑了一下，"魏文川是龙韵城的少东家，不会在他们家门口留下他和我在一起的证据，那小子鬼精鬼精的，早把那段视频删了，不过我估计他只关心龙韵城里跟他有关系的镜头，大门口和周围的未必会管，所以还是留心了——怎么，还是出纰漏了吗？"

骆闻舟表面上不动声色，心里却一阵惊涛骇浪——魏文川早把卢国盛出现在旋转餐厅里的视频删了，为什么费渡的人还能拿到完整的？后来那些人搜索龙韵城的监控，却没能第一时间反应过来，难道是因为他们面前的监控记录是当初被魏文川删节过的版本？

那么龙韵城里的监控记录被人不动声色地换过两次！

骆闻舟倏地站了起来。

"哎，骆队，"卢国盛叫住他，"我可能是得枪毙吧？"

骆闻舟一顿。

卢国盛一摊手："我这辈子也就这样了，不过我女儿可没犯法——她应该知道自己是谁生的了，不管接受不接受，到了这步田地，你让她有空来看看我吧。"

骆闻舟懒得理他，转身就走。

尾声

　　这一年阳历年的年根底下,大雪纷飞中的燕城人民已经遵循着农耕民族的本能,开始无心工作,学生准备放寒假,大人准备换日历——各行各业都在倦怠地期盼年终奖,两件大事却把公安系统炸得连年终总结都没时间写。

　　知名企业家魏展鸿父子买凶杀人,利用蜂巢等娱乐机构做幌子,豢养窝藏通缉犯这件事如"都市传说"一般,席卷了各大媒体的门面,简直给街头巷尾的老百姓们在茶余饭后制造了一场狂欢。

　　骆闻舟在值班室里住了整整四天四宿,完全是晨昏不辨、昼夜不分。

　　陶然把他叫醒的时候,他才刚裹着不知从谁身上扒下来的军大衣睡了五分钟。

　　"蜂巢的人从头到尾审完了一遍,"陶然说,"没有卢国盛说的这个A13。"

　　骆闻舟从行军床底下摸出一瓶矿泉水,喝了大半瓶,剩下的都倒在了脸上,激灵一下,清醒过来。

　　"魏文川交代了,黑卡是从他爸那儿偷来的,"陶然说,"A13接待的他,他觉得当时那个A13其实看出来他这张卡是偷的,非但没声张,还帮他把事办了——怪不怪?还有更怪的,他几年前在一个专门讨论如何杀人的小众猎奇论坛上认识了一个网友,网名叫'向沙托夫问好'。"

　　骆闻舟眼角一跳。

　　"他在学校里折腾的那些所谓'制度',有一半是从小说电影里学来的,还有一半是和这个人商量出来的,'327国道案'的详细资料是这个人给他的,包括卢国盛就藏在蜂巢的信息。"陶然说,"我们通过IP查到了这个人的住址,已经人去楼空了。"

　　骆闻舟闭了一下眼:"龙韵城监控室里的工作人员呢?"

　　"我正要跟你说这个,"陶然说,"其中有一个名叫王健的中年男子在案发后神秘失踪了,他在龙韵城干了五年,居然没人发现他的证件是假的。"

　　骆闻舟重重地吐出一口气,冲陶然摆摆手,哀叫了一声:"你快滚吧,没一个好消息。"

　　"有好消息。"陶然一双眼睛里布满血丝,眼睛却亮得吓人,"梁右京和卢国盛的DNA比对出来了，两人根本没有亲属关系，卢国盛的精子成活率很低，很难有后代，而且魏文川承认，所谓'亲子鉴定'是他顺着卢国盛的妄想症诓他的。什么认亲、认女儿的，他根本没和梁右京说过，A13私下里答应他，杀了冯斌，就让卢国盛'自然死亡'，给警察交差，总共三个人，两两之间私下里都有协议，你说逗不逗——我们打算抓阄抽奖，谁手气好谁去告诉卢国盛这个消息，你要不要试试？"

骆闻舟一愣之后被他逗乐了，摆摆手："别闹，让肖海洋去吧，这事别跟他抢。"

"第二件事，是今天领导们都去上面开会了，过完年就正式重启调查当年的顾钊案。"陶然露出了一个难以自抑的笑容。

骆闻舟："真的？"

"真的，你赶紧回家好好休整一下，"陶然一把将他拉起来，"第三个好事，是你家那谁在外面等着接你回家呢，我看你俩就碍眼，在我面前掐了好几年，天天让我拉架受你俩的夹板气，我刚一转头你俩莫名其妙和好了——什么玩意儿，赶紧领走！"

骆闻舟二话不说，满血复活似的一跃而起，毫无怨言地挨了陶然一拳。

"哎，等等，你把公共财产留下，那棉大衣是值班室的宝贝，别装傻充愣地披了就走！"陶然伸手扒他的衣服。

"一边儿去，老子才刚焐热……"骆闻舟连忙捂住领口，"耍流氓！"

但陶然借着打闹，飞快地在他耳边说了句什么，骆闻舟一愣，陶然趁机一把扒下了"年久失修"、没扣子的棉大衣，抱起来就跑。

骆闻舟咆哮："陶然，你小子要造反吗！"

陶然撒丫子跑远了："你也过年好——"

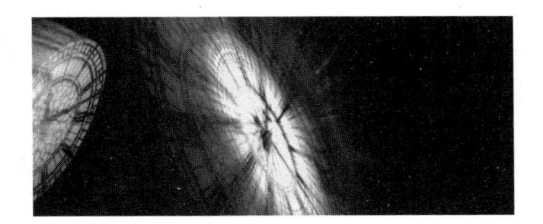

番 外

```
The light in the night
```
"喂,你作业写完了吗?期中考试排多少名?"——骆闻舟六年前。

元旦小长假前最后一个工作日，燕城二中下午安排新年联欢会，取消了晚自习，早早地放了学。

骆闻舟把车停好，逆着三五成群的学生们往学校里走。他穿了件飞行员夹克，在寒冬腊月里敞着怀，露出一件薄薄的紧身T恤和若隐若现的腹肌，头发有点长了，低头的时候略微挡了眼，叼着根没点的烟，一边走一边转打火机，自我感觉是"颓废帅"，在一堆灰头土脸的中学生里尤其鹤立鸡群。

学生们——因为看他像个游手好闲的社会混混，怀疑他是来寻衅滋事的——全都自动绕着他走，给他让出了一条宽敞的路，以供他尽情现眼。

骆闻舟在校园里散了一圈德行，总算是摸到了高二的教学楼，一边往楼里走，他一边给陶然打电话："你也没告诉我那小子哪班啊？"

"三班，三班！说好几遍了，你属耗子吗，撂下爪就忘。"电话里的陶然说，"他们一个年级总共就六个班，都在一层楼里，你挨个看一眼不就行了？"

骆闻舟漫不经心地举着手机在楼道里溜达，看见哪间教室门上的小窗干净，就凑上去照一照自己的英姿："这楼里都没什么人了，你确定他在教室等你吗？要是让哥白跑一趟，你可……"

骆闻舟话音一顿，因为"高二三班"的门牌已经撞到了他面前，他抬头往教室里一看，见教室里还有学生。

费渡……和一个女孩。

女孩好像是掉了东西，在地上找了好久，"啊"了一声，从墙角摸出一个塑料笔帽——已经摔碎了大半。

"别捡了，"费渡已经收拾好了书包，见状又放下，拿起扫帚走过来，

"碎成这样了，小心扎手。"

女孩懊恼地把碎笔帽扔在地上："又损失一个笔帽，我五六根笔都秃了。"

费渡笑了一下，没说什么，仔细把地板上的塑料碎碴儿扫干净，然后从桌子底下抽出一张白纸，卷成一卷，在痛失笔帽的中性笔头上比了比，三下五除二折了一个厚实的白纸笔帽，用胶带粘好，往上一套，居然还挺严丝合缝。折完，费渡又扫了一眼女孩印着卡通猫的书包，于是在白纸折成的笔帽上也画了只小猫："给，这个不会摔碎了。"

教室里暖和，他的校服外套搭在一边，露出里面烫得十分平整的衬衫和羊毛背心，笑起来时嘴角牵扯不大，一多半的笑意都盛在眼睛里，目光就温柔出了波光粼粼的效果。女孩的脸一下红了，低头接过自己的笔，不敢看他。

骆闻舟在教室后门冷眼旁观，心想："这个小王八犊子，从小就不是省油的灯，长大非得变成新世纪的西门庆不可。"

他重重地在门上敲了几下，打断了"幼体败类"诱拐女同学，推门露出个头，叫狗似的冲费渡一招手："哎。"

费渡——方才还是春天般温暖的小少年，抬头见了他，立刻如被寒流席卷，面部表情直降三十摄氏度："怎么是你？"

"你以为我愿意？陶然今天前半夜值班，哭哭啼啼地求我来接你一趟。"骆闻舟双臂抱在胸前，吊儿郎当地往门框上一靠，"快着点吧，少爷——小妹妹，刚高二，要早恋来日方长，不急在一时。"

"神经病！"女孩恼羞成怒地抓起书包跑了。

费渡和骆闻舟俩人，鼻子不是鼻子眼不是眼地对视片刻，都觉得对方是大气污染源。

出了教学楼，费渡不肯跟他并排走，隔着两米远缀在后面，唯恐别人看出他俩是一起的——骆闻舟这位人民警察的私服形象，和他本人是表里如一的脑残没品位，费少爷丢不起这个人。

"前边来。"骆闻舟斜了准备开后座车门的费渡一眼，"当我是你家司机？"

费渡脚步一顿，转身进了副驾驶，同时彬彬有礼地假笑一声："怎么会，我家司机的薪水比您高多了，骆警官。"

刑警当街殴打未成年，搞不好要上社会版头条，骆闻舟只好在心里默念

"inner peace"，把怒火窝回心里。

费渡的母亲去世后，家里就常年没人，十几岁大的男孩一个人住吊死过人的别墅，有一年春节放假，陶然在附近办事，顺路去看他时，发现他一个人在院子里坐着，那天阴沉沉的，刚下过雪，室外零下八度，西北风扫在脸上火辣辣地疼，男孩焐手的热水已经没有一丝热气，脸冻得发青，却不愿意进屋暖和暖和，也许那房子让他喘不过气来。从那以后，只要逢年过节学校放假，陶然就会把他叫到自己家住几天。

不过……

骆闻舟斜了一眼在副驾驶上玩手机的少爷，心想："我怎么就没看出这小崽子哪儿可怜？"

假期前，燕城的路总是有点堵的，骆闻舟跟着车流慢慢挪，闲得没事撩闲："喂，你作业写完了吗？期中考试排多少名？"

费渡斜了他一眼，眼角好像也会说话。费渡的眼角说："关你屁事？"

"明年就该高考了，你看看你，一天到晚什么正经事也没有，就知道勾搭小姑娘，也不知道着急，你考得上一本吗？"骆闻舟——多年的媳妇熬成婆——总算有地方把他当年受的数落都传承出去了，感觉十分过瘾，"不是所有事都能用钱解决的，不好好学习，你将来打算靠你爸混一辈子吗？"

费渡从鼻子里喷出一股气，扭头看了一眼车窗上的白霜，从兜里往外掏耳机，可是耳机线缠成了一团，一时半会儿解不开，旁边那位超龄中二病的魔音仍在源源不断地对他展开精神攻击。

"小小年纪就腐化堕落，一身资产阶级骄奢淫逸的臭毛病，不要求你长大以后做一个对社会有用的人，起码不能做一个浪费资源的渣滓吧？第三世界还有几个亿像你一样大的小朋友吃不饱饭……"

费渡手背上的青筋都跳了起来，一把拉下车窗，泄愤似的把怎么也解不开的耳机扔了出去，冷眼看着它葬身滚滚车流之下。

骆闻舟慢条斯理地补上了自己的后半句话："……而你居然还在糟蹋东西，乱扔垃圾。"

费渡阴沉地看了他一眼，团了两团餐巾纸塞住耳朵，给了他一个沉默寡言的后脑勺。

暮色四合，燕城大街车水马龙，车灯与路灯连成优美的线，远远地延伸向远方，骆闻舟打开车载的英伦摇滚，把声音调小，那音乐就像是被空调暖风卷出来的，浮在半空，微微地烫着人耳膜。

这时，陶然打来电话，声音听起来有些匆忙："老骆，我冰箱里有速冻饺子和牛奶，你给他弄点儿吃的，晚上多陪他待会儿，我一时半会儿下不了班。"

骆闻舟皱眉："我妈还让我今天早点儿回去呢，到时候她又说我出去鬼混……行吧行吧——你怎么回事？"

"南庄水库出了件杀人分尸案，师父正带我往案发现场赶，什么时候能回来还不一定呢……哎，不跟你说了，师父叫我，牛奶要热了再喝！"

骆闻舟："……喂！"

陶然已经把电话挂了。骆闻舟无可奈何地看了费渡的后脑勺一眼，感觉这个跨年夜对他俩来说都是折磨，可能预示着来年要犯太岁。

费渡有陶然家的钥匙，轻车熟路地进了门。

骆闻舟："我去给你弄点儿吃的，你先做功课，吃饭之前不许看电视、玩手机，一会儿我检查你作业，听见没有？"

费渡充耳不闻，从陶然的衣架上找出一副备用耳机，替换了纸巾，没有搭理骆闻舟的意思。

"小兔崽子，饿死你得了。"骆闻舟骂骂咧咧地嘟囔了一句，翻着白眼进了厨房。

这时的骆闻舟还没有修炼出置办满汉全席的手艺，他自己的房子还没装修好，仍和父母住在一起，也是个每天饭来张口还要三催四请的少爷秧子，拎着几袋不知什么馅的速冻饺子，骆闻舟意意思思地围着灶台转了三圈，没办法，只好摸出手机来搜索"如何煮饺子"。

网友们众说纷纭，有人说速冻饺子至少要煮十五分钟，还有人说要水沸腾三次，骆闻舟想，反正沸水最高一百度，煮饺子既然不会糊，当然是煮的时间越长越保险。同时，为了显得在灶台前专业而忙碌，骆闻舟拿了个大铁勺，没完没了地在锅里翻，自我感觉很有功劳。

就这样，人民警察骆闻舟同志，成功地煮出了一锅菜是菜、肉是肉的面片儿汤。

六年后。

费渡丢三落四地洗好了菜,不知道肉怎么处理,他跟骆一锅一人一猫并排站着,对着超市购物袋里的五花肉参了一会儿禅。

费渡问:"这个也要洗吗?我是不是应该烧一锅水先煮着?"

骆一锅一脸茫然地抖了抖毛。

不吃生肉的两位都很绝望,于是这袋五花肉怎么被拿出来的,又怎么给请回了冰箱。

费渡很不熟练地把需要切块的蔬菜处理了,切丝和切丁的没动——骆闻舟会嫌弃他的刀工。做完一看,虽然他的劳动成果寥寥,但厨房已经被他祸害得乱七八糟,费渡把火上浇油的骆一锅拎出去,回头张望了一眼满地残骸的厨房地板,心虚地带上了厨房的门。

等骆主厨回来,他非得挨顿跨年的数落不可。

这时,手机响了,是陆嘉给他送车来了,费渡应了一声,洗干净手,披上外套准备出门,一抬头,正好看见门上贴的"出入守则",骆闻舟在上面留言道:"第一步,打开你手机的天气软件。"

费渡手一滑,滑开了实时天气的APP。

"第二步,观察实时温度是否低于5℃。"

手机软件的实时温度显示,此时燕城市区的室外温度零下一度。

"如否,出门,注意不要让猫跟出来。"

"如是,滚回去穿秋裤和羽绒服!"

费渡阅毕,知法犯法地违反了出入守则,大衣敞穿,风度翩翩地和骆一锅一挥手,走了。

"片儿汤侠,"他心想,"就跟谁不知道你的黑历史似的。"

图书在版编目（CIP）数据

默读. 2 / Priest著. —北京：北京联合出版公司，2018.7（2024.5重印）

ISBN 978-7-5596-2193-1

Ⅰ.①默… Ⅱ.①P… Ⅲ.①长篇小说—中国—当代 Ⅳ.①I247.5

中国版本图书馆CIP数据核字（2018）第105130号

默读. 2

作　　者：Priest
选题策划：北京磨铁图书有限公司
责任编辑：杨　青　高霁月
装帧设计：好谢翔工作室

北京联合出版公司出版
（北京市西城区德外大街83号楼9层　100088）
嘉业印刷（天津）有限公司印刷　新华书店经销
字数375千字　700毫米×980毫米　1/16　印张24
2018年7月第1版　2024年5月第31次印刷
ISBN 978-7-5596-2193-1
定价：48.00元

版权所有，侵权必究
未经书面许可，不得以任何方式转载、复制、翻印本书部分或全部内容。
如发现图书质量问题，可联系调换。质量投诉电话：010-82069336